Nuala O'Faolain

Ein alter Traum von Liebe

Nuala O'Faolain

Ein alter Traum von Liebe

Roman

Aus dem Englischen von
Marion Sattler Charnitzky und
Jürgen Charnitzky

Claassen

Die Originalausgabe erschien 2001 unter dem Titel *My Dream of You*
bei Riverhead Books, New York.

9. Auflage 2003

Claassen Verlag
Claassen ist ein Verlag des Verlagshauses
Ullstein Heyne List GmbH & Co. KG

ISBN 3-546-00305-5

Prolog

An den Wochenenden verbrachten Hugo und ich die meiste Zeit im Bett. Wir wohnten in der Mansarde eines weitläufigen Hauses mit Türmchen und Giebeln zwischen Kastanienbäumen am Rand eines Parks im Süden von London. Unsere breite Matratze lag auf dem Boden vor hohen, von Wind und Wetter verzogenen Fenstern, die man zu einem feuchten Balkon hin aufstemmen konnte. Eine Taube brütete in jenem Frühling im Geäst auf gleicher Höhe mit unseren Kissen. Ihr Nest schaukelte im Wind und durch das Blätterdach ergossen sich auf unsere Körper Sprenkel grünen Lichts. An den Werktagen arbeiteten wir. Ich stand früh auf und ging in zwei Pubs putzen, um mein Journalistik-Studium und meinen Lebensunterhalt zu finanzieren, während sich Hugo an seinen Schreibtisch in dem kleinen Erker des Zimmers setzte. Tagsüber studierte er Jura und abends Journalistik. Aber an den Wochenenden spielten wir.

Wir lebten auf der Matratze wie auf einem Floß. Alles, was wir brauchten, stellten wir um uns herum auf den Fußboden, damit wir nur die Arme danach auszustrecken brauchten. Wenn es kalt war, lagen wir unter der Steppdecke und im Sommer rekelten wir uns auf den sonnenbeschienenen Laken. Hugo brachte gewöhnlich Kaffee und Toast aus der Küche hoch. Das Brot verwahrte er im Zimmer, denn die anderen Studenten, die mit uns das Haus teilten, pflegten wie Heuschrecken über alles Essbare herzufallen, wenn sie Freitag nachts aus den Pubs und Discos zurückkamen. Hugos Mut-

5

ter hatte ihm eine echte Kaffeemaschine geschenkt, ein Utensil, das Anfang der siebziger Jahre selbst in London kaum jemand besaß. Sie hatte sie aus dem Ausland mitgebracht, ich weiß nicht von wo, er erzählte mir sehr wenig von ihr, und ich habe sie nie kennen gelernt. Sie schenkte ihm immer etwas Teures, wenn er mit ihr zum *Supper* ging.

So nannte er es, wenn er mit ihr zu Abend aß. Ich hatte mich gerade erst daran gewöhnt, dass man die Mahlzeit am Abend *Dinner* nannte, und es verwirrte mich, wenn Hugo nun *Supper* dazu sagte. In Kilcrennan existierte ein solches Mahl überhaupt nicht, ebenso wenig wie echter Kaffee. Man nahm sein *Dinner* ein, wenn man aus der Schule kam, oder, bei uns zu Hause, wenn Mammy eins zubereitet hatte. Später gab es *Tea*. Das Wort *Supper* kannte ich nur im religiösen Kontext als Abendmahl. Aber warum es mich insgeheim peinlich berührte, wenn Hugo ein so bescheidenes Wort wie *Supper* für *Dinners* in teuren Restaurants verwendete, weiß ich nicht.

Ich beobachtete ihn ständig, während er mich nur selten ansah. Und doch war er verrückt nach mir. Es verging kaum eine Stunde, in der er nicht vom Schreibtisch aufstand und über meine Hüfte strich, mich auf den nachdenklich geöffneten Mund küsste oder meine Hand zu einer Liebkosung veranlasste. Er zeigte mir, dass er mich brauchte, oder besser: mich begehrte. Bald nachdem wir begonnen hatten zusammenzuleben, war mir aufgefallen, dass er, wiewohl er unablässig meinen Körper und meine Haare pries, nie etwas über mein Gesicht sagte. Ich fühlte mich daher viel sicherer, wenn ich mich mit ihm im Dunkeln auf der Matratze wälzte, als wenn er mich ansah.

Als wir in dem vom unablässigen Gurren und Kollern der Tauben erfüllten Zimmer lebten, war Hugo in seinem letzten Studienjahr vor dem Jura-Examen. Auf dem Lehrplan stand auch Rechtsgeschichte, darunter eine Stunde Geschichte des Scheidungsrechts. Eines Tages warf er die fotokopierten Protokolle einer Gerichtsverhandlung im Oberhaus aus dem Jahr 1856 auf das Bett: *Talbot gegen Talbot*. Es war an einem Sonntagabend und wir waren dabei, uns auf die kommende

Woche vorzubereiten. Ich liebte diese Stunden, in denen wir zielstrebig in dem großen Zimmer hin und her liefen, bis die zerknitterten Zeitungen weggeräumt und die Krümel aus dem Bett geschüttelt waren. Hugo war gewöhnlich etwas gereizt, das heißt: meiner überdrüssig, und in Gedanken bereits bei der Arbeit. Doch ich war rundum ausgefüllt und zufrieden. Draußen dämmerte es, und wir waren in Sicherheit.

Ich wohnte nur kurze Zeit in dem Haus zwischen den Kastanienbäumen. Mit dreiundzwanzig wurde ich aus dem Garten Eden vertrieben und jetzt bin ich fast fünfzig. Vor Jahren war ich einmal im Fitness-Raum eines Hotels auf Madeira (oder war es Malta?) – an einem Ort jedenfalls, der heiß und auf britische Art langweilig war. Ich machte mir gerade Notizen für einen Artikel, als mein Blick nach oben auf den stummgeschalteten Fernseher fiel. Aus irgendeinem Grund lief auf allen Kanälen eine Debatte aus dem kanadischen Parlament in Ottawa. Hinter dem stattlichen Redner saß ein schlanker Mann, den Kopf geistesabwesend auf die verschränkten Hände gestützt. Ich glaube, dieser Mann war Hugo. Mir wurde einen Augenblick lang ganz heiß. Diese Hände …

Ich bin ihm heute dankbar dafür, dass er mir damals jene Akte in die Hand gedrückt hat. Außer ihm kannte ich niemanden, der mit dem gleichen Ehrgeiz Jura studierte. Er war nicht nur so gewissenhaft, Fotokopien zu dem behandelten Lehrstoff mit nach Hause zu bringen und durchzuarbeiten, er heftete sie anschließend sogar zusammen, um sie mir zu lesen zu geben, anstatt sie mit den anderen durchgearbeiteten Materialien einfach wegzuwerfen.

»Das hier wird dich interessieren, Kathleen«, hatte er gesagt. »Echter Stoff für die Frauenbewegung. Noch dazu irisch. Jedenfalls ist es in Irland passiert.«

In seiner Aussprache klang es wie »Ahland«.

»Damals musste man sich noch an das Parlament wenden, wenn man sich scheiden lassen wollte«, sagte er. »Darum geht es hier.«

Mit der eingereichten Petition ersucht Mr. Talbot aus Mount Talbot in Irland Eure Lordschaften um die gesetzliche Geneh-

migung zur Auflösung des Ehekontrakts, wie es heißt, mit seiner Frau, gleich ob sie sich des Ehebruchs schuldig gemacht hat oder nicht.

»Ach, die Engländer und ihr Verhalten in den Ländern anderer Völker«, sagte ich. »Da ist Ehebruch doch nichts Neues. Das kennen wir auch aus ihrer Zeit in Kenia und Indien – überall dort, wo sie nicht genug damit zu tun hatten, die Einheimischen herumzukommandieren.«

»Der Ehebruch hier wurde mit einem Einheimischen begangen«, sagte Hugo.

»*Mylords,*« las er vor, »*der Mrs. Talbot zur Last gelegte Ehebruch soll mit einem der Hausangestellten in Mount Talbot, einem Mann namens William Mullan, vollzogen worden sein. Mullan wird allgemein als Stallbursche, gelegentlich aber auch als Kutscher bezeichnet. Obwohl Mr. und Mrs. Talbot allem Anschein nach nie eine Kutsche im üblichen Sinne ihr Eigen nannten, besaßen sie doch, wie die meisten Familien in Irland, einen irischen Kutschwagen. Wenn sie mit diesem Wagen ausfuhren, hat Mullan ihn gelenkt und sich auch um das Pferd gekümmert ...*«

»›Die meisten Familien‹, dass ich nicht lache«, erinnere ich mich damals gesagt zu haben. »1849 soll das gewesen sein? Damals waren ›die meisten Familien‹ in der großen Hungersnot umgekommen, wenn sie nicht Hals über Kopf ausgewandert waren.«

»Ach du lieber Himmel«, sagte Hugo eher nachsichtig.

Ich überflog die Urteilsbegründung.

»Mein Gott! Das war ja ein tollkühnes Liebespaar!« Ich zitierte:

Beide Zeugen geben an, Mullan und Mrs. Talbot in einem der Ställe im Stroh beisammen liegen gesehen zu haben. Tatsache ist, dass er Stallkleidung trug und ein Zeuge ihn als unflätige, schmutzig aussehende Person bezeichnet hat, was sie jedoch, allem Anschein nach, nicht abgeschreckt habe. Nun kann man

entgegnen, es sei unmöglich, dass eine Dame sich zu einer sol-
chen Handlung in einem Stall herablasse, wo, wie man so sagt,
die Tiere kopulieren. Aber wo sollte eine solch niedere Lei-
denschaft, die eine Frau in die Arme eines Gesindeknechts
treibt, sonst befriedigt werden? Gelegenheiten bieten sich nicht
immer von selbst: Sie müssen gesucht werden ...

»Komm her«, unterbrach mich Hugo. »Sie müssen irgendwas ins Wasser tun in Irland«, sagte er.

Er hatte sich in den großen hölzernen Schaukelstuhl gesetzt
und klopfte auf seine Schenkel. Mein Haar reichte mir damals
bis zur Hälfte des Rückens. Er beugte sich vor, wickelte eine
lange Locke um seine Hand und zog mich an sich.

Ich hatte schon immer eine Schwäche für Geschichten, in
denen es um Leidenschaft ging, also interessierte ich mich
auch für Mrs. Talbot und William Mullan. Ich glaubte an die
Leidenschaft, wie andere Menschen an Gott glaubten. Dahinter trat alles andere zurück. Noch bevor ich im Alter von vierzehn Jahren anfing, mich für Jungs zu interessieren, hatte ich
begriffen, dass man das, was meine Mutter suchte, wenn sie
einen Roman nach dem anderen verschlang, Leidenschaft
nannte. Ich fand es erstaunlich, dass die Talbot-Affäre nach
dem schlimmsten Jahr der großen Hungersnot begann, die
durch die Kartoffelfäule hervorgerufen wurde. Diese Hungersnot war *das* Ereignis der irischen Geschichte schlechthin.
Ich hatte mir immer wieder vorzustellen versucht, wie es
damals wohl gewesen sein mochte. Eines Tages, ich muss neun
oder zehn gewesen sein, als ich vor unserem Haus jenseits der
Straße auf einem mit Meeresalgen überzogenen Felsen spielte, kam ein Mann, der ein Fahrrad schob, auf mich zu und
blieb bei mir stehen, um sich mit mir zu unterhalten. Es war
ein Historiker aus England. Von ihm erfuhr ich, dass selbst
in der Shore Road Hungersnot geherrscht hatte, in der Straße, wo ich aufwuchs und wo meiner Vorstellung nach nie
etwas passiert war. Während der Hungersnot, sagte der
Mann, hätten die Menschen in unvorstellbarer Armut in
Löchern und Felsspalten am Strand gelebt. Diese waren noch

immer zu sehen. Als Kinder hatten wir darin oft »Haus« gespielt. Die Menschen seien von der Hungersnot ausgelöscht worden. Man finde keine Spuren mehr von ihnen. Nur ein Steinhaufen oberhalb der Flutgrenze weise auf ein Massengrab hin. Zu Hause fragte ich, was mit unserer eigenen Familie in der Hungersnot geschehen war und wie es kam, dass wir nicht gestorben waren? Keine Antwort, wie üblich. Aber ich fand einen Weg, eine Verbindung zwischen den Bildern, die mir der Wissenschaftler in den Kopf gesetzt hatte, und meinem eigenen Leben herzustellen. Mein Vater war fast ständig wütend, und meine Mutter lief immer nur schweigend und völlig in sich gekehrt herum. Mir war völlig unverständlich, warum sie überhaupt Kinder gewollt hatten. Also brachte ich die beiden Dinge zusammen, mein Zuhause und die Hungersnot, und fragte mich, ob etwas, das vor hundertfünfzig Jahren geschehen und fast vergessen war, so schrecklich gewesen sein konnte, dass es die Fähigkeit, Glück zu empfinden, in den Menschen zerstörte.

Aus diesen beiden Gründen bewahrte ich die Talbot-Akte auf – weil sie von Leidenschaft handelte und von einer Zeit, über die ich seit meiner Kindheit so oft nachgedacht hatte. Ich wollte im Dunkeln mit den Händen danach greifen können, und so lag sie schon jahrelang an meinem Bett, bevor ich die Zeit fand, mich eingehend mit der Geschichte, die sie erzählte, zu beschäftigen.

1

Als Frau mittleren Alters war ich gegen Krisen gefeit – sofern sie von außen kamen. Schon lange Zeit führte ich ein geregeltes und solides Leben. Mehr als zwanzig Jahre bewohnte ich eine halbdunkle Kellerwohnung hinter der Euston Road. Ich mochte London nicht besonders, mit Ausnahme des Büros von *TravelWrite*, aber ich sah ohnehin nicht viel von der Stadt. Jimmy und ich verfassten die meisten Artikel für die Reiseredaktion der *NewsWrite*-Nachrichtenagentur und waren ständig unterwegs. Dennoch waren wir keine Abenteurer, denn dort, wo wir hinfuhren, gab es weder Hunger noch sonst irgendwelche Unannehmlichkeiten. Von jedem Ort, an den wir reisten, malten wir ein freundliches Bild – das war die Hausregel. Wir hatten einen guten Chef. Selbst beim fünften »Paris im Frühling« oder beim dritten »Sri Lanka: Die Insel der Gewürze« ließ uns Alex keine abgegriffenen Floskeln durchgehen. Jimmy hielt ihn für einen verrückten Perfektionisten, weil jeder *TravelWrite*-Artikel ohnehin sofort gekauft wurde. Aber es tat uns gut, Alex zufrieden stellen zu müssen. Die Leute lesen Reiseberichte in fröhlicher Stimmung, denken dabei an die Ferien und die schönen Seiten des Lebens. Reisen ist eine zutiefst optimistische Angelegenheit. Aus diesem Grund, hauptsächlich aber, weil Alex sich stets dafür interessierte, was ich schrieb, gefiel mir meine Arbeit.

Irgendwie mochte ich am Ende sogar meine Kellerwohnung. Ich glaube, während der ganzen Zeit, in der ich dort gewohnt habe, besuchten mich höchstens vier bis fünf Leute mehr als einmal. Seit Jimmy aus Amerika zu *TravelWrite* gestoßen war, waren wir eng befreundet, aber weder er noch ich waren je in der Wohnung des anderen gewesen, obwohl Jimmy nur zwanzig Minuten entfernt in Soho wohnte. Es herrschte eine stillschweigende Übereinkunft zwischen uns, dass wir keine Fragen stellten, wenn einer von uns verkündete, er gehe nach Hause. Einmal, ziemlich am Anfang, verabschiedete sich Jimmy und erklärte, er wolle nach Hause gehen. Dann sah ich ihn zufällig vom oberen Busdeck aus ein Taxi anhalten und in die entgegengesetzte Richtung davonfahren. Von da an vermied ich es, mich umzudrehen, wenn wir uns trennten. Die Stille meiner Wohnung war jedenfalls nie von unseren Frotzeleien erfüllt, die wir im Lauf der Jahre perfektioniert hatten. Und lange Zeit war ich mit niemandem mehr morgens dort aufgewacht. Sex war für mich etwas, das sich im Hotel abspielte. Vermutlich wollte ich nicht, dass etwas die vollkommene Bedeutungslosigkeit des Ortes störte, an dem ich lebte.

Doch dann kam eine Zeit, in der ich die Kontrolle über das Geregelte und Solide verlor.

Beim Warten auf mein Gepäck in der Ankunftshalle des Flughafengebäudes von Harare kam ich mit einem elegant gekleideten Geschäftsmann ins Gespräch. Wir unterhielten uns über Fluggesellschaften.

»Die Royal Thai Executive Class ist allererste Sahne«, sagte er.

»Sagen Sie bloß nicht, dass Sie auf dunkelhäutige Samtpfotenbeflissenheit stehen«, erwiderte ich lachend.

»Die Mädchen verstehen wirklich ihren Job«, fuhr er fort, als hätte ich überhaupt nichts gesagt. Plötzlich setzte sich das Transportband mit einem Ruck in Bewegung, und ein alter Gepäckträger mit nackten schwieligen Füßen, der sich darauf ausgeruht hatte, landete direkt vor unseren Füßen. Der Geschäftsmann trat angewidert einen Schritt zurück und zog ein Taschentuch heraus, um damit die glänzenden Kappen seiner Schuhe abzuklopfen, als seien sie besudelt worden. Trotzdem nahm ich sein Angebot an, mit ihm in die Stadt zu fahren. Wir hielten einen Augenblick an einer Ampel neben einer Bar, aus der Lachen und Trommelklänge schallten.

»Die Afrikaner sind sehr musikalisch«, sagte er. »Die haben Rhythmus im Blut.«

Was machst du bloß hier mit diesem Mr. Dumpfbacke, fragte ich mich.

Es dämmerte mir bereits. Aber wenn nichts weiter passiert wäre, hätte ich keinen weiteren Gedanken daran verschwendet.

Männer dagegen können sich diese Ungewissheit nicht erlauben. Als wir an seinem Hotel ankamen, sagte er: »Hätten Sie Lust, auf einen Drink mit reinzukommen? Oder wollen Sie in meinem Zimmer warten, während ich mich frisch mache? Ich habe einen ziemlich guten Single Malt in der Tasche ...«

Ich lehnte mich gegen das geschnitzte Kopfteil seines großen Bettes, nippte am Scotch und sah zu, wie er seine wohlgeordneten Sachen verstaute – seine Papiere, sein Radio, seinen Kleidersack, seine Toilettenartikel. Als er mit freiem Oberkörper und am Bund geöffneter Hose aus dem Badezimmer trat, war ich gewillt zu küssen und mich umarmen zu lassen. Ich hatte ein wenig Alkohol getrunken, war todmüde und ganz allein in einem fremden Land. Ich war mehr als bereit, mich jemand anderem zu überlassen.

Aber sehr bald lag ich hinter seinem leichenblassen Rücken und zog die Stirn in Falten.

Wenn ich nur wüsste, wie ich die Führung übernehmen könnte, dachte ich. Wenn ich nur mehr Mumm hätte, könnte ich ihn mitreißen ...

Es war mir ein Rätsel, wie wenig dieser Mann mit einem lebendigen Körper anzufangen wusste. Selbst das Beste, was ich tun konnte, ließ ihn kaum aufstöhnen. Hinterher schien er allerdings von uns beiden entzückt zu sein. Das dachte ich jedenfalls. Er lud mich für den nächsten Abend zum Essen ein, und ich nahm an, obwohl ich wenig Lust verspürte, mich stundenlang mit Konversation abzumühen. Aber ich war bester Laune, als er mich zum Taxi brachte. Schließlich war es ein menschlicher Kontakt gewesen, nicht wahr? Und zumindest war ich eine großzügige Frau, oder nicht? Summend hängte ich meine Kleider in den Schrank des im Tudor-stil erbauten Gästehauses. Es lag unter riesigen Jacaranda-Bäumen, deren Blütenstände im Licht der Straßenlaternen schwarz aussahen. Ich war in meinem Element: ein Hotel-zimmer an einem fremden Ort.

Das Telefon klingelte. Es war Alex, der mir mitteilte, dass er innerhalb von achtundvierzig Stunden den Artikel über wild lebende Tiere in Zimbabwe brauchte.

»Du glaubst offenbar, in Harare trotten Elefanten und Giraffen durch die Innenstadt«, sagte ich sarkastisch. »Oder meinst du vielleicht, das Gästehaus, *in dem ich gerade erst angekommen bin*, hat einen eigenen Wildpark?« Ich legte auf.

Als das Telefon wieder klingelte, war ich bereit, über den Abgabetermin neu zu verhandeln. Aber es war der Schwei-zer Geschäftsmann.

»Wie geht's dir, mein irisches Kätzchen?«, sagte er. »Ich denke an dich.«

»Ach wirklich?«, sagte ich peinlich berührt. Kätzchen. Ich war neunundvierzig.

»Leider«, sagte er, »muss ich die Stadt verlassen.«

Eine Stunde nachdem ich mit ihm zusammen gewesen war! Er hatte nicht einmal bis zum nächsten Tag gewartet.

Und was lernte ich daraus? Dass mein Herz noch immer lächerlich lebendig war. Ich war zutiefst verletzt. Was hatte ich falsch gemacht? Ich kämpfte sogar mit den Tränen.

»Und dann«, fuhr er fort, »muss ich sofort zurück in die Zentrale.«

Es war nichts gewesen zwischen diesem Mann und mir – nichts, nicht einmal Zuneigung. Und doch, wegen der Erin-nerung an eine, wenn auch nur vage erlebte Ganzheit oder aus Hoffnung auf eine Art Verjüngung, hätte ich alle meine Pläne aufgegeben, nur um mich wieder mit ihm auf dem Bett wälzen zu können.

So kann es nicht weitergehen, sagte ich mir. *Tränen!*

Ein paar Tage später flog ich weiter nach Osten, um rasch einen Artikel über einen philippinischen Badeort mit heißen Quellen zu schreiben. Ich stieg zu den berühmten Wasserfällen hinauf. Wenngleich die Luft feucht und grau war und nach Morast und faulendem Unkraut roch, obwohl überall entlang der Pfade unter den blühenden Bäumen Männer und Jungen standen, die bettelten oder ihre Dienste als Fremdenführer anboten, war nicht zu übersehen, dass dies ein herrlicher Ort war. Kolibrischwärme tranken aus grünem Wasser, das unter den einzelnen Kaskaden erzitterte, bevor es über die Ränder der Felsenbecken floss und sanft auf die nächste Terrasse hinunterglitt. Es würde mir nicht schwer fallen, dem Artikel eine positive Note zu verleihen. Ich füllte eine Seite meines Notizbuches mit Eindrücken, machte einige Fotos von den Vögeln, um sie später identifizieren zu können, und stieg wieder in den Bus nach Manila. In der drückenden Hitze und staubigen Luft des Feierabendverkehrs kam ich in die Stadt. Mein Hotel lag auf der anderen Seite einer stark befahrenen vierspurigen Schnellstraße. Ich machte mich daran, die Fahrbahn zu überqueren und erreichte den Mittelstreifen, auf dem Reste einer staubbedeckten niedrigen Hecke standen. Von dort streckte sich mir eine kleine Hand entgegen. Ich bückte mich. Zwei Mädchen mit schmutzigen Gesichtern im Alter von sieben oder acht Jahren hatten im Gestrüpp einen Karton mit einem schlafenden Baby darin.

»Dollar!«, sagte das Mädchen. Dann stand sie plötzlich auf dem Mittelstreifen, an dem der Verkehr auf beiden Seiten vorbeirauschte, hob den Saum ihres zerlumpten Röckchens und schob ihr zierliches Becken in dem abgewetzten Höschen nach vorn. Ich wusste nicht, was sie wollte, und sie selbst wahrscheinlich auch nicht.

Ich gab ihr, was ich an Geld bei mir hatte, und nahm, statt ins Hotel zu gehen, schnurstracks ein Taxi zum Flughafen.

»Hier leben Kinder mitten auf der Straße«, sagte ich zu dem Taxifahrer.

»Ja«, antwortete er. »Die Leute vom Land kommen in die Stadt und leben auf der Straße.«

Er schwieg und legte eine Kassette von Petula Clark ein.

Nachdem er mein Geld vor der Abflughalle entgegengenommen hatte, sagte er: »Wir brauchen kein beschissenes Mitleid von alten Weibern.«

Der Rückflug nach Europa dauerte sehr lang. Wie gerädert starrte ich ins Dunkel, während die anderen Passagiere um mich herum schliefen. Der Mann neben mir war ebenfalls eingeschlafen. Zusammengesunken und krumm hing er in seinem Sitz, die Serviette wie ein Babylätzchen um den Hals.

Anfangs war ich beschämt, weil ich so ichbezogen auf die Straßenkinder reagiert hatte. Ich hatte angefangen, über mich selbst nachzudenken – über mich selbst! –, anstatt über die Ungerechtigkeit in der Welt. Aber liegt nicht auch etwas Positives darin, wenn einen etwas so betroffen macht, dass man der Wahrheit, und sei es auch nur für ein paar Stunden und in Bezug auf die eigene Person, offen ins Auge sieht? Ich saß in der stickigen Nachtluft des Flugzeugs und grübelte. Hätte mich jemand in all den Jahren gefragt, ob ich an Sex interessiert bin, ich hätte hochmütig geantwortet: Nein, ich bin an Leidenschaft interessiert. *Leidenschaft*, murmelte ich halblaut. Was für eine Leidenschaft denn? Wann bist du denn allein deswegen mit jemandem ins Bett gegangen, weil er dich erregt hätte? Doch wohl eher weil jedes Mal in dir Hoffnungen aufgekeimt sind wie unausrottbares Unkraut. Bei der ersten sanften Berührung deiner Brust hast du geglaubt, über dir müsse sich das Dach öffnen und den Blick auf einen strahlenden Sternenhimmel freigeben. Obwohl das niemals geschehen ist! Obwohl dir kein einziger One-Night-Stand in all den Jahren das gegeben hat, was du ersehnt hast! Und es wird mit den Jahren nur immer erbärmlicher. Je älter du wirst, desto dankbarer bist du, wenn dich überhaupt jemand begehrt. Das ist die traurige Wahrheit.

Aber wenn ich damit aufhörte, wie sollte ich dann je einen Menschen kennen lernen? Und wenn ich diese sexuellen Beziehungen nicht hätte, so lausig sie auch sein mochten, dann hätte ich überhaupt keine. Aber konnte man das überhaupt noch Sex nennen?, dachte ich bitter. Mir fiel wieder der Geschäftsmann in Harare ein. Nicht einmal solche Männer kannst du noch zufrieden stellen, geschweige denn dich selbst.

Doch dann musste ich lächeln. Ich erinnerte mich an eine andere Begegnung in Harare. Ich war mit einer beleibten, warmherzigen Frau ins Gespräch gekommen, die Hotelwäsche aufhängte, während ich auf der hinteren Veranda an meinem Laptop arbeitete. Ich half ihr mit den flatternden Laken und ging später mit ihr durch die Stadt, um mir in einem Township das Zimmer anzusehen, in dem sie ihre Kinder großgezogen hatte. Wir saßen auf dem Bett und plauderten, während sie sich zur Kochstelle vorbeugte und einen Eintopf zubereitete. Sie nahm eine Plastiktüte von einem Nagel an der Wand und zeigte mir ihre Schätze. Ihr Radio, mit dem sie zwei Sender empfing. Ihren spitzen rosafarbenen Büstenhalter für besondere Gelegenheiten. Als sie den Eintopf in einen Eimer gegossen hatte, um ihn vor den großen kahlen Bierhallen zu verkaufen, begleitete ich sie. Sie machte ein wunderbares, aufreizendes Spektakel aus dem Verkauf. Nach einer Weile verlor sich meine Zurückhaltung, und ich machte mit bei dem Jux. Die Männer lachten sich halb tot bei dem Anblick von uns beiden Frauen und schöpften sich Eintopf in die Blechschüsseln, die neben ihren Bierflaschen standen. Wir tanzten herum, schüttelten und rieben uns in gespielter Erregung und wackelten mit unseren Brüsten vor den Augen der Kerle. Als der gesamte Eintopf verkauft war, zog eine Bande von Kindern hinter uns her und wir waren schlapp vor Lachen.

Noch wusste ich also, was es hieß: richtig zu leben.

Der Kopf des Mannes neben mir im Flugzeug war auf seine fleischige Hand gerutscht. An einem Finger prangte ein glänzender breiter Trauring. In der unbequemen Stellung machte er brummende Geräusche im Schlaf. Ich schob ihn, so sanft ich konnte, in eine angenehmere Haltung. Dann schlief auch ich ein.

In London versuchte ich, Jimmy auf seinem Handy zu erreichen. Eines Tages werden wir all den furchtbaren Dingen auf der Welt ins Auge sehen müssen, wollte ich ihm sagen. Falls er mich ließ. Er hasste es, wenn ich ernst wurde.

»Wenn's nach Jimmy ginge, müsste man immer cool bleiben«, sagte ich einmal zu Roxy, der Sekretärin im Büro.

»Na, du bist auf alle Fälle eher zu emotional«, hatte sie erwidert.

Roxy war eine so unerschütterliche Pferdenatur, dass ich diese Bemerkung nicht allzu ernst nehmen musste. Ich speicherte sie aber ab, um sie zu prüfen. Ich hatte in meinem Leben niemanden, der mir etwas über mich selbst sagte, außer Roxy und Jimmy und gelegentlich, meist verärgert, Alex. In dieser Beziehung waren die drei meine Familie.

Jimmys Handy war ausgeschaltet. Da fiel mir ein, dass er in New York war. Also schickte ich ihm eine E-Mail.

Ich muss mit dir reden, Jimmy, schrieb ich. Ich glaube, ich habe genug von *TravelWrite*. Ich werde alt, Liebling. Der Job hat seinen Reiz verloren.

Eine halbe Minute später schickte ich noch eine hinterher.

Nicht nur der Job, Jimmy, *ich* habe meinen Reiz verloren.

Jimmy war im Mercer abgestiegen, aber er hatte schon ausgecheckt. Als ich schließlich mit ihm reden konnte, sagte er, New York sei so jung und chic, dass er sich dort alt fühle. Er flog auf einem Umweg über Miami zurück. Wir verabredeten uns auf ein paar Tage später in einem Weinlokal in der Nähe des Büros, einem ehemals höhlenartig anmutenden viktorianischen Pub, dessen neumodische winzige Chromstühle in den alten Kiefernnischen völlig deplatziert wirkten. Als Jimmy zur Bar ging, dachte ich an seine Worte, dass er sich alt fühle. Der schlanke, lebhafte Jimmy! Aber hatte ich mir je Gedanken darüber gemacht, ob das Älterwerden einen Schwulen anders schmerzt als eine Frau? Der junge Typ in imitierten Prada-Klamotten hinter dem Tresen lachte ihn an. Jeder mochte Jim, weil er ein offenes Gesicht hatte und einen strohblonden Haarschopf wie Tintin. Wobei er natürlich lieber wie James Dean in *Jenseits von Eden* aussehen wollte.

»Ich finde, heute Abend siehst du ziemlich James-Dean-mäßig aus«, sagte ich zu ihm, als wir uns gesetzt hatten. »Schmale feurige Augen. Leicht geschwollene Augenlider von ausschweifenden Nächten?«

»Jetlag«, sagte er. »Was veranlasst dich, so nett zu mir zu sein, meine liebe Freya Stark. Wenn das ein Symptom deiner Midlife-Crisis ist, kann ich nur hoffen, dass sie anhält.«

»Und was hast du in Miami gemacht, mein lieber Bruce

Chatwin? Du warst sicherlich nicht nur wegen der exquisiten Weine da.«

»Man bekommt ja keine anständige Flasche Sancerre südlich der Mason-Dixon-Linie«, sagte Jimmy. »Nicht mal ein anständiges chinesisches Essen.«

»Das beste chinesische Essen auf der Welt gibt's in Seattle«, sagte ich, »wo die chinesischen Techniker von Boeing mit ihren Abfindungsgeldern Restaurants eröffnen. Da haben sie auch die amerikanischen Zutaten. Die fehlen der chinesischen Küche sonst.«

»Weißt du, was das Problem von Seattle ist?«, sagte Jimmy. »Es ist zu abgelegen.«

»Es ist nur von hier aus zu abgelegen.«

»Stimmt nicht«, sagte er ernst. »Es gibt Orte, die selbst dann zu abgelegen sind, wenn du dort bist. Und Seattle gehört dazu.«

Wir redeten oft solchen Unsinn. Roxy ging es auf die Nerven. Aber nach zwanzig gemeinsamen Jahren kam es nicht mehr darauf an, was Jimmy und ich einander sagten. Wir teilten uns alles durch ein Lächeln oder ein Stirnrunzeln mit, indem wir ein Treffen vorzeitig abbrachen oder in die Länge zogen, nach unten auf den Tisch oder uns in die Augen blickten, den Wein genießerisch oder lustlos tranken. Als ich mich einmal bei einer Sitzung aufregte, fragte Jimmy, »Was ist los, Liebling?«, worauf Alex sichtlich verärgert war.

»Woher *weißt* du, dass etwas mit ihr los ist?«, sagte er frustriert. »*Woher nur*? Auf mich wirkt ihr beide immer ziemlich gleich.«

Irgendwie stellten wir an diesem Abend in dem Weinlokal fest, dass etwas in uns vorging. Wir würden uns dieser Dinge zu gegebener Zeit annehmen, dachten wir voller Vertrauen in unsere Beziehung. Dass Jim gleich eine Flasche Wein bestellte, statt für jeden ein Glas, sagte mir, dass er für mich da war, wenn ich ein ernsthaftes Gespräch mit ihm führen wollte. Und die liebevolle Art, in der ich ihm grollte, als wir uns später draußen mit einer Umarmung verabschiedeten, sagte ihm, dass ich wegen seines Abstechers nach Miami, über dessen Grund er mir nichts verriet, keine Probleme hatte.

»Warum kann ich kein Rendezvous mit dir haben?«, schmollte ich. »Warum kann ich nicht auch mal auf einer Luftmatratze im Pool des Delano liegen und mir von einem gut gebauten Kellner einen Cuba Libre und ein Stück Limonentorte servieren lassen?«

»Später, Süße«, sagte Jimmy. »Wenn wir alt sind, ziehen wir nach South Beach wegen unserer Arthritis.«

»Da werde ich nur eifersüchtig auf deine geriatrischen Liebesabenteuer«, sagte ich und rubbelte über sein widerspenstiges Haar.

Es war das letzte Mal, dass ich ihn berührte.

»Die wird's dann nicht mehr geben«, sagte er. »Bis dahin sind die Jungs alle tot.«

Als ich am nächsten Morgen zur Arbeit ging, hatte ich eine witzige Geschichte für ihn parat. Na ja, eigentlich war sie gar nicht witzig. Ich hatte auf dem Nachhauseweg von dem Weinlokal gerade die U-Bahnstation Euston Road verlassen, als ein Paar Füße über den schmutzigen Bürgersteig auf mich zugerannt kamen, vor mir stehen blieben und die Stimme eines Mädchens »Hi!« sagte. Ich blickte sie an und sah hinter ihrem übertrieben lächelnden Gesicht eine auf mich gerichtete Videokamera. »Modekanal Plus!«, jubelte sie, stellte sich neben mich und strahlte in die Kamera. »Hier ist Vox Pop Shop! Hi! Wir sind heute live auf den Straßen Londons unterwegs, um Ihnen zu zeigen, was die Londoner tragen!«

Der Mann mit der Kamera schritt zurück und nahm mich ins Visier. Ich sah an mir herunter, um mich zu vergewissern, was ich anhatte. Ich trug einen graphitgrauen Hosenanzug aus Wolle, der mir, bevor ich das Rauchen aufgab, genau gepasst hatte. Aber die seitdem angesetzten Pfunde bildeten sich deutlich unter der Jacke ab. Als ich ihn am Morgen angezogen hatte, war mir das aufgefallen. Was soll's, hatte ich mir gesagt, ich gehe ja nur ins Büro. Allerdings hatte ich auch gedacht, so denkt nur eine deprimierte Frau.

»Ich weiß nicht, warum Sie gerade mich fragen«, sagte ich in die Kamera, freundlich lächelnd mit eingezogenem Bauch. »Ich fürchte, ich habe keinen blassen Schimmer von Mode.«

Natürlich erwartete ich, dass sie mir widersprechen würde. »Lass sein!«, rief das Mädchen zu meiner Verwunderung dem Kameramann zu. »Die kommt nicht in Frage.« Dann wandte sie sich noch einmal mir zu. »Tut mir Leid«, sagte sie über die Schulter. »Wir interviewen nur Leute, die hier leben. Londoner.«

Das war alles. Keine große Sache. Aber ich kehrte zutiefst beleidigt in meine Wohnung zurück. Ich lebe hier!, protestierte ich innerlich. Ich lebe seit meinem zwanzigsten Lebensjahr in London! Und das hier ist ein Designer-Anzug, der ein kleines Vermögen gekostet hat, jawoll!

Augenblicklich hatte ich zu den Gelben Seiten gegriffen und auf dem Anrufbeantworter eines Psychiaters die Bitte um einen Termin hinterlassen.

Das alles wollte ich Jimmy erzählen.

An jenem Morgen war die monatliche Programmsitzung angesetzt. Alex, Roxy und ich warteten und warteten. Dann klingelte das Telefon. Alex legte den Hörer auf und sagte mit kalkweißen Lippen: Jimmy ist tot. Er war in der Nacht an einem Herzanfall gestorben.

Ich habe nie geweint. Meine Schwester Nora, die mich vom Augenblick an, als ich geboren wurde, immer nur missverstanden hat, rief mich kurz darauf an und sagte: »Du bist aber schnell über Jimmys Tod hinweggekommen. Er war doch dein bester Freund, oder nicht?«

Sie hatte schon früh etwas gegen ihn, genau genommen seit Jimmy ihr als Dankeschön für die Beherbergung in ihrer New Yorker Wohnung ein Abonnement für einen Beethoven-Sonatenzyklus in der Carnegie Hall mit der scherzhaften Bemerkung geschenkt hatte, damit könne sie aller Welt zeigen, dass sie nicht bloß eine steinreiche Irin sei. Nora hat einen Super-Job als persönliche Referentin, verdient ein Vermögen und ist über alle Maßen von sich überzeugt, aber selbst sie brachte es nicht fertig zu sagen: Was ist Schlimmes daran, eine steinreiche Irin zu sein?

Der Grund, weshalb ich nicht weinte, war, dass ich mich nicht traute.

Ich war völlig hilflos. Die ersten drei, vier Tage nach Jimmys Tod vergrub ich mich in meiner Kellerwohnung. Ich hörte Alex durch den Briefkasten an der Haustür rufen, und ein oder zwei Tage später auch meine Freundin Caroline. Aber ich antwortete nur, dass ich keine Zeit hätte und lesen würde. Ich tauchte erst wieder aus der Versenkung auf, als ich buchstäblich nichts mehr zu lesen hatte. Ich hatte zuerst alle Taschenbücher auf dem obersten Regal von links nach rechts und dann die Talbot-Akte, die auf dem Brett darunter stand, von vorne bis hinten durchgelesen. Anschließend hatte ich mir die Reiseführer auf den unteren Regalen vorgenommen. Nach der Beerdigung hörte ich damit auf und schrieb stattdessen soviel ich konnte. Die Artikel, für die Jimmy eingeplant gewesen war, ebenso wie meine eigenen. Ich war dauernd unterwegs, unablässig schreibend, bis mir in einem heruntergekommenen Kurort am Fuße der Tatra bewusst wurde, dass alles nichts half. Weder die Ochsen, die mit den alten Pflügen die verbliebenen Felder auf den Hügeln beackerten, noch der Geruch der Holzfeuer und Stalltiere entlang der schlammigen Straßen in den Dörfern unten im Tal, wenn die kalten Abende hereinbrachen. Es erschien mir sinnlos, an diesem Ort zu sein, ohne Jimmy anrufen und ihm erzählen zu können, dass es dort überhaupt keine Gemüse gab oder dass ich gerade den neuesten Theroux las und ihn weniger mochte denn je. Hallo, ich bin's nur. Hallo, Du-bist's-nur. Wo bist du? Ich warte gerade vor dem Privatbüro des Ministers in einer vergoldeten Villa. Und ich frühstücke gerade in einer Milchbar an einem Ort, den ich nicht aussprechen kann. Geht's dir gut? Hast du jemand dort, mit dem du reden kannst? Ich war gestern Abend bei einem gottserbärmlichen Trachtentanz. Der Tourismusheini hatte für unsere Gruppe die Dachterrassenzimmer reserviert. Was hörst du von Alex? Der Flieger ist umgeleitet worden. Ich hab vergessen, meine Sonnenbrille einzupacken. Hast du die Ente mit Johannisbeeren genommen? Die Maisernte ist verdorben, jetzt versuchen sie, einen Kredit von der Weltbank zu bekommen. Ich habe Zahnschmerzen.

Als ich nach London zurückkehrte, teilte ich niemandem meinen Entschluss mit, *TravelWrite* zu verlassen. Ich wollte die Ruhe im Büro nicht stören, die uns wie ein weicher Kokon umgab. Alex saß in seinem Zimmerchen, Roxy an ihrem Sekretärinnenschreibtisch und Betty, die Bürodame, in ihrem Zimmer am Ende des Flurs. Ich arbeitete so geräuschlos wie möglich in meiner Ecke. Wir waren sanft zueinander, versuchten, Jimmy nicht zu erwähnen. Auf dem Boden unter seinem Schreibtisch lag einer seiner Sportschuhe. Keiner von uns räumte ihn weg.

»De Burca«, stellte ich mich zum vereinbarten Termin bei der Sprechstundenhilfe des Psychiaters vor. »Kathleen de Burca.«

Sie sah mich an, als empfinde sie es als Zumutung, dass ich nicht »Smith« oder »Jones« hieß, und legte ihren Stift hin. Widerwillig nahm sie ihn wieder in die Hand.

»Könnten Sie das vielleicht buchstabieren?« Sie fragte es mit einem Unterton, als bezweifle sie, dass ich tatsächlich dazu in der Lage wäre.

Und ich sagte auch noch: »Schreiben Sie einfach Burke, die englische Version, wenn das für Sie leichter ist.«

Dann machte ich ihr ein katzbuckelndes Kompliment für das Blumenarrangement im New-Age-Stil auf ihrem Schreibtisch, weil ich vor Angst fast zersprang. Meine Wangen bebten. Als ich das Sprechzimmer des Psychiaters mit den antiken Möbeln betrat, die im gedämpften Licht glänzten, begann ich förmlich zu zerfließen. Jetzt würde alles ans Licht kommen, dachte ich, und ich könnte nicht mehr so weitermachen wie bisher. Ich hatte mein Leben lang alles einfach laufen lassen, meine Arbeit gemacht und gedacht: Nach mir die Sintflut. Und nun hatte ich Angst, ein winziger Stoß würde alles zum Einsturz bringen.

»Gleich neben dem Stuhl sind Taschentücher«, murmelte er.

Ich versuchte ihm zu erzählen, wie einsam meine Nächte seit Urzeiten waren. »Ja«, murmelte er. »Ja.« Ich sagte ihm, mein bester Freund, ein schwuler Amerikaner, sei plötzlich gestorben, und dass ich jetzt niemanden mehr hätte. »Ja.« Je heftiger ich weinte, desto mehr sackte mein Körper in sich zusammen. »Ich werde alt!«, heulte ich. »Und habe nichts aus

meinem Leben gemacht!« »Ja«, sagte er. »Geschwister?« »Ein
Bruder zu Hause«, sagte ich, »verheiratet, mit Kind. Und Nora,
sie ist die Älteste, in New York. Mein kleiner Bruder Sean starb
mit sechseinhalb. Wenn ich zu Hause geblieben wäre, hätte ich
ihn vielleicht retten können!« Weitere Tränen. »Und dann gab
es drei oder vier Babys, die alle bald nach der Geburt gestorben sind.« »Warum erwähnen Sie die?« sagte er. »Ich weiß
nicht«, sagte ich. »Wahrscheinlich wegen meiner armen Mutter.« Ich schluchzte und schluckte, doch dann begannen die
Tränen zu versiegen. Ich machte einen Erklärungsversuch: »Ich
bin so deprimiert, dass ich mich nicht einmal mehr richtig
anziehe. Neulich habe ich eine Jacke getragen, die mir überhaupt nicht mehr passt!« »Alkoholkonsum?«, fragte er. Ich
begann mich in der Geborgenheit des exquisiten Zimmers
wohl zu fühlen. Seine Hände lagen ruhig auf der Schreibtisch-
platte und spiegelten sich in der polierten Oberfläche. Ich blieb
zusammengekauert sitzen, obwohl mich jetzt nur noch gelegentliche Schluchzer erschütterten. »Wenn Sie das zu Papier
bringen könnten«, sagte er ruhig, »nur das Allgemeine. Alter
der Kinder beim Tod Ihrer Mutter und so weiter. Bei unserem
nächsten Termin werde ich Sie bitten ...«

Und dann hörte ich es. Ich hätte es nicht bemerkt, wenn
ich nicht zu weinen aufgehört hätte.

Jemand machte eine verstohlene Bewegung hinter einer
Stellwand in der halbdunklen Ecke hinter ihm.

Ich sprang auf wie ein aufgeschreckter Hase und blickte
ihn fragend an.

»Das ist durchaus üblich!«, sagte er. »Unsere Praktikanten
dürfen die ersten Gespräche mithören. Auch sie sind an die
ärztliche Schweigepflicht gebunden ...«

Mit zittrigen Beinen ging ich zur Tür.

»Das macht man in Ihrem Land genauso!«, rief er mir nach.
»Das kann ich Ihnen versichern!«

»Daher weiß ich«, sagte ich zu Nora am Telefon, »dass er
die Gelegenheit genutzt hat, weil ich Irin bin.«

Nora schwieg. Sie glaubte leidenschaftlich an ihren eigenen Seelenklempner. Seit Jahren versuchte sie, mich zu einer

Therapie zu überreden. Einmal hatte sie mir sogar einen Blankoscheck geschickt.

»Vielleicht machen sie es bei allen so«, begann sie.

»Das tun sie nicht«, sagte ich. »Und das weißt du auch. Wenn er seinesgleichen vor sich gehabt hätte oder wenn ich eine Dozentin aus Hampstead gewesen wäre ...«

»Komm her zu mir!«, sagte sie. »Oder geh wieder nach Hause! Ich begreife eh nicht, wie du es die ganzen Jahre in snobby old England ausgehalten hast.«

Aber das hatte ich schon versucht. Bei meiner letzten Krise hatte ich mich bei ihr einquartiert, mit der Absicht, mir in der Nähe eine Wohnung zu suchen. Es war nur eine Woche gut gegangen. Und in Irland würde ich mich auf keinen Fall niederlassen. Trotzdem ließ mich der Gedanke an Irland nicht los. Vielleicht weil mein Besuch beim Psychiater den abgelagerten Schlamm in mir von neuem aufgewühlt hatte. Oder weil ich mir die Talbot-Akte wieder vorgenommen hatte, obwohl mir – so kurz nach Jimmys Tod – nicht recht bewusst gewesen war, was ich genau las.

Etwas in mir war in Bewegung geraten. Ich bemerkte es bei einem Besuch in einem Privatzoo in der Nähe von London. Ich war dort, um für Alex einen Artikel über Tiere als Touristenattraktion zu schreiben. Es war eigentlich kein richtiger Zoo, eher eine Einrichtung zum Artenschutz, mit einem Aufzuchtprogramm zur Rettung der kleinwüchsigen Löwenäffchen. Die Äffchen hatten die rötlich goldene Farbe von Spaniels und Halskrausen um ihre winzigen, traurig dreinblickenden Gesichter wie der Metro-Goldwyn-Mayer-Löwe. Hingerissen betrachtete ich sie, die Stirn gegen die Glasscheibe gepresst. Nachdenklich schaukelten sie mit einem Arm an den Ästen hin und her, kauerten ängstlich unter den großen fleischigen Blättern ihres Geheges oder kratzten sich am Kopf, völlig gleichgültig gegenüber den neugierigen Blicken. Ich beobachtete das geschäftige Treiben eines winzigen, löwenköpfigen Äffchens, etwa von der Größe meiner Hand, an dessen Bauch sich ein noch kleineres klammerte. Mutter und Kind. Ihre stecknadelkopfgroßen Augen schauten durchdringend.

Plötzlich ging mir auf, dass ich meine Familie nie so betrachtet hatte wie diese Tiere. Nie hatte ich die Menschen, die mich geprägt haben, mit dem gleichen verweilenden, ruhig beobachtenden Blick angesehen, mit dem ich Säugetiere oder Vögel anschaute und mich absichtslos ihres Daseins erfreute. Seit meiner Flucht aus Irland hat sich das Bild, das ich von meiner Familie im Kopf habe, nicht verändert. Mutter? Opfer. Nora und ich und Danny und der arme kleine Sean? Vernachlässigte Opfer ihres Opfertums. Und Vater in der Rolle des Bösewichts. Ein katholischer irischer Patriarch vom alten Schlag: schlecht zu seiner Frau, lieblos zu seinen Kindern, hart zur jungen Kathleen, wenn sie versuchte, mit ihm zu reden.

Ich hob den Kopf, als witterte ich einen seltsamen Geruch.

Worüber war ich nur, mehr als ein Vierteljahrhundert nach der letzten Begegnung mit meinem Vater, so verbittert? Fünf oder sechs Jahre nach seinem Tod? Unmöglich, dass ich mich in all der Zeit *nicht* verändert hatte. Ich konnte nicht mehr dieselbe Person sein, die ich war, als ich von zu Hause fortging. Das war einfach nicht möglich. Auch wenn ich viele Jahre in meiner Kellerwohnung in einer Art Dämmerzustand zugebracht hatte, hatte ich doch gelebt. Und alles, was lebt, macht unablässig Veränderungen durch.

Die Affenmutter mit ihrem Baby war verschwunden. Sie mussten sich im Blätterwald eines tropischen Baumes versteckt haben.

»Wo seid ihr?«, flüsterte ich und klopfte sanft an die Scheibe.

Als ich den Zoo verließ, kamen mir die Zeilen eines Gedichts in den Sinn, das wir in der Schule gelernt hatten.

»Ist hier irgendwer?«, rief der Reisende
und pochte an das monderhellte Tor.

Ein Mann klopft an die Tür eines verlassenen Hauses tief im Wald, und drinnen auf den Stufen waren, glaube ich, Geister, die ihn hören.

»Sagt ihnen, dass ich kam und niemand Antwort
gab«,
sprach er, »und dass ich Wort gehalten hab.«

Ich versuchte, mich an die ganze Strophe zu erinnern.

»Ist hier irgendwer?«, rief der Reisende
Und pochte an das monderhellte Tor.
Und sein Ross zermahlte still die Gräser
auf des Waldes farnigem Flor.
Und aus dem Bergfried stieg ein Vogel auf,
flog über dem Reisenden her.
Und noch einmal rief er zum Tor hinauf
»Ist denn hier nirgendwer?«

Von da an hatte ich ein Bild von stummen Geistern im Hinterkopf, die warteten und lauschten, während ich als Reisende auf und ab ritt und sie rief. Ob es die Geister von Marianne Talbot und William Mullan waren, die sich gegenseitig auf den von Lampen erleuchteten Stufen Mount Talbots betrachteten, oder die meines Vaters und meiner Mutter – seine schimmernde Uhrkette, ihr Gesicht wie ein bleicher Fleck über seiner Schulter? Ich machte mir nicht die Mühe, es herauszufinden. Nicht auf diese Menschen kam es mir an, sondern auf mich selbst. Schemenhaft sah ich meine Gestalt tragische Geister anrufen, die auf meine Stimme lauschten und darauf warteten, befreit zu werden. Und dieses Bild setzte sich in mir fest.

2

 Ich klopfte an die Tür von Alex' Zimmer.

»Boss, Schätzchen?«, fragte ich, »bist du beschäftigt?«

Ich teilte ihm mit, dass ich *TravelWrite* verlassen würde.

»Das kannst du nicht«, sagte er sofort.

Einen Augenblick lang dachte ich, er wollte persönliche Einwände erheben.

Aber dann sagte er: »Der Verband der Reiseunternehmer will dir nächste Woche beim Lunch den *Lifetime Achievement Award* verleihen. Ich dürfte dir das eigentlich nicht sagen.«

»Warum mir?«, fragte ich. »Warum nicht Jimmy und mir? Wir haben dieselbe Arbeit gemacht.«

»Ich weiß. Ursprünglich sollte der Preis auch an Jimmy und dich gehen.«

Er schwieg bekümmert, dann sagte er: »Ich wollte, ich hätte es ihm gesagt, Überraschung hin oder her.«

Es dauerte eine Weile, bis ich begriff. »Ein Preis für mein Lebenswerk als Reisejournalistin! Kannst du dir eine traurigere Auszeichnung vorstellen, Alex? Dieses ›Lebenswerk‹ war mein *Leben*! Mein Leben ist darüber vergangen, ohne dass ich es bemerkt habe. Und jetzt bin ich fast fünfzig und weiß nicht mehr weiter.«

»Dass du fünfzig bist, ist nicht so schlecht«, begann er vorsichtig. »Der Verband bietet eine gute Altersversorgung ab fünfzig.«

28

»Ich bin erst neunundvierzig und sechseinhalb Monate!«, schnauzte ich ihn an. »Altersversorgung! Als ob ich daran interessiert wäre!«

»Ich weiß«, antwortete er. »Auf mich wirkst du auch jung. Und du hast noch viel zu viel Energie, um nichts zu tun.«

Wir schwiegen.

»Du bist die geborene Schriftstellerin«, sagte er. »Du solltest nicht mit dem Schreiben aufhören. Wie wäre es mit einem Buch? Vielleicht etwas Historisches?«

»Ich kenne mich in der Geschichte nicht aus«, sagte ich düster.

»Dann bist du eine Ausnahme. Alle Iren, die mir begegnet sind, kennen sich in Geschichte aus.«

»Alex, ich weiß nicht, ob ich genug Kraft habe, etwas Neues anzufangen. Ehrlich gesagt, ich habe das Gefühl, dass in mir alles leer ist, jetzt, wo Jimmy nicht mehr da ist.«

»Das stimmt nicht«, sagte er ernst. »Glaub mir, Kathleen. Es ist nie alles leer. Jimmy hat dich geliebt. Aber Gott liebt dich auch. Er liebt dich mehr als …«

»Du lieber Himmel!«, fuhr ich ihn an. »Hör mir auf mit deinem *Gott*!«

Dann rannte ich aus dem Büro und schlug die Tür hinter mir zu.

Am Tag des Travel-Award-Lunch betrat ich das Hotelfoyer kurz nach ihm und hatte Gelegenheit, ihn einen Augenblick lang von hinten zu beobachten. Ich sah ihm die Unsicherheit an der Kopfhaltung an. Wenn er sich unter smarten Leuten bewegte, verlor er sein Selbstbewusstsein. Er trug seinen besten Anzug, den, dessen Anblick Jimmy nur schwer ertragen hätte, hielt die Hände auf dem Rücken verschränkt und wippte leicht auf den Absätzen. Er war oben schon ziemlich ausgedünnt, aber sein schwarzes Haar hatte noch immer einen schönen seidigen Glanz. Er trug Schnürschuhe, während alle anderen Männer, da wäre ich jede Wette eingegangen, in Slippern steckten. Wenigstens hat er nicht diese unsäglichen braunen Galoschen an, hätte Jimmy gesagt, wenn er da gewesen wäre.

»Du siehst umwerfend aus«, sagte Alex, und er meinte es ehrlich. Jeder andere hätte meinen Bauchansatz bemerkt, obwohl ich mich eigens für den Anlass in einen Hüfthalter gezwängt hatte. Meine Friseurin hatte mir seltsame violette Strähnen ins Haar gefärbt. Außerdem trug ich schwarze Strumpfhosen, die eine Spur zu dickmaschig für mein Kleid waren. Aber Alex war in diesen Dingen so unschuldig wie ein Baby.

»Nur nicht nervös werden, Kath,« flüsterte er mir zu, als wir zum vordersten Tisch gingen. Wir kannten die meisten Leute nicht, die dort saßen.

»In der Öffentlichkeit bin ich nicht nervös«, sagte ich.

Es war eine indirekte Aufforderung an Alex, mich zu fragen, was ich damit meinte, damit ich ihm erzählen konnte, dass ich Angst vor Leuten hatte, die ich *kannte*, nicht vor Leuten, die ich *nicht* kannte, damit er mir wiederum von seinen Gefühlen erzählte – und so weiter. Aber Alex verstand diese Art von Sprache nicht.

Der Vorsitzende nannte mich die *Doyenne* des Reisejournalismus. Ich wand mich innerlich. Die Älteste, mit anderen Worten. Er sagte, es sei das erste Mal, dass die Jury den begehrten Preis einer Journalistin aus dem Verband verleihe, aber der verstorbene Jimmy Beck und Kathleen de Burca hätten nunmehr über zwanzig Jahre dazu beigetragen, das Ansehen von *TravelWrite* durch Beiträge von gleichbleibend hohem Niveau ... und so weiter und so fort. Ich sah, dass Alex' Gesicht vor Ergriffenheit blass war. Als der Vorsitzende geendet hatte, stand ich auf und hielt eine kurze Dankesrede. Sie endete damit, dass ich den Anwesenden auch im Namen des unvergessenen Jimmy dankte sowie unseres gemeinsamen Chefs und genialen Herausgebers Alex. Danach überreichte mir der Vorsitzende eine Waterford-Kristallschale. Und während ein höflicher Applaus ertönte, johlte Alex, der schon kräftig dem Wein zugesprochen hatte, wie ein Fußballfan und rief mit rauer Stimme: »Hoch damit, Kathleen! Zeig ihnen, was die kleine *TravelWrite* kann!«

Alles drehte sich nach ihm um, und er sank peinlich errötend wieder auf seinen Stuhl.

An den Tisch zurückgekehrt hob ich, um die Aufmerksamkeit von ihm abzulenken, mein Glas und sagte: »Das war's! Wenn man ganz oben ist, soll man aufhören. Ich mache Schluss mit dem Reisejournalismus und widme mich ganz anderen Themen.«

»Worüber wollen Sie denn schreiben?«, fragte jemand.

Die Frau an Alex' anderer Seite hatte offenbar auch zu tief ins Glas geschaut.

»Sie sind Irin, nicht wahr?«, wandte sie sich an mich. Sie beugte sich über einen unabgeräumten Teller und schnippte mir mit ihrem karminroten Fingernagel eine kleine Kartoffel quer über das Damasttischtuch zu.

»Über Kartoffeln, nehme ich an«, sagte sie. »Davon verstehen die Iren was!«

Am Tisch entstand eisiges Schweigen.

»Da haben Sie Recht«, sagte ich wie ein Engel lächelnd. »Welch außergewöhnlich scharfsinnige Beobachtung!«

Und dann kündigte ich der Tischgesellschaft im Brustton der Überzeugung ein Projekt an, das mir einen Augenblick zuvor höchstens als vage Idee im Kopf herumgespukt war.

»Ich werde etwas über einen Skandal schreiben, der sich in einem entlegenen Teil Irlands ereignet hat: die leidenschaftliche Liebesgeschichte einer Engländerin herrschaftlicher Abstammung mit einem Stallburschen. Ihr Name war Marianne Talbot. Ich weiß nicht genau, was da war, aber ich werde hinfahren und versuchen, es herauszufinden.«

»Wann war das?«, fragte jemand am Tisch.

»Um die Mitte des neunzehnten Jahrhunderts«, sagte ich, »kurz nach der furchtbaren Hungersnot durch die Kartoffelfäule. Damit scheint sich diese Dame« – ich nickte der Frau mit den roten Fingernägeln zu – »ja auszukennen. Das ist überhaupt das Interessanteste an dem Skandal – die Zeit, in der er sich abgespielt hat.«

»Ach, ich weiß nicht«, sagte Alex, noch immer bedrückt über seinen Auftritt. »Ich weiß nicht, ob es dafür Abnehmer gibt. Man kann die dauernd mit ihrem Elend beschäftigten Iren auch leicht satt kriegen.«

Ich warf ihm einen ärgerlichen Blick zu und schwieg. In

der Öffentlichkeit konnte ich meinem Chef schlecht widersprechen.

Noch am selben Nachmittag, kaum dass ich den kneifenden Hüftgürtel in meiner Kellerwohnung abgestreift hatte, rief ich Caroline in ihrem geräumigen Haus auf dem Hügel an. »Ich muss aus diesem Keller raus«, sagte ich ihr. »Noch heute schicke ich dem Vermieter meine Kündigung. Ich habe keine Ahnung, wohin ich will, nur weg von hier. In dem Keller halt ich es nicht mehr aus. Nur soviel, Caro: Ich fahre nach Irland, um etwas zu recherchieren. Kann ich in der Zwischenzeit ein paar Kartons mit meinen Sachen bei dir unterstellen? Ach ja, und könnte ich, wenn ich wieder zurückkomme, eine Weile bei dir wohnen, bis ich mir über alles Weitere im Klaren bin?«

»Natürlich kannst du das!«, antwortete sie. »Das würde wunderbar passen. Dann habe ich gerade mein Examen in Pädagogik hinter mir. Das wird lustig! Ganz wie in alten Zeiten.«

Typisch Caroline. Sie blendete einfach alle Erinnerungen aus, die keineswegs lustig waren. Aber als wir Anfang zwanzig waren, hatten wir in ihrer sonnigen Maisonette-Wohnung tatsächlich schöne Zeiten erlebt. Vielleicht war mein Urteil voreilig. Vielleicht brauchte ich die Nähe eines Menschen, mit dem ich glückliche Zeiten verbracht hatte, jetzt wo Jimmy nicht mehr da war.

Jimmy. Ich kroch ins Bett, obwohl das Stückchen Himmel weit über mir noch hell leuchtete.

Den ganzen Tag habe ich in aller Öffentlichkeit Pläne für die Zukunft geschmiedet, dachte ich. Dabei versuche ich nur, die Gegenwart zu überleben.

Als ich mich am nächsten Tag in Bewegung setzte, fühlte ich mich erleichtert. Ich nahm ein Taxi zur Fleet Street und ging zu den Inns of Court, den Kammern der Prozessanwälte, wo ich den Bibliotheksschildern zum Inner Temple folgte. Die Aufsicht am Eingang sagte mir, dass die Bibliothek für die Öffentlichkeit leider nicht zugänglich sei, außer in Fällen, in denen sich das einzige Exemplar eines gesuchten Buches oder Dokuments dort befinde.

»Ich weiß nicht einmal, was an Material über den Talbot-Scheidungsfall überhaupt vorhanden ist«, sagte ich. »Ich kann nur vermuten, dass sich allein in Ihrer Bibliothek etwas dazu findet.«

Der Mann lächelte über meine Naivität.

»Warten Sie hier«, sagte er, »ich werde im Katalog nachsehen.«

Ich setzte mich an einen Tisch vor einem von hohen Bücherregalen umrahmten Fenster und beobachtete die Anwälte in ihren Talaren, die unter mir über den gepflasterten Innenhof hin und her eilten. Es war Jahre her, seit ich in einer Bibliothek gesessen hatte, zuletzt während des Studiums, und damals nicht allzu oft. Ich hatte vergessen, wie sehr es mir gefiel. Bei dem Gedanken, den ganzen Tag hier zu sitzen und mir in dem eigens für diesen Zweck angelegten Heft Notizen zu machen, erfüllte mich ein Gefühl der Ruhe. Gott sei Dank hatte ich endlich das Rauchen aufgegeben!

Der Mann kam mit einem einzigen Band zurück. Wie sich herausstellte, waren es gebundene Kopien privater Scheidungsprozessakten, darunter die Talbot-Akte, die ich schon besaß. Hugos Dozent musste sie hier entliehen haben.

»In Irland finden Sie vielleicht mehr«, sagte der Mann. »Der Ehemann wird zunächst beim kirchlichen Gericht die Aufhebung der Ehegemeinschaft beantragt haben. Das dort erhobene Beweismaterial könnte in Irland erhalten sein. Ich habe im Computer nachgesehen, aber in keiner juristischen Bibliothek etwas zu dem Fall gefunden.«

Ich gab nicht auf. Ich nahm die U-Bahn bis hinaus nach Colindale, zur Zweigstelle der British Library, wo die Zeitungen archiviert werden, und ließ mir einen Leseausweis ausstellen. Mochte die Rechtsprechung an dem Skandal nicht interessiert gewesen sein, die Zeitungsleser waren es sicherlich. Es waren nicht viele irische Tageszeitungen für den Zeitraum aufgeführt, doch es gab eine, die vielleicht etwas über den Fall enthalten konnte.

Ich hatte kaum begonnen, den *Northwestern Herald* auf

Mikrofilm durchzusehen, als mir der Atem stockte. Mein Blick war auf den Namen von Mariannes Ehemann gefallen!

September 1850. Am vergangenen Montag begab sich der stellvertretende Sheriff John O'Hara von Ballygall aus zu den Landgütern am Mount Talbot, dem Grundbesitz von Mr. Richard Talbot, wo er in Begleitung von Polizeibeamten der angrenzenden Reviere bei 83 Familien die Zwangsvollstreckung der Räumung durchsetzte und 75 Häuser abreißen ließ, wodurch sich die Zahl der planierten Häuser, zusammen mit denen, die baufällig zu nennen sind, in den verschiedenen Außenbezirken der Stadt auf 600 erhöht hat. Am 7. dieses Monats wurden über 100 Menschen obdachlos und ohne Mittel ihrem Schicksal überlassen. Viele der unglücklichen Geschöpfe, die nicht bei Nachbarn unterkommen konnten, sind gezwungen, unter den Bögen der alten Brücke zu leben ...

Die nächste Gelegenheit, bei der Richard Talbot erwähnt wurde, war im Winter darauf:

November 1851. Sechzehn Paar Waldschnepfen, drei Hasen, ein Paar Kaninchen und einige Sumpfschnepfen wurden von Mr. Richard Talbot und einem anderen Gentleman zur Strecke gebracht. Die Jagd wurde bis in die Abendstunden fortgesetzt, und die Schnepfen waren trotz des eisigen Wetters in ausgezeichnetem Zustand.

Dann, in einer Spalte über Neuzugänge in Arbeitshäusern, fand sich ein Hinweis auf Kritik:

Die bedauernswerten Kreaturen vor der Kommission des Arbeitshauses waren Pächter von Mr. Talbot und lebten einst in gesicherten Verhältnissen, bevor Mr. Talbot und seine Männer sie in den Ruin trieben wie viele hundert andere, deren Häuser abgerissen und deren Grundstücke einer besser gestellten Klasse überlassen wurden. Durch die wachsende Zahl von Armen, die sie selbst geschaffen haben, rauben die Pachtverwalter die Steuerzahler aus.

Sollte der *Herald* damals gegen die Grundbesitzer eingestellt gewesen sein? Wenn ja, hätte er bestimmt über den Talbot-Scheidungsprozess berichtet! Ich begann die Leitartikel zu lesen, um herauszufinden, wo die Sympathien des Blattes lagen. Doch bei der Lektüre wurde mir schnell bewusst, dass man noch lange nichts gegen die Grundherren, die Arbeitshäuser für die Iren oder gar deren Ausrottung haben musste, wenn man die Verstimmung der städtischen Kaufleute zum Ausdruck brachte, die durch ihre Abgaben die Arbeitshäuser unterhielten.

1. Mai 1852. Der irische Kätner, jener Mann mit seinem halben Dutzend Morgen Land, seinem bisschen Gewohnheitsrecht, seiner Lehmhütte auf der nackten Erde, ohne Kamin, ohne Fenster, ohne Möbel und ohne Trennwand zwischen den menschlichen und tierischen Bewohnern, war ein Wilder. So verheerend die Ereignisse sind, durch die diese Klasse im Schwinden begriffen ist, wir sind dem Himmel dankbar, dass wir noch zu unseren Lebzeiten von ihr als einer Klasse sprechen können, die der Vergangenheit angehört. ...

Nein, der *Herald* war ein Pro-Establishment-Blatt. Hier würde ich nichts Despektierliches über die Talbot-Familie finden. Tatsächlich verbrachte ich zwei Stunden damit, den *Herald* bis zum Ende des Jahres 1856 durchzusehen, ohne auch nur einen einzigen Hinweis auf das Privatleben der Oberschicht zu finden. Von ihr wurde nur im Ton der Unterwürfigkeit gesprochen, ausgenommen bei dem Thema, mit wessen Geld man die hungernden Obdachlosen in den Arbeitshäusern – zähneknirschend – am Leben erhalten sollte.

Ich sah das Verzeichnis der Bibliotheken des Vereinigten Königreichs und Irlands durch und fand die Nummer der Stadtbücherei von Ballygall, einer kleinen Ortschaft, die nach dem Messtischblatt von 1842 am Rand des ausgedehnten Landguts am Mount Talbot lag. Aber als ich endlich jemanden erreichte, sagte man mir, ich müsse mich an die ehemalige Bibliotheksdirektorin Miss Leech wenden, die dabei sei, die lokalgeschichtliche Abteilung aufzubauen. Und Miss

Leech sei im Augenblick nicht erreichbar. »Versuchen Sie es nächste Woche noch einmal.«

Ich rief Alex am Abend an, um ihm von meinem Tagewerk zu berichten.

»Bisher ist nichts dabei herausgekommen«, sagte ich ihm. »Aber könntest du mir trotzdem zwei, drei Wochen freigeben? Ich will nach Ballygall fahren, um mich dort etwas umzusehen. Ich gebe dir Bescheid, sobald ich ein Quartier gefunden habe. Das Handy nehme ich nicht mit, das brauche ich bei *der* Arbeit nicht. Und Chef, sei so gut und bitte Betty, den Verwaltungskram für meinen Rentenantrag vorzubereiten. Ich höre auf bei *TravelWrite*, Alex. Ich habe gerade entdeckt, wie sehr ich Bibliotheken liebe.«

Ich sagte nicht, dass Bibliotheken der einzige Ort waren, an denen meine Mutter glücklich war, aber ich war mir dessen bewusst. Die Stadtbücherei in Kilcrennan betrat sie jedes Mal mit jenem forsch entschlossenen, traumwandlerisch sicheren Blick, den andere Frauen beim Einkaufen in Kleidergeschäften haben. Dies war eine Erinnerung an sie, die mir gefiel.

Am Tag meiner Abreise nach Irland wartete ich in der leeren Wohnung. Ich legte ein sauberes Geschirrtuch auf die Sitzfläche des niedrigen Sessels neben dem Tisch und setzte mich. Ich trug meinen Mani-Anzug für die Heimreise, oder besser: die Reise zurück nach Irland. Die Hose ließ sich in der Taille nicht mehr ganz schließen, aber das sah man unter der Jacke nicht.

Ich schaltete das Küchenlicht aus. Der Raum versank in grauer Stille.

Die Wohnung hatte ich eigentlich nur in den langen stillen Morgenstunden nach einer Reise gemocht, in denen ich langsam wieder zu mir kam, wenn ich mir die Augenbrauen zupfte, die Beine enthaarte, das Taschenbuch aus der Buchhandlung am Flughafen fertig las, meine Wäsche für die Maschine oder die Reinigung sortierte, meine Handtasche ausräumte und den Pass verstaute. Ich genoss diese kleinen Handlungen, weil sie notwendig waren und weil sie mir weniger ichbezogen vorkamen als das meiste, was ich tat.

Jimmy behauptete immer, bei meiner Ankunft im Büro erkennen zu können, ob ich aus meiner Kellerwohnung kam oder nicht. Im ersteren Fall hafte mir noch die Dunkelheit an.

»Eine Göttin wie du, Kathleen«, hatte er einmal gesagt, »sollte auf London *herabsteigen* und nicht zur Stadt hinaufklettern ...«

Immer behandelte er mich, als sei ich eine Schönheit. An seinem ersten Tag bei *TravelWrite* ließ er mich wissen, dass graue Augen und schwarze Haare die eleganteste aller Farbkombinationen seien. Und als er mit seinem ersten Artikel aus Irland zurückkam, behauptete er, ich sei zudem die einzige hoch gewachsene Irin auf der Welt.

»Warum vergräbst du dich also in einem Keller wie deine molligen bäuerlichen Schwestern?«

Er sagte das mit einem besorgten Gesichtsausdruck. Er bedauerte, dass ich mich offensichtlich nicht darum scherte, wo ich wohnte. Aber ich fand, dass die dämmrigen Räume zu mir passten. In den gut dreißig Jahren, die ich in London verbracht hatte, war ich nur dreimal umgezogen, wenn man die bewegten Studienjahre unberücksichtigt ließ. Erst hatte ich mit Hugo im Süden der Stadt gelebt. Dann mit Caroline in ihrer Maisonette-Wohnung. Dann hier. Wenn ich's mir recht überlegte, führte der Weg immer bergab: von der Mansarde mit Hugo über das Erdgeschosszimmer bei Caro bis zu meiner jetzigen Wohnung halb unter der Erde.

»Na?«, begrüßte mich Caroline, den Finger auf der Türklingel. Ganz das verwöhnte Kind reicher Eltern, hatte sie mitten auf dem Bürgersteig geparkt.

»Und?« Sie grinste mich an. »Spottest du noch immer über meinen Jeep? Für den Umzug ist er jetzt doch ganz praktisch, oder?«

»Seit wann braucht man einen Geländewagen mit Allradantrieb, um zwei Kisten drei Meilen durch London zu fahren?«

»Ist das alles, was du hast?« Sie blieb an der Tür zur Küche stehen. Die erste Frühlingssonne fiel vom Eingang auf ihr helles Haar und ließ es golden leuchten. Wir waren gleich groß. Das hatte mir immer gefallen, wenn wir früher zusammen ausgegangen waren. Außerdem genoss ich es damals mit einer Schönheit gesehen zu werden.

Einmal hatte Caro mir ein Kompliment gemacht: »Du siehst einfach umwerfend aus Kath, mit deinen wilden Locken – wie eine irische Nymphe!«

Ich bewahrte diese Bemerkung jahrelang in meinem Herzen, selbst nachdem mir aufgegangen war, dass sie jedem etwas überschwänglich Nettes sagte. Wie heißt es in Brownings *Last Duchess*: »Gewiss, sie lächelte mich an, wenn sie mich sah, doch war's was jedermann von ihr empfing …«

»Ich wollte, du kämst direkt zu mir«, sagte sie. »Nächste Woche beginnen die Examen, und es hätte mich klüger gemacht, eine kluge Person im Haus zu haben. Ist dein plötzliches Interesse an Irland nicht ein bisschen übertrieben? Ich weiß nicht, soll ich dich im Gästezimmer unterbringen oder das obere Stockwerk renovieren lassen …«

»Du brauchst mich nirgends unterzubringen«, sagte ich. »Verstau einfach die Sachen irgendwo. Über alles Weitere sprechen wir, wenn ich wieder von zu Hause zurück bin. Übrigens finde ich es ganz toll, dass du noch mal aufs College gegangen bist …«

»Seit wann ist Irland dein Zuhause?«, unterbrach sie mich. »Damals in Belfast, wo wir so viel Champagner getrunken haben, hast du nie das Wort ›zu Hause‹ benutzt.«

»Mit Belfast habe ich nichts am Hut«, sagte ich. »Das gehört euch. Das haben deine Landsleute mehr als deutlich gemacht …«

»O fang nicht damit an!«, sagte sie. »Du weißt, ich verstehe nichts von Politik.«

»Und komm du mir nicht mit der Blondinen-Nummer.«

Sie trat wieder in den Flur, nachdem sie die Kisten verstaut hatte.

»Sobald der Vermieter die Wohnung abgenommen hat, fahr ich zum Flughafen«, sagte ich. »Aber ich ruf dich an, wenn ich in Irland untergekommen bin. In Ballygall gibt es ein Hotel, *The Talbot Arms*. Ich werde es erst mal dort versuchen. Ob ich dort bleibe, weiß ich noch nicht. Es könnte unter aller Kanone sein. Irische Kleinstadt – wer weiß!«

»Versprich mir, dass du dich meldest«, sagte sie. Sie beugte sich vor, um mir einen Kuss irgendwo in die Nähe meiner Wange hinzuhauchen.

»Du verteilst deine Küsse, als würdest du Orden verleihen«, sagte ich. » Wie Queen Mom. Lächerlich. Wir sind erst neunundvierzig ...«

»Wieso erst?«, sagte sie, als sie sich auf den Fahrersitz fallen ließ. »Was kommt denn nach neunundvierzig? – Fünfzig! Wir sind fast fünfzig!«

»*Nel mezzo del cammin* ...«, begann ich.

»Gib nicht so an!« Sie lächelte mich durch das Wagenfenster an. »Tu bloß nicht so gescheit ...«

»Aber ich bin gescheit!« Ich tänzelte neben dem Jeep her, als sie mit einem Satz vom Gehweg herunterfuhr.

Ich lief die wenigen Schritte bis zur Ecke mit.

»Ich bin die Gescheite und du die Schöne!«, rief ich ihr hinterher. Sie lachte, gab Gas und brauste davon.

Beim Herumalbern hatte ich einen nachdenklichen Schatten auf ihrem Gesicht bemerkt. Doch was sollte sie tun? Sie war immer zu höflich gewesen, einen Ton in Frage zu stellen, den jemand vorgab, auch wenn sie den Verdacht hatte, er könne falsch sein. Sie erinnerte mich an gewisse englische Tennisspielerinnen, die nie ins Finale kamen. Durchaus talentiert, aber nicht gewieft genug.

Ich kehrte in die dämmrige Küche zurück, um auf Mr. Vestey zu warten. Die Katze von nebenan saß bewegungslos draußen auf der Fensterbank und sah mich aufmerksam an. Einmal war sie in meine Wohnung gekommen. Ich hatte einen Koffer vom Schrank heben wollen und war vom Stuhl gefallen. Sie hatte sich neben mein schmerzverzerrtes Gesicht gesetzt, ihre Plüschpfote nach meiner Wange ausgestreckt und war so lange dageblieben, bis ich aufstehen konnte. Seither ging mir die Katze nicht aus dem Kopf, wenn ich auf Reisen war, und ich versuchte, noch bei Tageslicht zurückzukehren, in der Hoffnung, sie zu sehen. Das habe ich nie jemandem erzählt, nicht einmal Jimmy. Ich hatte mir nie erlaubt, sie zu berühren, auch wenn mein Verlangen danach manchmal so stark war, dass es mir in der Brust wehtat. Ich wusste nicht, ob sie ein Männchen oder Weibchen war, daher gab ich ihr verschiedene Namen. Eine Zeit lang nannte ich sie Beth. Ferdy. Inigo. Am häufigsten aber nannte ich sie Pangur, nach der Katze aus dem alten Gedicht eines irischen Mönchs. Ich hatte mir nie vorstellen können, eine Katze zu lieben; die hier hatte sich einfach in mein Herz geschlichen. Vielleicht ließ ich das kleine Ding nun im Stich.

»Reiß dich zusammen!«, befahl ich mir kühl.

Anfangs war ich dem Himmel für diese Kellerwohnung dankbar. Als Caroline heiratete und ich mein Zimmer in ihrer Wohnung räumen musste, stellte ich fest, wie schwierig es war, eine neue Unterkunft zu finden. Voller Zuversicht hatte ich meine Wohnungssuche auf Bayswater konzentriert, weil Kate Croy in *Die Flügel der Taube* sich mit ihrem Liebhaber im Hyde Park traf. Ich kannte London nicht gut genug, um zu wissen, dass man nicht einfach in den bevorzugten Stadtteil hineinspazieren und erwarten konnte, dort auf Anhieb eine Wohnung zu finden. Ich ahnte nicht, dass ich nach einem Tag des Abgewiesenwerdens im Gespräch mit Immobilienmaklern in einen aufgesetzten englischen Akzent verfallen würde. Und am vierten Tag meiner Wohnungssuche beschloss ich verärgert, der Stadt nie zu verzeihen, dass sie mich zwang, mich selbst zu verleugnen.

Während ich so durch London lief, vergaß ich völlig, dass England mich vor Irland gerettet hatte. Mir fielen die Zornausbrüche meines Vaters ein, wenn er uns die Geschichte seiner Arbeitssuche in England erzählte. Er tischte sie uns jedes Mal sonntags beim Abendessen auf, wenn ihn bei seinem nachmittäglichen Pub-Besuch irgendeine Äußerung daran erinnert hatte. »Als ich auf meine Einstellung in den Staatsdienst gewartet habe«, begann er dann, »bin ich rüber nach England gefahren« um mir in der Zwischenzeit einen ehrlichen Shilling zu verdienen.« Den Höhepunkt der Geschichte bildete ein Schild im Fenster einer Pension: KEINE SCHWARZEN KEINE IREN KEINE HUNDE. Er brüllte die Worte förmlich heraus.

Als ich die Geschichte zum ersten Mal hörte, wusste ich nicht, was Schwarze waren, aber ich wusste, dass es nicht richtig war, mit Hunden auf die gleiche Ebene gestellt zu werden. Nach dem Essen, als Mammy und Daddy ins Schlafzimmer gegangen waren, fragte ich Nora beim Aufräumen:

»Was sind denn Schwarze?«

»Das sind Leute, die in heißen Ländern leben und von der Sonne ganz schwarz sind.«

»Und was ist ein ehrlicher Shilling?«

»Hör auf zu nerven.«

Es war mir schließlich fast wie ein Wunder vorgekommen, dass ich mich bei Mr. Vestey von der Immobiliengesellschaft Vestey Bloomsbury Estates wegen der Wohnung vorstellen durfte.

»Nehmen Sie Platz, junge Frau«, sagte er. »Sie sind Irin, wie ich Ihrem Namen entnehme?«

Mr. Vestey war korpulent und hatte das rot glänzende Gesicht eines Gastwirts.

»Das ist richtig«, sagte ich und beugte mich ernst nach vorn. »Aber ich habe ein Diplom am Londoner Polytechnikum erworben. Und ich arbeite seit einem Jahr für den *English Traveller*.«

Sein freundlicher Ton trieb mir vor Erleichterung die Tränen in die Augen.

»Die Lage müsste Ihnen also passen«, sagte er. »Es ist nicht weit zu den zentralen U-Bahnstationen.«

»Dann kann ich die Wohnung also haben?«

Er legte eine Pause ein. Es war so still, dass ich sogar das leise Ticken der Armbanduhr an seinem kräftigen Handgelenk hörte.

»Natürlich können Sie das! Eine so bezaubernde junge Frau wie Sie!«

Das Kompliment zeigte seine Wirkung. Wer vergisst schon Komplimente? All die Jahre hindurch lächelte ich ihn an, wenn ich ihn auf seinem Weg zu den Büros über meiner Wohnung traf. Ich lächelte bereits, bevor ich recht wusste, warum, als hätte mir das Nachlassen der Spannung in dem Augenblick, als er mir die Wohnung gab, ein Siegel der Freude aufgedrückt. Jedenfalls kam ich gut mit Mr. Vestey aus. Würdevoll eingeknöpft in seinen Nadelstreifenanzug bis unter das violette Gesicht wirkte er fast wie eine Karikatur. »Nass genug für Sie, Mr. Vestey?«, rief ich ihm zu, wenn es regnete, oder: »Prächtiges Wetter, Mr. Vestey!«, worauf er mir jedes Mal vornehm zunickte und »Miss Burke« murmelte.

Nun hörte ich, wie er die Stufen zu mir heruntergestapft kam.

»Die Umgangsformen Ihrer Sekretärin«, sagte ich, während ich in die Küche vorausging, »lassen etwas zu wünschen übrig. Sie ist nicht gerade höflich. Sie hat mir mitgeteilt, dass Sie persönlich kontrollieren wollten, in welchem Zustand ich die Wohnung hinterlasse, denn Sie hätten schon andere so genannte Karrierefrauen als Mieterinnen gehabt, und verglichen mit denen seien Schweine die reinsten Sauberkeitsfanatiker.«

»Das war meine Frau«, sagte Mr. Vestey.

Ich wirbelte herum und sah ihn entgeistert an.

»Oh, das tut mir Leid«, sagte ich. »Ich wollte Sie nicht ...«

»Schon gut«, sagte er. »Ich bin daran gewöhnt.«

Er blieb in dem kleinen Zimmer stehen. Sein Gesicht war so rot wie bei unserer ersten Begegnung, nur war er jetzt viel beleibter. Ein älterer Mann.

Es verwirrte mich, wie er so dastand und mich ansah.

»Wie viel?« sagte er.

»Bitte?«

»Wie viel würden Sie sagen, dass Sie mir schuldig sind?«

»Ich habe keine Ahnung«, sagte ich. »Das Waschbecken hat einen Sprung. Vierzig Pfund, vielleicht. Fünfzig?«

»Sie sind eine sehr attraktive Frau«, sagte Mr. Vestey. »Das habe ich immer gefunden.«

Ich traute meinen Ohren nicht.

»Normalerweise vermiete ich nicht an Iren«, fuhr er fort. »Ich habe sehr schlechte Erfahrungen mit Ihren Landsleuten gemacht, gelinde gesagt. Aber Sie waren anders. Ich habe Sie mir genau betrachtet, als Sie das erste Mal zu mir kamen.«

»Sie haben was?«

»Wir könnten das Geld vergessen, das Sie mir schulden, wenn Sie nett zu mir sind.«

»Wie meinen Sie das ...?«

»Jetzt, wo Sie aus der Wohnung ausziehen. Und sagten Sie nicht, Sie würden England verlassen?«

»Wieso? Nein. Ich gehe nur kurze Zeit nach Irland.«

Schweigen. Der Kühlschrank begann zu brummen, als sei er aufgeschreckt worden.

»Sie könnten doch ein bisschen nett zu mir sein«, sagte er.

»Das ist der Grund, weshalb ich hergekommen bin. Keiner wird etwas davon erfahren. Wir könnten das Geschäftliche vergessen und als Freunde auseinander gehen.«

Die Luft in der Küche stand still.

Wir hatten die Rollen getauscht. Jetzt war er in einer Situation, in der er seine Bedürftigkeit zu verbergen suchte und in höchster Anspannung meine Antwort erwartete. Aber es ging gar nicht um mich. Es ging lediglich um käuflichen Sex. Ich musste mich nur hinlegen.

Ich spürte einen Anflug von Erregung bei diesem Gedanken.

Und während mein Gehirn noch nach einer Antwort suchte, senkte ich den Kopf, drehte mich um und ging wortlos ins Schlafzimmer. Ich glaube, ich tat es, weil ich durch die wenigen Zentimeter Luft zwischen Mr. Vestey und mir sein Zittern gespürt hatte und mir kein plausibler Grund einfiel, jemanden abzuweisen, der in diesem Zustand war.

Er stand dicht hinter mir, ohne mich zu berühren. Ich zog die Vorhänge gegen das milde Licht zu. Da spürte ich eine Bewegung in der Luft des verdunkelten Raumes. Er umfasste mit gespreizten Fingern meine Pobacken und verharrte dort. Ich spürte, wie sein Zittern durch mich hindurchging, zuerst ganz leicht, dann eher wie ein Schauder.

Wir zogen uns aus, ohne uns anzusehen. Er legte sich unbeholfen neben mich, die Augen fest geschlossen. Sein hektisches Atmen glich dem eines aufgeregten Jungen. Er fummelte mit seinen dicken Fingern zwischen meinen Beinen herum, rollte sich dann auf mich und begann herumzustochern wie ein Blinder mit seinem Stock. Er kniff mir in die Brustwarzen, was ich nicht ausstehen kann. Ganz abgesehen davon, dass ich es hasse, hilflos, mit platt gepresster Brust auf dem

Rücken zu liegen. Sein Gewicht erdrückte mich. Während er an mir herumschnüffelte, dachte ich angestrengt nach. Gedankensplitter schossen mir durch den Kopf. Ich würde ihn in seiner Meinung bestärken, dass irische Frauen im Grunde Flittchen sind. Bei der nächsten irische Mieterin würde er es wieder probieren und sich wahrscheinlich eine Ohrfeige einhandeln. Genau das hätten die Nonnen aus der Schule von mir erwartet, hätten sie dieser Szene unsichtbar beigewohnt. Es ist mir aber nicht in den Sinn gekommen. Und entweder man ohrfeigt jemanden sofort oder gar nicht. Jetzt, wo es passiert war, fand ich es nicht einmal so übel, England auf diese Art Lebewohl zu sagen. Ich hatte es vermieden, mir ein bestimmtes Etikett aufdrücken zu lassen, denn in diesem Augenblick konnte man mich so wenig als Irin bezeichnen wie ihn als Engländer. Wir waren einfach zwei Wesen aus Fleisch und Blut, die wie Sandwich-Scheiben aufeinander klebten. Es war das erste Mal in meinem Leben, dass man mir Geld angeboten hatte. Ich hätte ihm mehrere hundert Pfund schulden können. Wie hoch er wohl gegangen wäre? Immerhin hatte er mir damals einen Gefallen getan. Na ja, nicht ganz. Zumindest hatte er sich dazu aufgerafft, mich nicht unfreundlich zu behandeln.

Während mir das alles im Kopf herumging, war ich peinlich berührt von dem Gedanken, beim Aufräumen der Wohnung das Bett abgezogen zu haben, so dass wir nun auf der blanken Matratze lagen, ohne unsere Blöße bedecken zu können. Leute in unserem Alter! Ich öffnete einen Spalt weit die zusammengekniffenen Augen und betrachtete seine Umrisse. Auch er hatte die Augen geschlossen. Sein großer runder Kahlkopf erinnerte an den eines Babys.

Er fing an, schlaff zu werden. Ich konnte nicht einfach daliegen und nichts tun. Alles wäre nutzlos, wenn er nichts davon hätte. Wenn ich es schon machte, dann richtig. Ich konnte nicht auf halbem Weg stehen bleiben. Also wälzte ich ihn auf die Seite, lehnte meine Stirn an seine feuchte Stirn und begann, ihn mit den Händen zu befriedigen. Es dauerte nicht lange, bis ich seine kurzen Atemstöße und dann sein Aufstöhnen hörte.

Ich machte den Versuch, ihn mütterlich-versöhnlich in die Arme zu nehmen, aber die Geste misslang. So lagen wir, die Blicke zur Decke gerichtet, steif und angespannt einer neben dem anderen, wie zwei sich sonnende Fremde, deren Liegestühle zu dicht aneinander gerückt waren.

Ich drehte mich auf die Seite und versteckte meinen Bauch, selbst vor ihm.

Da stand er auf. Ich hörte, wie er sich langsam anzog.

»Ich ziehe die Tür zu, wenn ich gehe«, sagte er.

»Okay.«

»Lassen Sie die Schlüssel bitte auf dem Tisch liegen.«

»Okay.«

»Alles Gute für Ihr neues Leben.«

»Danke, Mr. Vestey. Ihnen auch.«

Als die Tür ins Schloss fiel, erhob ich mich und ging ins Bad, um mich zu waschen. Ich musste Shampoo benutzen, weil ich das letzte Stückchen Seife in den Mülleimer geworfen hatte. Als ich meine Strumpfhose wieder anzog, klebte sie unangenehm an den Beinen.

Dann ging ich zurück in die Küche und bestellte ein Taxi.

Ich nahm wieder in dem Sessel Platz. Die Spannung fiel von mir ab, und mein Körper begann zu zittern. Die Katze von nebenan saß noch immer auf der Fensterbank und beobachtete mich. Ich sollte jetzt ein Gebet sprechen, dachte ich, wie die Russen es taten, wenn sie auf Reisen gingen, um Dank zu sagen für das Vergangene und Segen für die Zukunft zu erbitten. Sogar Tolstoi hatte innegehalten, um ein Gebet zu sprechen, als er seine verhasste Familie verließ. Angesichts der Reise, die zu unternehmen ich mich anschickte ...

Mach, dass es nicht zu spät ist!, betete ich, ohne zu wissen, an wen meine Worte gerichtet waren. Bedenke, wie alt Tolstoi war, als er fortging! Mach, dass es für mich nicht zu spät ist!

Mr. Vestey hat doch hoffentlich verstanden, dass ich ihm nur seinen Willen gelassen habe, weil ich sonst mit ihm darüber hätte reden müssen, fragte ich mich still. Mich schweigend neben ihn zu legen war die einzige Möglichkeit, nichts von mir preiszugeben.

Es klingelte. Das Taxi. Ich nahm Tasche und Mantel und sah mich ein letztes Mal um. Auf dem Weg zur Treppe blieb ich abrupt stehen.

Ich ließ meine Sachen fallen, stellte eilig einen Scheck über 50 Pfund für Vestey Estates aus und schob ihn unter die Schlüssel auf dem Küchentisch.

Behutsam, um nicht noch einen letzten Blick auf die Katze werfen zu müssen, verließ ich die Wohnung und stieg die Stufen zum Eingang hinauf. Ich zog die Tür hinter mir zu, zum ersten Mal, wie mir in diesem Augenblick bewusst wurde, ohne vorher kontrolliert zu haben, ob ich die Schlüssel dabei hatte. Nie wieder würde ich durch diese Tür gehen! Ich hatte mich selbst aus dem Nest geworfen.

Ängstlich blieb ich an die Haustür gelehnt stehen, wo mich die warme Frühlingssonne empfing. Einen Augenblick lang verharrte ich geschützt vor dem Wind unter dem überdachten Hauseingang. Ich hob das Gesicht, um den ersten strahlend hellen Tag nach dem langen Winter zu begrüßen. Nur eine einzige Wolke hoch oben am Himmel war zu sehen, wie ein zartweißer Tupfer. Während ich sie betrachtete, löste sie sich schon auf und der Himmel war makellos blau.

Orpheus' Aufstieg aus der Unterwelt. Jetzt konnte es losgehen.

3

 Am Gepäckförderband in Shannon stand ich hinter zwei Riesenkerlen. Sie kamen mir vor wie Jagdhunde, die nur darauf warteten, sich mit den Zähnen auf ihr Gepäck zu stürzen. Ich kam nicht an ihnen vorbei und murmelte *Scheiß Männer*, worauf sie mich belustigt ansahen.

»So was dürfen Sie aber nicht sagen. Gäste muss man freundlich behandeln. Und wir sind zum ersten Mal hier.«

Ich strahlte sie an. »Oh, tut mir aufrichtig leid. Herzlich willkommen in Irland!«

Lächelnd ging ich weg. Ich als Botschafterin meines Landes! Ich, die ich noch nicht einmal die Münzen der neuen irischen Dezimalwährung kannte!

In Ankunftshallen wappne ich mich immer. Was man dort sieht, kann wehtun. Ein Kind, das Dada! Dada! ruft und ein ganz normaler Geschäftsmann, der ihm völlig selbstvergessen mit weit geöffneten Armen und verzücktem Gesichtsausdruck entgegenläuft. Aber hier ging ich hoch erhobenen Hauptes. Ich betrat Heimaterde. Die Halle war durch die sanften Hügel ringsum in grünes Licht getaucht. Sonne und Luft drangen mit jedem Öffnen der Glastüren herein, die auf die Straße hinausführten. Eine Frau rannte, umflattert von ihrem offenen Mantel, den Lichtkorridor entlang in die Arme eines Mannes. Dann standen beide reglos Wange an Wange. Als ich mich abwandte, kreuzte sich mein Blick mit dem der Frau am Mietwagenschalter, die das leidenschaftliche Paar ebenfalls beobachtet hatte. Schulterzuckend tauschten wir ein Lächeln.

»*TravelWrite* Reisefeatures«, las sie auf meiner Karte. »Toller Job.«

»Den hab ich gerade an den Nagel gehängt.«

»Meinen würde ich auch gern an den Nagel hängen. Sie glauben nicht, mit was für Verrückten man zu tun hat! Heute Morgen war ein Typ bei mir …« Sie lehnte sich gemütlich auf die Schaltertheke, um mit mir zu plaudern, als stünde sie zu Hause an ihrer Gartenmauer. »Da war ich platt. Keine Ahnung, wo der herkam. Ist ja auch egal. Jedenfalls sagt er, er hätte überall das Schild *Full Irish Breakfast* gesehen. Und dann in entrüstetem Ton: Ja, was glauben die denn, was ich hier in Irland erwarte? Ein *norwegisches* Frühstück vielleicht?«

»Also herzlich willkommen in Shannon!«, sagte sie, als ich zu lachen aufgehört hatte. »Machen Sie Ferien? Oder haben Sie noch Familie hier?«

Daran erinnerte ich mich – an die persönlichen Fragen, die einem die Leute hier stellen, so freundlich, dass man nicht anders kann, als ebenso freundlich darauf einzugehen. Dabei sind sich beide Seiten durchaus im Klaren, dass sie Artigkeiten austauschen, wissen aber die darauf verwandte Mühe zu schätzen. Trotzdem vermisste ich meine Ray-Ban-Sonnenbrille, die ich zusammen mit meinem Handy in London gelassen hatte.

»Ich habe Familie hier«, antwortete ich. »Aber ich komme nicht zu Besuch. Komplizierte Geschichte. – Haben Sie einen Wagen für mich?«

»Selbstverständlich. Was für einen hätten Sie denn gern?«

»Wie sind die Straßen um Ballygall?«

»Ballygall?«, rief sie überrascht. »Ich arbeite hier schon zehn Jahre und noch nie hat mich jemand nach Ballygall gefragt.«

»Westlich von Ballygall ist die Geschichte passiert, mit der ich mich beschäftige. Ein Großgrundbesitzer hat seine Frau des Ehebruchs mit einem Stallburschen beschuldigt.«

»Wann?«

»Ein Jahr nach dem Höhepunkt der großen Hungersnot.«

»Kaum vorstellbar, dass die während der Hungersnot Sex hatten«, sagte die Frau.

»Die Menschen brauchen Sex«, entgegnete ich. »Egal, was passiert. Das gilt wahrscheinlich selbst für Auschwitz.«

48

»Man kann auch ohne leben«, sagte die Frau trocken und begann plötzlich mit ernstem Gesichtsausdruck auf ihrer Tastatur zu tippen. »Wenn man muss. Und viele von uns müssen.«

Sie reckte den Kopf, um die Angaben auf dem Bildschirm durchzusehen.

»Wär es möglich, dass Sie Flanagan's Autoverleih irgendwie in Ihrer Story erwähnen? Wenn ich meinem Chef erzähle, ich hätte Ihnen deswegen einen Rabatt gegeben, glaubt er das glatt. Ich habe einen nagelneuen Audi für Sie. Wenn Sie nach Ballygall wollen, brauchen Sie einen anständigen Wagen. In welcher Kante liegt es denn, Roscommon, Mayo oder Galway? Wahrscheinlich essen die da noch ihre Toten.«

»Sie sind viel zu schade für den Job, wissen Sie das?«, sagte ich. »Sie könnten als Entertainerin auftreten.«

»Der Wagen kommt gleich«, sagte sie. »Unterschreiben Sie hier. Viel Spaß und tun Sie sich was Gutes.«

»Ich tue mir immer was Gutes«, sagte ich.

»Nein«, lächelte sie. »Das glaube ich nicht.«

Beim Weggehen warf ich einen verstohlenen Blick auf die Spiegelwand. Ich hatte mein Haar mit den Bernsteinspangen hochgesteckt, die ich aus Korea mitgebracht hatte, und ich trug meinen guten italienischen Hosenanzug. Aber mein Gesicht war ungeschminkt. Ich sah deutlich mein weiches Kinn und zahlreiche Furchen und Falten. Na wenn schon! Ich war trotzdem noch immer im Rennen, kein Vergleich mit der jämmerlichen Schnapsdrossel, die mir beim *Travel-Awards-Lunch* die Kartoffel zugeschnippt hatte. So weit würde ich es nicht kommen lassen! Ich hängte mir den Mantel um, hielt den Rücken gerade und die Beine eng beisammen, so dass sich bei jedem Schritt meine Oberschenkel aneinander rieben, und ging mit verhaltenem Stolz dem Ausgang entgegen.

Der Himmel verdunkelte sich, als ich wegfuhr. Nur am Horizont drang zartes Rosa durch einen schmalen Riss in der Wolkendecke, als läge dahinter eine Welt mit ihrer eigenen Sonne.

Beim Anblick der Straßenschilder wurden meine Augen feucht. Aerphort. Làr an Cathair. An Tuaisceart.

Moment mal! Du kannst ja nicht mal Irisch.

Doch, ein bisschen. Ich kenne eine Menge Wörter. Und Lieder.

Ich fing an zu singen. *Anois teacht an Earraigh* ...

Daddy hat versucht, zu Hause Irisch zu sprechen, aber wir Kinder saßen bloß verstockt da und ließen es nicht in unsere Köpfe hinein. Bei den Nonnen war das anders. Nichts, was sie uns beibrachten, haben wir je vergessen. Nora und ich konnten die Fragen und Antworten aus dem Katechismus alle auswendig hersagen, ebenso die Gründe für den Dreißigjährigen Krieg. Ich konnte ein Beispiel für einen aufgelösten Anapäst geben und jedes Gedicht aufsagen, das wir durchgenommen hatten, besonders die von den Romantikern, die uns Schwester Pia eingebläut hat. Und erst die Lieder!

Anois teacht an Earraigh ... Und so war es! Der Frühling war gekommen! *Ó chuir mé in mo cheann é, ní stopfaidh mé choíche, go seasfaidh mé thíos i lár Chontae Mhaigh Eo* ... Da ich es mir nun einmal in den Kopf gesetzt habe, wird mich nichts aufhalten, bis ich heil in der Grafschaft Mayo gelandet bin ...

Ich versuchte, den Text zu der fröhlichen Melodie zu singen. Aber selbst allein in dem dunklen Wagen hatte ich Hemmungen, die irischen Worte auszusprechen.

Eine Kreuzung mit Ampel. Die Außenbezirke einer Stadt. Gewohnheitsmäßig hatte ich meine Handtasche unter den Fahrersitz geschoben und mein Notizbuch auf den Sitz neben mir gelegt.

Flug. Shannon freundlich, notierte ich beim Warten an der Ampel. Straßenzustand gut. Sprichwörtliche irische Redseligkeit (Frauen). Ir. Luft mild, riecht nach Regen ...

Dann warf ich den Kugelschreiber hin.

Ich wollte nicht an Arbeit denken, nicht singen, grübeln, keine Notizen machen. Ich war heimgekehrt! Darauf wollte ich mich voll und ganz konzentrieren ...

Ich fuhr zu einem Hotel.

»Wo sind wir hier?«, fragte ich das junge Mädchen mit

dem rosigen Gesicht, als sie meine Kreditkarte durch den Scanner zog.

»Was meinen Sie?«, fragte sie zurück.

»Dieses Hotel.«

»Ach so. Das ist das Half-Way Hotel.«

»Auf halbem Weg wohin liegt es denn?«

»Das weiß ich nicht«, antwortete sie schüchtern. »Ich glaube, sie haben es uns während der Ausbildung gesagt, aber ich erinnere mich nicht mehr.«

Das Zimmer war ganz in Beige gehalten mit einem großen Bett und Blick auf den Parkplatz. Ganz nach meinem Geschmack.

Bevor ich es mir anders überlegte, rief ich Nora an. In New York war es jetzt vier Uhr, sie musste also nach der Mittagsbesprechung mit ihrem Geschäftsführer wieder am Schreibtisch sitzen. Ich habe es immer vermieden, mit ihr über Gefühle zu reden. Aber ich musste einfach jemandem erzählen, wo ich war. Mehr als mein halbes Leben war ich fort gewesen, neunundzwanzig Jahre, und nun war ich zurück, und niemand außer mir wusste davon. Das hielt ich einfach nicht aus.

»Rate mal, wo ich bin, Nora?«

»In Irland.«

Ich war verblüfft. »Woher weißt du das?«

»Von wo sonst würdest du mich anrufen und fragen, wo du bist?«

»Ich habe hier zu tun«, begann ich.

»Fährst du nach Hause?«, fragte sie.

»Könnte sein, dass ich rüberfahre, wenn ich mit der Arbeit gut vorankomme«, sagte ich leichthin. »Aber ich bin nicht in der Nähe von Kilcrennan. Ich habe den Flieger nach Shannon genommen, nicht nach Dublin.«

»Das spielt keine Rolle«, sagte sie. »Wenn du in Irland bist, musst du nach Hause fahren. Das weißt du. Stell dir vor, sie erfahren, dass du da warst, und du hast sie nicht besucht? Das erfahren sie ganz bestimmt. Irgendjemandem wirst du in die Arme laufen …«

»Spiel dich bloß nicht so auf«, explodierte ich. »Willst du

mir etwa erzählen, wie ich Danny und Annie zu behandeln habe? Seit wann interessierst du dich für sie? Schließlich warst du noch kein einziges Mal bei ihnen. Du bist ja nicht mal nach Hause gefahren, als Mammy im Sterben lag. Und bei Onkel Neds Beerdigung warst du auch nicht ...«

»Du vielleicht?«

»Ich war in China und habe gearbeitet! Ich wusste gar nicht ...«

»Onkel Ned hätte ganz Kilcrennan kaufen können, mit dem Geld, das ich ihm in all den Jahren angeboten habe!«

»Seit wann hätte sich Ned was aus Geld gemacht? Wie dem auch sei, Nora, es ist lächerlich, sich jetzt darüber zu streiten! Das ist Schnee von gestern. Ich bin hier, um zu arbeiten und nicht, um Familienbesuche zu machen ...«

»Worüber arbeitest du denn?«

»Etwas Geschichtliches ...«

»Vergiss die irische Geschichte«, unterbrach sie mich. »Nenn mir einen aus der irischen Geschichte, den man nicht aufs Kreuz gelegt hätte!«

»Charles Stewart Parnell?«, sagte ich.

»Na ja ...«

»Und Charles J. Haughey?«

»Du weißt genau, was ich meine«, sagte sie trotzig.

»Ich muss Schluss machen! Bis bald. Ich schau dir in die Augen, Kleines ...«

»Kathleen!«, hörte ich sie rufen. »Kath!«

Ich legte auf.

Ich war wütend, dass ich mich auf diese Diskussion eingelassen hatte.

»Wer immer diesen Teppich gesaugt hat, hat sich keine große Mühe gegeben«, murmelte ich, während ich unruhig im Zimmer umherging und mich wieder abzuregen versuchte. Ich kochte vor Wut. Geld! Nora und ihr ewiges Geld! Mir wurde noch heute allein bei dem Wort Donnerstag warm ums Herz. Das war der Tag, an dem Onkel Ned seine Arbeitslosenunterstützung abholte und anschließend, egal ob Sonnenschein oder Regen, zu uns in die Shore Road geradelt kam und Feuer im Herd machte. Er hatte immer als der anspruchslosere der beiden Brüder gegolten, weil er auf der Farm geblieben war, die nichts abwarf, während Daddy Beamter wurde. Und doch trug er stets, auch wenn er nur uns besuchte, seinen guten gestreiften Anzug und dazu die grauen Plastikschuhe, die ihm sein Nachbar aus England mitgebracht hatte. »Stört eure Mutter nicht«, sagte er, wenn er leise zur Hintertür hereintrat und sich bückte, um die Fahrradklammern abzunehmen. »Eurer armen Mutter geht es nicht gut.« Er schickte Nora zu Bates', um etwas zum Tee einzukaufen und kratzte unterdessen die Asche aus dem Herd. Danach gab's Spiegeleier und Biskuitrolle. Er zeigte uns, wie man alles nett auf dem Tablett anrichtete, und brachte es Mammy aufs Zimmer, wo wir ihn »Wie geht's dir heute, Eileen?« sagen hörten. Anschließend trank er mit uns Tee. Aber es war nicht nur das Geld. Er war es, der uns zeigte, wie man Schnürsenkel band. Er lehrte uns die Uhr. Er schrieb uns Mitteilungen für die Schule auf unseren Notizblock, auch wenn er Ewigkeiten dazu brauchte. Manchmal fuhr er zum Laden, um eine Flasche Butangas zu holen, die er auf der Fahrradstange transportierte.

Jahre später, als ich den Aufsatzwettbewerb zu Pearses Gedichtzeile »Die Schönheit dieser Welt hat mich betrübt« gewann, verbrachten Mammy und ich einen Tag in Dublin. Ich dachte damals die ganze Zeit über Liebe nach, und auf der Rückfahrt im Bus fragte ich sie:

»Hatte Onkel Ned mal eine große Liebe?«

»*Liebe*«, antwortete sie bitter. »Wer hat hier schon eine große Liebe?«

Ich duschte, wickelte mich in ein großes Handtuch, stöpselte meinen Laptop ein und begann zu arbeiten. Als ich den Reisejournalistenpreis überreicht bekam, hatte ich das Programm meiner ersten von der Tourismusbranche gesponserten Reise vorgelesen. Vormittags: Von Mailand nach Garda (140 km), Bootsfahrt nach Malcesine, Aufstieg zur Burg, Besuch einer Grappa-Brennerei, Fünf-Gang-Menü mit lokalen Spezialitäten. Nachmittags: Drahtseilbahnfahrt auf den Monte Baldo, Besuch des Bolla-Weinguts, weiter nach Verona in die Arena, dann nach Vicenza, Besichtigung der Bauwerke von Palladio, anschließend Empfang beim Minister für Tourismus, Sieben-Gang-Menü, Übernachtung in Venedig ... Die Zuhörer hatten gelacht. Nach einem solchen Tag war ich gewöhnlich bis spät bei den anderen sitzen geblieben, hatte mit ihnen getrunken oder war mit jemandem aufs Zimmer gegangen. Aber als Jimmy zu *TravelWrite* kam und ich sah, wie gewissenhaft er arbeitete, wurde auch ich disziplinierter. Seither verbrachte ich jeden Abend eine Stunde damit, mir Notizen zu machen oder Entwürfe zu schreiben, egal wo und wie spät es war.

Also öffnete ich auch jetzt die Talbot-Datei, breitete meine Kopien aus und stopfte mir einen Stapel Kissen ins Kreuz. Ich brauchte bei dieser Arbeit nicht viel zu denken, dazu war ich zu müde. Ich fügte nur eine weitere Passage der Einleitung des Lordkanzlers in die Geschichte ein, die ich zu erzählen begonnen hatte.

Mr. Talbot heiratete seine gegenwärtige Ehefrau, Miss Marianne McCausland, im Januar 1845, und noch im gleichen Jahr, etwa neun oder zehn Monate nach der Hochzeit, gebar Mrs. Talbot eine Tochter. Gegen Mitte des Jahres 1846 reisten Mr. und Mrs. Talbot, vermutlich mit dem Säugling, ins Ausland. Dort verbrachten sie ein oder zwei Jahre. Schließlich verlor Mr. Talbot seinen Onkel, der Eigentümer von Mount Talbot war, einem offensichtlich großen Herrenhaus in einem entlegenen Teil im Westen Irlands, und Mr. und Mrs. Talbot, wie sie damals genannt wurde, nahmen das Anwesen in Besitz.

»Ein oder zwei Jahre.« Die Talbots waren also wahrscheinlich 1847 nach Irland gekommen: im Jahr der großen Hungersnot. Das war auch der Titel des Historienspiels gewesen, das die Nonnen mit uns zur Feier des fünfzigsten Jahrestages des Osteraufstands an der Schule aufgeführt hatten. Ich trat als eines der barfüßigen, halb verhungerten Mädchen auf, die in Lumpen gehüllt hinten auf Murphys mit Krepp-Papier verkleidetem Kohlenlaster saßen. Auf einem großen Schild stand

»1847, Jahr der großen Hungersnot«. Wir hielten weinend und jammernd Eimer mit Kartoffeln in Händen. Auf dem Führerhausdach fiedelte ein Mann traurige Melodien auf seiner Geige, während Canon Murray auf dem nächsten Wagen die Republik ausrief. Als ich Onkel Ned hinterher auf dem Parkplatz traf, waren seine Augen noch feucht.

Ich sank zurück auf die Kissen und dachte: *Ich bin in Irland.* Dabei war ich nur eine Stunde von London entfernt.

Marianne Talbot hätte an meiner Stelle eine Pferdedroschke nach Euston nehmen und anschließend einen halben Tag lang, eingezwängt in die Röcke ihrer Krinoline, auf einer harten Holzbank in einem von Rauch und Schlackengeruch erfüllten Abteil England und Wales durchqueren müssen. Durchgeschüttelt von den Eisenrädern wäre sie schließlich auf dem Granitsteinpier von Holyhead angekommen, wo sie sich, in ihre Schals gehüllt, durch Wind und Regen zum Postschiff hätte vorkämpfen müssen, das sie stampfend und schlingernd über die Irische See gebracht hätte, sie ausgestreckt in einer holzgetäfelten Kabine liegend, das wie toll schreiende Kind in den Armen der Amme. Vielleicht wäre das Wetter aber auch schön und sonnig gewesen, und sie hätte an Richards Arm über das Deck schlendern oder im Salon sitzen können. Wie immer es gewesen sein mochte: der Schock, als sie irischen Boden betrat, muss unvorstellbar gewesen sein. Ein Chaos wie am Kai von Kingstown hatte sie gewiss noch nie erlebt. Menschenmengen und Durcheinander kannte sie sicher von ihren Reisen auf dem Kontinent. Aber in Irland herrschte seit drei Jahren Hungersnot. Das Land war ein Ort der Angst, und niemand wusste, dass das Schlimmste nunmehr vorüber war. Die Menschen waren auf der Flucht. In die Häfen ergoss sich ein Strom von Emigranten, die alles, was ihnen geblieben war, in Schiffe und Boote packten, jammernd und schreiend in einer der jungen Mrs. Talbot unverständlichen Sprache. Mit gesenktem Kopf mochte Marianne ihrem Mann gefolgt sein, der ihnen einen Weg durch die Menge bahnte, überwältigt von fremden Gerüchen und Geräuschen und von Bettlern bedrängt ...

Mir fielen fast die Augen zu. Ich blätterte in der Akte auf der Suche nach einer der Stellen, die mir gefielen.

Durch Mrs. Talbot kam Mullan, wie bezeugt worden ist, in den Genuss von feineren Nahrungsmitteln als bei der Dienerschaft üblich. Es wurden unter anderem Brot, Butter und Wein sowie Marmeladen und ähnliche Leckerbissen genannt. Mrs. Talbot bestand gleichfalls darauf, dass die Hemden des Stallknechts zweimal gewaschen wurden, worauf sie selbst die Kleidungsstücke einer Inspektion unterzog, um schließlich eines ihrer Hausmädchen anzuweisen, die Hemden herzurichten, was nicht anders zu erklären ist, als durch eine langwährende Vertrautheit, die in der Folge zu der strafbaren Beziehung zwischen beiden Seiten führte. Am Ende ließ sie für Mullan an drei oder vier Hemden ihres Mannes neue Knöpfe nähen ...

Hier lag eindeutig Zuneigung vor. Es war also nicht allein eine körperliche Beziehung ...

Die Müdigkeit nahm überhand. Ich schob die ausgebreiteten Blätter zusammen, rollte mich in meine Decken ein, und der Schlaf kam über mich wie eine Unterbrechung, nicht wie ein Schlusspunkt.

Am nächsten Tag wurde ich durch eine traurige Melodie im Autoradio an Jimmy erinnert. Es folgten zwei Variationen, und am Ende sagte der Sprecher »Das war die Orchestersuite *Jimín mo mhíle stór*.« Die Übersetzung machte mir keine Probleme – *mo stór*, mein Geliebter, *mhíle*, tausend – *Jimín*, kleiner Jimmy, mein tausendfach Geliebter. Ich vermisste ihn so sehr. Aber wo immer er auch war, für ihn bedeutete es nichts mehr. Das Sehnen war allein auf meiner Seite.

Kathleen, du trauerst um dich selbst, sagte ich laut.

Als Jimmy nach London kam, nahm er sich in Soho eine Wohnung in einem Haus aus dem achtzehnten Jahrhundert: drei Zimmer und eine Tür, die hinaus auf das Bleidach führte.

»Auf der Wasserleitung ist fast kein Druck, aber die Eichenböden sind noch original«, sagte er. »Und an der Ecke ist ein Club, falls ich mal was fürs Bett brauche.«

Er redete häufig so flapsig über sich. Aber wenn wir im Büro herumsaßen und über Beziehungen diskutierten, uns beispielsweise fragten, ob Arthur Miller Marilyn Monroe wirklich geliebt hatte, merkte ich, dass er ähnliche Sehnsüchte besaß wie ich. Nach seinem ersten Tag bei *TravelWrite* sagte ich zu ihm, Reisejournalist sei der ideale Job für Leute, die ihre Vergangenheit vergessen wollen, weil sich dabei alles um die Gegenwart dreht.

»Dann habe ich den falschen Beruf«, erwiderte er. »Ich hatte eine sehr glückliche Kindheit.«

»Hat es deine Eltern nicht gestört, dass du schwul bist?«

»In Scottsbluff, Nebraska, schwul zu sein, war gar nichts«, lachte er, »verglichen damit, in Scottsbluff, Nebraska, ein Schotte zu sein.«

»Mir hat es dort gefallen«, fuhr er fort. »Mir gefallen Orte, die genau so sind, wie sie sind.«

Es klang, als hätte er das schon öfter gesagt.

»Wie man sieht, hat es dir aber nicht gut genug gefallen, um dort zu bleiben«, bemerkte ich. »London ist ein paar Tausend Kilometer von Nebraska entfernt.«

»Erzähl mir, wo du aufgewachsen bist«, gab er zurück.

»Das ist der Unterschied zwischen Jimmy und den anderen Männern, die ich kenne«, sagte ich zu Nora, als ich ihr von ihm erzählte. »Er interessiert sich genauso für mich wie ich für ihn.«

Das stimmte. Er fragte mich oft nach Kilcrennan. Manchmal allein deshalb, das war mir klar, um zu verhindern, dass ich ihn weiter ausfragte. Aber dass er manches vor mir verbarg, schmälerte nicht meine Liebe zu ihm. Es war mir ein solches Bedürfnis, über zu Hause zu sprechen, dass es nicht so sehr darauf ankam, wie intensiv er zuhörte. An diesem ersten Abend saßen wir bis spät in die Nacht in einem griechischen Café – ich erinnere mich, weil ich noch jetzt meine Hand vor mir sehe, die auf dem roten Plastiktischtuch ein Stück Pitta-Brot zerkrümelt. Ich erzählte ihm von der letzten Begegnung mit meiner Mutter. Er weinte.

»Bis dahin hatte ich noch nie jemanden eine Träne für Mammy vergießen sehen«, sagte ich zu Nora. »Ich war nicht auf ihrer Beerdigung. Aber soweit ich's erlebt habe, hat außer Jimmy nie jemand um sie geweint. Er ist hinaus in die Telefonzelle gegangen und hat seine Mutter angerufen, um ihr zu sagen, dass er sie liebt ...«

»*Hach!*«, schnaubte Nora. »Der ist genauso theatralisch wie du ...«

Ich legte auf.

Bei der Fahrt durch Irland ließ der erste Schmerz über den Verlust von Jimmy nach. Irland lenkte mich ab. Ich war betroffen von der Unscheinbarkeit des Landes. Auf Straßenschildern las ich die Namen der Dörfer. Viele konnte ich übersetzen und die Namen waren wunderschön. Die Mühle des Fremden. Das Fort der graubraunen Kuh. Die leuchtenden Schwäne. Dagegen kam die graue Realität: eine breite Straße, zweistöckige Häuser, grauer Verputz, graue Backsteine, eine große graue Kirche, ein paar einfache Pubs. Die Geschichte des Ortes lag allein in seinem Namen. Weit und breit kaum ein Gebäude oder ein von Menschenhand geschaffenes Werk, in dem sich die Jahrhunderte sozialen Lebens widerspiegelten. Ruinen von Klöstern und Burgen. Dann die Zeit meiner Großeltern. Dazwischen nichts.

Meine Gedanken wanderten zurück zu meinen Anfängen beim *English Traveller*. Damals bewunderte ich das ländliche England mit seinen hinter heckengesäumten Straßen versteckten Dörfern. Cottages mit niedrigen Fenstern, bemooste Steinwege zwischen Gärten. Bäche, die in den Teich auf der Dorfwiese plätscherten. Niedrige Steindörfer im Hochmoor mit kleinen alten Kirchen, die zu einem organischen Ganzen zusammengewachsen waren. Hohlwege durch verborgene Buchenwälder zwischen steil abfallenden Wiesen. Einfache Pfarrhäuser im Queen-Anne-Stil. Durch das Grün schimmernde Dächer der feinen Herrenhäuser des Landadels. Von seinen Angehörigen errichtete Schulen aus gelbem Stein. Mit Rosen bewachsene Dispensarien, gespendet von Lady Soundso. – Ich las die Namen auf den Kriegerdenkmälern und stellte mir vor, wie Gutsherr und Landarbeiter in ihren Särgen durch ein und dasselbe Friedhofstor getragen wurden. – Die schimmernden, altehrwürdigen Pubs nicht zu vergessen: *The Plumed Feathers*. *The Coach and Horses*. Ich konnte es kaum fassen, in einem Land zu sein, wo alle Gesellschaftsschichten in einer dörflichen Gemeinde zusammenlebten. Solche Orte sind Juwele, sagte ich mir jetzt. Aber Irland ist geplündert worden, ausgeraubt und dann sich selbst überlassen.

Ich fuhr Richtung Nordosten. Gegen Nachmittag waren nicht einmal mehr Dörfer zu sehen. Der Wagen zog die weiten Kurven über die niedrigen grasbedeckten Hügel hinauf. Mit einem Mal war mir, als habe Jimmys Tod nicht nur mich, sondern auch die Landschaft in Trauer versetzt. Sie verlieh der Trostlosigkeit physische Gestalt.

Zwischen einer stillen schwarzen Nadelbaumschonung und einem Abhang dehnte sich ein gerader Streifen Land, der in ein flaches und, so weit das Auge reichte, unbesiedeltes Tal mündete. Schafe trotteten gemächlich die nasse Straße entlang. Als ich ihretwegen langsamer fuhr, hörte ich im Graben Wasser rauschen. Der Tag hatte seine Helligkeit verloren. Der graue Himmel hing tief. Auf dem Parkplatz des Hotels hatte dottergelber Löwenzahn geblüht und ein Forsythienstrauch seine gelben Äste durch ein paar junge Weißeschen gestreckt. Aber in diesem Tal war nichts vom Frühling zu spüren.

Arme Marianne, dachte ich unwillkürlich. So ein bemitleidenswertes Ding! In diesen schrecklich einsamen Landstrich hatte man sie gebracht, als sie noch ein junges Mädchen war, eine schicke Miss aus London. Na ja, eigentlich hatte ich keine Hinweise dafür, dass sie besonders schick war. In der Urteilsbegründung der Lordrichter stand nur, Mr. McCausland, Mariannes Vater,

war ein wohlhabender Gentleman, offenbar aus gutem Hause, der die Angewohnheit hatte, jeden oder fast jeden Frühling ein paar Monate in der Hauptstadt zu verweilen ...

Ganz sicher hatte sie Jane Austen gelesen, in deren Romanen sich die jungen Frauen auf die Landsitze ihrer Ehemänner freuten. Emma ist begeistert von Mr. Knightleys Anwesen und Elizabeth liebt Mr. Dracys Gut in Derbyshire. Wie mochte es einer jungen Frau aus London bei der Ankunft in dieser Trostlosigkeit zu Mute gewesen sein!

Ballygall. Vier Meilen.

Ich war inzwischen unten im Tal angelangt und fuhr durch ein Waldstück. Alte Bäume hinter halb verfallenen, mit Flechten überzogenen Steinmauern.

Das mussten die Ausläufer von Mount Talbot sein! Dies waren die Talbot-Bäume! Die geteerte Straße folgte ganz sicher dem alten Weg, den der Kutscher Mullan mit der jungen Mrs. Talbot entlanggefahren war … Ich sah zu den mit Erika bewachsenen Hügelketten hinauf, die rundum den Blick auf den Horizont versperrten. Genau das hatte auch sie gesehen. Und Richard. Und William Mullan. Und all die anderen Männer, Frauen, Kinder, Tiere, die, so gut es ging, die zahlreichen Kümmernisse der damaligen Zeit in diesem Winkel des Landes ertragen hatten.

Gott, ich wünschte, ich hätte jetzt eine Zigarette.

Feiner Regen hatte eingesetzt, als ich auf dem Kies vor dem Hotel *The Talbot Arms* vorfuhr. Es war ein kleines viereckiges Gebäude mit einer langen Reihe Schiebefenster und einem hübschen Portikus, vor dem sich unter mächtigen Stechpalmen ein goldener Teppich aus Narzissen ausbreitete. Eine dicke Amsel mit orangefarbenem Schnabel ließ sich auf den ausgetretenen Treppenstufen nieder und stolzierte wichtigtuerisch auf ihren dünnen Beinchen einher. Auf der untersten Stufe döste ein betagter Hund und schien den Nieselregen, der die blassgrauen Steine schwarz färbte, nicht zu spüren. Jetzt, da ich in Ballygall war, konnte ich mit meinen Aufzeichnungen beginnen. »Kl. Marktflecken auf Hügel«, kritzelte ich hin. »Grau, friedlich. Hund.« Also die Stimmung und der Hund sind wohl kaum von Bedeutung, ermahnte ich mich. Du schreibst jetzt keine Reiseartikel mehr.

Die Eingangshalle des Hotels war hinreißend. Der verblichene Orientteppich lag offenbar schon so lange auf dem Steinboden, dass sich die Ritzen und Unebenheiten der Fliesen darauf abzeichneten. Auf der Empfangstheke stand ein Strauß aus Weidenkätzchen in einem alten Waschkrug, wie man ihn früher samt Waschschüssel im Schlafzimmer benutzte. Die aufgesprungenen Knospen schimmerten samtgrau. Das hohe Flügelfenster im Hintergrund war halb mit Efeu zugewachsen. Durch das Blätterwerk sah man auf Bäume und eine Kirchturmspitze. Seitlich führten Treppen hinauf und hinunter, daneben stand eine Tür offen und gab den Blick auf eine dunkle holzgetäfelte Bar mit Regalen voll glänzender Flaschen frei.

Es war niemand zu sehen, aber durch den schweren Vorhang hinter dem Empfang drangen schwache Geräusche.

»Hallo?«, rief ich.

»Wir sind ausgebucht!«, sagte eine gedämpfte Männerstimme. »Tut mir Leid! Kein Zimmer mehr frei!«

»Aber draußen stehen gar keine Autos!«, antwortete ich, bevor ich mich bremsen konnte.

»Das stimmt«, sagte die Stimme. »Heute und morgen steht hier alles leer, aber am Freitag reist eine Hochzeitsgesellschaft an, und die bleibt eine Woche.«

Ich blickte mich in der Halle um. Die Holzverkleidung der Wände sah aus wie gefältelter Stoff.

»Ich würde gerne bleiben, bis sie kommen«, rief ich. »Bitte.«

»Bin gleich bei Ihnen«, antwortete die Stimme. »Meg hat Bobby gerade eröffnet, dass sie schwanger ist, und Tracy ist auf dem besten Weg, magersüchtig zu werden. Schauen Sie sich auch Fernsehserien an?«

»Eigentlich nicht.«

Der Hund kam hereingewatschelt und ließ sich neben mir auf den Boden plumpsen.

»Ich komme!«, rief die Stimme.

Und dann kam er wirklich, im Hintergrund hörte man die Titelmelodie.

»So ein Quatsch.« Ein älterer Mann in Tweedjacke und Flanellhemd, weißem Haarschopf und runden braunen Augen stand vor mir und sah mich mit treuherzigem Fernsehblick an.

»Wer Sie auch sind, Sie sind eine wahre Augenweide«, begrüßte er mich. »Aber wir sind vollauf mit dieser Hochzeit beschäftigt. Im Pub an der Kreuzung haben sie großartige Zimmer.«

»Nein«, antwortete ich bestimmt. »Das hier ist *The Talbot Arms*. Ich möchte hier bleiben, wenn Sie mir Gastfreundschaft gewähren wollen.«

»Es gab hier noch eine andere große Familie«, sagte er, »ein bisschen vornehmer als die Talbots. Die Cobys von Castle Coby. Mit denen ist die junge Engländerin, die hier heiratet, entfernt verwandt. Eine *dot.com*-Millionärin – wenn Sie wissen, was ich meine. Cobys. Wir haben den Speiseraum und die Bar bereits hergerichtet. Aber bis Freitag könnten wir Sie schon unterbringen, wenn es Ihnen nichts ausmacht, das Essen in der Küche einzunehmen. Und außerdem haben wir noch ein kleines Haus draußen an der Küste. Für den Fall, dass Sie noch dableiben wollen, wenn wir Sie hier rausschmeißen müssen. Aber *The Talbot Arms* nennt das hier keiner. Alle sagen nur »Bei Bertie«. Wir haben es von dem Geld gekauft, das ich beim Pferderennen gewonnen habe. Genauer gesagt, meine verstorbene Frau, der Herr hab sie selig, hat auf das Pferd gesetzt. Und ich bin Bertie.«

Er beugte sich über die Empfangstheke und schüttelte mir die Hand.

»Gibt es hier noch Talbots?«, fragte ich und merkte meine Anspannung dabei.

»Nicht in der Gegend«, antwortete er. »Ich hab mein ganzes Leben in Ballygall verbracht – dreiundsechzig Jahre – und bin noch nie einem Talbot begegnet. Aber komischerweise denke ich oft an sie. Die Talbots hatten auf ihrem Anwesen einen ummauerten Garten, wo ich vor längerer Zeit ein Eckchen freigeräumt habe. Seitdem pflanze ich da ein paar Sachen für die Küche an. Wie oft hab ich mir schon vorgestellt, was passieren würde, wenn plötzlich irgendein Talbot aus dem Jenseits zurückkäme und Pachtgeld von mir verlangen würde. Wie Lord Lucan. Die Anwälte von diesem Grünschnabel waren noch hinter der Grundrente für Castlebar her, als er schon längst das Zeitliche gesegnet hatte.

Wenn einer dieser Lords auf die Idee käme, von mir Grundrente zu verlangen, würd ich ihm was erzählen, das kann ich Ihnen sagen! Wir sind jetzt eine Republik, mein Junge, würd ich ihm sagen. Verpiss dich.«

»Ich habe die Scheidungsgeschichte von den Talbots gelesen«, sagte ich zögernd. »Die von damals, als Mrs. Talbot ein *Verhältnis*, wie man heute sagen würde, mit dem Stallburschen hatte. Ich bin Journalistin, oder besser, ich war es, und ich dachte mir, mal sehen, vielleicht wäre das Stoff für ein Buch.«

»Da müssen Sie mit Nan Leech sprechen. Die ist die Richtige dafür.«

»Ja, Miss Leech. Aber als ich in der Bibliothek angerufen habe, hat man mir gesagt, sie sei nicht erreichbar.«

»Sie war weg, in Dublin«, erklärte er. »Aber jetzt ist sie wieder da. Ich weiß, dass sie heute morgen in die Bibliothek gegangen ist ...« Er wählte eine Nummer. Ich hörte, wie es irgendwo klingelte.

»Vielleicht ist sie inzwischen schon zu Hause, aber ... Ella!«

Eine junge Frau in weißem T-Shirt und schwarzem Rock schlüpfte weiter hinten durch die Halle.

»Ich hab dich gesehen, Ella! – Das ist meine Tochter, Ella«, flüsterte er halblaut. »Sie hilft mir, solange sie bei mir wohnt. Ihr Mann ist, unter uns gesagt – Hallo!«, er sprach wieder ins Telefon. »Hier ist Bertie! Ist Nan da? Ich habe hier einen Gast im Hotel, der Miss Leech sucht.«

»Sie ist da«, nickte er. »Sie haben Glück. Zu Hause kann man sie nicht anrufen, sie würde einen fressen. Hier ...«, er reichte mir den Hörer. »Die suchen nach ihr. Ich schick Ihnen Ella, damit sie Ihnen beim Rauftragen hilft.«

Er schlurfte in seinen großen Filzpantoffeln durch die Halle. Dann blieb er stehen, um auf den Hund zu warten, und lächelte nachsichtig.

»Ich konnte nicht weg von hier, als meine Frau gestorben ist. Das hätte dem alten Burschen nicht gefallen. Stimmt's, mein Guter?«, sagte er liebevoll und beugte sich zu dem Hund hinunter. »Sechstausend Pfund hat er mich letztes Jahr gekostet.«

»Der *Hund*?«

»Ja. Ein Kerl vom Gewerbeaufsichtsamt hat uns dabei erwischt, wie wir das Hotelfrühstück in unserer eigenen Küche zubereitet haben, während der Bursche hier neben dem Herd lag und darauf wartete, dass er die Töpfe auslecken durfte. Darauf mussten wir eine separate Küche an den Speiseraum anbauen. Aber Sie kommen trotzdem zu uns in die Küche, solange Sie hier sind, oder? Ein paar Hundehaare machen Ihnen doch nichts aus?«

»Ach was«, sagte ich.

Der Hund schob seine krause graue Schnauze in Berties Hand.

»Er wär mir auch sechzigtausend wert gewesen«, sagte Bertie und schlenderte davon.

»Hier spricht Miss Leech«, sagte eine barsche Stimme.

Ich erklärte, worum es ging.

Schweigen.

»Sie sind Reisejournalistin, sagen Sie?«

»Ja.«

»Und jetzt wollen Sie Historikerin werden?«

»Nun – nein – nicht ganz. Oder besser, überhaupt nicht. Im Augenblick mache ich nur ein paar Recherchen. Ich will meinen Beruf aufgeben und ziehe in Erwägung, die Geschichte der Talbots nachzuzeichnen – genau genommen das, was Ende der 40er Jahre des 19. Jahrhunderts auf Mount Talbot passiert ist – und es in den entsprechenden Zusammenhang zu stellen ...«

»Und wie gedenken Sie, das zu tun?«, fragte sie. »Als Journalistin für populäre Reisebeschreibungen?«

»Ich war auf der Universität!«, sagte ich. »Ich hatte das beste Stipendium meiner Grafschaft für das Trinity College und habe dort Englische Literatur studiert. Leider musste ich das Studium nach zwei Jahren abbrechen, aber die Literatur ist voller Geschichte. Außerdem schreiben viele Journalisten Bücher, weil sie wissen, wie man das Material ordnet und strukturiert – was man von vielen Akademikern nicht unbedingt behaupten kann. Ich habe schon einiges über die Verhältnisse in Irland nach der großen Hungersnot gelesen, und ich habe vor, noch einiges zu recherchieren. Aber zunächst einmal bin ich hierhin gekommen, um mir ein Bild vom Ort des Geschehens zu machen. Reisejournalisten arbeiten so, sie holen sich die Informationen vor Ort. Ich dachte mir, wenn es weitere Quellen über den Scheidungsfall gibt, dann werden sie hier zu finden sein ...«

»Wir haben in unserer Bibliothek Besseres zu tun, das kann ich Ihnen versichern«, unterbrach mich Miss Leech, »als unsere Nase in alte Bettgeschichten von so genannten Lords und Ladys zu stecken, die zudem nichts in unserem Land zu suchen hatten ...«

»Miss Leech«, unterbrach ich sie nun meinerseits, »ich wollte Sie nicht verärgern. Ich kann mir auch einfach nur die Gegend ansehen und dann nach Dublin in die Nationalbibliothek fahren. Oder zurück nach London. Alles, was ich bisher habe, sind die Gerichtsakten des House of Lords, die aber ziemlich viele Einzelheiten enthalten. Wenn es hier keine anderen Quellen gibt, reichen die Gerichtsakten völlig aus ...«

»Unsinn!«, rief Miss Leech in den Hörer. »Das ist doch keine verantwortungsvolle Vorgehensweise! Ich bin selbst noch auf keinerlei gedrucktes Material über die Talbots gestoßen, aber wir haben die Akten aus dem Oberhaus natürlich hier, und sie sind auch schon einige Male ausgeliehen worden. Die älteren Frauen pflegten hinter geschlossenen Türen über den Skandal zu sprechen. Auch der Ort, von dem Sie jetzt telefonieren, hat eine Rolle in der Geschichte gespielt. Berties Haus war bis kurz nach der Hungersnot ein Pfarramt, und der Pfarrer war in die unerquickliche Geschichte verwickelt. Der Klerus der Kirche von Irland war ein weltlicher Haufen.«

»Miss Leech ...«

»Wie, sagten Sie, ist Ihr Name?«

»Kathleen de Burca ist der Name, unter dem ich publiziere«, sagte ich nervös. »Caitlín de Búrca steht auf meinem Tauf ...«

»Ein schöner einheimischer Name!« Ihre Stimme klang mit einem Mal warm.

»Ich könnte Ihnen ein paar Aufzeichnungen geben, damit Sie einen Einblick in den Fall bekommen, so wie er in den Gerichtsakten ...«, begann ich.

»Schicken Sie's mir rüber«, sagte sie. »Und kommen Sie morgen Nachmittag um zwei vorbei. Ich bin im Augenblick vormittags nicht zu sprechen.«

»Miss Leech ...«

»Bis morgen«, sagte sie. »Punkt zwei«, und hängte auf.

Ella half mir mit meinen Sachen. Sie hüpfte vor mir die Treppen hinauf wie ein junges Mädchen, nachdem sie mir gleich in der ersten Minute erzählt hatte, dass ihr Mann, mit dem sie zwei Kinder habe, in Saudi-Arabien arbeite, aber bald nach Hause komme.

»Gott! Ist das ein schöner Mantel!«, rief sie aus, bevor sie ihn mit einem sehnsüchtigen Blick in den Schrank hängte. Es war wirklich ein wunderschöner Mantel: schwarzes Wildleder mit schwarzem Kaschmirfutter. Ich hatte mein gesamtes Honorar dafür geopfert, das ich mit einem Beitrag für das französische Fernsehen über *L'Angleterre Profonde* verdient hatte.

»Wie viel kann so ein Mantel kosten?«, fragte sie.

»Eine Menge«, antwortete ich. »Probieren Sie ihn mal an.«

Er war ihr viel zu lang und schleifte auf dem Boden wie die Schleppe eines Brautkleids. Ihr keckes Gesicht und das kurz geschnittene Haar mit den Plastikspangen lugten unpassend aus dem schwarzen Kragen. Sie hatte die runden braunen Augen von Bertie. Der Mantel wirkte umwerfend elegant. Ich stand da und dachte, als ich Irland verlassen hatte, war ich selbst solch ein Mädchen mit einem strahlenden Gesicht gewesen, und nun war ich eine Frau, die diesen todschicken Mantel tragen konnte ...

Es fiel ihr sichtlich schwer, die Kleiderschranktür zu schließen. Sie sah mich verstohlen an.

»Waren Sie nie verheiratet? Oder tragen Sie nur keinen Ring?«

»Nein, nie«, antwortete ich. »Ich bin eine berufstätige Frau.«

»Das möchte ich auch manchmal sein!«, rief sie. »Eine berufstätige Frau!«

»Aber Sie sind doch eine berufstätige Frau.« Ich lächelte sie an. »Sie haben zwei Jobs.«

»Sagen Sie das mal meinem Da, bitte«, antwortete sie. »Vielleicht glaubt er's, wenn es von Ihnen kommt.«

Ich legte meine Arbeitsunterlagen auf die abgewetzte Lederoberfläche des Schreibtischs, der in der Fensternische stand. Meinen Laptop. Meine Taschenbuchschwarte. Zwei Geschichtsbände über die große Hungersnot. Eine Anthologie mit Gedichten in den Sprachen, die ich schon immer lernen wollte. Ich hatte das Buch nicht zu den anderen in die Kiste gepackt.

Ich schlug es an einer beliebigen Stelle auf und mein Blick fiel auf ein Gedicht von Eugenio Montale.

> *L'attesa è lunga,*
> *Il mio sogno di te non è finito.*
> *Welch langes Warten*, übersetzte ich.
> *Mein Traum von dir währt immer noch.*

Ich setzte mich an mein Notebook, nahm die Kopie der Talbot-Akte und fasste sie so sorgfältig zusammen, wie ich konnte, um die impulsive Miss Leech nicht zu verärgern.

Richard und Marianne T. kamen mit ihrer Tochter 1847 oder 1848 nach Mount Talbot. 1849 trat William Mullan als Stallbursche in ihre Dienste. Drei Jahre später bemühte sich Richard T. beim kirchlichen Gericht in Dublin zunächst um Aufhebung der ehelichen Lebensgemeinschaft, und anschließend beim Oberhaus um Ehescheidung. Die Talbot-Akte enthält die Protokolle der Beweisaufnahme durch die drei Lordrichter sowie deren Urteil im Scheidungsprozess. Die Zeugenaussagen, auf die sie ihre Entscheidung stützten, zitiere ich wörtlich nach der Akte:

1. *Purcell, der nicht als Tagelöhner im Haus tätig war, sondern auf eigene Rechnung arbeitete und daher freier und*

unabhängiger war, ging zur Eingangstür und zündete sich eine Pfeife an, und als er sich umdrehte, sah er durch das Fenster wie Mrs. Talbot und William Mullan, der Stallkleidung trug, einander die Arme um den Hals gelegt hatten. Seiner Beschreibung zufolge saßen sie auf dem Sofa …

2. Mary Anne Benn sagt aus, während Mr. Talbots Abwesenheit anlässlich der Beerdigung seiner Schwägerin hätte sich Mrs. Talbot um drei Uhr nachmittags mit Mullan in Mr. Talbots Ankleideraum getroffen, wo ein Bett stand.

(NB: Miss Leech nach Möbeln und Gegenständen fragen, die reiche Farmer in die verarmten Gegenden Irlands mitbrachten. Welche Bedeutung hatten diese Dinge für die Einheimischen? Zierfarne in Messingtöpfen; Schmiedearbeiten im Rokokostil für die Wintergärten; Plüschfußschemel; tief ausgeschnittene Satin-Kleider mit Rüschenröcken. Welchen Eindruck mochten die getrennten Betten der Eheleute auf Mullan gemacht haben? War einem Mann seiner Herkunft ein Schuhspanner geläufig? Wusste er, was ein Frack mit Pikee-Weste ist? Oder wie man einen Schnurrbart wachste? Wer war der Anthropologe: Talbot oder Mullan?)

3. Bridget Queeny erzählt, Mrs. Talbot sei oft in Mullans Stube gewesen, und sie habe die beiden dort oft miteinander reden und lachen hören. Einmal sei sie von Mrs. Talbot mit dem Kind zum Tischler geschickt worden, so dass Mrs. Talbot ganz allein mit Mullan in dessen Stube blieb. Diese Aussage wird durch den Tischler Michael Fallon erhärtet. Dieser bestätigt, dass das Kind nach unten gebracht wurde; er gibt an, Mullan mit Mrs. Talbot in dessen Stube gesehen zu haben; hinterher sei das Kind zurückgekommen und habe gerufen: »Mama, bist du da?«

(Mullan musste als Beschäftigter eines englischen Landlords Englisch gesprochen haben, aber war er in der Lage, sich über komplexe Dinge zu unterhalten? Die Gegend von Ballygall ist so abgelegen, dass man dort in den Jahren 1848/49 doch vermutlich Irisch gesprochen hatte, oder? Das einzige Englisch, das er konnte, dürfte das Englisch der Bediensteten gewesen sein: *Musha, yer Honour, the blessins' o' God on ye.*… NB: Ist das richtig, Miss Leech? Marianne dürfte das geschwollene, übertriebene Englisch einer jungen Engländerin frühviktorianischer Zeit gesprochen haben. Wie war eine nuancierte Kommunikation zwischen ihnen möglich?)

4. *Die Zeugin hat die beiden auch viele Male miteinander in den Obstgarten gehen sehen, der etwas abseits vom Haus lag.*

5. *Die Sägeleute sagen beide aus, sie hätten Mullan und Mrs. Talbot im Stroh in einem der Ställe liegen sehen.*

6. *Maria Mooney gibt zu Protokoll, dass sie beim Öffnen der Tür von Mrs. Talbots Zimmer Mullan und Mrs. Talbot im Bett »bei der Sache« gesehen habe.*

7. *»Sie saßen im Wohnzimmer am Kamin. Sie bat mich, ihr eine Tasse Milch zu bringen. Ich ging hinaus, kam aber nicht wieder zurück.«*

Das Merkwürdige an dem Tatbestand ist, dass es sich dabei um einen Stallburschen handelt, den alle Zeugen als unauffälligen Mann von eher schmutzigem Äußeren beschreiben und keinesfalls als gut aussehend.

(Warum schickte sie nur nach einer Tasse Milch? Hat sie ihn nicht gefragt, ob auch er etwas trinken wolle? Oder trank er etwas Besseres, den Whiskey seines Herrn vielleicht?)

Vielen Dank. Caitlín de Búrca.

Ich bat Ella, als sie mir einen Toast aufs Zimmer brachte, die Aufzeichnungen Miss Leech zu faxen.

Ellas kleiner Sohn trug den Salzstreuer.

»Ich heiße Joe«, sagte er. »*Cad* ist *ainm duit?*«

Ich lief rot an wie ein kleines Mädchen, aber dann fielen mir die Worte ein: »*Caitlín* ist *ainm dom.*«

»*Seosamh* ist *ainm dom*«, gab er zurück. »Wir lernen die irischen Namen in der Schule.«

Dann erzählte er mir von seinem Wellensittich. Er fragte, ob ich schon einmal einen Wellensittich gesehen hätte und mit ihm runterkommen wollte, um ihn mir anzusehen?

»Und einen kleinen Bruder hast du auch«, sagte Ella zu ihm mit einem gewinnenden Lächeln. »Stimmt's? Du hast einen kleinen Bruder?«

Joe beachtete sie nicht.

»Mein Daddy ist in Saudi-Arabien.«

Ella sah mich mit einem hilflosen Lächeln an. »Er ist Zimmermann«, ergänzte sie. »Dad hat ihm einen Job in einem Krankenhaus dort verschafft, damit wir ein paar Pfund sparen können, für ein Haus.«

»Ja«, sagte Joe. »Wir bekommen dann ein eigenes Haus. Du kannst den Wellensittich morgen angucken.«

In der Stille, die entstand, als sie gegangen waren, peitschte eine Sturmböe den Regen an die Fensterscheibe. Ich zog die alten Samtvorhänge zu. Gott sei Dank hatte ich es warm und gemütlich. Wenn Jimmy da wäre, würde er sagen: Morgen sehen wir uns als Erstes nach einem Weinladen um und stellen fest, wo es in diesen Breiten ein indisches Restaurant gibt.

Ich hatte ihm und Roxy grob den Inhalt der Talbot-Geschichte erzählt, als im Büro einmal nichts los war. Wir drei erzählten uns ständig irgendwelche Geschichten. Filmhandlungen. Wenn wir etwas Interessantes gelesen hatten. Alex nicht. Er saß immer in seinem Glaskasten und arbeitete. Aber gerade das gefiel mir. Ich hätte unser Nichtstun nicht so genossen, wenn ich nicht überzeugt gewesen wäre, dass er den Laden am Laufen hielt. Jimmy begeisterte die Story von Marianne Talbot und William Mullan weit weniger, als ich gedacht hatte. Er bräuchte mehr Fakten, meinte er, um festzustellen, ob nicht einer der beiden den anderen ausgebeutet habe.

»Aber die Story bringt dein Gesicht zum Leuchten, Kath«, hatte er gesagt.

Ich hörte, wie der Regen gegen das Fenster prasselte. Ich würde das *TravelWrite*-Büro mehr als jeden anderen Ort auf der Welt vermissen. Der Raum hatte mir ein körperliches Wohlsein vermittelt. Ich fühlte mich dort aufgehoben und sicher. Niemand konnte uns da oben unter dem Schieferdach etwas anhaben. Das viktorianische Gebäude war ein Labyrinth aus Büros, Stockwerk für Stockwerk, aber von unseren Fenstern sah man nur auf eine Landschaft aus Ziegeln, Stein und Kupfer mit einem Flecken Grün von den Linden, die auf dem kleinen dunklen Platz unter uns wuchsen. Roxys Fleißige Lieschen und Geranien drückten sich in Dosen und Töpfen auf dem Fensterbrett gegen das Glas. Ich beobachtete die Schauer, wie sie über die Dächer herankrochen, bis schließlich der Regen gegen unser großes Fenster klatschte und uns einen Augenblick lang die Sicht nahm. Das Rot der Blüten schien zu erglühen vor dem grauen Regenschleier, der uns in unserem Horst einschloss, und in den gusseisernen Heizkörpern knisterte und brodelte es, als wären hundert kleine Vulkane darin.

Einmal bin ich direkt vom Flughafen ins Büro gefahren. Es war spät in der Nacht. Ich nahm ein Taxi durch die menschenleere Stadt, hielt Erroll, dem Portier, meinen Ausweis hin, ging durch das runde, mit rotbraunem Marmor ausgekleidete Foyer zu dem alten Aufzug und ließ mich langsam durch das dunkle Gebäude nach oben gleiten. Ich schloss den stillen Raum auf und schaltete das Licht ein. Die geheimnisvollen Schatten, die ihn bewohnt hatten, flohen vor dem flackernden Schein der Leuchtstoffröhren, die nach und nach den Raum erhellten. Ich verbrachte die ganze Nacht dort. Wie Grace Poole in Jane Eyre bin ich durch die Mansarde gegeistert – dachte ich innerlich lachend –, und irgendwann bin ich dann in dem großen Ledersessel eingeschlafen. Als ich mich halb wach wieder aufrichtete, hörte ich auf dem schrägen Oberlicht direkt über meinem Kopf leise den Regen rauschen. Am Morgen wusch ich mir in dem kleinen Waschbecken das Gesicht und eilte hinunter zum Feinkostladen, um mir einen Kaffee und ein Rosinenbrötchen zu holen, als käme ich von zu Hause.

Das Rascheln der Efeuranken an den Fensterscheiben meines grünen Zimmers sagte: Alles vorbei.

Wäre Jimmy meinem Talbot-Projekt misstrauisch begegnet? Hätte er befürchtet, dass mich das Schwermütige daran anzog? Was hätte er gesagt, wenn ich ihm mitgeteilt hätte, dass ich in Irland bin? »Wo bist du? Im Nordwesten von Irland, mitten im Moor? Hast du nicht gesagt, du würdest nie wieder nach Irland gehen? Ich meine mich zu erinnern, als ich mich das letzte Mal enthusiastisch über deine Heimat geäußert habe, dass du mir geraten hast, die verstörten Frauen zu zählen, die in Dublin am Check-in nach England stehen, weil sie dort heimlich ihr Kind abtreiben wollen.«

Aber ich würde ihn lehren, die Talbot-Geschichte mit anderen Augen zu betrachten.

Kaum zwei Menschen hätten wohl weniger zueinander gepasst als die Frau eines anglo-irischen Grundherren und ein irischer Knecht. Sie entstammten beide mächtigen Kulturen, die im Kern die jeweils andere als fremd empfanden, doch schüttelten sie diese kulturellen Bindungen ab, um zueinander zu kommen. Sie besaßen nicht einmal eine gemeinsame Muttersprache, und durchbrachen doch Schicht für Schicht überkommene Bräuche und Regeln, riskierten alle möglichen Strafen, weil sie der Wunsch nach Erfüllung ihres Verlangens dazu trieb. Für mich hatte sich der Liebesakt eher als belanglos erwiesen, doch glaubte ich noch immer daran, dass sich beide Partner in der körperlichen Begegnung besser kennen lernen und darauf eine von Liebe getragene Beziehung aufbauen können. Meiner Ansicht nach hatten William Mullan und Mrs. Talbot genau das getan. Sie hatten Liebe im wörtlichen Sinne ›gemacht‹ – Liebe aufgebaut. Ihre Leidenschaft wurde zu Liebe. In den Gerichtsprotokollen fanden sich viele Zeugnisse für liebevolle Gesten Mariannes gegenüber Mullan. Und Mullan hielt die ganze Zeit zu Marianne, obwohl seine Welt in den drei Jahren ihres Zusammenseins auseinander fiel, sein Volk aus dem Land getrieben wurde und er nichts anderes zu erwarten hatte als Strafe. Auch wenn ich selbst dies nie erfahren hatte, war ich felsenfest davon überzeugt, dass der Weg zum Herzen über den Körper führte, und dass das Herz der Weg zur Seele war. Sollte ich die Geschichte von William Mullan und Marianne Talbot erzählen, würde ich diesen Glauben predigen.

Und Jimmy, hast du nicht auch daran geglaubt? Du solltest froh sein …

»Halt! Komm wieder zu dir, Kathleen!«, rief ich aus und stand auf und begann aufgewühlt im Zimmer umherzugehen. »Jimmy wird weder traurig noch glücklich sein. Er ist nicht mehr! Sein Körper ist Asche und Staub und Knochen!«

Einmal hatten wir in einem winzigen Flugzeug einen Rund-flug über Manhattan gemacht, er und ich. Zusammenge-pfercht saßen wir hinter dem Piloten in der kleinen Acryl-glaskugel und Jimmy hatte den Arm um meinen Hals gelegt. Ich spürte sein Gewicht, als wir über den Wolkenkratzern aufstiegen und in die stürmische Bucht hinausschwebten. Noch heute spüre ich ihn neben mir, wie wir, in dicke Win-terjacken gehüllt, die Freiheitsstatue umkreisten. Ich spüre den Rhythmus, in dem sein Körper sich lustvoll dem Auf und Ab des Flugzeugs anpasste, von mir abrückte und sich wie-der an mich presste, sich löste und zurückkehrte, während wir über dem großen Hafen kurvten. Das heißt für mich lebendig sein – den eigenen Körper fühlen. Und gefühlt wer-den. Es gab Jimmy nicht mehr, weil dieser Körper nun nicht mehr zu fühlen war.

Ich ging zu dem alten Spiegel an der Wand gegenüber dem Fenster. In ihm wirkte der Raum hinter meinem Abbild wie eine Höhle mit geheimnisvollen Lichtern und Schatten, die sich in milchigen Tiefen bewegten.

Er ist für immer fort.

Ich schaltete Tisch-, Bett- und Deckenlampe an, und die Schatten verschwanden. Dann sah ich mir im Spiegel fest in die Augen und sagte Jimmy Lebwohl.

4

Am Morgen war ich mir nicht sicher, ob ich das Bett machen sollte.

Ich bin hier wohl mehr Freund als Gast, überlegte ich. In diesem Land geht es so persönlich zu.

Also machte ich mein Bett und räumte das Zimmer auf.

Dann schlich ich auf Zehenspitzen hinunter, um durch die Hintertür hinauszugehen. Als ich die Küche betrat, blieb ich fasziniert stehen. Der Raum war in weiches Morgenlicht getaucht, das durch zwei hohe Fenster fiel. Es roch nach den Geschirrtüchern, die über Nacht vor dem großen cremefarbenen Aga-Herd zum Trocknen gehangen hatten. Eine überladene Anrichte füllte die eine Wand, ein grob gemaserter Holztisch die Mitte des Raumes. Auf dem Tisch lagen zwei Laibe frisch gebackenes Brot auf Drahtuntersetzern. Unter den Fenstern stand ein langes durchgesessenes Sofa. Jemand hatte auf der einen Seite Zeitungen und Spielzeug zusammengeräumt und die auf den Fensterbänken verteilten Sachen in eine leidliche Ordnung gebracht: Einmachgläser, Bücher, ein großer Wecker, ein Stück halb in Zeitungspapier eingewickelte Bienenwabe, eine Weinflasche, in der ein dünner Weidenzweig steckte, ein Stapel Rechnungen und Briefe auf einem Dorn. Der Raum war voller winziger Geräusche. Der Wellensittich raschelte leise im Käfig unter der Abdeckung. Im Herd blubberte und knackte es leise. Der Metallwecker vibrierte beim Vorwärtsticken der Zeiger.

Schritte. Bertie trat ein. Er hatte ein kleines Kind auf dem Arm, Joe folgte ihm im Schlafanzug.

»Ja, was ist denn das?«, sagte er. »Sie stehen da wie ein Gespenst. Das hier ist Oliver, Joes kleiner Bruder.«

»Lolver«, wiederholte der Kleine.

»Ach, die Küche …«, sagte ich. »Ich habe in meinem Leben mehr Museen von innen gesehen als Küchen. Wahrscheinlich sogar mehr Barock-Kirchen.«

»Was für eine feine Dame!«, spöttelte er freundlich.

Er setzte den Kleinen aufs Sofa und schaltete den Fernseher ein. Lila gekleidete Tänzer hüpften stumm herum. Der Ton war abgeschaltet.

»Jetzt werden wir uns erst mal einen Tee machen«, sagte Bertie.

Das Kind fing an zu schreien.

»Ollie will seinen Löffel«, sagte Joe im Ton eines gelangweilten Dolmetschers.

Bertie reichte Ollie einen Holzlöffel, mit dem dieser glücklich den Tänzern zuwinkte.

»Seien Sie so lieb und lassen Sie die arme Spot rein.« Bertie zeigte auf die Hintertür. »Bei dem Burschen, dem sie gehört, schläft sie neben dem Bett, aber wenn sie bei uns ist, muss sie in den Schuppen.« Der Terrier stürmte so überschwänglich in die Küche, dass wir beide lachen mussten. Der alte Hund auf der Decke hob kurz den grauen Kopf, seufzte vernehmlich und döste wieder ein. Ich ließ die Hintertür offen. Ein Sonnenstrahl fiel über die Türschwelle und brachte eine Ecke des roten Wollteppichs zum Leuchten. Wir tranken unseren Tee und aßen das frische Brot mit Ellas Brombeermarmelade. Die Nachrichten im Radio waren auf Irisch, anschließend sang Van Morrison *The Star of the County Down*.

»Van the Man«, sagte Bertie gedankenverloren. »Ich erinnere mich noch an meine erste Van-Morrison-LP. *Astral Weeks*. Ich war gerade verheiratet und hab meine arme Frau damit auf die Palme getrieben, dass ich dauernd ›Madame George‹ gehört habe.«

Ich rechnete kurz nach.

»Sie haben ziemlich spät geheiratet.«

»Ja«, gab er zu. »Ich wollte nur die Beste, verstehen Sie?

Bis ich gemerkt habe, dass ich langsam in das Alter komme, in dem einen niemand mehr nimmt, wenn man sich nicht beeilt. Und wo wäre ich jetzt ohne Ella und ihre kleinen Jungs? Haben Sie diesen Sprung gewagt, wenn ich mir die Frage erlauben darf?«

»Ich, nein. Ich war nie lange genug an ein und demselben Ort.«

»Und ich war nie woanders als hier«, sagte er. »Ballygall ist die Welt für mich.«

Joe zappelte neben meinem Stuhl herum, um sich bemerkbar zu machen.

»Rat mal, wie mein Wellensittich heißt. Los – rat mal!«

»Johannes Paul der Zweiundzwanzigste?«, sagte ich.

»Nein! *Nein*. Er heißt Spice!«

»Da hab ich ja nicht weit daneben gelegen«, witzelte ich. »Aber jetzt muss ich los. Ich will mich ein bisschen umsehen.«

»Sie sind eine harte Arbeiterin, Kathleen«, bemerkte Bertie. »Wie ich! Aber die Welt ist ungerecht. Ich hätte für mein Leben gern Pferde dressiert.«

»Dazu ist es doch noch nicht zu spät«, sagte ich lachend. »Ist der alte Bursche, der die Pferde der Queen trainiert, nicht in den Neunzigern?«

»Raus mit Ihnen!«, schimpfte Bertie, und Spot dachte, er meine es ernst, und tat sein Bestes, um mich einzuschüchtern. Ich erhob mich lachend und ging zur Tür.

»Bye, Kathleen!«, sagte Joe, und Oliver rief: »Bye, Attly!«

Die Erinnerung traf mich wie ein Blitz. Mein kleiner Bruder Sean hatte mich auch einmal so gerufen und dabei vergnügt mit seinem Becher auf den Tisch getrommelt: »Attly! Attly!« Es hatte genauso geklungen. Fast haargenau so.

Ich stellte mich einen Augenblick draußen unter, um das Ende eines Regenschauers abzuwarten. Ja. Es war mein letzter Tag in der Shore Road gewesen, der Tag, an dem ich von zu Hause wegging, um in Dublin das College zu besuchen. Sean war damals drei. Ich habe ihn erst nach ein paar Jahren wiedergesehen, vielleicht zehn Minuten lang, als ich noch einmal kurz zu Hause vorbeischaute. Aber da hatte er mich bereits vergessen und wusste meinen Namen nicht mehr. Er hat mir von Mrs. Bates' Fenster nachgewinkt – es war der Tag, an dem meine Flucht aus Irland begann. Mit dem Bus nach Kilcrennan. Ich habe ihn danach weder noch einmal meinen Namen sagen hören noch sonst irgendetwas. Er starb mit sechseinhalb. Etwas mit seinem Blut habe nicht gestimmt, hatte Danny am Telefon gesagt. Bevor ich überhaupt wusste, dass er krank war, war er auch schon tot.

Der Regen zog weiter, und eine wässrige Sonne kam zum Vorschein, die das nasse Gras mit einem glitzernden Netz überzog. Ich wartete ein paar Sekunden, bevor ich den Wagen startete, um das erste zögernde Zwitschern der Vögel zu hören. Es war mehr ein Sprechen als ein Singen.

Das Wetter schien sich nie zu beruhigen. Lächelnd dachte ich, während ich mich vom Ort entfernte, an ein Gespräch mit Jimmy in einem großen, einfachen Londoner Pub. Wir saßen dort an einem Sommerabend bei einem Glas Bier, als ein kräftiger Ire auf uns zukam und sich vor Jimmy aufbaute. Es hätte bedrohlich gewirkt, wenn der Mann nicht so unsicher auf den Beinen gewesen wäre.

»Komm raus und kämpf wie ein Mann«, grölte er.

Jimmy war der friedlichste Mensch auf der Welt.

»Ganz sicher nicht«, beschied er ihn.

»Komm schon, du Wichser!« Der Mann brüllte nun, aber Jimmy blieb ganz ruhig.

»Nein. Ich habe keine Lust.«

»Komm raus. Ich bring dich um!«, lallte der Ire.

»*Nein.*«

»Ach, bitte!« Es klang mehr als höflich, fast flehentlich. »*Bitte.*«

»Gott im Himmel!«, sagte Jimmy, als der Mann betreten abzog. »Was sollte das denn?«

»Er wollte sich bloß mit dir prügeln«, antwortete ich.

»Und warum? Warum wollen sich die Iren eigentlich ständig prügeln?«

»Weil er betrunken war.«

»Okay, ich stelle die Frage anders. Warum betrinken sich die Iren?«

»Merkwürdig, dass du gerade mich das fragst«, sagte ich gedehnt. »Darauf kann ich dir nämlich zufällig die Antwort geben. Ich habe in einem äußerst seriösen Buch gelesen, dass das Wetter in Irland einen geringen Variationsspielraum hat. Man kennt keine extremen Temperaturschwankungen wie anderswo. Aber innerhalb dieses engen Spielraums ist das Wetter äußerst wechselhaft. Stell dir einmal vor, du wärst ein irischer Farmer und hättest dir für einen bestimmten Tag eine ganz bestimmte Arbeit vorgenommen und dich innerlich voll und ganz darauf eingestellt, und dann guckst du aus dem Fenster und stellst fest, dass du die Arbeit bei dem Wetter nicht machen kannst. Das schlägt dir aufs Gemüt, und dir bleibt nichts anderes übrig, als in die Kneipe zu gehen.«

Jimmy sah mich an. »Und das soll ein seriöses Buch gewesen sein?«

»Absolut.«

»Du meinst also, dieser Godzilla wollte mit mir rausgehen und mich platt machen, weil ihm das Wetter aufs Gemüt schlägt?«

»Genau«, antwortete ich. »Oder besser, weil das Wetter seinen Vorfahren aufs Gemüt geschlagen hat.«

»Kathleen«, sagte Jimmy. »Tu mir einen Gefallen. Wenn ich dich noch mal was über die Iren frage, gib mir einfach keine Antwort ...«

Von einer breiten Straße, die ein paar Meilen von Ballygall entfernt einem Bergkamm folgte, blickte ich auf die sanft geschwungene Landschaft aus Hügeln und kleinen Seen in sumpfigen Tälern hinab. Weit und breit kein Haus, keine Felder, kein Wald, keine anderen Gebäude. Ich kletterte auf einen Felsvorsprung und versuchte, jede Einzelheit um mich herum wahrzunehmen. Ich stand in der launenhaften Frühlingssonne und spürte, dass etwas Feindseliges von der Natur ausging. Das Gras wechselte zwischen schwärzlichem und beißendem Grün und um die blaugrauen Seen standen blasse Binsen.

Die Leere war greifbar. Es existierten genaue Zahlen darüber, wie viele Zehntausende in den Armenhäusern dieser Graf-

78

schaft gestorben waren, aber niemand vermochte zu sagen, wie viele nicht registrierte Tote es gegeben hatte. Zwar wusste man, wie viele Familien mit Räumungsbefehlen offiziell zum Verlassen ihrer Wohnungen gezwungen worden waren, denn von der Durchführung wurden die Behörden ordnungsgemäß unterrichtet, aber es war nicht bekannt, wie viele Familien Hunger und Fieber bereits zuvor aus den Hütten getrieben hatten. Die Landbesitzer und ihre Vertreter hatten die Hungersnot dazu genutzt, Pächter, die mit ihren Zahlungen hoffnungslos im Rückstand waren, von ihrem Land zu vertreiben. Ende der vierziger Jahre des neunzehnten Jahrhunderts war die Bevölkerung nur noch halb so groß wie bei der letzten Volkszählung. Aber wie viele Tausende mochten bereits bei jener Zählung nicht erfasst worden sein? Die Behausungen der armen Iren bestanden aus dem, was sie unmittelbar umgab: Sand und Stroh, Gras und Torfsoden, Moos, Felsbrocken und Holzstücken. Sie waren zerfallen und wieder mit der Landschaft, wie sie hier vor mir lag, verschmolzen.

Ich schloss die Augen und versuchte mich an das Gefühl eines gestampften Lehmfußbodens unter meinen Füßen zu erinnern. An die schlimmsten Anfälle von Ruhr, die ich erlebt hatte, das Zittern des bis auf die Knochen ausgekühlten Körpers, der sich so schwach und fiebrig anfühlte, dass ich den Kopf nicht oben halten konnte und meine Knie unter mir einknickten. Aber damals musste es noch viel schlimmer gewesen sein. Auf der nassen Erde im regendurchweichten Stroh zu liegen, das Gesicht schmutzig und grau vom Schweiß, während eine warme, gelbe, giftige Flüssigkeit zwischen den schmutzverkrusteten Gesäßbacken heraustropfte und an den Beinen hinunterlief ... Ob die vor Schmerz gekrümmten Sterbenden wohl Gott angerufen hatten? *A Dhia! A Dhia!* Oder waren sie taub und gefühllos? In einem meiner Bücher wurde der Bericht eines Reisenden zitiert. Dort heißt es, die Cholera habe die Leiber der Kranken anschwellen lassen und die Gesichter schwarz gefärbt. Viele ereile der Tod auf den Straßen, denn die Menschen flöhen aus entlegenen Gegenden, Tälern, wie ich sie vor mir sah, und versuchten, teils auf allen vieren, die Armenhäuser in den Städten zu erreichen, obwohl sie wüssten, dass die Sterberate in den Armenhäusern erschreckend hoch sei. Offenbar wollten sie nicht allein oder wenigstens mit vollem Bauch sterben.

Ich fragte mich, ob der Schmerz irgendwann aufhörte, wenn man vor Hunger starb. Wie beim Erfrierungstod? *Erst – Frösteln – Lähmung dann – dann Gehenlassen ...*

Mein Vater hat uns erzählt, Queen Victoria habe einmal einen Scheck über zehn Pfund für das Battersea-Hundeheim ausgestellt und anschließend einen über fünf Pfund als Spende für die Not leidenden Iren. Das einzige Gefühl, das er beim Gedanken an die Hungersnot empfand, war Wut und Zorn gegen England. Kein Mitleid. Er stellte sich nicht die Menschen vor, die aus dieser feuchten, verschwiegenen Landschaft getaumelt kamen und sich an den Rändern der Sümpfe entlangschleppten, durch Schlamm, der zwischen ihren dünnen Zehen hervorquoll. Die Füße von alten Männern mit schwarz verfärbten Zehennägeln. Weiche Kinderfüße. Braune Füße. Weiße, blau angelaufene, verwachsene Füße. Die Menschen, die aus dieser Gegend die steinige Straße nach Ballygall gegangen waren, mussten dürre Gliedmaßen und eingefallene Gesichter gehabt haben. Sind sie schweigend dahingezogen, oder hätte ich hier auf diesem Felsen über der Straße das Murmeln der langsam sich fortbewegenden zerlumpten Menge gehört? Oder die Stimmen der Mütter, wenn sie ihre Kinder riefen? Und wie hatten sie ihre Kinder genannt? Máire? Pádraig? Es konnten keine hübschen Kinder gewesen sein in rotem Flanell. Die Schulmädchen aus dem Konvent im Historienspiel »1847. Das Jahr des Großen Hungers« hinten auf Murphys Wagen hatten tadellos ausgesehen – meine Freundin Sharon hatte mir sogar ihren farblosen Nagellack für meine Zehennägel geliehen. Aber die Kinder der echten Hungersnot hatten wohl eher Ähnlichkeit mit denen, die heute auf der Flucht vor Napalm-Bomben, Granaten und Erdbeben zu den Kameras gerannt kommen. Kinder mit Rotznasen und wunden Mundwinkeln und Gesichtern, die von Angst und Hass verzerrt waren.

Ich wandte mich ab und fuhr aufgewühlt zurück zu Berties Hotel.

Wer war ich denn, dass ich mir anmaßte, über die Gefühle meines Vaters Bescheid zu wissen? Die Vorstellungen, die wir uns von anderen machen, gehen nie in die Tiefe, so sehr wir uns auch bemühen, und ich hatte mich nie bemüht, meinen Vater zu verstehen. Trotzdem versuchte ich mir vorzustellen, wie sich eine ganze Nation in einer unvorstellbaren Katastrophe gefühlt hatte! Wozu? Wie konnte ich über eine flüchtige Vorstellung von der Vergangenheit hinaus zu ihrer Bedeutung vordringen? Nicht zu einer Erklärung für das Geschehene, sondern zu seiner Bedeutung; nicht zur historischen Bedeutung, sondern zur Bedeutung dieser Geschichte für mein eigenes Leben?

In der Shore Road, hinter dem asphaltierten Wendeplatz für den Bus, war ein Streifen flaches Gras über dem Strand, ein Gras, das so dicht und fest war wie Wildleder und durchsetzt von trichterförmigen Löchern. Wir sprangen in den Sand auf ihren Grund und wieder hinauf, wenn wir Fangen spielten. Wenn es dunkel wurde, verkrochen sich dort Nora und ihre Freundinnen und die großen Jungs.

»Früher haben in diesen Löchern Leute gewohnt«, sagte ich zu Nora, nachdem es mir ein Engländer, der mit dem Fahrrad vorbeigekommen war, erzählt hatte. »Während der Hungersnot. Sie hatten fast nichts, nicht einmal Kleider. Hunderte sollen hier gelebt haben. Er schreibt ein Buch über die Geschichte.«

Nora antwortete: »Was soll das heißen, sie hatten keine Kleider? Natürlich hatten sie Kleider.«

Die Hungersnot interessierte sie nicht. Sie interessierte sich nur für die nackten Leute. »Wie konnten sie zur Messe gehen, wenn sie keine Kleider hatten?«

»Keine Ahnung«, antwortete ich. »Woher soll ich das wissen?«

Seitdem hatte ich häufiger darüber nachgedacht, was es bedeutet haben musste, in diesen Mulden zu leben. Der Sand war ganz fein, aber bitterkalt. Vielleicht hatten sie sie oben mit Ästen abgedeckt, unter denen Babys und Kinder lagen, während die Mutter draußen auf dem Gras saß und im Regen und Wind auf einem Feuer aus vom Meer durchnässten Stöcken Kartoffeln zu kochen versuchte. Aber sich so etwas vorzustellen war nicht dasselbe, wie es zu erleiden. Und doch lagen die Hungersnot und die Zerstörung des ländlichen Irland erst wenige Generationen zurück. Es gab noch Menschen, deren Großeltern diese Jahre tatsächlich erlebt hatten. Das Trauma dieser Erfahrung musste Teil des genetischen Codes sein, aus dem ich gemacht war.

Ich kann sie nicht vergessen, dachte ich, obwohl ich keine direkte Erinnerung an sie habe. Ich habe keine Erinnerung, aber bekennen muss ich mich zu ihr.

Miss Leechs Zimmer war vom Boden bis zur Decke voll gestopft und lag am Ende einer versteckten Hintertreppe in dem stattlichen Sandsteingebäude am Marktplatz von Ballygall, das die Stadtbücherei beherbergte. Die Bibliothekarin war sehr klein. Sie hatte ein elfenhaftes, völlig mit Runzeln überzogenes Gesicht, und trug das seidige graue Haar ungeschickt zu einem runden Dutt hochgesteckt. Ihre dunklen Augen lagen tief in den Falten, aber die Lippen ihres schmalen Munds waren so fein geschnitten und wohlgeformt, dass es mir jedes Mal, wenn ich sie ansah, angenehm auffiel.

»Sie wirken aber temperamentvoll«, begrüßte sie mich. »Und viel jünger, als ich vermutet habe. Hatten Sie nicht gesagt, dass Sie sich mit diesem Projekt aus dem Arbeitsleben zurückziehen wollen? Ich bin Siebzig und noch immer nicht im Ruhestand, obwohl ich mich zugegebenermaßen nur noch um den Bereich der Lokalgeschichte kümmere.«

»Ich will mich auch eigentlich nicht zur Ruhe setzen. Ich versuche eher, neue Wege einzuschlagen.«

Sie hatte mir keinen Platz angeboten, obgleich sie saß. Ich verbesserte mich:

»Ich will mich insgesamt verändern«, ergänzte ich unbeholfen.

Ein langes Schweigen trat ein.

»Setzen Sie sich, Miss de Burca«, sagte sie schließlich.

Ich muss sie so erleichtert angelächelt haben, dass sie mein Lächeln erwiderte.

»Haben Sie schon einmal in der Natur nach neuen Anregungen gesucht?«, fragte sie mich. »Ich muss sagen, mit jedem Tag bewundere ich den Schöpfer mehr.«

Sie erzählte, dass sie an diesem Morgen eine Zaunkönigmutter dabei beobachtet hatte, wie sie ihren Jungen das Fliegen beibrachte.

»Die Mutter hatte sie auf einem Ast aufgereiht. Neun Winzlinge waren es. Und sie saß auf einem Zweig gegenüber, den Schnabel voll mit Fliegen. Die Kleinen sahen aufgeregt zwitschernd zu ihr hinüber, fassten sich schließlich ein Herz und sprangen eines nach dem anderen vom Ast. Sie fielen nach unten, und als sie auf einem der tieferen Äste wieder landeten, konnten sie schon fliegen. Nur ein kleines Vögelchen rührte sich nicht von der Stelle. Sie hätten es piepsen hören sollen! Bitterlich beschwerte es sich bei seiner Mutter und wollte einfach nicht springen. Wissen Sie, was sie gemacht hat, als ihr die Geduld ausging? Sie ist zu ihm rübergeflogen und hat es vom Ast gestoßen. Einfach runtergeschubst!«

Sie musste lachen, und ich lachte mit.

»Es heißt«, sagte ich, »dass Zaunkönige im Winter zu einer Kugel zusammengekuschelt schlafen. Und nach und nach tauschen die in der Mitte mit denen an den Rändern die Plätze, damit alle sich wärmen können.«

»So machen Bienen das auch«, sagte Miss Leech. »Ich habe das schon oft beobachtet. Glauben Sie an den Schöpfer, Miss de Burca?«

»Ich glaube, dass es eine Schöpfung gibt«, sagte ich vorsichtig. »Ich sehe und höre jeden Tag Dinge, die mich glauben machen, dass es einen Schöpfer geben muss. Aber …«

»Ja«, antwortete sie. »Genau. Aber.«

Wieder trat ein Schweigen ein.

Sie sah mich fragend an. »Was interessiert Sie an der Talbot-Sache?«

»Nun …«, sagte ich zögernd. »Das Unwahrscheinliche, vielleicht. Ich meine, sie war eine Engländerin aus der Oberschicht, und der Mann war nur ein Knecht.«

»Für sie mag er vielleicht ein Knecht gewesen sein«, unterbrach mich Miss Leech, »aber die Mullans waren eine sehr

83

alte und angesehene Familie hier in der Gegend. Vom siebzehnten Jahrhundert an, vom sechzehnten sogar.«

»Das wusste ich nicht. Um solche Dinge in Erfahrung zu bringen, bin ich hergekommen. Und auch weil die Affäre direkt nach der Hungersnot begonnen hat. Ich war fast dreißig Jahre nicht mehr in Irland. Als Reisejournalistin habe ich fast wie eine Staatenlose gelebt. Und ich dachte, als Irin sollte ich mich mit der Hungersnot befassen.«

»Die Hungersnot ist ein heißes Eisen«, sagte sie. »Als ich zum hundertfünfzigsten Jahrestag eine Ausstellung vorbereitete, war ich sehr vorsichtig. Aber ein junger Lehrer kam auf die Idee, seine Schüler die gesamten Arbeitshausregister in den Computer eingeben zu lassen. Die Registerbände sind alle gefunden worden, als man das Arbeitshaus für den Bau des Supermarkts abgerissen hat. Der Lehrer wollte den Schülern den Umgang mit dem Computer beibringen, aber die Bände haben natürlich für Aufruhr gesorgt. Jeder wollte plötzlich herausfinden, was wirklich passiert war. Man fing an, Fragen zu stellen. Wie kam es, dass der und der ins Arbeitshaus aufgenommen wurde, und der Nachbar die Farm übernommen hat? Verdienten die großen Läden in der Stadt nicht ein Vermögen bei der Versorgung des Arbeitshauses, und hat man es nicht bei jedem Vertrag betrogen? War der Großvater von Soundso als Aufseher im Frauentrakt entlassen worden, weil er einige von den armen Frauen dort missbraucht hat? – Oh, ich kann Ihnen versichern, unsere Vorfahren haben sich mit dem System arrangiert! Keiner von den Herrschaften hier in der Gegend ist am Hunger gestorben. Aber Sie können sicher sein, dass auch unsere Vorfahren nicht häufiger draußen bei den Hütten der Dahinsiechenden gesehen wurden als die Angehörigen der Grundbesitzer. Wenn Sie und ich uns hier in einem warmen Zimmer unterhalten, müssen wir uns die Frage stellen, wie unsere eigenen Leute überlebt haben. Was haben sie zu der Zeit getan, damit Sie und ich später geboren werden konnten? Jeder, der ein Feld mit Kohl oder Rüben besaß, sorgte dafür, dass es bewacht war, damit die Hungernden fern gehalten wurden. Wir waren diese Wächter, Miss de Burca.«

»Ich brauche Ihre Hilfe«, mehr konnte ich nicht sagen. »Ich brauche sie mehr, als ich dachte.«

Wieder trat Schweigen ein. Aber diesmal war es ein wohlwollendes Schweigen.

»Ich habe Ihnen einige Aufzeichnungen gefaxt, Miss Leech«, sagte ich zögernd. »Aus der Talbot-Akte.«

»Oh, ich habe einen Blick darauf geworfen«, sagte sie. »Mal was anderes nach all den Anfragen auf Quiz-Niveau, die mir die Leute in Ballygall gewöhnlich stellen. So weit ich sehen kann, findet Marianne Talbot, außer in der Akte aus dem Oberhaus, die Sie bereits kennen, nur noch in den Rechnungsbüchern von Hurleys Stoffladen Erwähnung, der damals hier in der Stadt ansässig war. Ich habe die Bücher gestern Abend durchgesehen. Dort wird sie Missy genannt. 1848 ist sie erstmals als Kundin aufgeführt. Mrs. Missy Talbot. Außerdem habe ich Ihnen einige Dokumente als Hintergrundinformation ausgedruckt. Ich hatte nach unserem Telefongespräch den Eindruck, dass Sie möglicherweise nicht darauf gestoßen sind, weil Ihnen die wissenschaftlichen Grundlagen fehlen. Verzeihen Sie, wenn ich Ihnen Unrecht tun sollte. Bei dem einen Dokument handelt es sich um die von einem Schullehrer angefertigte Bestandsaufnahme des gesamten materiellen Besitzes einer Gemeinde von 4000 Einwohnern in Donegal aus dem Jahr 1837. Bei dem anderen um das Inventar des Besitzstands eines mit Mount Talbot vergleichbaren Anwesens. Die Landgüter hier in der Gegend waren so groß, dass es nur sehr wenige Grundbesitzer gab.«

»Wer waren denn die Nachbarn von Mrs. Talbot?«, fragte ich.

»Sie hatte keine Nachbarn in der Nähe.«

»Sie hatte also niemanden, mit dem sie reden konnte?«

»Das ist eine ziemlich moderne Erscheinung, das Reden mit anderen«, sagte Miss Leech. »Als ich jung war, haben sich die Leute nicht darüber beschwert, dass sie niemanden hatten, mit dem sie reden konnten.«

Sie stand auf, ging um den Tisch herum und reichte mir die Seiten. Sie bewegte sich so flink wie ein Vogel. Ich hatte mich halb erhoben, mich aber plump und ungeschickt dabei gefühlt und wieder hingesetzt.

»Wenn ich ein wenig streng mit Ihnen bin, Miss de Burca«, sagte sie, »dann unter anderem, um Ihnen klar zu machen, dass Sie ein großes Stück Arbeit vor sich haben, wenn Sie den Talbot-Skandal historisch korrekt rekonstruieren wollen. *Jahrelange* Arbeit. Ich kenne den Bestand dieser Bibliothek und bezweifle, dass Sie hier etwas finden, was für Sie von Nutzen ist. Von dem Gut der Talbots existiert kein schriftlicher Nachlass mehr, wie es in vielen anderen Grafschaften der Fall wäre. Die Talbots waren hier nicht gerade beliebt. Und das ist sehr milde ausgedrückt.«

»Vielleicht wäre unter diesen Umständen ein Roman besser geeignet, um die Geschichte zu erzählen und ein Gefühl für die Atmosphäre und die Menschen zu vermitteln …«

Ich verstummte, weil ich spürte, wie kläglich es klang. Sie maß mich mit einem langen Blick, doch dann bewog sie irgendetwas, nett zu mir zu sein.

»Nun«, sagte sie, »wenn Sie mit dem Einfühlen beginnen wollen, sollten wir uns zusammen einmal die Moorlandschaft um Mount Talbot herum ansehen. Ich kann mich für eine Stunde freimachen. Wenn ich Ihnen eben gesagt habe, dass Mrs. Talbot keine Nachbarn hatte, muss ich mich vielleicht korrigieren: Ich hätte sagen sollen, es wohnten keine Menschen in ihrer Nähe, die sie als Nachbarn bezeichnet hätte. Natürlich hatte sie Nachbarn, mehrere tausend sogar. Sie lebten im Moor um das große Haus herum.«

Sie saß wie ein kleines Mädchen auf dem Beifahrersitz neben mir, mit ihrer grauen Mütze zur roten Jacke, als sie mich durch eine verstreute Siedlung aus großen Backsteinhäusern mit Wintergärten dirigierte. Die Gebäude waren so neu, dass sie wie unwirklich aus der umgepflügten Erde stachen, auf der noch die Überbleibsel einer Dornenhecke zu erkennen waren. Dahinter führte zwischen Steinmauern ein schmales Sträßchen in braune Moorlandschaft.

»Halten Sie hier«, bestimmte sie und kletterte aus dem Wagen. »Sehen Sie?«

Sie stand auf Zehenspitzen und deutete mit ihrer schmalen, in fingerlosen Handschuhen steckenden Hand auf ein Rechteck aus behauenen Steinen zwischen den naturbelassenen Steinbrocken des Mauerwerks.

»Das ist die Türfassung eines Hauses, das einmal hier gestanden hat. Und dort wird die Mauer mit einem Mal höher, sehen Sie? Das ist die ehemalige Giebelwand eines Hauses, das nicht mehr da ist. In dem amtlichen Grundbuch von 1842, also vor der großen Hungersnot, sind allein auf diesem Stück zwischen der Hauptstraße und der Biegung des Sträßchens 32 Häuser verzeichnet. In jedem Haus wohnten vielleicht zehn Personen. Dreihundert Menschen nur auf diesem kleinen Flecken. An den bewohnbaren Randgebieten der Moore, wie hier am Ende des Sträßchens, lebten die Menschen so dicht zusammen wie in Bangladesch.«

Sie drückte die Spitze ihres kleinen Stiefels in den weichen Straßenrand.

»Wir sind immer mit unseren Fahrrädern hier entlanggefahren und haben auf der Straße gespielt«, erzählte sie, »weil es hier eine Menge Scherben zu finden gab. Wir Mädchen, natürlich. ›Chaneys‹ nannten wir sie. Ich denke jetzt mit Vergnügen daran zurück, dass wir dieses Wort benutzten, ohne zu wissen, dass es von ›China‹ kam, dem Wort für Porzellan, wie es unsere Vorfahren aussprachen. Meistens fanden wir Scherben von braunen Schüsseln, die innen hell lasiert waren, und einmal habe ich sogar das Viertel von einem Teller gefunden, der blau und braun und mit chinesischen Motiven bemalt war. Ich bewahrte ihn unter der Treppe in einer Schuhschachtel auf, die mein Puppenhaus war.«

Wir stiegen wieder in den Wagen und fuhren zum Moor hinaus. Am Himmel türmten sich, so weit das Auge reichte, riesige, an der Unterseite abgeflachte Wolken. Und hinter ihnen war im blassen Blau die Silbersichel des zunehmenden Mondes zu sehen. Von der hintersten Wolkenreihe stießen weiße und schwarzgraue Streifen zur Erde.

»Über Mount Talbot ist schlechtes Wetter«, sagte sie.

Sie lenkte mich hinaus auf einen Damm neben einer Lichtung, auf der Reifenspuren in der festen braunen Erde zu sehen waren. Bunte Fetzen von Düngersäcken aus Plastik hatten sich in Büschen verfangen. Das abgestochene Torfmoor dahinter war schokoladenbraun und so flach wie ein Rasen. Die oberste Erdschicht hatte man abgetragen. Die Rillen, die die großen Maschinen in den Torf geschnitten hatten, zogen sich bis zum Horizont.

Der trillernde Gesang der Lerchen hoch über uns verstummte jäh, als ein plötzlicher Hagelschauer niederprasselte. Einen langen Augenblick hörte man sein Stakkatotrommeln auf dem Wagendach. Ich fuhr langsam weiter, bis der Damm am Fuß einer kleinen Anhöhe endete. Die Hagelkörner zerschmolzen, von den Wischern beiseite geschoben, zu einem silbrigen Glanz. Erlen- und Lärchenbestände bewachten die schwarzen Tümpel, die stillen, sich kräuselnden Bäche und die kleinen saftigen Wiesen, die sich über dem Wasser erhoben. Wir stiegen aus.

Sie sagte: »Aus den Polizeiakten wissen wir, dass es hier zwei Schankstuben gegeben hat. Also müssen hier etliche Leute gewohnt haben.«

»Sie können nicht viel Platz beansprucht haben.«

»Sie haben ihre Kartoffeln überall angepflanzt, wo es ein Fleckchen Erde gab. Hier wächst nichts außer Kartoffeln, weil der Boden zu sauer ist. Aber man hatte damals eine dicke genügsame Kartoffelart, die überall gedieh.«

»Ich war einmal in Afrika, in Mali«, erzählte ich ihr. »Und das Dorf, zu dem ich wollte, konnte man nur mit dem Boot erreichen. Wir verbrachten zwei Tage auf dem Fluss. Der Junge, der das Boot lenkte, legte von Zeit zu Zeit am Ufer an, um ein Huhn zu kaufen. Ich habe dort Menschen gesehen, die völlig verborgen vor der Welt leben, nackte Babys, die im Schlamm spielten, Männer und Frauen in Lumpen, die uns lachend zuwinkten. Sie besaßen nichts. Der Junge konnte sie nicht einmal bezahlen. Sie lebten so abgeschieden, dass sie gar keine Verwendung für Geld hatten. So muss es hier vor der Hungersnot gewesen sein. Gleich wer und wie arm man auch war, man konnte sich mit dem Menschen, den man mochte, zusammentun, sich ein Stück Erde suchen, eine Hütte darauf bauen, Kinder haben und von Kartoffeln leben …«

»Abgesehen vom Regen und von der Kälte«, sagte Miss Leech. »Aber es stimmt. Vielleicht waren sie einmal die glücklichsten Menschen in Europa, zumindest eine Zeit lang. Sie hatten ein intaktes Erbe aus Sprache und Musik, Geschichten, Bräuchen und Traditionen, die Hunderte von Jahren zurückreichten. Und sie hatten ihren überlieferten Glauben. Es war eine vollständige Zivilisation.«

»Und doch hält sie niemand für zivilisiert«, sagte ich.

»Ebenso wenig wie die zerlumpten Malier. Es ist so leicht, sie für kindisch zu halten und zu denken, dass ihnen Tod und Exil nichts ausmachen.«

Wir standen da. Ein schwacher kalter Wind wehte übers Moor und blies uns ins Gesicht.

»Der Name dieser Siedlung hier ist Gurteenmullane«, sagte Miss Leech. »*Goirtín Uí Mhulláin* – das kleine Feld der Mullans. Deshalb habe ich Sie hierher geführt. Bei der Vorbereitung für die Ausstellung über die Hungersnot habe ich die Kinder gebeten, ihre Großeltern danach zu befragen. Und ein Kind schrieb, dass sein Großvater dieses Moor »Mullan's Moor« genannt und erzählt hat, hier habe einmal ein Cottage gestanden, in dem zu Lebzeiten seines eigenen Großvaters jeder hereingeschaut hatte, der auf dem Weg in die Stadt oder von der Stadt aufs Land vorbeikam. Und die Leute, die dort lebten, hätten Mullan geheißen.«

»Und jetzt ist nichts mehr da?«, fragte ich.

»Nichts. Aber vor nicht allzu langer Zeit habe ich hier einen merkwürdigen Strauch gesehen, der über und über mit weißen Blüten bedeckt war. Vielleicht war es ein Nachzügler aus einem Garten.«

Ich bemerkte, dass sie zitterte, und schob vorsichtig meine Hand unter ihren Arm, als wir uns zwischen den Pfützen einen Weg zum Wagen suchten. Die Lerchen hatten aufgehört zu singen. Weit und breit war kein Geräusch zu hören und es war kalt.

Im Wagen drehte ich die Heizung voll auf.

»Für die jungen Talbots muss das ein schrecklicher Anblick gewesen sein«, sagte ich, »nach der Grand Tour durch Europa: Paris, Neapel …«

»Vergessen Sie nicht, dass sie auf unsere Kosten gereist sind!«, warf Miss Leech ein. »Dieses Pack hat das Land ruiniert. Mit seiner Kunst und seinen Antiquitäten! Diese Diebe! Wissen Sie, wie es noch in den vierziger Jahren in dieser Stadt ausgesehen hat? Damals war ich ein junges Mädchen. Es herrschte nicht nur Armut und Tbc, und die Männer verließen dieses Land in Scharen mit dem Zug, den es inzwischen gab, um wie Leibeigene in England zu schuften. Es war vollkommen öde hier. Zum Sterben langweilig. Erst jetzt allmählich lichtet sich der Nebel aus Aberglauben und Unwissenheit. Die Grundherren haben uns *alles* genommen.«

»Aber Miss Leech«, widersprach ich vorsichtig. »Miss Leech, *Sie* sind doch von hier. Und Sie sind weder unwissend noch abergläubisch. Also hat es hier auch Menschen wie Sie gegeben.«

»Meinen Sie vielleicht, ich hätte viel Gesellschaft gehabt? Und meine Abende in den literarischen *Salons* von Ballygall verbracht?«

Sie machte dabei eine Handbewegung zu den stillen Weiten des Moores hin.

»Das war das, was ich meinte, als ich vorhin gesagt habe, dass man jemanden zum Reden braucht«, entgegnete ich. »Einsamkeit ist etwas Schlimmes. Marianne Talbot muss hier furchtbar einsam gewesen sein.«

»Faule Schmarotzer!«, schimpfte sie. »Diese Leute konnten doch tun und lassen, was sie wollten. Sie haben die Gesetze gemacht und für ihre Einhaltung gesorgt. Sie haben in guten Zeiten nichts für uns getan und in schlechten Zeiten untätig zugesehen, wie wir starben. Sie haben sich nicht einmal an ihre selbst aufgestellten Regeln gehalten. Schauen Sie sich Ihre liebe Marianne doch an. Sie hatte nichts auf der Welt zu tun, als eine anständige Ehefrau zu sein, und nicht einmal dazu war sie im Stande …«

»Sie war jung«, warf ich ein.

»Sie war zügellos!«, schrie Miss Leech fast.

Wenige Minuten später nannte sie mich zum ersten Mal beim Vornamen, als wollte sie sich für ihren Zornausbruch entschuldigen.

»Ich will Ihnen noch etwas zeigen, Kathleen.«

Wir fuhren einen zerfurchten Weg entlang an eine Stelle, wo die weite, mit braunen Wassertümpeln überzogene Grasfläche von einer Reihe dünner Birken unterbrochen wurde. Eine Ringeltaube flog still durch die hereinbrechende Dunkelheit.

»Halt.« Sie kurbelte ihr Fenster hinunter. »Sehen Sie das da drüben?«

Sie deutete auf eine nur ein paar Schritte entfernte Stelle, wo eine raue Schicht aus hartem schwarzem Torf zu sehen war und dahinter eine schwarze Wand aus getrocknetem Torf, die Seite eines alten Grabens.

»Als ich ein Kind war, lebten dort zwei alte Frauen«, sagte sie. »Sie hatten eine Höhle in den Torf gegraben und den Eingang mit Säcken und Planen zugehängt, die von Ästen gehalten wurden. Die beiden Frauen gingen von Tür zu Tür und verkauften Kampfer-Kugeln, Nadeln und anderen Kleinkram. Aber sie waren keine Hausiererinnen, sondern geachtete Frauen, die aus ihrer Behausung vertrieben worden waren wie viele andere arme Menschen in unserem Land. Sie hießen Biddie und Mollie, aber niemand kannte sie so gut, dass er sie so angesprochen hätte. Man nannte sie die Misses Flynn.

Sie sind hier draußen gestorben«, sagte sie. »Zuerst Biddie, dann Mollie. Irgendwann in den vierziger Jahren. Dem Gesetz nach hätten sie auf dem Armenhügel beerdigt werden müssen, aber der Priester ließ für sie ein großes Grab ausheben. Nun – hier haben sie jedenfalls gelebt. Sie wollten unter kein Dach eintreten, das nicht ihr eigenes war.«

Ich hörte regungslos zu.

»So, und wenn Sie mich gleich zu Hause abgesetzt haben«, riss mich Miss Leech aus meinen Gedanken, »bitte ich Sie, in die Pizzeria am Platz zu gehen und mir von Nario meine Spezial-Pizza bringen zu lassen, mit Ölsardinen, die außer mir, glaube ich, niemand in Ballygall essen würde. Eher würden sie verhungern. Aber meine Katze und ich finden sie ganz wundervoll.«

Ich sehnte mich danach, Alex anzurufen. Nach dem langen, anstrengenden Tag brauchte ich einen persönlichen Rückhalt.

Ein bisschen Trost. Ich eilte ins Hotel, um ihn vom Empfang aus anzurufen. Er klang niedergeschlagen.

»Ach«, sagte er, »im Büro ist es sehr ruhig. Roxy will zurück nach St. Lucia. Ich weiß nicht, was ich ohne sie machen soll. Und meiner Mutter geht es auch nicht gut. Wie soll ich nur den ganzen Laden hier allein schmeißen? Was ist mit dir, Kath? Hast du wenigstens eine schöne Zeit?«

Ich musste lachen. Dann versuchte ich, ihm das gelbliche Gras und die grauen Binsen zu beschreiben.

Er sagte: »Halt, Kathy! Bist du nicht wegen einer Liebesgeschichte rüber gefahren? Ich dachte, du wolltest die Hintergründe dieser *Lady Chatterley's Lover*-Geschichte ausgraben?«

»Ja, ja, das stimmt, Alex. Aber jetzt, wo ich hier bin ...«

»Entschuldige, Kathleen, wenn ich dich noch mal unterbreche. Aber ich hatte dich so verstanden, dass sich die Affäre *nach* der Hungersnot abgespielt hat.«

»Oh, Alex!«, seufzte ich. »Hier wusste aber keiner, dass die Hungersnot vorbei war. Die Folgen waren noch immer überall zu spüren. Und auch wenn Grundherren wie die Talbots keine Not litten, muss ihnen die Angst im Nacken gesessen haben, und sei es nur weil sie befürchteten, dass die Unterhaltung der Armenhäuser sie ruinieren könnte. Es lag noch so viel Schreckliches in der Luft, dass sich niemand dem entziehen konnte.«

»Tut mir Leid, aber ich glaube, das ist ein bisschen übertrieben«, sagte Alex fest.

»Da bin ich anderer Ansicht«, erwiderte ich.

»Ich nicht«, schloss Alex. »Aber, lassen wir das. Ich war der Meinung, ein Buch über eine ungewöhnliche Liebesgeschichte samt sensationellem Scheidungsfall in viktorianischer Zeit würde gut ankommen. Aber das gilt sicher nicht für einen weiteren Wälzer über den Jammer Irlands.«

»Das war kein ›Jammer‹, Alex«, antwortete ich mit zusammengebissenen Zähnen. »Das war unser Holocaust. Nicht ganz – weil er nicht geplant war, wie die Ausrottung der Juden. Aber die britische Regierung war froh, dass uns die äußeren Umstände ausrotteten.«

Am anderen Ende war Schweigen.

»Hör zu, Alex«, fuhr ich fort. »Würdest du dir unvoreingenommen einen kurzen Abschnitt anhören? Er stammt aus einer objektiven wissenschaftlichen Abhandlung über die Hungersnot. Ich schwöre, es ist das letzte Mal, dass ich dir etwas vorlese:

Vom Sommer 1846 an führte die Kartoffelfäule zu einer Notlage katastrophalen Ausmaßes, die das Land »von Küste zu Küste in einen Zustand der Verwesung und des Zerfalls« versetzte. Nach Schätzungen eines Historikers sind etwa 1,1 bis 1,5 Millionen Menschen verhungert oder an den Folgen hungerbedingter Krankheiten gestorben. Augenzeugen berichten über Szenen fast unvorstellbaren Massenelends: »Gebückte, nahezu nackte Gestalten, die bei den unwirtlichen Temperaturen durch Rübenfelder streiften und Wurzeln auszugraben versuchten«; »von Hunger gezeichnete, ausgemergelte Körper, die sich jeder Beschreibung entziehen«; »kleine Kinder, die nur noch Haut und Knochen waren, mit aufgedunsenen, faltigen, blassgrünen Gesichtern«.

Im ganzen Land starben Zehntausende von Landarbeitern; sogar Ladenbesitzer, Stadtbewohner und vergleichsweise wohlhabende Farmer fielen den Krankheiten zum Opfer, die sich durch die Hungernden und Notleidenden ausbreiteten. Zwar war die Kartoffelfäule nicht abzuwenden, doch wurde ihre Auswirkung auf Irland durch die Haltung der britischen Regierung noch verstärkt, die durch ein starres Festhalten am Dogma des freien Marktes gekennzeichnet war und durch eine tief sitzende, fast feindlich zu nennende Gleichgültigkeit gegenüber dem irischen Leid ...

»Ich verstehe, was du meinst, Kathleen«, sagte Alex. Er sagte es ziemlich langsam, als ob er wirklich zugehört hätte. »Aber der normale Leser wird sich allein durch den romantischen Teil der Geschichte einnehmen lassen. Ich glaube, du wirst mit den historischen Fakten sehr vorsichtig umgehen müssen.«

Nun schwieg ich. Wir stießen beide gleichzeitig tiefe Seufzer aus.

»Solche Probleme hatten wir mit unseren reinen Reiseberichten nie«, sagte Alex wehmütig.

»Hab ich dir je den einzigen guten Witz in *Lady Chatterley's Lover* erzählt, Alex?«

»Nein, Kathleen.«

»Connie erzählt ihrer Schwester begeistert über ihr tolles Sexualleben mit Mellors und sagt, wenn sie sich lieben, habe sie das Gefühl, der Mittelpunkt der Schöpfung zu sein. Worauf ihre Schwester meint, dass es jeder Stechmücke wahrscheinlich genauso gehe.«

Ich lachte lauthals, aber Alex blieb stumm.

Vergnügt ging ich in mein Zimmer hinauf. Ich hatte Jimmy einmal zu erklären versucht, wie viel es mir bedeutete, zu wissen, dass Alex, egal wo ich auf der Welt war, von früh bis spät in einem seiner billigen Anzüge am Schreibtisch saß und peinlich genau jeden Artikel durchging, die schmalen weißen Hände auf der Tastatur, den Blick beharrlich auf den Bildschirm gerichtet. Hinter ihm ein Foto der St.-Pauls-Kathedrale. Das Telefon zu seiner Rechten war für die Mitarbeiter der *News Write*-Nachrichtenagentur und sein persönliches Netz von Publizisten, Herausgebern, Verlegern und Anzeigenkunden bestimmt. Das Telefon zu seiner Linken für Jimmy und mich.

»Er ist immer da«, sagte ich.

»Ja«, sagte Jimmy verdrossen. »So ist er halt.«

In meinem Zimmer wischte ich meine Aufzeichnungen über die Hungersnot förmlich vom Tisch. Ich hatte genug davon. Was mache ich nun mit diesem Leben? Ich stöpselte den Wasserkocher ein, um mir Tee zu kochen, rief bei Caroline in London an und hinterließ die Nummer von Berties Hotel mit lieben Grüßen auf dem Anrufbeantworter. Dann rief ich in Noras Apartment in New York an, wohl wissend, dass sie im Büro war, und tat dasselbe. Danach hakte ich meine Füße unter den Heizkörper und machte dreißig Sit-ups, trug eine Haarkur auf und duschte. Ich zog ein Fleece-Shirt über mein Nachthemd, machte es mir vor dem Fernseher gemütlich, lackierte meine Zehennägel und sah mir dabei eine alte Folge von *Dallas* mit Sue-Ellen in ihren Kleidern mit Schulter-polstern an.

Als Ella das Tablett heraufbrachte, plauderte ich eine Wei-le mit ihr und schickte sie dann hinunter, eine Flasche Wein und zwei Gläser zu holen. Sie setzte sich aufs Bett und erzähl-te mir, dass Bertie ihren Freund nie gemocht hatte. Der Abend, an dem sie ihm sagen musste, dass sie schwanger war, sei furchtbar gewesen. Aber dann hätte Miss Leech mit ihm gesprochen ...

»*Wer?*«

»Miss Leech. Nan Leech. Sie ist Daddys langjährige Freun-din – die beiden haben als Kinder nebeneinander gewohnt, auf der anderen Seite des Platzes. Wie auch immer, sie hat ihn rumbekommen, und wir haben eine tolle Hochzeit gefeiert. Und jetzt ist außer Joe auch noch Oliver da, und ihr Groß-da liebt sie beide, sie sind sein Ein und Alles. Wenn in Sau-di-Arabien alles gut läuft, können wir die Anzahlung für ein Haus leisten. Ich wünsche mir nichts sehnlicher, als in den eigenen vier Wänden zu wohnen. Ich habe das ständige Auf-passen und die Angst, dass die beiden was anstellen, satt. Ver-stehen Sie? Und bei den Saudis gibt es nichts, wofür mein Guter sein Geld rauswerfen könnte. So Gott will. Wenn die Kinder nur ihren Da nicht so sehr vermissen würden ...«

Als ich sie, leicht nach vorn geneigt, so vor mir sitzen sah, während ich, nur mit dem Nachthemd bekleidet, vor mich hinkaute, und das Zimmer vom Shampoo-Geruch erfüllt war, fühlte ich mich in die Zeit zurückversetzt, als ich mit einer Gruppe anderer junger Mädchen in London in einem Haus wohnte, das sich Joanie's nannte. Ich hatte seit Jahren nicht mehr daran gedacht, vielleicht, weil ich mich schon lan-ge nicht mehr mit nassen, in ein Handtuch gewickelten Haa-ren mit einer jungen Frau unterhalten hatte. Auch dass ich mich, während Ella erzählte und an ihrem Glas nippte, im Spiegel betrachtete, erinnerte mich daran. Die Mädchen im Joanie's hatten sich auch nie angesehen, wenn sie miteinan-der redeten, weil sie mit Nagelfeilen, Lack und Locken-wicklern beschäftigt waren.

Mein Blick fiel auf den Knöchel, der unter dem Saum meines Nachthemds hervorschaute. Die Haut darüber war fleckig, das versetzte mir einen kleinen Stich. Als ich das Bein hob, um mir die Stelle genauer anzusehen, bemerkte ich, dass die Venen in meiner Kniekehle blauschwarz hervortraten. Das war neu, oder? Während ich Ella zuhörte, setzte ich meine kritischen Untersuchungen im Spiegel fort, der mir genau gegenüber hing. Ja, die Haut an meinem Hals wurde ganz faltig, wenn ich den Kopf senkte. Ich beugte mich nach vorn und wiederholte die Bewegung: wenn ich den Kopf gesenkt hielt, bildeten sich Falten; hob ich das Kinn, war die Haut glatt.

Und als ich jung war, hatte ich mein Aussehen als etwas Selbstverständliches betrachtet! Genauso wenig wie Ella jetzt, wäre es mir damals in den Sinn gekommen, dass ich eines Tages Angst haben würde, mich im Spiegel näher zu betrachten.

»Mein Mann fehlt mir so schrecklich«, sagte Ella und wurde rot dabei.

»Wie alt sind Sie?«, fragte ich.

»Vierundzwanzig. Zu meinem Geburtstag will er wieder zu Hause sein, zu meinem Fünfundzwanzigsten. Er hat Angst, dass ich mit einem anderen durchbrennen könnte«, sagte sie zufrieden, als sie die Sachen zusammenräumte, um sie nach unten zu tragen. »Aber da besteht keine Gefahr! Für mich gibt's nur den einen!«

Marianne musste in ihrem Alter gewesen sein. Sie sind noch Kinder mit fünfundzwanzig, obwohl sie selbst schon Kinder haben.

Wie lernen Mädchen sich selbst kennen? Wie lernen sie die Regeln? Eine wohlerzogene junge Frau wie Marianne – wer konnte sie davor gewarnt haben, dass es Kräfte gab, die sie dazu bringen konnten, sich auf dem blanken Boden einem Stallburschen hinzugeben? Hatte sie im Londoner Haus in der Harley Street Gespräche der Dienstboten belauscht? War sie wohl von ihrem Mädchen zur Tanzstunde begleitet worden und hatte sie dort hinter vorgehaltenem Fächer mit den anderen jungen Misses geflüstert und gekichert? Welche Wörter hatten sie für ihren Körper oder für die jungen Männer, zu denen sie sich hingezogen fühlten? Hatte Marianne eine Mutter gehabt, die weniger schweigsam war als meine? Wie kann es sein, dass meine Schwägerin Annie, seit sie zwölf war, den gleichen Freund hat, meinen Bruder Danny, und ihn, wie es scheint, noch heute liebt und von ihm geliebt wird? Und dass sich die beiden noch immer offen in die Augen sehen, wenn sie miteinander sprechen? Bei ihren Besuchen in London über die Jahre ist mir jedes Mal aufgefallen, wie vollkommen sie einander vertrauten. Warum war dies nicht auch Marianne vergönnt gewesen? Oder mir?

Mit vierzehn wusste ich nicht, dass das, was mit mir geschah, etwas mit meinem Körper zu tun hatte. Meine Freundin Sharon und ich hatten nie etwas von Pubertät oder Hormonen gehört, und wir nannten das, was uns umtrieb, nie Sex. Wir sagten, wir seien verrückt nach dem oder dem. Nicht verrückt nach Jungen im Allgemeinen, sondern nach einem ganz bestimmten Typ. Wir dachten, unser Verlangen käme aus dem Herzen, obwohl wir es in unseren Körpern spürten. Ich war gut in der Schule, aber Klugheit half in diesen geheimnisvollen Dingen nicht weiter. Die Mädchen im Konvent zog es in der Mittagspause auf die Hauptstraße. Zur selben Zeit kamen die Jungen aus dem Schulgebäude der Christian Brothers gestürmt. Und alle trafen sich rempelnd und kichernd vor der Frittenbude, wo der schlecht gelaunte Schotte ärgerlich hinter der Theke hantierte und herumschrie, weil wir nicht warten konnten, bis wir an der Reihe waren. Aber die Jungen nahmen das Anbändeln nicht ernst, anders als Sharon und ich. Ich war in meiner Phantasie so von Jungs in Anspruch genommen wie Sharon als typische Arbeitertochter.

Ungeduldig griffen wir der Zukunft voraus und konnten sie kaum erwarten. Wir waren das genaue Gegenteil der Opfer der Hungersnot, die sich zum Sterben niederlegten.

Als wir fünfzehn waren, fanden wir gemeinsam das Wichtigste über Männer heraus. An einem Samstag folgten wir einem verrückten alten Priester, der vom Missionsdienst auf Urlaub war. In der Gasse hinter dem Supermarkt drehte er sich plötzlich um und riss seinen Mantel auf. Sein Ding stach wie eine Kerze aus der Hose. Er sagte etwas in einer komischen Stimme zu uns, irgendetwas vom Schmusekätzchen kitzeln.

»Sind die alle so groß?«, fragte ich Shannon.

»O ja!«, antwortete sie. »Ich hab letzten Freitag mit dem Typ vom Gemüseladen einen langsamen Walzer getanzt. *A Whiter Shade of Pale*. Dabei hat sich sein Ding in mich gebohrt, und das war genauso groß.«

Ich ging zu Bett. Das Zimmer roch noch immer nach Haarkur und Nagellack, genau wie bei Joanie's.

Ich habe bei Joanie's eine Menge gelernt. London war nach den Straßen von Kilcrennan und Sharon die dritte Etappe meiner *Education sentimentale*. Bei Joanie's standen drei oder vier schmale Sofabetten in jedem Zimmer, fast unmittelbar vor den Gasöfen. Die Mädchen kletterten über die Betten, um zu ihren Kleidern zu gelangen, die sie nach dem Bügeln an Wandhaken aufhängten. Und immer saßen Mädchen in Morgenmänteln und Kopftüchern über den auf Wicklern gerollten Haaren in der langen, engen Küche, aßen Kekse und tranken Tee. Immer nur Kekse oder manchmal Kuchen. Ich brachte Obst mit nach Hause, das die Gäste des Hotels, in dem ich als Zimmermädchen arbeitete, dagelassen hatten, aber die Mädchen legten nie lange genug ihre Zigaretten aus der Hand, um es zu essen. Sie bissen einmal hinein und ließen es liegen. Ich war die jüngste von sieben jungen Frauen, die dort lebten. Joanie hatte uns allen Jobs verschafft. Wir waren alle Irinnen und arbeiteten in der Fabrik oder putzten in Krankenhäusern oder Hotels. Wir trugen Minikleider und kleine weiße Stiefelchen, auch die kräftigen Landmädchen mit den dicken, wettergegerbten Beinen benutzten Eyeliner und weißen Lippenstift. Joanie nahm sich die Miete aus unseren Lohntüten, bevor sie sie an uns weitergab. Aber sie half uns mit Zigaretten aus, wenn wir pleite waren. Und sie erlaubte uns, in ihrem Schlafzimmer Anrufe zu empfangen, wo es nach dem rosa Puder auf der glänzenden Frisierkommode roch, weil die Fenster stets fest geschlossen waren.

An Samstagabenden machte sie sich zurecht und ging mit

den Mädchen in die Tanzsäle in Kilburn oder Camden Town, obwohl sie mit ihrem dunkelroten Lippenstift und dem schwarzen Haar, das sie alle paar Tage nachtönte, einen strengen Eindruck machte und zu alt war, um mit ihnen zu kichern. Am nächsten Morgen war sie dann wieder die Alte, wenn sie laut an ihre Türen klopfte und »Ihr kommt zu spät zur Messe!« rief, während wir, noch unfähig, die Augen zu öffnen, »Mensch, verpiss dich« grummelten und uns die Decke über den Kopf zogen.

Joanie war mit Mrs. Bates vom Laden in der Shore Road verwandt. Sonst wäre ich nie nach London gekommen.

Ich hätte es fast vergeigt, als ich Daddy fragte, ob ich den Sommer in London verbringen könne, bis ich erfuhr, ob ich ein Stipendium für Trinity bekäme. Er sagte: »Warum bleibst du nicht in Irland?« Ich sagte, in London könne ich Geld verdienen. Er sagte: »Du brauchst kein Geld, du solltest lieber deine arme Mutter unterstützen.« Worauf ich sagte: »Warum unterstützt *du* denn meine arme Mutter nicht?«

Ich hatte mich nicht beherrschen können, obwohl ich mir nichts sehnlicher wünschte, als nach London zu gehen.

»Warum unterstützt *du* meine arme Mutter und *deine* Kinder nicht?«

Aber es machte mir doch zu schaffen, dass nun auch ich Mammy verließ. Nora war im Sommer zuvor einfach abgehauen und nach Amerika verschwunden. Nicht einmal ich wusste, dass sie Onkel Ned das Geld für die Überfahrt abgeschwatzt hatte. Als wir eines Sonntags beim Essen saßen, kam Mr. Bates aus dem Laden zu uns und sagte, sie hätten einen Anruf aus New York bekommen, von Nora, die Hallo sagen wollte und Tschüss. Daddy brüllte Mammy an, dass ihre Tochter seine Unterschrift gefälscht haben musste, um sich einen Pass zu verschaffen, und dass er Beamter sei und sie anzeigen sollte und wo sie überhaupt das Geld herhabe? Mammy sagte nicht viel. Später trug sie Noras Mantel auf, weil Nora nichts mitgenommen hatte, als das, was sie am Leib trug.

Außer einer merkwürdigen Postkarte haben wir nie etwas von ihr erhalten, obwohl sie mir einmal erzählt hat, sie habe Onkel Neds Geld innerhalb von sechs Wochen zurückgezahlt.

Selbst Mammy hat sie nie eine Geburtstagskarte geschickt, während ich unserer Mutter von London wöchentlich ein Pfund schickte. Zusammen mit den spanischen Zimmermädchen ging ich durch den Hintereingang zwischen den Mülltonnen ins Hotel, wir nahmen unsere Putzwagen und rollten sie zum Personalaufzug. Den ganzen Tag hörten wir Radio in den Zimmern. Und jeden Montagmorgen ging ich vor der Arbeit beim Postamt vorbei, steckte zwei Zehn-Shilling-Scheine in einen frankierten Umschlag und schrieb »Mrs. De Burca, Shore Road, Kilcrennan, Ireland« darauf. Damals gab es auf den Postämtern noch Federhalter, die man in Tinte tauchen musste.

Den ganzen Sommer über hatten Luisa und Pilar und ich überall Verehrer, besonders bei den Tanzveranstaltungen für ausländische Arbeitskräfte, die von den Priestern in einer Halle in Soho veranstaltet wurden, damit junge Katholiken einander heirateten. Die Kellner von den Cafés aus der Gegend nahmen uns in den Klammergriff und schoben uns an ihre Lenden gepresst, mit nach hinten gebeugten Rücken über die Tanzfläche. Der Priester legte dazu *Besame! Besame mucho* … auf.

Spätestens nach einer Stunde verlangten alle lautstark nach den Beatles.

Wenn der Priester dann *Sergeant Pepper* spielte, gerieten wir außer Rand und Band.

Und später, wenn man mit einem der Jungs knutschte und sich bei ihm etwas Warmes, Hartes regte und einem an die Schenkel drückte, ignorierte man es einfach. Und wenn er einen dazu bringen wollte, es zu berühren, und man zurückzuckte, sagte er, »Ist okay«, und küsste umso leidenschaftlicher. Am Ende bin ich jedes Mal mit zittrigen Beinen zum Bus nach Cricklewood gerannt, zurück zu den Mädchen in den geblümten Morgenröcken und dem Haus, das nach Seife roch.

Wenn die anderen Mädchen ausgingen, lag ich oft auf meinem Bett und las. Sie wussten, dass ich anders war als sie. Sie wären nicht einmal auf die Universität gegangen, wenn man sie dafür bezahlt hätte. Aber als eines Abends ein dicker weißer Umschlag vom Trinity College in Dublin auf mich wartete und ich beim Lesen vor Freude zu weinen anfing, waren die Mädchen reizend zu mir. Eine rannte sogar zur Tankstelle und kaufte eine Torte.

Ich rief in Bates' Laden an, und Mrs. Bates lief die Straße hinunter, um meine Mutter zu holen, und ich wartete und wartete und hatte Angst, Joanie könnte sagen, dass ich viel zu lang am Telefon war.

Mrs. Bates kam atemlos zurück.

»Deiner Mutter geht's nicht gut. Sie kann nicht selbst mit dir sprechen«, keuchte sie. »Aber sie hat gesagt, ich soll dir sagen, dass sie stolz auf dich ist und dass du ein tolles Mädchen bist.«

Ich schlüpfte tiefer unter die Decken in meinem Zimmer in Berties Hotel. Das waren sehr glückliche Erinnerungen. Sharon und ich zusammen auf ihrem schmalen Bett, Pond's Coldcream auf dem Gesicht, Zigaretten im Mund, und eine von uns schilderte haarklein, warum derundder Typ so toll war ...

Aber dann, als ich allmählich in den Schlaf glitt, beschlich mich wieder die Stimmung im Moor. Ich schlief nicht ein als das junge Mädchen, an das ich gedacht hatte. Mein Körper fühlte sich alt und müde an. Ich lag mit den Misses Flynn in ihrem Unterstand im Moor, hörte die Füchse in der Nacht kläffen und Vögel auf der Plane landen. Ich hörte den Frost im Gras knistern und den Regen in die gurgelnden Gräben strömen. Und dann dachte ich, es klopften Leute an das Dach des Unterstandes, um mir zu sagen, dass meine Schwester tot sei, aber das war nur ein Traum. Es war die Kletterpflanze, die gegen Sharons Badezimmerfenster schlug, wo wir uns Lockenwickler ins Haar drehten und dabei eine dicke Strähne nach der anderen anfeuchteten. Nein, es klopfte hier ans Fenster, als sich der Wind erhob.

5

Es konnte mitunter zehn Minuten dauern, bis ich meine verhedderten Haare durchgebürstet hatte. Meist wurde ich es leid und band sie zusammen, bevor ich richtig fertig war. Aber heute machte ich es vorbildlich. Ich hatte nichts anderes zu tun. Bertie hatte vorgeschlagen, mich hinauf nach Mount Talbot zu fahren, aber Regen lief in Strömen an den Fenstern herunter.

Ich rief von Berties Büro aus in London an, um Alex mitzuteilen, dass ich wegen der Ankunft der Hochzeitsgesellschaft vorübergehend in das hoteleigene Cottage an der Küste von Mellary umsiedeln würde.

»Stell dir vor, Kathleen!«, begrüßte mich Roxy. »Ich hab endlich den Sprung gewagt! Ich gehe zurück nach St. Lucia und sehe mich dort nach einer Arbeit um. Ich muss hier noch das neue Mädchen einlernen, aber es bleibt nicht viel Zeit dazu. Ich habe einen billigen Flug in der nächsten Woche erwischt. Also dann, Wiedersehen und alles Gute.«

Ich bat sie, mich mit Alex zu verbinden.

»Alex ist nicht da. Er ist mit seiner Mutter zum Arzt. Aber ich kann ihm eine Nachricht hinterlassen. Und Kath – ich werd meinen Cousin, der Pfarrer ist, bitten, eine schöne Messe für Jimmy zu lesen.«

Ich ging lächelnd auf mein Zimmer zurück. Roxy war die erste Sekretärin, die es bei *TravelWrite* ausgehalten hatte. Den anderen war es in dem entlegenen Dachgeschoss zu einsam gewesen. Aber Roxy freundete sich mit Betty in der Verwaltung am anderen Ende des Flurs an und lebte sich bei uns ein. Von da an roch es im Büro immer nach karibischem Essen. Jeden Tag gab ihr ihre Mutter einen Korb mit selbst gekochtem Essen mit. Einen Korb! Wenn Roxy nicht so korpulent gewesen wäre, hätte sie sie wahrscheinlich noch mit weißen Söckchen aus dem Haus geschickt. Sie buk auch wunderbare Torten für uns. Ich erinnere mich an einen Wintertag, an dem gelbgrauer Schneeregen auf das Dachfenster fiel, als ich von einer Zigarette mit den Botenjungen aus dem Keller zurückkam. Ich öffnete die Tür zum Büro und hatte das Gefühl, das Schlaraffenland zu betreten: Das wunderbare Aroma von jamaikanischem Kaffee und süßer Kokosnusstorte empfing mich.

»Ich habe einen Anruf von dem neuen Personalmanagement-Typen bekommen«, sagte Roxy. »Er möchte, dass ihr einen Fragebogen über eure Prioritäten und Zielvorstellungen ausfüllt.«

»Du meine Güte!«, rief ich aus. »Erwarten die von uns, dass wir Ziele haben?«

»Mein Ziel ist«, sagte Jimmy ernst, »meine Vormittage im Fitness-Studio zu verbringen, danach essen zu gehen und regelmäßig per Boten meinen Gehaltsscheck zu bekommen.«

»Und ich möchte einen flachen Bauch und ein herzförmiges Gesicht haben«, sagte ich. »Und eine perfekte Beziehung. Und mein Leben noch mal von vorne anfangen, damit ich alles besser machen kann.«

Jimmy sah mich an, aber er ließ es durchgehen.

»Was ist dein Ziel, Roxy?«, fragte er.

»Euch hin und wieder mal was arbeiten zu sehen, zur Abwechslung«, antwortete sie, worauf er sich auf sie stürzte und sie kitzelte.

Wir aßen zufrieden unsere Torte und leckten uns genüsslich die Finger.

»Ist doch witzig!«, sagte Roxy nachdenklich. »Alle drei sitzen wir hier in England, und keiner von uns ist Engländer. Na ja, ich bin britische Staatsbürgerin, aber ...«

»Und Jimmy und ich sind Ex-Engländer«, sagte ich. »Wir stammen aus den ehemaligen Kolonien.«

»Uns geht's doch gut«, sagte Jimmy. »Wir haben England *und* unsere Heimat.«

»Wir ›haben‹ England nicht«, gab ich zurück. »Du vielleicht, aber ich nicht. Es vergeht kein Tag, ohne dass ich eine herablassende Bemerkung zu hören bekomme, die mit ›ihr Iren‹ beginnt.«

»Du solltest es mal als Schwarze versuchen«, sagte Roxy.

»Tja, warum seid ihr beide dann hier?«, meinte Jimmy. »Ihr seid frei, weiß und einundzwanzig, genau wie ich. Na ja, wenn man das mit dem Weiß und Einundzwanzig nicht allzu eng auslegt.«

»Weil es hier besser ist als in St. Lucia«, sagte Roxy. »Da hätte ich inzwischen drei oder vier kleine Kinder, die barfuss in die Schule gehen.«

»Kathleen? Hättest du Kinder, wenn du in Irland geblieben wärst? Kann man sich schwer vorstellen, unsere Klassefrau Kathleen mit kleinen Kindern, aber …«

»Wenn es irgendetwas gibt, das ich nicht habe, Jimmy Beck«, antwortete ich, »dann ist es Klasse.«

»*Natürliche* Klasse, habe ich gemeint.«

»Man kann keine natürliche Klasse haben«, gab ich zurück. »Klasse hat mit sozialem Status zu tun.«

»Oh, sei nicht so pingelig, Kathleen! Du versuchst nur, vom Thema abzulenken. Warum bist du in England, wenn es dir hier nicht gefällt?«

»Ich bin nicht hier, weil es mir hier gefällt«, sagte ich mit einer Vehemenz, die mich selbst überraschte. »Sondern weil es mir dort nicht gefallen hat!«

Zu meinem Erstaunen hatten sich meine Augen mit Tränen gefüllt. Die beiden sahen mich erschrocken an.

»In Irland kann man nicht leben«, sagte ich weinend. »Ich will nie wieder dorthin zurück! Das ist kein Land für eine Frau.«

Jimmy kam zu mir, um mich in den Arm zu nehmen, aber ich wollte keine Berührung.

»Du hast deinen Kuchen nicht aufgegessen«, sagte er. Er faltete ein Blatt Schreibmaschinenpapier in der Mitte und schob die Torte darauf, dann setzte er sich mit dem Stuhl neben mich.

»Mund auf!«, sagte er und fütterte mich wie einen kleinen Vogel.

»Tut mir wahnsinnig Leid, Kathleen«, entschuldigte er sich. »Wirklich, mein Schatz. Ich wollte dir nicht wehtun.«

Roxy warf uns einen skeptischen Blick zu, als spielten wir nur Theater.

Ich zog mir die alten Jeans und Stiefel an, die ich wohlweislich eingepackt hatte. Mein Pullover war von *Comme des Garçons*, aber das würde in Ballygall niemand merken. Ich wollte später einen Rundgang durch das Städtchen machen. Nichts mochte ich lieber, als Spaziergänge in fremden Städten. Ich hatte eine durchsichtige Plastiktasche für mein Notizbuch, in die ich auch die Kopie der Gerichtsakte steckte. Überall mussten Spuren der Talbot-Dynastie zu finden sein.

Ich setzte mich halb nachdenklich, halb überrascht noch einmal auf das Bett, als mir bewusst wurde, dass dies die erste irische Stadt war, die ich erkunden würde. Ich kannte nicht einmal Kilcrennan richtig, weil die Shore Road, wo wir wohnten, drei oder vier Meilen außerhalb lag. Ich kannte das Zentrum von Dublin von den zwei Jahren am Trinity. Aber das war alles. Darin erschöpften sich meine Irland-Kenntnisse. Englische Städte hingegen kannte ich dutzendweise. Als ich beim *English Traveller* anfing, hatte ich noch keinen Führerschein, also reiste ich bei meinen netten kleinen Aufträgen kreuz und quer mit dem Zug durch das Land, stieg aus staubig riechenden Abteilen mit beigefarbenen Plüschbezügen, schlenderte unzählige Gleise entlang, vorbei an verschachtelten Backstein- und Ziegelschuppen und Türen, auf denen »Lampmen No. 2« stand, sah in Erfrischungsräume, deren Bänke vom vielen Benutzen glatt poliert waren und wo man den dünnen Tee aus dem Kessel direkt in dickwandige Tassen auf großen Tabletts goss, um dann voller Vorfreude auf Bahnhofsvorplätze hinauszutreten und neugierig den Kopf nach allen Seiten zu drehen. Den Weg zum Marktplatz wies mir der höchste Kirchturm. Ich machte da und dort Halt und zog mein Notizbuch aus der Tasche. Diese Art der Zugehörigkeit genügte mir. Einfach hinsehen und Notizen machen.

»Kathleen! Kathleen!«, rief Ella von der Halle unten. »Daddy sagt, der Regen lässt nach und er fährt in einer Stunde mit Ihnen zum Landsitz hoch.«

»Wunderbar!«

Auf meinem Schreibtisch lag eine verblichene Fotografie von Mount Talbot, die ich in einem Buch über Herrenhäuser in Irland gefunden hatte. Es sah aus wie ein schottisches Hotel mit seinen gotischen Fenstern, den efeubewachsenen Zinnen, den vielen Schornsteinen und dem gewaltigen, an einen Bergfried erinnernden Glockenturm. Nachdenklich betrachtete ich das Bild. Bei uns zu Hause hatte es ein Foto von unserer Familie gegeben. Wir standen auf der Shore Road, und der Wind blies vom Meer her, wie ich an unseren Haaren sah, die alle in dieselbe Richtung gebürstet waren. Das Baby Sean im Kinderwagen ganz vorn. Mammy hinter Danny, der seinen Kommunionanzug trug und eine große Rosette am Revers hatte. Nora und ich in unseren Schuluniformen. Auf dem Foto waren nur Menschen zu sehen, kein Haus, und auf diesem nur ein Haus und keine Menschen. Auf anderen Fotografien in dem Buch sah man würdevolle Damen in langen Röcken und riesigen Hüten auf den Eingangsstufen, einen Jungen neben seinem Pony, einen Mops, der auf einen Schoß gebettet saß. Ein Labrador lag ausgestreckt auf dem Kies, ein Mädchen im Trägerkleid, das sich im falschen Augenblick bewegt hatte, hatte einen verschwommenen Fleck anstelle des Gesichts. Aber auf der Fotografie vom Herrenhaus der Talbots war nichts als ein Teil eines weitläufigen Gebäudes samt schwarzen Bäumen im Hintergrund zu sehen.

»Nun, ich bin da, um die Menschen wieder ins Bild zu bringen«, sagte ich mir, und war mir dabei bewusst, dass es Wunschdenken war.

Das von Lampen, Kerzen und Leuchtern erhellte Haus muss in der dunklen Stille des Moores wie ein gelandetes Raumschiff gewirkt haben. Marianne Talbot und William Mullan bewegten sich darin und die Diener schlichen hinter ihnen her. Sieben Stellen, an denen man sie zusammen gesehen hatte, wurden vor Gericht beschrieben. Das gefiel mir. Sieben Stationen und sieben Gebete hatten immer zu einer

Wallfahrt gehört. Die erste Station – das Wohnzimmer, wo Marianne die Glocke läutete und ein Glas Milch verlangte – war der tägliche Aufenthaltsort der Hausherrin, ein typisch weiblicher Raum vermutlich, mit weichen Teppichen und feinen vergoldeten Möbeln ausgestattet, die man quer durch Europa an diesen entlegenen Ort geschleppt hatte. Und nun hatte man einen Stallburschen dort gesehen!

Dazu hatte der Lordkanzler bemerkt: *Das ist sehr ungewöhnlich für einen Stallknecht, umso mehr, als er von allen Zeugen als einfacher Mann von ziemlich schmutzigem Äußeren und keinesfalls als gut aussehend beschrieben wurde.*

Aber was sind Äußerlichkeiten für Liebende? Oder Orte? Hugo und ich hatten uns auf dem Rückweg von Paros überall geliebt. Auf der Fähre. Im Zug von Bari nach Rom. An der Wand im untersten Teil von San Clemente, wo sich das Mithra-Heiligtum befand, als die anderen Touristen schon wieder in den oberen Kirchenraum hinaufstiegen. Ich erinnere mich noch an den feuchten Modergeruch des Bodens und unseren Atem in der Stille, der immer schneller wurde.

Die zweite Station war das Ankleidezimmer. Auch hier hatte Mullan Marianne getroffen. Die dritte der Salon, wo man die beiden eng umschlungen auf dem Sofa hatte sitzen sehen. Dann Mariannes Schlafzimmer. Dort hatte sie Maria Mooney »in flagranti« ertappt. Dann die Ställe, wo die Sägeleute aus der Tischlerwerkstatt sie auf dem Boden gesehen hatten. Dann Mullans Stube, oben über dem Hof, wo man sie hatte reden und lachen hören. Und schließlich der Obstgarten, in den sie zusammen gegangen waren.

Ihre Körper mussten einander wie köstliche Früchte erschienen sein, die unter ihren Berührungen reiften.

Ich hatte selbst einmal eine halbe Stunde im saftigen Gras am Rand eines dunklen Obstgartens verbracht. Bei einer Hochzeit an einem heißen Augustabend irgendwo in Kent. Ich erinnere mich an den rötlichen Mond zwischen den schwarzen Äpfeln und Zweigen und daran, wie der Mann mir wieder meine goldenen Sandalen angezogen hatte. Sogar an das Kitzeln der Grashalme unter meinen Fußsohlen erinnere ich mich und an den festen Griff seiner Finger. Es war natürlich kein richtiger Liebesakt gewesen, nur eine von diesen Partygeschichten. Seine Frau hat uns über den Rasen auf die erleuchtete Terrasse zurückkehren sehen.

Die Erinnerung war mir unbehaglich und ich stand auf. Ich überlegte, was ich Nützliches tun könnte. Ich würde die Inventarliste des mit Mount Talbot vergleichbaren Landguts, die mir Miss Leech gegeben hatte, in meinen Laptop eingeben. Dadurch würde ich alles, was ich bei der Besichtigung vor Ort zu sehen bekäme, besser verstehen. Miss Leech schrieb:

Mount Talbot war keinesfalls ein großer Besitz, kein Rockingham oder Carton. Verglichen mit anderen anglo-irischen Herrensitzen war es eher ein Sommerhaus. Ein Landgut dieser Art, wenngleich es vielleicht 80 000 Acres – vorwiegend sumpfiges – Hügelland umfasste, bestand normalerweise aus einem 25 bis 30 Zimmer zählenden Herrenhaus, einem Dorf vor den Toren und einer beträchtlichen Anzahl angeschlossener Häuser und Cottages – in unmittelbarer Nähe. Die nachfolgend genannten Einrichtungen wären auf einem vergleichbaren Anwesen zu finden gewesen:

Umfriedete Obst- und andere Gärten, Rasenflächen, Pförtnerhäuschen, Fischteich, Hundezwinger, Wildpark, Bullenkoppel, Schweinestall, Raum für das Pferdegeschirr, Gemüsegarten, Kälberschuppen, verschiedene Stallungen einschließlich der für die Jäger, Ententeiche, Kammern für die Lagerung von Getreide usw., Bienenkörbe, eine beheizte Ziegelwand hinter den Gewächshäusern für die Zucht von exotischen Früchten, zum Beispiel Pfirsichen, und Blumen wie Kamelien für das Haus. Eine Farnpflanzung. Ein ummauerter innerer Obst- und Gemüsegarten. Mit Holzregalen von den hauseigenen Tischlern ausgestattete Schuppen zum Lagern der Feldfrüchte. Eine Molkerei. Eine unterschiedliche, aber sehr große Zahl von Zuchtvieh und Schafen, oft seltener Rassen. Zuchtsäue und ihre Ferkel. Ein Sägewerk und ein oder zwei Getreidemühlen. Eine künstliche Einsiedelei oder Schlossruine. Ein Eishaus. Personal, darunter mindestens Köche, Haushälterinnen, Küchenmägde, Stubenmädchen, Gärtner, Verwal-

ter, Aufseher, Stallburschen und Landarbeiter. Und Möbel, Silber, Gemälde, Porzellan, Besteck, Teppiche. In den Remisen: Equipagen und Wagen verschiedener Art.
Im Falle der Talbots war auch ein Haus in London vorhanden, vermutlich mit Dienstpersonal.

Am Ende von Miss Leechs Zusammenstellung folgte eine zweite Bestandsliste, die im Sprengel Gweedore in Donegal kurz vor dem Jahrzehnt der großen Hungersnot angelegt worden war. Auch sie übertrug ich langsam in meine Aufzeichnungen.
Der Lehrer, schrieb Miss Leech, führt den gesamten materiellen Besitzstand von viertausend Menschen auf:

1 Karren, keine Kutsche oder ähnliches Gefährt, 1 Pflug, 20 Schaufeln, 32 Rechen, 7 Tafelgabeln, 93 Stühle, 243 Hocker, 2 Federbetten, 8 Bettlager aus Spreu, 3 Truthähne, 27 Gänse, keine Kopfhaube, keine Stand- oder Wanduhr, 3 Taschenuhren, kein Spiegel im Wert von mehr als 3 Pennys, nicht mehr als 10 Quadratfuß Glas.

»Kathleen!«, rief Ella vom Fuß der Treppe herauf. »Kathleen! Daddy sucht dich!«
Bertie war in der Küche, die Zungenspitze zwischen den Lippen wie ein Kind, während er konzentriert kleine Häufchen Brandteig in Reihen auf ein Backblech spritzte. Ollie und Joe standen auf Stühlen und sahen ihm interessiert zu.
»War ein nasser Auftakt, was?«, murmelte er in meine Richtung. »Ich hab schon befürchtet, es regnet heute den ganzen Tag.«
»Deine Haare sind ganz aufgeplustert«, sagte Joe zu mir.
»Und ich dachte, es regnet das ganze Jahr so weiter.«
»Oh«, Bertie legte den Spritzbeutel beiseite und sah mich lächelnd an. »Die Wettervorhersage ist bestens. Sonne, das ganze Wochenende. Nicht, dass ich dran glaube.«
»Dann bin ich nicht mehr da«, sagte ich missmutig.
»Sie sind doch nur in Mellary, Kathleen. Da ist das Wetter nicht viel anders als hier. Es ist doch nur gut eine Stunde

entfernt. Und das Cottage wird Ihnen gefallen, es ist ideal für eine Schriftstellerin.«

»Noch bin ich keine«, gab ich zurück. »Aber wer weiß, vielleicht inspiriert mich das Cottage und ich werd eine. Hier«, ich reichte ihm eine Liste der sieben Orte, die ich besichtigen wollte. »Da müssen wir hin.«

Er zog eine mit Leukoplast geklebte Brille aus der Tasche seiner Strickjacke.

»Bertie«, sagte ich nachdenklich. »Die hatten doch Tiere da oben. Haben die Leute sich nicht an dem Vieh und den Pferden vergriffen, um nicht zu verhungern?«

»Um Gottes willen!«, sagte Bertie, und Joe rief entgeistert: »Pferde essen!«

»Unsinn, Kathleen! Die Leute haben Rinder wie Pferde zur Ader gelassen. Alles Vieh musste jahrelang bewacht werden. Nan hatte in ihrer Ausstellung über die Hungersnot eine Zeichnung aus einer englischen Zeitung, auf der Männer mit einem Messer und einer Schüssel neben einem Pferd zu sehen sind.«

»Granda!« Joe zog Bertie am Arm. »Granda, ich würde nie ein Pferd essen«, sagte er ehrfürchtig.

»Das verlangt auch keiner von dir.«

Er nahm eine abgewetzte gewachste Regenjacke vom Haken hinter der Tür und setzte sich einen ausgebeulten Tweedhut auf.

»Ella, bring die Garnelen hoch in die Hotelküche, bevor man uns wegen Verstoss gegen das Lebensmittelgesetz zur Räumung zwingt. Und sieh nach, was die Putzfrauen oben machen. Halt die Stellung wie ein braves Mädchen. Es wird nicht lange dauern.«

Das überraschte mich. Wieso würde es nicht lange dauern? Ich hatte mich bereits gewundert, dass er beim Frühstück vorschlug, mich noch vor meiner Abreise zum Landgut zu begleiten. Denn die Vorbereitungen für die Hochzeit waren nunmehr in vollem Gange. Aber ich hatte nichts gesagt, weil ich nicht unhöflich erscheinen wollte.

Der Hauptzufahrtsweg nach Mount Talbot nahm seinen Anfang an dem zerfallenen dreitorigen Bogen auf dem Hauptplatz von Ballygall. Es war ein märchenhafter Auftakt, Bertie durch das kunstvoll verzierte Eingangsportal zu folgen. Aber nach nicht einmal hundert Metern verlor sich die Straße in einer Wildnis aus tiefen Lehmfurchen, in denen Wasser stand, und wir mussten eine Reihe von Metalltoren überwinden, die mit Stacheldraht überzogen waren. In diesem Teil des Anwesens hatte man vor langer Zeit Felder angelegt, doch der Regen hatte nicht viel mehr als von Hufen aufgewühlte, schlammige Grasbüschel übrig gelassen. Wir stapften an der Böschung oberhalb eines über die Ufer getretenen Baches entlang und steuerten auf eine hohe Mauer zu. Die nassen Jeans scheuerten an meinen Knien und Schenkeln. Ein Wall wuchernder Brennnesseln schützte eine Bresche im Mauerwerk, und überall, wo etwas Erde zwischen den losen Steinen Halt gefunden hatte, ragten krumme Baumsprösslinge heraus. Überall lagen Mauerbrocken im nassen Gras. Ich geriet ins Taumeln, als mir ein Ast gegen die Wange schlug, und streifte mit den Händen einen hohen Nesselbusch. Sie brannten. Meine Socken waren in den Stiefeln unter die Fersen gerutscht, und mein Gesicht fühlte sich kratzig an von den Samen und Gräsern.

Ich holte Bertie ein, der vor einem verwachsenen Baum stehen geblieben war.

»Jedes Mal wenn ich hier vorbeikomme, frage ich mich, ob er es wohl überstehen würde, wenn ich ihn verpflanze«, sagte Bertie nachdenklich. »Das ist ein Erdbeerbaum. Ich hätte ihn zu gern bei uns im Garten. Nan hat mir erzählt, dass die Talbots während der Napoleonischen Kriege eine Menge Geld verdient haben. Damals legten sie einen Zierteich an und holten sich nach und nach Bäume und Zierpflanzen aus aller Welt hierher. Ich erinnere mich noch an eine Allee mit wunderschönen alten Bäumen, die von hier zur Stadt führte. Irgendwann hat sich ein Professor aus Dublin nach ihnen erkundigt. Aber der alte Trottel, der das Anwesen von der *Land Commission* gekauft hatte, hat in seiner Dummheit alle Bäume fällen lassen, aus Angst, sie könnten sein Vieh vergiften.«

»Ein Zierteich!«, sagte ich überrascht. »Genau das, was man hier in der Gegend braucht.«

Wir kamen nur langsam durch das hohe nasse Unkraut voran, doch dann erreichten wir ein breites, glitschig bemoostes Kopfsteinpflaster.

Bertie blieb stehen.

»Wir sind da«, sagte er.

»Wo?«

»Am Haus.«

»Wo ist das Haus?« Ich sah mich suchend um.

»Hier.«

Alles, was vor uns lag, war ein großes steinernes Fundament, das mit dunklem Moos, Zweigen und Vogelmist bedeckt war.

»Zwanzig oder dreißig Zimmer muss das Haus gehabt haben«, sagte Bertie.

»Das ist alles, was davon übrig ist?«, fragte ich, noch immer ungläubig.

Seine Stimme schien vom steinernen Boden zurückzuhallen. Die wuchtigen, nassen Bäume um uns regten sich nicht.

»Das ist alles«, bestätigte Bertie. »Der alte Knabe hat das Dach runtergerissen, als sie von ihm Steuern verlangt haben. Ich war damals sechs oder sieben Jahre alt. Es gab dort einen großen Raum mit einem Erker. Das war der Ballsaal. Der Boden war mit Glasscherben übersät, als wir Kinder waren. Und es gab auch ein Speisezimmer oder zumindest einen Raum mit einem riesigen Holztisch mit dicken gedrechselten Beinen. Wir haben oft unter dem Tisch gesessen und gespielt, wenn wir hierhin kamen. Aber das Gebäude ist ohne Dach schnell verfallen. Und was davon übrig geblieben war, hat man in den sechziger Jahren mit der Planierraupe eingeebnet.«

Das Haus hatte auf einer Anhöhe gestanden. Von dem Fundament zog sich ein von Gras und Unkraut überwachsenes Feld zwischen dichtem Gehölz zu einem kleinen Teich. Hinter dem Teich endete der innere Teil des Landguts. Wo die Bäume gefällt worden waren, konnte man die hohe Umgrenzungsmauer noch erkennen. Auch sie war zerfallen und hier und da durchbrochen worden. Hinter der Mauer wurde das Land sumpfiger. Zum Horizont hin stieg es leicht an und ging in Hügel über, die sich kaum vom niedrigen Wolkenhimmel abhoben.

»Und ich habe extra meine Kamera mitgebracht!«, jammerte ich. »Und die Gerichtsakte, damit ich all die genannten Örtlichkeiten aufsuchen und mir einen Lageplan machen kann! Ich wollte Ihnen an den verschiedenen Stellen die wichtigsten Passagen dazu vorlesen.«

»Sie kommen zu spät«, sagte Bertie. »Es war schon nichts mehr davon da, als Sie geboren wurden.«

Wir wandten uns ab.

»Ein paar Außengebäude stehen aber noch«, sagte er. »Der Glockenturm ist noch da. Und die Mauern vom Obstgarten und den anderen Gärten. Da unten am Berg im Küchengarten hab ich sogar Kartoffeln gepflanzt, gleich hinter dem ehemaligen Hintereingang der Talbots – am Westtor. Ich fahre dort immer mit dem Wagen hin. Und dann ist da noch das da ...«

Wir waren an einem Teppich aus Osterglocken am Fuß einer Treppe vorbeigekommen, die ins Nichts führte, und gingen durch ein rundes Tor, das ganz von Blättern verborgen war. Er deutete nach vorn, aber ich sah nur, dass man in dem Hof Vieh zusammengetrieben hatte, das tief im zähen hellen Morast stand.

Ich ging ein paar Schritte weiter.

Es war der Stallhof.

Von jedem Stall ging ein Doppeltor zum Hof.

Durch eines dieser Gatter hatten die beiden Sägeleute geschaut und William und Marianne zusammen im Stroh liegen sehen.

»Ich bin gleich wieder da«, sagte ich zu Bertie.

Er warf mir einen überraschten Blick zu. Das regennasse Haar klebte ihm an der Stirn, und seine Nase war vor Kälte rot, aber die braunen Augen funkelten lebhaft. Ich musste ähnlich auf ihn wirken. Meine Aufregung strahlte auf ihn aus.

Halb hüpfend, halb rutschend bewegte ich mich am äußersten Rand des Hofes zu den offen stehenden, aus dicken Brettern gezimmerten Doppeltüren vor, die zum ersten Stallflügel führten, und schlüpfte hinein. Vor mir erstreckte sich eine Reihe leerer Boxen. Das Stroh auf dem Steinboden war staubgrau. Seit Jahren war hier niemand eingetreten.

Ich streckte die Hand aus und legte sie auf das gebleichte Türholz. Ihre Hände hatten diese Tür berührt. Einer dieser Ställe hatte ihnen als Bett gedient. Unter diesem Dach hatten sie sich geliebt.

Ich beugte den Kopf. Hier drinnen herrschte völlige Stille. Draußen tropfte Wasser.

Als ich wieder hinaustrat, war Bertie dabei, den Efeu vom Torbogen zu entfernen.

Ich ließ mich auf dem trockenen Boden darunter nieder. Nach und nach kam der innere Bogen des Tores zum Vorschein. Er war aus fein ziselierten kleinen Steinblöcken gearbeitet. Bertie legte eine tiefe Nische an der flachen Seite unterhalb des Bogen frei. Als er die letzten Ranken beiseite schob, war in der Nische eine kleine, durch die Feuchtigkeit mit schwarzgrünen Streifen überzogene, aber sonst unbeschädigte klassizistische Statue eines Jägers zu sehen. Die kleine Figur eines Jünglings in Tunika und Sandalen mit Lorbeerkranz im Haar und einem Bogen in der Hand.

»Oh, Bertie«, rief ich begeistert.

»Ich bin der Einzige, der davon weiß«, sagte er. »Und Sie.«

Ich betrachtete die schöne Figur. Bertie hockte sich neben mich, ohne den Blick von der Statue zu nehmen.

Das hatte ich schon einmal erlebt, dieselbe Konstellation. Aber wo? Ich suchte in meiner Erinnerung. Ein Bogen, ein Mann, der zu mir herunterschaute inmitten üppiger Vegetation … Ach, ja! Und dann setzte sich der Mann neben mich. Wir waren beide zu erschöpft zum Reden und tranken abwechselnd aus einer Wasserflasche. Und dann war plötzlich ein Gefühl der Nähe da, es wurde ganz still, nur hoch oben im Blätterdach kreischte ein großer Sittich, seine scharlachroten Flügel blitzten auf, die Luft vibrierte vor Hitze und dem unaufhörlichen Gesang der Zikaden. Der Mann drehte den Kopf und sah voll Verlangen meine vom Wasser feuchten Lippen an …

Das war in Kambodscha. Er war Archäologe und arbeitete auf dem Gebiet der Tempelanlage von Angkor Wat. Marcel Soundso.

Bertie und ich saßen aneinander gelehnt und sammelten unsere Kräfte für den Rückweg. Aus dem Efeu auf beiden Seiten des Tores fielen so dichte Tropfen, als hätte es wieder zu regnen begonnen. Wir waren eingeschlossen. Nichts. Ich bin fast fünfzig.

»Mögen Sie ein Pfefferminz?«, fragte Bertie. Er beförderte eine Rolle Polos aus seiner nassen Jacke, und wir saßen da und lutschten.

Als wir zurückkamen, war Ella dabei, einen riesigen Haufen Garnelen zu schälen.

»Frische Garnelen haben sie bestellt!«, sagte sie. »Nie wieder. Mir fallen gleich die Hände ab.«

»Lass die Mädchen sie fertig machen!«, sagte Bertie. »Die sitzen da oben und wissen nicht, was sie tun sollen.«

»Ella«, sagte ich traurig. »Das Haus ist nicht mehr da!«

»Natürlich nicht«, sagte sie. »Was interessiert Sie denn an dem alten Ding? Trinken Sie erst mal eine Tasse Tee. Hab ich Ihnen erzählt, dass die Coby-Braut ihre eigenen Wildblumen aus England mitbringt? Damit man sie ihr ins Haar streut, oder wer weiß, wozu.«

»Dass ich nicht lache!«, sagte ich. »Die kommen in ihr gutes altes Irland zurück, weil es hier so malerisch ist, und bringen sich sicherheitshalber ein paar dekorative Extras vom Sloane Square mit.«

»Sie heiratet in einem Kleid aus fließendem, cremefarbenem Seidensamt«, erzählte Ella. »Ihre Sekretärin hat alle Einzelheiten an Dooney's gefaxt, die alles auf Video aufnehmen. Und sie geht barfuss.«

»*Jesus!*«, sagte ich. »Wenn man bedenkt, wie viele arme irische Bauern barfuss gestorben sind ...«

»Da höre Sie einer an, Kathleen!«, schaltete sich Bertie ein. »Geld ist für diese Londoner kein Thema, Gott sei Dank, sag ich. Die Leute hier aus Ballygall haben dagegen überhaupt keinen Stil. Sie würden am liebsten nach Tullabeg fahren, sich am Hawaii Beach mit Gummihähnchen vollstopfen und danach in die Disco gehen. Wie würden Sie denn Ihre Hochzeit feiern, Miss, wo Sie so schlau sind?«

»Wir de Burcas haben es nicht mit dem Heiraten«, antwortete ich. »Zwei von uns dreien sind nicht verheiratet. *Das ist die Mehrheit.*«

»Und warum haben Sie nie geheiratet, Kath?«, fragte Ella.

»Wie ich schon Ihrem Vater gesagt habe, war ich immer unterwegs. Und wahrscheinlich habe ich nie den Richtigen getroffen …«

»Woher weiß man denn, ob es der Richtige ist?«, unterbrach mich Ella.

»Keine Ahnung.«

»Woher weiß man das?«, fragte sie noch einmal.

Ich setzte mich an den Tisch, nahm die Seiten der Talbot-Akte aus meiner Tasche und blätterte darin mit der Hand, die ich mir an der Teetasse gewärmt hatte.

»Ich weiß nicht, wie andere Leute das herausfinden, aber ich kann Ihnen sagen, woher es die Liebenden von Mount Talbot wussten. Eine der Pflegerinnen, die nach Marianne sahen, als sie in Dublin eingesperrt war, hat Folgendes vor Gericht ausgesagt:

Mrs. Talbot erzählte mir, wie alles angefangen hat, und das war so:
Sie sei zu ihm gegangen, und ein Teil seines Körpers habe zufällig den ihren berührt, worauf ein Schauer der Erregung durch sie hindurchgegangen sei. Und das sei der Anfang ihres Untergangs gewesen.
»Hat sie sich so ausgedrückt?« – »Ja.«
»Hat sie ›Anfang meines Untergangs‹ gesagt?« – »Ja.«
»Hat sie gesagt, in welchem Raum sie ihn aufgesucht hat?«
»Ich bin nicht sicher, aber es muss der Raum für Sättel und Zaumzeug gewesen sein, weil sie mir erzählt hat, dass er dort aufgeräumt hat.«

»Welcher Teil seines Körpers?«, fragte Ella.

Weder Bertie noch ich gaben ihr eine Antwort.

»Es war nicht nur körperlich!«, sagte ich. »Es hat drei Jahre lang gedauert! Wäre er für sie nur ein Spielzeug gewesen, hätte es niemals so lange gedauert.«

»Wie in Gottes Namen haben sie es so lange geheim halten können?«, sagte Bertie. Er hatte sich seine Brille aufgesetzt und stand über die Bleche mit den Profiteroles gebeugt, um sie zu inspizieren. »Das ist mir neu, wirklich. In meiner Generation weiß jeder in Ballygall über den Talbot-Skandal Bescheid, aber dass die beiden so lange zusammen waren, wusste ich nicht. Was hat denn ihr Ehemann in der ganzen Zeit gemacht. Das wüsste ich gerne!«

»Einen Augenblick«, sagte ich. Ich blätterte suchend nach einer bestimmten Stelle.

»Soweit ich sehe, hat Richard Talbot in all der Zeit nie einen Verdacht gehabt, und die Bediensteten haben den Mund gehalten. Aber dann sind zwei richtige Desperados aufgetaucht und auf Mount Talbot angestellt worden. Sie waren schon so oft aus großen Häusern rausgeflogen, dass man sie fast als fahrende Gesellen bezeichnen könnte. Halloran und Finnerty hießen sie. Kennen Sie die Sorte Western, wo Leute zu einer entlegenen Ranch reiten und nach Arbeit suchen? Solche Typen müssen die beiden gewesen sein.«

»*Der Wildeste unter Tausend!*«, sagte Ella. »War der nicht so?«

»Keine Ahnung. Jedenfalls wurde Halloran von Richard als Butler angestellt und Finnerty als eine Art Aufseher. Und die beiden sind Marianne nachgeschlichen.

Halloran und Finnerty hatten Mrs. Talbots Verhalten beobachtet und sie in Mullans Stube aufgespürt. Darauf sind sie zu Mr. Talbot gegangen und haben ihn informiert. Halloran und Mr. Talbot sind zu dem Zimmer gegangen. Als sie die Tür verschlossen fanden, riefen sie, »William, bist du da?«, bekamen aber keine Antwort. Da brachen sie die Tür auf und sahen, nach ihrer Aussage, Mrs. Talbot hinter dem Vorhang mit ihrem Kind, und diesen Mann, Mullan, am Kamin stehen …

Es folgte ein wütender Ausbruch, wie der Lordkanzler sagt, bei dem sich Mr. Talbot von Mrs. Talbot trennte und ihr das

Kind wegnahm. Der Ehemann stürzte sich auf seine Ehefrau
und riss ihr das unschuldige Kind aus den Armen, weil er sie
nicht mehr für würdig befand, das eigene Kind zu berühren.

»Drüben an der Kreuzung gibt es noch Leute, die Finnerty heißen«, sagte Bertie. »Ob das die gleichen Finnertys sind?«

»Was können sie schon Schlimmes getan haben in dem Zimmer, wenn das Kind dabei war?«, bemerkte Ella.

»Tja, ich weiß auch nicht, was sie in der Situation getan haben«, begann ich.

Joe war ins Zimmer gekommen. Er setzte sich auf einen Stuhl neben seine Mutter und wollte die Schale einer Garnele essen.

»Das lassen wir jetzt mal beiseite«, sagte Bertie.

»Sie haben bitter dafür bezahlt«, sagte ich. »Zumindest Marianne.«

Am 19. Mai 1852 stellte Mr. Talbot fest oder hielt es für erwiesen, dass seine Frau ihr Ehegelöbnis gebrochen hatte … Zeugen, die sich im Hof vor dem Haus aufhielten, berichten, dass große Aufregung herrschte, als Mr. Talbot seiner Frau ihr damals etwa siebenjähriges Kind entriss und sie dann mit den Dienern allein ließ.

Mrs. Talbot war in einem Zustand äußerster Erregung. Bereits am folgenden Tag brachte sie der Geistliche der örtlichen Gemeinde, Reverend McClelland, zum nahe gelegenen Bahnhof und fuhr mit ihr noch am selben Abend mit dem Postzug nach Dublin. Dort begleitete er sie in ein Hotel in der Dominick Street, namens Coffey's Hotel.

Im Verlauf der folgenden zwei oder drei Tage wurde Mrs. Talbot in ein Haus in der Rathgar Road in einem Vorort von Dublin verbracht. Nachdem sie dort etwa drei Wochen einquartiert war, überquerte Reverend McClelland, der sich in dieser Zeit um sie gekümmert hatte, mit ihr den Kanal nach England, wo sie in einer Heilanstalt in der Nähe von Windsor unterkam. Dort wurde sie unter der zutreffenden oder vorgeschützten Behauptung festgehalten, sie sei geistesgestört. Der genaue Ort, an dem sie sich aufhielt, ist angeblich nicht bekannt. Unter der Obhut einer Frau verblieb sie dort bis Dezember des folgenden Jahres, bis ihr Aufenthaltsort von Verwandten von Mrs. Talbot entdeckt wurde, nämlich von Mr. und Mrs. Paget, ersterer ein bei Gericht zugelassener Rechtsanwalt...

»Man hat ihr das Kind genommen!«, sagte Ella entsetzt.

»Und Richard, dieser Dreckskerl, hat sie in ein Irrenhaus gesteckt«, sagte ich. »Er hat einfach behauptet, sie sei verrückt, und sie irgendwo verschwinden lassen. Sie hätte womöglich ihr Leben lang da gesessen, wenn dieser Paget sie nicht gefunden hätte.«

»Und hier, in diesem Haus!«, sagte Bertie. »In unserem Haus hat sich ein Teil von dieser Tragödie abgespielt!« Sein Ausdruck schwankte zwischen Entsetzen und Begeisterung. »Es war früher das Pfarrhaus, und Mr. McClelland, der Pfarrer, hat hier gewohnt. Das habe ich schon öfter gehört. In diesem Haus, da, wo wir jetzt sitzen!«

»Richard ist einfach weggegangen und hat das Kind mit den Dienern zurückgelassen!«, sagte Ella. »Ich frage mich, bei wem. Und wo war der Mann, mit dem Mrs. Talbot ein Verhältnis hatte?«

Joe gefiel die Aufregung nicht, die unter den Erwachsenen ausgebrochen war. Er rutschte vom Stuhl und vergrub den Kopf in Ellas Seite wie ein kleines Kind.

»Alles in Ordnung, Joe«, sagte ich. »Das ist nur eine Geschichte. Wie sie dir deine Mammy vor dem Einschlafen erzählt.«

Ella setzte sich und nahm ihn auf den Schoß.

»Was wissen Sie noch?«, fragte sie an mich gewandt. »Das ist besser als Fernsehen.«

»Das reicht für heute!«, bestimmte Bertie. »Ollie ruft nach dir, Ella. – Und Kathleen – ich fürchte, Sie müssen jetzt Ihre Sachen packen, damit wir Ihr Zimmer herrichten können. Ich packe Ihnen gleich noch eine Tasche mit Lebensmitteln für Mellary, damit Sie nicht noch einkaufen gehen müssen. Ella, ich möchte, dass du die Eingangshalle und die Treppen putzt, sobald du Ollie gefüttert hast. Joe, du gehst los und holst

Malbücher für dich und deinen Bruder. Kathleen, ich habe beim Spar-Laden in Mellary angerufen, um PJ zu bitten, im Cottage schon mal die Heizung anzustellen. Wenn Sie irgendwas benötigen, brauchen Sie nur dort anzurufen. Sie können das Geschäft nicht verfehlen, es ist das einzige im Ort.«

Ich lief schnell ins Büro, um Miss Leech anzurufen.

»Ich muss heute Nachmittag nach Mellary abreisen«, sagte ich. »Die Coby-Hochzeitsgesellschaft kommt heute Abend. Besteht die Möglichkeit, dass wir uns vorher noch sehen?«

»Ich denke schon, Miss de Burca«, antwortete sie. »Aber ich bin zu müde, um mit Ihnen über die Talbotgeschichte zu diskutieren. Ich teile Ihr anscheinend unermüdliches Interesse an Ehebruchgeschichten nicht ganz.«

»Es war nicht einfach nur Ehebruch!«, protestierte ich. »Sie hat ihm die Hemden waschen lassen, Essen und Wein gegeben, und ihm persönlich Anweisungen für die Kutsche erteilt, wenn sie es ihm von der Dienerschaft hätte ausrichten lassen können. – Das entnehme ich alles der Beweisaufnahme.«

»Kann es sein, dass Sie zu lange in England waren, Kathleen?«, sagte sie zögernd.

Als sie mich beim Vornamen nannte, machte ich mich auf etwas gefasst.

»Die Talbot-Geschichte ist genau das, wofür sich ein englisches Publikum interessieren dürfte. Sie ist Geschichte ohne wirtschaftliche Hintergründe, ohne Politik, ohne komplexe Zusammenhänge. Und die Talbots sind für die ignoranten Engländer attraktiv, weil man sie für halbe Aristokraten hält. Dabei sind die meisten von ihnen hier nur der Abschaum der Grundherrenkaste gewesen! Mit völlig verkommenen Wertmaßstäben! Wo es jede mit jedem treibt und umgekehrt. Während anständige Menschen verhungert sind …«

»Miss Leech«, unterbrach ich sie. »Miss Leech, die Leute in der Talbot-Geschichte waren auch Menschen. Auch sie hatten Seelen. Auch ihnen war ihr Leben wichtig. Kann es nicht sein, dass sie sich geliebt haben?«

»Liebe!«, rief Miss Leech. »Ich wusste, dass Sie die Liebe ins Spiel bringen würden …«

»Das Thema Liebe interessiert mich eben.« Auch ich wurde nun etwas lauter. »Das verbindet mich mit anderen Leuten! Liebe ist das Beste, was den meisten Menschen passieren kann, egal, ob reich oder arm.«

»Sie sind unverbesserlich, Miss de Burca«, sagte sie. »Ich setze um halb vier Teewasser auf, wie immer, und hoffe, Sie leisten mir bei einer Tasse Earl Grey Gesellschaft.«

»Das ist eine typisch englische Teesorte«, sagte ich.

»Ich habe nichts gegen die Engländer«, gab sie zurück, »wenn man a) von der Reformation und b) von der Besetzung Irlands absieht.«

Bertie hatte kaum Zeit, sich von mir zu verabschieden. In der Küche wimmelte es von Mädchen, die zum Helfen gekommen waren. Spots kleines schwarz-weißes Gesicht zitterte förmlich vor Aufregung, als es unter dem Küchentisch hervorschaute. Der alte Hund lag wie immer schlafend auf seinem Teppich neben dem Herd.

»Sie werden sehen, Sie sind im Handumdrehen wieder da«, sagte er. »Nach der Hochzeit hat sich eine Lehrergruppe angemeldet, aber die kann ich in Doppelzimmern unterbringen. Und wenn Sie was brauchen, rufen Sie einfach an. Ich hab PJ gesagt, dass er Ihnen sofort das Telefon anschließen soll, denn in dem Cottage sind Sie ganz allein.«

»*Slán, a Sheosaimh*«, sagte ich zu Joe.

»Das haben wir noch nicht gehabt«, antwortete er.

»Passen Sie auf sich auf!«, sagte Bertie. Er drückte mich an seine Tweedjackenbrust. »Machen Sie keine Dummheiten!«

Er hatte es scherzhaft gemeint. Aber ich wandte mich ab, damit er mein Gesicht nicht sah. Bei den harmlosen Worten waren mir die Tränen in die Augen geschossen. Es war der letzte Satz gewesen, den ich von meiner Mutter gehört habe. Sie hatte ihn an dem Tag zu mir gesagt, als ich von zu Hause wegging, um zu studieren. »Mach bloß keine Dummheiten!« Aber sie hatte mich nur angesehen dabei, ohne mich zu berühren. Ich brauche wohl kaum zu erwähnen, dass meine Mutter nicht gelernt hatte, jemanden in die Arme zu schließen.

Und im Grunde ging es mir genauso.

6

Der Himmel hing düster und tief über den blitzblanken Geschäften auf dem Platz. Ich konnte
mir leicht vorstellen, wie der Hügel ausgesehen
haben musste, bevor es hier eine Stadt gegeben
hatte, als noch die Wölfe in den langen Wintern im Unterholz der Eichenwälder heulten. Ich fuhr an einem Stapel silb-
rig glänzender Eimer auf dem Gehsteig vorbei. Eine Video-
thek mit einer Pappfigur von Sharon Stone in Lebensgröße.
Eine Pyramide aus Päckchen mit Markerbsen im Fenster eines
altmodischen Milchladens. Ein großes Textilgeschäft mit
angestoßenen Schaufensterpuppen aus den fünfziger Jahren
und aufgehängten Decken um den zurückversetzten Eingang.
Die Bibliothek mit ihrem schönen Treppenaufgang und den
hohen georgianischen Fenstern lag genau den Toren von
Mount Talbot gegenüber und war aus dem gleichen weiß-
grauen Stein gebaut. Neben der Bibliothek kündigten leuchtend gelbe Plakate in den Fenstern des Supermarkts die
Sonderangebote der Woche an. Die eine Mauer des dahinter
liegenden Parkplatzes war noch original vom alten Arbeitshaus, das wusste ich von Miss Leech. Der Eigentümer des
Supermarkts hatte dem Komitee für die Gedächtnisveran-
staltungen zur Erinnerung an die große Hungersnot nicht
erlaubt, dort eine Gedenkplakette anzubringen. »Das ganze
Zeug sollte man am besten vergessen«, hatte er zu Miss Leech
gesagt. »Ich muss meinen Schülern, die im Laden aushelfen,
inzwischen genauso viel Lohn zahlen wie einem Erwachsenen, so gut geht es Irland jetzt.«

Ich fuhr zur Tankstelle, tankte voll, blieb nachdenklich neben dem Wagen stehen, packte einen Schokoriegel aus und wollte gerade wieder zur Bücherei fahren, als ich, einem plötzlichen Impuls folgend, in die Tasche griff und nach 50-Pence-Münzen suchte. Dann wartete ich mit zwei kichernden Mädchen vor der Telefonzelle. Als die Münzen durchfielen, wollte ich schon aufgeben. Doch dann probierte ich es noch einmal, und da klappte es. Ich tippte die Nummer ein.

»Annie? Annie? Dan?« Aber es war der Anrufbeantworter.

»Hallo, Ihr Lieben«, sagte ich. »Hier ist Kathleen. Ihr werdet's nicht glauben, aber ich bin in Irland! Gerade angekommen! Ich habe hier zu tun, aber vielleicht finde ich anschließend Zeit, kurz bei Euch vorbeizukommen, um Euch und natürlich Lilian zu sehen. Ich bin jetzt auf dem Weg nach Mellary, wo ich etwa eine Woche in einem Cottage wohne, um dort zu arbeiten. Ich hab mein Handy nicht mitgenommen, aber man schließt mir dort ein Telefon an. Ich melde mich, wenn es funktioniert ...«

Und dann sagte ich: »Ich muss Euch was sagen. Jimmy ist gestorben. Das Herz. Zweieinhalb Monate ist das jetzt her ...«

Der Piepston setzte ein.

»Es geht mir gut. Ich melde mich wieder!«, sagte ich laut. »Ich rufe wieder an.«

Ich ging so beschwingt zum Wagen zurück, dass ich über mich selbst lachen musste. Warum hatte ich das bloß nicht schon früher getan? Ich hatte in meinem Leben bereits zwei Staatsstreiche miterlebt, und der auf den Fidschis war weiß Gott kein Scherz gewesen. Und hier nun musste ich meinen ganzen Mut zusammennehmen, um eine Hausfrau und einen kleinen Farmer anzurufen, die ich fast mein Leben lang kenne und die noch nie ein böses Wort zu mir gesagt haben! Die diffusen Schwierigkeiten, die zwischen uns lagen, existierten nur in meinem Kopf. Meine Zurückhaltung hatte nichts mit Jimmy zu tun. Sie kannten ihn nur flüchtig. Wir waren einmal zu viert im Wembley-Stadion beim Fußballspiel Irland gegen England gewesen und hatten *There's only one Jackie*

Charlton zur Melodie von *Guantanamera* gesungen. Anschließend waren wir in einem Thai-Restaurant, wo die Kellner zwischen den Gängen um uns herum mit silbernen Glöckchen einen folkloristischen Tanz aufführten, und Dan es fertig brachte, sie zu fragen, ob sie nicht zufällig irgendetwas mit Kartoffeln hätten. Eigentlich war es ideal, dass sie bei meinem ersten Anruf nach so langer Zeit nicht zu Hause waren ...

Ich hatte meine Nachricht schlicht und einfach gehalten. Schließlich kann man zu einem Bruder, den man kaum kennt, schwer sagen »Ich habe Jimmy geliebt. Ich vermisse ihn wahnsinnig. Er war wie ein Bruder für mich.«

Noch immer leichtfüßig stieg ich die Hintertreppe zu der Bibliothek hinauf. Miss Leech hatte eine kleine Baskenmütze aus Samt schräg auf dem Kopf, vermutlich, um von ihrem müden Gesicht abzulenken.

»Also«, sagte sie, ohne sich bei einer Begrüßung aufzuhalten, »was Ihre ›Aufzeichnungen‹ angeht, die Sie mir gefaxt haben – die Zusammenfassung von Marianne Talbots sieben Rendezvous mit dem jungen Mullan ...«

»Ach, die sind nicht so wichtig!«, sagte ich. »Vergessen Sie sie ...«

»Ich bin von Beruf Bibliothekarin«, sagte sie. »So wie Sie eine professionelle Schriftstellerin sind. Hier sind meine Kommentare zu Ihren Anmerkungen: Ja, außerhalb der Stadt sprach man in dieser Gegend bis in die siebziger Jahre des neunzehnten Jahrhunderts hinein Irisch, und William Mullan wird vor allem Irisch gesprochen haben. Zweitens: Die katholischen Kaufleute von Ballygall hatten ebenso stilvolle Möbel wie die Grundherren, und wahrscheinlich haben die Besitzlosen sich genauso darüber gewundert, wie sie es überall auf der Welt tun und immer getan haben. Und zum letzten Punkt: Ich habe keine Ahnung, warum Mrs. Talbot ein Glas Milch verlangt hat.«

Ich merkte, dass ich rot anlief, weil ihr Ton meine Fragen ins Lächerliche zog. Es tat ihr sofort Leid.

»Ich glaube jedoch«, beeilte sie sich zu sagen, »dass das junge Paar ehrenwerter war als die Auflistung ihrer durch die

Dienstboten bezeugten Treffen nahe legt. Ich muss sogar gestehen, dass sie ehrenwerter waren als ich immer angenommen hatte. Das liegt wahrscheinlich daran, dass ich die Talbot-Akte zuvor noch nie bis zu Ende gelesen und nie in Betracht gezogen hatte – als junge Frau war ich ziemlich intolerant –, dass William Mullan tiefere Gefühle für Mrs. Talbot gehegt haben könnte, und sie für ihn. Aber genau das lese ich aus dem Folgenden heraus.«

Sie nahm die Talbot-Akte in die Hand und las einen Abschnitt daraus in ihrer hohen, akzentuierten Stimme vor:

Es scheint, dass dieser Mann, Mullan, Mrs. Talbot folgte; er kam ein oder zwei Tage nach Mrs. Talbot in Dublin an. Denn ein oder zwei Tage nach ihrer Ankunft in Coffey's Hotel schrieb Mullan einen Brief an Mrs. Talbot, und allem Anschein nach hat er selbst den Brief zum Hotel gebracht. Der Brief wurde Mr. McClelland ausgehändigt, der zu ihrem Schutz bei ihr war, der aber, nachdem er die Nachricht gelesen, diese Mrs. Talbot vorenthielt und vernichtete. Als Mrs. Talbot davon erfuhr und ihn bat, ihr mitzuteilen, um welche Nachricht es sich gehandelt habe, erwähnte Mr. McClelland, dass Mullan nach ihr gefragt habe und sie habe sprechen wollen. Daraufhin wünschte sie ihn unbedingt zu sehen. Sie war äußerst erregt und sagte: »*Lassen Sie mich mit ihm sprechen; und nicht nur das. Ich will mit ihm nach Amerika gehen*«*, oder etwas Ähnliches. Dies spielte sich in Coffey's Hotel ab.*

»Das habe auch ich immer für die wichtigste Stelle in der ganzen Geschichte gehalten«, sagte ich. »Ich würde alles drum geben, um zu erfahren, was in dem Brief stand.«

»Es ist völlig unwahrscheinlich, dass wir es je erfahren werden«, antwortete sie.

»Wenn ich ein vollständiges Protokoll der ersten Aussage finden könnte. Richard hat die Trennung von Tisch und Bett vor dem kirchlichen Gericht beantragt, bevor er sich an das Oberhaus in England wandte.«

»Daran habe ich auch gedacht«, sagte sie. »Die Protokolle des kirchlichen Gerichts wurden beim Obersten Gerichtshof in den Four Courts in Dublin aufbewahrt, aber das Gebäude wurde 1922 durch Feuer zerstört, beim Auftakt der Repression gegen aufrechte irische Republikaner ...«

»Irgendwo muss es doch noch etwas geben! Ich bin mit der Talbot-Akte hergekommen und habe seitdem keine zusätzlichen Erkenntnisse gewonnen, die ich für mein Buch verwerten könnte! Selbst vom Haus steht nichts mehr.«

Wir schwiegen beide.

»Ich hoffte, andere Dokumente zu finden«, fuhr ich fort, »aus denen sich ein Mosaik der damaligen Verhältnisse ergeben hätte. Die Haushaltsbücher des Landguts vielleicht, um beispielsweise schreiben zu können: an dem Tag, als die Liebenden im Obstgarten gesehen wurden, erntete man einen Zentner Rüben auf dem Langen Feld oder bestellte Richard Talbot bei Purdy's ein neues Gewehr oder hatte William Mullan zuvor mit den anderen Bediensteten auf dem Hof vor dem Büro Schlange gestanden, sich seinen Lohn auszahlen zu lassen. Ich dachte, es hätte vielleicht eine Tageszeitung in Ballygall gegeben, oder wenigstens ein monatlich oder vierteljährlich erscheinendes Periodikum, so dass ich die persönliche Geschichte mit der öffentlichen hätte verknüpfen können.«

»Seit den neunziger Jahren des 19. Jahrhunderts gibt es hier eine Bibliothek«, sagte sie, »aber die Bibliothekare hatten nicht viel für die Überreste des alten Herrschaftssystems übrig, und die anderen Leute auch nicht. Meine lokalgeschichtliche Sammlung ist die erste, die je angelegt wurde. So lange hat es gedauert, bis wir unsere eigene Geschichte akzeptiert haben. Aber geben Sie noch nicht auf, Kathleen. Ich kann Ihnen noch eine Hilfe anbieten. Ich kenne einen netten jungen Mann von hier, der Declan heißt und in Dublin eine Bibliothekarsausbildung macht. Zur Zeit ist er zu Hause. Seine Mutter hatte gehofft, er würde Priester werden. Da aber offenbar nichts daraus wird, scheint sie den Beruf des Bibliothekars für die nächstbeste Lösung zu halten. Ich werde ihn bitten, die nationalen Zeitungen jener Zeit für Sie durchzuforsten. Daraus kann er eine Menge lernen. Ihr Anliegen ist ein typisches Beispiel für die Art von Fragen, mit denen er sein Leben lang zu tun haben wird.«

»Das ist sehr nett von Ihnen«, sagte ich. »Ich weiß nicht, was ich ohne Sie machen würde.«

»Möglich, dass Sie es bald herausfinden müssen«, sagte sie brüsk.

Ich wagte nicht zu fragen, wie sie das gemeint hatte.

Sie kam mit ihren Einsfünfzig um den Schreibtisch herum auf mich zu. An ihrer Baskenmütze steckte seitlich eine Art keltischer Brosche. Ihre Bewegungen waren nicht so flink wie sonst.

»Wenn Sie Ende nächster Woche anrufen, kann Ihnen Declan vielleicht schon etwas sagen. Bis dahin sind Sie doch wieder bei Bertie, nicht?«

»Ja, vielen Dank, Miss Leech. Vielen, vielen Dank für Ihre Hilfe. Es tut mir sehr Leid, dass ...«

Ich blickte in ihr faltiges Gesicht. Dunkelbraune Halbmonde lagen unter ihren Augen. Unwillkürlich streckte ich die Hand aus, doch sie erahnte die Bewegung und wandte sich ab.

»Ich schaue auf mein Leben zurück«, sagte sie und sah dabei aus dem Fenster über die Dächer von Ballygall. »Und ich frage mich, ob ich etwas Interessantes erlebt hätte, wenn ich in Amerika oder Italien oder gar in China oder Afrika geboren worden wäre. Frauen meiner Generation, die in Irland im öffentlichen Dienst arbeiten wollten – und ich wollte entweder Bibliothekarin oder Lehrerin werden –, mussten ihre Tätigkeit aufgeben, wenn sie heirateten. Vielleicht hätte ich trotzdem heiraten und versuchen sollen, eine Ehefrau zu sein? Dann würde ich jetzt nicht mit lauter Ignorantinnen Bridge spielen, um die Zeit totzuschlagen.«

Ich konnte ihr Gesicht nicht sehen.

»Stellen Sie sich vor!«, sagte sie verloren. »Ich spiele in meiner Freizeit Karten, obwohl Leuten meines Alters nur noch so wenig Zeit bleibt!«

»Aber im Grunde«, ihre Stimme wurde lebhafter und sie drehte sich um, »bleibt allen Leuten, egal wie alt sie sind, nur wenig Zeit. Sie sind nur zu dumm, um sich dessen bewusst zu sein.«

Und damit schenkte sie mir, ob sie es recht merkte oder nicht, ein strahlendes Lächeln.

Als ich nach Mellary fuhr, kehrten meine Gedanken zu Mullan in Dublin zurück. Aber ich dachte nicht darüber nach, warum er Marianne gefolgt war, ich sah nur das Bild eines Mannes vor mir, der in einer Dubliner Straße stand und wartete. Wahrscheinlich brannten in den Halterungen neben dem Eingang des Hotels Lampen, in deren flackerndem Licht er halbwegs zu sehen gewesen sein musste. In Oxford ist mitten auf einer Straße ein Messingkreuz in den Asphalt eingelassen, um die Stelle zu markieren, wo frühe protestantische Märtyrer verbrannt worden waren. Man sollte in der Dominick Street in Dublin ebenfalls eine Markierung anbringen. Hier stand William Mullan, ein treuer Liebhaber.

Bei der Fahrt verschmolz dieses Bild mit einem anderen, das viele Jahre in meinem Gedächtnis eingeschlossen gewesen war und mir nun wieder klar und deutlich vor Augen stand. Das Bild von einem afrikanischen Händler, den ich einst an einem Winterabend auf einer sizilianischen Piazza stehen sah. Schneeflocken legten sich wie Staub auf seine abgewetzte Wollmütze und sein unbewegtes Gesicht wurde von dem funkensprühenden Ätna sporadisch erleuchtet, der sein Feuer in den dunklen Abendhimmel schleuderte.

Ich beschloss, in Gedanken in Sizilien zu verweilen. Sizilien war eine Erinnerung aus meinem eigenen Leben. Ich wollte mich in mich selbst zurückziehen. Ich war müde von den Anstrengungen, die ich in Irland unternehmen musste, erschöpft von all den Menschen, lebenden wie toten, die ich hier kennen lernte. Zu viel Gefühl wurde mir abverlangt, wo es mir doch fast ein Leben lang zu viel gewesen war, mich auch nur auf einen anderen Menschen zu konzentrieren. Es ist nicht fair, dachte ich. Ständig mache ich mir um andere Leute Gedanken, aber niemand kümmert sich um mich! Nicht einmal Alex war da gewesen, als ich anrief! Natürlich brauchte ich ihn nicht wirklich, aber trotzdem …

Ich hatte den Händler am letzten Tag einer Reisejournalistenkonferenz zufällig entdeckt. Fast hätte ich ihn übersehen. Fünf Tage waren wir, Alex, Jimmy und ich, bereits in Sizilien, im Grand Hotel des Palmes in Taormina. Es war Januar, noch immer hingen Zitronen an den Bäumen, und die Sonne schien am Morgen bereits so warm durch die Balkonfenster, dass ich meinen Kaffee gemütlich auf dem Sofa trinken konnte. Ich fühlte mich sehr wohl und hatte mich in meinem luxuriösen Zimmer häuslich eingerichtet: Weinflaschen aus dem Supermarkt gut gekühlt in der Minibar, Korkenzieher, Radio, Kitschroman – alles vorhanden, meine Schminksachen funkelten im eleganten Marmorbad unter einem mit Punktstrahlern beleuchteten, schräg gestellten Spiegel. Alex war zufrieden mit mir, weil ich einen Workshop geleitet und die Ergebnisse in einem viel gepriesenen Bericht vorgetragen hatte. Das einzige, sagte er zu Jimmy, was man hätte kritisieren können, sei mein Kleid gewesen. Es habe wie ein altes Nachthemd ausgesehen. Jimmy hatte ihn daraufhin aufgeklärt, dass mein asymmetrisches Yamamoto-Kleid das ausgefallenste Stück in der ganzen Stadt sei. Worauf ihn Alex nur ungläubig angesehen habe. Jimmy war sauer auf mich, weil ich, wie er fand, zu zurückhaltend war. In den Pausen stand ich allein an die Wand gelehnt mit einem Glas Mineralwasser in der Hand.

»Du schüchterst die Leute ein«, sagte Jimmy. »Du stehst da, als wolltest du sagen: Sollen sie doch zu mir kommen. Ich habe es nicht nötig, auf jemanden zuzugehen.«

»Das ist aber nicht so«, sagte ich. »Einerseits weiß ich nicht, worüber ich reden soll und andererseits bin ich nicht sicher, ob überhaupt jemand mit mir reden will.«

»Das werde ich Nora erzählen«, sagte Jimmy. »Du brauchst einen Therapeuten. Alle wissen, dass du eine tolle Frau bist, nur du nicht. Alle würden sich freuen, mit dir zu reden.«

Am letzten Nachmittag machten wir mit dem Bus einen Ausflug in die Berge. Ich drückte mein Gesicht gegen die spiegelnde Scheibe, um aus dem Fenster zu sehen. Verfallene Mauern, raue Gräser, ein alter Mann mit Baseballmütze, der seine Herde Schafe mit dem Stock und einem herumhüpfenden Hund zurückzuhalten suchte. Dasselbe Bild wie überall, wo es Schafe gab. Dennoch sprach dieser Schäfer einen Dialekt, der sich vom Sizilianisch unterschied, das man weiter unten im Tal sprach, ganz abgesehen von den Sprachen anderer Schäfer in anderen Ländern. Als ob jeder Ort irgendwie auf seinen Eigenarten bestünde …

Der Busfahrer fuhr an den Straßenrand und machte den Motor aus.

»Oh, wow!«, rief jemand, und schon war der Mittelgang voller Menschen mit Videokameras und Mänteln, die für den kurzen Sprung in die eisige Nachmittagsluft übergestreift wurden. Auf der anderen Seite des Tals, hoch über dem Horizont war zwischen den Wolken ein schneebedeckter Gipfel aufgetaucht, riesig und unnahbar. Der Ätna! Der Himmel um ihn herum war ein tiefes Marineblau, in das plötzlich ein hoher Lichtblitz schoss. Rauchschwaden stiegen auf und trieben davon, und eine glühend rote Wunde klaffte im Schnee. Ein Ausbruch des Ätnas. Bei diesem einfachen und zugleich gewaltigen Ereignis wurden die Reisejournalisten zu Kindern. Als uns die Kälte wieder zurück in den Bus trieb, war die Atmosphäre zwangloser. Alles drängte sich in die vorderen Reihen. Der Bus wand sich weiter den Berg hinauf und in dem riesigen schwarzen Bergkessel hinter uns mit seinem urzeitlich aufflackernden glutroten Licht hielt die Nacht Einzug.

Es war fast zu spät, um noch zu dem Café zu fahren, dessen Besuch uns der Veranstalter der Tour versprochen hatte. Aber der Bus brachte uns in ein kleines graues Dorf in den Bergen mit nackten weißen dicken Wänden, hinter denen die Bewohner verborgen waren. Erste Schneeflocken fielen, als wir über den Platz zu der schwach beleuchteten Bar hinübereilten, wo wir nach Espressos und Brandys riefen. An der Tür drehte ich mich um, um noch einmal auf den Ätna zu blicken.

Da sah ich einen alten Mann mit dem Rücken zu mir auf dem Straßenpflaster draußen vor der Bar. Er war Afrikaner, sehr groß und schlank, und stand hinter einem Tablett mit, wie es schien, kleinen Spielsachen und Päckchen mit Batterien und Plastikgeräten. Er trug einen alten Überzieher und eine verschlissene Wollmütze, die er tief ins Gesicht gezogen hatte. Er stand absolut unbeweglich da, als hätten Kälte und Dunkelheit ihm das Leben entzogen, und starrte in die Nacht.

Diese Bar schließt sicherlich nach unserem Besuch, dachte

ich. Der Besitzer wird den Schlüssel umdrehen und nach Hause gehen, und niemand wird mehr in einer kalten Nacht wie dieser auf den Gassen unterwegs sein. Kein Laut wird zu hören sein, bis auf das schnarrende Gelächter aus den Fernsehern in den Häusern, und Schnee wird die dunklen Gassen überziehen.

Wohin nur würde der schwarze Händler gehen?

Er beschäftigte mich noch, als wir wieder im Hotel waren. Ich musste an die Schneeflocken auf den Schultern seines dünnen Mantels denken. Ich saß beim Essen am Tisch der kanadischen Journalistengruppe und versuchte, unterhaltsam zu sein, ausnahmsweise. Gut zuzuhören, nicht zu viel und nicht zu wenig zu reden. Es gab so vieles, für das ich dankbar sein musste.

»Lassen wir die anderen ruhig ins Bett gehen«, sagte einer der Männer um Mitternacht zu mir. »Sie und ich trinken jetzt noch einen, damit wir uns ein bisschen näher kennen lernen.«

Er wedelte mit einer Flasche Wein.

Ich ging zur Toilette, dachte darüber nach und entschied, nicht zu bleiben. Ich schritt quer durch das Foyer zu den Treppen, um auf mein Zimmer zu gehen.

Da sah ich Alex vor mir langsam die Stufen hinaufsteigen.

»Hallo.« Er blieb stehen und wartete auf mich. Er hatte keine Ahnung, wie vornehm er wirkte, als er sich auf der Treppe zu mir hinunterbeugte.

»Hast du einen angenehmen Abend gehabt?«, fragte er.

Wir waren an dem breiten Tafelglasfenster im ersten Stock angekommen. Graue Schneeflocken wirbelten durch die schwarze Nacht und glitten an den Scheiben entlang.

»Ja, das habe ich«, antwortete ich. »Besser als da draußen zu stehen.« Ich legte meine Hand ans Glas und schauderte über die Kälte.

»Ich habe gesehen, wie du den Afrikaner beobachtet hast«, sagte er.

Ich sah ihn überrascht an. Alex hatte mich beobachtet, und ich hatte es nicht bemerkt! Wie mochte ich wohl ausgesehen haben? Ob ihm von der Seite mein leichtes Doppelkinn aufgefallen war?

»Ich habe deinen besorgten Blick bemerkt. Ich war selbst besorgt«, fuhr Alex fort. »Ich kenne ein paar Leute in Palermo, die ihm vielleicht helfen können, die habe ich vorhin angerufen.«

»Ist das wahr?« Ich war völlig verblüfft. »Du kennst Leute in Palermo?«

»Sie kennen ihn, haben sie gesagt«, gab Alex zurück. »Er hat Familie in Catania. Sie wollen dafür sorgen, dass er heute Abend noch dorthin zurückkommt. Und du, meine Liebe«, er lächelte mich an. »Ist mit dir alles in Ordnung?«

Wir gingen zusammen den Flur entlang. Er hatte den Arm ganz leicht um meine Schultern gelegt. »Du hast dich doch nicht erkältet, Kathleen? Du warst so still.«

»Nein. Mir geht's gut.«

»Hier bin ich«, sagte er und wollte den Schlüssel ins Schloss stecken. Er hob eine seiner schönen Hände, die ich bei unseren Sitzungen im Büro ständig beobachte, und strich mir über den Kopf. »Verrückte Haare hast du.« Er lächelte wieder. »Hübsch.«

Am nächsten Morgen, als alle vor dem Hotel auf die Busse warteten, die uns zum Flughafen bringen sollten, sagte ich zu Jimmy:

»Ich mag Alex, weißt du das? Er hat verborgene Tiefen. Nein, Jimmy. Ich hab ihn richtig gern.«

Jimmy warf mir einen langen Blick zu.

»Kann es sein, dass dir der Elfe Droll letzte Nacht etwas Liebessaft ins Ohr geträufelt hat?«, fragte er kühl. »Alex ist heute kein bisschen weniger beschränkt als gestern.«

»Das ist mir egal«, entgegnete ich. »Ich hab ihn trotzdem *sehr* gern.«

Bertie hatte Recht. Ich würde mich in dem Cottage in Mellary wohl fühlen. Ich trat durch den überdachten Eingang und stand in dem warmen, vom goldgelben Abendlicht durchfluteten Zimmer. Feine Staubkörnchen tanzten wie Puder darin. Aus meiner Kindheit wusste ich, das ferne leise Schluchzen – eher eine Luftstörung als ein Geräusch – war das Meer an einem steinigen Strand. Das Zimmer war weiß und hatte zwei kleine Fenster. Auf dem tiefen Fensterbrett stand ein Topf mit rosablühenden Geranien. Ein Kocher und ein Spülstein in einer Ecke. Ein kleiner Kamin. Ein Sessel. Sisalmatten und ein alter Teppich vor dem Feuer. Ein Tisch und zwei Stühle. Ein Herz-Jesu-Bildchen über einem roten Lämpchen an der Wand. Die einzigen Zeichen der modernen Welt waren ein Bad, zu dem man über eine Stufe gelangte, die durch die dicke hintere Wand gebrochen war, und die elektrischen Heizöfen. Abgesehen davon, schien die Zeit hier stillzustehen.

Ich betrachtete meine Füße auf der Sisalmatte und konnte kaum glauben, dass sie mich hierher gebracht hatten.

Das ist das erste irische Haus, das ich seit meinem zwanzigsten Lebensjahr betrete, dachte ich. Das letzte war das, in dem ich aufgewachsen bin! Das ist mir nie zuvor bewusst geworden. Und seither hatte ich lange Zeit kaum je allein in einem Haus gelebt. In meiner Studienzeit in Dublin und anfangs in London bin ich von einer Wohngemeinschaft in die andere gezogen. Dann kam die Mansarde zwischen den Kastanienbäumen mit Hugo, danach Caros Wohnung, die ihr Vater für sie gemietet hatte, und schließlich die Kellerwohnung in Bloomsbury. Ich ging zum Wasserhahn, um einen Kessel für den Tee zu füllen. Ich hatte mich auch kaum je selbst versorgt. In Bloomsbury habe ich nie gekocht. Ich hatte Wein und H-Milch im Kühlschrank, Dosen mit Thunfisch für die Nachbarskatze und manchmal einen Hamburger. Aber eine Einkaufstasche voller Lebensmittel, wie sie mir Bertie mitgegeben hatte, hatte ich nie in meine Wohnung geschleppt. Ich sah mich um. Ich hatte auch nie einen Abtropf aus Holz besessen oder einen Besen oder einen Kamin mit Feuerhaken und Zange daneben. Teekochen war für mich wie das Wiederholen eines Kindheitsrituals. Den Hahn aufdrehen, bis das Wasser klar und kalt war. Das leise Zischen des austretenden Butangases unter dem Kessel, bevor es sich am Streichholz entzündete. Das Aufreißen der Milchpackung. Die Suche nach einem Becher. Wieder ließ ich den Blick durch das Zimmer schweifen. So dickwandig und geduckt und niedrig. Ein Hafen des Friedens.

Genau wie Onkel Neds Haus damals, als ich zum ersten

und einzigen Mal eine Woche lang Hausfrau spielte. Noch dazu – so unglaublich es klingt – auf Veranlassung meines Vaters.

Während der Kessel heiß wurde, brachte ich den Rest meiner Sachen ins Haus und bezog das breite niedrige Messingbett in dem kleinen Schlafzimmer. Es federte so stark, dass ich mich einen Augenblick lang wie ein Kind darauf herumrollte.

Gott, wäre das schön, wenn die Nachbarskatze hier wäre!

Ich zog mir einen Pullover über und rannte in die einsetzende Dämmerung hinaus zum Torfvorrat, der sich an der Giebelwand befand. Ich packte einen Stapel Soden auf meine Arme. Steinharte Torfbriketts aus dem Moor! Ich wusste kaum, wie sich Torf anfühlte. Bis ans Ende der Shore Road kam der Kohlenmann von Kilcrennan mit seinem Pferdewagen, und wenn Mammy Geld hatte, lud er einen Sack bröselige polnische Kohle bei uns ab. Unweit des Eingangs entdeckte ich ein paar vertrocknete Stechginstersträucher auf einer Felsnase. Ich ging zurück ins Haus, um das Brotmesser zu holen. Ich schnitt ein paar knorrige Zweige ab, setzte ein paar kleine Torfbriketts darauf und machte Feuer. Auf dem Teppich kniend beobachtete ich die Flammen und roch den brennenden Ginster. Wie lange hatte ich schon kein Feuer mehr angezündet, ein richtiges Feuer wie dieses hier, nicht irgend ein Skihüttenkaminfeuerchen.

Ich setzte mich mit meinem Tee, einem Teller mit Brot, Butter und pochiertem Hochzeitslachs in den Sessel und betrachtete zufrieden die Flammen, so wie ich früher in das kleine vergitterte Viereck von Neds Ofen geblickt hatte.

»Cait! *Cait!* Steig sofort ein!«

O nein! Ich lag auf meinem Bett und las *In einem andern Land* und betete insgeheim darum, dass man mich in Frieden ließ, vor allem, dass *er* mich in Frieden ließ. Er hatte frei und war zu Hause. Da war nicht mit Ruhe zu rechnen.

Nora hatte am Abend zuvor beim Essen gesagt, dass sie einen Minirock wollte, worauf ihr Daddy einen langen Vortrag über die einheimische Kultur hielt, die mit der Niederlage der irischen Stammesfürsten bei Kinsale verloren gegangen und nunmehr wieder bedroht sei, weil sich neue Kräfte gegen Irland zusammenballten, um es zu zerstören. Er sagte, es sei ihm schleierhaft, wieso Nora sich wie eine Nutte zurechtmachen wolle. Um abzulenken, erwähnte sie nach dem ersten Schock, dass sie gut in Mathe sei und gerne Buchhaltung lernen würde. Worauf er, als er und Mammy aus dem Pub zurückkamen, Nora aus dem Bett holte und sich höhnisch die Münzen in seiner Manteltasche von ihr vorzählen ließ. Mammy war bereits im Schlafzimmer verschwunden.

»Was ist denn los mit ihm?«, fragte ich sie flüsternd, als sie wieder ins Bett kam. »Was hat er denn?«

»Sag ihm nichts!« Sie fühlte sich so gedemütigt, dass sie kaum die Tränen zurückhalten konnte. »Er hasst uns! Was haben wir ihm bloß getan? Und ich hab trotzdem einen Minirock! Mrs. Bates hat ihn mir genäht. Einen weißen. Ich zieh ihn morgens unter meiner Schuluniform an, und wenn ich ihn trage, pflücke ich mir manchmal Blumen durch die Zäune und verzier damit meine Sandalen.«

»*Cait! Go tapaidh!*«

»Aber Daddy!«

»Sofort!«

»Ich möchte, dass du mit mir rausfährst zum alten Haus«, sagte er, als wir losgefahren waren. »Es gibt da Verschiedenes, um das ich mich kümmern muss.«

Das war seine Art sich auszudrücken.

Kurz vor dem Weg zu Onkel Neds Haus hielt er plötzlich an. Er sah eine Weile geradeaus. Der Wagen tickte leise in der Stille.

»Hier«, sagte er schließlich und reichte mir seinen schwarzen Kamm aus der Innentasche seiner Jacke. »Mach dich mal ordentlich zurecht.«

»Wie du weißt, Caitlin«, begann er wieder in seiner volltönenden Stimme, »bin ich Angehöriger des öffentlichen Dienstes der Republik Irland. Man könnte sagen, dass es meine Aufgabe ist, für den zivilen Schutz des Landes zu sorgen, so wie ein Soldat für den militärischen Schutz zuständig ist. Demzufolge ist es undenkbar, dass man mich mit einer Sache in Verbindung bringt, die meiner Reputation als Beamter schadet.«

»Ja«, sagte ich. »Das stimmt.«

»Ich muss dich daher bitten, mit niemandem über das zu sprechen, was ich dir jetzt mitteilen werde. Nicht einmal mit deiner Mutter! – Ned ist im Gefängnis.«

»*Was?*«, kreischte ich. Ich hörte die Genugtuung in seiner Stimme, als er feierlich verkündete: »Ja. In Mountjoy Jail.«

»*Ned? Onkel Ned?*«

»Ja. Und jetzt hängt alles an mir.«

Worauf er mir mit großem Nachdruck erzählte, was für ein Schock das für ihn, Daddy, gewesen sei. Ned sei am Vortag mit der örtlichen Gruppe des Kleinbauernverbandes zu einer Demonstration nach Dublin gefahren. Dort hatte sich die Gruppe mit anderen Abordnungen aus dem ganzen Land zu einem großen Protestzug zusammengeschlossen. Ohne Wissen der anderen hatte Ned in einem Koffer, in den er Luftlöcher gebohrt hatte, ein paar Hühner mitgebracht. Als der Minister die Stufen des Landwirtschaftsministeriums betrat, öffnete Ned den Koffer, und eine der Hennen flatterte heraus und setzte sich auf das Mikrofon. Die Farmer hatten wenigstens was zu lachen, aber später am Abend kam es zu Gewalttätigkeiten, als die Polizei in das Gebäude eindrang, das die Farmer besetzt hatten und nicht räumen wollten. Ned wollte nicht abziehen, weil er sein Geflügel nicht finden konnte.«

»Ein Polizist hat behauptet, Ned hätte ihm einen Schlag versetzt.«

»*Ned?*«

»Der Polizist kann sich geirrt haben, dagegen will ich nichts sagen. Aber trotzdem hat Ned sieben Tage bekommen. Ich will, dass du dich um das Haus kümmerst, Caitlin. Geh jeden Tag dorthin, füttere die Tiere, lass nachts ein Licht brennen, schließ gut ab und sieh nach dem Rechten.«

»Aber, Dad …« Ich hatte sagen wollen, ›Warum fragst du nicht Danny? Danny fährt doch immer raus zu Ned‹, aber die Erwähnung von Danny war für ihn wie ein rotes Tuch. Also sagte ich, »Dad, was ist daran so geheim? Ned kehrt bestimmt als Held heim.«

»Ich will einfach, dass du die Sache für dich behältst«, antwortete mein Vater. »Wegen meiner Position. Und deiner Mutter geht es nicht gut …«

»Wie soll ich denn hin und zurück kommen?«

»Neds Fahrrad ist doch da, oder?«

»Aber, Daddy – am Samstag …«

»Was ist am Samstag?« Sein Kopf fuhr zu mir herum und er sah mich drohend an. »Du wirst doch wohl jemanden wie Sharon Malone nicht deinem Onkel vorziehen, was? Ihr treibt euch sowieso nur auf der Straße herum. Ich habe meine Informanten in der Stadt, damit du's weißt.«

Und dann startete er wieder den Wagen.

Am alten Haus stiegen wir aus, gingen zwischen den hohen Hecken den Weg entlang und nahmen den Schlüssel aus dem Versteck, wo er immer hing, unter einem Durcheinander von altem Zaumzeug an der Giebelwand des Schuppens. Wir stießen die Vordertür auf, die in den blitzblanken Wohnraum führte. Das kleine weiße Tischtuch hing ordentlich gefaltet an der dafür vorgesehenen Stange. Das Geschirr war aufgeräumt und Neds zwei Zimmerpflanzen standen in Untersetzern mit Wasser auf dem Abtropf. Die Uhr tickte geschäftig. Die Eisentür des Ofens stand offen und zusammengeknülltes Zeitungspapier stach unter Zweigen und Stöcken heraus und schien darauf zu warten, dass man ein Streichholz daran hielt. Es war das friedlichste Zimmer im sichersten Haus auf der Welt.

An der Tür hörte man einen Riesenspektakel. Neds Hund Elvis hüpfte wimmernd und scharrend auf der Schwelle herum, völlig ausgehungert und aufgeregt.

»Ich weiß, was ich machen muss, Dad!«

Ich holte den Sack mit getrocknetem Hundefutter und den Napf aus der Spülküche, dann nahm ich eine Kanne Buttermilch vom Regal, weichte das Futter damit ein und stellte es Elvis hin. Der Hund verschlang das Futter und schlürfte das Wasser aus, das ich ihm in den Napf goss. Dann ließ er sich auf der Schwelle nieder, den Kopf auf den Pfoten, und sah uns aufmerksam an.

»Weißt du, wie man mit dem Vieh umgeht?«, fragte mein Vater.

»Ja. Ich habe Onkel Ned schon oft bei der Arbeit geholfen.«

»Kannst du einen Reifen flicken, wenn du einen Platten hast?«

»Ja. Er hat eine Blechdose. Man nimmt eine Wasserschüssel ...«

»Du bist ein prima Mädchen«, sagte er. »Besser als ein Junge. Der Mann, der dich mal kriegt, kann froh sein.«

In dieser Woche strich ich die weißen Steine, die Neds Blumenbeete einfassten, neu mit Farbe über, die ich im Schuppen gefunden hatte, entfernte alles Unkraut um seine Canna, und am Samstag ging ich nicht einmal in die Stadt. Ich machte mich im Haus zu schaffen, stellte für Neds Rückkehr eine Vase mit Blumen auf die Wachstuchtischdecke und eine von den guten Delfter Tassen für den Tee und deckte ein sauberes Tuch darüber. Ich schüttete dem Vieh Futter in den Trog, legte im Schuppen Brotrinden, die ich von zu Hause mitgebracht hatte, für die wilden Katzen aus und verbrachte eine Stunde vor der Eingangstür mit dem Versuch, Elvis stillzuhalten, während ich ihn mit Wasser aus einer Waschschüssel wusch. So muss es in einer glücklichen Partnerschaft zugehen, habe ich später oft gedacht. Man geht freudig und mit schier unerschöpflichen Energien an die Arbeit, weil man weiß, dass man dafür geliebt wird.

Früh am Sonntagmorgen hämmerte mein Vater an meine Zimmertür, um mich zu wecken. Es war der Tag von Neds Rückkehr. Ich kletterte über Nora und war in einer Minute angezogen.

»Schau mal, das Meer!«, sagte ich, als wir aus dem Haus traten.

Es geschah nur wenige Male im Jahr, an windstillen Vormittagen wie diesem. Das Wasser bildete den makellosen Himmel ab wie ein Spiegel. Am Ende des Strandes, wo das Land vor der Bucht mit dem deutschen Feriendorf anstieg, spiegelten sich die flachen Klippen glasklar in der glitzernden See. Jede Einzelheit erschien doppelt, als wäre in der Nacht ein Zauber über das Land gefallen. Und alles war von der Morgensonne in kristallklares Licht getaucht, die endlos blaue

Weite des Wassers, die weiße Straße, die Grasböschung, die Reihe der Cottages, unsere Gesichter und Rücken. Unter dem frühmorgendlichen Sommerhimmel war kein Laut zu hören außer dem entfernten, wiederkehrenden Seufzen der leise über den trockenen Sand hereinspülenden Flut.

»Das ist vielleicht ein Morgen!«, sagte Daddy. »Richtiges Ausflugswetter. Ideal zum Pilze suchen!«

Wir hielten uns etwa eine Stunde auf dem Hügel hinter Onkel Neds Grundstück auf. Das Gras dort oben war kurz und fühlte sich unter den Füßen an wie ein lebendiges Wesen, sattgrün und dicht und glänzend vom Tau. Wir stiegen oberhalb der Buchen, die dem Lauf der Straße folgten, langsam den Hügel hinauf, durchquerten Neds kleine Felder und den Torfstich weiter oben. Es roch wunderbar frisch. Eine sanfte Brise streichelte unsere Haut, aber es war noch kühl. Die Lerchen trillerten hoch über uns und Schwärme von braunen Wacholderdrosseln zirpten vor uns auf der Bergkuppe, als wollten sie uns in den herrlichen Morgen entführen.

Mein Vater sang! Ich lauschte seiner rauen Stimme, wie er *Komm in die Gondel, mein Liebchen …* vor sich hin sang. Dann imitierte er einen Ruf, vielleicht den des Gondoliere in Venedig oder den des Liebhabers aus der Operette, die ihm in den Sinn gekommen war. *Hei-ji!* Hörte ich ihn singen. *Hei-jo!*

Er kam zufrieden durch das Gras auf mich zugestapft.

»Guck mal, Cait!« Er hatte die großen Hände voller weißer Pilze, deren zarte Lamellen beige-rosa gefärbt waren.

Mein Feuer in Mellary begann zu glühen und setzte die im Torf eingeschlossene Energie frei wie Erinnerungen ihre Kraft entfalten. Nicht ein einziges Detail dieses Morgens mit meinem Vater habe ich je vergessen. Immer wenn ich in England einen jener typischen Bilderbuchorte besuchte wie die Galerie von Petworth mit den großartigen Gemälden Turners an den Wänden und dem Nebel im Park draußen oder eine der cremefarbenen georgianischen Städte in Yorkshire oder wenn ich von den sanften Hügeln der Sussex-Downs auf die Zuckergusssilhouette von Brighton blickte, dachte ich, Irland hat nichts von alledem. Aber auf dem Hügel, wo wir die Pilze gefunden hatten, war die Luft so kristallklar und frisch gewesen wie nirgendwo sonst.

> *Doch welche Zeit – zuvor, seither –*
> *war je von solcher Kostbarkeit ...?*

Ich ging zu Berties Tasche mit den Lebensmitteln. Ja, er hatte Wein eingepackt und auch einen Korkenzieher. Was für ein lieber Mensch!

Aber trotz Wein und schöner Erinnerungen schlief ich in dieser ersten Nacht in Mellary nicht gut. Vor dem Zubettgehen nahm ich ein Bad. Als ich aus der Wanne steigen wollte, fiel mein Blick in den alten Spiegel, der an einer merkwürdigen Stelle neben der Wanne angebracht war. Ich entdeckte ein graues Haar in meiner Schambehaarung. Das Herz zog sich mir zusammen. Ich setzte mich wieder in das ablaufende Wasser.

Es wird nicht das letzte bleiben, dachte ich. Das ist nur der Anfang.

Ich wachte vom Geräusch eines Wagens auf, der mit schlitternden Reifen vor dem Schlafzimmerfenster zum Stehen kam, und von einem Klopfen an der Tür.

»Eine von uns, Gott sei Dank«, sagte der Mann im braunen Overall und nickte mir zu. »Meistens schickt Bertie olle Amis oder Deutsche hier raus. Ich bin PJ vom Laden«, stellte er sich vor und war schon mit seiner Werkzeugkiste an mir vorbei. »Ich schließe Ihnen das Telefon an. Außerdem lese ich die Zähler ab, halte Gräber instand, und meine Frau hat das Spar-Geschäft oben im Dorf; was ich also nicht weiß, weiß sie. Bertie hat gesagt, dass Sie schreiben. Verdienen Sie viel Geld mit Ihren Artikeln?«

»Kommt drauf an«, sagte ich. »Im Augenblick schreibe ich keine Artikel. Ich mache Nachforschungen über etwas, das kurz nach der Hungersnot passiert ist.«

»Für mich sehen Sie nicht aus wie jemand, der über die Hungersnot schreibt«, stellte PJ fest.

»Wie sehe ich denn aus?«

»Mehr wie ein Mannequin«, sagte er in vollem Ernst. »Oder wie eine, die die Nachrichten im Fernsehen liest. Aber die Hungersnot ... Das letzte Mal, als sie über den Sudan berichtet haben, hab ich zu meiner Frau gesagt: So sieht's auf der Welt aus, die Männer im Krieg und die Frauen müssen die Kinder allein durchbringen.«

»Ich interessiere mich für die Hungersnot in Irland«, sagte ich. »Die irischen Männer haben damals gegen niemanden gekämpft. Ihnen sind nur die Kartoffeln gefault.«

»Das brauchen Sie mir nicht zu erzählen«, sagte er. »Wie könnte ich das vergessen, wo ich doch jeden Tag hier mit dem Lieferwagen rumfahre? Schauen Sie mal da raus!« Er bückte sich und zeigte über das Fensterbrett auf ein Stück Feld zwischen dem Haus und den Ginsterbüschen.

Vielleicht hob das frühe Morgenlicht die Konturen besonders hervor, denn ich sah, worauf er deutete. Unter der dünnen Grasdecke waren überall tiefe breite Furchen zu erkennen, die das Land wie Wellen durchzogen.

»*Lazy beds* sind das«, sagte er. »Kartoffelbeete. In die Furchen hat man die Kartoffeln gelegt und sie mit Erde zugedeckt. Hungerrippen nennt man sie seit damals.«

»Aber es sind doch viel zu viele«, wandte ich naiv ein.

»Hier haben damals Hunderte von Leuten gelebt«, sagte er. »Nur hier an dieser einen Straße. In der ganzen Gegend Tausende. Und sie haben alle von Kartoffeln gelebt. Sind alle nach Amerika gegangen, wenn sie nicht gestorben sind. Und wenn ich jünger wäre, würde ich auch nach Amerika abhauen und jeden Tag den *Playboy* lesen, statt in dieser trübsinnigen Gegend zu versauern.«

Er rüttelte am Telefon.

»Hallo, *Compadre*!«, röhrte er in den Hörer. »Ruf mich mal zurück!«

Das Telefon klingelte.

»Nein. Geht nicht. Okay, bring's in Ordnung, wenn der Lieferwagen wieder da ist. ... War letztes Mal genauso ein Mist. – Tut mir Leid, Missus. Kein Telefon bis morgen.«

Und schon war er weg.

Es war mir im Grunde gleich, obwohl ich lieber mit Alex in Kontakt geblieben wäre. Ich ging mit dem Mantel über dem Nachthemd hinaus und folgte der Unruhe in der Luft zum Meer, wo das Wasser über den felsigen Strand spülte und sich nur knapp hundert Meter vom Cottage entfernt in den Rand eines ausgewaschenen Feldes fraß. Ich stand wieder am grasbewachsenen Rand des Meeres! Aber an der Shore-Road war die See ruhig. Den größten Teil des Tages war sie nur ein Glänzen am Horizont. Hier dagegen war sie ständig in Bewegung. Ein flüchtiger Schauer ging nieder, den ich nur daran bemerkte, dass die seidige Wasseroberfläche von den Tropfen pockennarbig wurde. Auf den sanften Wellen bildeten sich immer neue Trichter. Ein Windstoß und die Sonne war wieder da. Ich sah wie die Dünung zu wogen begann. Der Wind nahm zu und auf den Wellen erhoben sich Schaumkronen. Die Haare flogen mir ins Gesicht, ich drehte mich um und ließ mich lachend vor Freude von einer Windbö ins Haus zurücktreiben.

Sobald ich konnte, sprang ich in den Wagen, um die Gegend zu erkunden. Oben an der Hauptstraße bog ich links ab Richtung Dorfkern und zum Fährhafen von Mellary. Von hier hatte ich zum ersten Mal einen Blick auf die gesamte Bucht. Begeistert hielt ich an.

Ich kannte diesen Atlantik mit seinen Westküsten, an denen er sich brach, die ganze Krümmung der Erde entlang. Ich hatte zehn oder zwölf Orte vor Augen, wo ich denselben Ozean hatte aufs Land treffen sehen, von einem gedrungenen Dorf in den Artischockenfeldern der Bretagne bis zu den glühend heißen Sanddünen von Namibia. Tagtäglich hatte ich in Portugal den Nebel hereinrollen sehen, als ich dort einen Artikel über Golfkurse schrieb. Im Senegal hatte ich nur ein paar Schritte vom Wasser entfernt gewohnt, in einer heruntergekommenen Ferienanlage, wo nachts die Krabben klappernd um die Bettpfosten liefen. Aber noch nie war ich im späten Frühling oder Frühsommer an der Westküste einer Atlantikinsel gewesen. Nie zuvor hatte ich die weiten, sanft abfallenden Hänge gesehen, deren Gras vom Braun der Binsen und Wildkräuter gefleckt war. Gedämpft leuchtendes, das

Auge beruhigendes Grün vor dem überwältigenden Anblick der stürmischen türkisfarbenen See. Fast kein Lebenszeichen, bis auf den Kirchturm in einem Dorf auf der anderen Seite der Bucht, in dessen Richtung die grünen Wogen sausten. Das Land wirkte wie verlassen. Es gab keine Scheunen. Nur zwei oder drei kleine weiße Farmhäuser schmiegten sich auf einem Hügelkamm aneinander, tief unter ihnen ein breiter Strand und auf der anderen Seite ein smaragdgrüner Streifen offenen Schafweidelandes. In der Ferne mein Cottage auf der Landspitze, aber keine Boote, keine Häfen, keine Feldfrüchte. Nichts als Gras und im Hintergrund die prächtige, vor Energie schäumende See.

Durch dieses gewaltige Panorama tanzte das Wetter wie eine vierte Dimension. In der kurzen Zeit meines Hinsehens war ein heftiger Gewitterschauer vom Meer hereingeeilt. Der Himmel hatte sich einen Augenblick verdunkelt, und Sekunden später war der Schauer vorbeigezogen. Vor mir, eingerahmt von der mit Tropfen starrenden Windschutzscheibe, dampfte die Straße. Kurz darauf waren der sanftblaue Himmel und die Sonne wieder da, und ich konnte das Fenster wieder herunterkurbèln. In die plötzliche Stille hinein stieß ein Rotkehlchen auf einer Bergesche, die in einem Graben Wurzeln geschlagen hatte, so energisch seinen Ruf aus, dass sich seine aufgeplusterte Brust deutlich hob und senkte.

»Der Westen von Irland soll sehr nass sein, habe ich gehört«, hatte Alex gesagt, als ich das letzte Mal im Büro war. Ich musste bei der Erinnerung lachen. Der Himmel verdunkelte sich schon wieder, um einen neuen Regenschauer herabzuschicken. »Vergiss nicht, einen Schirm mitzunehmen, Kath«, hatte er gesagt.

Mrs. PJ hatte eine plumpe, unangenehme Art.

»Herzlich willkommen!«, begrüßte sie mich. »Eine berühmte Schriftstellerin! Packen Sie uns bloß nicht alle in Ihre Bücher! Hat PJ Ihnen das Telefon angeschlossen? Es muss ja schrecklich einsam sein da draußen in dem Cottage, so ganz allein. Aber vielleicht sind Sie ja gar nicht allein. Doch wohl kaum, oder? Ich habe zu PJ gesagt, so eine berühmte Schriftstellerin, die geht doch nicht allein in das alte Cottage ...«

»Ich bin keine berühmte Schriftstellerin«, sagte ich matt.

»Warum sollten Sie nur zum Schreiben in das Cottage kommen?«

Ich sah sie an und antwortete ausdruckslos: »Ich war krank.«

Die Frau musterte mich von oben bis unten. Ohne Zweifel konnte sie nur einen Ausbund an Gesundheit entdecken.

»Haben Sie niemanden, der nach Ihnen sieht, wenn Sie krank sind?«, fragte sie. »Ihre Mammy oder Ihr Daddy?«

»Nein.« Mit nur einem Wort zu antworten, das war mir bewusst, war so ziemlich die gröbste Unhöflichkeit, die man sich in diesem Land zuschulden kommen lassen konnte.

»Haben Sie Sodabrot?«, fragte ich.

»Wir haben abgepacktes Brot«, sagte sie. »Wenn Sie ausgefallene Brotsorten wollen, müssen Sie hinüber nach Mellary Harbour. Entweder Sie nehmen die Fähre, dann brauchen Sie fünfzehn Minuten, oder Sie fahren mit dem Auto. Das dauert eine Stunde. Aber was haben Sie gegen abgepacktes Brot auszusetzen?«

»Seit wann ist Sodabrot etwas Ausgefallenes?«, fragte ich zurück.

»Man merkt, dass Sie lange weg waren«, war ihr Kommentar.

Ich blieb unschlüssig vor dem Geschäft stehen. Die Sonne schien und es war verteufelt warm. Ich konnte ein paar T-Shirts gebrauchen. Die Erinnerung an meinen Vater, wie er lächelnd mit den Pilzen über das Gras auf mich zugekommen war, ließ mich nicht los. Ich fing an zu rechnen. Alex war etwa fünfzig gewesen, als wir uns in jener Nacht auf dem Hotelkorridor begegnet waren und mein Verhältnis zu ihm sich plötzlich verändert, vertieft hatte. Und war mein Vater nicht auch um die Fünfzig gewesen, als wir damals frühmorgens Pilze pflücken gingen? Könnte auch er zu den Männern gehören, die man mit einem Mal verstand, so wie Alex?

Ich stieg wieder in den Wagen, um mit der Fähre nach Mellary Harbour zu fahren.

Komisch, Jimmy hatte meinen Vater nie verurteilt, auch wenn ich ihm noch so viele Beispiele von dessen Lieblosigkeit gab.

Jahr für Jahr waren wir an Weihnachten zu Jimmys Eltern nach Scottsbluff in Nebraska gefahren, hatten in mit glitzernden Weihnachtsmännern verzierten Pantoffeln an den Füßen zu viert auf dem Sofa gesessen und stundenlang in angenehm benebeltem Zustand ferngesehen.

Einmal lief *Singin' in the Rain*.

»Mensch!«, sagte ich. »Jimmy ist genau wie Gene Kelly!«

»Ja«, sagte sein Vater ernsthaft, »aber Jimmy hat noch Grips dazu.«

Wenn im Fernsehen über einen Bombenanschlag oder eine Schießerei der IRA berichtet wurde, sagte Mr. Beck mit schöner Regelmäßigkeit: »Ich habe früher mit ein paar irischen Jungs zusammengearbeitet. Die haben mir die ganze Sache erklärt. Es gibt auf beiden Seiten Recht und Unrecht.«

So banal das auch klingt, diese Haltung entspannte mich, nach England. Ich konnte bei Mr. Beck meine Aggressionen ablegen, weil er mich nicht von vornherein abstempelte. Ich erinnere mich beispielsweise, wie ich ihm erzählte, auf welche Weise das irische *Set Dancing* entstanden ist. Barfuss hinter Türen und Fenstern stehend, dabei zornig in ihrer Sprache murmelnd, die kein Grundherr verstand, hatten die Einheimischen dem anglo-irischen Landadel die Tanzschritte abgeschaut und dann in ihren Hütten mit dem gestampften Erdboden die Geige in die Hand genommen, die Polkas und Mazurkas eingeübt und sich die Balltänze zu Eigen gemacht.

»Sie haben sie ihren Unterdrückern geraubt«, rief ich triumphierend.

»Vergessen Sie die Engländer«, sagte er zu mir. »Das ist doch nur ein altmodisches Volk aus Europa. Die einzige Engländerin, die man je hier im Fernsehen sieht, ist Prinzessin Di.«

In dem rosa bezogenen Bett schlief ich jede Nacht wie ein glückliches Baby, während die glühenden Heizkörper der draußen herrschenden Kälte trotzten.

Aber jeder Weihnachtsbesuch lief Jahr für Jahr nach dem gleichen Muster ab.

Nach ein paar Tagen stritt sich Jimmy unweigerlich mit seinem Vater darüber, wer von ihnen den Mietwagen am Flughafen abgeben sollte. Jimmy bestand darauf, es selbst zu tun. Aber wenn wir dann am Flughafen ankamen und geparkt hatten, ließ mich Jimmy einfach mit den Koffern stehen und rannte allein in die Halle. Und wenn ich dann endlich in der Bar ankam, hatte er schon fast einen Martini ausgetrunken.

»Um Himmels willen!«, sagte ich. »Was ist denn los mit dir?«

»Eltern!« Ich sah, wie er zitterte, nicht nur seine Hände, auch seine Schultern.

»Aber Jimmy«, sagte ich hilflos. »Sie sind doch reizend.«

»Ich weiß«, schnaubte er. Er winkte dem Barmann: »Sir!«

»Er ist dein Vater«, begann ich.

»Erst in zweiter Linie sind sie Väter!«, brummte Jimmy. »Zunächst einmal sind sie Männer.«

7

 Einige Autos und ein Lastwagen warteten auf die Fähre über die Bucht im Norden von Mellary. Ich hätte Alex eine Story über »Die schönsten Fährüberfahrten der Welt« anbieten sollen, dachte ich. Seattle, wo ich zweimal das wie Fallschirmseide schimmernde Hafenbecken durchquerte. Das smaragdfarbene Rhein-Maas-Delta bei Dordrecht, wo ich in der Sommerhitze unter einer riesigen Eiche gewartet hatte, bis die flache Holzfähre über das Wasser kam. Tisza, wo ich mit dem kleinen Lada die Rampe verfehlte und die Männer beim Versuch, den Wagen hochzuhieven, etwas auf Ungarisch riefen, worauf ein alter Mann, der vom Ufer zusah, vor Lachen rückwärts ins Gras fiel. Das hohe weiße Boot, das mich über das aquamarinblaue Meer nach Paros und zu Hugo brachte.

Und jetzt dieser hübsche irische Ort.

»Eine weiße Straße windet sich durch Bäume und dichtes Unterholz zur weiten Meeresbucht hinunter, und die kleinste Autofähre der Welt tuckert mir entgegen. Im Hintergrund die sanften blaugrünen Hügel von Irland ...«

Hör auf damit, unterbrach ich mich selbst. Immerhin hatte ich nicht nach meinem Notizbuch gegriffen, aber den gewohnten *TravelWrite*-Ton wurde ich nicht so leicht los. Es erschien mir jetzt banal, einen Ort so zu beschreiben, als sei er das, was ich von ihm sah.

In den Wagen, die am Straßenrand aufgereiht warteten, lief überall der gleiche Radiosender. Eine schmachtende Frauenstimme schwoll an und verebbte wieder, wenn die Insassen vor und nach ihrem Spaziergang am Hafendamm aus- oder einstiegen.

· *Some day my happy arms will hold you,*
And some day, I'll know that moment divine –

Ich stieg aus und streckte mich. Die Sonne schien. Ich fühlte mich frisch und frei. Frei wie ein Vogel, und der Sommer war nicht mehr weit. Ich hob einen flachen Stein von der Straße auf, beugte mich über den Hafendamm und ließ ihn über die glatte Wasseroberfläche hüpfen, die lautlos den leuchtend schwarzen Schlamm überspülte. In der Shore Road haben wir das von morgens bis abends geübt. Es war eine meiner Stärken.

When all the things you are …

Die Autoschlange setzte sich in Bewegung. Eine Wagentür knallte genau aufs Stichwort zu.

Are mine.

Wumm.

Ich spürte das Klatschen der Wellen unter der Fähre. Das Wasser blendete von Sonne und Wind so sehr, dass ich der Reling den Rücken zuwandte. »Ladies and Gentlemen!«, kam eine aufgeregte Stimme aus dem Lautsprecher. »Wenn Sie aufs Meer schauen, können Sie Große Tümmler sehen.«

Ich drehte mich wieder um und sah eine glänzende Masse aus dem Wasser auftauchen. Geschmeidig stieg der kräftige Körper aus dem grün-weißen Strudel und sprang – gefolgt von einem zweiten Delphin und noch einem und noch einem. »Sind sie nicht süß!« Eine Amerikanerin beugte sich neben mir mit ihrer Video-Kamera über die Reling.

Ihre kleine Tochter hatte sich vor mich an die Reling gedrängt, die plötzlich dicht belagert war.

»Kann man die essen, Mom?«, fragte sie.

»Kann man Delphine essen?« Sie gab die Frage an mich weiter.

»Ich glaube nicht«, antwortete ich. »Ich habe jedenfalls noch nie gehört, dass Menschen Delphine gegessen hätten, selbst wenn sie am Verhungern waren.«

»Ich glaube, ihr Fleisch ist sehr fett«, warf der Mann auf der anderen Seite ein. »Wahrscheinlich schmecken sie wie in Fischtran eingelegte Gummireifen.«

»*Igitt*«, sagte das Kind angewidert. Wir mussten lachen. Aber es fühlte sich so gut an, dicht gedrängt in gleißender Sonne an der Reling zu stehen und den Wind und die schäumende Gischt im Gesicht zu spüren, dass wir über alles gelacht hätten.

Die Fähre erreichte das Ufer, die Maschinen stoppten und das Boot glitt die letzten Meter zum Land. In der plötzlichen Stille hörte man das leise, unaufhörliche Trillern der Lerchen hoch über den umliegenden Wiesen.

Ich hielt im Gehen inne, um ihrem Gesang zu lauschen.

Der Mann trat zurück, um mich zu den Eisenstufen vorangehen zu lassen, die hinunter zum Parkdeck führten.

»Lerchen«, sagte ich. »Ihr Revier reicht so weit wie ihr Ruf. Er breitet sich trichterförmig aus. Wenn man sie hört, ist man in ihrem Territorium.«

»Sind Sie Lehrerin?«, fragte er mich, als wir uns zu unseren Autos durchzwängten.

»Ach Gott, nein! Klinge ich so belehrend?«

Die Fähre legte mit einem Ruck an der Betonrampe an.

»Warten Sie auf mich?« Er schrie gegen das Gerassel der Ketten und die im Rückwärtsgang röhrenden Motoren des Schiffs an. »Warten Sie auf dem Parkplatz auf mich?«

Ich drehte mich überrascht um. »Ja.« Kurz geschnittenes Haar, faltiges Gesicht, stämmige Figur. Einer von den unscheinbaren Männern mittleren Alters, die man nicht wahrnahm, wenn sie vor den Geschäften standen und auf ihre Frauen warteten.

»Kann ich Sie zu einem Kaffee einladen?«, fragte er auf dem Parkplatz durchs geöffnete Fenster. »Ich wollte mir die Gegend hier ein bisschen ansehen. Ich komme vom Flughafen in Shannon und bin in Richtung Sligo unterwegs. Ein ziemlicher Umweg, aber als ich heute Morgen bei dem wunderbaren Wetter aus dem Flugzeug gestiegen bin, habe ich beschlossen, mir Zeit zu lassen und einfach der Nase nach zu fahren. Ich kenne mich hier überhaupt nicht aus. Wenn Sie also ein halbes Stündchen Zeit hätten ... ?«

Ich hätte sowieso *ja* gesagt, aus tausend Gründen. Weil ich in einem Ferien-Cottage war und nichts zu tun hatte. Weil es überall so schön war. Weil ich seit Tagen keinen Kaffee getrunken hatte. Weil ich immer *ja* sagte.

»Ich bin auch nicht von hier«, sagte ich. »Ich bin vor vielen Jahren nach England gegangen und nur zufällig in Mellary.«

»Ach, richtig. Jetzt sehe ich, dass Sie auch einen Leihwagen fahren. Ich bin mit fünfzehn nach England gegangen und gehe öfter auf ein Bier in den Irish Club, aber die reden nur über Sport.«

Ich mochte ihn – seine Stimme weniger. Er hatte einen merkwürdigen Akzent, ein ländliches Irisch, hie und da durchsetzt mit Worten, die er im Englisch der Beatles aussprach. *Loovely*, sagte er, mit lang gezogenem U. Aber in seinen kleinen Augen leuchtete ein Schuss Blau und die sie umgebende raue Haut legte sich beim Lächeln in Falten wie bei Paul Newman. Der Hemdkragen unter der Windjacke war zerknittert und die Enden standen nach oben. Ein kräftiger kurzer Hals stak heraus. Er musste im Freien arbeiten, die Haut unter seinem grauen kurz geschorenen Haar und auf den großen Händen war rötlich braun.

»Wo in der Nähe von Sligo wollen Sie denn hin?«

»Ballisodare. Kennen Sie das?«, fragte er erwartungsvoll.

»Nein. Ich komme aus der Nähe von Dundalk, aber ich bin dort schon mit zwanzig weg. Eine Nonne in unserer Schule war aus Ballisodare. Ich erinnere mich daran, weil sie uns erzählt hat, dass Cuchulainn in Ballisodare Bay versucht hat, die Flut zurückzuhalten. Sie hat sich vor die Klasse hingestellt und die beschwörenden Gesten nachgemacht.

»Wie hieß sie?«

»Schwester Immaculata.«

»Nein. Mit richtigem Namen.«

»Gleeson?«

»Die Gleesons von der Tankstelle?«

»Wie soll ich das wissen?«

Wir lachten.

»Meinen Sie, wir bekommen einen Cappuccino in Mellary Harbour?«, fragte ich. »Und ein Sandwich mit Ei?«

»Nichts wie hin!«, sagte er und startete seinen Wagen. Dann lehnte er sich noch einmal zu mir herüber. »Wie heißen Sie?«

»Kathleen.«

»Das hab ich mir fast gedacht«, lächelte er.

»*Wieso?*«

»Sie sehen aus wie eine Kathleen. Mit Ihren lockigen Haaren.«

»Sehe ich wie eine *hungrige* Kathleen aus?«

»Oh, alles klar!«, lachte er. »Hab schon verstanden!« Und er fuhr mit einem schwungvollen Schlenker los.

Ich folgte ihm auf Straßen, die zwischen grünen Wällen eingebettet waren, um eine felsige Bucht herum, und dann die breite Hauptstraße von Mellary Harbour entlang bis zum Kai, dessen Kopfsteinpflaster von Gras überwachsen war.

»Das Einzige, was ich über diesen Ort hier weiß«, sagte ich, als wir die Wagen geparkt hatten, »ist, dass ein Reporter einer Londoner Zeitung während der großen Hungersnot hierher kam. Die Stadt wimmelte damals von hungernden Menschen, die von ihrem Land vertrieben worden waren. Er wurde nicht fertig mit ihrem Geschrei, er konnte es einfach nicht fassen. Eine ganze Stadt voll schreiender Menschen ...«

»Was haben sie geschrieen? Welche Worte?«

»›Rettet uns!‹ und ›Helft uns!‹ Seine Berichte waren so herzzerreißend, dass man in der englischen Bevölkerung anfing, Geld zu sammeln.«

»Die Engländer sind sehr anständig«, sagte er.

»Die einfachen Leute, ja. Aber nicht die das Sagen haben.«

»Das stimmt«, pflichtete er mir bei.

Im ersten Pub, an dem wir vorbeikamen, gab es Kaffee und auch noch Suppe, obwohl die Mittagszeit offiziell vorbei war und die meisten Gäste das Lokal verließen. Wir setzten uns nebeneinander auf eine gepolsterte Bank ans kurze Ende eines langen alten Tisches und aßen Suppe mit Brot.

Sein Name war Shay.

»Also, Kathleen«, sagte er, und ich wartete.

»Sie sind ziemlich gut im Steine springen lassen. Ich habe Sie am Hafendamm beobachtet, als wir auf die Fähre gewartet haben.«

Das Lokal leerte sich. In unserer Nähe brannte ein Feuer, also blieben wir in unserer schummerigen Ecke sitzen. Vielleicht hätte einer von uns aufstehen und sich an die Breitseite des Tisches setzen können, wo mehr Platz war, aber weder er noch ich bewegten uns vom Fleck. Wir saßen einfach still nebeneinander in dem ruhigen Nachmittagspub, und die Glaskaraffe mit Wasser vor uns veränderte ihr Aussehen mit dem Licht, das von dem Fenster hoch über uns hereinfiel. Wir plauderten ein wenig. Über die Musikberieselung in Pubs, das Für und Wider von Kohle und Torf – nichtssagende Themen. Wir tranken Kaffee und nach einer Weile bestellten wir noch ein Kännchen. Jedes Mal, wenn unsere Körper sich berührten, spürte ich Hitzewellen meine Haut durchströmen, doch sobald wir voneinander abrückten, die Hand nach der Tasse oder der Milch ausstreckten, wurde die elektrische Spannung zwischen uns wieder unterbrochen. Der Himmel über dem halbhohen Vorhang bezog sich mit Wolken. Wir beschlossen, Sandwiches zu essen. Der Wirt verschwand hinter der Theke, um sie zu belegen. Jetzt war niemand mehr im Pub außer uns. Nur das gelegentliche leise Knistern vom aufgehäuften Kohlenfeuer und das laute Ticken einer alten Pendeluhr waren zu hören.

Die Regale mit Flaschen und Gläsern vor den Spiegeln glitzerten wie ein kostbarer Schatz. Wir saßen Seite an Seite und beobachteten den Wirt. Er stand mit dem Rücken zu uns, sein Kopf war auf den kleinen Fernseher auf dem obersten Regal gerichtet. Pool-Billard. Das rote Glühen des Feuers neben uns spiegelte sich in der lackierten Theke. Ich spürte Shays Schenkel neben meinem. Dort, wo sie sich leicht berührten, setzte ein unmerkliches Zittern ein.

Der Wirt kam um die Theke herum, blieb stehen und schaute friedlich ins Feuer.

»Ganz schön frisch heute«, sagte er.

»Wollen wir noch etwas trinken?«, sagte Shay.

Der Wirt kehrte wieder hinter die Theke zurück.

»Was darf's denn sein?«, fragte er.

»Was nehmen Sie, Kathleen?«, fragte Shay. »Wein?«

»Woher wissen Sie, dass ich Wein trinke?«

»Sie sehen so aus, als ob Sie Wein trinken. Guten Wein.«

»Hier gibt's keinen guten Wein«, sagte der Wirt. »Sie sind hier in Irland.«

»Da, wo ich wohne, in England, gibt's überall Wein in den Pubs.«

»Klar. Ich schenke auch Wein aus.« Der Wirt winkte ab. »Aber das ist Essig, nehm ich an. Das sagen jedenfalls die Touristen.« Er lachte herzlich.

»Wollen Sie woanders hingehen?«, fragte mich Shay.

»Ach, nein. Ich find's so gemütlich hier.«

Wir bestellten zwei heiße Whiskeys. Als der Wirt sie vor uns auf den Tisch stellte, griffen wir gleichzeitig nach den Gläsern, und unsere Finger berührten sich. Ich habe schon breite Hände, aber seine waren noch breiter. Und seine Nägel lagen tief in der Haut und waren abgenutzt.

Er sah meinen Blick.

»Ich komme ab und zu von England hier rüber – ich wohne zwischen Liverpool und Chester – für eine Woche oder so, um meinem Vater zu helfen«, sagte er. »Er hat eine kleine Brennstoff- und Heizölhandlung in Ballisodare. Ich erledige die größeren Lieferungen für ihn, weil er allein ist. Außerdem mischt er mit bei der Aufstellung der Fußballmannschaft für die Bezirksliga, also sehen wir uns hin und wieder zusammen ein Spiel an. Diesmal bleibe ich keine ganze Woche, weil zu Hause eine größere Arbeit auf mich wartet. Ich habe ein Geschäft für Landschaftsgärtnerei, und ich habe gerade den Zuschlag für die Unterhaltung sämtlicher Grünanlagen des öffentlichen Wohnungsbaus in der Gegend bekommen.«

Er machte eine Pause und fügte dann hinzu: »Also, genau genommen betreibe ich mein Geschäft allein. Im Grunde bin ich eigentlich Gärtner. Ein einfacher Gärtner.«

Bei diesem Eingeständnis lächelte er so unschuldig wie ein Baby.

»Als Gärtner könnten Sie genauso gut hier in Irland arbeiten«, sagte ich. »Ich wohne in einem Cottage in Mellary, und der Mann, der das Telefon angeschlossen hat, hat gesagt, er läuft sich die Hacken ab, weil es keine Leute mehr gibt für die Arbeiten in Haus und Garten. Sie könnten ein Vermögen verdienen, wenn Sie zurückkämen.«

»Ich habe vor dreißig Jahren eine Engländerin geheiratet«, sagte er. »Seitdem habe ich nie mehr daran gedacht zurückzukommen.«

Der Pub begann sich zu bevölkern. Wir blieben sitzen. Das Licht über der halben Gardine wurde langsam schwächer.

»Ich werde mich jetzt mal lieber auf den Weg machen«, sagte er, einen leicht fragenden Ton in der Stimme.

»Und ich wollte eigentlich ein Soda-Brot kaufen gehen. Ich sehe mich mal nach einem Bäcker um, bevor die Geschäfte zumachen.«

»Macht man sich denn keine Sorgen, wo Sie bleiben?«, fragte er.

Ich sah ihn nicht an und antwortete beiläufig.

»Nein. Ich bin allein. Es gibt niemand, der sich Sorgen machen könnte.«

Ich glaubte zu spüren, wie sich die Luft veränderte.

»Was machen Sie denn an so einem Ort ganz allein?«, fragte er geradeheraus.

»Ich bin Schriftstellerin«, sagte ich. »Eigentlich Journalistin. Ich wollte über etwas schreiben, das hier vor vielen Jahren passiert ist, weiter landeinwärts. Aber es erweist sich als schwierig, an die Fakten heranzukommen.«

»Können Sie sie nicht einfach erfinden?«

»*Nein*«, sagte ich bestimmt. »Ich kann keine Fakten erfinden.«

Er legte seine große Hand über meine auf dem Tisch, nicht, um sie festzuhalten, sondern eher um sie zu beschützen. Es war, als führten wir nun zwei Gespräche, eins mit Worten und eins mit den Händen. So saßen wir da.

Wie ungewohnt, dachte ich verträumt. Ich kann mich an eine Menge Männer erinnern, die nie meine Hand gehalten, geschweige denn beschützt hatten … Jetzt war ich sicher, dass Shay dasselbe fühlte wie ich.

Eine Gruppe Mädchen stellte ihre Gläser und Taschen auf den Tisch.

»Ich gehe mal bezahlen«, sagte er und ging zur Theke.

Mein Hand fühlte sich nackt an ohne seine Wärme.

Ich sah ihm nach. Ja, er war eine völlig durchschnittliche Erscheinung. Er bewegte sich ohne Eile, und wenn er stehen blieb, stand er fest auf beiden Füßen. Seine Schuhe waren alt, aus weichem Leder, und wurden offensichtlich regelmäßig geputzt. Er hatte die Windjacke ausgezogen und stand in seinem zerknitterten Hemd da. Ich sah den leichten Bauchansatz über dem Gürtel und den ausgebeulten Hosen. Durchschnittskleidung. Er stützte die Ellbogen auf die Theke und unterhielt sich mit dem Wirt. Ich betrachtete seinen wohlgerundeten Hintern, aber er war sich meiner Blicke überhaupt nicht bewusst. Hätte ich an der Theke gestanden, ich wäre wie gelähmt gewesen von dem Gedanken, dass er mich beobachtet. Aber der Wirt und er wirkten völlig entspannt. Zwei Männer mittleren Alters, die ihren eigenen Rhythmus hatten und das Ritual einer belanglosen Unterhaltung genossen.

Als ich von der Toilette zurückkam, redeten sie gerade über Hunde in Pubs.

»Da, wo ich in England wohne, nehmen alle ihre Hunde mit in den Pub«, sagte Shay. »Meistens Cockerspaniels, auf die stehen sie.«

»Tja, das ist bei uns nicht erlaubt. Die Engländer, die hier reinkommen, machen mir deswegen die Hölle heiß. Den Einheimischen macht das nichts aus. In Irland sind die Köter zum Arbeiten da.«

»Als ich noch ein Junge war, haben die Leute hier ihre Hunde geliebt«, sagte Shay.

»In der Erinnerung sieht man alles durch eine rosarote Brille, mein Freund«, erwiderte der Wirt nüchtern. »Ich möchte hier kein Hund sein. Das wäre ein richtiges Hundeleben!«

Lachend verließen wir den Pub.

Es dämmerte. Noch war es nicht dunkel. Am Ende der Straße standen ein paar alte Lagerhäuser und Getreidespeicher, die meisten halb verfallen. Enge Gassen mit rohen Steinmauern führten zwischen ihnen hindurch. Wir bogen in eine davon ab, um zu unseren Autos am Kai hinunterzugehen.

Einen Augenblick gingen wir Seite an Seite, doch im nächsten Moment verschmolzen wir. Ich spürte die Steine der Mauer im Rücken. Seine Augen waren geschlossen. Er drückte sich an mich, hob eine Hand und tastete rasch mit seinen breiten Fingerspitzen mein Gesicht ab, als wolle er es, einem unbewussten Impuls folgend, auf eine urtümliche Weise erkunden.

Dann schoben sich zwei oder drei Finger in meinen Mund. Ich spürte sie auf der Zunge und keuchte. Hitze durchströmte meinen Körper. Ich spürte, dass er hart war und spannte bereitwillig meinen Bauch an, um Gegendruck auszuüben. Wir waren ungefähr gleich groß. Ich presste meine Schenkel gegen seine und genoss das Gefühl ihrer Stärke und Lebendigkeit. Meine Arme und Beine schmiegten sich an ihn, wo es ging. Wir standen da, die Münder ineinander versenkt, die Augen geschlossen, mit blinden Händen suchend, tastend, klammernd. Deutlicher konnten zwei Menschen ihr Verlangen nicht ausdrücken.

Ich taumelte aus der Umarmung und schnappte nach Luft. Ich musste alles andere als hübsch aussehen. Küsse wie diese machten einen völlig fertig.

Ich suchte wieder nach seinen Lippen, aber er hielt mich zurück und drehte mich so, dass mir das Licht der Straßenlampe voll ins Gesicht schien. Es musste von Speichelspuren überzogen sein.

»Du bist eine wunderbare Frau«, sagte er ernst. »Nimmst du mich mit zu dir?«

»Willst du das?«

»Ja.«

»Du willst mit mir kommen?«

»Wäre das okay?«

»Meinst du, du findest den Weg, wenn du hinter mir herfährst?«

»Ich finde den Weg.«

Unten am schwarzen Wasser, bevor wir in unsere Wagen stiegen, zog er mich an sich.

»Ich hatte ganz vergessen, wie das ist. Ich hatte es vergessen«, flüsterte er in mein Ohr.

Auf der Rückfahrt zur Fähre war mein Kopf wie ruhiggestellt. Die Scheinwerferlichter seines Wagens hinter mir leuchteten auf und verlöschten, kehrten aber immer wieder. Ich fuhr mit mittlerer Geschwindigkeit die Straße entlang, alle Sinne geöffnet, wie wenn man an einem warmen Tag zum Baden fährt. Ein würziger Geruch stieg mir in die Nase. Ich zog den Mantelkragen vor und schnupperte mit gesenktem Kopf, roch aber nichts als Hitze. Auf dem dunklen Parkplatz mussten wir lange auf die Fähre warten. Und als sie kam, war es zu kalt, um auszusteigen. Ich setzte mich zu ihm rein, aber wir waren verlegen und die Fähre schlingerte im auffrischenden Wind hin und her. Er stellte einen Pop-Sender ein, und ich traute mich nicht, ihn zu bitten, das Radio wieder auszuschalten. Es ist alles zu schnell gegangen, dachte ich, und jetzt sitzen wir da. Als wir im Cottage ankamen, war der Zauber aus dem Pub längst verflogen. Ich war wieder wie immer, und er auch.

Wir blieben mitten im Zimmer stehen.

»Du solltest dir einen Hund anschaffen, so allein hier draußen.«

»Ich bin nur eine Woche hier.«

»Wo ist dein Zuhause?«

»In London. Zumindest war es das. Ich bin dabei, alles zu überdenken.«

Befangenes Schweigen.

Nach einer Weile sagte ich, den Blick auf den Boden gerichtet: »Meinst du, wir sollten ins Bett gehen?«

»Ich denke, ja.«

Wir gingen ins Schlafzimmer. Wie Fremde. Alles kam mir plötzlich lächerlich vor. Ich machte das Licht nicht an. Vom Wohnraum fiel ein wenig Licht herein.

Ich merkte, dass er T-Shirt und Unterhosen angelassen hatte, als er zu mir ins Bett schlüpfte. Und die Socken. Seine besockten Füße hakten sich um meine. Seine Küsse waren jetzt nur noch nass und fade. Mein Verstand ließ sich nicht ausschalten, er blieb kalt und defensiv. Und obwohl ich mir alle Mühe gab, kriegte er keinen hoch. Nach einer Weile legte er selbst Hand an. Aber es half nichts. Ich stellte mich darauf ein, mich streicheln zu lassen, bis auch mein Empfinden taub wurde.

»Tut mir Leid«, flüsterte er zerknirscht in mein Ohr.

»Macht nichts«, sagte ich. »Wirklich. Es war trotzdem ein wunderschöner Nachmittag. Mach dir nichts draus.«

Ich spürte, wie er auf den Ton meiner Stimme lauschte, um festzustellen, ob ich es ehrlich meinte. Aber ich meinte es wirklich so.

Mit einem Seufzer der Erleichterung ließ er sich auf das Kissen zurückfallen.

»Es tut mir wirklich sehr Leid, Kathleen«, sagte er noch einmal. »Ich will mich nicht entschuldigen, aber ich nehme Tabletten gegen meinen erhöhten Blutdruck, und vielleicht haben die was damit zu tun.«

»Es macht nichts, Shay«, sagte ich. »Ehrlich.«

Ich kniete mich, plötzlich voller Energie, neben ihn. Ich mochte ihn, mit oder ohne Sex. Er war ein so natürlicher Mann.

»Kann man bei dir vielleicht eine Tasse Tee bekommen?«, sagte er fröhlich. »Und hast du vielleicht Brot im Haus?«

»Es gibt Lachs«, sagte ich. »Und Profiteroles.« Ich beugte mich über ihn und drückte ihm einen Abschiedskuss auf die Stirn.

»Tee!«, rief er. »Los! Und Profi-dingsda. Sind das kleine Kuchen? Von denen nehme ich gerne ein paar.« Er nahm mein Gesicht in beide Hände und küsste mich auf die Nase.

»Und was ist mit Gleichberechtigung?«, scherzte ich, während ich im Halbdunkel nach meinem Nachthemd suchte. »Willst du hier einfach liegen bleiben wie ein Pascha, während ich mich in der Küche abrackere?«

»Komm, ich rackere mich für dich ab. Sag mir nur, was ich machen soll.«

Dann kratzte er vorsichtig die Asche aus dem Kamin und zündete das Feuer an, während ich auf dem wackeligen Tisch alles ausbreitete, was ich noch von Berties Vorräten hatten

»Moment!«, rief er. »Hast du mal ein Stück Papier?« Und er riss ein Blatt aus meinem Notizbuch, faltete es und schob es unter das kürzere Tischbein.

»Warum lachst du?«, fragte er halb auf dem Boden liegend.

»Nur so. Ich bin halt gut gelaunt.«

Ich musste daran denken, dass Jimmy mir immer vorgehalten hatte, die Ehe zu idealisieren, worauf ich zu antworten pflegte, dass es doch wirklich an ein Wunder grenze, wenn es zwei Menschen gelänge, hin und wieder mit vereinten Kräften und in gegenseitiger Zuneigung auf ein gemeinsames Ziel hinzuarbeiten.

Wir aßen halb am Tisch und halb auf dem Teppich vor dem Kamin. Er fragte mich nach meinem Zuhause. Und ich antwortete, dass Iren andere Iren immer nach ihrem Zuhause fragten, selbst wenn sie schon in die Jahre kämen, worauf Shay sagte, davon sei ich noch weit entfernt.

»Wenn ich das von *mir* sagte«, meinte er. »Ich bin siebenundfünfzig.«

»Na ja, und ich bin siebenundvierzig.« Ich traute mich nicht, ihm mein wahres Alter zu verraten.

Er war erfreulich überrascht.

»Ich habe gesehen, wie du dich über die Kaimauer gelehnt und Kieselsteine aufgehoben hast«, sagte er. »Da dachte ich bei mir, was für Beine! Was nicht bedeutet, dass ich vorhatte, mit dir anzubändeln«, beeilte er sich hinzuzufügen. »Ehrlich nicht! Ich dachte, du wärst von hier. Ich habe noch nie im Leben eine Frau abgeschleppt. Ich weiß gar nicht, wie das geht.«

»Du weißt gar nicht, wie das geht?«, witzelte ich mit einer Handbewegung zu ihm in Unterwäsche und mir im Nachthemd.

Er lachte und strich mir über das Haar. »Also, wie war das mit deinem Zuhause? Was war dein Vater von Beruf?«

»Er war Beamter«, sagte ich. »Beim Eichamt. Immer unterwegs, die Ostküste rauf und runter. Nur am Wochenende zu Hause. Er ist vor ein paar Jahren gestorben. Ich hatte ihn seit meinem zwanzigsten Lebensjahr nicht mehr gesehen. Es gibt eine Menge Dinge, die ich ihm nicht verziehen habe.«

»Seit du zwanzig warst!«, sagte Shay schockiert. »Das ist schlimm ...«

»Nein! Wir haben unter ihm gelitten. Vor allem meine arme Mutter ...«

Shay war nicht so viel älter als ich, und er stammte auch aus einem kleinen Ort bei Dublin. Es gab also Dinge, die ich ihm nicht würde erklären müssen. Überrascht ging mir auf, dass er der erste Ire war, mit dem ich zusammen war – abgesehen von den Jungen, mit denen Sharon und ich uns nach dem Tanzen in den Hauseingängen herumgedrückt hatten. Shay würde verstehen, was es für uns Kinder bedeutet hatte, einen Vater zu haben, der ein eifriger Verfechter der irischen Sprache war und bei seinen Spaziergängen durch die Shore Road jeden Samstag die Nachbarn mit *Go mbeannaí Dia dhíbh!* grüßte, obwohl ihm niemand je auf Irisch antwortete. Sie brummten, wenn sie überhaupt etwas sagten, höchstens ein *How're ya, Mister de Burca*. Danach ging er mit Mammy zum Mittagsschoppen in den Pub. Sie begleitete ihn still in ihrem guten schwarzen Pullover, viel Lippenstift auf den Lippen und ein leichtes Zittern in den um die Henkel ihrer großen Handtasche geschlossenen Händen. Wenn sie nach Hause kamen, gingen sie ins Schlafzimmer, und später kam er pfeifend über den Flur in die Küche und sagte, wir sollten ihr eine Tasse Tee bringen.

Zu Shay sagte ich: »Es war kein glückliches Zuhause. Meine Mutter hatte Depressionen.«

Ich erzählte ihm nicht, dass wir oft erklärten, es sei kein Tee da oder keine Milch oder sonst etwas, und dass Daddy uns dann leicht überrascht ansah und uns Kleingeld in die Hand drückte, damit wir es im Geschäft holen konnten. Und wenn eines von uns Kindern vorbeiging, stand die Schlafzimmertür offen.

»Wie viel hat er dir gegeben?«, fragte Mammy leise, damit er es nicht hörte. »Gib her!« oder »Sag Mrs. Bates, sie soll ein Pfund von der Rechnung abziehen.«

Wir verstanden die beiden überhaupt nicht, und ich war immer unruhig, wenn sie zusammen waren. Danny wurde es regelrecht übel von der Spannung, die dann herrschte.

Ich sagte zu Shay: »Sie hatte nie einen Penny. Ich glaube, er hat sie so kurz gehalten, damit er sie in der Hand hatte. Verstehst du, was ich meine?«

»O ja. Ich kenne den Typ.«

»Sie war wunderbar, wenn es ihr gut ging«, fuhr ich fort. »Ich erinnere mich, wie ich einmal mit ihr in einem Café in Dublin war. Sie leckte die Sahne mit der Himbeersoße von ihrem riesigen Eisbecher. *Melancholy Baby* hieß er.«

»Ah, den kenne ich!«, sagte er. »Ich habe in der County-Schülerauswahl gespielt, und als wir in Croke Park ein Spiel verloren haben, hat mir mein Vater zum Trost bei Cafolla's ein Eis spendiert. Da hab ich ein *Melancholy Baby* genommen.«

»Witzig.«

»Als ich vierzehn war, ist meine Mutter gestorben«, sagte er. »Da bin ich von der Schule abgegangen. Ich wollte es, aber ich hätte sowieso runter gemusst. Heute bereue ich das bitter. Wenn ich sehe, was du für eine Bildung genossen hast – dein Computer da und all das, was du auf der Fähre gesagt hast.«

»Oh, ich wäre auch von der Schule runtergegangen, wenn ich gekonnt hätte! Meine Freundin und ich wären Abend für Abend bloß tanzen gegangen, wenn man uns gelassen hätte. Woran ist deine Mutter gestorben? Wart ihr viele Geschwister?«

»Bei einem Autounfall. Nein, ich war der Einzige. Das war sehr hart. Aber als ich nach England ging, ahnte keiner, wie jung ich war, und ich bin drei Abende die Woche tanzen gegangen. Jahrelang. Ich hätte genauso gut in Irland bleiben können. Überall irische Gruppen und irische Mädchen. Obwohl wir natürlich Twist getanzt haben und nicht bloß Quickstep und so.«

»Meine Freundin und ich durften nur einmal im Monat gehen.«

Er lehnte sich vor dem Feuer zurück, das Gesicht vom Interesse an diesen Erinnerungsbruchstücken belebt. Das T-Shirt stand ihm viel besser als die Sachen, die er angehabt hatte. Aber man sah ihm an, dass er sich nie Gedanken darüber machte, wie er aussah.

»Auf einen Typ wie dich wären wir damals geflogen, Sharon und ich.«

»Flieg doch jetzt auf mich. Jetzt bin ich da. Jedenfalls gleich, wenn ich gespült habe.«

Ich nahm eine Bürste vom Fensterbrett im Schlafzimmer, kämmte mir das Haar notdürftig durch und band es zusammen. Dann machte ich das Bett und schlüpfte hinein.

Das war ein guter Tag gewesen, auch wenn es im Bett überhaupt nicht geklappt hatte. Aber Shay war nicht der Typ, der mich oder sich selbst dafür hasste. Ich hörte ihn beim Hantieren mit den Tellern zufrieden summen. Was mochte in seinem Kopf vorgehen? Es war mir ein Rätsel. Aber zum Teufel damit. Es war so schön, jemand hier in dem warmen Haus zu haben, mit dem Wind und dem Meer draußen. Jemand, der unkompliziert war. Jemand, mit dem ich reden konnte, wenn ich wollte. Mit ihm teilte ich gern mein Bett. In meiner Kellerwohnung in Bloomsbury hatte ich viele Jahre lang keine Gäste, die über Nacht blieben. In dem ollen Leichenschauhaus, wo ich nie wusste, was für ein Wetter draußen war.

Ich wurde müde.

Mammy war wirklich reizend gewesen, wenn sie auftaute. Aber ich hatte ein bisschen übertrieben, als ich sagte, sie sei wunderbar gewesen. Sie hatte ein wunderschönes Lächeln, das stimmt, ein mädchenhaftes Lächeln.

Wie auch immer. Genug von ihr. Ich musste jetzt schlafen.

Ich schaffte es gerade noch, aufs Klo zu gehen und mir die Zähne zu putzen. Der Sisalteppich pikste unangenehm an den Fußsohlen und Shay, der gerade den Riegel an der Tür vorschob, musste lachen, als er mich über den Boden hopsen sah. Er machte das Licht aus, kam ins Schlafzimmer und zog sich aus. Als er zu mir unter die Decken kroch, um sich an meinen Rücken zu kuscheln, sackte das Bett quietschend durch. Er murmelte etwas und schlief mitten im Satz aufschnarchend ein. Sein Arm lag auf mir, mein Kopf unter seinem Kinn, die regelmäßigen Atemzüge bliesen mir über das Haar. Vom Scheitel bis zur Sohle spürte ich seinen warmen schlafenden Körper hinter mir.

Mitten in der Nacht tauchte ich langsam aus dem Schlaf auf. Ich lag auf der Seite, etwas abgerückt von Shay, der auf den Ellbogen gestützt dalag wie ein vornehmer Etrusker auf dem Sarkophag. Seine Hand strich sachte, ganz sachte über meinen Körper. Er nahm sich Zeit. Seine Handfläche umschloss meine Schulter, glitt dann sanft über meine Brust, folgte der leichten Vertiefung meiner Taille, dem Bogen meiner Hüfte, fuhr meine Schenkel hinunter und begann wieder von vorn. Die Hand war eher wie ein Atemhauch auf der Haut als eine Berührung. Ich lag im Halbschlaf da und spürte ihrem Rhythmus nach, war in meiner Vorstellung halb selbst streichelnde Hand, halb liebkoster Körper. Ich begann dahinzuschmelzen. Tief unten, hinter meinem Schambein, war mir, als bräche eine Blase durch eine dicke schwarze Teerschicht.

»Erzähl mir von dir«, flüsterte er.

»Ich möchte nicht sprechen«, flüsterte ich zurück.

»Hast du Kinder?«

»Nein.«

»Bist du verheiratet?«

»Nein.«

»Schreibst du schon immer?«

»Ja. Ich will jetzt nicht sprechen.«

»Warum bist du nach England gegangen?«

Ich setzte mich auf und schaltete das Licht an.

»Hör zu«, sagte ich verärgert. »Wieso werde ausgerechnet *ich* ins Kreuzverhör genommen?«

Er lächelte mich von seinem Kissen an. Er sah gut aus, wenn er entspannt und amüsiert war.

»Ach, komm her, mein Schatz«, sagte er langsam. »Lauf doch nicht vor mir weg!«

Er zog mich sanft in seine warmen Arme. Dann schob er mein Nachthemd nach oben und streichelte meine Brüste mit seiner großen Hand.

Mit der anderen hielt er ganz leicht meinen Kopf umfasst und führte ihn ganz nah an seinen.

»Du bist mein kleines Mädchen«, sagte er selbstsicher. »Nicht wahr? Du bist mein kleines Mädchen, stimmt's?«

Ohne die geringste Warnung wurde ich bei diesem Ton

feucht und offen. Er drehte mich auf seinen Bauch und war mit einem langen köstlichen Seufzer tief in mir. Für eine unendlich lange Zeit und doch nur ein paar Minuten lang saß ich auf ihm, den Kopf nach hinten gelehnt, und seine großen festen Hände zogen mich hinunter auf seine Hüften. Ich beugte mich über ihn, er saugte an einer Brust und knetete die andere mit seiner großen Hand. Dann löste sich sein Mund, sein Kopf sank zurück und ein tiefes Stöhnen entwich aus seinem Innern.

Nach einer ganzen Weile murmelte er, dass er jetzt besser duschen ginge, und ich sagte ihm, dass es keine Dusche gab.

Ich glaube, wir schliefen dann, ineinander verschlungen, noch einmal ein. Er hielt mich jedenfalls in den Armen, als ich wieder aufwachte. Sanftes graues Licht schien ins Zimmer. »Kathleen«, hörte ich ihn sagen, »das ist ein richtiger irischer Name. *I'll take you home again, Kathleen. Across the Ocean wild and wide. To where your heart has ever been* ... Der Name gefällt mir. Seit ich in England bin, heiße ich Shay. Aber mein Vater nennt mich immer noch Seamus. Manchmal weiß ich gar nicht, mit wem er redet.«

So redete er noch eine Weile vor sich hin. Ich legte keinen Wert darauf, wach genug zu werden, um ihm zu antworten. Die Jungen, mit denen Sharon und ich an der Bushaltestelle flirteten – Shay hätte leicht einer von ihnen sein können, als Erwachsener. Ich fiel wieder in den Schlaf.

Am besten war der Morgen. Er machte Ordnung, zog mir das Nachthemd herunter, schüttelte die Kissen auf und strich die Decken zurecht, damit ich in einem angenehm kühlen Bett ruhte. Ich wachte auf, als er wieder ins Schlafzimmer trat, eine Teekanne und Milch vorsichtig auf einem Schneidebrett balancierend.

»Ich habe kein Tablett gefunden«, sagte er. »Setz dich hin, mein Kleines.«

Ich musste nicht einmal die Tasse halten. Er hielt sie mir vor den Mund und ich schlürfte meinen Tee wie ein kleines Kind.

»So ein braves Mädchen«, lobte er mich zärtlich.

Er wischte mir mit seinen Fingern den Mund ab, dann legte er sich oben auf die Bettdecke und sah mich an.

»Ich muss einen Schutzengel haben«, lächelte er. »Was kann mich sonst bewogen haben, nach links Richtung Mellary Harbour abzubiegen? Was für ein Zufall!«

Er fragte mich, ob ich noch gläubige Katholikin sei.

Ich war jetzt in der Stimmung, ernsthaft mit ihm zu reden. Merkwürdig, wie eine körperliche Begegnung das Verhältnis zwischen zwei Menschen verändern kann. Wenn wir nicht miteinander geschlafen hätten, wäre das nie geschehen, aber jetzt, wo wir einander so nahe gekommen waren, war alles anders.

Ich erzählte ihm, dass mein Vater durch und durch ein Katholik alten Schlages gewesen sei, der meine Mutter unablässig geschwängert hatte. »Ich bin von Irland weggegangen«, sagte ich, »als mir klar wurde, dass in diesem Land allein die Regeln der katholischen Kirche zählten und deren Macht auf der Unterdrückung der Frauen beruhte.«

»Aber in England ist es für uns Iren auch nicht so einfach«, sagte er. »Vor allem damals nicht, als es in Nordirland so heiß herging.«

»Das stimmt«, gab ich zu. »Ich hatte oft Angst. Und habe mich auch manchmal geschämt.«

Er hielt mich in den Armen, während ich redete. Ich lag schräg vor seiner Brust, den Kopf in seiner Armbeuge. Jetzt zog er mich zu sich und küsste mich sanft auf den Mund.

»Du bist eine tapfere Frau«, sagte er. »Du hast niemand, der sich um dich kümmert.«

Ich fühlte mich glücklich und begann ihm *Tea for Two* ins Ohr zu singen.

> *Day will break*
> *and I will wake*
> *and start to bake*
> *a sugar cake …*

Er sang mit:

»*No one to see us, to hear us, to* ... – ach, ich weiß nicht mehr weiter!«, sagte er. »Schlaf noch ein bisschen, und wenn du aufwachst, frühstücken wir. Ich will nur schnell in dem Dorf, durch das wir gestern Abend gekommen sind, etwas einkaufen.«

»Frisches Brot«, sagte ich.

»Noch etwas?«

»Ja«, sagte ich. »Komm bald wieder.«

Ich hörte, wie er Feuer machte. Es war wunderbar, wieder einschlafen zu können und dabei zu hören, wie jemand sich um das Haus kümmerte.

Er kam noch einmal ins Schlafzimmer und gab mir einen Kuss auf den Kopf.

»Danke«, flüsterte er. »Ich weiß gar nicht, wie ich dir danken soll.«

»Und Orangensaft«, sagte ich. »Bring einen Karton Saft mit.«

Als ich aufwachte, war mir kalt. Die Bettdecke war heruntergerutscht. Das Cottage war völlig still.

»Shay!« Ich sprang aus dem Bett. »Shay!«

Ich rannte in das große Zimmer. Wo war die Uhr? Da. Mittag! Aber es war ganz früh morgens gewesen, als er aus dem Haus ging! Und das Dorf lag nur zehn Minuten entfernt.

Ich blickte auf die Stelle neben der Tür, wo er am Abend zuvor seine Tasche hingestellt hatte.

Die Tasche war nicht mehr da.

Es tat so weh, dass ich mir immer und immer wieder vorsagen musste: Du hast ihn nur sechzehn Stunden gekannt, um halbwegs mit dem Schmerz fertig zu werden. Es war mal wieder nur ein One-Night-Stand gewesen. Das einzig Ungewöhnliche war seine Art zu lügen gewesen.

Ich versuchte zu arbeiten. Was sollte ich sonst tun? Ich war kein junges Mädchen mehr, das an so etwas zerbrach. Ich rückte den Tisch wieder vors Fenster und setzte mich an meinen Laptop. Ich konnte irgendetwas Mechanisches erledigen.

Ich versuchte, nicht daran zu denken. Aber zwischendurch

brach es aus mir heraus: warum hatte er etwas so Gemeines getan? Womit hatte ich das verdient? Meine Lebenserfahrung und meine Eindrücke aus aller Welt hatten mich zwar zu dem Schluss geführt, dass Männer Frauen im Grunde hassten, doch gab es alle möglichen Ausnahmen und ich hätte alles darauf gewettet, dass *dieser* Mann mich, *diese* Frau, nicht hasste. Ich blätterte in den letzten Seiten der Talbot-Akte und tippte die kurze Textpassage in meine Datei, aus der hervorging, was passierte, nachdem William Mullan Marianne zum Coffeys's Hotel gefolgt war und ihr die Nachricht geschickt hatte. Der Geistliche hatte sie vernichtet, so sehr Marianne auch darum gebeten hatte, sie lesen zu dürfen.

Er brachte sie von Mount Talbot nach Dublin, dort zunächst ins Coffey's Hotel in der Dominic Street und dann, wie er sagt, in die Rathgar Road. »Ich hielt es für meine Pflicht, sie zu besuchen, und war manchmal fünf Stunden am Tag bei ihr, weil ich mich als derjenige, unter deren Obhut sie stand, verantwortlich fühlte.« Sie sei stets in einem Zustand äußerster Erregtheit gewesen, und der Geistliche habe versucht, sie zu beruhigen. Er sagte: »Ich wollte, dass sie mit mir betete, aber ich habe sie nie zum Beten bringen können. Also formulierte ich an ihrer Stelle ein Gebet, in dem ich, in Form einer Beichte, das einflocht, was ich ihrerseits für den Tatbestand hielt.«

»Ich habe sie nie zum Beten bringen können.«

Welche Arroganz! Wie sollte mich ein alter Priester dazu bringen, Reue für die gestrige Nacht zu empfinden? Reue *wofür*? Ich bereute keine Minute davon, auch wenn ich heute, und nicht nur heute, dafür bezahlen musste. Wenn ich beten würde, dann aus *Dankbarkeit* dafür, dass ich mich noch einmal für jemanden geöffnet hatte. Und für das Wunder, dass es diese gegenseitige Anziehung zwischen Menschen gibt.

Ich ging ins Badezimmer und beugte mich über die Wanne, um mein Gesicht in dem fleckigen Spiegel zu betrachten. Der heutige Tag hatte noch keine Spuren darin hinterlassen. Es war noch immer ausgeruht und rosig von der Nacht. Wenn er geblieben wäre, hätte ich ihm vertraut. Ich hätte losgelassen. Aber hätte er überhaupt bleiben können? Vielleicht war er Witwer? Nein. Er machte nicht den Eindruck. Er strahlte deutlich Wohlbefinden aus.

Ich ging ins Schlafzimmer und von dort wieder in den Wohnraum.

Und wenn dies mein letzter Liebhaber gewesen sein sollte? Wenn ich den ganzen Weg bis zum Grab zurücklegen müsste, ohne je wieder jemanden zu lieben?

»Sag das nicht!«, ermahnte ich mich.

Ich setzte mich, und mein Kopf sank vornüber auf den Tisch.

»Ich halte das nicht aus«, sagte ich laut. Ich stand wieder auf, um den Schmerz abzuschütteln. Mein Körper war steif. Ich spürte noch, wie er in mich eingedrungen war. Hatte er mich nicht gemocht? Ich dachte, er mochte mich. Die Behutsamkeit, mit der er mir den Tee eingeflößt hatte. Die Art, wie er mich ansah. Vielleicht hatte sich sein Wagen überschlagen und niemand hatte ihn im Graben gefunden.

Mach dir nichts vor. Er ist einfach davongelaufen.

Ich ging zurück zum Tisch. Ich musste arbeiten. Die Zeit würde nie vergehen, wenn ich nicht arbeitete. Aber was?

Das, was sich aus der Talbot-Akte über die Geschichte von Marianne und Mullan entnehmen ließ, hatte ich mehr oder weniger abgeschrieben.

Ich hatte keinerlei neues Material. Nichts, außer den Eindrücken, die ich im Moor und auf Mount Talbot gesammelt hatte, und meine Gedanken und Phantasien über die Menschen, die an diesen so grundverschiedenen Orten gelebt hatten. Aber das waren meine eigenen Erfahrungen, und nicht die von Marianne oder William oder Richard oder von den namenlosen Menschen im Moor. Subjektive Eindrücke, und keine Fakten ...

Ich streckte mich und spürte, wie die Nähte meiner Jeans zwischen den Beinen einschnitten, wo die Nerven noch immer gereizt waren. Was wäre, wenn ich bis an mein Grab nie wieder die Arme eines Anderen um mich fühlen würde?

»O Jimmy!«, sagte ich in die Leere hinein.

Nach einer Weile wurde ich ruhiger. Die Vorstellung, mich von oben zu sehen, als schaute ich vom Himmel herunter, half mir dabei: eine große Frau, die aufgeregt in einem kleinen Haus auf einer einsamen Landspitze auf und ab ging, während draußen Dachse und Füchse in den grasbewachsenen Hängen unter dem Stechginster schliefen. Ich ging vor die Tür. Noch immer wehte ein starker Wind. Die Luft war erfüllt vom Geräusch der Wellen, und es roch nach Salz. Der Wind kam von der Bucht. Er drückte das Gras flach auf den Boden. Westwind. Shelleys Westwind. *Mach mich zu deiner Leier wie den Wald:*

Fällt auch mein Laub wie seins …

Vielleicht sollte ich es als Mariannes Geschichte erzählen und nicht als die der Talbots? Und mich ihr von innen, nicht von außen nähern?

PJs Postauto schoss die Straße herauf und kam schlitternd vor der Veranda zum Stehen.

Er stürmte an mir vorbei zum Telefon.

»Ich war eben bei Pat«, sagte er. »Jetzt ist alles paletti. *Compadre*! Ruf mich mal zurück.«

Pat rief zurück.

»Toll!«, sagte ich zu PJ.

»Oh, ich hab die Sachen für Sie im Wagen vergessen«, sagte er.

Er rannte aus der Tür und kam mit einem Pappkarton wieder herein. Ich sah Milch, Orangensaft und ein Baguette darin.

»Ihr Freund hat mir gesagt, ich soll Ihnen das bringen, sobald der Bäcker mit dem frischen Brot da war.«

Auf den Lebensmitteln lag ein Kuvert. In Großbuchstaben mit Bleistift stand Kathleen darauf.

Ich griff nicht nach dem Kuvert. Ich schaute es nicht einmal mehr an, solange PJ da war, so sehr es mir auch in den Augen kribbelte.

»Warten Sie, PJ!«, sagte ich. »Könnten Sie einen Augenblick warten? Ich habe etwas, das zur Post muss.«

Ich setzte mich an den Tisch und kritzelte eine Nachricht für Miss Leech. Na ja, ich bemühte mich, einigermaßen ordentlich zu schreiben. Ich nahm mein Notizbuch zur Hand, damit ich das Zitat von Henry James beeindruckend genau wiedergeben konnte.

Liebe Miss Leech,
ich hoffe sehr, dass es Ihnen besser geht, und danke Ihnen nochmals für Ihre große Hilfe. Ich freue mich darauf, Sie nach meiner Rückkehr in Ballygall wiederzusehen. Mit Henry James stimme ich überein, dass historische Erzählungen zwangsläufig zur Zweitklassigkeit verdammt sind. »Man mag noch so viele Einzelheiten aus Bildern und Dokumenten, Relikten und Drucken zusammentragen, es ist fast unmöglich, einen historischen Roman zu schreiben … Man denkt doch stets in modernen Kategorien … rückschauend muss man in einem bemerkenswerten Kraftakt die Dinge vereinfachen, und selbst dann ist alles Humbug.«
Aber wenn ich aus den Bruchstücken der Talbot-Affäre eine Geschichte erfinden würde, nur zu meiner eigenen Befriedigung, würde ich doch niemandem etwas vorgaukeln, oder?
Mellary is wundervoll.
Le gach dea-ghuí,
Caitlín de Búrca.

Ich reichte PJ die Karte. Sobald das Geräusch des Postautos nicht mehr zu hören war, nahm ich das Kuvert aus dem Karton mit den Lebensmitteln, ging ins Schlafzimmer und setzte mich aufs Bett. Shay hatte es mit der Umrandung eines Briefmarkenbogens zugeklebt. Nur ein Absatz! Schwungvolle Kringel auf liniertem Papier. Er muss sich ein Schulheft gekauft haben. Die pelzige Qualität des Papiers erinnerte mich an meine Schulzeit.

Wenn ich nicht gegangen wäre, wäre ich nie wieder gegangen. Wenn ich geblieben wäre, hätte ich dich nie mehr verlassen können. Du bist ALLES, was ein Mann sich wünschen kann. Du bist eine Königin in jedes Mannes Welt. Ich werde Dich NIE vergessen.
Shay XXX

8

Das Talbot-Buch

Sie hasste den Geruch des Hauses. Gleich am ersten Tag, als sie nach Mount Talbot kamen. Sie hatten in der mit Steinplatten gefliesten Eingangshalle gestanden, Richard hochrot vor Aufregung, nach der langen Reise endlich in dem irischen Haus angekommen zu sein. Er hatte Mab zum Kamin getragen und auf den Vorleger aus Bärenfell gesetzt. Öllampen auf Messingfüßen hatten auf beiden Seiten des hohen Kaminsimses gebrannt, und am Ende der Halle, unter dem Bogen des doppelten Treppenaufgangs, wo das Dienstpersonal versammelt stand, um den neuen Herrn und seine Familie zu begrüßen, hatte man weitere, diesmal einfache glaslose Lampen angezündet: mit Öl gefüllte Zinnschalen, in denen ein Strang Seil schwamm. Der Geruch der Lampen überlagerte den sauren Geruch alter Torfasche von den Feuern vergangener Jahre.

Sie konnte kaum glauben, in welch schlechtem Zustand das einfache Haus war. Kein Vergleich mit dem Wohnsitz ihres Vaters in der Harley Street. Hier war jahrelang kein Geld für Vorhänge und Möbel ausgegeben worden. Sie ging zu Mab, nahm sie auf den Arm und vergrub die Nase in ihrer sauberen Haut, während sie auf die Stimmen der Diener lauschte, die sich untereinander auf Irisch unterhielten.

Morgens war der Geruch am schlimmsten. Nachdem sie etwa ein Jahr in Mount Talbot verbracht hatte, schliefen Richard und Marianne bis weit in den Vormittag hinein. Manchmal wurden sie missmutig nebeneinander wach und streckten und drehten sich unter dem Stapel der Bett- und Steppdecken hinter den muffigen Vorhängen des Ehebetts. Manchmal wachten sie in getrennten Zimmern auf, wenn Benn am Abend zuvor einen Helfer gefunden hatte, mit dem er Richard von seiner Karaffe Portwein hatte wegtragen und auf sein schmales Bett im Ankleidezimmer rollen können. Selbst dann war das erste, was Marianne morgens durch die offenen Türen zwischen ihnen hörte, sein Schnarchen. Sie hörte, wie er sich schnäuzte und räusperte, wenn er aufwachte. Wie er in seinen Nachttopf zielte. Sie hörte das klatschende Geräusch seiner nackten Füße, wenn er hastig über den kalten Fußboden zu ihr geeilt kam. Mit zugekniffenen Augen wartete sie in der Mulde des alten Bettes, das ihr Körper in der Nacht gewärmt hatte. Wenn er an der Klingelschnur neben dem Kamin zog, wollte er heißes Wasser zum Rasieren. Zog er nicht an der Schnur, wollte er sie.

So war es nach einem Jahr.

Als sie noch neu auf Mount Talbot waren, war es anders, wenngleich damals noch schlimmere Zustände herrschten und sie und Mab das Anwesen nicht verlassen durften. In der ersten Zeit hatten sie und Richard stets das Bett geteilt, und er war früh aufgestanden. Oft noch bei völliger Dunkelheit war er aus dem Bett geschlüpft und hatte auf dem Weg zum Ankleidezimmer ein paar Torfsoden auf die glühende Asche in der Feuerstelle geworfen. An sonnigen Morgen pfiff er zuweilen.

Es gab gute Gründe, früh aufzustehen. Barlow der Kommissionär und Tracy der Verwalter warteten jeden Morgen im Büro auf ihn. Es lagen zahlreiche Pläne zur Neuordnung des Landguts vor. Man sprach davon, dass Richard eigene Schiffe mieten solle, um die Pächter nach Kanada abzuschieben. Coby hatte das getan. Von Sligo direkt zum St.-Lorenz-Strom. Die Kosten waren fast um ein Drittel geringer, als wenn man die Leute mit Proviant versorgte, damit sie zu Fuß nach Dublin gehen konnten, um von dort nach Liverpool überzusetzen und sich nach New York oder Boston einzuschiffen. Wäre Richard sicher gewesen, dass er Barlow hätte trauen können, hätte er es getan; das hatte er jedenfalls eines

Morgens, in die Kissen zurücksinkend, Marianne versichert, die davon aufgewacht war, dass er ihr das Nachthemd zum Hals hinaufschob.

»Das ist eine Investition und kein Verlustgeschäft. Ich habe zwei vermögende Farmer aus Schottland an der Hand, die sich mit der Absicht tragen, das durch die Zwangsräumungen frei gewordene Land zu übernehmen und dort intensiven Rübenanbau zu betreiben ...«

Damals interessierte sie sich für diese Dinge. Vielleicht würden die Schotten für etwas Geselligkeit sorgen, zumindest für Richard, wenn nicht für sie selbst.

»Warum vertraust du Barlow nicht? Barlow ist kein Katholik«, sagte sie.

»Er legt mir ständig andere Zahlen vor. An einem Tag bin ich für fünfhundert Männer mit ihren Frauen, alten Müttern und Scharen von Kindern verantwortlich. Bei der nächsten Rechnung sind es achthundert. Und dann ist er sich wieder nicht sicher, wie viele es sind. Dabei haben sie auf dem oberen Feld schon so viele Tote verscharrt, dass ich nicht wage, dort den Boden pflügen zu lassen! Aber wenn ich weiter in Richtung Mayo ausreite, scheint es noch genauso viele nutzlose Hungerleider auf den Talbot-Ländereien zu geben wie vor der Kartoffelfäule ...«

Bei der Ankunft auf Mount Talbot war Marianne das Landgut so künstlich wie eine Opernkulisse vorgekommen. Inmitten der kargen irischen Landschaft war es ihr fast unwirklich erschienen. Keine einheimischen Bauernhöfe schmiegten sich an seine Mauern, noch ließ sich von einem Haushalt im herkömmlichen Sinne sprechen, denn die Talbots hatten stets nur die Hälfte des Jahres auf ihren irischen Besitzungen verbracht. Wenn die Söhne der Talbots auf die Schule nach England zurückkehrten, verlegten die Eltern ihren Hauptwohnsitz in der Regel ebenfalls dorthin. Und in England sah man sich nach geeigneten Ehefrauen um. Die Talbots waren keine Farmer und hatten wenig für das Land getan. Entsprechend einfallslos waren die Namen, mit denen sie seine einzelnen Teile bezeichneten – das Lange Feld, die Moorweide, der untere

Wald –, Namen die sie benutzten, wenn sie mit dem Verwalter über Jagd oder Fischfang sprachen. Sie wussten nicht, dass jede Wegbiegung, jede Erhebung und Senke des Landes, jede Baumgruppe, jeder Graben und jeder Teich einen eigenen Namen hatte. Sie hatten keinerlei Vorstellung davon, wie vertraut die einheimische Bevölkerung mit dem Land war. Die richtigen Namen waren irisch, aber die einzigen irischen Worte, die die Talbots kannten, waren einige wenige Befehle. Die Männer und Frauen im Haus und auf den Feldern hätten sich in Hörweite über die Talbots lustig machen, sich gar gegen sie verschwören können, ohne dass es ihre Herren je bemerkt hätten. Als Richards Tante im ersten Jahr der Kartoffelmissernte im Herrenhaus starb, säumten sie respektvoll die Straße, auf der ihr Leichnam zum Friedhof der protestantischen Kirche gebracht wurde. Aber sofern sie sich überhaupt zu einem Kommentar herabließen, waren sie sich darüber einig, dass sie eine herzlose alte Hexe gewesen war.

Trotz allem Gerede über die Hungersnot hatte Marianne nur ein einziges Mal Tote gesehen. Das war fast am Ende ihrer Reise nach Mount Talbot gewesen. Sie hatten die letzten Nächte im Haus von Richards Cousine Letitia in der angrenzenden Grafschaft verbracht, wo sie zur Jagd eingeladen waren. Die Damen waren gegen Mittag in leichten Wagen ausgefahren, um ihren Männern in mit weißen Servietten ausgelegten Körben gebratene Makrelen, ein gebratenes, mit Pilzen garniertes Hähnchen sowie eine Lammkeule mit gehackten Zwiebeln und Muskat zu bringen. Irgendwo in der hügeligen Landschaft, wo sich zwei Fahrspuren kreuzten, hielten sie an. Dort stand ein Brunnen, umschlossen von einem Ring aus Trittsteinen. Letitia erklärte, darauf würden die Leute beten.

Als Marianne aus dem Einspänner stieg und auf einen grasbewachsenen Damm trat, stieß sie einen überraschten Schrei aus. Fast wäre sie gestürzt, wenn nicht die anderen herbeigeeilt wären und eine der Damen sie gestützt hätte. Hinter dem Damm, in der Nähe des Brunnens, lagen drei Leichen Seite an Seite auf dem Rücken. Ein Mann, dessen Gesicht gelblich grau verfärbt war, ein etwa sechzehnjähriger Junge und ein Mädchen von fünf oder sechs Jahren. Ihre Gesichter waren sehr bleich und schmal, doch nicht entstellt. Über den Körpern lag ein Umhang, unter dem sich stark aufgeblähte Bäuche hervorwölbten.

»Sie sind verhungert«, sagte Letitia. »Ich glaube, die Not ist in dieser Gegend besonders groß. Wahrscheinlich ernähren sie sich von Gras, deshalb sind ihre Bäuche so aufgedunsen.«

Marianne war entsetzt, aber auch erregt. Seit ihrer Heirat hatte sie diese beiden Gefühle häufig gleichzeitig empfunden, aber als sie vor diesen toten Iren stand, wurden sie zum ersten Mal durch etwas ausgelöst, das nicht Teil ihres persönlichen Lebens war.

Ihre ehelichen Pflichten gegenüber Richard Talbot hatten sie anfangs ziemlich schockiert, schon seit Beginn ihrer Hochzeitsreise. Doch mit der Zeit empfand sie ihr Leben mitsamt dieser Pflichten nur mehr als langweilig, wenngleich sie sich dies nie eingestanden hätte. Ihr Mann wartete auf den Tod des Onkels, mit dem ihm Mount Talbot zufallen würde. Marianne hätte gern bei Richards Mutter in Ardfert, im Südwesten Irlands, gelebt, doch Richard unterhielt nur förmliche Beziehungen zu ihr. Sie hatte ihn nach England auf die Schule geschickt, so sehr er sich auch dagegen gewehrt hatte, und die Jungen hatten ihn dort »Paddy-Pig« genannt und einmal an eine Schulbank gefesselt über Nacht – eine Winternacht! – allein im Klassenzimmer zurückgelassen. Und als die Klasse am nächsten Morgen einrückte, hatte man ihn halb erfroren, schniefend und nach seinen eigenen Ausscheidungen stinkend vorgefunden. Er erzählte das seiner Frau in einer der ersten Nächte, in denen sie zusammen waren.

»Weil ich klein war. Das war der Grund«, sagte er mit einem Schaudern, während er in ihren kräftigen weißen Armen lag. »Und weil sie mich für einen Iren hielten.«

Während sie darauf warteten, das irische Haus in Besitz nehmen zu können, zogen Richard und Marianne mit ihrer Tochter Mab, dem Kindermädchen und einem Diener von Kurort zu Kurort. Abends saßen sie sich, gepflegt und elegant gekleidet, in prunkvollen Speiseräumen gegenüber. Er begann sich über ihre stille Art zu beklagen, worauf sie entgegnete: »Aber du hast mich doch genommen, weil ich so still bin!«

»Trink ein bisschen Wein, Missy«, sagte er. »Und lächele den anderen Damen zu. Hörst du, du sollst lächeln! Es ist zum Sterben langweilig hier.«

Die Orte hießen Karlsbad, Homburg, Baden. Ein Jahr nach ihrer Hochzeit waren sie in Bagni di Lucca, wo Marianne zu ihrer angenehmen Überraschung ihrem Mann eine vollwertige Partnerin in der körperlichen Liebe wurde. Nun hatte sie ein Intimleben, das ihr wohl tat. Dort, während sie auf sanften Pfaden durch die Kastanienwälder um den kleinen Kurort spazierten, vertraute sie ihm an, wie lang ihr die Jahre erschienen waren, in denen sie völlig vereinsamt im Haus in der Harley Street aufwuchs. Die früheste Erinnerung an diese Zeit sei das Warten auf die Rückkehr ihrer Mutter gewesen, denn niemand hatte der dreijährigen Marianne erzählt, dass ihre Mutter am Fieber gestorben war. Sie erinnerte sich noch gut an den widerwilligen Blick ihres Vaters, mit dem er sie als kleines Mädchen bedacht hatte, als er sie beim Erkunden der gewaltigen Eingangshalle ertappte und sogleich die Klingel hinter der Ottomane betätigte und sagte: »Nimm das Kind, Horton, und sorge dafür, dass es nur von der Kinderzimmeretage herunterkommt, wenn ich es ausdrücklich anordne.«

Sie erzählte Richard nach und nach, wie die Beziehung zu ihrem Vater durchaus freundschaftlich wurde, als sie älter war und mit ihrem Hauslehrer etwas Latein lernte und sich von ihrem Taschengeld ostentativ Bücher statt modischen Firlefanz kaufte.

»Als ich fünfzehn war, bat ich darum, einen Lektürekurs über englische Dichtung besuchen zu dürfen«, sagte sie, »und mein lieber Papa gab seine Erlaubnis. Mein Kindermädchen begleitete mich und sagte, so etwas Schreckliches habe sie noch nie erlebt – die Bänke in der Lehranstalt waren entsetzlich unbequem! Aber er wollte nicht, dass ich zur Tanzschule ging, und daher, Richard, hatte ich wenig Gelegenheit, mit anderen Mädchen zu sprechen. Ich hatte ja auch keine

Geschwister. Und weil ich so wenig Besuch hatte, liebte ich die Dichtung über alles. Die Vorstellung, dass ich ein Blaustrumpf würde, schreckte meinen Vater nicht, im Gegenteil. Hätte mich meine Tante Paget nicht jeden Winter einen Monat lang ausgeführt, hätte ich nie etwas anderes gekannt als Bücher und die Gespräche mit meinem Vater. Ich kannte mich nicht mit der Mode aus. Ich hatte von nichts eine Ahnung!«

Aber auch in Augenblicken größter Offenheit gegenüber Richard verriet sie ihm nicht, dass sie schon die Hoffnung aufgegeben hatte, jemals zu heiraten, bis er um ihre Hand anhielt. Sie wusste, dass sie eine füllige, ja plumpe junge Frau war. Ihr Vater hatte es selbst gesagt. Und Mrs. Horton, die ihr Kindermädchen gewesen war, betete fast auf den Knien für sie, wenn sie Marianne an den drei oder vier Abenden im Jahr, an denen sie mit Tante Paget zu Tanzbällen ging, beim Ankleiden behilflich war. Ihr Vater war ein denkbar ungeselliger Mann, und ihre Mitgift nicht sonderlich üppig. Hätte Richard Talbot nicht um ihre Hand angehalten, sie hätte womöglich ihr Leben mit ihrem Vater verbringen müssen.

Und dann Mabs Geburt! Man hatte sie zur Niederkunft ins Ospedale von Lucca gebracht. Niemand hatte sie darauf vorbereitet. Erneut der Schock und wieder begleitet vom Gefühl der Erregung. Das erste Jahr brauchte sie nicht einmal Schlaf, so sehr war sie mit ihrem Baby beschäftigt. Die Hände! Die Öhrchen! Die Wölbung der Wangen! Die Falten zwischen den winzigen dicken Schenkeln, aus denen eines Tages wiederum ein Kind hervorgehen würde … Marianne konnte das Wunder kaum fassen, ein Kind zu haben, kaum glauben, dass sie es selbst zur Welt gebracht hatte. Sie wurde füllig und friedlich und empfand eine zunehmende Gleichgültigkeit ihrem Vater gegenüber, der sie anfangs damit verletzt hatte, dass er kaum je auf ihre Briefe antwortete. Und Richard bediente sich großzügig ihres üppigen Körpers.

Und dann kamen sie nach Irland. Überall war nur die Rede von Tod, Verfall und Fieber, und Letitia und die anderen hielten zusammen, als lebten sie im Belagerungszustand. Es wäre sehr aufregend gewesen, in Letitias Nähe zu wohnen, wo es so viele Vergnügungen gab. Aber Mount Talbot war völlig abgeschnitten von der Außenwelt. Anfangs war Marianne noch begeistert von dieser Abgeschiedenheit. Manchmal setzte sie Mab auf die mit Litzen umränderten Samtkissen der Fensterplätze des Ballsaals, stellte sich an der gegenüberliegenden Wand auf und trug die Gedichte vor, die sie noch auswendig konnte. Das Parkett war in der Feuchtigkeit hier und da etwas aufgequollen, die trüben Scheiben der hohen Fenster hatten jede Menge Sprünge. Aber dadurch wirkte es fast wie ein Märchenschloss.

»So lasst uns nicht mehr schwärmen«, sagte sie in ihrer poetischsten Stimme, und das Kind machte große Augen.

»So tief die Nacht hinein.

Wenn auch Gluten uns noch wärmen

Und noch hell der Mondenschein ...«

Die Resonanz des Raumes ließ die Zeilen widerhallen, und das Kind lachte angesichts der sonderbaren Worte. Dann hielt es Marianne keine Sekunde länger ohne ihre Tochter aus, und sie lief zu ihr, nahm sie hoch, um sie zu küssen und ihr leise »Wer ist Mamas kleines Häschen?« zuzuflüstern. Was Mütter zu ihren Babys sagen, hatte sie in der Harley Street gelernt, wenn sie nicht mit ihrem Vater zu Tische saß, sondern mit den Dienstboten aß und ihren Gesprächen lauschte.

Lange Zeit verkehrten die Eheleute freundlich miteinander.

Sie fand heraus, dass sie sich bei ihm auf bestimmte Reaktionen verlassen konnte.

Sagte sie: »Die Arbeiter sehen so wild aus«, brachte sie ihn zum Lächeln. Schmiegte sie sich ängstlich an ihn und flüsterte: »Es gibt noch immer so viele Bettler um unsere Mauern, Richard«, nahm er sie beschützend in den Arm. Einmal mahnte sie: »Ich mag gar nicht durch das große Tor in die Stadt fahren, Richard. Mab wird sich aus dem Wagen lehnen, und ich habe Angst, dass jemand sie anfasst.«

»Es wäre besser, überhaupt nicht zu den Toren hinauszufahren, meine Liebe.«

»Aber Richard, ich muss die Sachen sehen, die Mr. Hurley

hereinbekommt. Mab wächst so schnell. Und ich vermisse Whiteley's. Papa hat mir immer mehrmals in der Woche erlaubt, mit Mrs. Horton bei Whiteley's einkaufen zu gehen.«

Richard ließ sie an seinem Leben teilhaben:

»Hurley hat das unebene Land jenseits des großen Moores in den schlechten Jahren aufgekauft. Barlow sagt, er bietet Kleidung und Fahrkarten für den Transport nach Dublin, wenn die Leute, die aufs Schiff gehen, unterschreiben. Der alte Mr. Treadwell musste ihn erst fragen, als wir neulich jagen waren. Die Treadwells sind seit den Zeiten der guten alten Königin Elisabeth in diesem elenden Land. Und da musste er Hurley um Erlaubnis bitten, wenn wir auf die Jagd gehen wollen.«

So plauderten sie anfangs über alles Mögliche.

Die englische Hebamme, die Marianne bei der Niederkunft geholfen hatte, hatte ihr, als sie das Baby hochhielt und sah, dass es ein Mädchen war, gesagt: »Bleiben Sie ruhig liegen, wenn der Same Ihres Mannes in Sie hineinkommt. Bewegen Sie sich nicht. So macht man Jungs.«

Marianne hatte Richard davon erzählt, und so verharrten sie reglos in der Vereinigung, manchmal ernst, manchmal lachend.

Die Hoffnung auf ein weiteres Kind ließ sie der Zukunft mit freudiger Erwartung entgegensehen. Denn die Gegenwart in Irland war bedrückend.

»Alle Frauen sagen dasselbe«, erzählte sie Richard. »Für eine Lady gibt es sehr wenig zu tun in diesem Land, besonders in Gegenden wie dieser. Es ist kaum möglich, jemanden zu besuchen oder besucht zu werden. Mrs. Treadwell und Lady Coby haben viele gute Werke getan. Reverend McClelland spricht unaufhörlich von ihrer Güte und davon, dass sie während der Kartoffelfäule Suppe ausgeteilt haben und anderes mehr. Aber das sind ältere Damen, Richard. Ich bin jung und muss mich um Mabbie kümmern. Und Mount Talbot liegt in einer derartigen Wildnis. Wenn es hier noch andere Damen gäbe, könnte ich mit ihnen Kranke besuchen oder ...«

»Außer unserer Tochter hast du noch mich, um den du dich kümmern musst«, sagte er und knetete ihr den fleischigen

Rücken mit seinen kleinen, harten Händen. »Lass dies deine Beschäftigung sein, meine Liebe.«

Mab war klein und zart gebaut, wie ihr Vater. Ihr Haar hatte eine silbrige Farbe, als sie auf die Welt kam, worüber im Ort viel gesprochen worden war. Sie war überall willkommen. Sie war die einzige Person auf Mount Talbot, die keine Grenzen kannte. Sie spielte auf der herrschaftlichen Treppe in der Eingangshalle ebenso wie auf der Hintertreppe. Sie liebte ihre Mutter und ihren Vater und vertraute beiden, aber sie liebte auch Mary Anne Benn und Hester Keogh, Maria Murray und Mr. Barlow den Kommissionär, Benn den Butler und Margaret, ihr Kindermädchen, die Boylan-Jungs, die sich um die Feuer kümmerten, Mr. Cooper, den früheren Kutscher und Mullan, der Mr. Cooper half, und Mullans Hund Lolly. Wenn Marianne ihrem Kind beim Beten zuhörte und die lange Liste der Personen vernahm, die Mab dem Schutz der Engel anvertraute, hörte sie die Namen von Männern und Frauen, die ganz offensichtlich auf dem Landgut arbeiteten, die sie aber selbst nicht kannte. Und das Kind benutzte die irischen Namen mit der gleichen Leichtigkeit wie es die englischen verwendete, während Richard, der die Hälfte seiner Kindheit in Irland verbracht hatte, große Schwierigkeiten mit der einheimischen Aussprache zeigte.

»Sie kennt alle im Haushalt«, hätte Marianne gerne geprahlt. »Selbst die Mädchen aus dem Moor, die nur an Waschtagen zur Aushilfe kommen.« Aber Marianne hatte niemanden, vor dem sie hätte prahlen können.

Mab kannte sogar Leute aus der Stadt, denn sie hatten Mrs. Benn und ihrem Kindermädchen und ein paar Männern manchmal erlaubt, sie dahin mitzunehmen. Sie wurde wie eine Prinzessin vorgeführt. Mab kannte auch ihren Esel, die Haus- und Stallhunde und die Pferde mit Namen, ebenso wie Mrs. Benns zahme Dohle und die Kaninchen, die Mrs. Tracy in einem Schlag draußen vor ihrer Hintertür hielt, und die beiden Promenadenmischungen vom alten Mr. Boylan sowie zahllose andere Landtiere und Vögel. Auch diese schloss sie in ihre Gebete mit ein.

»Mama!« Wie ein Pfeil schoss sie jedes Mal unter dem schweren orientalischen Vorhang durch, der am Eingang von Mariannes kleinem Salon hing, statt einen Moment innezuhalten, um ihn beiseite zu schieben. »Mama! Die Hiener waren wieder in der Küche! Mrs. Benn musste sie rausjagen!«

»Nicht ›Hiener‹, Mabbie. Hühner.«

»Mama! Darf ich mit Mr. Tracy zum Tee nach Hause gehen? Da ist nämlich die Puppe von Mrs. Tracy, als sie so klein war wie ich, die ihr Bruder aus einem Stück Holz geschnitzt hat.«

Sie tanzte vor Ungeduld auf dem alten persischen Teppich, dessen blaue und rote Farbtöne dem dunklen Raum etwas Wärme verliehen.

Hinter dem Kind gaben hohe Glasfenster den Blick auf das wild wuchernde Gras der einst repräsentativen Rasenflächen frei. Richards Tante war eine vorzügliche Gärtnerin gewesen und hatte ihre Gartenpflege stets in eifrigem Wettstreit mit ihrer Cousine Letitia zwanzig Meilen östlich und Lady Coby zwanzig Meilen südlich betrieben. Aber Richard hatte die beiden Gärtner zusammen mit drei älteren Hausangestellten am Tag seiner Ankunft auf Mount Talbot aus Sparsamkeitsgründen entlassen. Ein Gärtner war nach Dublin gegangen, vier andere wurden weiter in der Küche des Dienstpersonals mitverpflegt. Zwei von ihnen lebten recht passabel in einem Kämmerchen hinter der Mauer am Torbogen, der zum Wildpark führte. Doch davon wusste Richard nichts.

Die Gärtner entstammten einer Generation, die nur Irisch sprach. Die Hausangestellten waren aus England oder sprachen Englisch, aber außerhalb des Hauses und auf den umliegenden Feldern sprachen auch die, die Englisch konnten, nur Irisch miteinander. Auch Mab konnte diese Sprache ein wenig.

»A Dheaide!« rief sie entzückt, wenn sie ihren Vater sah, »A Dheaide!«, ohne zu wissen, dass sie damit ihren Vater auf Irisch grüßte.

Richard beklagte sich darüber bei Marianne. »Ayadda ayyadda! Was ist das für ein Kauderwelsch? Sprich ein Machtwort! Sie sollen hier im Haus nicht in ihrer Sprache reden! Ich werde dies zur Bedingung für die Anstellung machen! Wenn unsere Leute aus Indien zurückkommen, sprechen ihre Kinder auch nicht wie kleine Hindus. Mab ist ein englisches Mädchen«, sagte er bestimmt. »Eine englische Rosenknospe.«

Marianne schrieb ihrem Vater fast jede Woche. Das Kind war das erste, womit sie je sein Interesse weckte. Gleichwohl ließ er keinen Zweifel daran, dass er bald einen Enkelsohn wünschte.

»Mab ist ein sehr glückliches, aufgewecktes Kind«, schrieb Marianne. »Alles, was sie tut, tut sie rasch. Sie verändert das ganze Haus, obwohl es zwanzig oder dreißig Zimmer hat und sie nur ein kleines Mädchen ist. Es war ein dunkler und schwermütiger Ort, als Richards alter Onkel noch hier wohnte, sagte mir Lady Coby. Jetzt ist Mabbie überall, sie tanzt, hüpft und rutscht herum, obwohl Richard und ich sie inständig bitten, vorsichtig zu sein. Sie lacht den ganzen Tag!«

Abends schickte Marianne alle fort, wenn sie mit ihrer kleinen Tochter betete und sie mit ihren Spielsachen ins Bett steckte. Oft blieb sie lange bei ihr sitzen und war jedes Mal überrascht, wenn das Kind mit einem langen Atemzug einschlief. Aufmerksam betrachtete die Mutter ihr Gesicht. Die zarten Augenhöhlen und darüber die feinen Augenbrauen. Der leichte Schatten auf den Wangen. Die Form der Lippen. Die Finger. Die sanfte Mulde am Nacken unter dem prachtvollen Haar, das Mariannes Stolz und Freude war.

»Wir haben keine Erklärung dafür, woher sie dieses außergewöhnliche Haar hat«, schrieb sie ihrem Vater. »Richards Haar ist rotblond und – wenn ich so sagen darf – schon etwas dünn. Meine eigenen Locken haben nie Komplimente auf sich gezogen. Doch unser Kind hat solch feine blonde Haare, dass jeder, der uns besuchen kommt, sagt, es seien die schönsten Haare, die er je gesehen habe. Wie Zuckerwatte, hat Lady Coby bei ihrem Anblick gesagt.«

Aber wenn Mab schlief, hatte Marianne nichts zu tun. Im Sommer konnte es noch heller Tag sein, wenn das Kind zu Bett ging. Im Winter warteten lange Stunden im kühlen Wohnzimmer auf sie, bevor sie schlafen ging. Richard machte sich nichts aus Musik, und das Klavier war ohnehin von der Feuchtigkeit schwer angegriffen. Das Paar saß nahe an den Kamin gerückt. Richard mit seiner Karaffe, Marianne mit ihrem Stickrahmen oder einem der mitgebrachten Gedichtbände. Im Haus gab es keine schöngeistige Literatur, nur Adelskalender, Abhandlungen über Viehzucht und die Bibel. Doch öfter noch saß sie einfach da und träumte, anstatt zu nähen oder zu lesen. Wenn Richard fort war, zog sich Marianne früh in ihre Gemächer zurück. Manchmal, wenn sie aus Mabs Kinderzimmer im oberen Stockwerk kam, hörte sie den Regen auf das Dach prasseln oder den Wind am Haus rütteln. Dann ging sie den Korridor entlang, hielt die Hand schützend vor die Kerze und fragte sich unbewusst »Was soll ich bloß tun? Was soll ich bloß tun?«

Zu jener Zeit war sie sechsundzwanzig Jahre alt.

Sie ging nicht viel durchs Haus. Es gab Flure, die zu erforschen sie nie Interesse zeigte. Mrs. Benn hatte zwei davon verschlossen, noch bevor sie sich die Räume dort angesehen hatte. Aber Richard sagte ihr auch oft, dass sie vielleicht wegziehen würden. Er sagte, es gäbe nicht genug Steuerzahler im Distrikt, und es werde nie genug geben, um die Versorgung der einheimischen Bevölkerung mit Lebensmitteln und Wohnraum zu gewährleisten. Zwar bessere sich die Lage, doch trieben die Kosten die Grundherren in den Ruin.

Ende 1848 sah man keine Leichen mehr auf den Straßen und in den Gräben, doch fanden sich noch Knochen an völlig unerwarteten Stellen: sie ragten aus Erdwällen heraus, schauten unter einem einsamen Dornbusch mitten auf einem Feld hervor oder lagen hinter der Schwelle eines früheren Ladens. Es starben noch genauso viele Menschen wie vorher, doch trat der Tod nun innerhalb der Mauern auf, im Arbeitshaus und in den behelfsmäßigen Hospitälern. Es war unmöglich, die Toten aus dem Bewusstsein zu verbannen. Wenn er die steinernen Stufen des Gerichtsgebäudes hinunterstieg, nachdem er neben zwei oder drei Kaufleuten aus der Stadt auf der Richterbank gesessen hatte, wurde Richard von lebenden Skeletten bedrängt, die weiter nichts als »Euer Ehren! Euer Ehren« murmelten.

Zu Marianne sagte er: »Es klingt wie ein Fluch, wenn sie es sagen. Und ich hätte nicht übel Lust, sie meinerseits zu verfluchen, wenn ich ehrlich sein soll!«

Innerhalb der Mauern des Landsitzes war das Leben angenehm. Mabs Gelächter und die Rufe ihrer Mutter schallten durchs ganze Haus. Aus der Küche drangen die Gerüche des Abendessens, das für das Speisezimmer der Herrschaften vorbereitet wurde. Mullans kleiner Hund Lolly bellte von den Stallungen herüber. Mullan ließ ihn nicht allein aus dem Hof. Es ging nämlich das Gerücht um, die wilden Hunde draußen auf dem Land seien fett geworden von den Leichen, die sie in entlegenen Hütten aufgespürt und gefressen hätten. Anschließend, so erzählte man sich, hätten sie die Knochen überall verstreut, so dass niemand sagen könne, von wie vielen Leichen sie stammten. Mullan wollte nicht, dass Lolly mit diesen Hunden herumlief.

Marianne schrieb ihrem Vater:

»Als ich heute in der Stadt war, um einige kleinere Besorgungen zu machen, kam ich mir vor wie im Traum. Die Läden sind den unseren ziemlich ähnlich, aber es gibt dort fast nichts zu kaufen. Auf der Straße, die zum Marktplatz führt, stehen die vornehmeren Häuser, in denen sich die Arztpraxen und Anwaltskanzleien befinden, aber viele Türen sind noch mit Brettern vernagelt. Hier befindet sich auch das Geschworenengericht. Und die Menschenmenge auf dem Messplatz war ordentlich beschuht und gekleidet. Das Gericht ist ein hübsches Gebäude aus behauenem Sandstein, der Art, wie wir sie aus unseren Kleinstädten in England kennen. Richard ist froh, dass eine Einheit der Polizei nach Ballygall zurückverlegt wird, denn das nächste Regiment ist erst in der angrenzenden Grafschaft stationiert. Er fürchtet, die Leute könnten unruhig werden. Zwar ist es in der Grafschaft im Moment völlig ruhig, doch er sagt, der Paddy ist stets leicht erregbar.«

Sie fand die Worte äußerst beeindruckend:

Der Paddy ist stets leicht erregbar.

Gleichzeitig war ihr bewusst, dass die Menschen in London durch nichts zu beeindrucken waren, was mit Irland zu tun hatte.

Mullan brachte Mariannes Briefe jede Woche in einer Satteltasche den ganzen Weg von Mount Talbot zum Postamt nach Ballaghdereen, wo er auch die Post für das Gut abholte. Es war das erste Mal, dass der Postdienst länger als ein Jahr in Betrieb war. Er sei nicht etwa deshalb eingestellt worden, erzählte der Postamtsvorsteher Mullan, weil sich in den unwegsamen Gegenden – draußen auf dem Land, weitab von jedem Ort – die Armen mitten auf die Straße gelegt und um Hilfe geschrien hätten, auch nicht deshalb, weil es schwierig sei, nachts die Postpferde vor dem Aderlass zu schützen, sondern weil man im gesamten Nordwesten einfach keine Kutscher habe finden können, die für diese Arbeit stark genug gewesen seien. Dies mochte der Wahrheit entsprechen. Die kräftigen Männer gingen als Erste auf die Auswandererschiffe; die Männer, die blieben und sich glücklich schätzten, weil sie bei den öffentlichen Straßenbauarbeiten in der Nähe des Sees Arbeit gefunden hatten, konnten kaum noch eine Pickaxt heben.

Das Jahr ging ins nächste über. Es war Anfang Februar 1849 und tiefster Winter, die Jahreszeit, in der Mount Talbot ganz auf sich selbst gestellt war, weil die raue Witterung, die kurzen Tage und die schlechten Straßen es von der Außenwelt abschnitten. Ihre Isolation war so vollkommen, dass Marianne aufhörte, damit zu hadern. In dieser Zeit zog sie morgens den Vorhang ihres Bettes zurück und blickte auf den bleichen Wald unten am See. An windigen Tagen hob sich das trockene Laub von den Lichtungen und wirbelte durch die Luft. Manchmal musste sie warten, bis die schwache Sonne die Eisblumen an den Fensterscheiben schmelzen ließ, bevor die vom Nebel der Nacht reifglitzernde Grasfläche und die grauen Bäume zu sehen waren.

An diesem Morgen läutete sie nach ihrem Tee. Ihr war

danach, sich in eine poetische Stimmung zu versetzen. Sie begann ihren geliebten Shelley zu rezitieren.

»*Von der Erde geboren, vom Wasser erkoren und verschwistert den himmlischen Höh'n* ...«

Die Worte besänftigten sie wie ein Wiegenlied.

»*So dring ich herfür aus des Abgrunds Tür, Mich zu wandeln, doch nie zu vergehn.*«

Richard hörte sie durch die geöffnete Tür seines Ankleidezimmers, wo er sich rasierte.

»Was sind das für Worte, Marianne?«

»Sie stammen aus einem Gedicht, Richard, einem berühmten Gedicht von Shelley, der jung starb.«

»Ich habe von Shelley gehört. Er kam nach Dublin, zu Lebzeiten meines Großvaters, und stachelte das irische Volk zum Aufstand an. Die Polizei hatte dem jungen Bürschchen einiges zu sagen, das kann ich dir versichern!«

»Siehst du den Wald, Richard? Er sagte, die Blätter seien ›pestschwangre Brut‹. Ist das nicht schön?«

»Nicht eine Meile von diesem Haus entfernt geht die Seuche um. Wären da Gebete nicht passender als Dichtkunst?«

Er kam ins Schlafzimmer, seine gepflegten Füße in Stiefeln, die auf den gewachsten Dielenbrettern wie die eines Tänzers klapperten. Er stellte sich auf die Zehenspitzen, um sein Gesicht in dem beschlagenen Spiegel zu betrachten, dessen goldene Zierleiste zur Hälfte fehlte. Er nahm zwei Bürsten in die Hand und strich sich das Haar abwechselnd rechts und links glatt nach hinten. Dann steckte er sein frisch gestärktes Hemd noch einmal ordentlicher in den Bund seiner Reithosen. Mit wenigen Schritten trat er ans Bett und beugte sich lächelnd über Mariannes Gesicht.

»Na, mein kleines unartiges Mädchen? Du bist doch unartig, oder nicht? Wie? Dreh dich um!« Marianne legte sich geduldig auf den Bauch ...

Doch Richard hob abrupt den Kopf und deckte ihren nackten Hintern zu.

Er hatte Mabs Schritte gehört, die den langen Flur zu ihrem Schlafzimmer entlanggerannt kam. Das laute Klacken ihrer Schuhe auf den bloßen Dielenbrettern klang gedämpft, wenn sie über einen Teppich lief. Er lächelte auf seine Frau herab, als auch Marianne sie hörte und sich halb aufrichtete. Mab hatte eine Vorliebe für bestimmte Spiele, deren sie nicht müde wurde.

Das Mädchen lugte durch den Türspalt.

»Stell dir vor, Marianne«, sagte Richard, »gerade hatte ich den Eindruck, ich hätte ein kleines Mädchen gesehen.«

»Ein kleines Mädchen, Richard? Ich glaube nicht, dass es hier im Haus kleine Mädchen gibt. Ich sehe jedenfalls kein kleines Mädchen.«

»Tust du wohl! Mama! Ich bin doch ein kleines Mädchen.« Und schon stürmte Mab in den Raum. Ihr Vater hob sie in die Höhe und gab ihr einen zärtlichen Kuss.

»Wir werden bei den Cobys zu Abend essen, nach der Sitzung der Kommission für die Armenfürsorge«, sagte er zu Marianne. »Du brauchst wegen mir nicht aufzubleiben. Ich werde den Cobys sagen, dass du zur Zeit nicht ausgehst wegen der Zustände im Land.«

Damit entfernte er sich.

Vor ihrem Schlafzimmer hörte sie Hester Keogh mit dem Küchenjungen sprechen. Er würde das Feuer im Kamin anmachen und den Nachttopf hinaustragen. Hessy würde das Tablett mit frisch gebackenem Sodabrot und einem gekochten Ei und Tee auf den Tisch stellen. Dann würde sie wieder nach unten gehen und Marianne in einer Stunde einen Krug mit heißem Wasser bringen.

Für Marianne gab es den ganzen Tag nichts zu tun, als Mabs Bibelunterricht zu überwachen, Briefe zu schreiben und ihre Bücher zu lesen. Und ebenso wenig den ganzen Abend: Richard aß außer Haus.

Mrs. Benn klopfte an Mariannes Tür und trat ein.

»Wir müssen die Ankunft meines Vaters vorbereiten«, sagte Marianne zur Haushälterin. »Er wird auch seinen Diener mitbringen ...«

Bevor sie hinausging, hielt Mrs. Benn inne. »Wir sind bestens auf jede Art von Besuch vorbereitet«, sagte sie. »Mr. Talbot hat alle Vorkehrungen getroffen, was den Speiseplan anbetrifft; und er hat genaue Anweisungen gegeben, was vom Keller heraufgebracht werden soll und wie die Pferde von Mr. McCausland zu versorgen sind.«

Marianne strich Mabbie über das Haar. Sie zuckte die Achseln. Ihr Vater musste das Beste aus seinem Aufenthalt auf Mount Talbot machen. Sie hatte gewollt, dass er kam, schon allein, um ihm Mabbie zu zeigen. Die Tochter von Marianne McCausland konnte mit den hübschesten kleinen Mädchen des Empires mithalten, und sie wollte ihn darüber staunen sehen. Danach konnte er ihretwegen für immer nach London zurückkehren. Es erschien ihr mittlerweile ungeheuerlich, dass er sie damals über das frühzeitige Ableben ihrer Mutter völlig im Unklaren gelassen und durch nichts versucht hatte, ihr das Los des Alleinseins nach dem Verlust der Mutter zu erleichtern. Wenn sie daran dachte, wie viel Liebe Mab beanspruchte und wie gut sie dabei gedieh! Er hatte sie jedenfalls mit einem Iren verheiratet, und wenn Irland ihm nicht passte, war es nicht ihre Schuld. Sie war nicht in der Lage, die Gastgeberin zu spielen. Sie verstand nicht einmal, was die Diener sagten, wenn sie sie reden oder singen hörte. Sie konnte in diesem Haus nicht geschäftig tun. Und es gab keine Gesellschaft für Mr. McCausland. Sie hatte den Ruf, eine Art Blaustrumpf zu sein, weil sie sich nicht um den Garten kümmerte und nicht ausritt, und niemand außer ihrer Cousine Letitia und den Cobys machte sich die Mühe, sie zu besuchen. Und neuerdings versuchten die Cobys, ihr Anwesen zu verkaufen ...

Es war Mr. McCausland, der nach seiner Ankunft aus London bemerkte, dass mit Mab etwas nicht stimmte. Sie hatten zu Mrs. Benn gesagt, sie würden dem Esel ein Zuckerstückchen bringen. Sie waren die Treppenstufen vor dem kleinen Salon hinuntergestiegen und unter den Arkaden entlanggegangen, die zum ersten Stallhof führten, als der Großvater sich umdrehte und Mab zurief, sie solle sich beeilen. Da sah er, dass Mab hinkte.

»Warum hinkt das Kind?«, fragte er Marianne.

In diesem Augenblick blickte Mab zu ihnen auf. Marianne sah, dass sich ihr schmales, blasses Gesicht irgendwie verdunkelt hatte. Mabs Augen waren geöffnet, aber sie schien ihre Umgebung nicht wahrzunehmen, als habe sie den Blick nach innen gerichtet. Sie sah besorgt aus. Falten durchfurchten ihre Stirn, und auf den Wangen lagen Schatten. Es war nicht das Spiel des Lichts – das Kind wirkte entrückt, als es humpelnd auf die beiden zukam. Es sah sogar alt aus.

Marianne rührte sich nicht. Die blanke Angst hatte einen gähnenden Abgrund in ihrem Dasein aufgerissen. Sie versuchte zu sprechen.

»Mama! Ich hab Wehweh!«, sagte Mab.

»Nun, dann werden wir den Doktor holen«, sagte Mr. McCausland munter, »damit er den Schmerz wegmacht.«

Es war, als ob seine Enkelin und seine Tochter ihn nicht hörten. Das Kind blickte fragend in das Gesicht seiner Mutter, und die Mutter blickte ebenso wissbegierig zurück. Dann fiel die Mutter vor dem Kind auf die Knie, zog seinen Kopf mit der Wolke silbriger Haare auf ihre Brust und schloss es in eine tiefe Umarmung ein.

Sie wies ihren Vater an: »Lass den Handwagen für das Kind hierher bringen. Schick Cooper zu Doktor Madden, und dass er mir nicht ohne ihn zurückkommt! Sag Benn, ich möchte, dass er das Schränkchen mit dem Laudanum aufschließt und einen Trank hierher bringt.«

Dann waren Mutter und Tochter allein, eingehüllt in eine ernste Umarmung.

Und selbst als Mullan Mab in ihrem Umhang behutsam in den Handwagen setzte und ihn langsam und vorsichtig zum Haus zog, drehte sie ihren Kopf, sodass sie das Gesicht ihrer Mutter sehen konnte. Marianne stolperte hinterdrein, den Blick unverwandt auf ihr Kind gerichtet. Beider Augen lösten sich kaum voneinander.

Fast vier Monate lang lag das Kind schwer krank darnieder. Als Mab das nächste Mal die Treppe vor dem Haus hinunterstieg, ging sie ganz langsam und sah sich unablässig nach ihrer Mutter um. Sie hatte sich verändert. Ihr Haar war braun und stumpf. Sie war viel größer geworden, aber dünn und ungelenk, und ihr selbstbewusstes Lachen war verschwunden. Auch das Anwesen hatte sich verändert. Der Kies war stellenweise bloßem Grund gewichen und von Unkraut überwachsen. Fast das gesamte Außenpersonal war, als es draußen milder wurde, mit der zweiten unterstützten Auswanderungswelle nach Amerika aufgebrochen. Es war allgemein bekannt, dass die Talbots keine neuen Pachtverträge mehr ausstellen würden. Die meisten Familien pflanzten nicht einmal mehr Kartoffeln für das Spätjahr. Zu viele Jahre hatten sie unter den Folgen der Kartoffelkrankheit gelitten. Auf dem Landsitz wurden die Saatkartoffeln auf den Dachspeichern des Haupthauses gelagert, wo sie nicht gestohlen oder gegessen werden konnten. Aber in der Umgebung pflanzte niemand welche.

Selbst das Kind fühlte den Verfall.

»Mama! Mir ist kalt! Ich will ins Haus. Ich bin jetzt zu groß für meinen Eselkarren ...« Sie begann zu weinen.

Später kam Mrs. Talbot heraus und rief unter dem Torbogen am Ende des morastigen Stallhofs nach Mullan.

»William Mullan!«

Er kam die steinerne Außentreppe von seinem Zimmer über den nahe gelegenen Ställen herunter, das Haar nass von der Wasserpumpe.

»Ma'am?« sagte er.

Sie waren beide jung und bei bester Gesundheit, aber damit endeten schon ihre Gemeinsamkeiten. Seine Kleidung war abgewetzt, seine gebraucht gekauften Stiefel zu klein und an den Absätzen völlig abgelaufen. Außerdem hatte er kein Gramm Fleisch auf den Knochen. Sie hingegen war viel fülliger und behäbiger als bei ihrer Ankunft in Mount Talbot, und ihre Kleider waren aufwändig gearbeitet. Sie trug einen Cashmere-Schal über einer Samtjacke und einen rauschenden Rock aus schwarzer, mit Stickereien verzierter Seide.

»Sie weiß, dass der Esel nicht mehr da ist. Er ist weg, nicht wahr?«

»Ja, Ma'am. Wir konnten kein Futter für ihn bekommen, und wir konnten ihn auch nicht zum Grasen nach draußen lassen, weil man ihn gestohlen hätte.«

Er sprach langsam, denn er hatte zwar in der Schule ein

wenig Englisch gelernt und in der Gesindestube wurde Englisch gesprochen, aber Irisch war seine Muttersprache.

»Sag ihr, du hast ihn einem anderen Kind geschenkt. Einem kleinen Kind. Und besorg ihr bitte einen anderen Esel.«

»Ich glaube Mr. Cooper hat gesagt, Ma'am, der Herr wünsche, Ma'am, dass Miss Mab ein Pony reiten solle, mit ein bisschen mehr Temperament.«

Sie sah ihm ins Gesicht. Sie war sehr durchsetzungsfähig, wenn es darum ging, Mab zu schützen. Mullan senkte den Blick. Er hatte bemerkt, dass das Zartrosa ihrer Lippen innen, wo sie feucht waren, dunkler wurde ...

»Vielleicht ist im Augenblick kein passendes Pony verfügbar«, sagte sie. »Vielleicht wäre es für Miss Mab am einfachsten, wenn wieder ein Esel in den Stallhof käme.«

Er hob den Kopf und sah sie an. Er hatte nicht genau begriffen, was sie sagen wollte. Aber an ihrem Tonfall und der Art, wie sie den Kopf hielt, erkannte er, dass ihre Worte eine Andeutung enthielten.

»Es gibt da ein paar alte Esel draußen im Moor. Das wären wunderbar ruhige Tiere für unseren Hof.«

Sie schenkte ihm ihr jugendliches Lächeln.

»Ich werde Mrs. Benn bitten, ihr zu sagen, dass wir das andere Grautier einem anderen kleinen Mädchen geschenkt haben«, sagte er, »und dass sie sehr bald einen neuen Spielgefährten haben wird.«

Hinterher dachte sie, er ist noch ziemlich jung – dessen war ich mir gar nicht bewusst.

Und er staunte über ihre Haut. Er hatte sich schon oft in der Nähe dieser und anderer Damen aufgehalten, wenn er ihnen beim Ein- und Aussteigen aus den Kutschen und offenen Wagen half. Aber er hatte noch nie bemerkt, dass ihre Haut nicht wie, sondern feiner als Seide war.

Die Morgenstunden in Mariannes Zimmer verliefen nun selten glücklich. Der Winter war lang gewesen. In der Zeit, als Mab krank war, hatte Marianne ihren Mann nicht abgewiesen, aber er merkte, dass sie sich ihm nur unwillig hingab. Das nahm ihn gegen sie ein. Wie konnte sie sich zurückziehen, wenn er noch keinen Sohn hatte? Auch war der Winter sehr kalt und nass gewesen, und dies, nachdem man im vorausgegangenen Sommer so gut wie keinen Torf gestochen hatte und die Waldarbeiter nach Amerika gegangen waren. So konnte kein einziger Winkel des Hauses behaglich gemacht werden. Dem Anwesen der Templetons und Castle Strange drohte die Zwangsversteigerung und Richard musste, wenn er Karten spielen wollte, zwanzig Meilen fahren. Marianne wurde immer dicker. Eines Nachts packte Richard sie bei einer der neuen Speckfalten an ihrem Bauch und fragte sich dabei laut, wie er denn mit einem solch fetten Schwein jemals einen Sohn zeugen solle. Am nächsten Morgen sagte er dann, dass ihm der Wein am Vorabend nicht bekommen sei. Eigentlich gab es keinen bestimmten Grund, weshalb beide lange in den Tag hinein schliefen und sich beim Aufwachen kaum grüßten.

Sie mochte den Geruch einiger Bäume im Arboretum, und den der Birnen an der erwärmten Mauer des inneren Obstgartens. Sie mochte auch den Geruch der Tischlerwerkstatt, obwohl dort inzwischen kaum noch etwas gefertigt wurde. Und die Ställe – sie mochte den Geruch von Pferden, auch wenn sie keine Reiterin war. Der Geruch ihrer Bettvorhänge dagegen stieß sie ab.

Richard sagte: »Ich sehe keinen Grund, weshalb du neue Bettvorhänge kaufen solltest. Wir haben keinen Penny zu verschwenden. Es wird viele Jahre dauern, bevor sich das Landgut von den Verlusten durch die Kartoffelkrankheit erholt. Tracy musste bis nach Mayo fahren, um Männer für die Feldarbeit zu finden. Aber selbst die werden nicht bleiben, sagt er, nicht einmal für den besten Lohn. Sobald sie das Geld für die Überfahrt nach Amerika beisammen haben, sind sie auf und davon ...«

Als die Läden auf dem Platz wieder öffneten, war halb Ballygall leer. Die Häuser waren nicht verbrettert, sondern einfach aufgegeben worden. Ganze Gassen und Straßenzüge waren entvölkert, Haus um Haus. Außerhalb der Stadt, entlang der Landstraßen, gab es nur noch Geisterdörfer. Manche Häuser waren in blanker Verzweiflung aufgegeben worden, als die Räumungsmannschaften von Haus zu Haus gingen und das Strohdach an den Giebeln herunterrissen. Aber dort, wo es noch Dächer gab, waren die Leute eines Morgens einfach durch die Gassen zur Landstraße marschiert, um sich zu einem der Einschiffungshäfen zu begeben. Die Alten und Kinder auf Karren, gezogen von alten klapprigen Pferden – sofern es den Leuten gelungen war, ein Pferd am Leben zu erhalten. Ihre Habseligkeiten auf dem Rücken oder in den auf Stangen getragenen Weidenkörben, mit denen sie zuvor den Torf vom Moor geholt hatten. Sie gingen langsam, oft vor sich hin stolpernd, denn niemand zog weg, wenn es ihm gut ging. Alles hoffte so lange wie möglich darauf, diesem Schicksal zu entkommen. Erst unter dem Druck von Entbehrung und Krankheit machten sie sich auf den Weg.

Alle menschlichen Siedlungen waren verwüstet, nur die Landschaft war sich gleich geblieben.

Wenn die Talbots nie wussten, wie viele Menschen genau auf ihrem Land lebten und sich allein auf das verlassen mussten, was man ihnen sagte, so deshalb, weil die Menschen mit dieser Landschaft verschmolzen. Die Grundherren und ihre Männer konnten den Iren nicht in die Moorgebiete folgen, wo sich die Ansiedlungen niederer, mit Grassoden bedeckter Hütten so unauffällig in die wechselnde Szenerie von Dammweg, Haselnusssträuchern, Graslichtung und braunem Teich einfügten, dass sie kaum zu erkennen waren. Richard Talbot hatte keine Vorstellung, wie viele Menschen auf seinem Grundbesitz gestorben waren. Er kannte nur die Zahl derer, die im Arbeitshaus von Ballygall zu Tode kamen, denn er unterschrieb die Protokolle der Armenfürsorgekommission. Seit der Eröffnung im August 1847 bis zum gegenwärtigen Zeitpunkt im Mai 1849: 8761 Personen. Ihm war auch bekannt, wie viele von ihnen Mount Talbot als ihren Wohnsitz angegeben hatten: 3080. Doch wo die Mehrheit dieser nach eigenen Angaben bettelarmen dreitausend Personen gelebt hatte, bevor sie in das Arbeitshaus aufgenommen wurden, hätte er nicht zu sagen vermocht.

Sie hatte gehofft, Richard zu der Erlaubnis bewegen zu können, die neuen Bettvorhänge auf Rechnung zu kaufen. Vor kurzem hatte Hurley's Laden fast den Verkauf eingestellt, und die meisten anderen Läden auf dem Marktplatz hatten zugemacht. Aber dann hatte ein Eisenwarenhändler von irgendwoher aus dem Norden in einem verlassenen Schuppen am Stadtrand mit einer Karrenladung Eimer ein Geschäft eröffnet, und sein Laden war den ganzen Tag überfüllt, nicht nur mit Kunden, sondern mit Menschen, die begierig darauf waren, miteinander zu reden und Neuigkeiten auszutauschen, als hätten sie sich die ganze Zeit versteckt gehalten. Daraufhin öffnete auch der Eisenwarenhändler auf dem Marktplatz wieder sein Geschäft. Dann gab Mr. Hurley die erste große Bestellung seit zwei Jahren auf, und bald schickte er einen Wagen nach Athlone, um die neuen Waren abzuholen. Aber Marianne ersetzte die Bettvorhänge nicht. Wozu auch? Die Decken rochen ebenfalls nach Torfasche. So wie die verschlissenen Samtvorhänge an den Fenstern, Mabs Matratze und Kissen, die Leinentücher, mit denen Benn die Gläser putzte, Benns Gehrock …

William Mullan wusste, was fehlte, denn er hatte es gesehen, als es noch da war.

Ein breiter Feldweg umrundete die Mauern von Mount Talbot, und von diesem Weg zweigte ein Pfad ins Moor ab. Er lief erst an einem Feld mit roher Holzumzäunung vorbei, wo Mullan die Pferde zum Anspannen bereitgehalten hatte, wenn er darauf wartete, den Wagen für die Ausfahrten des alten Mr. Talbot zu richten. Im Frühjahr 1847 war ein Wachturm auf dem Feld errichtet worden. Abends wurden Pferde und Kühe zusammengetrieben und die Nacht hindurch von einem bewaffneten Wärter bewacht. Aber binnen weniger Monate waren die Menschen so verzweifelt gewesen, dass sie das Risiko auf sich nahmen, erschossen zu werden, und Nacht für Nacht griffen Banden das Feld an. Eines Morgens, bei Tagesanbruch, ließen zwei der O'Connor-Jungen das Vieh aus dem Pferch und trieben es gen Osten. Sie kehrten nie zurück. Mit dem Geld, das sie für das Vieh auf dem Markt in Moate bekamen, bezahlten sie ihre Schiffspassage. Den Rest ließen sie Barlow durch einen Mann aus Ballygall zukommen. Seither hielt Mullan die Pferde ausschließlich im Stall und schlief mit gespanntem Gewehrhahn neben ihren Boxen. Die Hälfte ihrer Haferrationen bewahrte er im Eishaus unten am See auf, wo niemand etwas vermuten würde. Um die Pferde am Leben zu erhalten, schnitt er selbst das Gras für den Stall mit seiner Sense.

Eine halbe Meile weiter war eine Lücke in der Böschung neben dem Pfad. Dort hatte die Schänke gestanden. Das Strohdach war eingefallen und lag nun schwarz verfault auf der einst als Fußboden dienenden festgestampften Erde, aus der wieder frisches Gras spross. Jahre zuvor hatte hier eine breite Holzbank gestanden, waren zwei Schüsseln für Punsch in einer Nische am Feuer aufbewahrt worden. Im Jahr 1847 aber, sobald die Tage länger zu werden begannen, hatte Pat alles, was er tragen konnte, in die Stadt gebracht. Das Sonntagskleid seiner Frau und seine Schuhe. Den zerbeulten Messbecher aus Zinn. Selbst den Haken, an dem er gehangen hatte. Hurley im Stoffladen gab ihm für alles zusammen eine Guinee.

William Mullan war an jenem Abend mit einigen Männern aus dem Umland der Stadt in der alten Schänke gewesen.

»*Beidh Orainn imeacht*«, sagte Pat, als er sie alle bedient hatte. »Auch wenn wir die alten Leute zurücklassen. *Beidh Orainn eirí as an áit seo!*«

»*Cad é? Cad é?*«, sagte der taube Junge, der auf dem Boden mit dem Rücken gegen die Lehmwand gelehnt saß und die Gesichter der Männer beobachtete.

Pat hatte sein Gesicht an das bleiche Gesicht des Jungen geschoben und kaute ihm die Worte vor.

»Weg! Wir müssen weg von hier«, brüllte er. »Wir werden bald nichts mehr zu essen haben! Sie nehmen uns die Häuser und die Felder!«

Jetzt ritt William Mullan erneut dorthinaus und betrat den gestampften Erdboden des Raumes. Das Dach war halb eingestürzt, aber es gab keinen Grund auf der Welt, weshalb die Schänke nicht wieder aufgebaut werden sollte. Ganze Familienkolonien lebten jetzt auf dem Gemeindeland oben am Hügelkamm in behelfsmäßigen Schutzhütten, die sie aus Feldsteinen, Stechginsterzweigen und Erde errichtet hatten. Die Männer da oben brannten Whiskey und sie tranken ihn auch.

Aber die Burschen, die all die Lieder und Geschichten kannten, sind weg, dachte William bei sich. Wir werden sie vermissen. Männer wie die O'Connor-Jungs. Das Trinken würde keinen Spaß machen …

Ich sollte selbst nach Amerika gehen, sagte er bei sich. Das alles hier verlassen. Abhauen, mit Gottes Hilfe!

Mullan war seit seinem fünfzehnten Lebensjahr Waise. Seine wenigen Habseligkeiten konnte er klar auseinander halten. Die meisten Kleidungsstücke hatte man ihm vermacht, als er zweiter Kutscher wurde. Er besaß ein Cape und einen hohen Hut, einen Mantel, eine Jacke für den leichten Wagen und ein Leinenhemd für die Gelegenheiten, bei denen er die Pferde auf den Kies hinausführte, um sie Mr. Talbot vorzuführen. Diese Sachen hingen an Nägeln in seiner Box, die er in einer leeren Stallecke zu seinem Refugium gemacht hatte. Oft schlief er nachts dort unter einem Haufen alter Decken. Es hieß, als er noch ein Junge war, habe er dem Hauptmann einer Armee auf dem Kontinent vier Pferde von Ballinasloe gebracht. Er hatte die Ordnung und Sauberkeit eines Soldaten. Wenn er morgens über den Hof zur Küche kam, um seinen Tee und Haferschleim zu sich zu nehmen, hatte er sich bereits das Gesicht und den kurz geschorenen Kopf gewaschen. Selbst im Winter, wenn sich die anderen Diener in muffige Mäntel hüllten, verrichtete er seine Arbeit in einem Flanellhemd und Reithosen. Seine Stiefel waren zwar kaputt, aber stets geputzt. Sonntags morgens ließ Mary Ann Benn für ihn eine Schüssel mit heißem Wasser draußen auf der Fensterbank stehen, damit er sich rasieren konnte. Mit hochgerecktem Kinn betrachtete er sein Spiegelbild im Küchenfenster und zog behutsam die scharfe Klinge über die Wangen. Dann schüttete er das schmutzige Wasser auf den grasbewachsenen Hof, dass die Hühner davonspritzten.

Er redete nicht viel, aber die anderen Iren schenkten dem,

was er sagte, stets Beachtung. Weder den örtlichen Grundherren, noch den katholischen Kaufleuten in der Stadt war
bewusst, dass die Mullans immer die führende Familie unter
denen gewesen waren, die draußen im Moor und auf dem
dahinter liegenden Land auf kleinen Parzellen lebten. Sämtliche Generationen der männlichen Nachkommen waren auf
die Schule geschickt worden. Sie waren enteignet worden.
Irgendwann nach der Schlacht von Aughrim war ihr Land an
einen Vorfahren der Talbots gefallen. Williams Großvater hatte noch mit angesehen, wie der erste Talbot es in eine Schaf-
weide verwandelte. In jüngerer Zeit hatte William auf einem
schmalen Streifen dort noch einige Rinder gehalten, aber im
Sommer 1847 hatte er sie für einen geringen Betrag verkauft.
Sie waren abgemagert, nachdem sie dort, wo sie nachts draußen auf dem Feld lagen, von Leuten zur Ader gelassen worden waren, die keine Kraft hatten, sie zu stehlen.

Nun ritt er durch eine Landschaft, die dem Durchreisen-
den immer von Menschen und Tieren unbewohnt erschienen
war. Aber er war hier aufgewachsen und hatte die Siedler
gekannt, die in Hütten zwischen den Haselbüschen wohnten,
einen kleinen Kartoffelacker vor der niedrigen Tür. Diese Leute hatten mit der Stadt wenig anfangen können, und die Stadt
noch weniger mit ihnen. Die Männer saßen den ganzen Tag
in den Schänken und redeten, und die Frauen saßen auf den
Lichtungen zwischen den Hütten und redeten unter sich. Ihre
Babys legten sie ins Gras oder banden sie, sobald sie laufen
lernten, an langen Strohseilen fest, aus Angst, sie könnten in
die Gräben fallen. Wenn William Mullan an diesen spindeldürren, spärlich bekleideten, freundlich lächelnden Menschen
vorbeiritt, nickten sie ihm respektvoll zu. Sie gehörten niemandem. Aber sie betrachteten sich als die Seinen, obwohl
er weder reich noch mächtig war.

Sie hatten von ihm auf Dauer Schutz erhofft. Doch als die
Kartoffeln zwei Jahre hintereinander keine Ernte brachten
und der Sheriff die Räumungskommandos von Soldaten
begleiten ließ, hatte er ihnen keinen Schutz geben können.

All diese Leute waren fort. Kaum ein Zeichen war von
ihnen übrig geblieben.

Er selbst hatte ein Heim draußen im Moor. Seine Mutter hatte dort gelebt, und das Häuschen wies noch Spuren der Verstorbenen auf. Einen kleinen Vorgarten hatte sie gehabt, und das Auge konnte noch erkennen, wo das große alte Schwein, das sie gehalten hatte, durch sein ständiges Herumwälzen auf dem Rücken eine Mulde in den weichen Boden gescheuert hatte. Beerensträucher, nunmehr verwildert, hatten den äußeren Rand des Kartoffelbeets gesäumt. Seine Mutter hatte sogar Bohnen angebaut – dicke, runde Bohnen, die sie hart werden ließ, enthülste und zu Mehl mahlte. Die Pflanzen waren aufgegangen, hatten viele Male Samen abgeworfen und sich zu Büschen mit üppigen weißen Blüten ausgewachsen.

Das Haus war jahrelang nicht bewohnt gewesen, und die verzogene Tür ließ sich leicht aufstoßen. Innen gab es keine Möbel, bis auf einen kleinen Stuhl und ein Wandbett, zu dem die Matratze fehlte. Auf einem Sims über der Feuerstelle lag eine Spiegelscherbe. Die ganze Umgebung wusste davon, denn es war der einzige Gegenstand dieser Art im gesamten Moorgebiet. Die Ziehharmonika der Mutter hing mit brüchigen Seiten an der Wand. Die Spiegelscherbe war Geld wert, aber obwohl die Hungernden sich schreckliche Dinge hatten zuschulden kommen lassen, war aus dem Haus der Mullans nichts gestohlen worden.

William war dorthin geritten, um mit seiner Mutter zu reden. Er hatte sie mehr als jeden anderen Menschen geschätzt. Er glaubte sie im Himmel und spürte gleichzeitig ihre Nähe, am stärksten, wenn er die Kate aufsuchte, die noch von ihrer Anwesenheit erfüllt war.

»Du weißt besser als jeder andere, A Mhama«, sprach er in Gedanken zu ihr, »dass ich nichts überhastet tue. Erinnerst du dich, als Tadhg Colley mich mit nach Amerika nehmen wollte? Damals habe ich die Gelegenheit nicht beim Schopfe gepackt. Aber ist es jetzt nicht an der Zeit, sich fortzumachen? Das Herrenhaus auf dem Landgut verfällt. Seit das Kind krank wurde, ruft man kaum noch nach der Kutsche oder dem Wagen ... Noch immer ist nichts in Ordnung! Niemand ist übrig geblieben, nur die paar Leute weit oben auf dem Hügel, wo sie unter dem Stechginster leben!«

Er vergrub den Kopf in den Händen. Die Hündin Lolly kroch hinter ihn auf die Bank, und drückte sich an seine Beine.

In den verlassenen Häusern hinter dem Marktplatz lebte eine Bande halbwilder Kinder. Es hieß, sie töteten Hunde und aßen sie. Gewiss lebten sie von allem, was sie bekommen konnten. Sie rissen Kohlköpfe aus und hatten beerenbefleckte Münder. Manchmal hatten sie auch Äpfel zu kauen, obwohl Tracy sich alle Mühe gab, die Obstgärten von Mount Talbot zu bewachen. Die Notküche der Quäker war verschwunden, doch aus Belgien waren drei Nonnen gekommen, die auf die Erlaubnis des Bischofs warteten, ein Haus für die Unterbringung der Straßenkinder zu eröffnen. Sie lernten englische und irische Ausdrücke, damit sie mit den Kindern reden konnten. Kinder, die sich nicht erinnerten oder erinnern wollten, wer ihre Eltern gewesen waren. Einige von ihnen hatten Narben. Als sich die Quäker in der Stadt ihrer angenommen hatten, waren die Kinder bis ins Feuer hineingetreten und hatten versucht, über den Eisenrand des Topfes zu langen, um eine Hand voll kochend heißem Porridge herauszuschöpfen.
Die Nonnen versuchten, die Kinder mit Brot in ihre Stube zu locken.
Seitdem zuerst die Quäker und dann die belgischen Nonnen kostenlos Essen verteilten, bemerkte Hurley gegenüber dem Gemeindepfarrer, blieben die katholischen Ladenbesitzer auf ihren Nahrungsmitteln sitzen. »Sie werden die Menschen, die das Rückgrat dieser Stadt sind, ins Verderben stürzen.«
»Dann werden alle ins Verderben stürzen«, gab der Priester zur Antwort.

Von der Hügelkuppe kamen zwei Männer zu William Mullan. Sie entstammten Familien, deren Hütten im Tal aufgrund der von Mr. Talbot und Lord Coby erlassenen Räumungsbefehle mit einem Rammbock zertrümmert worden waren. Mit ihren Angehörigen waren sie fast unsichtbar durch das hohe Farnkraut auf den Hügel geklettert und hatten sich tief in den

Stechginstersträuchern unterhalb des Gipfels Unterstände gebaut.

Den Blicken der Hausangestellten entzogen, saßen sie jetzt am Ende des Hofes, an der Außenwand der Stallungen neben dem Brunnen und warteten auf Mullan, der dort vorbeikommen musste, wenn er Wasser für die Pferde holte. »*Bhfuil aon tabac agat?*«, murmelten sie, als er sich hinkauerte, um sie zu begrüßen.

»*Fan nóiméad.*«

Mullan ging über den Hof zur Küchentür.

»Mary Anne – hol mir die Dose von Tom Tracy herunter …«

»Er wird dich zur Schnecke machen.«

»Er wird nichts merken, wenn zwei Pfeifenköpfe Tabak fehlen.«

Die Männer vom Hügel sogen den Rauch mit geschlossenen Augen tief ein.

»Habt ihr zu essen da oben?«, fragte sie Mullan.

»Jetzt ist mehr da, weil so viele gegangen sind. William, gibt's irgendeine Hoffnung auf ein bisschen Arbeit? Wir könnten die Saatkartoffeln aussäen, die Barlow und Tracy für den Herrn aufbewahrt haben. Es stehen überall Häuser, die wir in ein paar Tagen ausbessern könnten. Wir könnten prima für den Herrn arbeiten. Es ist schwer für uns, oben auf dem Hügel. Wir haben keinen Lehrer bei uns, und der Priester, der zu uns rauf kommt, kann kein Irisch. Die Frauen verstehen nicht, was er sagt. Und nach dem letzten Winter starben zwei Kinder.«

»Wir brauchen nur ein bisschen zu essen, um anzufangen«, sagte einer von ihnen. »Wir sind ruhige Leute. Wir könnten da draußen am See wohnen, wo alle nach Amerika gegangen sind …«

»Nein«, sagte William Mullan. »Die Landlords wollen euresgleichen nicht, sie säen keine Kartoffeln mehr aus. Alles wird Schafweideland. Es sind Schotten im Anzug, die in Steinhäusern wohnen und die Arbeit machen werden.«

»Wir würden prima arbeiten, William.«

Sie fingen an, ihm etwas vorzujammern, wie sie es sonst gegenüber Außenstehenden taten.

»Glaubt ja nicht, dass bessere Zeiten kommen werden«, hörte er sich selbst sagen. Später dachte er, dass dies der Augenblick gewesen war, in dem er die Hoffnung aufgegeben und der Welt, in der er aufgewachsen war, den Rücken gekehrt hatte. »Auch wenn ihr eure Familien in diesem Jahr noch durchbringt«, sagte er, »werdet ihr nächstes Jahr in die verschiedenen Flügel des Arbeitshauses in Ballygall geschickt werden. Oder ihr werdet wie vergiftete Füchse krepieren. *Beidh oraibh dul go Meiriceá!* Ihr *müsst* weggehen. *Beidh oraibh!*«

Mullan schlief mehrmals vor Erschöpfung ein, als er vom Haus seiner Mutter zurückritt. Beim Morgengrauen erreichte er das Gartentor von Mount Talbot.

Er ritt an dem Lager der Enteigneten vorbei, das inzwischen fast zu einer Dorfsiedlung geworden war. Aus Astwerk, das notdürftig mit Grassoden abgedeckt war, hatten sich die Menschen ein behelfsmäßiges Dach an die Mauern des Landsitzes gebaut. Einmal waren es Hunderte gewesen, doch jetzt waren nur noch etwa zwanzig Familien übrig geblieben. Die meisten kannte er. Mit den Männern hatte er gespielt, als sie Kinder waren. Er stieg ab und ging schweigend den Weg zum Tor entlang. Er wollte nicht, dass jemand aus seinem Lager hervorkroch und ihn bat: »*Tu etwas für uns. Tu etwas für uns.*«

Lolly erwartete ihn ruhig am Tor des östlichen Stallflügels. Er ging in die Knie, um ihren Kopf zu streicheln und ihre seidigen Ohren zu kraulen. Ihre schwarzen Augen blickten ihn unverwandt an.

»*An raibh tú ag fanacht orm?*«, sagte er leise zu ihr. »*An raibh?*«

Das Pferd trabte vor ihm her zu seiner Box. Dann blieb es stehen, drehte sich um und senkte den Kopf, damit Mullan ihm das Zaumzeug abnahm. Das Geschirr wurde losgebunden, der Sattel abgeschnallt. Mullan ging in die nächste Box. Er zog seine Jacke aus, ließ aber die Stiefel an. Dann legte er sich auf seine Decken und bekreuzigte sich. Lolly ließ sich neben ihm im Stroh nieder und beobachtete ihn über ihre lange Nase.

Er bat Gott und Maria, ihn in der Nacht zu beschützen, so wie er es jeden Abend tat, seit seine Mutter ihn beten gelehrt hatte. Und er fügte einen Satz hinzu, den er und die anderen Männer in den ganz schlechten Zeiten gesagt hatten, wenn der Priester nicht kommen konnte und sie die Grube im oberen Feld erweitern mussten, um mehr Leichen hineinzustoßen. Einen Satz, den er jetzt oft sagte.

»Und das ewige Licht leuchte ihnen. *Et requiescant in pace. Amen.*«

Manchmal erhob sich so lautes Wehgeschrei aus dem Lager an den Mauern, dass es im Innern des Herrenhauses zu hören war.

Marianne zog die schweren Brokatvorhänge an den Fenstern ihres Wohnzimmers nicht zurück. Doch auch durch sie hindurch konnte sie hören, wenn das leise Bitten und Betteln zu einem Kreischen anschwoll.

»*Ocras! Ocras!*«, hörte sie sie schreien und wusste, es bedeutete, sie wollten essen.

»Es ist sehr merkwürdig«, hatte sie den Pfarrer Mr. McClelland einmal zu ihrem Mann sagen hören, »wenn ihre Gesichter völlig ausgemergelt und sie dem Tode nahe sind, überzieht ein feiner Flaum ihre Gesichtshaut. Ein Flaum wie auf Stachelbeeren.«

Das war der Sommer der schlimmsten Zwangsräumungen. Das Land wurde leer gefegt. In Schottland, hieß es, gab es junge protestantische Männer, die die modernsten Methoden der Landwirtschaft kannten und nur darauf warteten, in den Westen Irlands zu kommen, um sich an die Arbeit zu machen.

Die gewaltsam Vertriebenen blieben eine Zeit lang in der Nähe der Ruinen ihrer Häuser und versuchten, in einer Ecke eine Schutzhütte zu errichten oder wenigstens innerhalb der Mauern ihres Heims ein Feuer zu machen. Aber ihnen blieb bald nichts anderes übrig als zu gehen. Nicht genug, dass ihre aus Lehm oder unbehauenen Steinen und Grassoden gebauten Häuser zerstört wurden: Alles, was die Familien an Feldfrüchten oder Tieren über die Hungerjahre gerettet haben mochten, wurde von den Justizbeamten konfisziert, um die Pachtrückstände wenigstens teilweise einzutreiben.

Die Leute heulten und schrieen, wenn die vom Sheriff angeheuerten Schergen ausrückten, um einen Räumungsbefehl an ihre Türen zu nageln.

»Dies ist unsere Heimat! Wir können sie nicht verlassen!«, hatte ein alter Mann, der mit seiner Frau und ihren Kindern und Kindeskindern auf dem Marktplatz kampierte, in einem Brief an Richard Talbot geschrieben. Alle im Umkreis wussten von dem Brief, und alle warteten auf eine Antwort, doch sie warteten vergeblich.

Schon vor dem Morgengrauen traf schweigend eine Schar enteigneter Menschen nach der anderen auf dem Platz ein, und die Frauen führten mit sich, was die Familie noch an Schüsseln und Töpfen besaß. Sie kamen den Hügel herunter und gingen durch die schlafende Stadt. »Ohne ein Wort des Abschieds«, bemerkte Hurley zum Eisenhändler nebenan, als sie ihre Läden öffneten und die Waren mit langen Stangen draußen aushingen.

William Mullan war auf den Hügeln hinter dem Moor aufgewachsen, die damals so bevölkert und voll geschäftigen Treibens gewesen waren wie eine Straße in der Stadt. Doch im Herbst 1849 war keine einzige Familie aus seiner Gegend mehr übrig.

Nichts rührt sich mehr, sagte er eines Tages zu sich, nur der Wind über dem Gras.

In Gedanken war er schon fort. Die Alte Welt war am Ende. Er würde von vorne anfangen müssen.

Aber die Veränderungen um sie herum gaben nicht den Anstoß. Wie es begann, wusste keiner der beiden Liebenden recht zu sagen.

Sie waren im Sattelraum, dem ersten Raum links des Haupttors zu den Ställen, und sie hatte gerade etwas gesagt. Er hielt den Blick gesenkt, wie es sich für einen Diener geziemte, und doch schielte er immer wieder heimlich nach ihrem Mund, der bei jeder Bewegung sein geheimes, feuchtes Inneres enthüllte. Sie wollte, dass er einen Sattel reparierte, Mabs kleinen roten Ledersattel, den Richard von einem Handwerker in Galway hatte anfertigen lassen, als Mab gerade drei Jahre alt war. Marianne hatte an diesem Morgen, als sie noch im Bett lag, daran gedacht, dass sie den Sattel, wenn er noch vorhanden wäre, ausgebessert und geputzt, als hübsche Erinnerung an jene glücklichen Tage aufbewahren könnte. Sie hätte natürlich nach jedem Stallburschen schicken können, aber sie dachte, dass Mullan am besten verstehen würde, was sie getan haben wollte. Als Richard von Cooper in die Stadt gefahren worden war, ging sie daher über den Hof zum Tor des großen Stalls und trat an die Schwelle des Sattelraums. Ihre weichen Stiefel machten kein Geräusch, und er merkte nicht, dass sie da war, bis er, einem Impuls folgend, sich umdrehte. Sie stand keinen halben Meter von ihm entfernt, ohne sich zu regen. Hinter ihr lagen die Stallungen im Halbdunkel. Als sie etwas sagte, hob sich seine unbehandschuhte Hand ohne den geringsten Vorsatz, fast wie aus eigenem Entschluss, und berührte sanft ihren Mund. Sie schnappte nach Luft, wich aber nicht zurück. Und ohne Furcht oder Mutwillen, gleichsam in Trance, senkte er, der für sie kaum mehr bedeutet hatte, als irgendeine beliebige Person auf dem Gut, seine Hand und zeichnete behutsam die Konturen ihres Körpers nach, sanft einwärts an der Taille und wieder hinaus über die Hüfte, fast ohne ihren schwarzen Rock zu berühren. Wie versteinert standen sie da. Ihr war, als glitte ein Magnet über den dicken Stoff ihrer Redingote und zöge ihre Haut an. Sie sah ihn mit dem Blick einer Ertrinkenden an. Er stand mit halbgeschlossenen Augen vor ihr. Sie sah die Stoppeln auf seinen unrasierten Wangen und seine raue, gegerbte Haut. Da hob er den Blick und sie sahen sich in die Augen. Sie wandte sich um und ging langsam zum Herrenhaus zurück.

Danach wartete sie den ganzen Tag auf ihn. In ihrer Rastlosigkeit suchte sie Orte auf, die sie zuvor nie angezogen hatten. Sie schlich durch die rückwärtigen Flure des Hauses, überquerte die halbleeren Innenhöfe, spazierte unter den dicht stehenden Bäumen des Arboretums und die bemoosten Pfade des Obstgartens entlang. Wo immer sie war, hielt sie Ausschau nach ihm.

Sie glaubte, die Zeit vergehen zu hören.

Aber so viel Zeit auch verging, sie heilte nicht die Wunde, die in ihr klaffte. So wartete sie also. Sie konnte nichts anderes tun als warten. Und sie zweifelte keinen Augenblick daran, dass das, worauf sie wartete, auch eintreten würde, was immer es sei.

9

 Ich stand am Tisch und blickte auf die Tastatur. Ich beschloss, mein Liebespaar an dieser Stelle zu verlassen, bevor sie einander verletzten oder verletzt wurden.

In jeder Gegenwart ist die Vergangenheit präsent. Ich hatte Marianne und Mullan wenigstens bruchstückhaft mit einer Vergangenheit ausgestattet, obwohl sich in der Talbot-Akte hierzu nichts fand. Meine eigene Vergangenheit hatte mich manchmal aus dem Nichts angefallen und alte Narben wieder aufgerissen. Einmal, in Edinburgh, hörte ich im Taxi das Lied *Komm in die Gondel* ... aus der Operette *Eine Nacht in Venedig*. Der Radiosprecher gab Fritz Wunderlich als Interpreten an. Es war ein Frühlingsmorgen wie jener, an dem mein Vater und ich zusammen Pilze gesammelt hatten, wenn auch nicht so gänzlich heiter und blau wie damals. Mein Vater war inzwischen seit ein oder zwei Jahren tot. Ich hörte das beschwingte Lied des im Vollgefühl seiner Kraft werbenden Mannes mit völlig neuen Ohren. Ich konnte nicht weiterfahren. Halbblind stieg ich aus dem Taxi, kletterte zu den Parkanlagen auf Castle Hill hinauf und wartete auf einer Bank, bis sich der heiße Schmerz aus Mitgefühl und Reue wieder legte. Wie hatten die ehrbaren Iren der Generation meines Vaters ihr Leben doch mutwillig verkrüppelt! Mit Schrecken dachte ich daran, dass ich im Grunde genauso lieblos war wie er. Womöglich hatte ich nur deshalb weniger Schaden angerichtet als er, weil niemand von mir so abhängig war wie wir von ihm.

Ich mochte lieblos sein, aber herzlos war ich nicht. Mein

Herz litt noch immer an Jimmys Tod. Ob ich ihm von Shay erzählt hätte? – Wohl kaum. Jedenfalls nicht in den letzten Jahren. »Der Mistkerl hat dich sitzen lassen!«, wäre sein Kommentar gewesen. Dass ich eine Geschichte über zwei Menschen schrieb, deren Leidenschaft sie über alle Konventionen hinweg zusammengeführt hatte, hätte er dagegen gutgeheißen. Aber wahrscheinlich hätten wir uns auch über die Talbot-Affäre gestritten. Ich würde fast darauf wetten, dass Richard Talbots Naivität – oder war es duldendes Schweigen? – Jimmy zu denken gegeben hätte. »Vielleicht war er schwul?«, wäre seine mögliche Reaktion gewesen. Worauf ich geantwortet hätte: »Liebe Zeit, Jimbo, du siehst überall nur Schwule!« Und er: »Die – oder besser, uns – hat es immer und überall gegeben.« Und dann hätten wir wieder stundenlang darüber diskutiert, ob man jemanden als schwul bezeichnen kann, wenn er selbst nicht weiß, dass er schwul ist. Nur ein einziges Mal wurde es wirklich bitter zwischen uns, als Jimmy über Alex' mögliche Homosexualität spekulierte. »Auf so was kann auch nur ein kleinkarierter amerikanischer Spießer kommen, der weit schlimmere Probleme verdrängt, als Alex je hatte«, begann ich. Er kam nie wieder auf das Thema zurück.

Während ich mir mit dem letzten Stück von Berties Hochzeitslachs ein Sandwich machte, versuchte ich Alex zu erreichen. Auf seiner Nummer lief der Anrufbeantworter, und im Büro meldete sich auch niemand. Das Brot war trocken. Wie lange hatte ich es schon? Welcher Tag war heute? Freitag war ich aus Ballygall abgereist. Samstag hatte ich Shay auf der Fähre getroffen. Sonntag war er verschwunden und ich hatte begonnen, die Geschichte zu schreiben. Seither hatte ich mich mehrmals ein paar Stunden schlafen gelegt. Die restliche Zeit hatte ich am Computer verbracht, bis ich mir alles von der Seele geschrieben hatte.

Alex musste im Büro sein. Es war noch nie vorgekommen, dass er nicht da war.

Das Telefon klingelte. Vielleicht war es Shay. Nein, die freudige Hoffnung verschwand sofort, als ich Alex' erschöpfte Stimme hörte.

»Ich hab deine Nummer von dem Hotel, wo ich dich ver-
mutete, Kathleen«, sagte er. »Es hat ewig gedauert, bis jemand
an den Apparat ging, und es war unheimlich laut dort. Ich
wollte dir sagen, dass ich eine Weile nicht im Büro bin, für alle
Fälle … Aber ich will dich nicht aufhalten. Ich habe noch kein
Bett gesehen. Meiner Mutter geht es sehr, sehr schlecht. Die
arme alte Dame wird immer weniger. Sie sagt, ein Engel habe
ihr aufgetragen, nichts mehr zu essen. Der Arzt versucht, sie
in eine geriatrische Klinik zu verlegen, die möglicherweise
ziemlich weit außerhalb liegt. Ich werde mir irgendwo in der
Nähe ein Zimmer nehmen, damit ich mich um sie kümmern
kann.«

»Isst *du* denn anständig?«, sagte ich. »Kümmerst du dich
denn auch um dich?«

»Mir geht's gut«, sagte er leise.

»Das glaube ich dir nicht, lieber Boss«, sagte ich.

»Betty wird sich um alles kümmern und die Leute auf dem
Laufenden halten, bis ich zurück bin. Sie hat eine Datei mit
dem ganzen *TravelWrite*-Material, das druckfertig ist.«

»Hinterlass bei Betty deine neue Nummer, Alex«, sagte ich.
»Ich gebe ihr meine, falls ich hier wegziehe. Bleib erreichbar!«

»Wann wäre ich je für dich nicht erreichbar gewesen, Kathleen?«, gab er zurück. »Mir würde dann echt was fehlen. Ich
hoffe nur, dass es dir da drüben besser ergeht, als mir hier.«

»Ich komme wunderbar voran, Alex!«

Als ich meine Worte hörte, die ihn davon abhalten sollten,
Energien an mich zu verschwenden, dachte ich: Eigentlich ist
es mir doch erstaunlich gut ergangen. Zwar läuft nichts so,
wie ich es mir vorgestellt hatte, aber …

»Ich muss Schluss machen«, sagte er. »Bitte, bete für meine Mutter und mich!«

»*Ich* soll für *dich* beten?«, sagte ich leichthin, als ich aufhängte. Aber ich war ein wenig rot geworden dabei. Seine
Bitte gefiel mir.

Ich betete tatsächlich für sie. Ich ging langsam im Zimmer
umher und sagte ein Vaterunser, ein Gegrüßet seist du, Maria
und ein Ehre sei Gott in der Höhe. Danach wusste ich nicht,

was ich tun sollte. Wenn ich zum Laden ginge, würde ich Mrs. PJ treffen. Und wenn schon! Machte mir das etwas aus? Verglichen mit der Scham, die mich jedes Mal überkam, wenn ich daran dachte, wie Shay still und heimlich seine Tasche im Wagen verstaut hatte, während ich mit seliger Miene wieder einschlummerte? Sein Brief half nicht viel. Er hatte sich wie ein Patriarch alten Stils benommen und einfach beschlossen, sich aus dem Staub zu machen. Warum hatte er nicht mit mir geredet, wie ein moderner Mensch, und mich in die Entscheidungsfindung mit einbezogen? Andererseits hatte ich ihn gerade deswegen gemocht, weil er altmodisch war. Ich hätte gesagt »Bleib!«, wenn er mich um Rat gefragt hätte. »Egal, wie sehr es dein Leben bedroht, – bleib!« Er musste es vorhergesehen haben.

Ruhelos ging ich zur Küste hinunter. Ich wollte einfach dem Rand der Wiesen folgen, als ich die Seehunde sah und stehen blieb. Auf den von der Flut überspülten Felsen unter mir lag ein dicknackiger Bulle mit einer schlanken, grauen Mutterrobbe nebst Baby. Ihr Kopf mit den dunkel glänzenden Augen wanderte zwischen ihrem Partner und dem Jungen auf dem Felsen neben ihr hin und her. Der schwere Bulle lag entspannt auf der Seite, wie Shay dagelegen hatte. Beide verkörperten solide Männlichkeit und Schutz. Das schwere Tier bewegte seinen geschmeidigen Rumpf mal hierhin, mal dorthin, und ich begann angesichts seiner Haut die Wärme der Morgensonne wahrzunehmen, für die ich bis dahin völlig unempfänglich gewesen war. Mir traten Tränen in die Augen vor Freude über den rührenden Anblick der Seehunde vor dem Hintergrund des riesigen Ozeans. Und als hätten die Tränen meinen Blick geklärt, sah ich danach alles wieder deutlich: den funkelnden Gischtkamm der kleinen Wellen in der Bucht, die aufbrechenden Knospen der Dornenhecke am Wegrand, das klare Licht, das die alten Wiesen wie eine streichelnde Hand formte. Oben am Hügel waren sie bläulich und färbten sich den Hang hinunter zur glitzernden Bucht jadegrün.

Ich ging quer über die Wiese zum Cottage zurück. Seine weißen Wände wirkten grau von den Schlammspritzern der Winterstürme, aber es stand da, als sei es unzerstörbar.

Ich blieb auf dem Gras neben den zerzausten Ginstersträuchern stehen.

Ich wusste, warum mir bei den Seehunden die Tränen
gekommen waren.

Sie waren eine Familie.

Ich übte einen unbekümmerten Tonfall für den Anruf. »Hi,
Annie! Bist du's, Annie? Rat mal, wer hier ist.« Dann fiel mir
ein, dass ich ihnen die Nachricht über Jimmy hinterlassen hatte. Der kecke Ton passte nicht, wenn mein bester Freund gerade gestorben war. Ich setzte mich einen Augenblick in den
Sessel, schloss die Augen und versuchte, ruhig zu werden und
Wahrhaftigkeit in mir zu finden. Dann rief ich an.

»Hallo? Hallo, Annie? Hallo, ich bin's, Kathleen …«

»Oh, Kathleen, wir haben schon gehofft, dass du anrufst.
Wir haben deine Nachricht bekommen. Es tut uns so Leid –
so ein liebenswerter Mann und so ein guter Freund von dir
…«

»Ich weiß, ich weiß. Lass uns ein anderes Mal drüber
reden«, sagte ich. »Wir können noch unser ganzes Leben lang
trauern, meinst du nicht? Hör zu, wie bist du auf Besuch eingestellt? Ich denke, ich kann mich für ein oder zwei Tage von
meiner Arbeit freimachen.«

»Oh, das ist *wunderbar*!«, rief Annie. »Endlich etwas
Glanz in unserem Leben! Das ist eine wunderbare Neuigkeit.
Wann kommst du denn? Warte, bis Lilian das hört!«

»Ich muss Schluss machen!«, fiel ich ein. »Das ist nicht
mein Telefon. Wir sehen uns heute Abend oder morgen!«

Instinktiv ließ ich die Verabredung offen. Ich verfiel ins
Grübeln, während ich das Cottage aufräumte. Jedes Mal,
wenn ich die beiden in den letzten fünfundzwanzig Jahren in
London getroffen hatte, musste ich mich gegen ihre prüfenden Fragen wappnen. Immer noch kein Zeichen eines Lebens-
gefährten für Kathleen. Hast du bemerkt, dass sie jetzt eine
Lesebrille trägt? Sie benutzt eine goldene Visa-Card … Die
beiden und Nora waren die Einzigen, die einen Vergleich mit
der Vergangenheit anstellen konnten. Ihr genaues Hinsehen
hatte nichts Feindseliges, aber doch etwas Wertendes an sich.

Sie konnten es nicht unterlassen, mich zu beurteilen. Und dieses Mal begab ich mich auf ihr Territorium. Ich konnte nach einer Stunde nicht auf die Uhr sehen und sagen »Tut mir Leid, ich hab noch zu tun.« Und wer weiß, was sie danach über mich sagen würden? Langsam sieht man unserer guten Kathleen ihr Alter an ... Von trauten Paaren wie Danny und Annie erfährt man nie, was sie wirklich denken.

Ich zog das Bett ab und bezog es rasch mit frischer Wäsche aus dem Schrank. Dann stellte ich Tee und Zucker in den leeren Kühlschrank. Ich wickelte die Plastiktüte in eine andere Tüte, warf sie in die Mülltonne draußen vor der Tür und beschwerte den Deckel mit einem Stein. Ich putzte mir die Zähne, nahm mein Necessaire aus dem Bad und packte Sachen für zwei Tage ein.

Den Laptop ließ ich zurück. Ich drehte den Sessel neben dem ausgelöschten Kaminfeuer so, dass seine Sitzfläche zur Tür zeigte. Zum ersten Mal seit Tagen dachte ich an Kleidung. Kostüm, Rock und Kleid, die ich von London mitgebracht hatte, passten für mein Leben in Irland kaum, und meine schönen hochhackigen Blahnik-Schuhe hatte ich noch kein einziges Mal angehabt. Jetzt stellte ich sie auf den Sessel. Sollte Shay zurückkommen, würden sie ihm sagen, dass ich noch da war. Ohne dass ich eine Nachricht hinterlassen musste, die PJ würde lesen können.

Ich schloss die Tür nicht ab und fuhr los. Wenn es jemand bemerken sollte, würde ich sagen, ich hätte vergessen, den Schlüssel umzudrehen.

Oben auf dem Hügel fuhr ich langsamer und betrachtete die große leere Fläche der Bucht im Rückspiegel. Nach der nächsten Kurve war sie verschwunden.

Ich habe mir in meinem Leben ständig Leid zugefügt, dachte ich, indem ich tausend schöne Orte verließ.

Nie zuvor war ich vom Westen Irlands zur Ostküste aufgebrochen. Als wäre ich in Begleitung gespenstischer Vorfahren zu den dortigen Häfen unterwegs. Die Menschen, die von hier auswandern mussten, können nie wieder etwas Ähnliches vorgefunden haben. Nach Westen abfallende Klippen und ein Meer, das heranströmt, um sich zu ihren Füßen auszuruhen. Fließende Melodien von Rotkehlchen, Drossel und Amsel. Nirgends war das Gras von einem derart satten Grün wie hier. Vielleicht, überlegte ich, sind die Iren, die nach Amerika gingen, deshalb in den Städten geblieben. Nicht, weil das Land sie verraten hatte und ihre Nahrung verrotten ließ, bevor sie sie essen konnten. Sondern weil sie keinen Versuch machen wollten, eine zweite Liebe zu finden.

»Ich bin keine typische irische Emigrantin«, sagte ich zu Jimmy am Anfang unserer Bekanntschaft, »aber ich bin durch Schmerz von zu Hause vertrieben worden.«

Später hatte er manchmal zu mir gesagt: »Du musst zurückgehen, Kath, bevor du weiterkommen kannst.«

»Das ist eine schwammige Bemerkung«, sagte ich einmal zu ihm, »und sie wird nicht weniger schwammig durch den gefühlvollen Ton, mit dem du sie sagst.«

»Ich bin Amerikaner«, sagte er. »Wir lieben solche kleinen geistreichen Sprüche.«

Wir sahen uns *ET* zusammen im Kino an und begannen eine Minute nach Beginn des Films zu weinen, weil ein Kaninchen im Wald verloren herumirrte. Dann weinten wir über *ET*s weises kleines Gesicht, und weinten noch mehr, weil die blonde Mutter ganz alleine war. Als die Chrysanthemenpflanze wieder lebendig wurde und das Kind von den Toten zurückkehrte, war es völlig um uns geschehen. Hinter uns kletterten die Kids auf den Sitzen herum, schrieen einander an und beachteten gar nicht, was auf der Leinwand passierte. Und wir waren immer gerührter. Aus tiefstem Herzen. »Nach Hause telefonieren«, sagte Jimmy von da an öfter in seiner *ET*-Stimme. Und etwa alle sechs Monate meldete ich mich dann auch bei Danny und Annie. Es gab keinen Grund, es nicht zu tun; zwischen uns war alles in Ordnung.

Als ich ungefähr fünfzig Meilen weit ins Landesinnere gefahren war, holte ich mir einen Hamburger und einen Kaffee. Ich kauerte mich mit dem Rücken an eine alte Wand und aß und trank in der Sonne. Vielleicht war hier einmal ein Gasthaus gewesen. An diesen Wegkreuzungen waren vermutlich versprengte Menschen aus dem ganzen Westen zusammengetroffen. Wahrscheinlich hatte man hier Musik gemacht, getanzt und getrunken, aber auch Trauer und Leid empfunden. Ich hatte Kilcrennan Hals über Kopf verlassen, das elende Irland verflucht und mir nichts sehnlicher gewünscht, als das Land zu verlassen. Wie vielen von ihnen wird es genauso gegangen sein?

Ich stand auf. Noch neunzig Meilen. Ich ging in den Tankstellenladen, kaufte eine verbilligte Sinatra-Kassette, die ich gesehen hatte, und stieg wieder ins Auto. Aber sie half mir nichts. Ich hatte gehofft, die trockene Stimme, die präzise Sprache und die himmlischen Formulierungen würden mich in ihren Bann schlagen und mich alles vergessen lassen. Normalerweise funktionierte das auch. Aber dies waren Amateuraufnahmen früher Radiokonzerte, auf denen selbst Sinatra abgedroschen klang. Als wollte auch er mich zwingen, zurückzuschauen ...

Ich musste den Dingen ins Auge sehen. Ich fuhr nach Hause. Oder besser: ich fuhr dahin, wo ich aufgewachsen war, denn soviel ich wusste, stand mein wirkliches Zuhause, das Cottage an der Shore Road, nicht mehr. Wie sollte ich mich auf die Rückkehr vorbereiten? Ich kramte in meinen Erinnerungen ... Ja, da gab es eine sehr gute, wenn auch nicht so gut wie die an das Pilzesammeln oder die Fahrt mit Mammy nach Dublin, als ich den Essay-Wettbewerb gewonnen hatte. Aber es kamen mehr Leute darin vor. Nora war schon in den USA, aber alle anderen waren da. Ma und Da saßen beide am Tisch, was an sich schon ungewöhnlich war. Annie war in ihrer Eigenschaft als Dannys feste Freundin dabei, obwohl sie erst dreizehn oder vierzehn war. Nicht, dass jemand sie eingeladen hätte, aber wenn es um Danny ging, hatte sie Nerven wie Drahtseile und hatte sich einfach zu einem Teil der Familie gemacht. Mein Vater war viel freundlicher zu ihr als zu Danny.

Auch Ned war da – vor allem meinetwegen, denn es war mein letzter Sonntag zu Hause, bevor ich ans Trinity College nach Dublin ging. Vor mir hatte noch niemand die Familie verlassen, jedenfalls nicht in aller Form – Nora war nur mit dem verschwunden, was sie in ihre Schultasche gestopft hatte.

Vielleicht gaben sie sich deshalb bei meinem Abschied solche Mühe.

Mammy machte sonntags kein Feuer in der Küche. Sie kochte das Essen auf dem Gasherd. An dem Tag, als ich von zu Hause wegging, ließ sie den Speck brutzeln und ging mit Dad zum Pub. Annie und ich wuschen die Kartoffeln und setzten sie auf, als die Fußballübertragung im Radio begann. Meine Mutter kam früher als sonst alleine nach Hause. Sie hatte zur Feier des Tages eine Dose Erbsen und eine Dose Karotten im Laden gekauft.

Ich glaube nicht, dass mein Vater absichtlich anfing, sie zu hänseln. Ich erwähnte, dass ich ein Zimmer in Templeogue bekommen würde.

»*Teampall Mealóig!*«, intonierte mein Vater. »*Mealóig* – zu Saint Mallock gehörend. In diesem Fall die Stelle, wo sich seine Kirche – sein Tempel – befand, daher: *teampall!*«

Er schob seine dicken Lippen vor und rollte die Ls, als klebte seine Zunge an einem Leckerbissen. Das war eine seiner lästigsten Angewohnheiten, dachte ich nicht zum ersten Mal. Sobald der Name irgendeines Ortes erwähnt wurde, verwandelte er die anglisierte Form wieder ins Irische zurück und erklärte jedermann, was die irischen Worte bedeuteten.

»Bus Nummer 49 von der O'Connell Street aus. Stimmt's oder hab ich Recht, Eileen?«

»Stimmt«, murmelte sie.

Sean saß auf dem Kinderstühlchen neben ihr und machte einen ohrenbetäubenden Lärm. Mammy hatte ihm eine gekochte Kartoffel in Milch auf einer Untertasse hingestellt, und nun versuchte er, sie in die Luft hüpfen zu lassen. Das fiel mir jetzt wieder ein. Er war so ein lustiger kleiner Kerl. »Irgendetwas mit dem Blut«, hatte Danny gesagt, als er mich beim *English Traveller* anrief. Er wurde immer weniger. Aber kann es sein, dass ein Kind einfach sein Leben aufgibt?

»In Templeogue hat deine Mutter früher gelebt«, fing Vater wieder an. »Du könntest dich mal umhören, Cait, und herausfinden, ob jemand aus der Verwandtschaft deiner Mutter daran interessiert ist, jemanden mit Namen de Búrca kennen zu lernen.«

Wir wussten nicht, worauf er mit der Erwähnung ihrer Familie hinauswollte.

»Er hat sie bestimmt heiraten müssen«, sagte mir Nora einmal. Die Heiratsurkunde in dem Pappkarton unter ihrem Bett wies Januar als Datum auf, und Noras Geburtstag war im Juli. Daddys Beschäftigung war mit »Büroassistent« und Mammys mit »Verkäuferin« angegeben.

»Ich weiß nicht, wie sie den Job im Laden behalten hat«, hatte Nora gesagt. »Solange ich sie kenne, weiß sie nicht einmal, welchen Tag wir haben.«

»Sie hat ihn auch heiraten müssen«, sagte ich. »Vergiss das nicht.«

Wäre dies ein gewöhnlicher Sonntag gewesen, wäre Ma bei seinen Sticheleien in ihr Zimmer gegangen, und er hätte sich selbstzufrieden einen Schluck Whiskey in den Becher Tee gegossen, den er zum Essen trank, und uns den erstbesten Vortrag über Politik gehalten, der ihm in den Kopf kam. Aber an diesem Tag ließ sich Mammy nicht verjagen. Eigentlich war er in guter Stimmung und ärgerte sie nur aus Gewohnheit.

Sie sagte, »schreibst du uns auch, Kathleen?«

»Ja«, sagte ich und fügte hinzu: »Und ihr könntet mich in Dublin besuchen.«

»Zieh nicht Mrs. Bates' Kostüm für den Bus an«, sagte sie. »Sonst zerknittert es so.«

Das Kostüm war ein Geschenk dafür, dass ich ein Stipendium erhalten hatte. Es hatte Mrs. Bates' Schwester in Boston gehört. Mammy sagte, allein die Knöpfe an der Jacke seien ein Vermögen wert.

»In der Reisetasche zerknittert es auch«, sagte ich.

Darauf Daddy: »Ich werde zu Mrs. Bates gehen und ein paar Bogen braunes Packpapier holen, um es einzupacken. Als ich in der FCA war, habe ich mein Ersatzhemd in braunem Packpapier aufbewahrt, und es wurde oft lobend bemerkt, dass meine Hemden in tadellosem Zustand waren. Danny! Wofür steht FCA? Schnell!«

»Forsa Cosanta Áitúil«, sagte ich, sein Spielchen verderbend. »Weißt du, Daddy, wenn ich ein Mann wäre, würde ich auch gern in die FCA gehen. Kurse machen, Drill lernen und wie man mit Waffen umgeht ...«

Er sah mich misstrauisch an, stand dann aber auf, um zu Bates' Laden zu gehen. Dass er sich dazu aufraffte, obwohl er sonst nie einkaufen ging, verlieh meiner Abreise größeres Gewicht.

Meine Mutter folgte mir ins Schlafzimmer und sah zu, wie ich das Päckchen mit dem Kostüm, meine Schulpullover, meine Pyjamas und mein signiertes Foto der Beatles in die Tasche legte.

»Ich habe ein kleines Geschenk für dich«, sagte sie. »Weil du so ein großes Mädchen bist, Kath. Und weil du es ans Trinity College geschafft hast.«

Es war in einer glänzenden schwarzen Pappschachtel, auf der in Gold der Name des Juweliergeschäfts aus Kilcrennan aufgedruckt war. Die Schachtel war mit weißem Satin ausgekleidet. Auf einem kleinen Wattebausch lag eine dünne Halskette aus Bergkristall. Ich sah zu ihr auf, und sie sah mich an, die Mundwinkel leicht gestrafft, um mein Lächeln mit ihrem Lächeln zu beantworten. Doch mir versetzte es einen Stich ins Herz, als ich mir vorstellte, wie sie die Tür des Juweliergeschäftes aufdrückte und mit ihrer großen Handtasche eintrat, die fast immer leer war, weil sie kein eigenes Geld hatte.

»Oh, Ma ...« Ich hätte heulen können.

»Mach keine Dummheiten!«, unterbrach sie mich schnell. Das Licht vom Fenster schien ihr voll ins Gesicht. »Kathleen, pass auf dich auf! Mach bloß keine Dummheiten!«

Was einerseits so viel bedeuten konnte wie »Werde nicht schwanger«, womit sie von sich selbst ausgegangen wäre. Oder es bedeutete: Du bist ein leichtsinniger Mensch und könntest dein Leben ruinieren, weil du Gefahren verkennst. Womit sie wirklich von mir ausgegangen wäre.

Die Eltern gingen nicht mit die Straße hinunter, bis zu der Stelle, wo der Bus über der Küste wendete. Danny und Annie begleiteten mich sowie Sean, der wie ein kleiner Betrunkener umherstrauchelte, bis ihn Onkel Ned huckepack nahm. »Bye,

Attly! Bye, Attly!« Mutter und Vater sahen uns vom Fenster ihres Schlafzimmers aus nach. Die Kette an seiner Weste funkelte, ihr Gesicht war ein bleicher Fleck hinter seiner Schulter.

Natürlich waren Kostüme außer Mode. Das wusste ich, bevor ich wegging. Ich trug in Dublin immer meine alten Pullover und einen Minirock.

Die Halskette habe ich gleich in der ersten Woche verloren. Ich hatte so etwas nie besessen und trug sie die ganze Zeit und merkte nicht einmal, wann sich die Kette löste.

Trotzdem behielt ich Mrs. Bates' Kostüm. Solange ich im Trinity war, hatte ich Freunde, deren Vermieterin ihnen gestattete, ihre Sachen während der Ferien im Keller aufzubewahren. Ich brachte meinen Pappkarton dorthin, und jedes Mal lag oben auf den Büchern und Schallplatten das braune Päckchen mit dem Kostüm. Als meine Mutter im Sterben lag und ich nach London davonlief, nahm ich überhaupt kein Gepäck mit, so blieb das Kostüm da. Hätte ich es mitgenommen, wäre es im Müll gelandet, sobald ich gehört hätte, dass sie tot war. Sobald ich sicher wusste, dass sie tot war.

Als ich Jimmy einmal von diesem letzten Essen zu Hause erzählte, sah er mich sehr ernst an und sagte: »Habe ich richtig gehört, dass das eine deiner *besten* Erinnerungen ist?«

»Na ja«, sagte ich nach einer kurzen Pause. »Ich verstehe, was du meinst. Aber es war wirklich ein schöner Tag. Vielleicht habe ich es nicht richtig erklärt. Aber alle waren da – das ist einer der guten Aspekte. Und es gab überhaupt keine Streitereien. Und Mammy hat mir etwas geschenkt. Und ich habe mich ins Studentenleben gestürzt wie eine Ente ins Wasser, war rundum glücklich, hatte zwei oder drei Jobs und bin gar nicht mehr nach Hause gefahren – nicht einmal zu Weihnachten. In den fast zwei Jahren, bevor sie krank wurde, bin ich kein einziges Mal nach Hause gefahren. Deshalb waren ihre Worte am Tag meiner Abreise ihre letzten Worte zu mir.«

Jetzt wünschte ich mir, ich könnte Shay von diesem Tag erzählen. Er würde einige Feinheiten verstehen, die Jimmy entgangen waren. Den Hochgenuss, Gemüse aus Konserven aufgetischt zu bekommen. Wie ungewöhnlich es für einen

Vater war, für seine Tochter im Laden Packpapier zu besorgen. Ich wette, Shay hat nie etwas Besonderes gekocht bekommen, es sei denn, seine Eltern hatten Geburtstagsfeiern für ihn veranstaltet. Es war kein böses Wort gefallen – nicht einmal mit seinen Sticheleien über Mammys Familie hatte Daddy einen Streit vom Zaun brechen wollen. Und Annie hatte trotzig Dannys Hand gehalten, als wir zur Bushaltestelle gingen, obwohl Daddy sie sehen konnte. Und Sean oben auf Onkel Neds Schultern hatte wie ein kleiner Kobold gekichert und dem geduldigen Mann mit seinen wurstigen schmutzigen Händchen auf die Augen gepatscht, als ihn der Wind von der See aus dem Gleichgewicht brachte.

Mein Magen zog sich zusammen, als ich mich Kilcrennan näherte. Vielleicht wäre es wirklich besser gewesen wegzubleiben und ein anderes Mal nach Hause zu fahren. Nicht, dass der Ort mit meiner Erinnerung etwas gemein hatte. Die Ausläufer im Westen der Stadt kannte ich überhaupt nicht, obwohl längst hohe Bäume vor den Doppelhäusern standen. Ich fuhr so langsam wie möglich Richtung Stadtzentrum. Mir war übel. Ich hätte einfach weiterfahren und an der Brücke am Krankenhaus rechts nach Dublin abbiegen können. Ah – ein Hotel. Ein ganz neues. Das Shamrock Manor. Ich fuhr auf den Parkplatz, vergewisserte mich, dass es einen Nachtportier gab, für den Fall, dass ich spät zurückkäme, und zahlte eine Übernachtung im Voraus. Ich wusch mir das Gesicht, kämmte mein Haar so gut ich konnte und steckte es äußerst sorgfältig zurück, trug etwas rosa Lippenstift und einen Hauch Mascara auf. Schließlich hielt mich Annie für mondän. Ich steckte mir Ohrringe an. Zu Jeans und Pullover hatte ich eine Wildlederjacke. Ich verkürzte die Träger meines Büstenhalters und kontrollierte mein Aussehen im Spiegel. »*Weil dieses Einzeldasein*«, rezitierte ich leise, »*schon am Anfang hintertrieben, so lange brauchte, um sich aufzuschwingen, wenn's gelang ...*«
Dichtung half mir oft, mich zu schützen.
Immer wieder wanderte mein Blick zum Telefon. Noch konnte ich alles ohne Probleme abblasen. Es käme Annie nie

in den Sinn, dass ich sie belog. Schließlich packte ich meine Sachen wieder in die Tasche. Ich würde niemandem gegenüber das Zimmer erwähnen, aber ich hatte es in Reserve für den Fall, dass irgendetwas schief ging.

Ich fuhr den Hügel am Bahnhof hinunter. Hier oben hatte ich mir im Bed & Breakfast ein Zimmer genommen, als ich vom College kam, um Mammy im Krankenhaus zu besuchen. Zitternd von den auf mich einstürmenden Erinnerungen parkte ich den Wagen auf einem unbebauten Grundstück und folgte einer Gasse, die ich noch gut von meinen Teenager-Streifzügen mit Sharon kannte, zur High Street, in die ich rechts einbog. Hinter der Ladentheke der Trockenreinigung war niemand, aber durch einen Ständer mit Kleidungsstücken konnte ich meine Schwägerin an einem Tisch sitzen und etwas ausbessern sehen.

»Annie!«, rief ich leise.

Wortlos eilte sie mir entgegen, und wir lagen uns viel länger in den Armen als je zuvor. Als hätten wir uns nach einem Unglück unter den Überlebenden wiedergefunden. Zum einen zeigte sie mir damit ihr Beileid wegen Jimmys Tod. Aber ihre Begrüßung hieß auch gleichzeitig »Willkommen daheim« nach einem halben Lebensalter. Normalerweise umarmte ich niemanden, außer beim Sex. Mit Nora waren meine Begrüßungen knöchern und behutsam. Aber diesmal gelang es mir, ganz natürlich zu sein. Ich drückte Annie so fest an mich, wie sie mich. Ich weiß, wenn jemand gut ist. Und Annie ist gut.

»Hi, Sweetheart!«, sagte ich lässig.

»Hi, Globetrotter!«, sagte sie. »Du siehst gut aus in deinen Jeans. Es ist zwanzig Jahre her, dass ich in ein Paar Jeans passte.«

»Schau mal deine Ohren an, Annie!«, sagte ich. »Es gibt Models, die sich operieren lassen, um so perfekt anliegende Ohren zu bekommen wie deine.«

Da sah ich, dass die kleine Lilian in ihrer Klosterschuluniform in den Laden geschlüpft war und hingerissen zu uns aufschaute. Sie stellte ihre Schultasche ab und befühlte gedankenverloren ihre eigenen Ohren.

»Vergiss nicht, deinem Daddy zu sagen,« sagte Annie zu ihr, »dass deine Mammy schöne Ohren hat. Tante Kathleen hat es gesagt. – Trinkst du eine Tasse Tee, bevor du zum Haus rausfährst, um Dan zu besuchen? Er weiß, dass du vielleicht schon heute kommst. Lilian macht ihre Hausaufgaben hier und dann kommen wir nach, kurz nach sechs.«

Lilian war anfangs zu schüchtern, um mit mir zu reden. Sie versteckte sich halb hinter Annie – die fülliger war als bei unserer letzten Begegnung, und nun vollkommen graue Haare hatte, statt Haare mit grauen Strähnen. Und ich hatte auch nicht das Bedürfnis, etwas zu sagen. Das Haar des kleinen Mädchens umspielte das perfekte Oval ihrer Stirn in einem schwungvollen Bogen, der genau dem Lockenfall ihres Vaters entsprach, welcher wiederum genau der unserer Mutter war. Ich weiß nicht, wie oft ich in meiner Kindheit diese schwungvolle Locke meiner Mammy bewundert habe, die aussah wie bei einem Filmstar.

»Ich bin dein Patenkind«, sagte Lilian plötzlich, den Kopf vorstreckend. »Und ich bin fast neun.«

Dann errötete sie und versteckte sich wieder hinter ihrer Mutter.

Ein paar Kunden traten in den Laden.

»Miss Lilian und ich werden jetzt etwas Schönes zum Tee besorgen. Dann fahre ich zu euch nach Hause, um Danny zu begrüßen. Ist das ein guter Vorschlag? Zeigst du mir, wo wir einkaufen sollen?«, sagte ich zu dem Kind.

Sie blickte sich nach ihrer Mutter um, doch dann nahm sie meine Hand und führte mich auf die Straße. Ich blieb stehen und war entzückt, wie wenig sich diese Straße seit meiner Schulzeit im Kloster verändert hatte. Es war eine enge, mit kleinen alten Läden gesäumte Straße. Die Läden befanden sich in den vorderen Räumen der Häuser, in die man durch Haustüren mit Türklopfern eintrat. An die Ladenräume schlossen sich mit Vorhängen abgetrennte Küchen an, und die Frauen rannten hinaus, um die Kunden zu bedienen, während das Essen für die Familie auf dem Tisch stand. Es war kaum Verkehr auf der Straße, und die Leute schlenderten zwischen den Autos hin und her.

»Willst du einen Witz hören?«, sagte ich zu Lilian, deren Anspannung ich spürte. »Was sagte der BH zum Hut? – Na, gibst du auf?«

Keine Antwort. Aber sie hielt meine Hand fester. Ich führte sie über die Straße. Meine Hand kribbelte von den Berührungen mit ihrem Körper: dem seidenglatten Haar, ihrer Schulter, den Schulterblättern, die wie die Ansätze von Flügeln aussahen.

»Was sagte er?«, stieß sie hervor.

»Wer?«

»Der BH zum Hut?«

»Ach so. Ich bring die beiden ins Körbchen und du behütest sie.«

Die alte Frau im Laden schlurfte hinter die Theke.

»Das ist meine Tante, die aus England heimgekommen ist!«, verkündete Lil. Ihre Stimme war plötzlich fest und ihr Ton besitzergreifend.

Die Frau blickte uns zwischen den Gläsern mit Süßigkeiten hindurch an.

»Ja, das weiß ich«, sagte sie zu dem Kind. »Ich hab sie mir genau angesehen, wie sie da drüben stand. Erst dachte ich, sie wär eine Fremde, aber dann hab ich sie erkannt.«

Sie wandte sich mir zu. »Ihre Mutter war auch eine gut aussehende Frau, Gott sei ihrer Seele gnädig … Sie kam oft herein, um ein paar Süßigkeiten zu kaufen, wenn sie in die Bibliothek ging. So ein Lächeln wie ihres hab ich nie wieder gesehen.«

»Wo ist sie jetzt?«, unterbrach Lilian.

»Sie ist bei den Engeln im Himmel«, sagte die alte Frau. »Du kannst sie nicht sehen, aber sie sieht dich. Sie passt auf, ob du ein braves Mädchen bist.«

»Sie ist ein sehr braves Mädchen«, sagte ich. »Deshalb darf sie sich jetzt doch bestimmt ein paar von den hübschen Kuchen da aussuchen, nicht?«

Nach unserem Streifzug stand Lilians Mund nicht mehr still, selbst wenn ihr niemand zuhörte.

Ich bin vier Meilen von Kilcrennan entfernt aufgewachsen, dort, wo die Küstenstraße am Meer endete. Etwa auf halber Strecke führte die Straße an einem Platz mit Buchen vorbei. Dort lag die Familienfarm, wo Onkel Ned gelebt hatte und Danny, Annie und Lil jetzt lebten.

Ich parkte den Wagen am grasbewachsenen Straßenrand und stieg unter den schönen, noch fast unbelaubten Bäumen aus. Ich beneidete Danny und Annie darum, dass sie hier nun tatsächlich lebten. Schon Onkel Ned hatte ich seinerzeit deswegen beneidet. Unser Haus an der Shore Road war ein ganz gewöhnliches Haus, und dieser Ort sein magisches Gegenstück. Große Bäume mit dicken, elefantengrauen, glatten Stämmen flankierten die Straße, und der Graben war mit bemoosten Steinen gesäumt. Hauchdünne Buchenblätter verteilten sich schuppenartig im filigranen Astwerk. Sie hatten sich noch nicht entfaltet, doch die heutige Sonne würde sie öffnen. An diese Buchen hatte Onkel Ned damals gedacht, als ich ihn nach dem historischen Schauspiel über die Große Hungersnot auf dem Schulparkplatz traf. Ich war noch barfuß und hatte den Eimer mit Kartoffeln in der Hand. »Katey«, hatte er gesagt, »kennst du die Buchengruppe unten am Drei-Acre-Feld? Es sind schöne Bäume und manch einer hält an, um sie zu bewundern. Aber die Bäume gehörten dem früheren Grundherren, den alten Cooper-Bellews. Die Cooper-Bellews waren nicht die Schlimmsten, und etlichen, die sie von ihrem Land vertrieben, haben sie die Überfahrt nach Amerika bezahlt. Aber trotzdem …«

Meine Sportschuhe machten kein Geräusch auf dem weichen Boden. Ich folgte dem Weg zwischen Dornenhecken, an denen das erste Grün zu erkennen war, den Hügel hinauf. Schellkraut glühte dunkelgelb und grün glänzend im Graben. Der Blütenschaum an den Schlehen war schon fast welk, aber ich roch noch seinen lieblichen Duft. Am Ende des nächsten Feldes war ein silbriger Streifen zu sehen, ein Ergebnis der Frühjahrsüberschwemmung. Zwei Schwäne glitten über das Wasser. Die Luft war angefüllt vom Blöken der Schafe, aber Danny musste den Wagen hundert Meter weiter anhalten gehört haben. Er lehnte am Gatter zwischen den Wällen immergrüner Hecken, die das Cottage verbargen, genauso wie Onkel Ned immer dagestanden hatte. Er trug ein zerknittertes weißes Hemd und hatte das Haar mit der Tolle aus der hohen Stirn nach hinten gekämmt. In seinem runden Gesicht dominierten die grauen Augen meiner Mutter, glasklar bei ihm, wo sie bei meiner Mutter trübe waren. Die Ähnlichkeit überraschte mich nicht mehr. Ich hatte mich an die Erscheinung meiner Mutter gewöhnt, die in Dannys Gestalt in den Londoner Pub trat, wo ich mich mit ihm auf einen Drink traf, wenn er zu einem Fußballspiel nach England kam. Sein nach unten gewölbter Mund veränderte sich völlig, wenn er lächelte.

Es kam mir vor, als hätte ich dieses Lächeln schon einmal gesehen. Ob das in meinem Spiegel war?

»Du hast viel mehr Haar, als ich gedacht hätte«, sagte ich.

»Du auch«, sagte er. »Du hast mehr Haare als die meisten Leute.«

»Annie sagt, sie und Lil kommen gegen sechs.«

»Kein Problem. Ich hab die Kartoffeln schon geschält. Ich kann mir die Zeit einteilen ...«

»Hier sieht es noch genauso aus wie früher!«

»Es ist genau wie früher. Annie macht Sklavenarbeit in der Reinigung, und wir hatten nie das Geld, hier was zu verändern.«

»Aber hast du keinen Job?«, fragte ich.

Er hatte einen Wartungsjob in der Computerfirma gehabt, ihn dann aber aufgegeben, erzählte er mir auf dem Weg ins Haus. Ich sah ihn aufmerksam an, während er redete. Seine Nase war größer, als ich sie in Erinnerung hatte. Sogar knollig. Aber seine Augen waren so klar wie immer. Ich erinnerte mich noch, wie sie aus seinem runden Babygesicht herausguckten.

»Einige meiner Kumpels und ich machen Musik«, sagte er, »und wenn wir bei einer Hochzeit oder sonst wo gespielt haben, konnten wir nicht arbeiten gehen. Deshalb hab ich den Job hingeschmissen. Nach Abzug der Steuern blieb sowieso nicht viel übrig. Außerdem wollte ich selektive Züchtung ausprobieren.«

»Was ist das?«

»Du kaufst Zuchttiere und verkaufst die Jungen.«

»Klingt gut.«

»Ja, das ist es auch«, sagte er. »Man kann viel Geld damit verdienen. Ich versuch gerade das Geld dafür aufzutreiben. Annie ist es langsam leid, den ganzen Tag in dem ollen Laden zu verbringen. Und einen großen Teil von dem, was sie verdient, verschlingt das Auto. Im Moment sind wir etwas knapp bei Kasse, bis ich mein Projekt auf die Beine gestellt habe.«

Er machte Tee.

Endlich konnte ich mich ein bisschen umsehen. Ich saß neben dem kleinen quadratischen Tisch unter dem Regal mit dem Radio, dem Herz-Jesu-Bild nebst rotem Lämpchen und der großen Zinnuhr. Auf einem Tablett standen Kekse und die guten Tassen. Mit Blümchendekor. So hätte mein Onkel auch einen Gast empfangen.

Als ich die Hände auf die Plastiktischdecke legte, stieg ein Glücksgefühl in mir auf.

»Sind das Onkel Neds Sachen?«, fragte ich. »Wie ist das möglich?«

»Daddy ist regelmäßig hergekommen und hat am Haus rumgebastelt«, sagte Danny, »weil das Land zu seiner Zeit verpachtet war. Er hat nie etwas verändert. Und wir haben das Haus ziemlich so gelassen. Die Geschäfte in der Stadt, wo Farmer wie ich einkaufen, sind auch so geblieben wie sie waren. Das Porzellanmuster ist noch das gleiche wie zu Neds Zeiten. Klar, es kommt sowieso alles aus China.«

Erstaunt stellte ich fest, dass das, was ich für ein Kissen auf dem Stuhl neben dem Herd gehalten hatte, eine riesige Katze war.

»Annies«, sagte Danny, der meinem Blick gefolgt war. »Furriskey heißt er. Er ist der faulste und gefräßigste Kater in ganz Irland. Kater – *amach leat*! Lil sagt, er versteht Irisch. Wusstest du, dass der alte Herr bei unserer Stiefmutter kein Wort Irisch reden durfte? Das würde die Leute von ihrem Pflegeheim fern halten, hat sie gesagt. Hinter ihrem Rücken sprach er Irisch mit mir, aber ich konnte ihn kaum verstehen.«

»Ich hab ihn nie verstanden«, sagte ich.

»Was soll's«, sagte er unbestimmt. »Aber er war froh, dass ich die alte Musik spiele. Ich habe bei seinem Begräbnis gespielt. Es war gerammelt voll.«

Ich war total perplex. Ich hatte immer gedacht, Danny und Dad hätten einander nicht ausstehen können.

Wir tranken unseren Tee. Der Herd war neu, mit Ölfeuerung, aber er stand da, wo schon der alte gestanden hatte, und das Geschirrtuch hing noch immer an der gleichen Stelle. Der Linoleumfußboden sah genauso aus wie das Linoleum damals. Auf der selbst gemachten Holzbank hatte ich schon als kleines Mädchen gesessen und nun saß ich wieder da. In meiner Kindheit war es mir vorgekommen, als gäbe es einen unsichtbaren Punkt friedlicher Stille in der Mitte des Raumes, auf den alles, was sich darin befand, ausgerichtet war. Die neuen Sachen änderten nichts an dem Gefühl, in einem freundlichen Raum zu sein.

Danny holte ein Paar staubige Gummistiefel für mich unter der Treppe hervor, und wir gingen hinaus, um uns die Felder anzusehen. Er hielt mir das erste Gatter auf.

»Du siehst aus, als wolltest du Landmode vorführen«, sagte er. »Ich hätte nie gedacht, dass jemand, der zu den Burkes gehört, so aussehen würde.«

»Da schaust du, was«, sagte ich matt, noch ganz unter der Wirkung des Wortes, das er benutzt hatte: »dazugehören«.

Ein paar Rinder kamen uns schwerfällig und schwankend entgegen.

»Was für lange Wimpern sie haben!«, sagte ich.

»Wir reden hier nicht viel über ihre Wimpern«, sagte er lachend.

Er brauchte lange, um die Drahtenden und Stricke aufzuknoten, die seine Gatter zusammenhielten. Sie war nicht gerade malerisch, die Farm. Die Wiesen waren zerfurcht und mit Disteln übersät. Und doch glänzte das neue Blätterwerk auf den struppigen Weißdornhecken smaragdgrün und die Luft war wunderbar frisch und leicht.

»Du musst dem alten Herrn sehr dankbar sein, dass er dir die Farm vermacht hat.«

»Er hat sie mir nicht vermacht«, sagte Danny. »Er hat sie der Stiefmutter hinterlassen und sie hat sie auf einer Versteigerung zum Verkauf angeboten.«

»Ich hab gedacht, die Farm wäre der Familiensitz!«, sagte ich. »Und würde immer von Mann zu Mann weitergegeben. Hat sie Ned nicht deshalb Da hinterlassen? Wie hast du sie überhaupt gekauft? Ist sie nicht eine Menge Geld wert für einen Bauunternehmer?«

Wir stapften auf dem zertrampelten morastigen Feldweg zurück, auf dem das Vieh zur Fütterung kam.

»Ich habe sie zu einem sehr anständigen Preis gekriegt«, sagte Danny. »Es gab keine Mitbieter auf der Auktion. Hier wissen alle, dass sie der Sitz der Burkes ist. Sie war schon immer der Sitz der Burkes. Schon vor der Hungersnot hat sie unserer Familie gehört.«

»Dass du und ich heute hier sind, Danny«, sagte ich, »bedeutet, dass unsere Vorfahren die Hungersnot überlebt haben. Eine ältere Dame – eine Bibliothekarin –, die eine Menge darüber weiß, hat mir das kürzlich klar gemacht. Es ist natürlich klar, wenn du darüber nachdenkst, aber wer denkt schon je darüber nach? Hast du eine Ahnung, was die Burkes gemacht haben, um zu überleben?«

»Ich habe keinen blassen Schimmer«, sagte Danny. »Vielleicht behandelt Lil die Hungersnot in der Schule, aber bis dahin weiß ich ebenso viel darüber wie dieser Zaunpfahl hier.«

»Ich bring dich raus zur Shore Road«, sagte er.

Wir fuhren Richtung Meer. Sein klappriger, mit Schlamm bespritzter Ford röhrte den Hügel hinunter, vorbei an Bates' Laden, dem Pub und der Reihe von Cottages, die nur noch das Kiesufer vor sich hatten, an dem sich der Fluss in den hereinkommenden Wellen verlor. Ich bereitete mich innerlich vor, nahm meinen Mut zusammen und warf einen Blick auf das letzte Haus. Es gab nichts zu sehen. Wer immer jetzt dort lebte, war nicht wie wir. Blühende Pflanzen zierten beide Fenster, man hatte weiße Jalousien angebracht und ein Glasdach über der Eingangstür angebaut.

Dahinter war die halbe Hügelseite in geometrischem Muster von Ketten neuer Reihenhäuser durchzogen. Die andere Seite sah auf den ersten Blick aus, als wäre sie mit Abfällen bedeckt. Dann wurde mir klar, dass es sich um Gräber handelte. Von der alten Einfriedung hinter der Kirche zogen sie sich den Hügel hinauf. »Da oben liegt sie«, sagte Danny. »Irgendwo in der ersten Reihe, glaube ich. Seans Grab ist in Kilcrennan – sie haben dort auf dem großen Friedhof eine eigene Abteilung nur für Kinder. Und der alte Herr ist auch da oben begraben.«

»Das ist nicht dein Ernst! Im gleichen Grab wie Mammy?«

»O ja. In Irland würde man dich nie mit deiner zweiten Frau begraben.«

»Und wo ist Neds Grab?«

»Ned liegt draußen in der Nähe unseres Hauses. Sie haben den alten Friedhof extra für ihn geöffnet, weil er ein Held des Kleinbauernverbands war.«

»Lassen wir's dabei bewenden«, sagte ich, »wir brauchen nicht da hinaufzugehen.«

Ich ging einige Schritte bis zum Ende der Straße, schloss die Augen und lauschte dem Klang, den ich wie meine Atemzüge kannte – das nahe Plätschern des seichten Flusses und das entfernte Klatschen der kleinen Wellen unten am Strand. Wo früher dichtes grünes Gras und die bunkerähnlichen Löcher mit kaltem Sandboden waren, war jetzt ein Parkplatz.

»Lass uns zurückfahren«, sagte ich zu Danny und wandte mich dem Wagen zu. »Ich gehe ein anderes Mal zu ihrem Grab.«

Er wendete den Wagen. Auf dem Boden lagen etliche Kassetten herum, auf einer davon lächelte mir sein Gesicht entgegen.

»Danny de Burca!«, las ich laut. »Blechflötenschätze. Sieh mal einer an!«

»Hab ich sie dir nicht geschickt?«, fragte er bescheiden.

Ich schob sie in das Kassettendeck und drehte die Lautstärke voll auf. Mit röhrendem Auspuff und dröhnender Tanzmusik aus den Lautsprechern fuhren wir die Küstenstraße hinauf und lachten wie leicht überdrehte Kinder, die gerade etwas ausgefressen hatten, ohne erwischt worden zu sein.

Am Abend saß ich in der kleinen Küche am Tisch, umgeben von dem vertrauten Geruch brutzelnden Specks, und half Annie, den Rosenkohl zu putzen.

Bei unserem Schnelldurchgang durch den Klatsch von Kilcrennan waren wir inzwischen bei Sharon gelandet.

»Die ist so reich wie Krösus«, sagte Annie. »Sie und ihr Mann klappern in ihren haargleichen BMWs ihre Kette von Discos ab und sammeln die Abendkasse persönlich ein. Sie haben ein Haus in Florida. Mit zwei Swimmingpools. Du solltest mal sehen, wie braun Sharon ist. Und was für einen Umfang sie hat! Ich bin ja schon nicht gerade zierlich!«

Ich sah meine Schwägerin an. Sie hatte das Gesicht eines Mädchens, abgesehen von einigen tiefen Furchen zwischen ihren Augenbrauen.

»Du siehst so jung aus, Annie!«, sagte ich.

»Warum sollte ich nicht?«, sagte Annie. »Hab ich nicht, Gott sei Dank, ein schönes Leben gehabt? Dass Er uns Lilian geschenkt hat, nachdem wir so lange gewartet haben! Ich habe in jeder Hinsicht Glück gehabt. Nur durch die Hormonpillen habe ich wahnsinnig zugenommen. Hattest du Probleme mit den Wechseljahren, Kathleen?«

»Ich glaube nicht, dass ich schon in den Wechseljahren bin«, sagte ich. »Jedenfalls habe ich noch meine Periode. Aber es stellen sich schon Veränderungen ein. Bei einem langen Flug sind mir die Füße vom eingeengten Sitzen angeschwollen und seitdem habe ich Probleme damit. Und ich habe eine Menge Leberflecken am Körper gekriegt. Ich glaube nicht, dass das etwas Schlimmes ist. Es hat einfach mit dem Altern zu tun.«

»Wie kommst du über den armen Jimmy hinweg?«

Es war ein Schock, jemand seinen Namen sagen zu hören. Der Klang schien in der Luft zu vibrieren … Sie ging in die Spülküche, um mich einen Augenblick allein zu lassen.

»Du bist deiner Stiefmutter nicht zufällig in der Stadt über den Weg gelaufen, oder?«, sagte sie aufgeräumt, als sie mit

Backäpfeln zum Schälen zurückkam. »Du würdest sie wahrscheinlich nicht erkennen, aber sie dich – sie ist nicht so viel älter als du, und du bist immer aufgefallen, mit deinem Haar und so und weil du so wild warst. Weißt du, wie sie sie hier nennen? Kathy Bates. Nach der Frau aus dem Stephen-King-Roman, die ihren Kerl nicht aus dem Bett lässt. Angeblich hatte dein Da bei ihr nicht viel zu melden. Sie soll ihn gleich nach dem Tee ins Bett geschickt haben.«

»Wenigstens hat sie ihm nicht sieben oder acht Kinder geboren, wenn du die mitzählst, die gestorben sind«, sagte ich. »Wie meine arme Mutter.«

»Sie war eine ausgebildete Krankenschwester«, sagte Annie. »Wenn die nicht weiß, wie man sich so was vom Hals hält, wer dann? Dein Da ist ziemlich bekannt geworden, wusstest du das? Er hat Irisch-Unterricht gegeben. Seine Kurse waren rammelvoll. Auf dem Rückweg kam er gewöhnlich bei mir vorbei. Die halbe Sinn Féin hat daran teilgenommen, aber auch viele Leute aus der Stadt. Er tat mir Leid, dass er zu so einer nach Hause gehen musste. Er ist ordentlich dafür bestraft worden, dass er zweimal geheiratet hat.«

Sie hielt inne und sagte dann: »Und was ist mit dir? So eine gute Partie wie du? Und so gut gekleidet! Ich mag gar nicht dran denken, dass du niemanden hast, vor allem jetzt, wo der arme Jimmy gestorben ist ...«

»Ich weiß auch nicht«, sagte ich verlegen. »Keine Ahnung, warum das so ist, ehrlich gesagt. Wenn ich in Irland geblieben wäre, hätte ich vermutlich geheiratet ... Ich habe mich umgesehen, wie die Leute leben, seit ich hier bin und ich habe da ein bestimmtes Paar im Kopf. Er trainiert die gälische Fußballmannschaft, sie ist mollig und gut aussehend und schüchtern, und sie haben drei rothaarige kleine Jungs, die auf der Rückbank des Toyota herumzappeln. Ich wünschte, ich wäre auch so eine Frau ...«

Annie legte das Messer hin.

»Machst du Witze? Natürlich hättest du nie so werden können wie die, Kathleen! Das passt überhaupt nicht zu dir. Die Schwiegermutter jeden Sonntag zum Tee in ein Hotel begleiten. Die Sachen von den Jungs waschen. Und ein Mann, der jeden Abend weggeht und ununterbrochen über Fußball redet, als sei das alles auf der Welt – du wärst verrückt geworden! Ich wäre vielleicht damit zufrieden gewesen, wenn ich Danny nicht kennen gelernt hätte. Aber du, Kathleen! Du wolltest von Kilcrennan fort. Weißt du, was du als Allererstes zu mir gesagt hast, als ich dreizehn war und noch niemand wie dich getroffen hatte? Dass du Geld sparst, um von zu Hause wegzulaufen.«

Beim Abendessen saß Lilian auf meinem Schoß und der Kater warf uns aus der sicheren Deckung seines Pappkartons finstere Blicke zu.

Wir erzählten uns Familiengeschichten. Jeder schmückte seine kleine Anekdote in den schillerndsten Farben aus, und wir lachten viel. Danny erzählte, wie er Annie zum ersten Mal mit nach Hause gebracht und Mammy eine Stunde lang kein Wort mit ihr gewechselt hatte, bis sie schließlich fragte, wer ihr Lieblingsschriftsteller sei, worauf Annie gestehen musste, dass sie keinen hatte. Und Annie erzählte, wie Danny am Anfang ihrer Freundschaft einmal nach einem wichtigen Fußballspiel zu ihr nach Hause kam und ihr Vater gar nicht glauben wollte, dass er mit dem, wie er sich ausdrückte, alten Dummschwätzer Inspektor de Burca verwandt war. Ich berichtete von einem Kampf mit Nora um den Kinderwagen, in dem der kleine Danny saß, bei dem ich, weil ich zu klein war, die Kontrolle über das hohe schaukelnde Gefährt verlor und Danny mit dem Wagen auskippte, so dass er mit dem Kopf zuerst auf die Straße fiel.

Lilian rannte zu ihrem Vater und begann, seinen Kopf abzutasten. Dann verkündete sie triumphierend, dass sie die Beule fühlen könne.

Ich verschwieg, dass der Boden des Kinderwagens aus drei mit gelbem Kunstleder überzogenen Paneelen bestand, wovon das mittlere abnehmbar war, und dass darunter alte, mit Babypipi getränkte Brotkrümel im hohlen Untersatz hin und her kullerten. Auch sagte ich nicht, dass Nora und ich nur deshalb darum kämpften, Danny auszufahren, weil wir Mam's Aufmerksamkeit auf uns lenken wollten.

Und ich verriet nicht, als Lilian mich einen Moment umschlang und den Kopf an meine Brust lehnte, dass ich einen Gedankenblitz lang Shay vor mir sah, der zu mir aufblickte und sagte, »In deinen Armen könnte es ein Mann ewig aushalten«. Die Sehnsucht nach ihm durchfuhr mich wie ein elektrischer Schlag.

Wer weiß, was die anderen alles nicht sagten?

Ich erzählte ihnen von der Talbot-Geschichte.

»Es kommt einem nie in den Sinn, dass sie während der Hungersnot Sex miteinander hatten«, sagte Annie.

»Das sagt jeder«, antwortete ich. »Aber die beiden haben jedenfalls miteinander geschlafen. Und alle spionierten ihnen die ganze Zeit hinterher.«

»Oh, so was verkauft sich bestimmt gut!«, sagte Danny gut gelaunt. »Sex verkauft sich immer. Schilderst du auch die Einzelheiten? Da können wir bestimmt noch was lernen, Annie!«

»Hatten sie Kinder?«, fragte Annie.

»Die Talbots hatten eine Tochter, Mab. In der Beweisaufnahme wird sie als ›bemerkenswert scharfsinnig und blitzgescheit‹ beschrieben.«

»Wie unsere kleine Lil!«, sagte Danny entzückt, setzte sie auf den Tisch und gab ihr einen schmatzenden Kuss. »Und wenn du groß bist, liest du dann die Geschichte von deiner Tante Kathleen, nicht wahr, mein Schatz? Aber jetzt ist es Zeit fürs Bett.«

»Sie wird viel reisen, unsere Lil«, sagte Annie. »Wie ihre Tante.«

Das Kind lief zum Schrank und nahm eine Schuhschachtel mit Postkarten heraus, die ich von überall auf der Welt geschickt hatte. Sie blätterte die Karten durch und hielt sie hoch. Im Beisein ihrer Eltern zeigte sie soviel Selbstbewusstsein, dass sie sogar versuchte, die umseitig aufgedruckten Bilderläuterungen vorzulesen. Der Eiffelturm. Die Große Mauer bei Xian. Frühlingsblumen in der Nähe von Heraklion.

Es war ein kleines Ritual, an jedem neuen Ort, in den ich kam, eine Ansichtskarte für Dannys Familie auszusuchen, eine Briefmarke darauf zu kleben und ihnen vom Tisch eines Cafés oder von den Stufen eines berühmten Bauwerks mitzuteilen, wo ich war. Ich habe es kein einziges Mal vergessen. Aber ich habe es mehr für mich selbst getan. Ich hätte nie gedacht, dass man die Karten aufbewahrt. Es erstaunte mich, dass die Familie so viel Wert darauf legte, von mir zu hören. Und mich überraschte die Anzahl der Karten, die ich geschickt hatte. Ich musste unablässig unterwegs gewesen sein. Beständigkeit, hatte ich mir einmal aus einer Zeitschrift abgeschrieben, ist das, was wir uns wünschen, wenn wir lieben und geliebt werden; Veränderung wünschen wir uns, wenn uns das nicht gegeben ist.

Jetzt, da Jimmy nicht mehr da war, kannte ich keine Menschenseele, mit der ich über solche Dinge hätte reden können. Nicht, dass er meine philosophische Seite sehr gemocht hatte.

»Du machst mich einsam«, beschwerte ich mich einmal bei ihm. »Immer soll alles lustig sein. Nie nimmst du mich ernst.«

»Oh, hör auf, Kath«, hatte er gesagt. »Du bist ein richtiger Miesepeter.«

Als Lilian müde wurde, begleitete ich sie aus der Küche in ihr kleines Zimmer. Ich steckte sie unter die Decke und legte mich neben sie. Draußen hörte ich das Gemurmel der beiden anderen. Sie schlief so leicht wie eine Feder. Es war schön, in der Dämmerung zu liegen und auf ihren Atem zu lauschen. Zufrieden betrachtete ich die Zimmerdecke. Ich konnte noch erkennen, dass man sie mit einer Quaste gestrichen hatte, die ihre Borsten verlor. Lilian röchelte laut auf und verstummte wieder. Ihr Schlaf wurde tiefer und sie trat mit den Beinen aus. Dann warf sie sich gegen meine Seite, als suche sie Schutz. Ich legte ganz leicht meinen Arm um sie.

Im Bus auf dem Rückweg zur Shore Road, am Tag, als ich mit Mammy in Dublin war, weil ich den Aufsatz-Wettbewerb gewonnen hatte, musste ich mich genauso angefühlt haben. Wir saßen aneinander gekuschelt auf der hinteren Bank. Ich hatte mich an sie gelehnt und mich unter ihren Arm geklemmt. Es war sogar der gleiche Arm – der rechte. Einfach so. Weil der Tag ein Erfolg gewesen und wir beide so müde waren. Nicht einmal, sondern gleich zweimal waren wir durch die Bekleidungsabteilungen von Clery's und Arnott's gelaufen. Auf dem Weg in die Stadt, hatte Mammy gesagt, dass man es genau so machen müsse – sich erst umsehen, die Preise vergleichen und dann kaufen.

»Ich hätte so gern einen Mantel«, sagte ich. »Aus Bouclé – kennst du das Material, Ma? Ich habe nur meinen Mantel von der Firmung. Wir brauchen beide Mäntel. Deiner ist dir zu groß und meiner ist mir zu klein.«

»Wir haben nicht genug Geld für Mäntel«, sagte sie. »Mäntel sind sehr teuer. Vergiss den Mantel.«

»Dann kaufe ich mir einen Minirock«, sagte ich.

»Das wirst du nicht tun!«, sagte sie. »Dein Vater bringt dich um.«

»Ich werde für jeden ein Geschenk kaufen. Für Nora ein Paar Strumpfhosen und für Danny grüne Fußballstrümpfe. Trotzdem bleibt dann noch eine Menge Geld übrig.«

Sie wollte nicht mit ins Büro der Zeitungsredaktion kommen. Ich schlug einen strengen Ton an und sagte, sie könne nicht vor der Tür stehen bleiben wie eine Bettlerin. Als ich die junge Frau an der Schaltertheke ansprach, hielt sie sich unsicher im Hintergrund. Die drei oder vier Frauen, die auf hohen Stühlen hinter der Theke saßen, hörten interessiert zu, als ihre Kollegin mit mir sprach, lächelten mir zu und sagten, ich sei ein tolles Mädchen und beglückwünschten mich.

»Das ist meine Mutter«, sagte ich und deutete auf sie.

»Sie macht Ihnen Ehre, Misses!«, rief eine der Frauen meiner Mutter zu, die nur verlegen nickte und sich an ihrer großen Handtasche festhielt. Aber ihre Augen leuchteten. Ich weiß nicht, was die Frau sah, aber sie kam hinter der Theke hervor und brachte Mammy einen Holzstuhl, damit sie sich setzen konnte. Ich wurde die Treppen hinauf zur Bildstelle geführt, wo mir ein Mann in einem Büro zehn Ein-Pfund-Scheine in einem schönen dicken weißen Umschlag überreichte. Selbst der Umschlag erschien mir kostbar.

Als wir draußen waren, zählten wir die Banknoten an der niedrigen Steinmauer über dem grauen, salzig riechenden Liffey noch einmal nach und schirmten uns dabei gegenseitig ab, aus Angst, ein Dieb könne uns sehen.

»Das ist für dich«, sagte ich und gab ihr fünf Geldscheine. »Das ist dein Geschenk.«

»Fünf Pfund!«, flüsterte sie wie abwesend. »Was soll ich mir denn dafür kaufen?«

Wir verstauten unser Geld, kehrten um und gingen über die O'Connell-Brücke zurück zu Clery's.

Zum Essen wählten wir einen Eissalon. Die Bedienung rückte Mas Bestellung vor mich hin und meine vor sie. Ich aß Eier mit Pommes frites und sie einen Eisbecher in einem hohen Glas mit elfenbeinfarben schimmernder Sahne, die mit rotem Erdbeerlikör verziert war. Es war so viel Sahne, dass sie an der Seite des Glases herunterlief. Mammy beugte sich vor und leckte sie ab.

»Also wofür, hast du gesagt, haben sie dir den Preis verliehen?«

»Wie bitte?« Ich war völlig verblüfft, dass sie etwas über mich wissen wollte.

»Worum ging es bei dem Wettbewerb, den du gewonnen hast?«

»Über die Gedichtzeile von Padraig Pearse: ›Die Schönheit dieser Welt hat mich betrübt, die Schönheit, die vergänglich ist …‹ Kaum zu glauben, dass er beim Osteraufstand auf Leute geschossen hat, als Dichter.«

»Und was hast du geschrieben?«

»Ach …« Es machte mich verlegen, ihr davon zu erzählen. »Etwas über den Strand, weißt du, an Winterabenden, und die Vögel da unten im Dunkeln, die Art und Weise wie sie schreien. Und über Musik. Wenn ich auf dem Weg zum Bus an dem Haus des Klavierlehrers vorbeikomme und davor stehen bleibe …«

»Du hast die Intelligenz deines Vaters«, sagte sie voller Bewunderung.

»Die meisten Ideen finde ich in Büchern«, sagte ich stirnrunzelnd. Ich wollte nichts mit ihm zu tun haben.

Sie lehnte sich in dem Chromstuhl zurück und lächelte mich an, als wären wir zwei Mädchen auf Ausgang. Unser Tisch stand am Fenster, und hinter ihr sah ich die Leute vorbeieilen und den Verkehr.

»Du bist trotzdem wie er«, sagte sie. »Du bist ein prächtiges Mädchen, Kathleen. Die Beste. Aber du bist trotzdem aus dem gleichen alten Holzblock geschnitzt.«

»Holzblock ist gut«, sagte ich, worauf wir beide kichern mussten.

Sie kaufte sich ein Baumwollkleid bei Clery's, nachdem sie eine ganze Reihe Kleider anprobiert hatte. Und ich einen schwarzen Rollkragenpulli, weil das die Pariser Mode war. Auf der letzten Etappe vor der Shore Road, als wir im dämmrigen Licht auf unseren Sitzen schaukelnd vor uns hin dösten, sagte sie: »Das war ein toller Tag! Ich bin stolz darauf, deine Mutter zu sein.«

»War deine Mutter stolz auf dich?« Ich versuchte es mal.

»Nein«, war alles, was sie sagte.

»Wissen sie von uns?«

»Von wem?«, fragte sie verständnislos.

»Himmel noch mal, Ma! Von uns. Deinen Kindern.«

»Sie wissen, dass ich verheiratet bin«, sagte sie. Und nach einer Weile fügte sie hinzu: »Oder sie wussten es. Sie könnten auch gestorben sein, nach allem, was ich weiß.«

Es trat eine ziemlich lange Pause ein. Dann fügte sie hinzu: «Wen kümmert's.«

Ich konnte die Zimmerdecke nicht mehr erkennen. Ich zog meine Kleider bis auf BH und Höschen aus und schlüpfte unter die Bettdecke zu Lil. Das Wunderkind. Die beiden waren schon viele Jahre verheiratet, bevor Annie schwanger wurde. Sie müssen sich also noch immer geliebt haben. Aber nannte man das überhaupt noch so, wenn man seit Jahren mit einem Menschen verheiratet war und nicht im Traum daran dachte, es mit jemand anderem zu tun, wenn man so sicher war, dass man einander liebte, dass man keinen Gedanken mehr daran verschwendete? Wozu die körperliche Liebe, wenn man sich ohnehin liebt? Wenn man den anderen kennt?

Ich konnte mir keinen Sex vorstellen, der nichts mit kennen lernen zu tun hatte, der kein Wagnis, keine Neuerkundung war.

Ich konnte mir Sex nur als Suche nach Liebe vorstellen, dachte ich und passte dabei bewusst meine Atemzüge an die des Kindes an. Ein. Aus. Ein. Aus. Ich war halb eingeschlafen, als mir ein Gedanke durch den Kopf ging.

Ich muss Nora bitten, ihren Seelenklempner etwas zu fragen: Wenn die Mutter ihr Kind nicht liebt, dann – sagt man jedenfalls – verbringt es sein Leben damit, nach Liebe zu suchen. Aber stimmt das wirklich? Wollen diese Menschen wirklich geliebt werden? Oder versuchen sie nicht vielmehr beinahe alles, um diejenigen, die sie lieben, dazu zu bringen, dass sie sie *nicht* lieben, damit sie zum früheren Zustand des Nicht-Geliebt-Werdens zurückkehren können?

Draußen rief Danny nach der Katze.

»Furriskey! Furriskey!«

Dann hörte ich ihn lachend in die Spülküche zurückkommen.

»Dein Kater ist so blöd, dass er nicht mal seinen eigenen Namen behalten kann.«

Aus dem Fernseher kam stürmisches Gelächter.

»Dreh ihn leiser, Liebling«, rief Annie. »Sie schlafen.«

Und der Ton verwandelte sich abrupt in ein entferntes Summen.

10

Am nächsten Morgen wurde mir plötzlich alles unerträglich. Das Badezimmer war eiskalt und nicht sehr sauber. Den gleichen Eindruck hatte ich bekommen, als ich die Teller abends nach dem Essen zum Spülbecken getragen hatte – um die Wasserhähne herum waren Schmutzränder und an der Wand Fettflecken. Zu Onkel Neds Zeiten war das Haus blitzblank gewesen. Annie war in Eile, sie musste die Reinigung rechtzeitig öffnen, um keinen Ärger zu bekommen, und Lilian jammerte, dass sie zu spät zur Schule käme. Was sollte ich allein mit Danny den ganzen Tag tun? Die wichtigen Dinge hatten wir gestern erledigt. Worüber sollten wir uns unterhalten? Danny musste es ähnlich gehen wie mir, denn er murmelte etwas von einer Reparatur am Toyota und verschwand mit einem verlegenen Kuss, noch bevor er eine Tasse Tee zu sich genommen hatte.

»Glücklich wie Oskar ist er jetzt aus dem Haus gegangen, weil dein Besuch so nett verlaufen ist«, sagte Annie. »Also. Lass es so.«

Sie ging in die Küche, um Tee aufzusetzen. Unterdessen holte ich meine Tasche.

»Ein Letztes noch«, sagte ich, als sie wieder ins Zimmer kam, als wäre von vornherein klar gewesen, dass ich nur bis jetzt bleiben würde. »Hättest du einen Briefumschlag, Annie?«

»Du willst doch nicht schon fahren, oder?«, sagte sie verdutzt. »Doch nicht so bald? Ich habe ein Bett für dich bezogen ...«

Ich konnte ihr nicht in die Augen sehen. Ich hörte, wie verletzt sie war.

Ich stellte Danny einen Scheck über eintausend Pfund aus und steckte ihn in den Umschlag, den sie mir gab. »Für deine Farm-Projekte. Ein Geschenk, kein Kredit«, schrieb ich darauf. Sie sah mir teilnahmslos dabei zu. Sie konnte nicht gesehen haben, wie hoch die Summe war, und ich sagte es ihr nicht – für Kilcrennan-Verhältnisse war es eine große Summe. Aber wenn ich schon half, konnte ich auch gleich großzügig sein. Dem armen Danny eine Chance geben, solange er noch ein bisschen Leben vor sich hatte.

»Gibst du ihm das?«, sagte ich. Sie nickte, lächelte aber nicht.

»Los«, sagte ich. »Du und Lil – begleitet mich zum Auto.«

Sie taten es, und das letzte, was ich sah, waren die beiden, wie sie auf der Straße standen, mir nachwinkten und Küsse zuwarfen. Flackernde Lichttupfer tanzten durch die jungen Zweige der Buchen auf ihre Gestalten nieder.

Einen Moment lang überlegte ich, ob ich, wenn sie weg waren, den Wagen wenden und ein letztes Mal zur Küstenstraße fahren sollte, um Ma's Grab zu besuchen.

Nein.

Es reicht.

Würde ich in Kilcrennan einen guten italienischen Kaffee bekommen? In einem kühl möblierten Raum? Gebürsteter Stahl, helles Holz, Leinenservietten, roter Preiselbeersaft auf den Lacktischen? Und, sagen wir, eine Brioche mit Feigenmarmelade dazu? In einem Hotel mit Lounge und Fitnessraum, wo sonnengebräunte junge Menschen in hellgrauen Sportsachen ihren Body trainierten, bevor sie sich auf Frette-Bettlaken gleichzeitig zum Orgasmus brachten?

Die Vorstellung, einen solchen Ort zwischen Kilcrennan und Mellary zu finden …

Okay, wie wär's mit einem Abstecher nach Dublin? Ich musste nicht vor Samstag bei Bertie sein. Überall hieß es, Dublin sei jetzt *in*, während ich eine heruntergekommene, von

Rauch verpestete Stadt in Erinnerung hatte, wo der Verfall an allem Schönen nagte, müde Kinder in den dunklen Eingängen der Pubs warteten und die Schlangen an den Bushaltestellen sich im Regen langsam, Schirm an Schirm, vorwärts schoben.

Ich konnte in die Nationalbibliothek gehen, aber das brauchte ich nicht. Ich hatte Miss Leech, die sich um mich kümmerte – meinen eigenen bissigen kleinen Vergil.

Ich könnte über den Merrion Square zu den Stufen des Landwirtschaftsministeriums gehen, Onkel Ned zu Ehren ...

Dort hatte ich ihn zum letzten Mal gesehen. Es war ein Abend, an dem ich mich selbst umwerfend fand. In meinem zweiten Jahr am Trinity College verdiente ich mit meinen Jobs als Kellnerin so viel, dass ich es mir gut gehen lassen konnte. Mit ein paar Freundinnen war ich in einem bildschönen geliehenen Kleid beim Trinity-Ball gewesen, und im Morgengrauen nach der durchtanzten Nacht hatten wir müde den breiten gepflasterten Platz überquert. Die Stufen des Landwirtschaftsministeriums waren mit einem Wirrwarr von Decken und schweren Mänteln bedeckt. Eine Abordnung des Kleinbauernverbands war zu einer Protestaktion angereist und hatte dort ihr Nachtlager aufgeschlagen. Ein Mann lehnte in seinem Schlafsack mit dem Rücken an einer Säule. Als wir an ihm vorübergingen, sah ich, dass es Ned war. Ich blieb abrupt vor ihm stehen und er sah mich regungslos an. Das Ballkleid war aus moosgrünem Samt, und in meine wilde Haarmähne waren silberne Perlen gefädelt. Er schaute mich mit einem kummervollen, sehnsüchtigen Blick an, den ich nie an ihm gesehen hatte, und mir war sofort klar, dass dieser Blick nicht mir galt.

Kurz nachdem ich mich damals um sein Haus gekümmert hatte, war mir einmal durch den Kopf geschossen, dass Ned womöglich Gefühle für meine Mutter hegte. Dass er im Gefängnis war, sollte ja eigentlich geheim bleiben, aber er hatte es meiner Mutter bei der erstbesten Gelegenheit verraten. Am Donnerstag nach seiner Entlassung brachte er Mammy wie gewöhnlich den Tee und fragte sie, wie es ihr gehe. Sie antwortete, sie könne nicht schlafen, worauf er ihr riet, einmal die Dubliner Luft auszuprobieren. Er habe nie besser geschlafen als im Mountjoy-Gefängnis. »Nie besser als *wo*?«, fragte sie verständnislos. Und so kam alles heraus. Damals hatte ich zunächst vermutet, das Geheimnis sei ihm versehentlich entschlüpft. Aber als er mich an jenem Morgen in Dublin ansah, wusste ich, dass er ihr ganz bewusst von seinem Abenteuer erzählt hatte, weil er wollte, dass sie ihn bewunderte. Der Blick, mit dem er mich in jener Nacht ansah, sagte mir, dass Ned Burke meine Mutter geliebt hatte. Und mein Gesicht erwiderte seinen Blick mit einem liebevollen Frauenlächeln.

Nein. Ich würde nicht nach Dublin fahren.

Ich wollte zum Cottage zurück.

Wenn Shay mich finden wollte, würde er es dort versuchen.

Ich fuhr Richtung Westen, aber nach ein paar Stunden bog ich nach Athlone ab. Ich fragte die Besitzerin eines Modegeschäfts nach einem guten Friseur und verbrachte zwei Stunden in einem überraschend eleganten Salon damit, mir Strähnchen färben zu lassen. Der Kaffee war sehr gut, sämtliche aktuellen Zeitschriftennummern standen zu meiner Verfügung, und so trat ich, auf den neuesten Stand gebracht und mit dem Gefühl, die Dinge besser in der Hand zu haben, wieder auf die Straße. Auf dem Weg zum Wagen kam ich an einem Delikatessengeschäft vorbei, wo ich vergnügt französischen Käse, Landbrot, Bio-Tomaten und teuren Wein für die letzten Abende in Mellary einkaufte. Die Kosmopolitin im kleinen irischen Cottage: eine ideale Mischung.

Gedankenverloren blieb ich draußen vor dem Laden stehen. Es war ein Bilderbuchtag. Ein frischer, junger Sommer schien in Irland eingekehrt zu sein, doch zaghaft, als wäre er nur geliehen. Ich fragte mich, ob ich Alex wohl zu einem Kurzurlaub überreden könnte. Vorausgesetzt, seine Mutter wäre für den Augenblick sicher in einem Krankenhaus aufgehoben. Vielleicht konnte ich ihn dazu bewegen, für eine Woche mit mir in eine warme Gegend zu fahren, bevor er dem Schlimmsten ins Auge sehen musste? Irgendwohin, wo es einen Strand und etwas für den Geist gab. Beispielsweise nach Chalkidiki. Die Hotels waren luxuriös, jedenfalls für griechische Standards, und es gab Tagesausflüge zu den Athos-Klöstern. Nur für Männer, versteht sich. Blanke Frauenfeindlichkeit, zur Religion stilisiert. Aber Alex wusste mit Stränden nichts anzufangen. Er könne im Meer nicht schwimmen, hatte er mir anvertraut – nur im Pool. Jimmy hingegen hätte sein ganzes Leben am Strand verbringen können. Einmal hatte er mir vorgeschlagen, dass wir uns im Alter gemeinsam ein Haus auf einer griechischen Insel kaufen sollten. »Aber nur«, hatte ich scherzhaft erwidert, »wenn es nicht Mykonos ist. Ich hab für mein Leben genug hübsche junge Deutsche in Zehensandalen gesehen.« Heute bedauerte ich diese Äußerung, auch wenn sie nicht ernst gemeint war. Jimmy hätte seinen Lebensabend wahrscheinlich nie auf Mykonos verbringen wollen. Oder zog es alternde Schwule dorthin, wo junge Männer waren? Wie hatte er sich ein Leben ohne festen Partner im Alter vorgestellt? Ich war seine Freundin. Ich hätte ein Gefühl für die Dinge haben müssen, die er unausgesprochen ließ. Oh, wie sollte ich nur ohne ihn auskommen? Die Sommerferien, Weihnachten – in allem, was ich plante, hatte er mir zur Seite gestanden. Allein würde ich mir nie ein Haus auf einer griechischen Insel kaufen. Ich wollte mit Siebzig nicht auf einer Terrasse sitzen und sehnsüchtig auf das blaue Meer hinausschauen, eine zittrige alte Auswanderin, die stets die Alarmanlage eingeschaltet hatte.

Ich ging zum Auto und machte mich wieder in Richtung Mellary auf. Noch immer hatte ich nur die schlechte Sinatra-Kassette, also versuchte ich, einer Diskussion über irische Parteipolitik zu folgen, was mir aber nicht gelang. Ich schaltete das Radio wieder aus.

In Griechenland wollte ich auf keinen Fall alt werden. Nicht dort, wo ich einmal mein größtes Glück erlebt hatte. Als junge attraktive Frau hatte ich das Land zum ersten Mal gesehen. Damals war ich noch unverdorben oder besser: noch völlig sorglos gewesen. Vielleicht war ich innerlich längst verdorben.

In den Hörsälen und in der Mensa des London City Polytechnicum hingen meine Augen oft heimlich an Hugo, meiner ersten Liebe. Er war für mich die Verkörperung des eleganten Helden in der Literatur, jemand, den man in den zwanziger Jahren in Oxford oder Cambridge vermutet hätte, beim Rudern, Picknicken oder neben einem Kricket-Feld im hohen Gras.

Wir studierten beide Journalismus und hatten im zweiten Studienjahr den gleichen Vorlesungsplan gewählt. In den Seminaren saß er hinten wie ich. Wir tauschten einige persönliche Informationen aus. Er interessierte sich für Politik und machte neben Journalistik auch einen Abschluss in Jura mit dem Ziel, in das Management einer Tageszeitung einzusteigen. Ich dagegen hoffte lediglich, einen Job bei einer Tageszeitung in London zu bekommen. Was ich von der Situation in Nordirland hielte? »Gott«, antwortete ich, »ich bin nicht so recht auf dem Laufenden.« »Vielleicht wäre ein Job bei einer Illustrierten besser für dich«, sagte er.

Ich bewunderte seine Art. Ich hatte bemerkt, dass er immer nur in einem Buch und zudem sehr langsam las, wenn wir auf den Tutor warteten. Einige Wochen lang hatte er immer die gleiche Penguin-Classics-Ausgabe einer deutschen Sage aus dem Mittelalter dabei. Während ich versuchte, alles, was mir unterkam, sofort zu lesen. Ich las alles querbeet und stets vier oder fünf Bücher gleichzeitig: Dostojewskij, *Love Story*, Françoise Sagan, Angus Wilson, Hart Crane, Catherine Cookson. Von ihm lernte ich, wählerischer zu sein. Ich bewunderte seine Kleidung. Er trug Herrenanzüge statt Jeans, alte Anzüge. Einmal fragte er mich, ob mir Schubert gefalle. »O ja«, antwortete ich natürlich und hörte mir bei nächster Gelegenheit ein paar LPs in dem großen Schallplattenladen am Oxford Circus an. Kurioserweise mochte ich Schubert wirklich. Ich hörte mir einige wunderbar gefühlvolle Lieder an, bei denen die Klavierbegleitung die Stimme des Sängers wie ein zweites Lied durchwebte, und schließlich das Quartett *Der Tod und das Mädchen*. Es war das erste Stück Kammermusik, das ich je gehört hatte. In der nächsten Woche, als wir auf den Dozenten warteten, sagte ich zu Hugo, dass mich der Ton – der langsame Ton in der Mitte – an Katzen erinnerte, an die Art und Weise, wie sie ihren Schwanz elegant zusammenrollen, wenn sie sich hinsetzen.

Er sah mich an.

»Ziehst du nicht meistens mit den langhaarigen Typen durch die Gegend?«, fragte er.

»Wie kommst du denn darauf?«, log ich. »Ich gehe eher alleine aus als in der Gruppe.«

Mammy hätte seine Stimme geliebt, dachte ich. Er ähnelte ein wenig Leslie Howard in *Vom Winde verweht.*

Die Journalistikstudenten wurden paarweise mit einem Kassettenrecorder ausgeschickt, um entweder mit einem Nachrichtenbeitrag oder einer Reportage zurückzukommen. Der Zufall wollte es, dass Hugo und ich eine Gruppe bildeten. Mir blieb fast die Luft weg vor Freude.

»Mein Onkel ist ein völlig unbedeutendes Mitglied im Oberhaus«, sagte er. »Wir könnten ihn dort aufsuchen und hören, ob es irgendwelche Neuigkeiten gibt.«

»Das ist etwas zu durchsichtig«, sagte ich.

Eine Pause trat ein.

»Der Besitzer des Pubs, in dem ich arbeite, und seine Frau hören nie auf zu streiten«, sagte ich. »Wir könnten sie einzeln fragen, was sie voneinander denken, und dann die Teile zusammenschneiden …«

»Ich weiß nicht, ob das Journalismus ist«, sagte er.

Wir saßen im leeren Seminarraum.

»In dem Pub verkehrt auch ein alter Mann, der im Spanischen Bürgerkrieg gekämpft hat«, fing ich wieder an.

»Mein Vetter war letztes Jahr in Albanien«, begann er.

»Kennst du niemanden außer deiner Familie?«, fragte ich mit einem Lächeln, das ihn dazu bewegen sollte, es mit mir zu versuchen.

»Und du, hast du keine Familie? Oder ist der Pub, von dem du ständig erzählst, deine Familie?«

Auch sein Lächeln war ein Signal an mich.

Kurz vor den Ferien im folgenden Juni teilte er mir mit, dass er mit seinen Eltern nach Griechenland fuhr, in ein Haus auf Naxos.

»Ich werde dich furchtbar vermissen, Kathleen.«

»Wie heißt denn die Nachbarinsel von Naxos?«, fragte ich nur.

»Paros, glaube ich.«

Ich ging nicht weiter darauf ein. In den letzten Wochen gingen wir verschiedentlich zusammen ins Kino und hielten dabei Händchen. Und als er am Morgen vor seiner Abreise in den Pub kam, wo ich gerade den Boden putzte, sagte ich: »Ich warte an meinem Geburtstag am Kai von Paros auf dich. Am 28. Juli. Das ist das Fest der beiden Heiligen Nazarius und Celsus.«

Er starrte mich sprachlos an.

»Frühe christliche Märtyrer«, ergänzte ich, als wäre das eine Erklärung.

Er starrte mich noch immer an. Als Antwort fand ich das durchaus befriedigend, aber nachts hielten mich quälende Gedanken wach.

Der Einfall kam mich teuer zu stehen. Ich arbeitete zwei Schichten im Hotel und putzte jeden Morgen den Pub. Ich schrieb einen Brief an Onkel Ned, in dem ich ihn bat, mir meine Geburtsurkunde zu besorgen und ihn schamvoll um das restliche Geld anpumpte, das mir für die Reise fehlte. Er schickte ein kleines Bündel irischer Pfundnoten in einem beidseitig mit Großbuchstaben adressierten Umschlag, dessen gummierte Ränder zusätzlich mit Tesafilm zugeklebt waren.

»Allen hier geht es Gott sei Dank gut, und Danny ist eine große Hilfe für mich. Ich hoffe, Dein Freund weiß, was für ein großartiges Mädchen du bist, Kathleen. Es ist sehr trocken hier, und das Gras ist nicht mehr so grün wie früher. Ja. Dein Onkel Ned.«

Wenn ich in meinen Jahren als Reisejournalistin in einem neuen Hotelzimmer stand, den Blick nachdenklich auf ein Rasenstück unter dem Fenster oder eine langweilige Reproduktion an der Wand geheftet, kehrte Ruhe in mir ein. Die anonyme Umgebung verlieh meinem Ich sichere Grenzen. Ich spürte diese Erleichterung zum ersten Mal, als ich quer durch Europa gen Süden fuhr und das Festland bei Piräus verließ, um über das saphirblaue Mittelmeer an weißen Inseln vorbei in den Hafen von Paros und zu Hugo zu gelangen. Wie ein unvergessliches Musikstück blieb die Erfahrung dieser Reise in meiner Erinnerung haften …

Ich trug ein Paar Sandalen, die mir in England gut genug erschienen waren. In einem Laden hatte ich aus einem Warenkorb mit herabgesetzten Artikeln einen roten Nagellack erstanden und der jungen Verkäuferin bei dieser Gelegenheit meine Theorie über lackierte Zehennägel erzählt. Rote Fußnägel seien ein untrügliches Zeichen für Weiblichkeit, auch wenn ein Mädchen dies sonst nicht nach außen hin erkennen lasse. Ich hatte mir vorgenommen, bis ich in Paros ankam, meinen BH anzulassen. Ich bewahrte mein Papiergeld im Pass auf, den ich sicherheitshalber auf meiner Brust trug, eingeklemmt in meinen BH. Das andere kostbare Gut steckte im zweiten Körbchen: ein Plastikumschlag mit Verhütungspillen. Ich hatte einen Monat zuvor begonnen, sie zu nehmen. Für alle Fälle, sagte ich mir jeden Morgen. Für alle Fälle. Wie ein Mantra. In einer Tasche hatte ich zwei Höschen und einen sauberen BH, ein zweites T-Shirt, ein Sommerkleid, meinen Badeanzug und eine Plastiktüte vom Supermarkt mit meinen Waschsachen. Und ich hatte meinen Nagellack. Zum Lesen hatte ich *Fiesta* von Hemingway eingepackt, ein Buch über Griechenland in den dreißiger Jahren, von einem einfühlsamen Engländer verfasst, sowie *Krieg und Frieden*. Außerdem ein Notizbuch für meine Beobachtungen und ein Kartenspiel, um Patiencen zu legen. Ich war so kompakt ausgestattet wie eine Schnecke.

Ganz hinten in meinem Kopf gab es einen goldenen Fleck. Dieser Fleck war Liebe oder Hugo oder Leidenschaft. Egal, was ich dachte oder tat – ob ich mit einem Jungen in der Schlange redete und mir von ihm einen Kaffee spendieren ließ oder ob ich die glanzvollen Ortsnamen auf den Schlafwagen am Bahnsteig von Calais las – die ganze Zeit stand ich wie verzaubert unter dem Bann dieses goldenen Lichts.

Als ich an diesem Abend in der Pariser Hitze auf den Nachtzug wartete, spazierte ich durch die Straßen um die Gare du Nord, fast ängstlich, aber verzückt über das, was ich sah: Die glänzenden Meerestiere in den Vitrinen vor den Restaurants. Die Frauen beim Einkauf, ganz normale Büroangestellte, die kleine Schals um den Hals geschlungen hatten und so sexy auf hohen Pumps von Geschäft zu Geschäft klapperten. Eine Frau in Stammeskleidung mit großem roten Turban, die über einen Meter achtzig groß war und einem schwarzen Kind in makellosem weißen Smoking »Viens! Viens!« zurief. In den Straßen war es heiß und meine Füße schwollen an. Als ich später im Zugabteil meine Sandalen auszog, hatte ich ein kreuzförmiges Muster auf dem Spann und Striemen und wunde Stellen an den Seiten.

Ich war furchtbar hungrig. Doch schon bald machte sich die beleibte Mutter der mit mir im Abteil untergebrachten Familie daran, in Zeitungen und braunes Papier eingewickelte Päckchen aus den Einkaufstüten zu ihren Füßen herauszukramen. Als sie von dem knusprigen Brotlaib Scheiben abschnitt, spannte sich der Rock über ihrem Bauch, die dicken Schenkel spreizten sich und zeigten die weiße Haut oberhalb ihrer schwarzen Strümpfe. Die goldenen Ohrringe baumelten fast bis auf ihren ausladenden Busen herab. Sohn und Tochter waren ungefähr zehn Jahre alt und hatten beide ein breites, strahlend weißes Lächeln. Auch sie so korpulent, dass sie einen Brustansatz hatten. Der Vater hatte ein nussbraunes Gesicht und einen grauen Bürstenhaarschnitt und nahm alles, was ihm die Frau an Essen reichte, mit ausdrucksloser Miene entgegen. Sie hielt indessen eine Art Selbstgespräch, das offenbar hin und wieder nach einer Antwort verlangte. »Mais oui«, sagte der Mann daher in regelmäßigem Abstand oder: »Mais non.« Die Kinder kauten vor sich hin. Und auch ich kaute. Ich hatte versucht, höflich abzulehnen, aber die Eheleute hatten mich mit einem Wortschwall überredet. Aus Sorge um meine knappe Reisekasse hatte ich den ganzen langen Tag geknausert. Nun saß ich im warmen Abteil und aß Brot und Schinken, Birne und Pflaume, ein kaltes Lammkotelett, kreideweißen Käse und eine Hand voll Oliven. Dazu gab es zwei Gläser selbst gemachten rubinroten Wein aus der Plastikflasche des Familienvaters, ein Stück Stachelbeerkuchen und schließlich eine Dose Cola, die mir der kleine Junge mit der gleichen Höflichkeit aufdrängte wie seine Eltern zuvor.

»*C'est bon les voyages!*«, sagte ich. Ich kannte nicht die genauen französischen Worte für das, was ich sagen wollte. Ich wollte sagen, Reisen ist wunderbar. Ich wollte sagen, wenn das hier Reisen ist, möchte ich es immer tun. Ich meinte den Zug, der sich seinen Weg durch die Nacht bahnte. Und unsere menschliche Gemeinschaft auf Zeit in dem Abteil und das Vergnügen, so großzügige Leute wie sie kennen zu lernen. Und die unbekannten Orte hinter den tintenschwarzen Fenstern, die Teiche, die langen Feldwege, die Dörfer mit den geschlossenen Fensterläden, die Straßen mit den an leeren Kreuzungen blinkenden Ampeln. Alle waren sie da draußen in der gewöhnlichen Welt festgewurzelt, während wir sicher und bequem an ihnen vorbeisausten.

»*Les voyages – ils sont beaux!*« All das, was in einem normalen Raum klaustrophobisch gewirkt hätte, wurde durch die Dramatik des Zuges gleichsam verzaubert. Ein Bahnhof peitschte vorbei: ein gaffendes Gesicht, Gaslampen, das Huuhuu der Zugpfeife. Die Räder stampften weiter. Die Fahrt verlangsamte sich. Eine Grenze. Die Krimis, die ich gelesen hatte, kamen mir wieder in den Sinn. Filme mit Richard Burton. Die Körper der gescheiterten Ausbrecher am Stacheldraht. Ich stand auf, trat hinaus auf den Gang und schob das Fenster herunter. Ein Graben mit Unkraut, das im Licht des Zuges schwarz aussah. Hinter uns am Gleis die Ecke eines Gebäudes und ganz hoch oben, als kämen sie von Wachtürmen, Lichter, deren Strahlen sich zu farbig leuchtenden Ringen am Nachthimmel brachen. Jemand rief etwas in einer fremden Sprache.

Ein Junge blieb neben mir stehen, hielt sich am Handlauf fest und spähte aus dem Fenster. Er zeigte mir eine unangezündete Zigarette, ein wachsames Lächeln auf seinem Zigeunergesicht.

»Ich habe kein Feuer, Monsieur«, sagte ich und schlüpfte zurück in die Sicherheit der Familie.

Die Mutter hatte alles weggeräumt. Nachdem ich es mir bequem gemacht hatte, schaltete ihr Mann das Licht aus. Das kleine Mädchen schlummerte bereits in seinen Mantel gehüllt auf dem Sitz neben ihm. Der Junge schlief neben der Mutter. Bald fiel auch ich auf ihrer anderen Seite in den Schlaf, den Kopf auf das elastische Kissen ihrer Hüfte gedrückt. Nur einmal wachte ich mit einem Unmutslaut auf. Ich spürte, wie sie mich sanft beiseite schob und meinen Kopf auf den Sitz bettete, bevor die Familie bei einem nächtlichen Halt den Zug verließ.

In der Schweiz gab es einen unangenehmen Zwischenfall. Ich stieg in einen falschen Zug und wurde auf einem Bahnhof abgesetzt, um auf den richtigen zu warten. Dort vertraute ich einem Nordafrikaner von einer Putzkolonne, der mir einen Kaffee spendieren wollte. Aber er verstand meine Bereitschaft falsch, und als ich nicht mit auf sein Zimmer gehen wollte, ließ er in der Toreinfahrt eines Mietshauses in der Nähe des Bahnhofs seine Wut an mir aus. Auf der Fähre von Italien lernte ich einen anderen Mann kennen, einen Griechen. Er bot mir die zweite Schlafkoje in seiner Kabine an und sagte, ich bräuchte mir keine Sorgen zu machen, er habe zu Hause eine Tochter in meinem Alter. Er war ein netter Mann. Er stand am Eingang seiner winzigen Kabine, in der es nach Diesel roch, und sah mich an. Ich erwiderte seinen Blick, mit dem ich ihm stumm mitzuteilen suchte, dass meine Füße brannten und meine Schultern schmerzten. Er sah müde aus in einer weißen Marlon-Brando-Weste. Er war mit einem Tankwagen voll Pflanzenöl nach Bulgarien unterwegs. Er schaute mich einen Augenblick zu lange an, worauf ich zu weinen anfing. Da drehte er sich um und kam die ganze Nacht nicht mehr in die Kabine zurück. Er musste aufgeblieben sein. Am Morgen klopfte er an die Tür und brachte mich nach oben in die Cafeteria, wo er mich zu einem Brot mit Gurkenscheiben und einem Becher mit schwarzem Kaffee einlud. Als ich aus dem Fenster sah, fuhren wir an einer lang gestreckten, mit niedrigem Buschwerk bewachsenen Landzunge vorbei. Wir waren in Griechenland und liefen gerade in Igoumenitsa ein.

Jahre später, als ich *Eleni* von Nicholas Cage las, begegnete mir der Ort wieder. Über Igoumenitsa wanderte die Familie nach Amerika aus. Es heißt, Igoumenitsa sei das letzte Loch, aber ich liebte alles an dieser heißen, staubigen Zementstadt mit ihren Cafés voller Fliegenschwärme und den dunkelhäutigen Lastwagenfahrern, die im Schatten hockten und Sport-Comics lasen.

Von Igoumenitsa nahm ich den Überlandbus nach Athen. Er brauchte zehn Stunden, aber das machte mir nichts aus, denn ich konnte mit meinen entzündeten Füßen kaum laufen. Ein Junge in der Mitte des Busses versorgte uns. Er verkaufte eiskaltes Wasser aus einer Holzkiste. Und mehrmals kam er mit einem in Rosenwasser getauchten Handtuch vorbei. Einem Handtuch für alle. Es war schließlich nicht die Japan-Air Business Class. Man wischte sich die Hände ab und reichte es weiter. Der Fahrer hatte sein Radio auf Bouzouki-Musik und orientalischen Rock eingestellt. Außerdem waren Frauen mit tiefen Stimmen zu hören, die vermutlich über die Liebe klagten. Die Straße war furchtbar, jedenfalls das bisschen, was ich von ihr sah, denn die alten Frauen um mich herum ließen mich nicht die verschlissenen Vorhänge öffnen. Sie machten Schnalzlaute und deuteten auf die Sonne. Dabei trugen sie langärmelige schwarze Pullover und wollene Schals bei fünfunddreißig Grad im Schatten! Als ich wieder einmal nach draußen lugte, sah ich ein Straßenschild nach Theben. Hier hatte Ödipus gelebt, genau dort, wo die Tankstelle an der Straßenkreuzung stand! In Athen bestieg ich das Oberdeck des Busses nach Piräus und setzte mich auf den vordersten Sitz, von wo ich alles sehen konnte. In der Abenddämmerung rollte der Bus quietschend durch die wimmelnde, geschäftige Stadt. Blendend hell beleuchtete Schaufenster, mürrische Prostituierte in Hot Pants, schwitzende Kellner, die an den Hintertüren von Restaurants gierig an Zigaretten zogen, Gruppen von Statuen, Polizisten, die in den gestauten Verkehr pfiffen, Brunnen in dunklen Gärten.

Dann leerte sich der Bus, und wir ratterten einen breiten Boulevard entlang. Die heiße Luft, die durch die Fenster über mein Gesicht strich, war von einem neuen Geruch erfüllt. Ich hob aufmerksam den Kopf. Das Meer! Endlich, das Meer!

In dieser Nacht frischte der Wind auf. Ein paar junge Engländerinnen zeigten mir den Weg zur Herberge, doch ich war zu aufgeregt, um hineinzugehen. Der warme Sturmwind warf das Wasser klatschend gegen die Kaimauern und stieß Segelboote und Fischkutter aneinander, dass die Masten und Metallseile wie Glocken und Trommeln klangen. Die großen Autofähren zerrten an ihren Tauen, der Wind schien noch wärmer zu werden. Er trieb kleine Wellen über den Rand des Kais, sprühte Wasser über dunkle Parkplätze und ließ die Gischt an den Kiosken am Hafenrand, wo Männer Tickets für die Fähren verkauften, hoch aufschäumen. Rufe und Schreie waren in der Dunkelheit zu hören. In den trüben Cafés saßen die Männer in langen Reihen nebeneinander und warfen laut lachend ihre Spielkarten auf die Plastiktische. Dabei ließen sie unaufhörlich die großen braunen Perlen ihrer Handkettchen durch die Finger wandern. Als ich mich in dieser Nacht atemlos vor Hitze unter dem dünnen Laken ausstreckte, spürte ich, wie nahe ich bei Hugo war. Nun konnte mich nichts mehr aufhalten.

In Piräus wurden wir durch starke Winde aufgehalten, aber als die Fähre nach Paros ablegte, erschienen mir die Möwen hoch oben in der klaren Luft wie Wesen von himmlischer Reinheit. Der Bug trieb einen schaumigen Keil in das aufgewühlte Wasser. Ich baute mir ein Nest in einer Ecke des Oberdecks, hinter einem Rettungsboot. Der bevorstehende lange Tag vermittelte mir Ruhe und Frieden. Meine Füße heilten in der Sonne. Mein müder Körper ruhte sich auf den warmen Holzplanken aus. Ich griff nach einem Buch und legte es wieder aus der Hand. Ich konnte nicht mehr denken. In meinem leeren Kopf drehte sich alles nur noch um eins: Hugo.

Als es dämmerte, wurde mir kalt. Ich nahm meine Sachen und machte mich auf den Weg in die Lounge. Auf dem Oberdeck hinter der Cafeteria blieb ich stehen, um einen Blick in die Küche zu werfen. Ein alter Mann kratzte Kaffeesatz in Plastiksäcke und wirbelte geräuschvoll Teller und Becher in einem Spülbecken durcheinander. Dabei sang er die ganze Zeit lauthals mit kratziger Stimme. Durch seine Kombüse blies von beiden Seiten die herrlich frische Luft herein. Hinter ihm, auf der anderen Seite des Schiffes, war die See bereits dunkler. Über seinen gebeugten Kopf hinweg sah ich, dass wir an einer kleinen Insel vorbeifuhren. Während er mit seinen Tellern hantierte, zogen auf der Landspitze die vollkommenen Säulen eines klassischen Tempels vorbei. Von der Abendsonne angestrahlt leuchteten sie golden gegen das Marineblau des Meeres. Ein hoher Fries auf kannelierten goldenen Säulen, Tausende von Jahren alt. Die ersten, die meine Augen je sahen. Ich stand da und alles war für mich eins: der Tellerwäscher, ich, meine Tasche und der antike Tempel. Unterdessen stampfte und schlingerte das große Schiff durch das dunkle Mittelmeer dem entgegen, was ich für Liebe hielt.

Auf der Insel angekommen, aß ich möglichst wenig, um Geld zu sparen. Ich mietete mich in der billigsten Garage ein mit Feldbett und Waschbecken und Badbenutzung auf der anderen Seite des Gartens. Ich schwamm, lag am Strand und bräunte mich für Hugo. Ich hatte Angst vor der Hitze, die mir den Atem nahm, vor den Hinweisen in einer Schrift, die ich nicht lesen konnte, vor den Leuten, die sich dem kleinen Bündel meiner Siebensachen am Strand näherten, weil sie mir mein Geld und meinen Pass stehlen könnten, vor dem Besitzer der Garage, der zwischen den Zitronenbäumen stand und vorgab, sie zu bewässern. Aber ich blieb bei meinem Vorsatz, wie versprochen am Kai zu stehen, wenn das Schiff von Naxos einlief.

Ach, die Weite makellosen blauen Himmels. Die große weiße Fähre, die um die Landzunge bog und ihre Maschinen stoppte, während sie behäbig an der Kaimauer entlangglitt. Autos, Lastwagen mit Kisten und Säcken, eine Menschenmenge. Alte Frauen, die riefen und drängelten und bunte Fotos von den Zimmern hoch hielten, die sie zu vermieten hatten. Lieferwagen. Motorräder. Fahrräder. Noch mehr Leute. Aber kein Zeichen von Hugo. Meine Glieder waren schwer, als ich enttäuscht weggehen wollte.

Ein Motorrad hatte gewendet und kam zurück. Hugo nahm seinen Helm ab.

»Ich habe dich nicht erkannt«, sagte er. »Du siehst aus wie ein Filmstar.«

Es hatte sich hundertfach gelohnt. Als wir uns liebten, schaute er mich die ganze Zeit an, als gälte es, sich keine Sekunde aus den Augen zu lassen. Ich stillte meinen Hunger mit seiner Süße. Er schöpfte aus einem Brunnen der Zärtlichkeit und füllte mich damit, wenn sich unsere Körper vereinigten. Ich hätte mir nie träumen lassen, dass es ein solches Reservoir in meinem Körper gäbe. Ich hatte meine Unschuld kurz nachdem ich in Dublin aufs College ging in einem Hotel, wo ich in der Bar arbeitete, an einen Schotten verloren. In der Nacht eines internationalen Rugbyturniers. Es war furchtbar gewesen, und ich hatte entsetzliche Angst vor einer Schwangerschaft. Danach hatte ich nicht mehr mit einem Jungen geschlafen, obwohl ich mit etlichen ausgegangen war. Und jetzt! Mein ganzes Ich drängte Hugo entgegen. Am Ende, wenn wir uns ineinander verloren, schlossen wir die Augen. Dann wurde mein ganzes Dasein von einem Wildbach der Gefühle fortgerissen, der schneller und schneller auf ein seidenes Wehr zutrieb. Einen Augenblick lang blieb ich am Rand hängen, dann strömte ich über, rutschte ab und wurde mit einem donnernden Wasserfall in die Tiefe gerissen. Die Explosion drang überallhin, Spritzer für Spritzer für diamantenen Spritzer.

Ich weinte vor Glück und Erleichterung, und er umschlang mich leidenschaftlich.

»Danke«, flüsterte ich ihm zu. »Danke.«

In dieser Nacht schliefen wir überhaupt nicht. Das billige Eisenbett in meinem Garagenzimmer war wackelig, Laken und Schaumgummimatratze rutschten ständig herunter, und schließlich lagen wir auf dem Boden. Gegen Morgengrauen gingen wir durch die holprige Gasse in die kleine Stadt. Eine

Schar schneeweißer Vögel wartete am Strand auf den heller werdenden Horizont hinter der reglosen, spiegelglatten See. Wir gingen zum Hafen. Ein Café war geöffnet. Drinnen saßen zwei, drei Fischer still vor einer Kaffeetasse und einem Glas, jeder an seinem Tisch. Wir setzten uns still dazu.

Wir wurden den ganzen Tag nicht müde. Er fuhr mit mir auf dem Motorrad in die Hügel hinauf, wo wir unter großen Platanen vor Dorfcafés saßen. Wir hielten unsere vom Helmtragen heißen Köpfe unter die Entwässerungsrinnen, die auf die Straße liefen, schliefen eine Weile wie Hänsel und Gretel auf dem weichen Boden eines Pinienhains. Als die Dämmerung hereinbrach, nahm Hugo für uns im Haus einer alten Frau auf der gegenüberliegenden Seite der Insel ein Zimmer mit einem großen dickpolstrigen Bett. Die Dusche bestand aus einem Schlauch, der über die dicken Weinreben draußen vor dem Fenster gehängt war. Das Wasser der Insel machte meine Haut weich. Ich wusch mein Höschen für den nächsten Morgen mit ein wenig Seife, hängte es zum Trocknen über einen Ast und ging mit Hugos gespreizter Hand auf meinem Rücken zur Taverne. Ich spürte, wie sehr er meinen Körper begehrte, und ich hatte mich noch nie so lebendig gefühlt wie in diesem Augenblick, nackt und kribblig unter dem dünnen Baumwollkleid.

An diesem Abend war ich schön. Ich sah es in seinen Augen.

Nur ganze vier Mal habe ich mich in meinem Leben schön gefühlt. Auf dem Merrion Square, als Onkel Ned in mir meine Mutter sah, war es das erste Mal gewesen. Und an jenem heißen Abend in der Taverne in Paros, als ich unter einem Baum voll rastloser kleiner Vögel Hugo gegenübersaß, war ich zum zweiten Mal schön.

»Hör auf!«, sagte mein gegenwärtiges Ich. »Lass es dabei bewenden.«

Ich hielt an einer Tankstelle kurz vor der Abzweigung zur Mellary Road, wo ich im Stehen zwei Hotdogs aus der Mikrowelle aß und eine Flasche Mineralwasser trank. Aber ich konnte nicht aufhören.

Als wir wieder in London waren, zogen wir zusammen. Ich gewann sehr viel Selbstvertrauen in sexueller Hinsicht. Anderthalb Jahre vergingen. Wir hatten unsere Diplome in Journalistik in der Tasche. Ich arbeitete in einer Reiseagentur und hoffte auf einen Job als Reisejournalistin. Hugo stand vor dem Ende seines Jura-Studiums. Damals gab er mir die Fotokopie der Talbot-Akte, aber das war zu diesem Zeitpunkt ohne Bedeutung. Über unsere Zukunft als Paar fiel nie ein Wort.

An einem Sonntagmorgen gurrten Ringeltauben in den staubigen Kastanienbäumen im Park. Das Sonnenlicht strömte durch den improvisierten indischen Vorhang und warme Farbkleckse überzogen das Weiß unseres Lagers auf dem Boden.

»Komm, wir stehen auf und gehen in die Messe«, sagte Hugo.

»Ach, das ist doch nicht dein Ernst«, stöhnte ich unter der Decke. Ich schlängelte mich zu ihm hinüber und schmiegte mich an seinen Rücken. »Messe! Komm, wir putzen uns lieber die Zähne und knutschen noch ein bisschen.«

»Ich mag Messen«, sagte er. »In der Jesuitenkirche nicht weit von hier feiern sie um elf eine lateinische Messe mit Chor. Das ist wunderschön.«

»Ich kenne das alles auswendig«, sagte ich. »Zumindest das Gloria und das Credo.«

»Braves Mädchen«, sagte Hugo. In seiner Stimme hallte Zufriedenheit wider.

Hugo war Konvertit. Mit vierzehn Jahren war er von einem Bischof in der Privatkapelle des Schlosses von Lord Sowieso katholisch getauft worden. Wir verkörperten also, gelinde gesagt, nicht gerade die gleiche Art Katholizismus.

»Komm, nur noch einmal kuscheln«, murmelte ich in die Haut seines Rückens. Meine Glieder fühlten sich weich an nach dem nächtlichen Sex und zu wenig Schlaf.

»Nein!«, Hugo rollte sich aus dem Bett und stand in einer Bewegung auf. »Du hast genau eine Stunde«, sagte er. »Ich hole jetzt Milch und die Zeitungen. Wenn ich wieder da bin, bringe ich dir eine Tasse Tee. Und dann geht's ab zur Messe.«

Als er gegangen war, trat ich die Decke zurück und räkelte mich nackt in der Sonne.

Ich spürte ein regelmäßiges, tiefes Pochen in mir. Unter der Müdigkeit fühlte ich das Leben in mir pulsieren. Ich legte meine Hand auf die Lippen zwischen meinen Schenkeln und spürte, wie heiß sie waren. Ich streckte meine Beine aus und genoss die leichte Reibung meiner Waden auf dem Gewebe des Lakens. Ich bewegte mich sanft hin und her, um meine Brüste in der Wärme eines rautenförmigen Sonnenflecks zu baden. Sie fühlten sich elastisch an.

Selbst mein Kopf fühlt sich gut an, dachte ich. Und mein Gesicht. Ich drehte den Kopf auf die Seite, schnappte mit dem Mund nach einer Haarsträhne und leckte daran.

»Oh, oh, oh!«, sagte ich laut. »Ich könnte platzen!« Ich schraubte mich hoch, ging auf die Knie, vergrub mein Gesicht eine Weile im Kissen.

»Ich danke dir, Gott!«, sagte ich noch immer kniend ins Kissen hinein. »Sollte ich dir nie mehr für etwas danken, Gott, so danke ich dir für all das!«

Dann musste ich über mich selbst lachen.

Die Augen fest geschlossen, stand ich unter der Dusche. Schaum strömte von meinen Haaren herunter. Da hörte ich, wie die Badezimmertür geöffnet wurde.

»Hallo, Liebling«, säuselte ich.

Es kam keine Antwort. Ich öffnete ein Auge. Sascha, der Franzose vom oberen Stockwerk, war hereingekommen, hatte die Tür geschlossen und lehnte an ihr.

»Hey!!«, sagte ich lächelnd. »Raus!« Ich fühlte mich nicht nackt, weil das Wasser an meinem Körper herunterlief, und weil er mir ins Gesicht sah und nicht auf den Körper.

»Ich denke die ganze Zeit an dich«, sagte er. »Ich weiß nicht, was ich machen soll.«

Er hatte weiches, kurz geschnittenes Haar. Seine braunen Augen blickten mich an.

»Ich hab dich gesehen«, sagte er. »Ich wollte es nicht, aber die Tür stand offen. Du und Hugo auf der Matratze, als ihr gebumst habt.«

Ich drehte das Wasser ab. Mein Kopf war völlig leer. »Kathleen!«, sagte er. Er trat aus seinen Shorts. Als er mich umfasste, dampfte sein T-Shirt von meinem nassen Körper. Mühelos drang er in mich ein und füllte mich aus. Als er in der Bewegung innehielt, weil er ganz in mir steckte, war es das, was ich fühlte: ein Gefäß, das bis zum Rand gefüllt ist. Dann wurden seine Bewegungen schneller, das Gefühl der Völle verschwand, und ich hätte am liebsten vor Enttäuschung aufgestöhnt. Aber ich gab überhaupt keinen Laut von mir, so als sei ich nicht anwesend. Sein Kopf fiel auf meine Schulter und er zuckte noch ein paar Mal. Sein Haar war wie Pelz.

Nach einer Minute beugte er sich über mich und drehte die Dusche wieder an. Er nahm die Seife und wusch mich sanft und rasch, zunächst meine Schultern und Arme, am Ende, zusammengekauert, meine Füße. Ich stand einfach nur da.

Dann hörten wir den dumpfen Schlag der Haustür durch den Flur hallen. Hugo kam vom Laden zurück. Sascha schlüpfte aus dem Badezimmer, und ich ging zum Waschbecken, um mir die Zähne zu putzen.

Als ich die Küche betrat, sah Hugo von der Anrichte auf, wo er Toasts vorbereitet hatte und eine Zeitung las.

»Du siehst zum Anbeißen aus, Kathy!«, sagte er.

In der Kirche war es warm. Durch die farbigen Fenster fiel die Sonne herein und schlug einen dunstigen Regenbogen aus Staubpartikeln über die glänzenden Kirchenbänke. Ich war so schwach auf den Beinen, dass ich mich zum Stehen hochziehen musste. Während der Schulzeit war ich an den großen Feiertagen meist ins Hochamt gegangen. In meinem Kopf hatte sich der Ablauf des Messe wie eine geliebte Landschaft eingeprägt. Als sich der Priester dem Moment der Wandlung von Brot und Wein näherte, fühlte ich mich wie vor dem Aufstieg auf einen heiligen Berg.

Sursum Corda. Erhebet die Herzen.

Wir haben sie beim Herrn.

Dann intonierte der Priester die Präfation, und der Rhythmus der Rezitation wurde schneller. Glücklich erwartete ich den Augenblick, den ich liebte, wenn die Worte des Gebets, gleich welche Form sie an bestimmten Kirchentagen annahmen, in das immer gleiche Bekenntnis mündeten: »Heilig, heilig, heilig!«. Dankbar sank ich auf die Knie und vergrub mein Gesicht in den Händen. Die Erschöpfung in meinem Körper öffnete meinen Geist. Lebhaft stand mir das Bild der groben Steinmauer eines hoch gelegenen Raumes in Palästina vor Augen und die verblüfften Gesichter der Männer am Tisch, als Christus ein Stück Brot nahm und die unglaublichen Worte sprach. »Das ist mein Leib.« Ein Stück Brot! Und dann, als er den Becher mit Wein hob: »Dies ist mein Blut.«

Der Priester war beim *Vaterunser* angelangt, und der Moment, in dem ich mich Hugo zuwenden und ihm das Zeichen des Friedens entbieten würde, floss auf uns zu.

»Gebt einander ein Zeichen des Friedens«, sagte der Priester.

Ich sah zu Hugo auf und versuchte, meine ganze Freude und Dankbarkeit in meinen Ausdruck zu legen.

»Friede sei mit dir«, sagte ich zu ihm.

»Friede«, sagte er und nahm meine beiden Hände in seine.

11

Als Hugo mich schließlich erwischte und rauswarf, musste ich Nora gleich alles erzählen, weil sie mich damals jede Woche aus New York anrief, und sie regelrecht beschwichtigen. Sie hatte Hugo zwar nie kennen gelernt, war aber sehr angetan von seinen guten Manieren am Telefon.

»Es war nur ein paar Mal«, versuchte ich mich zu verteidigen.

»Warum hast du das bloß gemacht, Kathleen? Wie konntest du nur!« Sie heulte fast. »Hast du denn keine Selbstachtung, wenn du schon keine Achtung vor Hugo hast?«

Nein, hatte ich offenbar nicht. Ich wusste nicht, was das war, Selbstachtung. Wie fühlte sie sich an, worin bestand ihr Wert? Ich wollte die Dinge ausprobieren! Alles wollte ich ausprobieren! Ich sprach kaum ein Wort mit Sascha, aber ich ging fast immer zu ihm, wenn er mich nach der Arbeit auf der Treppe erwartete. Ich fand keinen Gefallen am Sex, abgesehen vom sportlichen Aspekt und der Wirkung unseres Tuns auf ihn. Auch aus meinem anderen Seitensprung bezog ich keine sexuelle Befriedigung. Das war an meiner Arbeitsstelle, wo ich manchmal mit dem Pförtner, den die Mädchen »Sexy Al« nannten, in seinem Büro unter dem Treppenaufgang verschwand. Er war der erste Farbige, den ich berührt habe. Nora hätte es die Sprache verschlagen, wenn ich verrückt genug gewesen wäre, ihr von Al zu erzählen. Ein *Hausmeister*! Und auf dem *Boden*!

In den Monaten, in denen ich mit allen dreien etwas hatte, ging es mir blendend. Ich sah umwerfend aus, war voller Selbstvertrauen und Energie, gut gelaunt, netter und freundlicher im Umgang mit anderen, als ich es je zuvor in meinem Leben gewesen war. Und ich kam sehr gut mit Hugo aus. Ich hatte immer ein stärkeres Verlangen nach ihm, wenn ich mit einem anderen zusammen gewesen war. Dennoch hatte das, was ich tat, nichts mit Sex zu tun. Ich brauchte keinen Sex außer dem mit Hugo. Es hatte auch nicht unbedingt mit Männern zu tun. Wenn mir eine Frau signalisiert hätte, dass sie mich begehrte, wäre ich ebenso bereitwillig mit ihr gegangen, um noch einen anderen Kontinent der großen weiten Welt zu erkunden. Meine Befriedigung an diesen Abenteuern fand allein in meinem Kopf statt. Wenn es eine andere Möglichkeit gegeben hätte, mir dieses Gefühl zu verschaffen … Aber das einzige, was ich im Austausch mit anderen zu bieten hatte, war mein Körper.

Ich lag auf der Seite in Saschas Bett, seinen Kopf zwischen meinen Brüsten verborgen, als Hugo lächelnd ins Zimmer kam und sein Gesicht sich in eine Fratze verwandelte. Dann brach die Hölle über mich herein. Er warf mich buchstäblich aus dem Haus. Mit feuchten Händen stieß er mich die Treppen hinunter. »Hau ab! Hau ab!«, schrie er außer sich und rammte mir hasserfüllt das Knie in den Po. Er traf mich genau dort, wo er mich so gern geleckt und getätschelt und geküsst hatte. Kreischend lief er die Treppen wieder hinauf, um meine Kleider und Bücher in Kisten zu werfen, die er mir an der Haustür vor die Füße kippte.

Da schritt Caroline ein.

Sie hatte weiter hinten im Hausflur gestanden. Ich kannte sie kaum, aber wir mochten uns und tauschten immer ein Lächeln, wenn wir uns begegneten. Auf den ersten Blick wirkte sie wie eine Eiskönigin – groß und ruhig, mit glattem, hellblondem Haar. Sie kam gelegentlich ins Haus, und an diesem Tag war sie gekommen, um mit den anderen Haschplätzchen zu backen. Ich hatte noch ein paar Worte mit ihr gewechselt, bevor ich mich mit Sascha nach oben verdrückt hatte. Er hatte hinter ihr gestanden und den Mund wie zum Saugen gespitzt. Ich tat so, als bemerkte ich es nicht, weil es mir gefiel, ihn im Ungewissen zu lassen, und fragte sie statt dessen, warum sie das Zeug nicht einfach rauchten, worauf sie geantwortet hatte, dass sie gegen das Rauchen sei.

Jetzt kam sie über den Flur auf mich zu und begann, meine Sachen aufzuheben. Sie half mir! Obwohl sie dem gleichen Typus reicher englischer Familie entstammte wie Hugo. Die Kleider lagen vor der Haustür verstreut. Ein blaues Minikleid. Meine alten Pullover. Meine schwarzen Höschen, von denen Al sagte, dass sie ihn anmachten.

Hugo war um die Augen ganz blass vor Wut.

»Komm, reg dich ab, Hugo«, sagte Caroline.

Sie hatte den gleichen Akzent wie er.

»Spring ins Auto«, sagte sie zu mir.

»Hugo ...«, sie drehte sich zu ihm und versuchte, seine Hand zu nehmen.

Ich sah zu, dass ich fortkam.

»Was um alles in der Welt hast du getan, dass er so wütend auf dich ist?«, fragte sie, als wir wegfuhren.

»Ich hatte was mit Sascha, und Hugo hat uns erwischt. Aber es bedeutet mir nichts, Caroline. Es macht mir nichts aus, wenn ich Sascha nie wieder sehe.«

»Oh.«

Nach einer Pause sagte sie: »Wenn du ihn nicht magst, warum hast du es dann getan?«

»Keine Ahnung!«, sagte ich. »Ich habe nicht damit gerechnet, dass er mich erwischen würde. Ich habe überhaupt nicht darüber nachgedacht.«

Sie fuhr in die Stadt.

»Wo kann ich dich absetzen?«, sagte sie.

»Ich weiß nicht, wo ich hingehen soll. Ich habe bei Hugo gewohnt, weißt du ...« Ich begann zu weinen.

»Oh, nicht weinen!«, sagte sie. »Du kommst zu mir, Kathleen. Ich bin zwar noch nicht eingerichtet, und du wirst vorerst auf ein paar Kissen schlafen müssen. Auch fehlen mir noch Besteck, Gläser, Teller und so weiter. Aber wir kriegen das schon hin.«

Wie viele Menschen hätten so großzügig reagiert? Im

Grunde war sie mir wie eine gute Fee aus dem Märchen erschienen, habe ich später oft gedacht. Mit ihrem goldenen Haar sah sie fast so aus. Ich konnte sie mir gut im schneeweißen Kleid vorstellen, in der Hand einen Funken sprühenden Zauberstab.

Nach einer Weile sagte sie: »Es hieß immer, du und Hugo wärt verrückt aufeinander.«

»Oh, das waren wir auch. Ich bin es immer noch. Ich weiß nicht, warum ich das getan habe.«

»Himmel noch mal, Kathleen! Du kannst nicht dauernd sagen, du weißt es nicht, wie ein kleines Kind!«

»Aber ich weiß es wirklich nicht, Caroline«, sagte ich störrisch.

Dann versuchte ich, so gut es mir damals möglich war, mein Verhalten zu erklären.

»Irgendwie kann ich nie einen Grund sehen, nein zu sagen. Ich weiß, dass man treu sein soll und alles, aber ich verstehe nicht *warum*. Wenn Hugo nicht dahinter gekommen wäre, wäre er weiter glücklich gewesen. Also Caroline, was bedeutet das? Ich habe nur versucht, das Leben in vollen Zügen zu genießen ...«

Ich begann wieder zu weinen.

»Und galt das auch für ihn?«, fragte sie. »Hat Hugo sein Leben ebenfalls in vollen Zügen genossen?«

»Oh, ich glaube nicht«, sagte ich, so überrascht, dass ich zu weinen aufhörte. »Es ist nie passiert, so dass ich nicht weiß, was ich empfunden hätte. Aber ich glaube, ich wäre am Boden zerstört gewesen ...«

»Woher willst du wissen, dass nichts passiert ist?«

»Caroline!«

»Nein! Ich meine nur – wenn du das für dich in Anspruch genommen hast, hätte er es doch ebenso tun können.«

»Das hätte er nie getan ...« begann ich völlig verstört bei dem Gedanken an Hugo.

»Er wird schon wieder kommen und mit dir reden wollen«, sagte sie tröstend. »Wenn er den Schock überwunden hat.«

»Das wird er nicht«, sagte ich. »Ich gehe jede Wette ein.

Er war zwar verrückt nach mir, aber er hat mich nicht geliebt.«

Noch nie hatte ich mich getraut, die Zeit mit Hugo von Anfang bis Ende in meiner Erinnerung Revue passieren zu lassen, wie jetzt auf meiner Fahrt durch Irland auf dem Weg nach Mellary. Natürlich waren mir oft einzelne Szenen eingefallen. Wenn ich ein Mädchen mit einem besonders entrückten Lächeln sah. Wenn Jimmy von Griechenland erzählte. Wenn ich einen Mann im Zorn schreien hörte.

Ich erklärte mir das, was geschehen war, zu verschiedenen Zeiten meines Lebens auf unterschiedliche Weise. Meine *Verfügbarkeit* – ich zog dieses Wort dem der Promiskuität vor – war ebenso Daddys Schuld wie Mammys. Seine Schuld, weil er mich nicht liebte, und ihre, weil sie Sex mit Daddy hatte, obwohl sie nie miteinander sprachen. Oder ihre gemeinsame Schuld, weil sie mir nie eine andere Art der Verbundenheit zwischen Mann und Frau vorgelebt hatten als die sexuelle. Schuld waren das katholische Irland, weil es mich ohne ein Fünkchen Sinn für Moral und Sittlichkeit in die Welt hinaus schickte, und schuld war England, weil ich mich in diesem Land unterlegen und unerwünscht fühlte, es sei denn, jemand wollte mich vögeln. Schuld waren die sechziger Jahre, weil sie die Pille und den Minirock hervorbrachten, und schuld war die Geschichte, weil sie eine Welt geschaffen hatte, in der sich alle dem bürgerlichen Ideal der Treue zu beugen hatten.

Heute denke ich, dass ich mich vor dem Glücklichsein gescheut habe. Ich steuerte immer einen Kurs, der mich gefährlich nahe an Abgründe führte, als wollte ich es dem Schicksal leicht machen, mein Glück zu zerstören. Denn das war das, was ich *kannte*. Ich wusste, was es hieß, enttäuscht zu werden. Von Kindheit an war ich an die triste Atmosphäre des Hauses in der Shore Road gewöhnt. Was ich nicht kannte, war Alltagsglück. Daher wählte ich Hugo als Liebhaber, den ich anhimmelte, aber abgesehen vom sexuellen Genuss wie eine Romanfigur betrachtete, als existiere er nur in meiner Vorstellung.

Ich tat mein Bestes, Hugo für das Scheitern unserer Beziehung verantwortlich zu machen, um mich möglichst lange in dem Glauben zu wiegen, dass eine Beziehung, die von *wirklicher* Liebe getragen war, noch vor mir lag. Untreue wäre dann kein Thema. Ich würde mich nicht anstrengen müssen, meinem Partner treu zu sein, weil ich niemand anderen begehren würde als ihn.

Und während ich darauf wartete, meiner großen Liebe zu begegnen, sagte ich mein ganzes Leben lang, sooft ich gefragt wurde und egal wie oft es mich demütigte, immer wieder *Ja*. Aber dieses *Ja* war so leer! Mit fünfundzwanzig war ich so weit, dass ich nichts und niemanden mehr an mich heranließ. Ich verkroch mich in der Kellerwohnung unweit der Euston Road, und der einzige Mann, dem ich mich öffnete, war Jimmy. Ich vergaß das leidenschaftliche Mädchen, das ich einst gewesen war. Ich vergaß die Süße des Verlangens, bis ich eines Nachts aufwachte und Shay mich so verzückt streichelte, dass mein Innerstes allen Sinnen befahl, sich zu öffnen, denn dies sei das einzig Wahre ...

Ich bog von der Hauptstraße ab und begann den kurvigen Wegen hinauf nach Mellary zu folgen. Bald würde ich das Meer wieder sehen. Fünf Minuten hinter dem Dorf war der Aussichtspunkt. Von dort würde ich die gesamte Bucht vor mir liegen sehen und davor mein kleines, von Grün umgebenes Cottage auf der Landzunge. Mit Shay war plötzlich die Hoffnung auf Liebe zurückgekehrt, und nun hatte sein Verschwinden die zugeschütteten Erinnerungen an den Verlust wieder freigesetzt!

Es tat mir weh, wenn ich daran dachte, dass ich mich damals für ein schlechtes Mädchen hielt, obwohl ich es gar nicht war. Hugo hatte mich im Ganzen als verderbte Person betrachtet, als er mich aus dem Haus warf. Dabei war ich noch keineswegs »ganz«: hinter der äußeren Fassade herrschte das reine Chaos. Meine Kühnheit war nichts als Verwirrung. Und ich habe furchtbar früh meinen Stolz auf mich verloren. Ich war als junge Frau so heftig in die falsche Richtung aufgebrochen und hatte durch die Sache mit Hugo einen solchen Schock erlitten, dass mein Leben zu einem Götzendienst vor dem

Schrein des Eros wurde. Niemand glaubte mehr an die Kraft der sexuellen Liebe und war gleichzeitig weiter davon entfernt, sie kennen zu lernen, als ich.

Aber ich hatte nicht vorausgesehen, dass mein Leben durch dieses falsche Verständnis von Leidenschaft geprägt sein würde.

Damals war meine Sicht der Dinge die einer vierundzwanzigjährigen Emigrantin in England. Das machte mein Telefonat mit Nora deutlich, bei dem ich ihr mitteilte, dass ich nicht mehr mit Hugo zusammen war.

»So scharf war er auch wieder nicht auf mich, Nora, weißt du? Er hätte mich nie geheiratet.«

»Woher willst du das wissen?«, sagte Nora.

»Er hat mich nie zu seinen Eltern mitgenommen.«

»Sei froh«, sagte sie. »Wenn er es getan hätte, hättest du ihn womöglich mit zu deinen nehmen müssen.«

»Nein, Nora. Einmal waren wir mit den anderen in einem Pub. Ich habe mich toll amüsiert und viel geredet, und als ich von der Toilette zurückkam, hörte ich ihn sagen, er halte es mit John Betjeman, es gäbe nichts Langweiligeres als das öde irische Geschwätz.«

»Hast du ihn darauf angesprochen?«, fragte Nora.

»Nein.«

»Du hast ihn lieber betrogen, oder wie?«

»Nein, hab ich nicht! Das hatte damit nichts zu tun!«

Schweigen.

»Hugo sah auf die Iren herab«, sagte ich. »Es ist eine Beleidigung zu sagen, wir reden zu viel.«

»Aber das tun wir doch«, sagte Nora.

»Er war zu sehr Engländer, um von diesen Äußerlichkeiten absehen zu können, Nora. Er hätte nie Respekt vor mir gehabt. Er hat mich nie ernst genommen.«

»Das ist alles Humbug!«, sagte Nora. »Du hast mit seinem *Zimmernachbarn gebumst*!«

»Er konnte einfach nicht vergessen, dass ich Irin bin«, sagte ich trotzig.

Hugo lief mir nicht nach. Ich schrieb ihm, dass ich nicht wüsste, warum ich es getan hätte und dass ich es nie wieder tun würde, wenn er mir wieder verzeihe. Und ob wir uns nicht wenigstens treffen könnten, um darüber zu reden, wie Freunde? Der Brief eines jungen Mädchens.

Er schickte mir den Brief ungeöffnet und in vier Stücke zerrissen in einem leeren Umschlag zurück. Das kam noch hinzu. Wäre er lediglich ein guter Freund gewesen, hätte er mich freundlicher behandelt. Aber Liebende – Liebende sind so grausam wie nur möglich zu dem, der sie enttäuscht. Diese Einsicht hat mir letztlich geholfen, darüber hinwegzukommen. Ich sagte mir, wenn das Liebe ist, dann kann sie mir gestohlen bleiben.

Ohne es recht zu merken, war ich in Mellary angekommen. Vor dem Platz knäuelten sich die Autos. Es musste irgendetwas los sein. Ich wich auf eine Seitenstraße aus, um auf den Parkplatz hinter dem High Chapparal Pub zu kommen. Milch brauchte ich. Butter. Feueranzünder. Die Luft war wunderbar hier, in der Nähe des Atlantiks. Ich atmete tief ein, als ich durch die Gasse zum Spar-Laden ging, und redete mir dabei gut zu: Du bist in Irland. Denk daran, du bist jetzt hier. Aber ich konnte das Netz der Erinnerung nicht abschütteln. Ich war darin gefangen.

PJ erhob sich gerade von dem Stuhl, auf dem Mrs. PJ gewöhnlich saß. »Der Betrieb ist vorübergehend eingestellt!«, sagte er fröhlich. »Wir haben geschlossen. Gott sei Dank sind wir nicht ausverkauft!«

»Was soll das heißen?«, fragte ich.

»Heute Nachmittag ist ein großer Mann bei uns zu Besuch, dem die Aussage eines Polizeischlägers von der Royal Ulster Constabulary fünfzehn Jahre Gefängnis im Norden eingebracht hat.«

»Hier? Wo?«

»Auf dem Platz. Wir bringen eine Gedenktafel zum 200. Jahrestag des Aufstands von 1798 an. Damals sind zwei Männer aus dem Ort an den Galgen gekommen und vier sind nach Australien deportiert worden.«

»Heute kann nicht der 200. Jahrestag sein«, sagte ich.

»Wieso nicht«, sagte er streitlustig.

»1798«, sagte ich. »Wir haben 1999.«

»Ach so«, sagte er. »Richtig. Wir haben darauf gewartet, dass unser Mann aus dem Knast in Long Kesh entlassen wird ...«

»Aber ging es 1798 nicht um etwas wie Gleichheit?«, sagte ich. »Ich erinnere mich noch an ein Stück, das wir in der Schule aufgeführt haben. Auf dem Bühnenbild waren die französische und die amerikanische Flagge zu sehen, und die Idee war, dass sich das arme Volk, also die unteren Klassen, damals überall gegen die oberen Klassen erhob. Es ging nicht allein darum, dass Irland die Engländer hinausjagen wollte ...«

Er sah mich verständnislos an.

»Waren 1798 nicht alle möglichen Leute beteiligt?«, fragte ich verzweifelt.

»Und wenn es so wäre?«, sagte er.

»Protestanten ebenso wie Katholiken, PJ.«

»Na und?«

»Aber euer Sprecher, der in Long Kesh war, gehörte der nicht der IRA an? Und ist die IRA nicht einseitig katholisch?«

»Na hören Sie!«, sagte PJ. »Die Iren wollten die Engländer aus diesem Land haben, bevor es überhaupt Protestanten gab.«

»Oh, vergessen Sie, dass ich etwas gesagt habe«, sagte ich sauer.

»Genau das werde ich tun!«, sagte er ebenso sauer.

Als Bühne diente ein quer am oberen Ende des Platzes postierter Pritschenwagen. Drei verschiedene Küchenstühle standen in einer Reihe hinter dem Mikrofon, aber es war noch niemand dort zu sehen. Die Fiddle-Musik kam aus einem Kassettenrecorder, der auf einem Barhocker unter dem Mikrofon stand. An der Wand hinter der Bühne hatte man eine große, schmuddelige Trikolore aufgehängt und die Vorderseite säumte ein Band aus computerbedrucktem Papier, das man mit Ziegelsteinen beschwert hatte. MELLARY GEDENKT 1798. MELLARY GEDENKT 1798, war darauf zu lesen.

Aus dem Gemeinderaum neben der Kirche wurden Plastikstühle verteilt. Ein alter Mann reichte mir einen.

»Die Presse ist sehr willkommen!«, sagte er. »Wir haben in Mellary nichts zu verbergen.«

»Ich bin nicht von der …«, begann ich, aber er war schon weg.

Ich stellte meinen Stuhl unter eine knospende Platane. Die Fiddle-Musik hörte auf.

»Sprechprobe eins zwei drei! Sprechprobe eins zwei drei!«

Die Leute begannen sich vor der Bühne zu versammeln. Der Mann aus dem Gefängnis sprach die ersten Worte auf Irisch, das er offensichtlich aus einem Buch gelernt hatte.

»*Fáilte romhaibh a dhaoine uaisle go léir …*«

»Unsere Gefangenen hätten nie ins Gefängnis kommen dürfen!«, sagte er.

Es war ein Nachmittag unter der Woche und auf den Stuhlreihen saßen nicht mehr als zwanzig Leute. Ein paar Jungen, die vorbei gingen, riefen:

»*Fair Play! Good man yourself!*«

Ich betrachtete meine Hände. Ich hatte mit ihnen nie etwas anderes getan, als Wörter in eine Tastatur zu tippen. Und ich hatte mit ihnen gestreichelt, falls man Streicheln als Aktivität bezeichnen kann. Ich betrachtete den ehemaligen Gefangenen näher, um herauszufinden, ob der Umstand, dass er die Welt so anders sah als ich, sich irgendwie in seinem Äußeren festmachen ließ. Nichts. Der Mann hatte ein schmales Gesicht mit deutlich hervortretenden Wangenknochen und unruhigen Augen, und seine Hände waren kalkweiß, bis auf zwei Finger der rechten Hand, die das Nikotin dunkelbraun verfärbt hatte. Er sagte, die Welt sei edel, und dass er nur auf die Ungerechtigkeit reagiert habe – obwohl er wahrscheinlich Menschen getötet oder jedenfalls Beihilfe dazu geleistet hatte. Ein Verführter, aber ein Idealist, würde die einhellige Meinung über ihn lauten. Aber war ich nicht ebenso eine Idealistin gewesen? Wie hatte ich als junge Frau so sicher sein können, das Leben falsch verstanden zu haben, wenn ich keine ideale Vorstellung davon hatte, was ein richtiges Leben war?

Mein Leben lang habe ich mir all die Freiheiten genommen, die Männer gewöhnlich haben. Aber ihre Befriedigungen sind und bleiben mir ein Rätsel.

Ein älterer Herr mit Medaillen auf der Brust trat ans Mikrofon. »*A Athair, a Chathaoirligh, agus dhaoine uaisle go léir* ...« Unter beifälligem Gemurmel wiederholte er die Worte auf Französisch: »Monsieur le Curé, Mesdames, Messieurs, soyez les bienvenus. Wir haben heute unter uns – und gelobt sei Gott, dass wir sie hier haben – die Nachkommen von zweien der tapferen Männer aus Mellary, die zur Deportation nach New Geneva in Australien verurteilt wurden. Ihnen wurde das Verbrechen zur Last gelegt, einen illegalen Eid geleistet zu haben und der illegalen Organisation, den United Irishmen, anzugehören ...«

Was wäre, wenn ich auf den Lastwagen spränge, das Mikrofon ergriffe und sagte: Ich habe Leute schwer verletzt und sie haben mich verletzt. Ich möchte, dass ihr mir dabei helft, Wege zu finden, wie man dieses Übel beenden kann. Was wäre, wenn ich sagte: Ich habe meine eigenen Kriege gegen England gefochten? Und ich habe in meiner Zeit etliche Niederlagen einstecken müssen.

Eine dieser Niederlagen war Carolines Vater. Er trug dazu bei, dass mich mein Weg in die dämmrige Kellerwohnung führte. Sir David hatte eine große Bedeutung in meinem Leben, wie mir allmählich klar wurde, obwohl er nur etwa einen Monat darin wirklich eine Rolle spielte. Vielleicht hatte ich Recht, wenn ich dachte, dass das, was er mir antat – und ich daraufhin ihm –, mit unserer jeweiligen Nationalität zu tun hatte. Aber auch mit den Zeiten. Mitte der siebziger Jahre führte die IRA einen Bombenkrieg. Dabei töteten Iren außer Leuten, die möglicherweise ein so genanntes legitimes Ziel darstellten, Arbeiter und Jugendliche, die nur ein Bier trinken gegangen waren, Hausfrauen, die ihre Einkäufe erledigten, und spielende Kinder. Es wäre zu jeder Zeit schwierig gewesen, sich als Ire in Gesellschaft reicher Engländer wie Sir David unbefangen zu fühlen, der mit an Sicherheit grenzender Wahrscheinlichkeit Iren nur als Chauffeure, Hausmädchen oder Gärtner kennen gelernt hatte. Als Jockeys oder

Stallburschen. In der aufgeheizten Atmosphäre jener Jahre war es mehr als schwierig.

An dem Abend, als Hugo mich hinauswarf, zog ich zu Caro. Ihr Vater hatte ihr die Wohnung als Belohnung für das bestandene Pädagogikexamen an der Universität Sussex gekauft. Er lebte in Hongkong, war aber für einige Wochen nach London gekommen, und es machte ihm Spaß, ihr beim Einrichten zu helfen. Als sich herausstellte, dass ich diejenige war, die das andere Zimmer beziehen würde, kaufte er uns beiden einen Sitzsack und einen Futon.

»Gleiches Recht für alle!«, ließ er uns mit seinem üblichen jovialen Lachen wissen, als er am Telefon die Anlieferung durch das Geschäft ankündigte. »Ich beabsichtige, meine beiden jungen Damen genau gleich zu behandeln.«

Aber Caroline kokettierte mit ihm, wie es verwöhnte Töchter mit ihren Vätern tun, und rief ihn an, um sich über ihre Verehrer zu beschweren, worauf er sie frühmorgens zurückrief, um ihr Ratschläge zu erteilen. Ich beneidete sie, wenn sie in ihrem teuren Kimono am Küchentisch in der Sonne saß und ihm leise ihr Herz ausschüttete. Mit einer Geste bedeutete sie mir lächelnd, mir aus der Kanne Kaffee einzuschenken, während sie sich an den Telefonhörer schmiegte wie ein Baby.

Er beobachtete mich eine Zeit lang. Vielleicht hatte sie ihm irgendwie erzählt, warum Hugo mich rausgeschmissen hatte. Oder er war zu der Überzeugung gelangt, dass ich arm und unsicher sei und unbedingt Carolines Schutz brauchte. Vielleicht witterte er auch den Ruch der Verderbtheit an mir. Oder gar Fatalismus. Es spielt eigentlich keine Rolle, warum er irgendwann im Wohnungsflur auf mich wartete, mir ins Bad folgte und mir seine fleischige Zunge in den Mund schob. Oder weshalb er mit einer schnellen Bewegung die Autotüren abschloss, anstatt mich, wie versprochen, an der U-Bahn abzusetzen, und über mich herfiel und mich nicht gehen ließ, ehe ich ihn durch die Hose hindurch befriedigt hatte. Worauf es ankommt, ist, dass ich mich darauf einließ. Ich nahm es einfach hin, als befänden wir uns noch in einem finsteren Jahrhundert, in dem all das gang und gäbe war. Der Gutsherr und seine Dienstmagd. Aber ganz so einfach nahm ich es wohl doch nicht hin, denn als ich nach diesem ersten Mal aus dem Auto stieg, zündete ich mir eine Zigarette an, um sie draußen vor der U-Bahnstation Hampstead im Stehen zu rauchen. Und auf der Straße rauchte ich damals nur im Notfall.

Er verschaffte uns beiden die ersten richtigen Jobs – Caro bei einer pädagogischen Zeitschrift und mir bei einem vornehmen Monatsmagazin namens *The English Traveller*. Ein paar Telefongespräche waren alles, was es dazu brauchte. Er erledigte es von unserem Küchentisch aus und wir beide sahen ihm dabei zu. Hinterher umgurrten wir ihn und gaben ihm Küsschen wie kleine Mädchen.

Die Fummelei hörte nicht auf, solange er bei uns war. Ich weiß, ich hätte weggehen sollen oder mich bei Caro beschweren müssen oder ihm wenigstens damit drohen sollen, Caro alles zu erzählen. Aber ich konnte es nicht. Ich war ganz auf mich allein gestellt. Ich hatte das Gefühl, überhaupt nichts tun zu können. Die beiden standen sich sehr nahe, weil Caros Mutter sich nach der Scheidung nach Cornwall zurückgezogen hatte und kaum noch Kontakt zu ihrer Tochter unterhielt. Caro hatte mich Hugo vorgezogen, weil sie immer dem Unterlegenen half, aber sie hätte mich nicht ihrem Vater vorgezogen. Ich hätte mein kostbares Zuhause verloren. Vor allem hätte ich sie verloren und ihre Freundschaft, und sie die meinige. Ich hätte auf die gemeinsamen Ausgänge am späten Samstagmorgen verzichten müssen, wo wir irgendwo einen Kaffee tranken, und auf unser Herumalbern unterwegs zum Supermarkt. Und ich war doch insgeheim so stolz, mit einer so schönen, blonden, privilegierten Frau zusammen zu sein. Keine gemeinsamen Nächte mehr, die wir in Pyjamas hingelümmelt auf unseren Sitzsäcken vor dem Fernseher auf dem gebohnerten Parkettboden des leeren Wohnzimmers verbrachten. Alles nur wegen des bisschen Gefummels! Außerdem mochte ich sie. So sehr, dass ich es nicht übers Herz brachte, ihr etwas Unangenehmes über ihren geliebten Dad zu erzählen. Aus diesem Grund war ich sogar noch vorsichtiger als er, damit sie ja keinen Verdacht schöpfte. Ich handelte alles andere als unüberlegt. Ich hatte *Das goldene Notiz-*

buch gelesen und an Frauendemos teilgenommen – allein, aber ich habe mit den anderen mitgesungen. Ich las jeden Monat die feministische Zeitschrift *Spare Rib* und erzählte Caro ständig von der Frauenbewegung, obwohl sie sich nur am Rande dafür interessierte. Doch gegen Sir David konnte ich mich nicht behaupten. Ich mied nicht einmal die Wohnung, um ihm so wenig wie möglich zu begegnen. Ich benahm mich so, als ginge nicht das geringste zwischen uns vor. Was ist schon dabei, wenn er mich befummelt?, dachte ich. Doch nach einer Weile sagte ich mir nicht ohne Bitterkeit: Eigentlich befummelt er nicht mich. Er interessiert sich nicht für mich. Er benutzt mich nur, um sich selbst Gefühle zu verschaffen.

Inzwischen hatte ein Priester die Bühne betreten.

»Bevor wir Mr. Molly, Mitglied des County Council und ehemaliger Abgeordneter des Dáil Éireann bitten, die Gedenktafel zu enthüllen, wollen wir Gottes Segen für unser Tun erbitten, indem wir den heiligen Rosenkranz zu Ehren der seligen Gottesmutter beten. Das erste glorreiche Geheimnis, Jesus, der von den Toten auferstanden ist ... Vater unser ...«

Man konnte den Mann von der Sinn Féin auf Irisch beten hören. Er hatte einen Belfaster Akzent. »*Ar n-Athair. Or Nohir.*«

Alle knieten nieder. Die Frauen auf den Laschen ihrer Handtaschen, die Männer auf gefalteten Zeitungen. Ich zog meine Jacke aus und kniete mich darauf. Seit ich aus der Schule war, hatte ich den Rosenkranz nicht mehr gebetet. Ein hübsches, leichtes Gebet, das sich in Wiederholungen voranschaukelte wie die Sprechgesänge in anderen Religionen.

Caroline entzückte mich. Sie war das erste reiche Mädchen, das ich kannte. Ihr Reichtum spiegelte sich in allem wider. In ihren zarten schmalen Fesseln zum Beispiel, die aus den feinen Knochen eines Vogels gemacht schienen und so leicht in die hochhackigen Schuhe mit den schmalen Riemchen passten, in denen sie herumstöckelte. Sie war schlank und leicht und hatte winzige Brüste mit einem Warzenhof wie die samtenen Blätter brauner Stiefmütterchen. Sie trug keinen BH, und ihre Höschen unter den schlichten teuren

Kleidern, die sie morgens aus dem Durcheinander ihres Kleiderschranks zog und sich überstreifte, waren so klein wie Taschentücher. Ihr Haar trocknete zu Blattgold. Sie kämmte es mit der Haarbürste, die sie schon im Internat hatte, nach hinten und steckte sich kleine goldene Ohrringe an, während sie telefonierte und teure Sachen in ihre Umhängetasche stopfte. Einen kleinen Kassettenrecorder, ein Fläschchen Joy, ihr großes schwarzes Tagebuch, Tampons. »Ich hab meine Tage«, hörte ich sie beiläufig am Telefon sagen, wenn sie sich mit Freundinnen oder Freunden unterhielt, was mich, die ich so etwas unter keinen Umständen gesagt hätte, gleichzeitig beeindruckte und abstieß.

Zumindest habe ich mich geweigert, ihrem Vater einen zu blasen. Das war die einzigen Situation, in der ich ihm ebenbürtig war: Wenn er danach lechzte und ich mich stumm verweigerte.

Er ging zurück in den Fernen Osten. Ich fragte mich, ob er die Chinesinnen genauso behandelte wie mich – auch Hongkong war einmal Teil des britischen Empires gewesen. Oder ob er nur mit mir das Risiko eingegangen war. Ich fürchtete, etwas an mir sagte ihm, dass ich mitspielen würde. Caroline brachte hin und wieder einen Freund über Nacht mit nach Hause und machte sich meinetwegen Sorgen, weil ich, obwohl ich verschiedentlich mit Männern ausging, nie mit einem von ihnen schlief. Sie sagte: »Kathleen, wenn du jemanden mit nach Hause bringen willst, kannst du das gerne tun. In deinem Zimmer kannst du machen, was du willst.« Sie wusste nicht, dass ich tiefgefroren war. Dass ich noch immer Hugos Knie im Rücken spürte, das mich die Treppe hinunterstieß. Dass ich mich noch lange, nachdem Sir David fort war, fragte, woher er wusste, dass ich keine Schwierigkeiten machen würde. Ich war so weit entfernt von dem Mädchen, das nach Paros gefahren war, wie der kalte Mond von der heißen Sonne.

»Das zweite glorreiche Geheimnis, Jesus, der in den Himmel aufgefahren ist ...«

»Gegrüßet seist du, Maria, voll der Gnade ...«

Immerhin hatte ich meinen wundervollen neuen Job. Ich

verehrte die ältere Dame, die die Herausgeberin und einzige weitere Verfasserin des *English Traveller* war, eines überraschend profitablen, wenn auch schlecht gedruckten kleinen Magazins, das seit den zwanziger Jahren bestand. Sie benahm sich, als wäre sie die Schulsprecherin des Internats und ich ihre Vertrauensschülerin und alle anderen dumme Erstklässler, die wir mit Recht piesacken durften. Ich arbeitete so hart ich konnte für sie.

Unterdessen ging mein persönlicher Englisch-Irischer Krieg weiter. Einmal war ich unterwegs, um einen Artikel über »Die verborgenen Schönheiten des Peak District« zu schreiben. Als ich in mein Hotel in Buxton zurückkam, wartete die Polizei auf mich. Ich hatte meinen Führerschein noch auf Probe und dachte, ich hätte eine Verkehrswidrigkeit begangen. Doch die Beamten führten mich nach hinten, über einen Hof, zu einer Garageneinfahrt, wo meine Reisetasche auf einem Gepäckaufbewahrungsgestell lag.

Geschäftsführer und Koch des Hotels sahen von der Küchentür aus zu.

»Würden Sie bitte die Tasche für uns öffnen?«

»Natürlich.«

»Nehmen Sie den Deckel ab«, sagten sie, nachdem ich meinen Reisewecker hatte herausnehmen müssen. »Nehmen Sie die Batterie heraus.«

Ich leerte die Tasche vor ihren Augen. Schwarze, leicht verschlissene Unterwäsche aus der Zeit mit Hugo, als ich mich noch für sexy hielt, meinen Körper liebte und mir schöne Dessous kaufte, um ihn zu … Halt! sagte eine Stimme in mir. Nicht daran denken! Diese Unterwäsche bedeutete jetzt nur noch, dass ich offenbar keine Terroristin war. Der Polizist nahm das Buch in die Hand, das ich in der Tasche hatte, und schüttelte es aus. Dann erst sah er sich den Titel an. Ich war auf dem Weg nach Sheffield, daher las ich Arnold Bennet, *Anna of the Five Towns*.

»Tut mir Leid«, sagte der ältere Beamte. »Hier steigen nicht viele Iren ab …«

Die kleine Episode hatte keinerlei Bedeutung. Sie dauerte nicht einmal fünf Minuten. Sie hatten jedes Recht, das zu tun.

Doch noch lange danach dachte ich erschrocken, sie hätten mir etwas anhängen können. Das ist, weiß Gott, genug anderen Iren passiert ...

Ich gewöhnte mir an, so leise und akzentfrei wie möglich, ein Essen zu bestellen oder nach einem Getränk zu verlangen oder nach dem Weg zu fragen. Ich lernte, bestimmte Bilder im Fernsehen ohne sichtbare Gemütsbewegung zu betrachten: Absperrbänder quer über Autostraßen, Menschen, die mit blutverschmierten Gesichtern vorwärts stolperten, weiße Krankenwagen, die mit gellenden Sirenen durch Wohnsiedlungen kurvten. Ich lernte still meine Zeitung zu lesen, jeden anzulächeln und nichts Auffälliges zu sagen. Es war genau wie das Leben, das ich in Carolines Wohnung geführt hatte. Nach außen war ich fröhlich und ausgelassen wie alle anderen, doch insgeheim führte ich ein wachsames Doppelleben.

Manchmal schoss es mir durch den Kopf, dass Caroline mich nicht langweilig fand, sondern sich selbst für langweilig hielt. Aber mir gefiel die Langweile, die nette, konventionelle Art, wie wir miteinander plauderten. Zu Hause, wenn meine Familie versammelt war, konnte jedes Wort, das man sagte, hochexplosiv sein.

Noch immer das monotone Murmeln der Rosenkranzbetenden. Es hatte keinen Sinn, sich davonzustehlen. Die PJs waren gut zu sehen und beteten *con brio*, so dass an Lebensmittel nicht zu denken war. Ich machte es mir auf meinem Stuhl bequem. Einigen Mienen um mich herum entnahm ich, dass man nicht erwartet hatte, der Priester werde alle fünf Stationen des Rosenkranzes beten. Niemand schien allzu glücklich darüber. Es wurde langsam kühl. Es war noch Frühling, kein Frühsommer, das spürte man nun. Ich sah auf die Uhr. Viertel vor sechs. Ich befühlte mein Haar. Der Friseur in Athlone hatte es mit Conditioner gespült, als er die Strähnchen machte, und sie fühlten sich glatt und geschmeidig an. Der Sinn-Féin-Mann sagte seine Gebete noch immer auf Irisch, obwohl es sonst niemand tat.

»Das vierte glorreiche Geheimnis, Jesus, der dich o Jungfrau in den Himmel ...«

Alex' anti-irische Haltung hatte mich wie ein Schock getroffen. Vor allem, weil ich sie erst in den achtziger Jahren entdeckte, als sich das Verhältnis zwischen Iren und Engländern zumindest in England beruhigt hatte.

Wir saßen im Zug und waren auf dem Weg zu einem *News-Write*-Treffen in einem Landhaus-Hotel in den Midlands, Alex, Jimmy und ich. Alex öffnete seinen Laptop auf seinem Tischbrett. PCs waren damals noch etwas Neues, und mir fiel auf, welche Befriedigung es ihm verschaffte, damit zu spielen. Ich fühlte mich an die Anzeige in einer Illustrierten erinnert: Ein Mann, der mit gelockertem Schlips auf einem Hotelbett lag, die Manschetten noch zugeknöpft, und mit seinem PC spielte. »Unser neues globales Modem lässt Sie im Ausland nicht sitzen«, stand darunter. Der Mann in der Anzeige hatte ernst und erfolgreich ausgesehen, und den gleichen Anschein gab sich Alex in diesem Augenblick. Wenn Alex sich auf diese Weise vertiefte, konnte ich nicht umhin, mich wie eine aufmüpfige Göre zu benehmen. Ich hörte mich laut werden, um seine Aufmerksamkeit auf mich zu ziehen.

»Zahl oder Kopf!«, sagte ich zu Jimmy und angelte eine Münze aus meiner Tasche. »Um die nächsten ›Vierundzwanzig-Stunden-Trips zum Abgewöhnen‹.«

Dies war unser Spitzname für eine Serie über europäische Städte, die *TravelWrite* anbot.

»Bitte, bitte, tausch Düsseldorf mit mir«, sagte ich. »Ich nehme statt dessen Nikosia. Obwohl ich von Düsseldorf weiter nach Wien fahren könnte, um die Vermeer …«

»Nein«, sagte Jimmy. »Düsseldorf will ich. In Düsseldorf ist die Schwulenszene viel fortschrittlicher als auf Zypern.«

An diesem Punkt schaltete Alex sich ein. Ich versuchte mir hinterher einzureden, dass er im Geheimen eifersüchtig auf mein Herumalbern mit Jimmy war. Aber wahrscheinlich hatten wir ihn beleidigt, weil wir ihn als Herausgeber nicht mit einbezogen hatten.

»Ich dachte, ihr Iren wärt so scharf auf die Deutschen«, fuhr er mich an. »Standet ihr nicht im Krieg auf deren Seite? Ihr habt euch doch die dicken Steaks reingeschoben, während wir bereit waren, bis zum letzten Mann zu kämpfen.

Dafür seid ihr ja auch reichlich belohnt worden, mit dem so genannten Gemeinsamen Markt, oder nicht? Eure alten Kumpels schütten das Geld doch nur so über der Grünen Insel aus!«

Jimmy griff ostentativ nach der Morgenzeitung und verschwand dahinter.

»Ich wünschte, ihr Engländer würdet aufhören, ständig ›ihr Iren‹ zu sagen«, begann ich langsam. »Es gibt Iren und Iren, darunter Zehntausende, die in die britischen Streitkräfte eintraten und von denen viele getötet worden sind. Ich habe mich zufällig gerade damit beschäftigt, und ich weiß, dass man damals dringend irische Arbeitskräfte brauchte, vor allem um Flugplätze zu bauen. Westminster war es daher ganz recht, dass Irland nicht die allgemeine Wehrpflicht einführte. Eure führenden Spione im MI5 konnten Churchill versichern, dass die Iren neutral waren, aber neutral auf Seiten der Alliierten. Also, was soll das?«

»Tut mir Leid, Kathleen«, sagte Alex unbeholfen. »Die Bemerkung über das Steak-Essen war deplatziert, das muss ich zugeben.«

An diesem Nachmittag sollten wir an einem Management-Strategie-Seminar teilnehmen, das in einem wunderschönen Landhaus aus dem frühen 17. Jahrhundert stattfand. Draußen stolzierten Pfauen durch das saftige Gras, und große Eichen warfen ihre Schatten auf den Rasen. Ich saß da und dachte, was wohl Henry James aus dieser Szenerie gemacht hätte, während ich das Geschwätz einer verkrampften jungen Frau in Armani-Kleidung über mich ergehen lassen musste, in dem sie sich über die drei Stufen zur Zufriedenstellung des Kunden ausließ. Der Big Boss saß neben ihr und versuchte, den Grad unserer Begeisterung einzuschätzen. Alex schlief ein. Ich verrückte meinen Stuhl, um ihn vor den Blicken abzuschirmen. Er begann allmählich auf den Boden zu sinken. Ich rückte noch näher und versuchte ihn aufzurichten, indem ich mich gegen ihn lehnte. Er atmete schwer und tief wie ein unschuldiger kleiner Junge.

Die Wahrheit war, dass ich mich wegen des Krieges schämte. Zum Beispiel, wenn ich in London auf den Eingang einer

alten, bei Bauarbeiten freigelegten U-Bahn-Station stieß, in der
die Londoner möglicherweise bei Nacht Schutz vor den deutschen Luftangriffen gesucht hatten. Oder wenn ich vom Tod
des Vaters eines Bekannten erfuhr und es hieß, er sei in Dün-
kirchen oder auf der Burma-Bahnlinie gewesen ... Deshalb
war ich immer empfänglich für Informationen über Irlands
Rolle im Zweiten Weltkrieg. Und deshalb hatte ich dem armen
Alex so leicht den Wind aus den Segeln nehmen können.

Oft schämte ich mich auch bitterlich auf dem europäischen
Festland: An dem tiefen Steinbruch, wo Tausende aus dem
Vernichtungslager bei Mauthausen an einem Herbstmorgen
umgebracht worden waren und aus dem der Nebel wie ein
sichtbares Übel emporstieg. Im Anne-Frank-Haus in Amster-
dam, wo einem die Wandmarkierungen der Körpergröße
eines Mädchens, das vergeblich wuchs, das Herz brachen.
Wenn ich das unaufhörliche Aufsagen der Namen der Toten
im Holocaust-Museum Yad Vashem in Jerusalem hörte. Die
Kerzen für umgekommene Kinder sah. Die Verschiebebahn-
höfe in Thessaloniki, wo man die griechischen Juden in Wag-
gons nach Auschwitz steckte. Und das Stadion neben dem
Père-Lachaise-Friedhof, wo die jüdischen Kinder aus Paris
festgehalten wurden, bevor man sie deportierte.

Einmal hatte ich mich in München betrunken und dann
eine Stunde lang versucht, die Telefonnummer vom Konvent
in Kilcrennan herauszufinden. Als ich sie endlich wusste,
bestand ich darauf, mit der Nonne zu sprechen, die uns Ge-
schichtsunterricht erteilt hatte.

Ich saß unruhig auf der Bettkante und weinte.

»Sie sind alt genug, Schwester, um sich daran zu erinnern!
Warum haben wir nicht gegen die Nazis gekämpft? Warum
nicht? Warum?«

»Wo bist du, Kathleen?«

»Ich war heute in Dachau.«

»Wir haben nichts davon gewusst, liebes Kind ...«

»Wir hätten es aber wissen müssen!«, sagte ich. »Die Engländer waren so tapfer! Welche Entbehrungen sie erlitten
haben! Ich habe ein Apfelkuchenrezept aus dem Krieg gelesen, Schwester. Eine Schicht gedünsteter Äpfel, eine Schicht

Holzasche, wieder eine Schicht gedünsteter Äpfel und wieder eine Schicht Asche ...«

»Hier wäre der Bürgerkrieg wieder ausgebrochen!«, sagte die Nonne. »1939 waren wir nicht einmal zwanzig Jahre unabhängig von Großbritannien.«

»Man kann ein Unrecht nicht gegen das andere aufrechnen!«, brüllte ich ins Telefon.

»Sei nicht so kindisch!«, schrie die Nonne zurück.

Am Abend des Management-Seminars nahmen wir im Stehen einen Sherry vor dem Essen ein. Alex sah in seiner Abendgarderobe umwerfend aus, das gab selbst Jimmy zu.

»Ich muss mich entschuldigen, Kathy«, sagte er. »Ich war völlig daneben, heute Morgen. Du hast Recht, ich habe wirklich keine Ahnung von Geschichte ...«

»Mach dir keine Gedanken, Alex«, sagte ich. »Ich hoffe, ich habe nicht zu grob reagiert ...«

»O nein!«, sagte Alex. »Tut mir Leid, dass ich angefangen habe ...«

»Das macht nichts, Alex«, fuhr ich fort, als Jimmy aufstöhnte.

»Welche Sünden hab ich bloß in meinem früheren Leben begangen«, sagte er, die Augen zur Decke verdreht, »dass ich mit euch beiden hier herumhängen muss?«

Das Gemurmel des Rosenkranzgebets mündete plötzlich in ein inbrünstiges »Ehre sei dem Vater«. Wir baten Gott in einem hastigen Nachsatz, alle Seelen in den Himmel zu führen, vor allem jene, die am meisten seiner Gnade bedurften.

»Und nun«, sagte der Priester, »wird uns Mr. Hughie Shannon, dessen Ur-Ur-Urgroßvater 1798 zu tausend Peitschenhieben und Gefängnis verurteilt wurde, die Ballade »Boolavogue« auf dem Akkordeon vorspielen!«

Anhaltender Applaus von den wenigen, die nach Beendigung des Gebets noch geblieben waren.

Ein sehr alter kleiner Mann, der fast hinter seinem gewaltigen Akkordeon verschwand, wurde die Stufen zur Bühne hinaufgeleitet.

Bei Boolavogue, als die Sonne versank,
Über den strahlenden Maiwiesen von Shelmalier,
Setzten Rebellen die Heide in Brand ...

Der Priester sang laut ins Mikrofon.

»Großartig, nicht?«, sagte die Frau neben mir. »Ein fabelhaftes Lied!«

Ich ging die Straße hinauf zum Lebensmittelladen. Hinter mir stand Mrs. PJ am Mikrofon und verlas eine Liste mit Danksagungen an alle, die dazu beigetragen hatten, dass der Tag ein solcher Erfolg war, aber es war niemand mehr da, der ihr zuhörte, und die Dämmerung brach schon herein.

Ich ging am High Chapparal Pub vorbei und sah durch die offene Tür, dass sich bereits eine Gruppe junger Leute im dunklen Gastraum befand, deren Gesichter abwechselnd orange und violett im Licht der Disco-Strahler aufleuchteten. Auch sie sangen. Ein fabelhaft aussehender Junge mit Stetson stand auf einem Tisch und schmetterte einen Song von Garth Brooks. Dabei schob er konvulsivisch sein Becken vor. Der Barmann, der hinter den Zapfhebeln am Ausschank hantierte, hob den Kopf. Er sah mich an der Tür, lächelte und winkte mich herein.

»*Oh I've got friends in low places ...*«

Eine Reihe Mädchen wiegte sich Arm in Arm zu der Musik und schwang die breiten Jeanshintern hin und her.

> »*'Cause I've got friends in low places,*
> *Where the whiskey drowns and the beer chases*
> *My blues away,*
> *And I'll be okay ...*«

Spontan trat ich ein und setzte mich in eine halbdunkle Ecke in der Nähe der Tür. Der Barmann ließ alles stehen und liegen, kam zu mir herüber und wischte den Tisch ab.

Er sagte »Ich hab Sie schon in der Gegend gesehen und mich schon gefragt, ob Sie überhaupt mal einen Drink nehmen.«

Er war zu schüchtern, um mich anzusehen und wischte weiter über den Tisch. Ein Mann um die vierzig mit freundlichem Gesicht und kräftigem Fußballerkörper.

»Ich nehme nur eine Cola«, sagte ich.

»Die geht aufs Haus«, sagte er, als er sie brachte.

Ich lachte in mich hinein. Es musste an den Strähnchen liegen. Ich fühlte mich richtiggehend geehrt.

Caroline und ich gingen gewöhnlich Freitagabends in den Pub. Dort traf sich eine Gruppe junger Leute, zu denen wir uns zugehörig fühlten. Ich fing an, Caroline zu imitieren. Nannte sogar manchmal jemanden Püppchen. Ich fühlte mich schlanker. Versuchte leichtfüßig die Beine zu heben, wenn ich zum Bus lief, als wäre ich so anmutig wie sie. Ich kaufte mir eine Umhängetasche und warf sie über die Schulter wie sie es tat. Aber ich war nie wie sie. Ihr Federbett und ihre Kissen, die immer halb auf den Boden hingen, waren weiß und luxuriös und rochen nach Parfüm. Ihr Unterarm war so makellos, dass ich die Überzeugung gewann, reiche Leute seien weniger behaart. Als wären Behaarung, Gerüche, Pickel und Speckfalten durch jahrhundertelange Vermischung der Armen mit ihresgleichen entstanden.

Dann verliebte sie sich Hals über Kopf in Ian, und das war das Ende vom Lied.

Doch kurz vorher machten wir eine gemeinsame Reise, die uns später wie eine Halluzination vorkam.

Die silberhaarige Herausgeberin des *English Traveller* bot mir einen Gratisaufenthalt in Belfast an.

»Aber was ist mit den Unruhen?«, hatte ich gesagt.

Das war 1975, als die Verhältnisse in Nordirland sehr schlecht waren.

»Sie werden sehen«, sagte sie, »dass man Sie mit offenen Armen empfängt. Ich nehme an, sie verhalten sich dort so wie wir während des Krieges: sie geben ihr Bestes. Die Frau vom Fremdenverkehrsamt ist absolut entzückt, dass Sie kommen. Vielleicht würden Sie gern jemanden mitnehmen – es war von einer Suite die Rede und von einem Wagen, der Sie am Flughafen abholt.«

»Haben Sie ihr gesagt, dass ich selbst Irin bin?«, hatte ich den Mut zu fragen.

»Ich habe der Fremdenverkehrsfrau gesagt, dass *The English Traveller* völlig unpolitisch ist«, sagte die Herausgeberin entschlossen. »Sie werden Museen, Parks und so weiter besichtigen.«

Ich bat Caroline mitzufahren.

»Es ist nur für eine Nacht«, sagte ich.

»Belfast!«, sagte sie verwundert. »*Belfast?* Großer Gott, ich wäre nie auf die Idee gekommen, nach *Belfast* zu fahren. Aber es ist sicher interessant, dein Land mal kennen zu lernen.«

»Es ist nicht mein Land. Darum geht es ja bei dem Kampf, Caroline. Es ist dein Land.«

»Also, ich will es gar nicht haben«, sagte sie höflich.

»Es will dich aber haben«, sagte ich. »Die Unionisten wollen dich. Die Republikaner nicht.«

»Wollen wir die Politik außen vor lassen?«, sagte sie hoffnungsvoll.

»Hör zu, Caroline«, sagte ich, »Politik ist das einzig Interessante an Belfast. Nimm die Panzerwagen, die Graffiti, den Hass und die Morde weg, was ist Belfast dann noch, außer einer britischen Handelsstadt? Einer von den Orten, über die J. B. Priestley Romane geschrieben hätte, hätte es dort einen Wollhandel gegeben.«

»Wer ist J. B. Priestley?«, sagte Caroline.

Wir fuhren früh nach Heathrow hinaus, um rechtzeitig da zu sein. Caroline kaufte mir im Wäschegeschäft einen Satin-Slip, für den Fall, dass ich eines Tages einen Liebhaber hätte. Ich kaufte ihr eine Kassette von Kathleen Ferrier mit Aufnahmen von Bach, in der Hoffnung, sie würde einen guten Geschmack entwickeln. Dann tranken wir Wodka-Martinis mit Silberzwiebelchen. Im Flieger tranken wir je zwei Piccolo Champagner, und dann baten wir die hochnäsige Stewardess um zwei weitere, zum Mitnehmen.

»Achte mal darauf«, sagte ich zu Caroline, um ihr Bewusstsein zu schärfen. »Die Stewardess lächelt nur die Männer an. Wir sind ihr egal.«

»Wir sind die einzigen Frauen in der Ersten Klasse«, sagte Caroline.

»Ja. Ich würde sagen, Frauen wie uns hat man in Belfast noch nicht gesehen.«

Sammy, der Fahrer, war mittleren Alters. An seinem großen runden Kopf baumelte ein winziger Pferdeschwanz. Sein Brustkorb erschien riesig in der Fliegerjacke, darunter steckten schmale Hüften in Jeans. Seine dicksohligen Wildlederschuhe verliehen ihm den stolzen Gang eines echten Loyalisten. Er schien überhaupt nicht überrascht, uns beide zusammen zu sehen: eine durchschnittlich gekleidete Frau mit irischem Akzent und eine reiche mit Hampstead-Akzent, beide mit einem wilden Glanz in den Augen.

Er lud unser Gepäck am Europa Hotel aus, aber wir wollten nicht aussteigen.

»Erledige du die Anmeldung für uns, Sammy Schätzchen«, baten wir ihn von der Rückbank. »Und dann lass uns irgendwo einen kleinen Drink einnehmen, in einer ganz typischen Belfaster Kneipe.«

Er fuhr mit uns die Shankill Road entlang zu einer Kneipe auf einem Trümmergrundstück, inmitten eines Labyrinths dicht gedrängter kleiner Backsteinhäuser. Wir hatten Mühe, mit unseren Stöckelschuhen den Schotter zu überqueren. Sammy half erst Caro und dann mir hinüber. Die ganze Nacht über wurden wir – wenn mich meine Erinnerung am nächsten Tag nicht trog – feindselig von schweigenden Frauen mit barocken blonden Frisuren beäugt, die sich über ihre Bacardi-Colas beugten, während Sammy einen nicht nachlassenden Strom kleiner witziger Männer an unseren Tisch brachte.

»Ich habe sie wirklich sehr witzig gefunden«, bestätigte Caro hinterher. »Mein Gott«, zuckte sie, »habe ich mich wirklich auf die Bühne gestellt und Neil Diamond gesungen? *Sweet Caroline*! Sag, dass das nicht wahr ist!«

»Es ist nicht wahr. Es war ein Tom-Jones-Potpourri«, sagte ich. »Du hast eine Art Bauchtanz zu *It's not unusual* aufgeführt.«

»O *nein*!«

Danach hatte uns Sammy ins Hotel zurückgebracht. Er schob uns durch die Drehtür und überließ uns dann uns selbst.

Ein Portier kam auf uns zu und fragte »Kann ich den Damen etwas auf ihre Suite bringen lassen?«

»Caroline, die versuchen, uns ins Bett zu schicken«, sagte ich.

Caroline sagte »Nein, ich will noch nicht ins Bett.«

Wir schwankten nach oben in die Lounge im ersten Stock und bestellten – ich erinnere mich noch an das Duett mit dem Kellner – »ein Glas, nein, warten Sie. Haben Sie halbe Flaschen? Nein? Schon gut. Bringen Sie eine ganze Flasche … Champagner.«

»Wir haben ja auch mit Champagner angefangen«, sagte Caroline. »Soweit ich das noch weiß.«

Das Letzte, woran ich mich erinnern kann, war, dass ich beschloss, Caroline Nordirland zu übergeben, sozusagen um den Krieg zu beenden.

Ich versuchte mich auf dem Sofa aufzurichten und schüttete mir das halbe Glas Champagner über.

»Seit Jahrhunderten sind Männer und Frauen für diese schönen sechs Grafschaften gestorben«, sagte ich. »Nun, vielleicht nicht seit Jahrhunderten, aber in jüngerer Zeit. Jedenfalls sind sie ein für alle Mal tot, Caroline. Es war nicht fair, was man den Katholiken angetan hat, Caroline. Das Land der Iren dem Volk der Iren. – Aber jetzt übergebe ich dir das Land, damit du in den kommenden Jahrhunderten für Frieden und Wohlstand sorgst.«

Auch Caroline hatte sich aufgerichtet und saß halbwegs gerade auf dem Sofa.

»In Ordnung, Kathleen. Ich verspreche, ich werde mein Bestes tun.«

»Versprochen, Caroline?«, sagte ich, den Tränen nahe. »Abgemacht?«

»Ich verspreche es, Kathy. Ehrlich.«

Irgendwie schafften wir es hinauf in die Suite mit den beiden riesigen Betten.

Wir wollten uns noch den Nachtfilm ansehen, fanden aber keinen Fernseher.

Ein oder zwei Stunden später wurde ich durch ein Geräusch geweckt. Ich setzte mich abrupt auf. Mir war übel und ich hatte einen trockenen Mund. Ich war auf der Bettdecke eingeschlafen und trug noch meinen neuen Satin-Slip und einen Schuh.

»Verpiss dich«, brüllte ich dem Armeehubschrauber zu, der wie ein riesiger Rasenmäher vor den Penthousefenstern schwebte. Dann nahm ich vier Anadin, legte mich ins Bett und schlief ein.

Ich hatte meine Cola im High Chapparal ausgetrunken und lächelte bei der Erinnerung an uns Mädchen.

»Danke! Bis demnächst!«, rief ich dem Barmann zu.

»Ja, vergessen Sie nicht, mal wieder vorbeizukommen!«, rief er zurück. »Ich werde Sie gut bedienen.«

Noch immer lächelnd trat ich aus dem Lokal und stieß mit einem stämmigen Mann zusammen, der auf dem Gehweg vorbeiging.

»Ich hatte schon Angst, du wärst abgereist«, sagte der Mann.

Es war Shay.

12

Ich sah ihn an. Durchschnittskleider, müde blaue Augen, angespannte Gesichtszüge.

»Du hast gesagt, du gehst nur die Zeitung holen ...«

»Und jetzt bin ich da«, gab er knapp zurück. »Statt im Flugzeug nach Liverpool zu sitzen.«

»Ich habe nichts zu essen im Haus.«

»Ach, wie schade!« Ein Lächeln breitete sich auf seinem Gesicht aus. »Ich bin nämlich seit sieben Uhr früh unterwegs und wahnsinnig hungrig.«

»Hier ist ein Hotel«, begann ich.

»Können wir nicht nach Hause gehen!«, bat er.

Bei dem Wort ging mir das Herz auf – nach Hause!

Er stand geduldig neben mir, während ich mit Mrs. PJ verhandelte, die noch immer ihren guten grünen Mantel anhatte.

»Frischen Fisch?«, spottete sie. »Dass ich nicht lache. Wir sind hier an der irischen Westküste, da bekommt man nur mit viel Glück frischen Fisch. Der Fisch aus dieser Bucht fährt jeden Morgen im Lastwagen hier vorbei, um dann von Dublin aus mit einem anderen Lastwagen in die Supermärkte geliefert zu werden. Ist das noch ein de Burca, Kathleen?« Sie strahlte Shay mit einem aufgesetzten Lächeln an.

»Nein«, antwortete ich kurz angebunden.

Wir kauften zwei große dunkelrote Steaks an der Fleischtheke und einen Sack erdiger Kartoffeln.

»So halten sie sich am besten«, sagte Mrs. PJ. »Sie werden sehen. Die sind wunderbar mehlig. Ich bin sicher, Mister, dass Sie nicht oft solche Kartoffeln zu sehen kriegen, da wo Sie herkommen.«

Shay ging nicht darauf ein. Er zahlte, nahm die beiden Plastiktüten und trug sie zum Wagen. In meinem Leben hatte es nicht viele Männer gegeben, die mir Einkaufstüten getragen hatten. Der Einkauf rettete uns, und dann das Kartoffelschälen nebeneinander am Spülbecken, wo wir über die stumpfen Messer schimpften, er mir von der neuen Generation Rasenmäher erzählte und ich ihm von den Big Macs, die ich immer für die Nachbarskatze mitgebracht hatte, bis ich das Rauchen aufgegeben und mich nicht mehr zu McDonald's getraut hatte, weil ich immer so hungrig war.

»Wir lassen das alles stehen«, sagte ich, nachdem wir mit Genuss die dunkelbraun gebratenen Steaks zu den gekochten weißen Kartoffeln und den roten Tomaten gegessen hatten. Es war ein ganz anderes Essen gewesen als das gelangweilte Im-Teller-Herumstochern in den zahlreichen Restaurants dieser Welt mit Leuten, die so bedeutungslos für mich waren, dass ich betete, die Zeit möge rasch vorübergehen.

»Ach, was«, sagte er. »Ich bin der geborene Tellerwäscher. Aber lass mir Zeit dabei. Trink in Ruhe deinen Wein aus.«

Ich setzte mich ans Feuer. Im Radio brachten sie Tanzmusik.

»Diese Musik liebe ich«, sagte er. »Genau das Richtige für Leute in meinem Alter.«

Er summte bei *Cherry Pink and Apple-Blossom White* mit. Wir waren so entspannt wie ein altes Ehepaar.

»Wo bist du lieber«, fragte ich ihn, »in England oder in Irland? Ich musste heute den ganzen Tag an die Schwierigkeiten denken, die ich am Anfang in England hatte.«

»Das ist die 64 000-Dollar-Frage«, antwortete er ernst. »Als Junge hatte ich keine andere Wahl, und als ich dann mein Lager in England aufgeschlagen hatte, musste ich mich darauf betten, wie man so schön sagt. Ich glaube, Amerika wäre besser für mich gewesen, aber wer hatte schon das Geld, nach Amerika zu gehen? Jedenfalls bin ich davon überzeugt, dass die Engländer ehrlicher sind als die Iren. Ich merke das, wenn ich in Sligo bei meinem Vater die Buchhaltung mache. Wenn es ans Bezahlen geht, sind die Iren so glitschig wie Fische.«

»Ich glaube auch, dass die Engländer ehrlicher sind«, stimmte ich ihm zu. »Mein Boss würde nicht einmal ein Blatt Papier aus dem Büro mitnehmen. So ehrlich ist er.«

Shay stellte gerade meinen Laptop auf den leer geräumten Tisch.

»Du schreibst über etwas, das vor langer Zeit passiert ist, hast du mir erzählt. Und dass du nicht die Fakten zusammenbekommst. Was ist das? Worum geht es da?«

»Um eine wahnsinnige, leidenschaftliche Liebe, Shay«, sagte ich mit einem viel sagenden Augenaufschlag.

»Aha. Aber dazu muss man *dir* doch nicht allzu viel erzählen, oder?«

Er kniete sich neben mich und lehnte den Kopf leicht an meine Brust. Ich senkte das Kinn und stützte es ganz leicht auf seine weichen grauen Haarstoppeln.

»Es wundert mich, dass du dich daran erinnerst, was ich dir erzählt habe«, murmelte ich.

»An alles«, sagte er. »An jedes einzelne Wort. Ich werde nie etwas davon vergessen.«

So saßen wir beisammen, ohne uns zu rühren. Sanft aneinander gelehnt. Nach einer Weile begann es tief in mir zu pochen. Das Pochen wurde zu einem rhythmischen Klopfen, das übersprang und durch unsere Körper pulsierte. Ich hörte, wie er schluckte, um etwas zu sagen. Aber er sagte nichts. Und ich konnte auch nichts sagen. Dann stand ich auf, um ins Schlafzimmer voranzugehen.

Es dauerte nur einen Augenblick, bis ich seinem ernsten Kuss erlag, dem sanften Druck seiner geschlossenen Lippen. Meine Finger strichen über sein Gesicht. Unten am Kiefer fühlte es sich rau an, und unter den geschlossenen Augen war es ganz weich. Plötzlich bohrte sich seine Zunge in meinen heißen Mund und er begann ungestüm zu saugen, als wolle er mich austrinken. Er schob die Hand zwischen meine Schenkel und streichelte mich zwischen den Beinen. Tiefer und immer tiefer. Der Stoff klebte an den Falten meiner Haut fest, als ich feucht wurde.

Sein Mund löste sich von meinem.

»Ich habe Tag und Nacht an dich gedacht«, sagte er.

»Ich hätte weg sein können.«

»Den ganzen Weg von Sligo hierher habe ich mir gesagt, sie ist noch da. Sie ist noch da. Sie muss noch da sein.«

»Du hast gesagt, dass du Orangensaft kaufen gehst«, flüsterte ich. Sein Gesicht war ganz dicht vor mir.

»Aber ich habe es dir doch erklärt!«, fuhr er zurück, seine Miene plötzlich ganz lebhaft vor Überzeugungseifer. »Hast du denn meinen Brief nicht bekommen? Ich habe dir doch geschrieben, dass ich gehen musste. Sonst wäre ich nie mehr weggegangen!«

Die leidenschaftlichen Worte. Und das Jedermanngesicht. Noch nie hatte ich einen Mann in diesem Ton reden hören.

Seine Finger streichelten mich eindringlich, als wollten auch sie mich überzeugen. Sie flehten. Und es war, als würden sie nie müde, als müssten sie streicheln, bis ich unter ihnen zerschmolz.

Danach betrachtete ich den Strahl des Mondlichts, der sich über das breite Fensterbrett schob. Unsere erschöpften Körper lagen nebeneinander auf dem Bett.

»Wollen wir einen Spaziergang am Strand machen?«, schlug ich vor.

Wir zogen uns schweigend an.

Die milde Nacht wirkte beruhigend.

»Aah!« Er warf den Kopf zurück. Eine breite schwarze Wolkenbank zog sich am Horizont entlang. Die Wolke dahinter leuchtete dunkelrot.

»Ach! Ich hatte ganz vergessen, wie sauber die Luft hier ist!«, sagte er. »Da wo ich lebe, ist sie zum Schneiden.«

»Schau dir mal den Himmel an. Sieht seltsam aus.«

»Er ist rot! Sieh mal, da ganz weit draußen!«, sagte er. »Abendrot – Schönwetterboot!«

»Abendrot, ja. Aber sieh dir mal das Wolkenmuster an.

Wie Fischschuppen. Makrelenwolken – mal nass, mal trocken. Wenn bloß die dunkle Wolke da nicht wäre, dann könnten wir vielleicht die Seehunde sehen. Gestern Morgen waren welche da. Drei. Mammy, Daddy und Junior.«

»Ob du's glaubst oder nicht«, sagte er. »Ich habe mal ein Seehundbaby gerettet, in Ballisodare. Es hatte seine Eltern verloren. Ganz frühmorgens beim Fischen habe ich es gefunden, kurzerhand mit nach Hause genommen und ihm ein Schwimmbecken aus Steinen und einer Plastikplane gebaut. Als ich dann aus der Schule kam, war der Seehund im Haus. Er saß auf einem alten Sessel mit den Flossen auf den Armlehnen und hörte Radio. Ich musste ihn wieder ins Meer bringen.«

Ich legte den Arm um ihn, schob die Hand unter den Hosenbund und streichelte liebevoll die weiche Haut an seinem Bauch.

Unten an der letzten Landzunge lag die See fast unbeweglich da. Aber der Wasserstand war sehr hoch. Die in weit ausladenden Wellenbewegungen auf und nieder wallende Oberfläche wirkte wie schwarzes Öl.

Shay sagte: »Diesmal werde ich sehen, wie du im Mondlicht aussiehst.«

Ich war verwirrt. Erleichtert, dass er bleiben wollte, und gleichzeitig verunsichert und auch ein wenig argwöhnisch bei dem Gedanken, er könnte meinen Körper einer genauen Prüfung unterziehen, sentimental und unaufrichtig werden.

»Dann bleibst du also?«, fragte ich.

»Wenn du mich hier behältst?«

»Habe ich denn eine Wahl?«

»Natürlich hast du.« Er wandte sich mir abrupt zu und nahm mich in die Arme. Das Meer und der Abendhimmel lagen hinter ihm. Er war ganz anders, seit wir miteinander geschlafen hatten. Viel sicherer.

»Und ob du eine Wahl hast«, sagte er. »Die freie Wahl.«

»Und wie lange kannst du bleiben?«, fragte ich.

»Bis morgen Nachmittag.«

»Ja.«

»Okay«, sagte ich später, »erzähl mir von dir.«

»Ich bin ursprünglich aus Ballisodare. Dann bin ich noch ganz jung nach England gegangen, um mir eine Arbeit zu suchen. Ich habe ein Mädchen von dort geheiratet, das ich beim Tanzen kennen gelernt hatte, als ich noch auf dem Bau war. Wir wohnen nicht weit von Chester, und wir haben zwei Töchter, die beide verheiratet sind und ebenfalls in unserer Nähe wohnen. Ich habe mein Gartenbaugeschäft ›und Töchter‹ genannt, halb aus Scherz, aber auch weil wir sehr aneinander hängen.«

»Wie ›und Töchter‹?«, fragte ich.

»Was?«

»Wie heißt du mit Familiennamen?«

»Ach so«, sagte er nach einer kleinen Pause: »Ist das wichtig?«

»Ich heiße de Burca«, sagte ich spitz.

»Wie? Burke?«, fragte er. »Kathleen Burke«, wiederholte er langsam. *And when the fields are fresh and green, I will take you home again, Kathleen...*

»De Burca«, sagte ich. »Mein Vater hat den Namen aus Patriotismus in die ursprüngliche irische Form umschreiben lassen.«

»Meine Frau passt auf die Enkelkinder auf, wenn die Mädchen arbeiten gehen. Ein kleiner Junge und ein kleines Mädchen. Ich habe mein kleines Gartenbaugeschäft, bin früher hin und wieder in den Pub gegangen und seit ein paar Jahren komme ich regelmäßig her, um meinem Vater unter die Arme zu greifen. Da habe ich mich wieder ein bisschen mit der irischen Lebensart angefreundet. Meine Frau ist an Irland nicht so interessiert, verständlicherweise. Sie war auch schon lange nicht mehr hier. Das letzte Mal, als die Mädchen noch klein waren. Jetzt geh ich also in den Irischen Club, wenn ich was trinken will. Sie bleibt meistens zu Hause und guckt fern. Oder die Mädchen kommen zu ihr rüber, fast jeden Abend.«

Seine Stimme klang warm und liebevoll.

»Da ist nicht viel Platz für mich«, sagte ich. »Du bist glücklich verheiratet.«

»Ich weiß«, sagte er.

»Ich heiße Murphy«, sagte er nach einem Zögern. »Ich habe ein bisschen Hemmungen wegen dem Namen. Jeder zweite Ire in England heißt Murphy.«

Irgendwann in der Nacht fragte er: »Magst du mich?«
»Was heißt mögen?«
»Kennen wir uns noch nicht lang genug?«, murmelte er. Er hatte den Ofen ordentlich eingeheizt und lehnte nun, nur mit der Hose bekleidet, entspannt in dem kaputten alten Sessel am Feuer und hielt mich im Nachthemd auf dem Schoß. Als mich fröstelte, legte er seinen schweren Arm um mich und drückte mich wie ein zärtlicher Vater an seine Brust.

Wir hatten das Licht nicht angemacht, als wir aus dem Schlafzimmer kamen. Er hatte ein paar Briketts aufgelegt und ich hatte Tee gemacht.

»Ich denke, wir kennen uns«, sagte er. »Es ist, als würde ich dich schon immer kennen. Ich habe so etwas noch nie gemacht. Ich habe noch nie gelogen. Oder fast nie. Aber als ich dir begegnet bin, ist etwas mit mir passiert. Du hast dich nach dem Stein gebückt, an dem Tag, bevor wir auf die Fähre gefahren sind. Der Wind hat deinen Rock hochgewirbelt und irgendwas hat Klick gemacht. Ich kann es nicht beschreiben, Kathleen. Ich konnte nicht anders, als dich ansprechen, um jeden Preis.«

Seine Hand lag angenehm auf meinem Bauch und er knetete zärtlich meine Speckfalte. Normalerweise zog ich automatisch den Bauch ein. Aber bei ihm ließ ich es einfach geschehen.

»Das kleine Geheimnis meines süßen kleinen Mädchens«, sagte er.

Wir dösten ein wenig, und er summte tonlos etwas vor sich hin.

»Das Lama summt sein Junges in den Schlaf«, sagte ich.
»Es gibt nicht viele, die das wissen.«

Die Welt um uns herum war vollkommen still. Ich spürte seine ruhigen festen Herzschläge und versuchte mich zu erinnern, wann ich dieses friedvolle Gefühl zum letzten Mal gehabt hatte.

Nur wenn ich allein war, dachte ich bei mir, und es kam mir vor wie eine Offenbarung. Ich drehte verträumt den Kopf und küsste die weiche Unterseite seines Armes. Wenn ich bei ihm ich selbst war, dann war er vielleicht meine andere Hälfte?

»Vielleicht bist du meine andere Hälfte«, sagte ich in die warme Haut seines Arms.

»O nein«, antwortete er. »Ich bin kein bisschen wie du.«

Ich erinnere mich an eine Sommernacht, die ich in einem Hotel direkt am Bodensee verbracht habe. Ich lag in meinem Bett. Es muss Hochsommer gewesen sein. Der zauberhaft silbrige Schimmer der Nacht verlor sich nie ganz und ich fand keinen rechten Schlaf. Ich war von Konstanz aus um den See geradelt, nachdem ich bei einer Tourismus-Veranstaltung in Straßburg gewesen und mit dem Zug durch den Schwarzwald gereist war. Irgendwo hatte ich mir dann ein Fahrrad geliehen. Mit der Nacht in dem exquisiten Hotel belohnte ich mich für meine Fahrradtour. Mein Zimmer lag über der Eingangstür des Hotels. Durch die großen Fenster sah ich die Baumkronen der Linden an der Uferpromenade. Den ganzen Abend schlenderten sittsame Paare im Schattenspiel der Äste auf und ab. Ich hatte draußen gesessen und eine braune Forelle mit festem hellem Fleisch gegessen, mein Buch auf den Salzstreuer gestützt. Jetzt war es Mitternacht, das Fenster stand offen und ich lag auf dem hohen Bett im Angesicht des schimmernden Sees. Noch ein paar Meter und der See und ich wären eins gewesen. Ich spüre noch heute den Leinenbezug des Kissens unter meinem Kopf. Hin und wieder zerschnitt ein entferntes Zirpen oder der verhaltene Schrei eines Wasservogels die Stille und den Raum, in dem Bett und See unter einem perlmuttfarbenen Nebel dahintrieben.

So fühlte ich mich in dieser Nacht, in Shays Armen.

Das Feuer war nur noch Glut.

»Meiner Kathleen wird es zu kalt«, flüsterte er.

»Mir ist überhaupt nicht kalt.«

Für kurze Zeit schlief ich in seinen Armen ein, und als ich erwachte, sah ich, dass er mein Gesicht betrachtete.

»Hast du auch geschlafen?«, murmelte ich.

»Ich habe keine Zeit zum Schlafen«, sagte er.

»Sag das nicht!« Ich fuhr hoch. »Wir haben doch noch Zeit!«

Er sah auf mich herab.

»Ich will nicht, dass alles, was ich mir aufgebaut habe, zugrunde geht!«, sagte er erregt, als hätte ich ihm gedroht.

Irgendwann am frühen Nachmittag des nächsten Tages ging er. Ich begleitete ihn nicht einmal zur Tür. Ich konnte nicht. Ich fragte ihn, was er glaubte, wann er wiederkommen würde. Er wisse es nicht, war die Antwort. Ich würde dann nicht mehr hier sein, sagte ich. Falls ich überhaupt noch in Irland wäre, dann in *The Talbot Arms* in Ballygall.

»Du bist für mich Irland«, sagte er und sah mich traurig von der Tür her an, die Tasche in der Hand. »Deine Locken, alles. Es bricht mir das Herz, dass ich dich verlassen muss.«

»Ich kann also nur warten?«, fragte ich weinend. »Ist das alles, was ich tun kann?«

»Das ist alles«, sagte er.

Als er gegangen war, lehnte ich mich in dem Sessel zurück. Mein Nachthemd war oben aufgeknöpft. Ein breiter roter Streifen zog sich von der Brustwarze über die halbe Brust. Eine wunde Stelle auf der weißen Haut, wo er an mir gesaugt hatte. Er hatte seinen Mund gelöst und war dann wieder zu meiner Brust zurückgekehrt, um noch viel stärker zu saugen. Ich spürte es tiefer in mir, als ich es mir je erträumt hätte. Trunken vor Lust öffnete ich die Augen, um mich an dem Anblick meiner prallen Brust und seinem darin vergrabenen Kopf zu weiden, da sah ich aus dem Augenwinkel etwas auf dem Bett. Es waren seine falschen Zähne! Er hatte sein Gebiss herausgenommen, um mir höchstes Vergnügen zu bereiten, ohne mir weh zu tun.

Ich brauchte einen Moment, bis mir klar wurde, was ich da sah. Ganz weit entfernt in meinem Kopf schockierte mich das, was ich sah, und stieß mich ab. Aber was war dieser Gedanke gegen das, was ich spürte. Seine kräftigen Kiefer, die mein Innerstes auflösten.

Jetzt kniff ich mir in meine wunden Nippel, um sie noch wunder zu machen. Damit die Erinnerung länger anhielt. *Ich werde alt. Wenn ich nicht mehr mit ihm zusammen sein kann, werde ich tot sein, bevor ich sterbe.*

Aber als ich mich wusch und meine Zähne bürstete, blickte mir aus dem Spiegel über der Wanne eine Kathleen mit glatter Haut und strahlenden Augen entgegen. Ich machte das Bett, strich zärtlich unsere Laken und Kissen glatt, auf denen wir gelegen hatten. Ich überlegte, ob ich mich hineinkuscheln und erst mal schlafen sollte. Aber ich fühlte mich ruhelos. Halb fünf. Donnerstag? Ja, Donnerstag. Ich sollte ein paar Anrufe erledigen. Nora. Caroline. Ich hatte seit einer Ewigkeit nicht mit Alex gesprochen. Aber ich ging nicht zum Telefon. Ich konnte morgen anrufen, wenn ich wieder in Ballygall war. Ich wollte nicht in die Alltagswelt zurückkehren, noch nicht.

Das Schlafzimmer war in Licht getaucht, das kam und ging. Ich öffnete die Eingangstür und sah hinaus. Ja! Das war einer von den Tagen, an dem der Wind die weißen Wolken nur so über den blauen Himmel fegte. Ich legte ein Ei in einen Topf mit kaltem Wasser und setzte ihn auf die niedrige Flamme. Dann ging ich wieder hinaus. Ich kämpfte mich gegen den Wind ums Haus herum, wo das Gras vom steten Wehen kurz und dicht war und die Furchen eines alten Kartoffelbeets begannen. Mit geschlossenen Augen kauerte ich mich auf den Boden und fuhr mit den Händen über die rauen Erdrippen, als könnte ich im Vergehen der Zeit Trost finden. Als hülfe es, mich als winzigen Teil meiner Umgebung wahrzunehmen, damit ich unter dem Verlust des zärtlichen Liebhabers, den ich so spät fand, nicht zu sehr litt. Ich hörte, wie der Wind sich in der Weißdornhecke brach und vereinzelte Wellen ans Ufer klatschten, und der Schmerz war so heftig wie sie.

Ich nahm mein Ei aus dem Wasser und bastelte mir einen Eierbecher aus einem Weinglas, das ich mit Zeitungspapier ausstopfte. Dann setzte ich mich neben den tiefen Fenstersims, um dem rasenden Wechsel von Sonne und Wolken zuzusehen, und aß. Im Radio sang jemand *If I Loved You.*

... Off you would go in the mist of day,
Never, never to know,
How I loved you ...

Ich blätterte im übersetzten Teil meiner Lyrik-Anthologie, auf der Suche nach einem Gedicht von Rilke. Das brauchte ich jetzt. Sein Ton sagte: Finde dich ab. Und: So es ist nun mal. *Immer wieder ...,* begann es.
Ah, da war es ja.

Immer wieder, ob wir der Liebe Landschaft auch kennen
Und den kleinen Kirchhof mit seinen klagenden Namen
Und die furchtbar verschweigende Schlucht, in welcher die anderen
Enden: immer wieder gehen wir zu zweien hinaus
Unter die alten Bäume, lagern uns immer wieder
Zwischen die Blumen, gegenüber dem Himmel.

Dann suchte ich ein Gedicht in der italienischen Abteilung. Mit aufgeschlagenem Buch ging ich an meinen Tisch hinüber, setzte mich und begann die Verse abzuschreiben, als Beginn meiner Fortsetzung des Talbot-Buchs.

13
Das Talbot Buch – (Fortsetzung)

L'attesa è lunga
Il mio sogno di te non è finito
Welch langes Warten
Mein Traum von dir währt immer noch.

 Nachdem Mullan ihre Taille berührt hatte, begann für Marianne eine Zeit voller Ungewissheit und bangen Wartens. Sie grübelte und schmiedete Pläne.

Mit Mab an der Hand betrat sie die Küche.

»Mrs. Benn, ich habe gehört, dass es bei uns ein süßes mutterloses Lämmchen gibt«, begann sie strahlend. »In einer Kiste ...«

»Das Lamm ist draußen auf'm Hof, Ma'am.«

Marianne war um die Mittagszeit nach unten gegangen. Sie hatte es nicht mehr ausgehalten, als sie die Glocke der Dienerschaft gehört hatte, die noch immer draußen vor der Küchentür hing, um das Personal zum Essen zu rufen, obwohl nur noch eine Hand voll Leute übrig geblieben war. Nicht mehr als vier oder fünf Mädchen und drei oder vier Männer saßen an dem einen Ende des massiven Holztisches. Barlow, der Kommissionär, war auf sein eigenes Gut irgendwo im Süden gegangen, der Verwalter nach Amerika ausgewandert, um im Susquehanna-Tal eine Farm aufzubauen. Beide Melkerinnen arbeiteten inzwischen in einem Hotel in Boston.

Was, wenn auch William Mullan ginge, ohne ihr Gesicht je wieder zu berühren?

Marianne machte ein paar Schritte über den Fliesenboden und vermied dabei, zum Dienstpersonal hinzusehen. Statt dessen blickte sie auf die weiß getünchte Wand.

»Wenn Mab ein kleines Halfter hätte, könnte sie das Lamm draußen herumführen«, sagte Marianne.

»William Mullan!«, sagte Mrs. Benn. »Hast du gehört, was die Herrin gesagt hat?«

Marianne wurde es heiß und kalt bei seinem Namen. Mullan war also da. Er saß über den Tisch gebeugt, den Rücken ihr zugekehrt. Sie näherte sich nun diesem Rücken – sechs Schritte, fünf Schritte, vier Schritte ... Dabei spürte sie die ihr entgegenschlagende Verstimmung darüber, dass sie in der Küche auftauchte. Sie wagte nicht, ihn anzusehen, und zog sich zum Eingang zurück. Von ihm ging etwas aus, das sie noch nie bei ihrem Ehemann erlebt hatte – ein Hitzestrom. Sie hatte nicht geahnt, dass es so etwas gäbe. Und sie hatte niemanden, dem sie davon erzählen konnte. Niemand würde es je erfahren.

Außer ihm. Er würde es erfahren, wenn sie mit ihm zusammen sein könnte!

Sie musste sich an die Wand lehnen, als sie die Treppe hinaufstieg. Zwischen ihren Beinen brannte es. Und nur, weil sie mit diesem Kutscherburschen in einem Raum gewesen war!

So wanderte sie unruhig durch das Haus und wartete.

Fast ein Jahr lang hatten sie auf Mount Talbot keine Besucher beherbergt, wegen des Fiebers. Und die Stadt lag selbst bei heiterem Wetter ruhig da. Früher hatten Handelsreisende, Kaufleute und Hausierer an schönen Tagen mit den örtlichen Farmern in den konzessionierten Gasthäusern gesessen und Bier getrunken und ihr Brot verzehrt. Jetzt kontrollierte die Polizei den Ort. Die öffentlichen Gaststuben hielten die Eingangstüren geschlossen, aber an den Hintertüren herrschte ein zunehmendes Kommen und Gehen. Allmählich belebte sich die Stadt wieder, während auf Mount Talbot Erschöpfung herrschte.

»Coby spricht davon, dass er verkaufen will«, sagte Richard eines Abends. »Und wie ich höre, liegt der alte

Mr. Treadwell krank in London und kommt vielleicht nicht mehr nach Irland zurück. Ich bin der einzige Grundherr von einigem Gewicht in der halben Grafschaft. So kann das nicht weitergehen.«

Allein Marianne schritt mit neuer Kraft über die Flure und Treppen. Jetzt erst lernte sie das Haus richtig kennen. Hätte sie den Mut gehabt, sie hätte Benn um den großen Schlüsselbund gebeten, den sie nie hatte an sich nehmen wollen. Das Wohnzimmer und der große Speisesaal verstaubten mehr und mehr. Aber weiter unten, in den Lagerräumen und Kellern, schien das Leben zu pulsieren.

Eine Woche nach ihrer Begegnung ritt William Mullan zum Cottage hinter dem Moor, das seiner Mutter gehört hatte.

Einer der Gründe, weshalb er nie geheiratet hatte, war das Andenken seiner Mutter, die er verehrte. Sie war sehr sanft zu ihm gewesen, mehr als es in der Gegend üblich war. Die meisten Frauen hatten viele Kinder, aber sie war früh Witwe geworden und William, ihr einziges Kind, war ihr Stolz und ihre Freude. Von ihr lernte er, was Zärtlichkeit war. Die anderen Männer zeigten beispielsweise kaum Zuneigung für ihre Hunde, obwohl sie meist stolz auf sie waren und mit den anderen Männern darum wetteiferten, wer den besten hatte. Niemand tadelte die Kinder, wenn sie junge wie alte Hunde grob oder gar grausam behandelten. William und seine Mutter aber waren vernarrt in ihre Hunde. Sie hatten einmal einen sensiblen Windhund besessen, und William hatte sich geweigert, ihn mit den anderen Hunden an Wettrennen teilnehmen zu lassen, obwohl er damals noch ein Junge war und sich gegen die erwachsenen Männer durchsetzen musste. Der Hund war so zutraulich und anhänglich, dass er seinen schmalen Kopf abwechselnd bei ihm und seiner Mutter auf den Schoß legte, wenn sie miteinander sprachen. William log nie, das erschien ihm niedrig. Aber er streute das Gerücht aus, der Hund habe eine verkümmerte Sehne. Es machte ihm nichts aus, wenn man ihn eine Memme nannte, aber den Hund sollte keiner verspotten.

Unter einer Birkengruppe am Anfang des Damms warteten Leute von weit hinten aus dem Moor. Sie hegten keinen Groll gegen Mullan, der noch ein Pferd und einen Hund sein Eigen nannte. Wer auf dem Gut arbeitete, war gut versorgt. Außerdem erinnerten sie sich noch gut daran, dass die Männer der alteingesessenen Familien stets schöne Tiere besessen hatten.

Die Frauen stellten sich ihm auf dem Damm in den Weg und fielen auf die Knie.

»Tu etwas für uns, *a Liam*! Tu etwas für uns!«

Aber er konnte nichts tun und ritt weiter.

Draußen am Cottage befestigte er die Zügel an einem Erlenast. Fast das ganze Wäldchen stand unter Wasser, nur das Cottage lag wenige Fuß höher auf einer Kuppe über dem Sumpfland. Die Hündin Lolly liebte diesen Ort. Übermütig stürzte sie an William vorbei über das kurze Gras ins Wasser und eine Wasserfontäne durchbrach die Stille. Kaum dass sie ihr Bad begonnen hatte, kam die Hündin wieder auf William zugerannt, umkreiste japsend seine Beine und schoss abermals ins Wasser zurück, als ginge es darum, einen dichten Verfolger abzuschütteln. Als sie erschöpft war, brach sie vor seinen Füßen zusammen, die Flanke quer über seinen Stiefelspitzen, und schlief augenblicklich ein. An seiner Box im Stall saß sie nachts oft wachsam im Dunkeln. Aber draußen beim Haus seiner Mutter schlief sie tief und fest, und ihr Seufzen und schwaches Winseln leisteten ihm in der Stille Gesellschaft.

»*A Mhama*«, sagte er zum Schatten seiner Mutter, »*tá fíoreagla orm.*«

Er versuchte die Angst zu beschreiben, die von ihm Besitz ergriffen hatte, und die Demütigung, die er deswegen empfand. Er, der sich nie geängstigt hatte, nicht einmal, als die Kartoffelernte das zweite Jahr hintereinander missriet und die Leute allmählich krank und Kindergesichter schwarz wurden. Aber er kam kaum weiter, als immer wieder zu sagen, dass er Angst hatte.

»*Níor chuimhnigh mé uirthí!*«, sagte er. »Ich hatte vorher nie an sie gedacht!«

Lange saß er schweigend auf dem Hocker, mit dem Rücken an die Wand gelehnt und blickte durch den Raum auf die leere Feuerstelle, wo seine Mutter immer gesessen hatte, als sie noch lebte. Der Hund spürte seine Beklommenheit und knurrte.

Er sprach nicht offen aus, dass es seine Begierde war, die ihm solche Angst machte, der Wunsch, Marianne Talbot zu berühren und von ihr berührt zu werden. Solche Worte kämen ihm nie über die Lippen, auch nicht oder ganz besonders nicht seiner Mutter gegenüber. Es hatte nie eine Frau in seinem Leben gegeben, mit der er über Intimes hätte sprechen können. Einmal, als er Pferde aus Ballinasloe einer Truppe zuführte, die oberhalb von Turin lagerte, hatte er einen Teil seiner Bezahlung bei den Frauen im Gefolge des Regiments ausgegeben. Ein riesiger orangefarbener Mond, wie er ihn in Irland nie gesehen hatte, hatte auf den Rücken der angebundenen Pferde geglänzt, in deren Nähe er selbst dann geblieben war, als er den Frauen beigewohnt hatte. Er hatte sich ebenso wenig mit ihnen in ihrer Sprache unterhalten können, wie er das Englisch von Mrs. Talbot beherrschte. Vielleicht hätte er mit einer Frau seines eigenen Volkes sprechen können. Aber er hatte nie daran gedacht zu heiraten. Was hätte er in diesen Zeiten einem Sohn hinterlassen können? Diese winzige Hütte mit den beiden Räumen, ein Feld und die wenigen Morgen Wasser und Schilf?

»Ich bin verloren«, flüsterte William Mullan in die Stille. »Ich bin auf Abwege geraten.«

Der Hund schlief an seine Beine geschmiegt und der Raum füllte sich mit Schatten.

Als Marianne zum ersten Mal in den Sattelraum zurückkehrte, um das Halfter für Mabs Lämmchen zu inspizieren, tauschten sie und William nicht einmal einen Blick, so zurückhaltend und schüchtern benahmen sie sich. Als sie am nächsten Tag erneut den Hof überquerte, um eine Verzierung – ein Muster mit Mabs Initialen vielleicht – für die Lederriemen anzuregen, gingen die beiden aufeinander zu. Jeder im Hof konnte Mrs. Talbot zu den Ställen gehen sehen, aber niemand dachte sich etwas dabei.

In dem Raum hinter der Zwischenwand, an der die

Geschirre hingen, legte er die Hände um ihre Taille. Einen Augenblick lang standen sie zitternd da, dann beugte er den Kopf und drückte seinen halb geöffneten Mund auf ihren. Es war kein Kuss, doch mit dieser Berührung brachen alle Dämme in ihnen.

Sie sprachen so wenig wie möglich. Wenn sie die Außenstufen des Frühstückszimmers herunterkam und er gerade ein Pferd vorbeiführte, mochte er ihr ein »Nach dem Essen, in der alten Speisekammer« zuraunen. Oder sie flüsterte ihm »Heute Abend im Obstgarten« zu, wenn er einen Korb mit Torf auf den Feuerrost oben in der Eingangshalle schüttete. Aber über das, was sie taten, sprachen sie nicht. Beiden fehlten die Worte dafür, sie wussten die Körperteile kaum zu benennen. Außerdem hatten sie kaum je miteinander gesprochen, obgleich sie des Öfteren allein gewesen waren, seit Marianne nach Mount Talbot gekommen war.

Das Land ihrer Leidenschaft, über dessen weite Ebenen sie wie zwei Wildpferde dahingaloppierten, war die Stille. Eine Stille, die durchwebt war von den Geräuschen des Haushalts und des Gutes. Das Blöken der Schafe, die in einen weiter entfernten Hof gesperrt waren. Das Quietschen der vom Moor zurückkehrenden Torfkarren. Doch das Paar selbst war stumm, bis auf das leise Keuchen und Stöhnen, wenn sie sich einander hingaben. Danach trat erneut Stille und Frieden ein. Und sie fieberte im Traum nach ihm.

In einem mit Intarsien verzierten Kästchen auf ihrem Frisiertisch bewahrte Marianne allerlei Kleinkram auf: den Schmuck, den sie als Kind getragen hatte, lose Perlen, ein paar dunkel angelaufene Medaillen. Darunter befand sich auch ein Beutel mit diamantenen Knöpfen von einem alten Kostüm. Diese glitzernden Knöpfe benutzte sie, um mit der Ernsthaftigkeit eines Kindes ihre Zusammenkünfte zu zählen. Sie saß in der Fensterleibung in ihrem Ankleidezimmer über der Treppe an der Außenseite des Hauses. Von dort sah sie die blonde Haarkrone ihres Mannes, der auf den Stufen unter ihrem Fenster stand und auf den Wagen wartete. Kurz darauf erschien Mullan mit seinem dunklen Haarschopf und führte die klirrenden Pferde an die Stufen. Der helle Schopf verschwand unter dem schwarzen Dach der Kalesche, während das kurzgeschnittene dunkle Haar plötzlich näher rückte, als sich Mullan auf den Kutschbock schwang. Sie erhaschte einen flüchtigen Blick auf sein verschlossenes Gesicht, als er einen Moment den Kopf hob, um die richtige Position einzunehmen.

Dieser Blick war es, der sie entflammte. Sein verschlossener, entrückter Blick. Sie schlug unter dem Rock die Beine übereinander und presste die Fäuste zwischen den Schenkeln auf das Schambein, bis es schmerzte. Sie sehnte sich nach seinem entrückten Blick, dem Moment, wenn sein Gesicht sich nach innen kehrte. Sie wollte sein Gesicht wieder über sich sehen, wenn er sie mit seinen Oberschenkeln umklammert hielt, sich aufbäumte und in sie eindrang, wollte es unter sich sehen, wenn seine weichen Lippen von ihrer Brust abglitten. Sie sah es noch dunkel auf ihrem weißen Oberschenkel liegen, als er sie zum ersten Mal zwischen den Beinen liebkost hatte. Sein Mund hatte sich wie ein Muskel um das zarte zuckende Etwas in ihrem Innersten gespannt, für das sie keinen Namen wusste.

Im Vorratsraum neben der unteren Speisekammer, zwischen Säcken voller Getreide, hatte sie gelegen. Noch immer gab es so viele Getreidediebstähle, dass die Säcke ins Haus gebracht worden waren. Dorthin hatte er sie an diesem Nachmittag geführt, sie halb vor sich her gestoßen und dabei ihre Röcke gehoben. Der Geruch von Getreide und Staub vermischte sich mit ihren eigenen Gerüchen.

»Ich esse dich«, drang es halb stöhnend an ihr Ohr. »Ich esse dich auf.« Das war bei ihrem vierten Mal. Bis jetzt waren es sechs Male gewesen. Sie legte sechs Diamantknöpfe in gerader Linie auf die Fensterbank.

Einen großen Teil des Tages verbrachte sie in ihrem Damenzimmer. Die Geräusche der Außenwelt drangen durch die Stille. Regenwasser, das aus einer Abflussrinne klatschte. Ein Karren mit quietschenden Rädern, der zum Moor hinausfuhr.

Sie war zu aufgewühlt, um ruhig am Klavier zu sitzen. Das Sitzen tat ihr weh. Manchmal wartete er abends still im Korridor, wenn sie nach oben ging, nachdem Hessy und das Hauspersonal ihre Nachtgebete beendet und das Haus abgeschlossen hatten. Sie konnte ihm nicht auftragen, dort zu sein. Sie konnte nur darum beten. Im flackernden Schatten ihrer Kerze sah sie ihn. Er trat vor, nahm den Kerzenhalter, setzte ihn ab und begann sie zu betasten. Stets hielten ihre Kleider ein Geheimnis für ihn bereit, ein Zeichen, dass ihre Leidenschaft sie noch immer gefangen hielt wie die Ketten eines Flagellanten. In ihren Tagträumen bereitete sie diese geheimen Botschaften vor. Sie hakte ihren Rock halb vom Mieder, löste ihr Korsett oder legte den Unterrock aus Pferdehaar und den steifen Petticoat darunter ab, damit er ihre Glieder durch den dünnen Musselinunterrock fühlen konnte. Manchmal war sie unter der Krinoline ganz ohne Schlüpfer, nackt und bereit für ihn, wenn er sie mit heißen Händen in den ersten, stummen Minuten ihres Beisammenseins betastete.

Es kam vor, dass er sich nach einer Weile ganz vergaß und leise immer die gleichen Worte in seiner Muttersprache murmelte.

Gelegentlich, wenn Mutter und Kind in der Kalesche saßen und auf Richard warteten, hatte er Marianne Mabs Haar glätten sehen, als es noch aus einer feinen Wolke aus Silber zu bestehen schien. Einmal hatte sie das kleine Mädchen, als es weinte, auf ihre Knie gesetzt, sanft auf und ab geschaukelt und dabei gesungen:

> *Wer ist das prächtigste Füllen im Stall?*
> *Wer die schönste Rose im Garten?*
> *Wer ist Mamas größter Schatz?*
> *Wer ihr süßes Töchterlein?*
> *Hoch fliegt sie! Hoch! Hoch!*

Und ihm fiel ein, wie sie an einem schönen Sommermorgen, nicht lange nach ihrer Ankunft im Haus, auf ihn zugekommen war. Er hatte einen der leichten Zweispänner für Mrs. Talbots Ausfahrt fertig gemacht, und sie war mit dem Kind auf dem Arm über den weißen Kies auf ihn zugegangen und alles hatte auf einmal gestrahlt. Das Kind hatte geschlafen, ein Ärmchen um den Hals der Mutter geschlungen, die es mit ihrer weißen Hand an ihre Schulter drückte.

Genau so wollte er Marianne beschützen. Er wollte sie verehren, ihr zeigen, dass er jedes Haar auf ihrem Kopf schätzte. Er wollte sie zu seinem kleinen Mädchen machen und sie mit der gleichen Geborgenheit umgeben, die sie Mab schenkte. Solche Gefühle waren völlig neu für ihn. Nach der Kindheit, in der ihm seine Mutter sorgsam das Haar mit dem Läusekamm gekämmt hatte, hatte es kaum Gründe gegeben, andere Menschen zu berühren oder von ihnen berührt zu werden. Die schmuddeligen Marketenderinnen in der Nähe von Turin. Die erkaltenden Hände seiner Mutter, die er einen Tag und eine Nacht hielt, als sie starb. Pferde. Hunde. Aber Hunde waren keine Menschen. Lollys Junge hatte er, ohne nachzudenken, ertränkt, obwohl sie voller Kummer nach ihnen suchte.

Mullan trank gelegentlich etwas Whiskey, wenn er mit anderen Männern zusammen war, sonst nicht. Marianne hatte einmal eine Flasche Wein zu ihm mitgebracht, von dem sie träge und kindlich wurde. Sie legte sich in ihrem Abendkleid neben ihn auf das Stroh und nahm ihn in den Arm. Und mit einem Mal richtete sie sich auf, streifte ihr Samtkleid von dem Brüsten und goss Wein darüber. »Probier mal!«, sagte sie und schob ihm dabei ihre Brust in den Mund. Er saugte so lange daran, dass ihre Brustwarze eine harte Erhebung bildete.

»Oh, sieh mal!«, sagte sie verwundert.

Eine halbe Stunde später saß sie im Salon auf einem Sofa Richard am Kamin gegenüber, den Blick auf ein Album gesenkt. Als ihr Ehemann schnarchend einschlief, zupfte sie durch das Gewebe ihres Kleides an ihrer Brust, aber sie verhärtete sich unter ihren Fingern nicht mehr.

In der mit Grassoden bedeckten Schutzhütte unter den Ginsterbüschen hieß es, William Mullan hätte eine Tasche mit Lebensmitteln des Grundherrn zu den Hütten an der Wegkreuzung gebracht. »Dort sind alle krank«, berichtete ein

Mann, »und liegen auf dem Boden. Ich bin zu Paudie gegangen, um ihn zu holen, aber er lag auch niedergestreckt in seiner Hütte unter einem Mantel mit seiner Frau und seinen Kindern. Und alle wimmerten wie die Kälber. Mullan verteilt da draußen Essen, aber keiner will es. Sie verlangen Medizin vom Doktor.«

Die Erinnerung an eine geheime Berührung oder auch ein bestimmtes Geräusch ließ Marianne verzückt innehalten, ob sie auf der Allee spazieren ging oder die Eingangshalle durchquerte oder nur die Arme hob, wenn ihr Dienstmädchen ihr half, sich zum Abendessen umzukleiden. Manchmal musste sie sogar einen Augenblick die Augen schließen. Sie bewegte sich wie in dichtem Nebel, durch den nur undeutliche Bilder drangen.

Sie machte sich nichts daraus, in die Stadt zu fahren. Die dünnen, schemenhaften Gestalten auf den Straßen, die Mullan mit dem Stock seiner Peitsche von der Kalesche fern hielt und wegstieß, waren noch die Kräftigeren. Das wusste sie vom Doktor. Die Schwachen und vor allem die Alten blieben in ihren Hütten, um dort zu sterben oder auf Besserung zu hoffen.

»Aber jetzt ist es vorbei«, hatte Doktor Madden gesagt. Und Marianne hatte es am Abend ihrem Mann gegenüber wiederholt. »Das Schlimmste ist längst vorüber.«

An jenem Abend hatten sie gerade ihre Plätze am Tisch eingenommen, als sie durch bizarre Gestalten gestört wurden, die über den Rasen kamen und an die hohen Fenster des Speisezimmers klopften, keine zwölf Fuß von dort entfernt, wo Richard Talbot saß.

»Wie sind sie über die Mauer gekommen«, fragte er und klingelte mit der Glocke. »Hol Benn«, befahl er.

Auf dem Tisch brannten in dem trüben Abendlicht Kerzen in ihren Leuchtern. Er sah durch sie hindurch am nackten Hals seiner Frau vorbei auf die Gesichter und die gegen die Scheiben gepressten Hände.

Sie aßen nicht mehr, nur Richard trank langsam seinen Wein.

Draußen trafen Mullan und Benn ein und zogen die Eindringlinge von den Fenstern weg.

Nach einer Weile trat Benn herein, blieb aber im Türrahmen stehen.

»Sie sind von draußen hinter den Mauern, Herr«, sagte er. »Vom Dorf am oberen Ende des Feldwegs, hinter dem Westtor. Es sind Vettern von Michael O'Connor. Sie betteln nicht um Essen. Sie wollen Arbeit oder dass man sie in ihre Häuser zurückkehren lässt, damit sie für sich selbst sorgen können.«

»Hol die Wachtmeister«, sagte Richard.

»Der Doktor hat gesagt, die schlimme Zeit ist vorbei«, wiederholte Marianne. »Alle, die wir herumlaufen sehen, sind kräftig, auch wenn sie noch so dünn sind, sagt er. Alle, die nicht bei Kräften waren, sind gestorben.«

Als Benn ins Speisezimmer zurückkam, sagte Richard zu ihm: »Weise alle an der Tür an, dass Doktor Madden nicht in dieses Haus zu lassen ist, es sei denn auf meinen ausdrücklichen Wunsch, so lange, bis wir im Mount-Talbot-Distrikt vor dem Fieber keine Angst mehr haben müssen.«

Im ersten Jahr ihrer Affäre genossen die Liebenden nur einmal den Luxus, Zeit für sich zu haben. Es war, als Richard Talbot Mullan anwies, Mrs. Talbot in die angrenzende Grafschaft zu fahren, damit sie sich von ihrer Cousine Letitia verabschiedete, die etwa dreißig Meilen entfernt wohnte. Der Weg führte über verlassene niedrige Hügel. Die Menschen, die dort gelebt hatten, waren entweder gestorben oder mit dem Schiff nach Amerika ausgewandert. Es gab nicht einmal mehr Spuren von ihren Behausungen, so gründlich waren ihre Hütten dem Erdboden gleichgemacht worden. Oben in den Hügeln hielt Mullan die Pferde an und band sie fest. Dann klappte er die Trittstufen herunter und stieg in die Kalesche, wo Marianne ihn bereits sehnsüchtig erwartete. Er half ihr auf die weiche Wiese, die einmal den Garten eines Cottage gebildet hatte. Ein diesiges goldenes Sonnenlicht erfüllte den Herbstmorgen. Als er sich auf sie legte, verdeckte er die Sonne, und für ihre geblendeten Augen hatte er den Umfang eines Riesen.

Hinterher, als sie nackt auf ihrem Korsett und ihren Röcken

in der Kalesche lag, kniete er lange vor ihr, um die Schafze-
cken zu entfernen, die sich in ihre Haut gebohrt hatten, als
er sie ins Gras gedrückt hatte. Die winzigen schwarzen Köpfe glänzten auf ihrer weißen Haut, und seine dicken, ver-
hornten Nägel hinterließen rote Halbkreise, wo er die Zecken
aushob.

Noch Nächte danach, sobald Maria und Margaret ihr ein
Bad eingefüllt und sie allein gelassen hatten, zwickte sie selbst
in diese roten Stellen, damit sie nicht verblassten. Und wenn
sie ihrem Körper den leichten Schmerz zufügte, sah sie Mullan wieder vor sich, wie er ruhig vor ihr kniete, andächtig
den Kopf über ihre Haut gebeugt, während feine Lichtstrah-
len unter dem Baldachin hindurchdrangen und sein Gesicht
beschienen.

Um den Beginn des neuen Jahres 1850 trat ein Ereignis ein,
das für William Mullan das Ende des großen Hungers mar-
kierte. Zu diesem Zeitpunkt waren die ersten Auswanderer
bereits aus Amerika zurückgekehrt. Ein Mann von der anderen Seite des Sees erzählte William, dass man in Amerika von
Indianern gefressen würde und er deshalb sein Glück in Australien versuchen wolle. Regelmäßig traf nun Geld mit der
Post ein, und einige Läden auf dem Marktplatz verkauften
Brot, das in einer Bäckerei in Athlone gebacken und von den
Leuten mit dem amerikanischen Geld bezahlt wurde.

Für Mullan jedoch wurde das Ende der schlimmen Zeit mit
dem Eintreffen einer Nachricht eingeläutet, die er von einigen Bekannten erhielt. Es waren ehrenhafte Männer wie er,
die sich mit eigenen Mitteln über die schlechten Jahre hin-
weggeholfen hatten, jetzt aber ihre Häuser in dem langen Tal
und damit den Versuch aufgaben, weiter auf dem Land der
Talbots zu leben. Sie hatten Schiffskarten nach New Orleans
gelöst und wollten sich zuvor mit Mullan im Haus seiner
Mutter treffen.

Als er an einem regnerischen Abend das Cottage erreichte,
warteten dort bereits fünf oder sechs Männer in zerlumpten
Hosen, ausgetretenen Stiefeln und mit Hüten, von deren
Krempen das Wasser lief. Sie hatten versucht, so gut sie konn-

ten, Schutz unter dem überhängenden Strohdach zu finden. Sie wollten am nächsten Tag nach Dublin aufbrechen, um das Schiff nach Liverpool zu nehmen, wo sie sich für die Reise in die Neue Welt einschiffen würden. Mullan wollten sie berichten, wen sie alles in den letzten Jahren im weichen Boden des Gartens seiner Mutter begraben hatten, damit jeder, der zurückkehrte und Nachrichten über das Los seiner Angehörigen zu erfahren suchte, in ihm einen Gewährsmann fände. Wegen des Regens hörten die Männer nicht, wie Mullan sich mit seinem Pferd auf dem morastigen Damm näherte, doch der Hund war vorausgelaufen und begrüßte sie wie toll. Seine weiße Schnauze leuchtete im Dunkel. Einen Augenblick später stieg Mullan bei ihnen ab.

»*An bhfuil cead againn ...?*«, sagte einer der Männer mit ruhiger Stimme.

»*O! A Chairde!*« Mullan konnte kaum sprechen. »Meine lieben Freunde«, begann er wieder.

»Du wirst hier sein, wenn wir fort sind«, brummte ein anderer. »Vergiss nicht die Namen ...«

»Máire Mhicil Eoin.«

»Seán an Chóta.«

»*Leannai Vi Choileáin.*«

»Der taube Junge.«

»Séan Ó Muirthile.«

»Padraig O'Connor ...«

Bei jedem Namen bekreuzigten sie sich.

William brachte den *Northwestern Herald* aus Richards Bureau seinem Freund, dem Pfarrer.

»›Die Auswanderungswelle will in diesem Teil der Grafschaft noch immer nicht abebben‹«, las er vor. »›Allein am letzten Montag verließen siebenundachtzig Männer und Frauen diesen Ort. Zwei Dörfer, in denen besser gestellte Bauern wohnten, sind fast völlig verlassen, bis auf einige wenige alte Männer und Frauen findet man dort niemanden mehr. Das Ziel der Auswanderer ist New Orleans. Diese Menschen hatten freundliche, nachsichtige Grundherren, dennoch konnte sie nichts dazu bewegen, in Irland zu bleiben ... ‹«

»*Freundlich*«, sagte der Priester von einem stummen Lachen geschüttelt.

Manchmal las Richard Marianne aus der Zeitung vor. Gegen Ende des Jahres 1851 stellte er in ihrem Schlafzimmer einen Fuß auf das Kamingitter des Feuerrosts und zitierte in verbittertem Ton: »›Mr. Baron Richards saß wie vereinbart um zwei Uhr im Gerichtsaal, um darüber zu beraten, ob dem Angebot der Law Life Versicherungsgesellschaft stattgegeben werden sollte, das Coby-Anwesen für eine Summe von 186 000 £ anzukaufen. Die Forderungen der Gesellschaft an den Grundbesitz beliefen sich auf 240 000 £ ... ‹

»Coby hatte sechzigtausend Acres, Marianne!« Richard schüttelte den Kopf. »Aus ist es! Die Aufsicht über den ganzen Distrikt lastet nun auf mir.«

Er nahm die Zeitung mit in sein Bureau, um dort weiter zu lesen. An diesem Morgen bestand seine Beschäftigung darin, als Grundherr Räumungsbefehle auszustellen, die er als Richter unterschreiben würde. Es war langweilig und lächerlich, wie alles, was ein irischer Grundherr in diesen Zeiten tun konnte. Es langweilte ihn so sehr, dass er dabei unaufhörlich einnickte.

Selbst nach einem Jahr, nach anderthalb Jahren, ja nach zwei und zweieinhalb Jahren waren die Liebenden einander nicht müde geworden. Sie trafen sich weniger oft als am Anfang und manchmal saßen sie einfach nebeneinander zwischen den aufgestapelten Getreidesäcken in der verborgenen Höhle im kleinen Vorratsraum. William hatte in diesem Unterschlupf aus mehreren Schichten Sacktuch eine Art Bettstatt gebaut. Lange Zeit war ihr Zufluchtsort eine ungenutzte Box im hinteren Teil des großen Stalls gewesen. Marianne hatte diesen Ort geliebt, weil sie dort dem Geruch des Hauses entfloh. Doch mehrere Male waren sie im Stall fast überrascht worden und nur der Hund hatte sie gerettet, weil er so laut bellte, dass der ungebetene Gast nicht wagte, die hölzerne Tür zu entriegeln. Auch die Vorratskammer war natürlich gefährlich. Aber Marianne konnte nie genug von ihm bekommen.

Ihr körperliches Verlangen nach ihm wurde nun zwar fast immer befriedigt, gleichwohl sehnte sie sich weiter nach etwas, das sie nicht haben konnte, denn jetzt sehnte sie sich nach seiner Gesellschaft.

Sie sagte: »Mein Mann ist nach Dublin gefahren.«

»Ich weiß«, sagte Mullan. »Ich habe ihn zum Schlagbaum gebracht. Mehrere Gentlemen waren dort.«

»Ich will dich in meinem Bett.«

»Nein.«

»Doch.«

»Nein. Das ist Wahnsinn.«

»Doch.«

Sie fuhr mit ihrem Kopf langsam seinen Hals hinunter, dann über seine Brust und seinen Bauch. Ihre locker geschürzten Lippen hinterließen nasse Spuren und Flecken auf seinem Körper. Als sie zum Schamhaar gelangte, richtete sie sich plötzlich auf. Die Bewegungen ihres üppigen Körpers wirkten überaus geschmeidig, wenn sie mit ihm zusammen war. Sie streckte sich neben William Mullan aus und berührte seine Nase mit ihrer eigenen.

»Welches Wort sagen die Iren, wenn sie betteln?«, fragte sie. »Ukrish?«

»Ocras«, sagte Mullan. »Hunger.«

»Nun, ich bin ukrish nach einer Nacht in einem Bett mit dir. Ich will, dass du zu mir kommst, wenn Richard weg ist. Niemand wird davon erfahren.«

Die Tage waren noch immer schmerzlich lang für Marianne, obwohl sie Mount Talbot jetzt nicht mehr verlassen hätte. Ihr Damenzimmer war oft kalt, die Vorhänge schäbig und sogar zerrissen, wie sie gereizt gegenüber Mrs. Benn bemerkte. Von ihrem Fenster aus konnte sie nichts als den sumpfigen Hügel sehen, der sich hinter dem Anwesen zum Horizont erhob. Sie schrieb jetzt nicht mehr viele Briefe und erhielt wenige, die einer Antwort bedurften. Ihr Vater war krank und in ein kleines Haus an der Küste bei Hove gezogen. Sie hatte keine engeren Verwandten als die Vettern ihres Vaters, die Pagets, und diese hatten keine Verbindungen mit Irland. Als nun Cousine Letitia nach London zurückkehrte, wurden Einladungen zu gesellschaftlichen Anlässen im Distrikt rar. Mab brauchte Unterricht, aber sie war schwach und mehr als täglich ein oder zwei Stunden Unterweisung durch ihre Mutter überstiegen ihre Kraft. Nach dem Unterricht streckten sich Mutter und Tochter auf einer Chaiselongue aus und deckten sich mit dem dicken Pelzmantel zu, den Richards Großonkel von Russland nach Irland mitgebracht hatte.

Manchmal lag ein Gedichtband auf dem Tisch an Mariannes Bettseite, aber sie las kaum noch. Die meiste Zeit träumte sie davon, was sie und Mullan zuletzt getan hatten und malte sich freudig erregt aus, was sie tun mochten, wenn sie demnächst wieder beisammen wären. Aber sie spürte mehr und mehr, dass es ihr nicht reichte, nur zu träumen. Immer öfter befiel sie ein Gefühl der Ruhelosigkeit, manchmal gar erfüllte sie Zorn.

Sie erwog, eines der Dienstmädchen zu rufen, damit es ihr die Stiefel bringe und beim Anziehen helfe. Doch welche Besuche konnte eine Dame machen? Richard hatte sie wissen lassen, dass man die neuen Leute, die rings um die Grafschaft zugezogen waren, nicht besuchen würde. Unruhig ging sie in ihrem Zimmer auf und ab. Dann schickte sie nach Halloran, der als Butler gekommen war, um ihn zu fragen, wann die Gesellschaft von Mount Talbot vom Jagdrennen bei Boyle zurück sein werde. Sie hatte selbst daran teilnehmen wollen, weil Mullan mit von der Partie war, aber Richard hatte gesagt, es gäbe noch viele Mitglieder der Molly Maguires drüben in Roscommon und es sei ohnehin nur ein derbes Landtreffen, da sich kein Gentleman als Ordner zur Verfügung gestellt habe. Sie fürchtete, Halloran könne erraten, dass sie wissen wollte, wann Mullan zurückkomme. Er hatte die beiden eines Abends zusammen aus dem Obstgarten kommen sehen, worauf sie ihn unter dem Vorwand, das Kind wolle süße Äpfel essen, zu sich hatte rufen müssen.

Halloran sagte, der Herr werde wahrscheinlich am nächsten Abend zurück sein, doch sie würden wegen der Molly Maguires nur bei Tage reisen. Also schickte sie nach dem Kind, nahm die Spielkarten heraus und spielte Herzblatt mit ihm. Dabei versuchte sie sich, ein anderes Leben mit dem Kind vorzustellen. Sie sah sich und Mab in der Loge eines Theaters ihre Plätze einnehmen und hinter ihrem Stuhl einen hochgewachsenen Begleiter in gestärkter Abendgarderobe, der ihren Fächer für sie hielt. Dann war sie in einem Londoner Warenhaus wie dem Whiteley's, ihr Begleiter wartete, die behandschuhten Hände auf einen Gehstock aus Elfenbein gestützt, auf einem der Stühle am Eingang, während sie und Mab sich Sachen ansahen. In diesen Tagträumen war Mab stets glücklich. Aber der Begleiter hatte kein Gesicht.

Mr. McClelland, der Pfarrer, bemerkte bei einem Frühstück auf Mount Talbot, dass die Einheimischen solchen Wert darauf legten, ihre Toten mit einem Sarg zu beerdigen, dass erst jetzt wieder Särge erhältlich seien.

»Am Ende, als es am schlimmsten war«, sagte er, »schlugen sie wenigstens ein paar Steine aus der Straßenböschung und schoben den Leichnam in die entstandene Mulde. Dann setzten sie die Steine wieder an ihren Platz.«

Der einzige Gefährte, den Marianne besaß, war ihr Körper. Sie tätschelte und streichelte ihn, befühlte und erkundete ihn, drehte sich vor dem Spiegel hin und her, knetete die weichen Fettpolster und versetzte sich Klapse. Sie betrachtete ihre Hände, ihre Fingernägel, kniff in das weiße Fleisch ihres Unterarms, um die Stelle erst blass, dann rot werden zu sehen. Für die Stunden des Tages hatte sie kaum eine andere Verwendung als die, darauf zu warten, dass sie vorübergingen.

Bei großen Räumungen gab es oft Schwierigkeiten und lautes Wehklagen.

»Und es sind nicht nur die Einheimischen«, sagte Richard zum Leutnant, der die Soldaten kommandierte, von denen die Gerichtsvollzieher begleitet wurden. »Auch unsere eigenen Landsleute haben arg zu knapsen. Die Partingtons, nördlich von meinem Land, sind weggegangen, ohne überhaupt versucht zu haben, ihren Besitz zu verkaufen. Sie sind einfach in ihre Droschke gestiegen und abgefahren. Gefolgt von einer weiteren Droschke mit ihren englischen Dienern und dem Gepäck. Nicht einmal die Tür haben sie hinter sich abgeschlossen. Ihre Kätner sind wie die Heuschrecken über das Haus hergefallen, kaum dass die Droschken aus der Auffahrt gebogen waren, hat Finnerty, mein Verwalter, erzählt. Aber die Leute haben nichts Essbares gefunden. Die Partingtons müssen ihre gesamten Vorräte mitgenommen haben.«

Nun da die Krankheit im Schwinden begriffen war, durfte Doktor Madden Mount Talbot wieder besuchen. Jedes Mal untersuchte er Mab, nahm danach eine Erfrischung zu sich und erzählte Marianne die Neuigkeiten aus dem Distrikt. Die alte Mrs. Treadwell habe ihn in die dunklen und abblätternden Flure unter den Wohnräumen von Treadwell Lodge geführt, berichtete er.

»Da gab es sogar Ratten. Die alten Diener konnten sie nur mit Mühe von den Lebensmitteln fern halten. Mrs. Treadwell hat mir ihre Vorräte gezeigt. Gerade genug für zwei oder drei Monate...«, schätzte er.

›Aber Doktor!‹, habe sie zu ihm gesagt. ›Ich vergesse völlig meine Pflichten als Gastgeberin!‹

Darauf habe sie einem der alten Männer aufgetragen, eine Flasche Marsala in den Salon zu bringen.

»Ich sage Ihnen, Mrs. Talbot, ich habe den Marsala wie Wasser getrunken. Noch nie habe ich die Kälte so schlimm in meinen Knochen gespürt. Als ich aufgesessen war, drehte ich mich noch einmal zu Mrs. Treadwell um. Sie trug selbst draußen auf den Stufen keinen Mantel.

›Warum fahren Sie nicht zu Mr. Treadwell nach London?‹, fragte ich sie. ›Ich würde Sie in jeder Hinsicht unterstützen. Wie können Sie hoffen ...‹, und ich zeigte auf das Wäldchen um ihr Haus. Wissen Sie wie überwachsen und dunkel es ist, Mrs. Talbot? Wie gewöhnlich goss es in Strömen und der Himmel war bleigrau. ›Wie können Sie hoffen‹, begann ich also, doch sie schnitt mir das Wort ab.

›Ich bin vor fünfzig Jahren als Braut hierher gekommen‹, erwiderte sie. ›Irland ist meine Heimat.‹«

»Du bist die beste aller Ehefrauen, meine liebe Marianne«, sagte Richard.

Er war von den ersten Gläsern Wein beim Abendessen so berauscht gewesen, dass er vor ihr am Tisch eingeschlafen war und mit dem Kopf auf der Brust vor sich hin schnarchte. Sie ging nach oben auf Mabs Zimmer und las ihr vor. Irgendwie musste er Halloran angewiesen haben, ihn in ihr Bett zu bringen. Er hatte schon geschlafen, als sie mit ihrer Kerze ins Zimmer trat. Seine Stiefel standen neben der Feuerstelle.

»Lass dein Nachthemd diesmal aus, Marianne«, rief er ihr vom Bett zu.

Sie blies die Kerze aus und bedeckte die glühenden Soden im Kamin mit Asche, bevor sie sich zu ihm legte. Sie wollte kein Licht, damit er die blauen Flecken auf ihrem Körper nicht sah. Sie hatte Mullan überredet, Spuren auf ihrer Haut zu hinterlassen. Sie wollte die Zeichen seiner Herrschaft über sie sehen. Er kam ihrer Aufforderung nach, kniff und biss, aber meist liebkoste er sie nur und ließ sich kaum einmal so gehen, wie sie gerne gewollt hätte. Trotzdem, wenn Richard es gesehen hätte ...

Sobald ihr Mann schlief, fühlte sie im Dunkeln neben dem Bett nach ihrem Nachthemd und streifte es sich über.

Der Priester lebte in einem niedrigen Cottage hinter der mit Stroh gedeckten Kirche auf dem Messplatz. William Mullan ging gelegentlich zu ihm, um mit ihm zusammen die Briefe zu beantworten, die jetzt ständig eintrafen. *Sag meiner lieben Mutter, dass ihr Sohn Patrick zur Zeit in Springfield, Massachusetts, ist. Mein Name ist Elizabeth, bekannt als Tetty. Wo sind meine Schwestern, die nach Sligo gegangen sind, um sich nach Quebec einzuschiffen? Bitte sag meinem Bruder, sofern er noch lebt, dass es hier alles gibt und dass diese Dollars ihn zu mir bringen sollen. Gezeichnet Marcus Cody, der ehemalige Geselle in Hurley's Laden ...*

»Ich bin von den geistlichen wie zivilen Behörden wegen eines Briefes getadelt worden«, sagte der Priester zu William Mullan, »den ich auf dem Höhepunkt der Hungerkatastrophe verschickt habe. Ich hatte den Brief völlig vergessen. Aber die britische Bürokratie vergisst nichts. Vor vier Jahren, als die große Hungersnot über uns hereinbrach, erhielt ich ein Rundschreiben von den Hilfskommissaren. Ich öffnete es in der Gewissheit, dass es den Plan zur Milderung des furchtbaren und unverdienten Leids der Untertanen Ihrer Majestät in diesem Teil des Königreichs enthalten würde. Dies habe ich auf das Zirkular geantwortet.«

Er räusperte sich und las in ruhigem Ton:

»Sir, ich bestätige den Erhalt Ihres Briefes, worin mir die Bitte der Hilfskommissare mitgeteilt wird, mich mit dem Statthalter dieser Grafschaft zum Zweck der Einberufung eines Hilfskomitees für diesen Not leidenden Distrikt in Verbindung zu setzen. Ich bitte die Hilfskommissare davon in Kenntnis zu setzen, dass wir die Adresse des Statthalters dieser Grafschaft nicht kennen. Unseres Wissens hält er sich gegenwärtig irgendwo in England auf. Im Umkreis von fünfzig Meilen gibt es nur drei ortsansässige Gentlemen. Außer dem Klerus ist niemand da, der die Bedürfnisse der Bevölkerung vertritt. In Abwesenheit des größten Teils der Richterschaft, in Abwesenheit des Statthalters dieser Grafschaft und angesichts abwesender Grundherren können wir die Kommission nur eindringlich darum bitten, nicht zuzulassen, dass alle Einwohner hier verhungern. Wir suchen keine Almosen. Wir suchen Arbeit.«

Das Bureau des Unterstaatssekretärs für Erziehung schickte dem neuen Bischof keine Kopie meines Briefes, sondern das Original selbst«, erklärte der Priester. »Es scheint, dass man eine derartige Dreistigkeit dort nicht archivieren will. Der Bischof schreibt mir nun, dass ich ab sofort Lateinunterricht an einer neuen Jungenschule in Dublin zu erteilen habe. Es ist also zweifelhaft, ob ich Ballygall je wiedersehe. Komm mit mir nach Dublin. Wenn du nach Dublin gehst, William, werde ich dir eine Arbeit an der Schule verschaffen. Hier gibt es nichts für dich. Komm mit, mein Lieber.«

»Ich kann Mount Talbot nicht verlassen.«

»Komm mit mir!«

Schweigen.

Der Priester seufzte. »William, du bist ein Mann in der Blüte seines Lebens ...«

Mullan schüttelte den Kopf, ohne den Priester anzusehen, und schwieg.

Auf dem Rückweg vom Haus des Priesters ging Mullan durch die rückwärtigen Gassen hinter dem Marktplatz. Die Läden dort waren ehemals von der Landbevölkerung genutzt worden, um ihre Produkte zu verkaufen. Es waren offene Schuppen, in denen sie ihre Körbe auf den Boden stellten und die Ware feilboten. Die Läden waren nun mit rohen Brettern zugenagelt und kein flackerndes Licht drang mehr durch die schmalen Fenster oben im Speicher, wo sich einst zwei, drei Familien zusammengedrängt hatten. Zwischen den Steinen der zur Straße liegenden Mauern wuchs bereits Gras. Der niedrige Himmel, die stille Dämmerung, die leeren Straßen, alles verschmolz zu einem Ganzen.

»Maria, heilige Mutter Gottes«, betete er leise. »Hilf mir! Hilf mir!« Als ahnte er bereits, dass etwas Furchtbares geschehen würde.

Wäre der Priester in jener Nacht, als Marianne Talbots Ehebruch ihrem Mann eröffnet wurde, noch da gewesen, hätte die ganze Sache vielleicht einen anderen Ausgang genommen. Aber die Männer, die sich des Falles annahmen, waren niemandem Rechenschaft schuldig und besaßen keine Erfahrung, auf die sie zurückgreifen konnten. Richard Talbot und Reverend McClelland waren immer Außenseiter gewesen, und Halloran und Finnerty waren überall und nirgends zu Hause. Sie hatten ihre Stelle auf Mount Talbot noch keine neun Monate inne, als sie Marianne ertappten.

Marianne wurde zu Mrs. Treadwell gefahren. Richard hatte vom alten Doktor gehört, dass sie jetzt das Essen verweigerte.

»Du musst sie zu uns herbringen«, hatte Richard gesagt.

»Marianne, biete ihr alles an, was wir haben. Wir werden es nicht bedauern.«

Marianne erhob sich abrupt vom Frühstückstisch. Richard dachte, sie brenne darauf, diesen Dienst der Barmherzigkeit zu tun.

Es genügte, den zerlumpten Frauen, die unter den Bögen lebten, die Peitsche zu zeigen, als Mullan die Kalesche langsamer rollen ließ, um durch das Südtor hinauszufahren. Es war jetzt leichter, sie von den Wagenrädern fern zu halten. Man wusste, dass von den Talbots nichts zu erwarten war. Marianne hatte den Sichtschutz der Kalesche geschlossen, damit ihr der Blick auf die Frauen erspart blieb, aber immer gelang es einer dreckverschmutzten, zum Betteln nach oben gereckten Hand sich durch den Schlitz zu schieben, wo das Verdeck am Rahmen festgezurrt war, und so lange zu verharren, bis die Kalesche beschleunigte. Marianne zog sich in ihren Mantel zurück.

Sie konnte es kaum erwarten, aus der Stadt zu kommen. Dann konnten sie anhalten, wo Mullan wollte, so gering war die Wahrscheinlichkeit, dass jemand sie sehen würde. Kein Hauch rührte sich in der in blasses Maigrün getauchten Landschaft. Aber sie öffnete den Sichtschutz nicht einmal, um den schönen Tag zu sehen. Sie sehnte sich nach der Dunkelheit und dem Geruch der Lederverkleidung der Kalesche, der in ihre Nasenlöcher drang, wenn er ihr Gesicht in den breiten Sitz drückte. Sie glaubte, er würde anhalten, kurz nachdem sie vom Damm auf den Weg eingebogen waren, der durch das Heidekraut zu den niedrigen Hügeln führte. Sie befreite die Hände aus den Handschuhen, fuhr unter ihren Rock und in ihren Schlüpfer zwischen den ausgebreiteten Beinen und kniff sich voll Vorfreude in die fleischigen Lippen.

Da hielt er an. Sie spürte, wie die Kutsche sich schräg legte, als er das Pferd aus der Deichsel löste, doch er kam nicht zu ihr herein. Er klopfte an die Tür wie ein Diener.

»Um Himmels willen!« Sie beugte sich vor und entriegelte die Tür. »Was ist das für ein Spiel?«

Er stand etwas unterhalb von ihr und blickte mit ernstem Gesicht zu ihr hinauf.

»Ich habe die Gelegenheit gesucht, mit dir zu reden«, sagte er.

»Ich habe auch eine Gelegenheit gesucht«, lächelte Marianne. »Komm!« Sie klopfte auf den Platz neben sich.

Er bückte sich und klappte den Tritt der Kalesche herunter.

»Komm du mit mir«, sagte er »wir gehen ein paar Schritte.«

»Nein!«, sagte sie. »Komm her und wärme mich.«

Er stieg in die Kalesche, setzte sich aber ihr gegenüber, ohne sie zu berühren.

»Ich kann nicht mehr hier bleiben«, begann er schweren Herzens. »Mein Freund Tadhg Colley und ich werden bald nach Liverpool aufbrechen, um das Schiff nach Amerika zu nehmen.«

»Ich will nicht, dass du gehst!«

»Wir laufen Gefahr, entdeckt zu werden, du und ich«, sagte er. »Wir haben allen Grund wegzugehen.«

»Ich habe keinen solchen Grund«, sagte sie. Das Rauschen ihres Rockes war zu hören, als sie Anstalten machte, sich neben ihn zu setzen. Sie legte die Lippen auf seine kalte Wange und versuchte mit der Hand seinen Kopf und Mund zu ihr zu drehen.

»Komm!«, sagte sie. »Es ist töricht, unsere Zeit damit zu verbringen, wo wir so bald zum Gut der Treadwells weiter müssen.«

Er nahm ihre Hände.

»Du bist meine Frau«, sagte er. »Ich möchte dich meine Ehefrau nennen und dir einen Sohn schenken. Ich werde dich jede Nacht reiten, wie es der kleine Landlord nicht gekonnt hat.«

Er wusste nicht, wie roh die Worte für sie klangen. Ihr Gesicht verdunkelte sich.

»Ich brauche nicht nach Amerika zu gehen«, sagte sie – nach einer Pause. »Und ich wünsche nicht, dass du nach Amerika gehst. Bald wird Richard in London sein. Dann könntest du die ganze Nacht in meinem Bett schlafen. Und den ganzen Tag. Ich werde die anderen Diener fern halten ...«

»In Amerika gibt es keine Diener. Wir wären Mann und Frau.«

»Ich wünsche nicht, weiter darüber zu sprechen«, sagte Marianne. »Die Ungleichheit des Standes – aber lassen wir das! Mir ist nicht danach, es dir zu erklären. Lass uns weiterfahren.«

Er erhob sich halb. Dann fiel er auf seinen Platz zurück und ergriff wieder ihre Hände. Er schob sein Gesicht dicht vor ihres und blickte ihr gerade in die Augen.

»Ich habe es noch nie gesagt«, beschwor er sie. »Geh mit mir! Sei meine Frau! Wir können dein kleines Mädchen nehmen und weggehen. Auf den Schiffen weiß niemand, wer aus welcher Gegend stammt. In Amerika verlangen sie keine Heiratsurkunden von den Leuten ...«

»Fahr los!«, sagte sie und wandte ihr errötetes und zorniges Gesicht ab. »Wie könnte ich das tun?«, schrie sie. »Was würde aus mir werden? Fahr los!«

An jenem Abend ging sie zu seinem Raum in den Stallungen, weil sie es nicht ertrug, tagsüber seine Nähe nicht gefühlt zu haben. Sie nahm das Kind mit. Jeder konnte sie mit dem Kind aus dem Haus gehen sehen. Aber Mab war ein schweigsames Kind. Marianne hatte oft angenommen, dass Mab nicht sah, was die schnellen Hände von Liebenden tun konnten.

Mullan erschrak über ihre Kühnheit. Nach einer Weile sagte er: »Ich muss gehen und nach dem Pferd des Herrn sehen.«

Sie wartete in dem trostlosen Raum, in dessen kleiner Feuerstelle kein Feuer brannte. Das Kind saß auf der Kante der Pritsche, die Mullan als Bett diente. Es fühlte die wachsende Gereiztheit seiner Mutter. Mullan war schwierig, ja unverschämt gewesen auf der Fahrt zu den Treadwells und hatte ihren Körper in Unruhe versetzt. Dann hatte sich Mrs. Treadwell geweigert, das Haus zu verlassen, in dem sie nun den ganzen Tag in einem Bett verbrachte, das ihr der einzige verbliebene Diener in die Küche gestellt hatte. Beide, Mrs. Treadwell und der alte Diener, der neben ihr auf einem

Küchenstuhl saß, hatten Marianne wie Kinder angestarrt, als sie in der Küchentür gestanden und sie bestürmt hatte, mit ihr zu kommen.

»Nein, danke«, war alles was Mrs. Treadwell sagte.

Vom entfernten Haus drang Gebrüll herüber und aus der Nähe waren Schreie zu vernehmen. Marianne und das Kind waren vor Angst schon auf den Beinen, als überstürzte Schritte die oberen Stufen erreichten und die Tür mit einem Krachen aufflog.

»Er weiß es«, sagte Mullan. »Man hat deinem Mann die Sachen gezeigt, die du mir gegeben hast und die ich im hinteren Stall aufbewahrte. Halloran und Finnerty sind bei ihm im Haus. Er hat Halloran aufgetragen, dir zu sagen, du sollst zum Pfarrer gehen und mich will er zum Teufel jagen ...«

»Komm, Mab!«, sagte sie. »Wir wollen zurück ins Haus gehen!«

»Nein, geh nicht ins Haus«, sagte Mullan.

Da traten Richard und Halloran bereits in den Raum. Ohne jemanden anzusehen stürzte sich Richard auf Mab, riss sie aus der Umklammerung ihrer Mutter und stieß sie vor sich her zur Tür hinaus.

Die Schreie des Kindes verebbten. Im dem oben gelegenen Raum war kein Geräusch zu hören bis auf das schwere Atmen Hallorans.

Es gab kein Erbarmen. Auf ihr Klopfen an der Haustür schrie ihr Richard von der anderen Seite nur »Hure!« entgegen. Sie lief die Stufen hinunter und ums Haus herum zu den Glastüren am Frühstückszimmer. »Hure!«, brüllte es von drinnen. Sie lief, keuchend und in panischem Schrecken an den Sträuchern entlang zur Pforte, wo das Haupthaus auf den Ostflügel stieß, aber er hatte es vorhergesehen. »Hure! Hure!«, tobte er hinter der Tür. »Geh mir aus den Augen, bevor ich in dein Hurengesicht kotze!«

»Mab!«, rief Marianne. »Mab!«

»Wage nicht, den Namen meiner Tochter in den Mund zu nehmen, du Hure!«

Mullan wartete auf sie, als sie in den Vorhof zurücktaumelte, um zum Dienstboteneingang auf der anderen Seite des Flügels zu gelangen.

»Auf der Rückseite ist alles fest verschlossen«, sagte er. »Du musst jetzt bei ehrbaren Leuten Zuflucht suchen. Ich werde dich zum Pfarrer bringen.«

»Ja!«, keuchte sie. »Der Pfarrer wird mich hierher zurückbringen, und dann wird mich Richard hereinlassen. Den Pfarrer wird er nicht anschreien.«

»Geh zur Kalesche«, sagte Mullan. »Ich bin gleich bei dir.«

»Nein, nein«, sagte sie, seinen Arm fest umklammernd. »Lass mich nicht allein. Komm schnell!« Sie begann an ihm zu ziehen.

»Halloran sagt, er hat Lolly ins Haus genommen und sie an der Feuerstelle im Salon angebunden. Ich muss …«

»Nein!«, rief sie. »Komm mit mir!«

Sie gingen die Auffahrt hinunter. Immer wieder musste er auf sie warten, weil sie so langsam ging. Sie schluchzte wie ein kleines Kind. Hätten in dieser Nacht die Sterne den schwarzen Himmel erleuchtet, wäre es bitter kalt gewesen. Doch wie so oft verdunkelte eine dichte niedrige Wolkendecke, die zäh dem Wind widerstand, die Frühlingsnächte über Mount Talbot. Und später pflegte man in der Gegend zu sagen, dass Mrs. Talbot in einer solchen Nacht, die nicht kalt, aber sehr dunkel war, des Hauses verwiesen wurde.

Marianne geriet mehr und mehr außer sich. Mullan tat, was er tun konnte, da sie kaum in der Lage war, den ganzen Weg nach Ballygall zu Fuß zu gehen. Er setzte die Deichsel der Kalesche auf der Mauerkappe einer Brücke ab, half ihr hinein und legte seinen Mantel um Mariannes Schultern, während sie hilflos in einer Ecke kauerte. Dann führte er das Pferd zwischen den Bäumen hindurch und ließ es auf der unteren Weide grasen.

Er rannte fast die dunkle Landstraße entlang, vorbei an den schlafenden Menschen unter dem großen Tor und um die Ecken der stillen Stadt bis zu dem niedrigen Cottage am Messplatz, wo Tadhg Colley lebte.

»Mrs. Talbot und ich sind entdeckt worden«, sagte er.

Tadhg Colley schlug wütend mit der Hand auf den Tisch.

»Was haben wir mit diesen Leuten zu schaffen, William?«

»Wer wird mir den Preis für das Feld meines Vaters zahlen?«

»Hurley wird dir etwas geben, aber er wird dir keinen fairen Preis zahlen. Er kann jetzt Land umsonst bekommen.«

»Wenn ich das Geld kriege, wirst du ihr und mir helfen, aufs Schiff zu kommen?«, sagte Mullan.

»Welchen Nutzen hätte eine solche Frau für dich in Amerika? Diese Frau käme allein nicht einmal bis Sligo! Keine dieser Damen kann arbeiten.« Er sagte es mit Verachtung. »Ich gebe dir noch in dieser Minute Geld, wenn du dich damit sofort aus dem Staub machst!«

»Ich wünsche, dass sie ein Kind von mir empfängt«, sagte Mullan leise.

»Ein Kind von dir – eine solche Frau!«, sagte Colley erschrocken. »William, du kannst in Amerika eine Familie gründen ...«

Es klopfte ans Fenster. Colley ging hinüber und spähte durch die Scheibe.

»Tracy«, sagte er. Die drei Männer hatten als Zehnjährige beim Unterricht des Wanderlehrers zusammen auf der Schulbank gesessen.

»William!«, sagte Tracy, als er in den Raum trat, »der Herr hat zusätzliche Wachtmeister aus Roscommon kommen lassen, und man hat nach Cobys Männern geschickt. Sie haben deine Kleider und deine Stiefel genommen. Sie sind entschlossen, dich beim ersten Tageslicht ins Gefängnis zu werfen ...«

»Und mein Hund? Wo ist Lolly?«

»Dein Hund ist ...«, Tracy brach ab. Dann sagte er: »William, es gibt Hunde zuhauf in Amerika.«

Mullan ergriff Tracys Hände.

»Gib mir dein Wort, Michael, dass du dich um Mrs. Talbot kümmerst! Lass nicht zu, dass sie mit Talbot allein in einem Raum ist. Sie wird in furchtbarer Verfassung sein, wenn der Morgen graut ...«

Er brach ab. Einen Moment herrschte Schweigen, dann nahm Tadhg Colley ein Kästchen von einem Regal und schloss es mit dem Schlüssel an seiner Uhrkette auf. Er zählte Geldscheine ab, und William steckte sie sorgsam in die Innentasche seiner Jacke. Einen Augenblick lang standen die drei Männer eng beisammen. Die Straße draußen und der Raum waren vollkommen ruhig, bis auf das heftige Schluchzen, das Tadgh Colley nicht zurückhalten konnte, als William aus der Tür trat.

14

Ich schlief tief und fest, nachdem ich mit Schreiben fertig war. Irgendwann am Freitagvormittag wachte ich auf und begann, das Cottage sauber zu machen. Ich stellte einen Müllsack mitten in den Wohnraum und warf alles hinein, was ich fand. Ich hatte keine Lust zu putzen. Erst die Kellerwohnung in der Euston Road und jetzt hier! Nachdem ich in all den Jahren vor dem Verlassen der zahlreichen Hotelzimmer nur ein Trinkgeld hingelegt und die Handtücher vom Boden aufgehoben hatte, eingedenk meiner Zeit bei Joanie in London, in der ich mit den jungen Spanierinnen als Zimmermädchen gejobbt hatte. Wie alte Frauen hatten wir unsere Putzwagen langsam durch die Gänge geschoben und uns bei lärmender Radiomusik lauthals über unsere Tanzabende unterhalten. Bei dem Gedanken an Aufräumen fiel mir außerdem meine Bürohälfte bei *TravelWrite* ein. Wie sollte ich je den Mut aufbringen, meinen Schreibtisch leer zu räumen, wo ich überall Jimmys Spuren finden würde?

Ich begann vor der Cottage-Tür zu fegen, wirbelte dabei aber soviel Staub auf, dass ich es bleiben ließ. Ich würde Mrs. PJ Geld für die Putzfrau dalassen, wenn ich die Telefonrechnung bezahlte.

Das Telefon. Ich musste dringend ein paar Telefonate führen und mein normales Leben wieder aufnehmen.

Alex war nicht im Büro.

Ich rief Betty in der Verwaltung an.

»Wie lange will Alex wegbleiben, Bet?«

»Er wusste es nicht, Kathleen. Er ist vorläufig bei seiner Mutter, die in einem Pflegeheim liegt. Ich kann dir die Telefonnummer geben, die er hinterlassen hat. Die Vorwahl sagt mir nichts. Im Büro gibt's keine Probleme, er hat alles picobello hinterlassen. Ich habe einen ganzen Ordner Artikel als Vorrat hier, sauber gekennzeichnet, unterteilt und mit Kontaktzetteln versehen. Dieser Mann ist ein Wunder an Organisation.«

»Nicht die aufregendste Eigenschaft für einen Mann«, sagte ich.

»Ich habe für aufregende Männer gearbeitet«, erwiderte Betty. »Die gehen mir auf die Nerven.«

Alex war sehr still. Er gab sich Mühe zu fragen, wie es mir ging und ob ich mit meiner Geschichte in Irland vorankam. Aber seine Stimme klang brüchig.

»Sie fällt zusehends in sich zusammen, Kathleen. Bis heute Morgen dachte ich noch, dass man ihr noch irgendwie helfen kann, wenn man sie wieder auf die Intensivstation verlegt. Aber ich komme gerade vom behandelnden Arzt. Er sagt, sie hat nur noch wenige Tage zu leben. Wenn nicht ein Wunder geschieht ...«

»Wo bist du«, fragte ich. »Wo sind deine Freunde?«

»Ich weiß nicht einmal, Kathleen, ob sie mich noch erkennt ...«

»Es tut mir so Leid, Alex ...«

»Der Doktor sagt, es ist das Beste, wenn ich mich langsam von ihr verabschiede. Ich kann es nicht fassen, Kathleen! Mein ganzen Leben habe ich mit ihr verbracht. Wir waren fast immer allein. An meinen Vater erinnere ich mich kaum noch. Und nie, niemals ein böses Wort, Kathleen! Nie! Nicht einmal die Stimme hat sie je erhoben ...«

»Aber Alex ...«

Ich hätte fast gefragt, ob das immer das Richtige ist. Aber ich konnte mich gerade noch zurückhalten.

»Auch Ärzte irren sich manchmal«, sagte ich stattdessen.

»Oh, der Arzt meiner Mutter ist ein Top-Spezialist in der

Geriatrie. Erinnerst du dich an Father Gervase, der die Totenmesse für den armen Jimmy gelesen hat? Der Doktor ist ein enger Freund von ihm, und deshalb hatte ich auch das Glück, dass man Mutter hier aufgenommen hat. Sie nehmen hier nicht jeden, verstehst du. Es ist eine Privatklinik.«

Er brach ab. Ich hörte gedämpfte Stimmen im Hintergrund. »Ich muss Schluss machen, Kathleen! Gleich ist Visite. Ich ruf dich wieder an! Oder du rufst im Büro an ...«

Ich legte bekümmert auf. Alex machte die schlimmste Zeit seines Lebens durch, und ich wusste nicht einmal, wo er war. Aber selbst wenn ich es gewusst hätte, hätte ich schwerlich dort auftauchen können, als gehörte ich zur Familie. Vielleicht nahm man ihn auch noch aus. Von Leuten mit Titel ließ er sich leicht etwas vormachen. Wer weiß, wie viel ihn der Klinikaufenthalt seiner Mutter kostete.

Er würde schrecklich leiden, wenn sie starb! Alex kam mir häufig vor wie ein Kind, obwohl er ein Mann in den besten Jahren war. In ihm sprudelte eine Quelle der Unschuld, man brauchte sie bloß anzuzapfen. Wenn es so weit wäre, würde er mit kindlicher Hingabe um seine Mutter trauern. Früher hatte er mich manchmal verletzt. Jetzt erlebte ich ihn zum ersten Mal ebenfalls als einen Leidtragenden. Es würde ihn wie ein Schock treffen, wenn er merkte, was es hieß zu leiden. Ich dagegen war Kummer gewohnt. In der Shore Road blieb einem gar nichts anderes übrig, als frühzeitig Überlebensstrategien zu entwickeln.

Nora. Während ich noch überlegte, was ich ihr sagen sollte, kam ein Spatz pickend über die Eingangsstufen hereingehüpft. Es dauerte eine Weile, bis er mich bemerkte und wieder durch die offene Tür hinausflatterte. Noch immer stand ich unschlüssig da. Wenn sie herausfand, dass ich bereits vor ein paar Tagen bei Danny und Annie war, würde sie mir die Hölle heiß machen. Sie würde über jedes kleinste Detail in Kilcrennan und in Neds Haus und in der Shore Road informiert werden wollen und nicht verstehen, dass ich sie nicht sofort angerufen und ihr alles haarklein erzählt hatte. Andererseits konnte ich ihr nicht verheimlichen, dass ich zu Hause war.

In New York war es jetzt sechs Uhr morgens.

Ich läutete bei ihr im Büro an und teilte ihrem Anrufbeantworter in gut gelauntem Ton mit, wie gut es Danny, Annie und Lilian ging und dass es zu Hause fast noch genauso aussah wie früher, wenngleich Kilcrennan jetzt eine große Stadt war, und dass alle nach ihr gefragt hatten ...

»... Ich bin nicht an ihr Grab gegangen«, schloss ich, wohl wissend, dass sie es befriedigt zur Kenntnis nehmen würde. Sie hatte ihnen nie vergeben, keinem von beiden. Sie behauptete, sie hätten ihr so gründlich die Lust auf die Ehe genommen, dass sie nie auch nur einen Freund gewollt hatte, von einem Mann ganz zu schweigen. Nora Eisenherz hatte ich sie immer genannt.

Caro erreichte ich. Sie war völlig außer Atem, als sie abnahm. Sie wollte gerade in die Bibliothek, um noch schnell das Allerwichtigste für die Prüfung zu wiederholen. An diesem Nachmittag stand ihr die schwierigste Prüfung der Woche bevor.

»Lange nichts gehört«, sagte sie leichthin. »Ich erfreu mich gerade am Anblick der wunderschönen Blumen, die du mir geschickt hast, um mir für die schrecklichen Examen Glück zu wünschen ...«

»Oh, Caro, tut mir wahnsinnig Leid!«, sagte ich. »Das habe ich völlig vergessen! Es ist schon so lange her!«

Ich hätte nur sagen müssen: Ich habe auf der Fähre einen netten Mann kennen gelernt und zwei wunderbare Tage und Nächte mit ihm verbracht. Aber ich brachte es nicht über die Lippen. Es hätte auch gereicht zu sagen, dass ich wegen des Besuchs bei meinem Bruder und seiner Familie durcheinander war. Oder, dass mich die Talbot-Geschichte umtrieb und alles andere verdrängte.

»Ich muss mich beeilen«, sagte Caroline. »Aber ich verstehe nicht, was du mit ›es ist schon so lange her‹ meinst. Wir haben doch erst letzte Woche telefoniert.«

»Wirklich?«

»Natürlich. Du warst irgendwo in einem Hotel. Du hast mich angerufen und mir die Nummer gegeben. Du hattest dich mit dieser tollen Bibliothekarin getroffen ...«

»Allmächtiger Gott! War das erst letzte Woche?«

»Na, klar«, gab Caroline zurück.

»Oh.«

»Ist was mit dir?«

»Nein, mir geht's gut …«

So. Die Anrufe waren erledigt. Die Tasche im Auto. Alles in Ordnung.

Außer dem Talbot-Projekt.

Und außer Shay. Unvorstellbar, Irland für jemanden zu verkörpern! Aber im Grunde passte es genau: Nur meine eine Hälfte war für ihn Wirklichkeit, die andere war Illusion. Ich ging zur Schlafzimmertür und betrachtete das abgezogene Bett, die weißen Bretter an der Decke, das niedrige Fenster.

»Was auch immer geschieht«, sagte ich laut und musste dabei nicht einmal über meine Ernsthaftigkeit lachen. »Diese beiden Nächte mit ihm kann mir niemand nehmen.«

Jetzt würde eines der russischen Gebete passen, die man sprach, wenn man von einem Ort Abschied nahm, dachte ich: Gesegnet sei dieses Zimmer. Und gesegnet sei auch dieses Cottage inmitten der wilden Wiesen. Als ich auf der Hügelkuppe ankam, fuhr ich an den Straßenrand, kurbelte das Fenster herunter und sah über die halbrunde Landspitze hinaus aufs Meer. Ein fast unsichtbarer Schleier aus Sommerregen lag über der See, die so unbewegt schien wie das Land. Gesegnet sei auch dieser Blick auf die wunderbare Einsamkeit hier.

Nur der Himmel war lebendig. Weit draußen am Horizont fielen dunkle Regenschleier aus dem Grau, doch über dem Kirchturm von Mellary hinter einer Hügelkuppe brach Licht durch die Wolken. Der flüsternde Regenschleier zog weiter und der Himmel klarte auf. Ich hörte das Gras und die Büsche leise unter dem Regen rauschen, bis das plötzliche Geräusch eines Traktors sie verschluckte. Als das Brummen verstummte war alles wieder still. Die Erde hatte sich beruhigt. Und der Gesang einer Amsel erscholl in der Frische des Tages.

Ich wendete den Wagen und machte mich eilig auf den Weg nach Ballygall. Ausnahmsweise brachten sie einmal Dixieland im Radio, statt trauriger Musik oder Nachrichten.

Caroline hatte für ihre Verhältnisse ziemlich verärgert geklungen. Normalerweise war sie nicht vorwurfsvoll. Sie musste ziemlich unter Prüfungsstress stehen, wenn sie anfing, Klartext zu reden. Andererseits war das ihr erstes richtiges Examen. Sie hatte nur einen kleinen Abschluss von einem unbedeutenden Institut. Und sie hatte noch nie arbeiten müssen. Wenn man von der Erziehung ihres Sohnes Nat einmal absah. Ihr Job bei der pädagogischen Zeitschrift war ein Witz. Ob sie mir ernsthaft böse war, weil ich sie vergessen hatte? Bei dem Gedanken durchlief es mich heiß. Das wäre ein seltenes Zeichen dafür, dass ich ihr etwas bedeutete. Ich hatte nie recht verstanden, warum sie sich meiner angenommen hatte, als mich Hugo aus der Wohnung warf. Ich hatte mich nie getraut, sie zu fragen. In all den Jahren hatte sie nie ein unüberlegtes Wort über mich gesagt, soweit ich mich erinnern konnte. Nicht einmal als unsere Freundschaft in die Brüche ging. Trennung wie Versöhnung hatten sich, was sie betraf, völlig wortlos vollzogen, während ich, das würde ich nie vergessen, mich im Osloer Flughafen an die Plastikwand einer Telefonzelle gedrückt und in einem unablässigen Redestrom auf sie eingeredet hatte, weil ich hoffte, dass sie mir vergeben würde.

Als Ian auftauchte, hätte man meinen können, Caroline wäre Eva und Ian der erste Mann, den sie sah, nachdem sie in den verbotenen Apfel gebissen hatte – der einzige Mann in der gesamten Schöpfung. Sie war so wild auf ihn, als hätte sie ihn ihr Leben lang wie eine ersehnte Speise entbehrt. Als sie, kurz nachdem sie ihn kennen gelernt hatte, ihren Job aufgab, hatte ich gedacht, dass ich einfach nicht frei genug gewesen war, um so verrückt auf Hugo zu sein. Ich hatte immer arbeiten müssen. Selbst für jemanden, der so bescheiden war wie Caroline, bedeutete Geld, dass man sich alles leisten konnte.

Ich glaube, als die Sache mit Ian passierte, vergaß sie fast, dass ich existierte. Wir hatten damals über ein Jahr zusammengelebt und ich hatte gerade begonnen, mich an den Gedanken zu gewöhnen, dass wir Freundinnen waren, da sah sie mit einem Mal nur noch wie geistesabwesend durch mich hindurch, wenn wir uns in der Maisonette-Wohnung über den Weg liefen.

Ian war ein geschiedener Lehrer aus dem Norden mit schwarzen Augen und schwarzen Haaren, drahtigem Körper und einem kalten Lächeln wie ein Fisch. Er war sozusagen das exakte Gegenteil des fröhlichen, rosigen, weißhaarigen Sir David. Caroline verschwand mit Ian in ihrem Schlafzimmer, und dort blieben sie annähernd drei Monate. Einmal hörte ich gedämpftes Schreien und gelegentlich Weinen. Eines Nachts, als ich an ihrem Zimmer vorbeiging, flog die Tür auf und sie saß nackt auf dem Bett, die Hände in orangeroten Gummihandschuhen über dem Kopf. Es muss die Konstellation gewesen sein – ein Korridor, eine offen stehende Tür, ein Bett –, die mich an Mammy erinnerte. Nie hatte ich zwischen meinen Eltern den Austausch von Zärtlichkeiten erlebt. Wenn Daddy zu Hause war, benahm sich meine Mutter wie eine Sklavin. Als ich nun meine kühle Caro in dieser unterwürfigen Haltung sah, begann ich zu zittern. Ich zog mich mit meinem Buch in den irischen Pub an der Ecke zurück, in den Schutz der kräftigen, derben Kellner. Manchmal las ich nicht einmal, ich starrte nur geradeaus wie die anderen Einsamen dort, die allesamt Emigranten aus den Fünfziger Jahren waren und viel älter als ich.

An einem Samstagmorgen kam Caroline in einem riesigen T-Shirt aus ihrem Zimmer. Sie berührte mich an der Schulter, als sie an mir vorbeiging, um den Wasserkessel aufzusetzen. Ich suchte bereits nach einem Gesprächsthema, da bemerkte ich, dass sie weinte.

Sie erzählte mir, dass sie schwanger war.

»Machst du mir eine Tasse Tee?«, bat sie. »Am besten«, sie wandte den Kopf ab, »du tust gleich ein bisschen Gift hinein. Ich muss eine Entscheidung treffen. Ich muss Ian dazu bringen, mich zu heiraten. Oder ich muss das Kind abtreiben.«

Ich ging um den Tisch, hockte mich neben sie und strich ihr übers Gesicht.

Sie drehte den Kopf zur Seite.

»Ich muss mich bald entscheiden. Ich bin schon in der achten Woche. Er hat gesagt, ich soll machen, was ich will – ihm ist es egal. Mummy«, sie sprach das Wort mit einem schmalen Lächeln aus, weil ihr Verhältnis zu ihrer Mutter nicht besonders eng war, »kommt mich heute besuchen, um mit mir zu Mittag zu essen, und Daddy kommt morgen mit dem Flieger.«

Sie hatte es beiden bereits erzählt.

»Was ist das bloß für ein Mann, der das Schicksal seines Kindes allein seiner Freundin überlässt, als hätte das alles nichts mit ihm zu tun«, begann ich.

»Hör zu«, sagte Caroline. »Ich will mir das nicht anhören. Ich liebe ihn und damit basta.«

»Liebe!«, entfuhr es mir. »Weißt du nicht mehr, was Borges dazu gesagt hat: Liebe ist eine Religion, die sich einen fehlbaren Gott erwählt hat. Ich erinnere mich, dass ich dir diese Passage vorgelesen habe …«

»Und ich glaube nicht an Abtreibung«, fuhr sie unbeirrt fort.

Ich wusste nicht, wie weit ich gehen konnte. Ich hätte Ian am liebsten nach Strich und Faden beschimpft und Caroline sofort in eine Klinik gebracht. Ihre ganze Lebensfreude, ihre Zufriedenheit, alles dahin, nur wegen dieses Fieslings! Aber sie hatte mich nicht zu ihrer Ratgeberin erwählt. Wenn ich ihr wenigstens sagen könnte, dass er sich nicht einmal um seine beiden bereits vorhandenen Kinder zu kümmern schien! Oder dass mich Caroline an meine Mutter erinnerte, die der unglücklichste Mensch war, den ich kenne, wenn ich sie vor ihm in ihr Schlafzimmer gehen sah! Nein. Sie würde mich ansehen und sagen: *Deine* Mutter? Wie *ich*? Außerdem konnte ich sie nicht noch mehr unter Druck setzen. Sie war zu mitgenommen. Ich konnte ihr nur zeigen, wie gerne ich ihr helfen würde.

Wir hatten am gleichen Tag Geburtstag und ich hatte schon vor längerer Zeit für uns ein Relax-Wochenende in einem Heilbad gebucht. Die Zuversicht, einen gemeinsamen Wochenendtrip mit ihr zu planen, hatte ich nur, weil ich angefangen hatte zu glauben, dass sie mich wirklich mochte. Ich versuchte, sie dafür zu ködern und sagte, ich hätte bereits im

Voraus dafür bezahlt, was nicht stimmte. Keine Reaktion. Ian würde es gut tun, ein paar Tage ohne sie sein zu müssen, fuhr ich fort. Damit er sähe, wie das war. Das gab den Ausschlag. Am Freitagmorgen vor unserer Abreise ging ich in ihr Zimmer, um ihr beim Packen der wenigen Sachen zu helfen. Am liebsten hätte ich die Luft dabei angehalten, um ja nichts von ihm zu riechen.

»Wo ist dein Badeanzug, Caro?«

»Oh – ich werde wohl kaum schwimmen gehen ...«

»Schwimmen könntest du aber, das weißt du. Ich werde ihn auf alle Fälle einpacken. Wo hast du deine Feuchtigkeitscreme? Ist das der Schminkbeutel, den du mitnimmst?«

Und so weiter. Es war, als kümmerte ich mich um jemand, der unter Schock stand.

Als ich sie abends durch die Bahnhofshalle zum Zug nach Canterbury gehen sah, zuckte ich innerlich zusammen. Ihr fehlte nichts. Sie war kerngesund. Aber die Beziehung zu Ian lastete dermaßen auf ihr, dass sie beim Gehen kaum die Füße heben konnte.

Wie ich erfuhr, waren sie und ihre Eltern der Meinung, es sei das Beste, wenn sie Ian heiratete. Doch als sie ihn noch einmal anzurufen versuchte, bevor sie zum Bahnhof fuhr, nahm niemand ab. Ich war machtlos. Sie konnte den Badeurlaub überhaupt nicht genießen. Ein einziges Mal schien sie sich auf ihre gute Erziehung zu besinnen und sagte mit einem geistesabwesenden Lächeln im überfüllten Whirlpool: »Sehr entspannend, nicht?« Im Laufe des Samstags rief sie mindestens zehn Mal in dem Haus an, wo Ian ein Zimmer bewohnte. Er war nicht da. Es gelang mir, das kommentarlos hinzunehmen. Aber als wir abends in unseren Betten lagen, konnte ich nicht mehr an mich halten.

»Um Himmels willen, bind dich nicht an ihn! Auf gar keinen Fall! Er ist eine Ratte! Allein schon diese Gemeinheit, dir nicht zu sagen, wo er ist. So ein Dreckskerl! Wessen Idee war es eigentlich, schwanger zu werden? Hat der Kerl denn nicht mal aufgepasst?«

»Ich brauche ihn, Kathleen!«, schluchzte sie. Zusammengerollt unter der Bettdecke streckte sie suchend den Arm nach mir aus, um in der Dunkelheit meine Hand zu ergreifen, damit ich sie besser verstünde.

»Du brauchst ihn nicht!«, widersprach ich. »Du hast genug Geld. Du hast Eltern, die dir helfen. Und du hast mich. Ich mache alles für dich. Ich nehme dir das Baby gerne ab, auch an den Wochenenden. Alles, was du willst. Wir könnten in eine größere Wohnung ziehen, und ich suche mir einen Job, bei dem ich nicht so oft unterwegs bin wie beim *English Traveller*. Aber er ist nicht gut für dich, Caroline. Ich weiß es. Ich *spür* es genau. Er wird dich nur unglücklich machen ...«

»Ist mir egal«, war ihre Antwort. »Ist mir egal, ob er mich unglücklich macht. Ich halt es ohne ihn nicht aus. Das verstehst du nicht, Kathleen. Ganz egal, wie er ist.«

Die Worte hingen in der Luft.

Wir schliefen ein. Am nächsten Tag war unser Geburtstag. Wir sangen einander von unseren Betten aus ein *Happy Birthday*. Fünfundzwanzig waren wir nun.

Ich musste immer langsamer gefahren sein. Als ich aus meinen Erinnerungen auftauchte, stellte ich fest, dass es noch immer gut zwanzig Meilen bis Ballygall waren. Ich überquerte einen hohen Pass zwischen Hügeln. Es herrschte vollkommene Stille. Nur ein vom Wasser der feuchten grünen Hügel gespeister Wildbach rauschte zwischen den bemoosten Felsen am Straßenrand. Die Straße musste einem alten Pfad folgen. Dort unten, auf den sanften Hängen bei den schaumigen Tümpeln mussten Menschen gelebt haben. Aber überall war nur eintöniges, unwirtliches Grün zu sehen, dazwischen ein paar heruntergestürzte Granitbrocken. Ich sehnte mich nach Straßenlampen und modernen Behausungen, wollte die Hügel hinter mir lassen und in die Wärme von Berties Hotel zurückkehren, wo man mich mit Namen kannte und wo Joe und der kleine Ollie mir entgegenrennen würden ... Aber dieser Hochlandpass war ein geeigneter Ort, um mir in Erinnerung zu rufen, wie ich in jungen Jahren gelernt hatte, unter jeder sanften Oberfläche das Schroffe zu fühlen. Ich betrog Hugo, obwohl wir allem Anschein nach so verliebt ineinander waren. Und Carolines Vater benutzte mich, trotz seiner vordergründigen Väterlichkeit, wie ein Objekt. Und als meine mutmaßliche Freundin Caroline sich in Ian verliebte, saß ich im Handumdrehen auf der Straße. Es gab keine wirkliche Liebe, nirgendwo. In jeder Frucht steckte ein verborgener Wurm.

Die Freundschaft zu Caroline ging Knall auf Fall zu Ende. Ich hatte gerade einmal zwei Wochen Zeit, um mir eine neue Bleibe zu suchen. Das hätte genügt, wenn ich mir wie eine Studentin ein Zimmer in einer Wohngemeinschaft genommen hätte. Aber ich wollte etwas für mich allein. Ich hatte fürs Erste meinen Optimismus eingebüßt, und zwar gründlich. Mir flößte alles und jeder Angst ein. Dass mich Caroline aufgenommen hatte, hatte mir mehr bedeutet, als ich ihr je sagen würde. Irgendwie hegte ich merkwürdige Gefühle für sie. Ich schob es darauf, dass sie Engländerin war und ich Irin. Aber Caroline gefiel mir nicht nur, ich fand sie unglaublich attraktiv. Ich erinnere mich, wie ich einmal gedacht hatte, ich bin genauso schlecht wie Sir David: Er glaubte, mich begrapschen zu können, was er bei Caros englischen Freundinnen nie gewagt hätte. Und ich beobachtete Caro ständig, nahm jede Kleinigkeit an ihr wahr, was ich bei einer Amerikanerin oder Französin nie getan hätte. So, als wäre sie das Gegenstück zu mir ...

Aber meine Gefühle für sie waren so tief verborgen, dass ich mir selbst ihrer nicht bewusst war. Als ich erfuhr, dass ich aus unserer gemeinsamen Wohnung ausziehen musste, lief ich von unerklärlichem Kummer getrieben kreuz und quer durch den Norden Londons und suchte verzweifelt nach einer Bleibe, wo ich ganz allein sein und nie wieder in Schwierigkeiten kommen konnte. Da rettete mich Mr. Vestey. Ich hätte ihm die Hände dafür küssen mögen. Ich hätte die Kellerwohnung in Islington sowieso genommen und die Miete dafür bezahlt, die er verlangte. Aber als er mir die Schlüssel zur Besichtigung der Wohnung gab und als ich die dunklen, stillen Räume sah, erkannte ich sie als das ideale Mausoleum.

Niemand hätte mir etwas davon angemerkt, wenn er Caro und mich damals zusammen gesehen hätte. Am Tag des Auszugs aus der Wohnung in Hampstead kehrten wir abends dorthin zurück, um sauber zu machen. Sie hatte ihr leuchtendes goldblondes Haar mit einem Vlies-Tuch zusammengebunden, und wir hopsten zu den Songs von *Sergeant Pepper's Lonely Hearts Club Band* herum, die irgendein Sender in ihrem kleinen Transistorradio spielte. Als wir uns müde und zufrieden über unsere Leistung in die U-Bahn fallen ließen, war die Wohnung in ganz passablem Zustand. Am Leicester Square trennten sich unsere Wege. Wir umarmten uns mitten in der Menschenmenge zwischen den vorbeiströmenden Leuten, und ich hätte zu gerne zu ihr gesagt: Ich liebe dich auch, weißt du.

Bei dem Gedanken, dass es besser gewesen war, diesen Satz für mich zu behalten, fühlte ich mich alt. Ob sie es überhaupt gehört hätte? Und wenn, was hätte ihr diese Erklärung bedeutet? Ich hatte geschwiegen und war weinend die dunkle Gower Street hinuntergegangen, ohne Hoffnung, jemals wieder von ihr zu hören.

Und heute wusste ich fast alles aus ihrem Leben. Ich sah sie vor mir, wie sie ihren Blondschopf, der grau zu werden begann, über ein Lehrbuch beugte, um sich gewissenhaft auf das Examen am Montag vorzubereiten. Mein ganzes Hab und Gut wartete in ihrem Haus in London auf mich. Wenn ich nach England zurückkehrte, würde ich bei ihr wohnen. Gerade erst hatte ich mit ihr telefoniert. Und wenn wir zwar immer miteinander gesprochen, uns aber nie wirklich unterhalten hatten, dann verband uns eben unsere Zurückhaltung. Zu Anfang unserer Freundschaft war ich der Meinung gewesen, dass ihre Zurückhaltung ein Ausdruck höflicher Zuvorkommenheit war, während meine Zurückhaltung lediglich die Unsicherheit meiner Außenseiterinnenrolle widerspiegelte. Aber das war mein Problem und nicht ihres. Schließlich kann ich sie nicht dafür verantwortlich machen, dass ich sie weit mehr mochte als mich selbst.

Endlich das vertraute Knirschen des Kieswegs vor *The Talbot Arms*. Keine Autos. Was für ein Tag war heute? Die Hochzeitsgesellschaft musste schon weg sein. Der alte Hund lag da wie ein dickes Bündel Lumpen, das man auf der breiten Treppenstufe vergessen hatte. Ich tätschelte im Vorübergehen seinen gestreiften Schädel und wurde mit einem halb geöffneten milchigen Auge begrüßt. Die Halle wirkte noch dekadenter und schöner als ich sie in Erinnerung hatte, und wieder fiel mir bei ihrem Anblick Onkel Neds Cottage ein, trotz der Eleganz, die sie ausstrahlte. Eine dünne Fernsehstimme drang durch den Vorhang vor Berties Ecke. Offenbar sah er sich wieder eine Soap an.

Er saß in seinem Sessel, aber seine Miene wirkte im Licht des Bildschirms düster. Joe döste quer über seiner Brust.

»Ist etwas nicht in Ordnung, Bertie?«

»Kathleen!« Er machte Anstalten aufzustehen.

»Ich setze mich kurz zu Ihnen«, sagte ich.

Er sackte in seinen Sessel zurück. Ich nahm auf dem anderen Platz. Im Fernsehen wurde ein Skiabfahrtslauf aus Slowenien übertragen. Männer mit Helmen schossen aus einer Hütte heraus und eine völlig konturlose Piste hinunter. Jedes Mal, wenn ein neuer Läufer erschien, sprang die rote Digitalanzeige in der Ecke des Bildschirms auf null.

Ein paar Minuten saßen wir schweigend da. Joe war wieder eingeschlafen. Ich hörte irgendwo das Telefon bimmeln und dann Ella in der Halle draußen abnehmen.

Bertie sagte: »Ich komme hier rein, wenn ich ein bisschen Ruhe brauche. Sie wissen, dass sie mich dann allein lassen sollen.«

»Ich brauche auch ein bisschen Ruhe«, sagte ich. »Aber vorher muss ich unbedingt Miss Leech sehen …«

»Sie hat Ihnen eine Nachricht hinterlassen. Draußen auf dem Schreibtisch. Sie fährt heute Abend nach Dublin.« Er warf mir einen besorgten Blick zu. »Es geht ihr nicht gut«, sagte er bekümmert. »Sie macht uns ganz schön Sorgen. Sie war oben in Saint Luke's bei einem Spezialisten. Sie meint, außer mir weiß niemand davon, aber die Frau, die uns die Bücher führt, hat eine Schwester dort in der Vermittlung, und die hat ein Auge auf alle, die von hier kommen.«

»Was ist es?«

»Die Gebärmutter.«

»Kann man nicht operieren?«

»Kommt drauf an. Wenn sich noch keine Metastasen gebildet haben.«

»Wie alt ist sie?«

»Sie ist fünfundsiebzig. Dem *Northwestern Herald* hat sie erzählt, dass sie Ende sechzig ist. Damals bei der Ausstellung über die Hungersnot, als sie einen Artikel darüber gebracht haben. Aber das war geflunkert. Wissen Sie, sie hat nie gewollt, dass jemand ihr Alter erfährt, weil sie nie in Rente gehen wollte. Aber ich weiß auf den Tag genau, wie alt sie ist, weil wir zusammen aufgewachsen sind. Wir waren Nachbarn. Und als ich oben in der Bücherei für die Aufnahme ins College gebüffelt habe, war sie mein Idealbild einer Frau. So lange kenne ich Nan schon. Ich habe sie immer bewundert in ihrem schmalen Kostüm. Man trug damals lange enge Röcke mit einem Schlitz, ich weiß nicht, ob Sie sich noch erinnern. Ach, was. Dazu sind Sie zu jung. Zwölf Jahre sind wir auseinander, Nan und ich, auf die Woche genau. Es hätten genauso gut hundert sein können, als ich zwanzig war. Aber sprechen Sie sie bloß nicht auf den Krebs an, Kathleen! Sie würde Ihnen an die Gurgel springen! Sie würde jedem an die Gurgel springen. Mir musste sie es erzählen, weil ich sie zum Zug bringe und wieder abhole und weil ich ihre olle Katze füttere. Nach dem Test wird man normalerweise mit dem Krankenwagen nach Hause gefahren, aber Nan würden keine zehn Pferde in einen Krankenwagen bringen.«

Ich musste lachen, als er das sagte, und auch er lächelte ein bisschen dabei.

Ein Skiläufer stürzte und rutschte die Piste hinunter, dabei drückte er ein Tor nach dem anderen flach in den Schnee.

»Hallo, mein kleiner Schatz!«, sagte ich zu Joe.

Das Kind sah mich ernst an. »Spot ist weg«, sagte er. »Der Mann, dem er gehört, hat ihn mit nach Hause genommen.«

»Spot kommt bald wieder«, sagte Bertie und strahlte mich plötzlich an.

»Das ist die Lösung!« Er wirkte mit einem Mal sehr zufrieden. »Wir leihen uns Felix' Haus für Sie aus! Felix fährt morgen wieder weg, dann wollte er den Hund hierher bringen, aber das ist mir gar nicht so recht, weil am Sonntagabend die Lehrer kommen, und die machen unendlichen Rabatz. Das würde Spot gefallen. Er hat keinen Verstand, der gute Junge ...«

»Doch, Granda, er hat Verstand!«, widersprach Joe. »Als Ollie allein in den Garten gekrabbelt ist und aus dem Tor auf die Straße wollte, hat Spot gebellt und gebellt ...«

»Gib mir mal meine Brille, mein Sohn«, sagte Bertie zu ihm, »damit ich die Nummer von Felix raussuchen kann.«

»Wer ist Felix?«, fragte ich.

»Felix ist ein Freund von uns. Ein Architekt. Ist immer unterwegs. Ich glaube, im Moment arbeitet er in Brasilien. Anscheinend will er da ein Mädchen heiraten. Sein Haus liegt draußen an der Landstraße. Da könnten Sie unterkommen und Spot hüten. Sie erinnern sich doch an Spot, den kleinen Terrier? Ist ein lieber Kerl, aber er kann einen ganz schön auf Trab halten. Und wenn Sie wollen, kommen Sie zum Essen rein zu uns ...«

»Ach, kommen Sie, Bertie«, sagte ich. »Das ist ein Hotel hier. Haben Sie schon mal dran gedacht, Ihre Gäste dazubehalten, anstatt sie überall in der Gegend unterzubringen?«

»Hat es Ihnen in Mellary gefallen?«

»Ich kann Ihnen gar nicht sagen, wie gut.«

»Na, dann warten Sie mal, bis Sie Felix' Haus gesehen haben. Verlassen Sie sich auf mich. Außerdem bleiben die Lehrer nur vier Tage und dann können Sie wieder zu uns kommen.«

Ich öffnete den Umschlag von Miss Leech.

Liebe Miss de Burca,
    mein junger Kollege Declan ist auf ein Dokument gestoßen. Es handelt sich um eine Druckschrift, verfasst von einem gewissen John Paget, ein Kronanwalt und anscheinend ein entfernter Verwandter von Mrs. Richard Talbot. Ich habe das Dokument bedauerlicherweise nur schnell überfliegen können, aber es scheint mir sehr überzeugend darin belegt, dass die Anklage gegen Mrs. Talbot von ihrem Ehemann zu

Unrecht erhoben wurde. Eine äußerst überraschende Wende, da werden Sie mir zustimmen, und ich freue mich darauf, das Dokument am kommenden Mittwoch, wenn ich wieder in Ballygall bin, mit Ihnen zu erörtern. Ich bedauere, dass ich im Augenblick aus persönlichen Gründen nicht telefonisch zu erreichen bin.

Es kann sein, dass diese Druckschrift in Umlauf gebracht wurde, aber veröffentlicht wurde sie nie. Es handelt sich also um eine ziemliche Rarität, und ich bin sehr glücklich, dass ich sie für die lokalgeschichtliche Sammlung von Ballygall habe erwerben können. Sie liegt verschlossen in der Bibliothek und kann nur in unserem Lesesaal konsultiert werden. Sollte es nötig sein, eine Kopie davon anzufertigen, müsste man sich an unsere Kollegen von der Restaurationsabteilung der Bibliothek in Dublin wenden.

Ich habe veranlasst, dass Ihnen die Paget-Druckschrift ab Samstag zehn Uhr zur Verfügung steht.

Ihre Postkarte bez. Henry James habe ich erhalten, und ich muss sagen, dass ich mit ihm vollkommen übereinstimme, nicht nur was historische Romane, sondern was Romane im Allgemeinen betrifft. – Humbug ist in der Tat *le mot juste*. Ich hoffe daher aufrichtig, dass Sie sich nicht aufs Romanschreiben verlegt haben.

N. Leech, M.A. (NUI). F.L.A.I.

»Bin gleich wieder da!«, rief ich Bertie zu und rannte durch den Garten auf die Straße.

Der Blumenladen hatte bereits geschlossen, und ich mimte Dringlichkeit gegenüber der Frau hinter den konischen Blechvasen.

»Wir haben bereits ...«, begann sie, als sie schließlich die Tür öffnete.

»Nur ein paar Blumen für Miss Leech von der Bücherei«, beschwor ich sie. »Hier, nehmen Sie!« Ich drückte ihr ein paar Scheine in die Hand. »Rosen. Margeriten. Alles, was Sie wollen. Bloß kein Rosa. Aber ich muss ihr dringend eine Nachricht schicken.«

Sie reichte mir eine kleine Karte.

»Ich kann die Blumen aber erst rüberbringen, wenn ich hier im Laden fertig bin.«

»Dann bringen Sie sie ihr danach! Und bitte, nicht in die Bücherei – in ihre Wohnung!«

Miss Leech,
ich freue mich sehr darauf, Sie wiederzusehen. Wann immer es Ihnen passt. Ich werde im Haus eines gewissen Felix wohnen, das Bertie für mich ausleihen will. Ich bitte um Verzeihung dafür, den Boden der Tatsachen verlassen zu haben.
Caitlin de Burca

Wenn sie wüsste, wie sehr ich mich hatte hinreißen lassen. Kaum jemand würde die Geschichte, die ich um die Fakten der Talbot-Scheidung gewebt hatte, entschiedener missbilligen als sie. Ich hatte eine Tante Paget erfunden, weil ich bei der Lektüre der Gerichtsakten auf den Namen gestoßen war. Es hieß dort, dass die einzigen lebenden Verwandten von Marianne Talbot, außer ihrem Vater, den Namen Paget trugen und dass ein Mr. Paget Marianne in der Irrenanstalt von Windsor aufgespürt hatte. Der Oberste Lordrichter hatte sich über die Tatsache geäußert, dass Mariannes Ehemann und Mr. McClelland nach Entdeckung des Ehebruchs für ihr Verschwinden gesorgt hatten. Sie hatten sie zunächst in Dublin und dann in der privaten Anstalt in Windsor versteckt gehalten. Dazu hatte der Richter – sehr milde allerdings, wie ich zugeben muss – bemerkt, die anderen Verwandten, die Pagets, hätten angesichts der schlechten Gesundheit des Vaters über Marianne Talbots Situation informiert werden müssen, damit sie ihr – sofern es der Wunsch der Eheleute gewesen wäre – hätten Zuflucht gewähren können. Aus den Gerichtsakten ging allerdings nicht hervor, welcher Verwandtschaftsgrad zwischen Marianne und den Pagets bestand. Also hatte ich mir die Freiheit erlaubt, ihr eine Tante anzudichten. Aber das war beileibe nicht die einzige Freiheit, die ich mir genommen hatte! Wenn Miss Leech je Kenntnis von dem Phantasieprodukt erlangen sollte, das ich aus den Fakten der Gerichtsakten zusammengestrickt hatte, dürfte ich mich auf mehr als bloße Missbilligung gefasst machen. Schwer zu sagen, aus welcher Sicht sie am meisten dagegen einzuwenden hätte, als Historikerin, Irin oder schlicht und einfach als Frau. Ach, sollte sie mich ruhig dafür tadeln, wenn sie es herausfand. Ich würde ihre vernichtende Kritik gerne ertragen, wenn es ihr nur gut ging!

Ich sprach ein Gebet für sie, als ich durch die Stadt zum Hotel zurückkehrte – ein Gebet, das mir immer leicht gefallen war, weil ich es mir als ein Gespräch von Frau zu Frau vorstellte. Wie ein Telefonat mit einer Frau, die man kaum kennt und um Hilfe in einem Notfall bittet, weil ihr Kind in demselben Kindergarten geht wie das eigene.

›Gedenke unser, o gütigste Jungfrau Maria‹, und schon begann ich, die Worte herunterzurasseln, weil wir die Gebete immer heruntergerasselt hatten. Also fing ich noch einmal von vorne an, ganz langsam, die Augen zu Schlitzen verengt, den Blick nach innen gerichtet. Im Geist stand Miss Leech vor mir, in einem engen Gässchen neben der Ruine des alten Cottage, und ihre winzige Hand in dem roten Fäustling deutete auf den Umriss eines Eingangs in einer Steinwand.

›Gedenke unser, o gütigste Jungfrau Maria, es ist noch nie gehört worden, dass jemand, der zu Dir seine Zuflucht nahm, deine Hilfe anrief und um deine Fürbitte flehte, jemals sei verlassen worden. Wende, gütige Mutter ...‹ – nein, das ist falsch. Heißt es ›Königin, Mutter der Barmherzigkeit‹? Ist das nicht anders als beim ›Memorare‹? Ach, egal! › Wende deine barmherzigen Augen zu uns – uns allen, aber ganz besonders zu Miss Leech. Erspare ihr allen Schmerz. Auch Alex, an den ich jetzt denke, und ebenso seiner Mutter, die dem Tod nahe ist. Und bitte, hilf auch Caro bei ihren Prüfungen, weil es ihr so wichtig ist, ein gutes Examen abzulegen. Hilf mir, damit ich herausfinde, was das Richtige für mich ist. Und nach diesem Elend zeige uns Jesus, die gebenedeite Frucht deines Leibes.‹ Das stimmt jetzt ganz bestimmt nicht. Ach, was! Großer Gott, sie sind doch alle gleich! ›O gütige, o milde, o süße Jungfrau Maria, bitte für uns, heilige Gottesmutter, lass uns durch deine Fürsprache der Verheißungen Christi teilhaftig werden.‹

15

Am nächsten Tag ging ich in die Bücherei, um die Paget-Druckschrift zu lesen.

Als der Mann im Lesesaal nach oben ging, um sie zu holen, war ich so aufgeregt wie ein Kind vor seiner Geburtstagsfeier. Ich unterschrieb, den Text erhalten zu haben, und legte ihn vorsichtig auf meinen Tisch zwischen die Bücherstapel. Es kribbelte mir in den Fingern. Ich nahm das schmale Bändchen wieder in die Hand und wendete es hin und her, hielt es an die Wange, roch daran. Der weinfarbene Pappeinband war spröde und verblichen, an einer Seite hatte er sich von der Bindung gelöst und hing lose, von wenigen groben Fäden gehalten, herunter. Möglicherweise hatte den Band nie jemand in der Hand gehabt, außer dem Buchbinder und dem Autor. Ein verblichener Aufdruck am Rand besagte: »Bibliothek Queen's College, Leicester, Geschenk des Autors.« Ich schlug die ersten Seiten auf und ließ die Finger über das dünne brüchige Papier gleiten. Dabei stellte ich fest, dass einige Seiten noch gar nicht aufgeschnitten waren. Ich war also die erste, die sie je lesen würde. Bei diesem Gedanken wurde mir vor Freude warm ums Herz.

Talbot vs. Talbot, Eine Feststellung von Tatsachen
Ich glaube, dass sie in allen Anklagepunkten unschuldig ist, und ich bin zu dieser Ansicht und festen Überzeugung gelangt, weil ich weiß, dass diese Anklagen von völlig unglaubwürdigen Personen unterstützt wurden, und weil sie, WAS ICH FEST

GLAUBE, DAS ERGEBNIS EINER ÜBLEN VERSCHWÖRUNG SIND.
John Paget Q.C.
London, gedruckt bei C. Roworth and Sons, Bell Yard, Temple Bar, 1854.

Welche Leidenschaft aus dieser Behauptung sprach, dachte ich beinahe belustigt. Ist Loyalität gegenüber der Familie nicht etwas Absonderliches? Ich glaubte keinen Augenblick daran, dass John Paget auch nur ein einziges Argument vorbringen könnte, das mich überzeugte. Es war mir nie in den Sinn gekommen, dass zwischen Marianne und Mullan überhaupt nichts gewesen sein könnte. Die ganze Angelegenheit war in zwei langwierigen Verfahren behandelt worden – vor dem geistlichen Gericht in Dublin und im Parlament in Westminster. Und damit nicht genug. Marianne hatte den Ehebruch gegenüber Reverend McClelland am Morgen, nachdem sie mit dem Vorwurf konfrontiert worden war, nicht geleugnet. Deshalb hatte sie ihr Vater, dem der Tatbestand von seinem eigenen Pfarrer unterbreitet wurde, nicht verteidigt. Und aus dem gleichen Grund wurden auch keine Fragen über ihren Verbleib gestellt.

Und selbst wenn sie es abgestritten hätte, was war mit den Zeugenaussagen? Halloran und Finnerty, Butler und Verwalter, hatten sie in Mullans Stube angetroffen. Mary Anne Benn hatte von der Flasche Wein erzählt, die Mrs. Talbot Mullan gegeben hatte. Die beiden Sägeleute hatten das Paar zusammen im Stall auf dem Stroh gesehen. Purcell hatte sie liebevoll umschlungen auf einem Sofa sitzen sehen. Bridget Queeny hatte sie in den Obstgarten gehen sehen. Und Maria Mooney hatte sie sogar, Himmel noch mal, im Bett gesehen. Vielleicht hätte ich den Lordrichtern keinen Glauben geschenkt, aber diesen vielen Zeugen glaubte ich. Warum sollten sie lügen? Warum sollte Richard lügen?

Ich begann zu lesen.

Dann begann ich, mir Notizen zu machen.

Nach wenigen Minuten zitterte meine Hand so sehr, dass ich kaum mehr schreiben konnte.

Ich lehnte mich zurück und schloss die Augen. Ich versuchte mich zu beruhigen, damit ich mich voll darauf konzentrieren konnte, was John Paget so leidenschaftlich darlegte. Da wurde mir plötzlich die Bedeutung des Jahres bewusst, in dem die Druckschrift erschienen war. 1854 war das Verfahren zur Auflösung der Ehegemeinschaft vor dem geistlichen Gericht in Irland beendet, bei dem Marianne nur durch einen vom Gericht ernannten Prokurator vertreten worden war, und der Beginn des Scheidungsverfahrens im Parlament in Westminster stand unmittelbar bevor. Damals lohnte der Versuch also, den vorgebrachten Beschuldigungen entgegenzutreten. Es war möglich, dass Pagets Erkenntnisse die Dinge noch ändern konnten.

Aber wieso machte er sich die Mühe? Sie konnte es ihm nicht danken. Als er sie schließlich in der Irrenanstalt in Windsor aufspürte, so lässt er uns wissen, war er erschüttert von ihrem Zustand der Geistesabwesenheit, ihrer Ängstlichkeit und Unterwürfigkeit. Es war vor allem Ritterlichkeit, die ihn dazu brachte, sie zu verteidigen. Und das war der erste Schock für mich, noch bevor ich seiner Argumentation zu folgen versuchte. Nur sieben Monate, nachdem sie Richard Talbot und Reverend McClelland hatten wegbringen lassen, galt sie, das war historisch erwiesen, als geisteskrank – gebrechlich und geisteskrank. Das brachte mein Bild von ihr ins Wanken. So weit war ich in meiner Vorstellung von ihr nie gekommen. Ich hatte sie mir gern kräftig und füllig vorgestellt, vor Gesundheit strotzend, wie vielleicht Kate Winslet in *Titanic*. Ich hatte gedacht, dass sie hinreichend jung und vital war, um selbst an einem entlegenen und trostlosen Flecken in Irland, über dem das Leid der Hungersnot wie ein Miasma hing, das Sinnliche im Leben zu suchen. Dass kein Gesetz, keine Regel oder Etikette, kein praktisches Hindernis sie davon hatte abhalten können, mit William Mullan ihre Jugend und Körperlichkeit zu feiern. Ich hatte sie mir mit scheuem Blick und bescheidenem Auftreten vorgestellt, aber auch mit natürlich roten Lippen und einem Körper, der förmlich die Haken und Knöpfe der ihn umschließenden teuren Kleider sprengen wollte.

Vielleicht hatte auch John Paget sie so gekannt, als sie noch ein Mädchen war, und war durch das bedauernswerte Geschöpf, zu dem sie die Ehe und Irland hatten werden lassen, dazu bewegt worden, sie zu verteidigen.

Feierlich beginnt er seine Schrift.

Ich erkläre, dass ich mich seit dem Monat August 1852 unablässig darum bemüht habe, Informationen bezüglich der ungeheuerlichen Anschuldigungen zu erhalten, die gegen die Angeklagte [er benutzte diesen Ausdruck für die Beschuldigte, als säße Marianne auf der Anklagebank] *vorgebracht werden. Das Ergebnis dieser Bemühungen hat meinen Glauben an die völlige Unschuld der Angeklagten zur absoluten Gewissheit werden lassen und mich davon überzeugt, dass jene Anschuldigungen ein Gespinst von Erfindungen und Unwahrheiten sind. Ich erkläre ebenso, dass ich die Angeklagte auch deshalb für völlig unschuldig halte, weil ich in den fast elf Monaten, in denen ich mit ihr in täglicher und stündlicher Kommunikation unter dem gleichen Dach gelebt habe, nie das Geringste in ihren Blicken, Worten und Handlungen habe entdecken können, das im Widerspruch zur vollkommenen Reinheit und Feinheit ihres Geistes gestanden hätte, was mich umso mehr überzeugt, als ich fortwährend feststellen musste, wie gestört ihr Geist weiterhin ist. Die Angeklagte äußerte mir gegenüber nie, unschuldig zu sein, und ich bezweifle, dass sie sich überhaupt bewusst ist, von irgendeiner Seite wegen einer Schuld anklagt zu sein.*

Sie war so geistesgestört, dass sie nicht einmal wusste, wer sie war oder wo sie sich befand!

Aber wie konnte meine blühende, robuste Marianne verrückt werden?

Richard Talbot habe sie in den Wahnsinn getrieben, argumentierte John Paget.

John Paget geht die beeideten Zeugenaussagen vor dem geistlichen Gericht durch. Diese Zeugenaussagen lagen auch den Richtern im House of Lords vor, viele davon waren aber in der Urteilsbegründung nicht erwähnt, daher hatte ich nichts von ihnen erfahren.

Ich wusste nichts davon, dass eine Dienerin namens Hall, die mit Marianne nach Irland gekommen war, folgenden Schwur abgelegt hatte:

Ich kannte Richard Talbot, Esq., den Kläger, und Marianne McCausland bzw. Talbot, die Beschuldigte, gut. Ich war als Kammerdienerin bei Mrs. Talbot und habe Mount Talbot, kurz bevor das Kind krank wurde, verlassen. Während meiner Zeit auf Mount Talbot habe ich beobachtet, dass der Kläger die Beklagte mit Gleichgültigkeit, Kälte und Lieblosigkeit behandelte. Ich habe mehr als einmal bemerkt, dass der Kläger es ablehnte, auf Fragen zu antworten. Ich wurde in London angestellt, und bevor wir nach Irland abreisten, bat mich die Beschuldigte, ein paar Kleinigkeiten für sie zu besorgen, die sie benötigte. Ich tat dies und gab dafür fünf Shillinge meines eigenen Geldes aus. Mrs. Talbot versprach mir, die Schuld mit dem ersten Geld, das sie bekommen würde, zurückzuzahlen.

Wir verließen London, ohne dass dies geschehen wäre. In den ersten drei Monaten nach unserer Ankunft auf Mount Talbot erhielt ich drei Shilling und sechs Pence in zwei Zahlungen von ihr. Jedes Mal drückte sie dabei ihr Bedauern aus, nicht die Mittel zu besitzen, mir die gesamte Summe von fünf Shillingen zurückzahlen zu können. Sie blieb mir den Restbetrag von einem Shilling und sechs Pence bis zum Abend vor meinem Weggang von Mount Talbot schuldig. Sie bezahlte die Summe mit drei Vierpenny-Stücken, die sie von ihrem Kind bekommen hatte, das die Münzen nur ungern hergab, weil es sie, wie es sagte, nie wiederbekommen würde. Die restlichen Sixpence bezahlte Mrs. Talbot in Briefmarken. Ich weiß und bezeuge dies unter Eid, dass man der Beschuldigten in einem solchen Maß Geld vorenthielt, dass sie oft gezwungen war, sich Geld von den Dienern zu borgen, um notwendige Kleidungsstücke zu erwerben. Mein Dienst wurde beendet, weil, wie aus dem Entlassungsschreiben, das ich erhielt, hervorgeht, der Kläger sich entschlossen hatte, für die Beschul-

digte in Zukunft keine Kammerdienerin mehr zu beschäfti-
gen.

   Ich habe die Beschuldigte nie, bei keiner Gelegenheit, mit
William Mullan bei einer vertrauten Unterhaltung gesehen. Ich
habe während meines Aufenthalts auf Mount Talbot niemals
auf Wunsch der Beschuldigten oder aus anderen Gründen,
Essen, Eier, andere Lebensmittel oder Wein vom Landhaus in
William Mullans Stube gebracht. Mir ist nicht bekannt, dass
es der Beschuldigten möglich gewesen wäre, anderen irgend-
welche Dinge zu schicken oder zu geben. Es war ihr nicht ein-
mal erlaubt, sie für ihren eigenen Bedarf anzutasten.

   Ich weiß und habe gesehen, dass sie an mehreren Tagen zu
Mittag nur eine Scheibe getrocknetes Rindfleisch und etwas
Bier für sich hatte, das kein anständiger Diener getrunken hät-
te, so schlecht war die Qualität. Und sie hat sich bei mir darü-
ber beschwert, wie sehr ihr eine ordentliche Ernährung fehle.

Mein Gott, dachte ich. Seit ich wieder in Irland bin, habe ich
unaufhörlich über das Hungern nachgedacht. Ich habe mich
gefragt, ob der Schmerz irgendwann nachlässt, ob man, nachdem man eine Zeit lang verzweifelt Wurzeln und Beeren und
verfaulte Kartoffeln gegessen hat, sich einfach hinlegt und
gleichgültig wird. Nie und nimmer habe ich geglaubt, dass eine
Dame in einem der großen Häuser systematisch unterernährt
gewesen sein könnte! Ein Bettler, der die Hand nach ihr ausstreckte, wenn sie mit ihren feinen Kleidern von ihrer Kalesche
zur Schwelle von Mr. McClellands Kirche schritt, jener halb
dahinsiechende, barfüßige, zerlumpte Bettler hätte mit ihr
einen nagenden Schmerz im Magen gemein haben können!
   John Paget fuhr fort, einzelne Zeugenaussagen zu beleuch-
ten, von denen jede ein weiteres Stück der von mir erfunde-
nen Welt der Leidenschaften zerstörte:

Ich halte die Beschuldigte nicht für eine willensstarke Frau.
Gewöhnlich war sie in gedrückter Stimmung, und ich habe
häufiger beobachtet, dass sie den Eindruck machte, geweint
zu haben.

   Als Mr. Talbot mich einstellte, sagte er in ihrer Gegenwart und zwar so, dass sie es hören konnte, er brauche eine Person, die in der Lage wäre, die Organisation des ganzen Haushalts zu übernehmen, da, wie er sagte, Mrs. Talbot noch fast ein Kind sei und nichts davon verstehe ...

Diese Aussage stammte von einer Haushälterin, die ein Jahr nach Marianne nach Mount Talbot gekommen war. Die Haushälterin beendete ihr Zeugnis mit der Erklärung:

... Ich beeide hiermit, dass Benehmen, Auftreten und die allgemeine Haltung von Mrs. Talbot die einer keuschen und bescheidenen Dame von strikter Anständigkeit waren. Meiner Meinung nach ist es gänzlich unwahrscheinlich, dass sie sich in unschicklicher Weise verhielt, und ich bin fest davon überzeugt, sie wäre dazu nicht in der Lage gewesen. Ich glaube daher nicht, dass Mrs. Talbot sich einer unsittlichen und verbrecherischen Beziehung mit dem besagten William Mullan schuldig gemacht hat.

Dann zitierte Paget die nachstehende Passage einer achtbaren Bekannten von Marianne, der einzigen Zeugin, die einer höheren Gesellschaftsschicht entstammte als die übrigen Befragten. Sie hatte das Paar zu der entsprechenden Zeit besucht:

F.: In welcher Beziehung lebten Mr. und Mrs. Talbot Ihrer Beobachtung nach, als Sie sie besuchten?
A.: In einer sehr liebevollen Beziehung, aber ich fand, er vernachlässigte sie sehr, was ihre Kleidung und die gesamte Ausstattung anbetraf. Er kümmerte sich nicht um sie, und er behandelte sie mit sehr großer Gleichgültigkeit. Ihre Aufmachung hat mich sehr überrascht. Sie hatte nie Geld.
F.: Mrs. Talbot erhielt, glaube ich, von ihrem Vater bei der Hochzeit 5000 £?
A.: Das stimmt. Aber meiner Erinnerung nach kann ich nicht sagen, dass sie je über eigenes Geld verfügt hätte.
F.: Unterhielt Mr. Talbot zu der Zeit, als Sie bemerkten, dass Mrs. Talbot ohne Geld war, Jagdpersonal?
A.: Ja, zwei Jäger ...

Sie lebten in »einer sehr liebevollen Beziehung«? – Das war interessant. Wie passte das in das übrige Bild? War Marianne so verrückt nach ihrem Mann, dass sie selbst Entbehrungen als Zeichen seiner Liebe nahm? Sprach er liebevoll mit ihr, behandelte sie aber schlecht, um sie durch dieses widersprüchliche Verhalten in den Wahnsinn zu treiben? Aber wozu? Warum sollte Richard es darauf angelegt haben, Marianne zu zerbrechen?

Weil, wie uns Paget informiert, Richard Talbot nur unter einer Bedingung zum Erben von Mount Talbot wurde: Wenn er einen Sohn hatte!

Er musste Marianne loswerden, damit er eine andere heiraten konnte. Aber eine Trennung allein hätte nicht gereicht. Er brauchte einen legitimen männlichen Erben. Und die einzige Möglichkeit, sich damals von einer Frau scheiden zu lassen, bestand darin, sie dazu zu bringen, einen Ehebruch zu gestehen und das Geständnis durch Zeugenaussagen beeinflusster oder angeheuerter Diener zu untermauern.

Ich war davon ausgegangen, dass in der Urteilsbegründung das gesamte Beweismaterial des irischen und englischen Verfahrens zusammengefasst sei. Nun musste ich feststellen, dass die drei Lordrichter sich die Argumentation jeweils ihren Vorurteilen gemäß rekonstruiert hatten und somit natürlich die Aussagen bevorzugt hatten, die sie wiederum zu ihren Schlussfolgerungen führten. Sie hatten schlicht den Aussagen größeres Gewicht eingeräumt, die Marianne schuldig sprachen und die anderen Aussagen kurz abgefertigt. John Paget hingegen lenkte die Aufmerksamkeit auf die Zeugenaussagen, die Mariannes Unschuld nahe legten. Und ich hatte nie Kenntnis von diesen Aussagen erhalten, weil die Lordrichter Marianne insgesamt für schuldig hielten.

Eine Hilfe der Haushälterin hatte beispielsweise unter Eid ausgesagt:

Ich erkläre, dass ich, als ich einmal in das Esszimmer gerufen wurde, einem Gespräch beigewohnt habe, das Mr. Talbot mit einem anwesenden, mir unbekannten Herrn geführt hat.

Ich hörte bei dieser Gelegenheit, wie Mr. Talbot sagte: »Ach! Mrs. Talbot ist zu zart, um weitere Kinder zu gebären.« Das Gespräch wurde unterbrochen, als ich im Zimmer war. Ich erkläre, dass das Verhalten des Klägers Mrs. Talbot gegenüber gleichgültig und kalt war, und ich weiß, dass er ihr nicht erlaubt hat, über Geld zu verfügen, solange ich in dem Haus war.

Ich stand auf und ging hinter der letzten Regalreihe auf und ab.

Warum hatte Richard Talbot gewollt, dass Marianne in Mr. Truemans Anstalt eingesperrt wurde, obwohl er doch seine Scheidung bekam? Warum hatte er sie von der Bildfläche verschwinden lassen, nachdem sie den Ehebruch zugegeben hatte? War es möglich, dass jeder, der ihr wohlgesonnen war, bemerkt hätte, dass sie zu gebrochen war, um zu wissen, was sie gestand?

Langsam begann ich, an Marianne Talbots Unschuld zu glauben.

»Die Geschichten«, so John Paget, »die die Hausangestellten – Mary Anne Benn, Maria Mooney und andere – unter Eid von ihrer Herrin erzählten, waren unglaubwürdig oder unmöglich. Jedes Wort trug den Stempel der Fälschung. Jahrelang wurde Stillschweigen über Angelegenheiten bewahrt, die, wenn sie den Tatsachen entsprochen hätten, ebenso augenscheinlich hätten sein müssen wie die Mittagssonne ...«
In der Folge unterbreitete er Aussagen anderer Diener, die zur gleichen Zeit auf Mount Talbot lebten und jene Episoden, auf die sich die Lordrichter zu stützen beschlossen hatten, in einem anderen Licht darstellten. Eine Hester Keogh bezeugt beispielsweise, dass sie Mrs. Talbot zum Weinkeller begleitete, wo sie jedoch:

Himbeeressig holte; und Mrs. Talbot nahm nur eine Flasche und ging mit diesem Essig in ihr Schlafzimmer; und sie wünschte, dass ich ihr ein wenig heißes Wasser bringe, da sie dem Kind, das Beschwerden hatte, einen Trank zubereiten wollte ...«

Keinen Wein?, dachte ich. Ich war selbst verblüfft. Sie hat keinen Wein geholt? Dabei war der Wein eines der verfänglichsten, erotischsten Details gewesen!

Eine andere Zeugin sagt aus:

Mrs. Talbots Tochter sagte mir einige Monate, bevor sie krank wurde, dass Mrs. Talbot mit ihr in Mullans Stube gegangen sei, um ihre nassen Strümpfe zu trocknen.

Eine weitere gab zu Protokoll:

Ich erkläre, dass jede Person, die zu William Mullans Stube ging, unweigerlich von den besagten Wohnräumen und Arbeitsstätten aus bemerkt wurde. Man musste einen Hof überqueren, an den die besagten Wohnungen grenzten und den die Dienerschaft ständig benutzte. Daher erkläre ich, dass die Stube des besagten William Mullan als Zufluchtsort kaum geeignet war, wenn sie irgendeine unlautere Absicht gehabt hätte. Ich glaube nicht, dass es möglich gewesen wäre, von der Eingangstür des Hauses durch das zum Stallhof der genannten Gebäude führende Seitentor zu gehen und von dort durch den Sattelraum hinauf zur Schlafstube von William Mullan zu gelangen, ohne an den Fenstern des Bureaus des Verwalters und der Wäscherei und den Zimmern einiger anderer Diener vorbeizugehen. Im Sattelraum waren zudem meist Männer, vor allem der Wildhüter und sein Sohn, da sie dort in einer großen Kiste Frettchen hielten.

Die beiden Sägeleute, die behaupteten, Mrs. Talbot mit Mullan im Stall gesehen zu haben, hatten sich im Kreuzverhör hoffnungslos verhaspelt. Nicht einmal die ihnen wohl gesonnene Haltung des Gerichts half ihnen aus der Verwirrung heraus. Der Rechtsbeistand wird mit den Worten zitiert:

Etwas Verbisseneres und Abstoßenderes als die Blicke dieser Männer und etwas Unbefriedigenderes und Verdächtigeres als die Art und Weise, in der sie ihre Aussagen machten, habe ich nie gesehen. Mich schaudert bei dem Gedanken, dass von der

Aussage solcher Gestalten geradezu Fragen von Leben und Tod abhängen könnten ...

Sie machten ihre Aussagen, so John Paget, »mit der typischen Verschlagenheit auf ihren Gesichtern«. Er war gewiss kein Irland-Liebhaber, das macht er mit weiteren Bemerkungen dieser Art ziemlich klar, unter anderem, indem er unterstellt, Richard Talbot sei nur deswegen mit seinen falschen Beschuldigungen gegen Marianne durchgekommen, weil sie in Irland waren und die irischen Zeugen solche Lügner seien, dass sie zu jeder beliebigen Aussage hätten bewegt werden können.

Das Überbringen von Küssen durch das Kind? Dies scheint der Anwalt von Richard Talbot einem von Mount Talbot weggegangenen Dienstmädchen als etwas suggeriert zu haben, an das sie sich bei einigem Nachdenken möglicherweise erinnern könne. Das frühere Dienstmädchen sagt aus:

Im vergangenen Monat April suchte mich Mr. Talbots Anwalt bei Lady Ashbrooke in Castle Durrow auf, wo ich als Kammermädchen arbeitete. Er sagte, dass Mrs. Talbot im Hof gesehen worden sei, wie sie ihre Tochter geschickt habe, Mullan einen Kuss zu geben, und dass, als das Kind Mullan geküsst hatte, sie ihrerseits das Kind küsste; und er erklärte, dass Mrs. Talbot auf diese Weise Mullan Küsse überbrachte und sie durch das Kind zurückerhielt. Ich sagte ihm, dass ich so etwas nie gesehen hätte, obwohl ich fast ständig mit ihr und dem Kind zusammen war ...

John Paget greift dies mit einem guten Kommentar auf:

... Als der Anwalt Margaret Hall dies anempfahl, überschritt er seine Befugnisse und ließ jede angemessene Diskretion vermissen. Er behauptete, was nicht der Wahrheit entsprach. Wenn Mrs. Talbot bei dieser ungehörigen und albernen Handlung beobachtet worden wäre, mit der sie ihr eigenes Kind für die Zwecke ihrer Wollust missbraucht hätte, warum vernahmen die Ankläger dann nicht die Person, die

Mrs. Talbot angeblich dabei gesehen hatte? Die Behauptung war eine monströse Unwahrheit, die jeder Grundlage entbehrte.

Und der Liebesakt auf Mariannes eigenem Bett, der von Maria Mooney beobachtet wurde? Hier äußert sich John Paget ein weiteres Mal mit verächtlichem Spott über eine irische Zeugenaussage:

Aus der Zeugenaussage eines Mr. Quirk geht hervor, dass Maria Mooney bei einer Gelegenheit in einem öffentlichen Lokal Mrs. Talbots Unschuld mit der Hand auf einer Ein-Pfund-Note beschwor (was nach ihrer Einschätzung im Hinblick auf den Ernst des Schwurs fraglos dem Eid auf das Neue Testament gleichkommen dürfte). Laut Mr. Quirks Aussage hatte sie beteuert, es sei das höllischste Unrecht, das je begangen worden sei und dass sie das beweisen könne. Mrs. Mooney selbst gibt zwar zu, gegenüber fast allen Leuten die Unschuld ihrer Herrin beteuert zu haben, behauptet aber niemals mit Quirk ein Wort gewechselt und diesen Kerl noch nie in Kellys Bierladen gesehen zu haben.

Voller Genugtuung weist Paget ferner nach, dass Maria Mooney in allem log, was sie sagte, und fährt zu guter Letzt ein schweres Geschütz auf:

Ein sehr ehrbares Kammermädchen schwört, dass sie sich deutlich an den Tag erinnert, von dem Mooney spricht, und gibt an, dass genau zu der Zeit, als der vorgeworfene Ehebruch im Schlafzimmer begangen worden sein soll, Mrs. Talbot in der Bibliothek war und ihr Kind beim Aufsagen einer Lektion und eines Kirchenliedes abhörte, so wie sie es jeden Abend vor dem Zubettgehen zu tun pflegte.

Und was war mit Bridget Queeny, die behauptet hatte, sie habe Mrs. Talbot allein zu Mullans Stube gehen sehen? »Sie wurde aus dem Dienst entlassen, weil die von ihr gemachte Butter ihrem Herrn nicht gut genug war oder weil sie verdächtigt wurde, ihrer in der Nähe wohnenden Familie Sachen zu bringen.«

Und Mary Anne Benn, die das Glas Milch ins Wohnzimmer gebracht und Mullan dort gesehen hatte? Sie wurde ohne Zeugnis entlassen, »weil sie zänkisch war und zuviel redete ...«

Ich begann die verschiedenen Aussagen und Tonlagen nach ihrer Relevanz für die Ermittlung der Schuld oder Unschuld in Kategorien einzuteilen.

Einmal gab es die Aussagen über Richards schlechte Behandlung von Marianne.

Zweitens waren da die Aussagen über den Charakter und die Glaubwürdigkeit der Diener.

Und drittens die detaillierte Schilderung von Mariannes letztem Tag, den sie in Gesellschaft ihres Kindes auf Mount Talbot verbrachte und der Aggression und vorsätzlichen Terrorisierung, die zu ihrem Zusammenbruch führten. Ihre geistige Zerrüttung machte es ihr unmöglich, sich selbst zu verteidigen. Und so wurde sie für schuldig befunden. Zu dem Zeitpunkt, als sie verstoßen wurde, war sie zumindest vorübergehend geistesgestört. Die Geschichte von Mariannes letzten vierundzwanzig Stunden auf Mount Talbot, so wie sie John Paget rekonstruierte, erwies sich als äußerst aussagekräftige Studie über den Charakter Richard Talbots. Sie ergab ein so vernichtendes Bild von seiner Person, dass es schwer fiel, nicht zu glauben, dass er von Anfang an ein Sadist gewesen war.

Ich machte mich daran, die Ereignisse des 19./20. Mai 1852 zusammenzufassen.

Halloran, der neu eingetroffene Butler, erscheint als der Anstifter. Daher stellte ich mir die Frage: Wer war Halloran? Ein Mann mit einer auffallend verworrenen Vergangenheit, besonders bemerkenswert war seine *Rückkehr* von Amerika nach Irland im Jahr 1847, mitten in der großen Hungersnot. Ich konnte nicht widerstehen, die Namensliste seiner Arbeitgeber abzuschreiben, obwohl diese für sich genommen für Mariannes Geschichte ohne Bedeutung war, aber die bloße

Anzahl der ehemaligen Arbeitgeber war aufschlussreich. Die meisten erinnerten an eine Klasse, die längst verschwunden war – die protestantischen Familien, in deren Hand sich das Land und der Handel Irlands vor der Unabhängigkeit befunden hatten. Es waren die englischen und anglo-irischen Namen, deren hauptsächlicher, wenn nicht einziger Kontakt zur Schicht der de Burcas und ihresgleichen der eines Herrn oder Arbeitgebers zu einem Diener oder Arbeitnehmer gewesen wäre.

Normalerweise hätten mich die vielen Schwierigkeiten, die Hallorans unstete Karriere seinen Herren verursacht haben mussten, für ihn eingenommen. Ich hätte darüber nachgedacht, welche Dämonen ihn angetrieben haben mochten, und mir ausgemalt, welche Rolle die gemeinsame Wurzellosigkeit wohl in der seltsamen Partnerschaft mit Finnerty spielte, wäre da nicht seine Grausamkeit gegenüber Marianne gewesen. Es gibt keinen Hinweis darauf, dass sie ihm je ein Leid zugefügt hätte. Weshalb sollte er also ihren Sturz betrieben haben? War er eifersüchtig auf Mullans privilegierte Behandlung durch sie? Oder waren er und Finnerty und vielleicht Richard Talbot eingefleischte Frauenverächter? Die Art, wie Richard Marianne während ihrer Ehe behandelte, legt gewiss nahe, dass er sie verachtete. Über Finnerty wissen wir nur so viel, dass immer, wenn der Name Halloran erwähnt wird, zwangsläufig auch der Name Finnerty auftaucht.

Paget schreibt:

Während der letzten fünf Jahre hatte Halloran neun verschiedene Anstellungen. Drei Monate bei Mr. Blackburn. Drei Monate bei Mr. Pollock (wo er wegen Trunkenheit entlassen wurde). Drei Monate bei Mr. Plulgate (ebenfalls wegen Trunkenheit entlassen). Sechs Monate bei Mr. Verschoyle. Sechs Monate bei Mr. Gabbet. Vier Tage bei Mr. Studdart. Sieben Tage bei Oberst Smith (wegen Trunkenheit entlassen). Sechs Monate bei Mr. Brennan. Von den sechzig Monaten in den fünf Jahren war er siebenundzwanzig Monate und elf Tage im Dienst. Er weigert sich, die Frage zu beantworten, ob er die Anstellung bei Mr. Gabbet durch ein gefälschtes Dienstzeug-

nis erhalten hat. Er kennt einen Mann namens Maginnis, weigert sich aber zu sagen, ob dieser Entlassungszeugnisse für ihn fälschte. Er verweigert auch die Aussage darüber, ob er die Anstellung bei Mr. Studdart einem gefälschten Zeugnis verdankt. Er gibt jedoch zu, dass er drei Monate wegen Urkundenfälschung im Gefängnis von Richmond Bridewell einsaß, und er hat seine Stelle bei Mr. Talbot innerhalb eines Monats nach seiner Entlassung aus dem Gefängnis angetreten ...

Seine Haft endete weniger als einen Monat, bevor er in die Dienste von Mr. Talbot trat, bei dem er noch nicht viele Wochen war, als Mr. Talbot ihm wegen Trunkenheit kündigte ...

Wie gelangte Halloran nach dieser Vorgeschichte in eine Position, die ihm Marianne Talbots Schicksal in die Hände legte?

An dem fraglichen Maiabend ging der Butler – wie immer begleitet von Finnerty, dem Verwalter – zur Schänke außerhalb der Mauern des Landsitzes. Die Haushälterin sagt aus:

Halloran hat mir gegenüber erklärt, er habe Mullan Punsch gegeben und ihn bei Kelly betrunken gemacht, um ihn nach Mount Talbot zurückzubringen.

Sie legten den betrunkenen Mullan in seine Stube. Dann folgten sie Marianne und dem Kind und sahen sie in Mullans Stube gehen. Paget schreibt:

Es ist erwiesen, dass Mrs. Talbot die ständige Angewohnheit hatte, entweder in Begleitung ihres Kindes oder eines der Diener, die Räume aller Hausangestellten aufzusuchen, um sich zu vergewissern, dass sie in einem ordentlichen und reinlichen Zustand gehalten wurden (eine Kontrolle, die wegen der Sitten irischer Hausangestellter erforderlich zu sein schien) ...

Die beiden Diener schlossen sie in Mullans Stube ein. Dann holten sie Richard. Richard beschuldigte seine Frau des Ehebruchs und riss das Kind an sich.

Das Hausmädchen sagt aus:

Bevor Mr. Talbot von Mount Talbot abreiste, ließ er für Mrs. Talbot, in einem Stück Papier verpackt, eine sehr kleine (und für eine Mahlzeit unzureichende) Portion Teeblätter und ein paar Zuckerstückchen zurück. Als ich nach oben auf ihr Zimmer ging, fand ich sie weinend vor; sie zeigte alle Symptome geistiger Qual und tiefen Kummers und sagte, sie würde verrückt werden. Finnerty und Halloran verschlossen die Türen und weigerten sich, irgendjemanden zu Mrs. Talbot vorzulassen.

John Paget fährt fort:

Mr. Talbot packte seine Sachen und ging mit seinem Kind zum Haus seines Kommissionärs, nachdem er zwanzig Pfund für die Kosten von Mrs. Talbots Auszug zurückgelassen hatte, nebst einer kleinen Menge Tee und Zucker für ihr Frühstück und neunzehn Pfund und zwölf Shilling an Lohn für Mullan. Mr. Talbot scheint unter dem Schock mit einzigartiger Kühle und Gefasstheit gehandelt zu haben ...

Richard ließ Marianne – ohne das Kind – eingeschlossen in ihrem Schlafzimmer im Haupthaus mit den beiden gefährlichen Herumtreibern und Mullan zurück, der vermutlich zu betrunken war, um ihr zu helfen. Paget argumentiert, dass sie nicht nur ungerechtfertigt beschuldigt, sondern in jener Nacht außerdem so terrorisiert worden sei – besonders durch Halloran, der von einem Hausmädchen an ihrem Bett gesehen wurde, wie er ihr die Füße festhielt (die klare Andeutung eines Vergewaltigungsversuchs) –, dass sie den Verstand verlor. Paget schloss:

Aus heiterem Himmel, ohne die geringste Warnung, wird diese schwache, kindliche, unschuldige Frau in Gegenwart von drei Dienern plötzlich und ungestüm von ihrem Mann des Ehebruchs bezichtigt. Ihr wird das Kind entrissen, dem sie seit seiner Geburt nie von der Seite gewichen war. Sie wird unter Gewahrsam ihres Anklägers eingeschlossen, und es wird der Versuch unternommen, sie zum Verlassen des Hauses mit dem beschuldigten Ehebrecher zu bewegen. Halloran, Finnerty und Mullan sind allesamt betrunken, und Halloran wendet Gewalt gegen ihre Person an. Sie beteuert leidenschaftlich ihre Unschuld und kämpft heftig darum, zu ihrem Ehemann gelassen zu werden, wird aber mit Gewalt daran gehindert, worauf sie versucht, sich aus dem Fenster zu stürzen. Dieser qualvolle Zustand dauert achtzehn Stunden an, bis schließlich Mr. McClelland, der Pfarrer, erscheint und ihr sofort – wie er bestätigt – wegen ihres verbrecherischen Verkehrs mit Mullan Vorhaltungen macht.

Sodann trifft McClelland Vorkehrungen, sie wegzubringen. Und das unheilvolle, gleichsam aus einem Pinter-Stück entsprungene Paar, Halloran und Finnerty, hat seinen letzten Auftritt:

Peter Conboy, Pförtner am Eingangstor von Mount Talbot, schwört, dass er an jenem Nachmittag, etwa eine halbe Stunde, bevor Mrs. Talbot abreiste, Halloran und Finnerty zum Tor hereinließ. »*Sie waren beide sehr angeheitert und wankten durch das Tor. Finnerty hat geschwiegen und gelächelt, während Halloran mich gefragt hat:* »*Ist Mrs. Talbot schon aus dem Haus?*« *Worauf ich mit* »*Nein*« *geantwortet habe. Darauf hat Halloran gesagt:* »*Na, wenn sie nicht draußen ist, bis ich da bin, werde ich sie wie einen Hund aus dem Haus zerren.*«

John Paget sagt weiter, dass Halloran kurz vor Mariannes Abreise »ihren Kleiderkoffer zu stehlen versuchte, der in seiner Speisekammer gefunden wurde, nachdem er von der Haushälterin sorgfältig in die Kalesche geladen worden war«.

Nachdem ich das alles gelesen hatte, fiel es mir nicht schwer, John Pagets These zuzustimmen. Was man Marianne Talbot in den achtzehn Stunden angetan hatte, hätte jeden des Verstandes berauben können. Zudem hatte man ihr gewaltsam das Kind genommen. Ihrem so genannten Geständnis konnte man schwerlich Glauben schenken. Und ebenso wenig glauben konnte man denen, die gegen sie ausgesagt hatten.

Ich blieb an dem hohen Fenster im rückwärtigen Teil des Raumes stehen und blickte auf die stillen Dächer und hinteren Gassen von Ballygall.

Trotzdem gab es noch immer Ungereimtheiten. Beispielsweise war mir ein Satz aufgefallen, der in Pagets Zusammenfassung wie beiläufig eingefügt schien: »... es wird der Versuch unternommen, sie zum Verlassen des Hauses mit dem beschuldigten Ehebrecher zu bewegen ...«

Und zuvor:

»Es scheint«, schreibt Paget, »Halloran und Finnerty waren der Ansicht und handelten nach derselben, dass sie den Auftrag hatten, ihre Herrin möglichst ZUSAMMEN MIT MULLAN abreisen zu lassen, und dass die zwanzig Pfund für diesen Zweck vorgesehen waren.«

Wie war das zu verstehen? Natürlich wäre es für Richard Talbot mehr als zweckmäßig gewesen, wenn Marianne mit Mullan davongelaufen wäre. Es hätte ihm die Mühe und Kosten erspart, sie vor der Öffentlichkeit zu verstecken, vor Gericht zu gehen und sich mit den Zweifeln der John Pagets dieser Welt auseinander zu setzen. Aber wie konnte er es für möglich halten, dass sie dies tun würde? Verdächtigte er sie tatsächlich der Untreue? Hatte sie vorgehabt, davonzulaufen?

Nein, das konnte nicht sein. Niemand bestritt ihre große Liebe zu ihrem Kind. Sie hätte das Kind nie verlassen. Und alle Zeugen, die Paget zitierte, hatten unter Eid ausgesagt, dass es nicht den geringsten Grund für die Annahme gab, Marianne habe je eine ehebrecherische Beziehung in Betracht gezogen, geschweige denn tatsächlich unterhalten.

Aber wäre es nicht denkbar, dass in Marianne über alle Klassenschranken hinweg ein unschuldiges, sehnsüchtiges Verlangen nach dem Mann geschlummert hatte, der ihr Pferd versorgte, ihre Kalesche fuhr und ihr Kind auf dem Esel reiten ließ? Und hätte Mullan nicht berührt sein können von der Behandlung, die Marianne widerfuhr? Wäre es nicht möglich, dass er ihr Essen gebracht hatte, wenn ihr Mann sie knapp hielt? Und hätten grobschlächtige Männer wie Richard Talbot und Halloran sein Zartgefühl nicht notwendigerweise missverstehen müssen?

Das würde ich nie in Erfahrung bringen können.

Im Augenblick jedenfalls konnte ich mich nur von John Pagets energischer Darstellung des Punktes überzeugen lassen, der mich am meisten irritierte:

In der schrecklichen Nacht dieser verabscheuungswürdigen Verschwörung gegen Mrs. Talbot, als ihr Mann sie den schlimmsten Exzessen von Lust und Trunkenheit auslieferte, sie achtzehn Stunden lang jedem erdenklichen Schrecken aussetzte und ihr Bargeld zur Verfügung stellte, um sie in die Arme des Mannes zu treiben, für den sie angeblich eine rasende Leidenschaft empfand – hat sie sich da bewegen lassen, fortzugehen?

Nein.

Dieses eine Wort ist eine Demonstration ihrer Unschuld und der tiefen, ungeheuerlichen Schuld ihrer Ankläger.

Die Lichter in der Bibliothek waren ein paar Mal schwächer und wieder heller geworden, doch ich war zu sehr in Gedanken vertieft, um mich vom Fleck zu bewegen. Der ältere Herr von der Büchertheke musste zu mir kommen und mir auf die Schulter tippen.

»Ich fürchte, wir schließen jetzt«, murmelte er. »Samstags schließen wir eine Stunde früher.«

Ich wollte das Buch nicht aus der Hand geben. Ich hätte es gern bei mir behalten, während ich das, was ich erfahren hatte, gedanklich und emotional nachzuvollziehen versuchte.

»Kann ich dieses Buch noch einmal bekommen?«, flüsterte ich ihm zu.

»Sie werden Miss Leech fragen müssen«, sagte er. »Ich bin leider gehalten, es jetzt in ihren Safe einzuschließen.«

Ich blickte mich um, um sicherzugehen, dass mich niemand sah, und drückte einen Kuss auf das alte Buch. Für die darin enthaltenen Tragödien.

Dann gab ich es dem Mann an der Theke zurück und verließ wie benommen den Raum.

Die Bibliothek ging auf den Marktplatz von Ballygall hinaus. Ich stand oben auf den Stufen und atmete die Abendluft ein. Ich ließ mir einige Augenblicke Zeit – wie man es tut, wenn man aus einer Bibliothek kommt – um das, was ich gelesen hatte, in den Hintergrund zu schieben und wieder in das wirkliche Leben einzutauchen. Die Luft war warm. Der Sommer schien nah. Wie gewöhnlich staute sich der Verkehr um den Platz herum bis hin zum Supermarkt. Achtlos schoben sich die Wagen an den halb verfallenen Toren von Mount Talbot vorbei.

Ein Gedanke riss mich aus meiner Träumerei. Ich stand hier nicht einfach vor einer Bibliothek, in der ich ein interessantes Buch gelesen hatte. Dieser Ort war ein Teil der Geschichte! Die Bibliothek war das Gerichtsgebäude gewesen, wo Richard Talbot als Richter selbst Recht gesprochen hatte. Er musste ebendiese ausgetretenen Stufen hinauf- und hinabgestiegen sein. Der Bogen auf der anderen Seite des Platzes war der Bogen, durch den die Droschke mit der in ihren Umhang gehüllten unglücklichen Marianne hindurchgefahren war. Neben ihr und gewiss so weit wie möglich von ihr entfernt hatte Reverend McClelland gesessen. Ich sah die Pferde durchs Tor trotten, den Kutscher an der Straßenecke anhalten, mit der Peitsche knallen und dann nach rechts abbiegen, um die lange Reise zum Ende der Bahnstrecke anzutreten. Auf diesen Platz wird die junge Frau aus Fleisch und Blut sicherlich einen letzten Blick aus dem Wagen geworfen haben, mit rot geweinten Augen und in dem Wissen, dass man ihr alles geraubt hatte: ihre Tochter, ihre ganze Sicherheit, ihr ganzes Glück. Ich fragte mich, was tragischer gewesen wäre: ihre verzweifelte Verwirrung über diese albtraumhafte Wende in ihrem Leben im Falle ihrer Unschuld, oder der Schmerz, dem über alles geliebten Mann und ihrer Tochter entrissen worden zu sein, im Falle ihrer Schuld.

Wenn man sich vorstellte, dass sie nur vier Jahre zuvor im Jahr 1848 als junge, in jeder Hinsicht gut situierte Frau von England nach Irland gekommen und in einer Kalesche mit hochbeinigen Talbot-Kutschpferden davor über diesen Platz gefahren war: gesund, bequem und sicher, ihre kleine Tochter fest im Arm des Kindermädchens an ihrer Seite. Vielleicht hatte Marianne am Tor voller Mitgefühl angesichts der Bettler geseufzt, die vor Hunger zu schwach waren, um die Hand zu dem langsam vorbeifahrenden Wagen zu heben. Immerhin waren es die Bettler ihres Mannes. Aber wahrscheinlich zuckte sie zurück, so wie ich ebenfalls häufig auf kleinen Flugplätzen in Afrika und Asien zurückgezuckt bin, wenn ich vor einem trüb beleuchteten Flughafengebäude in der stickigen Dunkelheit stand und eine ausgemergelte Gestalt ohne Beine erblickte, die mir auf die Arme gestützt entgegenkam, oder einen Zwerg, der an meinem Ärmel zupfte, oder blinde Frauen mit ausgestreckten Händen, oder verwahrloste Kinder, die so flink umherhuschten wie Ratten.

Am Tag ihrer Ankunft hätte sie sich schwerlich vorstellen können, dass sie nur vier Jahre später als gebrochene Frau durch das gleiche Tor hinausfahren würde, mindestens ebenso unglücklich wie die verhungernden Armen und vielleicht noch verzweifelter als sie. Sie konnten sie, als sie vorbeifuhr, anflehen: »Tun Sie etwas für uns! Tun Sie etwas für uns, Mylady!« Sie dagegen konnte sich nirgends hinwenden, um Mitgefühl zu erheischen.

Aber zu welchem Zweck wurde ihr Leben zerstört? Was gewann Richard Talbot, indem er ihr das Kind und die Freiheit nahm und sie lebenslang in Windsor einsperren ließ? Warum hat er sie erst durch Gefühllosigkeit und später mit Heimtücke so lange terrorisiert, bis sie den Verstand verlor? Das Haupthaus und die Gärten waren jetzt ein Gewirr von überwucherten Ruinen auf unkrautbewachsenem Trümmergrund. Die großen Obstgärten eine Wildnis dürrer und kranker Zweige hinter rostigen Toren. Das Haus war verschwunden. Das Land verloren. Die Talbots und ihresgleichen waren von den fröhlichen irischen Familien völlig vergessen, deren Kinder mit Baseball-Mützen auf dem Kopf vom Rücksitz winkten, wenn sich die Autos vorm Supermarkt aufreihten.

Richard Talbot gedachte seinen Reichtum und seinen Namen zu sichern, indem er sie in den Wahnsinn trieb. Aber sie wurde umsonst bestraft. Die Talbots waren bereits auf dem Rückzug aus der irischen Geschichte und der Weltgeschichte überhaupt. Dass er die arme Marianne opferte, verhinderte seinen Untergang nicht. Er hatte Marianne wie einen hilflosen Schmetterling zerquetscht, und es stellte sich heraus, dass seine Handlung auch keine größeren Folgen hatte, als wenn man einen Schmetterling zerquetschte. John Paget beendet seine Darlegung mit dem Hinweis an den Leser, dass Marianne, seit er sie aus Windsor gerettet hat, in seinem Haushalt lebte und dass sich »keine Spur von Leichtfertigkeit oder Unreinheit in den Trümmern ihres Verstandes findet, wo alles rein, einfach und kindlich ist...«

Wir haben hier keine bleibende Statt! Dieses Bibelwort kam mir in den Sinn, und ich verschränkte meinen warmen Hände. Ich beschleunigte meine Schritte, rannte fast die Straße hinunter, und meine Tasche mit den Notizbüchern schlug mir gegen die Hüfte. Ich hatte es eilig, in Berties helle, gemütliche Küche zu kommen. Und ich wollte es allen sagen – Alex, Bertie, Caro, Nora: »Stellt euch vor, sie war unschuldig! Marianne Talbot war keine Ehebrecherin. Hört euch das an!«

Doch der einzige Mensch, mit dem ich an diesem Abend sprach, war Bertie und er zeigte eine Reaktion, die ich nicht im Traum erwartet hatte.

»Meine Talbot-Geschichte steckt etwas in der Krise«, sagte ich zu ihm. »Es sieht so aus, als hätten sie nichts miteinander gehabt.«

»Wer hätte nichts gehabt?«

»Marianne und der Stallknecht.«

»Gott sei Dank!«, sagte Bertie erleichtert und bekreuzigte sich.

Und er meinte es genau so.

Ich war erschüttert. Mir war früher gar nicht der Gedanke gekommen, dass der Tod Marianne nicht notwendigerweise Frieden gebracht hatte. Für einen Katholiken wie Bertie wurde sie womöglich noch immer für ihre irdischen Sünden bestraft – und hatte im Leben nach dem Tod für sie zu leiden.

An jenem Abend öffnete ich meinen Laptop, um die Notizen vom Tage einzutragen. Hin und wieder fing mein Blick die seitenverkehrten Gesten in dem alten welligen Spiegel ein. Wenn in seinen Aquariumtiefen Bewegungen auftauchten, hatte ich mir oft vorgestellt, Marianne wäre auf der anderen Seite des Glases und versuchte, mich zu erreichen. Ich ordnete die gesammelten Zitate nach Gruppen: Aussagen des Dienstpersonals, pro und contra; Richards Verhalten gegenüber M; Ereignisse des letzten Tages auf Mount T.

Dann legte ich eine letzte Gruppe an: William Mullan. Ich tippte Esq. hinter seinem Namen ein, um ihm ein wenig Respekt zu bezeugen.

Als John Paget sich für den Fall seiner unglücklichen Nichte zu interessieren begann, fuhr er – da er nicht wusste, dass Marianne in Windsor eingesperrt war – nach Irland, um nach ihr zu suchen. Am Morgen des 14. Augusts 1852 schrieb er:

Ich unterhielt mich im Hof des Gasthauses bei Athlone mit einem Mann, der uns am Tag zuvor dorthin gefahren hatte. Im Verlauf des Gesprächs stellte sich heraus, dass dieser Mann, der nicht die geringste Kenntnis von unserem Vorhaben haben konnte, mit Mullan bekannt war und dass Mullan am Morgen des 20. Mai in den Hof des Gasthauses bei Athlone gekommen war. Er hatte ihm von der Auseinandersetzung und der »Gehässigkeit und Bosheit der anderen Diener« erzählt. Dass das Töchterlein der Talbots im Hof die Küken gefüttert und Mr. Talbot mit ihm geschimpft habe, weil es nasse Füße bekommen hatte. Daraufhin habe Mrs. Talbot ihre Tochter nach oben in die Stube gebracht, um ihre Socken am Feuer zu trocknen. Er habe währenddessen am anderen Ende ein paar Sachen ausgebürstet und habe, um es mit seinen eigenen Worten zu sagen, »nie nicht einen Gedanken an seine Herrin gehabt, nicht mehr als Sie, Sir«.

Ein direktes Zitat von Mullan! So nahe war ich seiner Stimme noch nie gewesen.

Ich war beim Zähneputzen, als mir die nächste Frage durch den Kopf schoss.

Wenn zwischen Marianne und Mullan nichts vorgefallen war, warum war er ihr dann in die Dominick Street gefolgt? Und was stand in dem Brief, den er geschickt hatte? Warum war er draußen stehen geblieben und hatte auf eine Antwort gewartet? Warum ging er ausgerechnet zu ihr, wenn er seine Unschuld beteuern wollte?

Ich kehrte an den Tisch und zu meinen Notizen über Mullan zurück.

In der Urteilsbegründung hatte der Lordkanzler eine spöttische Bemerkung über die Richard zugesprochenen 2000 Pfund Entschädigung für die ihm durch Mullan entstandenen Schäden gemacht.

Der Betrag ... hatte lediglich symbolische Bedeutung. Der Mann war nach Amerika ausgewandert, und in seiner Stellung hätte er nicht einmal 2000 Pence zahlen können.

Aber John Paget Q.C. hatte auch die Flucht in einem neuen Licht dargestellt:

Nach dem erfolglosen Bemühen, mit seiner Herrin sprechen zu dürfen, nahm sich Mullan einen Anwalt, der ihn gegen die von seinem Herrn erhobene Anschuldigung des Ehebruchs verteidigen sollte. Dem Anwalt gegenüber beteuerte er auf ähnliche Weise seine eigene und seiner Herrin Unschuld, wie schon zuvor gegenüber dem Kutscher. Allein die Erkenntnis, dass alles Geld, das er zusammenkratzen konnte, bei weitem nicht zur Deckung der Kosten für seine Verteidigung reichte, bewegte ihn dazu, seinen Fall aufzugeben. Als er auf dem Schiff an Bord ging, das ihn für immer von seiner Heimat wegbringen sollte, beteuerte er noch bei seinem letzten Gruß an seine Verwandten feierlich, dass seine Herrin unschuldig sei.

Ich ging zu Bett.

Woher weiß Paget das?, dachte ich, noch wach daliegend. Mit wem hat er gesprochen? Oder nahm er sich am Ende seiner Erzählung eine Art dichterische Freiheit heraus? War ihm nicht klar, dass alles, was ihm die befragten Iren erzählt hatten, wahrscheinlich das war, was er ihrer Ansicht nach hören wollte? Doch ausgewandert war Mullan mit Sicherheit. Ich selbst habe mich eingeschifft und meiner Heimat Lebewohl gesagt, als ich zwanzig Jahre alt war. Das heißt, nein, richtig verabschiedet habe ich mich nicht. Ich habe gar nicht bemerkt, wie wir den Hafen verließen, weil ich vor Tränen und Zorn und Wodka blind war ...

Ich hörte, wie Bertie unten mit schweren Schritten durch die Halle ging und den eisernen Sperrriegel vor die Eingangstür schob. McClellands eisernen Riegel. Vielleicht würde ich klarer denken können, wenn ich dieses Haus verließ, in dem der Pfarrer, der sie hasste, über die Dielenbretter gegangen war, die Wandtäfelung berührt und die Holzläden der Fenster zugezogen hatte. Es würde mir gut tun umzusiedeln. Felix war, nach allem, was man hörte, jung und cool und weltoffen. Sein Haus würde keine Geister hinter den Spiegeln verbergen. Und ich würde den Terrier Spot zum Freund und Beschützer haben.

Ich versuchte, einen klaren Kopf zu behalten, aber meine Gedanken kehrten immer wieder zu den Vorstellungen zurück, die ich gehegt hatte, seit ich als junge Frau zum ersten Mal die Fotokopien der Urteilsbegründung auf dem Bett meines Liebhabers durchgeblättert hatte: Die Vorstellung, dass Marianne und Mullan ein leidenschaftliches Liebespaar gewesen waren wie Hugo und ich. Ich hatte ein sehr genaues Bild von Mullan in der Dominick Street in Dublin vor Augen. In georgianischen Gebäuden wie dem Coffey's Hotel waren die Fenster im Erdgeschoss und im ersten Stock so hoch und hatten eine so niedrige Brüstung, dass er Marianne, wenn sie sich an ein Fenster gepresst, sich ihm entgegengeworfen oder Mabs Namen gerufen hätte, in voller Größe gesehen hätte. Ihre ganze verzweifelte Gestalt wäre vom Fenster eingerahmt gewesen. Und auch sie hätte ihn gesehen, wenn sie auf die Straße herabgeschaut hätte. Es hätte die Dinge schlimmer gemacht, wenn sie sich vom Scheitel bis zur Sohle hätten sehen können, so als trennten sie nur wenige Meter und ein paar dünne Glasscheiben und nicht sämtliche Gesetze, die je dazu ersonnen wurden, Mann und Frau voneinander fern zu halten, jede Konvention und alle denkbaren praktischen Erwägungen.

Wie hieß es in der Urteilsbegründung? Mullans Nachricht »wurde Mr. McClelland ausgehändigt, der sie zu ihrem Schutz begleitete. Nachdem er den Brief gelesen hatte, erlaubte er Marianne nicht, ihn zu sehen und vernichtete ihn.« Marianne hatte ihn lesen wollen. Und dann hatte sie Mullan sehen wollen. Meiner Erinnerung nach hatte der Richter geschrieben, sie habe Mullan »unbedingt zu sehen gewünscht« und nicht nur das. Weiter heißt es, sie habe gesagt: »Ich möchte mit ihm nach Amerika gehen.« War dieser Wunsch etwas Neues, jetzt, nachdem sie alles verloren hatte und keine Zukunft mehr sah unter ihresgleichen, oder hatte sie von Anfang an mit ihm weggehen wollen? Oder hatte sie sich diese Idee von Halloran und Richard Talbot in den Kopf setzen lassen und geglaubt, dass man genau das von ihr erwartete?

Abwarten. Überlass dich diesen Widersprüchen, sagte ich mir. Wie Keats es geraten hat, der diese negative Fähigkeit, nicht sofort Deutungen zu geben, gepriesen hat: »Wenn ein Mensch dazu fähig ist, in Ungewissheiten, Rätseln, Zweifeln zu verharren, ohne den lästigen Rückgriff auf Tatsachen und Vernunft ...«

Und doch musste ich noch einmal aus dem Bett und ein letztes Zitat eintippen. Ich setzte es ganz an den Anfang meiner Geschichte, noch vor den ersten Satz.

In der Urteilsbegründung wird festgestellt, dass man Marianne nach einigen Tagen Aufenthalt in Coffey's Hotel in eine Pension auf der Rathgar Road brachte, die in einem Vorort von Dublin lag, wo sie von einer Krankenschwester betreut wurde. Meiner Vermutung nach wurde sie aus dem Hotel entfernt, damit Mullan oder jemand anderer, der Marianne suchen kam, sie nicht fand. Der Besitzerin der Pension erzählte man, dass Marianne krank sei.

Die Krankenschwester, die sie in der Rathgar Road pflegte, wurde ebenso wie die Pensionswirtin zur Zeugenaussage vor die Lordrichter zitiert.

Die Krankenschwester erklärte, sie habe versucht, Marianne daran zu hindern, mit der Wirtin zu sprechen, da diese sehr scharfsinnig sei. »Ich verhinderte, dass Mrs. Talbot die Wirtin, bei der wir in Rathgar wohnten, zum Tee besuchte. Sie war eine Frau von scharfem Verstand ...«

Marianne sprach trotzdem mit der Wirtin und zwar sehr offen, wenn man deren Aussage glauben durfte. Sie habe ihr erzählt, dass sie mit einem Stallknecht zusammen gewesen sei – womit sie vermutlich hatte sagen wollen, dass sie etwas mit ihm gehabt habe.

Ich tippte die Frage und die Antwort ab:

Anklagevertreter: Nannte sie ihn einen Stallknecht?

Wirtin: Ja, sie hat gesagt, mit diesem Stallknecht. Und dass sie mit ihm gegangen wäre, und dass er ihr gesagt habe, er wolle ein Kind mit ihr, wenn sie bei ihm bliebe. Seine Umarmungen, hat sie gesagt, seien wärmer gewesen als die ihres Mannes ... Mrs. Talbot hat gesagt, sie wünschte sich etwas, das sie lieben könnte. Und ich habe mich gefragt, was sie damit meinte: etwas, das sie lieben könnte.

Das war der Satz. Der letzte. Die Bedeutung war etwas dunkel, aber ich verstand sie trotzdem. Ich war bewegt, weil der Satz einem direkten Zitat von Marianne sehr nahe kam. Bewegt von der Einfachheit ihrer Worte. Die Wirtin hatte sich gefragt, was Marianne mit diesem Satz meinte. Die historische, real existierende Marianne Talbot – ganz gleich, ob schuldig oder unschuldig, verrückt oder geistig gesund – musste einmal diesen Herzenswunsch geäußert haben: Ich wünschte, ich hätte etwas, das ich lieben könnte.

16

 Ich wachte auf mit der Frage, ob Marianne Talbot ihren Mann geliebt hatte. Richard wäre sicher nicht auf die Idee gekommen, das Kind um einen Kuss zu schicken und sich von ihm den Kuss dann wiedergeben zu lassen. Aber vielleicht kannte er die zärtliche Geste, weil Marianne dasselbe mit ihm gemacht hatte. Vielleicht hatte sie ihn früher ja angebetet und Mab zu ihm geschickt, um sich einen Kuss zu holen. Das schien mir eine angemessene Reaktion auf Gleichgültigkeit oder Feindseligkeit für eine junge Ehefrau, besonders wenn sie ausgesprochen weiblich war.

Im Grunde galt das auch für meine Mutter, dachte ich. Wenigstens ist sie nicht ins Säuseln verfallen. Bei ihrem Mann war sie ebenso schweigsam wie bei allen anderen.

Aber gehorcht hat sie ihm. Und sie ist bei ihm geblieben.

Ich stieg in die Badewanne. Das Wasser war etwas kühl, aber ich ließ es so.

Marianne wird vermutlich die meiste Zeit in ihrem Zimmer verbracht haben. In dem großen Schlafzimmer war es sicher kälter als bei uns in der Shore Road. Viel kälter. Diese weitläufigen Landhäuser waren nie warm zu bekommen. Nicht einmal im Sommer wurden sie warm. Unter den hohen Decken der riesigen Räume und langen Korridore erwärmte sich die Luft kaum. Natürlich hatte bei ihr ein Feuer gebrannt, aus Torfsoden, die ihre ungleichmäßige Hitze durch die hohen Gitter des flachen Kamins abstrahlten. Vielleicht waren es auch vor Feuchtigkeit fauchende Holzblöcke ... Doch nein!

Es war durchaus möglich, dass er ihr kein Feuer zugestanden hatte. Wenn er sie mit Essen knapp hielt, dann hatte sie sicher auch wenig Brennholz zur Verfügung.

Vielleicht hat sich die arme Frau nur deshalb in Mullans Zimmer geflüchtet, weil dort ein Feuer brannte.

»Das Kind hatte sich die Strümpfe nass gemacht, Mullan«, mochte sie in ihrer hohen Stimme gesagt haben. »Wir werden sie hier am Feuer trocknen.«

Und dann hätte sie, mühsam ihre Erleichterung kaschierend, neben dem Kind vor dem warmen Schein des Kamins gestanden und die Flammen hätten ihre blassen Wangen und ihren Körper erwärmt ...

Meine Mutter hatte nur ihren eigenen Atem, um sich zu wärmen, fünf Nächte in der Woche. Ihr Lager in der Mitte der durchgelegenen Matratze war keinesfalls immer warm, obwohl sie so viel Zeit im Bett verbrachte. In den langen einsamen Stunden des Tages, wenn nur das Tropfen des Wasserhahns in der Küche und das Ticken von Daddys Wecker auf dem Bord über dem Gasherd zu hören war, wurde es kalt. Ich kannte die Geräusche ihres Zimmers. Ich habe mich einmal in ihr Zimmer geschlichen, als sie wegen einer Fehlgeburt oder dem Tod eines Babys weg war, und neben ihrem Bett gestanden und gelauscht. Man konnte das Meer dort nicht hören, zumindest nicht an diesem Tag.

Wenigstens war Mammy nicht gezwungen zu reden. Kein Außenstehender kam je in unser Haus, außer Uncle Ned und, wenn Komplikationen während einer Schwangerschaft auftraten, Mrs. Bates. Meine Mutter war extrem vereinsamt. Ich weiß das, weil sie die Romanfiguren in den Büchern als wirkliche Menschen betrachtete, und wenn sie sich im Fernsehen Filme ansah, spiegelte sich in ihrem Gesicht Hoffnung und Interesse, als ginge sie das Leben der Darsteller persönlich an. Bei dem Film *Nacht vor der Hochzeit* hat sie, glaube ich, die ganze Zeit die Luft angehalten. Aber wenigstens hat sie keiner dabei beobachtet. Außer mir, natürlich. Aber ich war ein Kind und zählte nicht.

Wie sehr mochte sich Marianne an ihrem Kind erfreut

haben? Ich denke mir, Mab muss ihr Ein und Alles gewesen sein. Besonders als das Kind älter wurde. Wenn Mammy mich allein gehabt hätte, wäre ich für sie sicher auch wie Mab gewesen. Sharons Mutter war immer nett zu mir. Sie hat Flecken aus meiner Schuluniform gebürstet und ein bisschen Schinken von Sharons Sandwich abgezweigt, um mir eines zu machen. Dabei beschlich mich immer eine Spur Bitterkeit Mammy gegenüber. Weil sie einfach nur im Bett lag und uns mit ihrem Schweigen verrückt machte. Aber wenn sie etwas sagte, dann lohnte es sich zuzuhören. Sie sagte beispielsweise, Anna Karenina habe richtig gehandelt, als sie sich vor den Zug warf, weil sie keine Wahl hatte, nachdem Vronsky sich von ihr trennen wollte. Man hätte lange warten müssen, bis Sharons Mutter so etwas gesagt hätte.

Wenn ich in meiner Kellerwohnung in Bloomsbury morgens aufstand, ging ich nackt in die Küche, machte mir eine große Tasse starken Tee mit Milch und stellte *Radio Three* an, um ein bisschen Musik zu hören und herauszufinden, wie viel Uhr es war. Das ewige Zwielicht der Wohnung ließ keine Rückschlüsse darauf zu, und ich machte mir eine Art Sport daraus, nicht auf die Uhr zu sehen. Jede Uhrzeit war denkbar. Meine Nächte waren so unruhig, dass ich manchmal bis in den späten Vormittag schlief, aber zuweilen auch nur bis halb sieben oder sieben. Und oft, wenn ich den Tag langsam in meinem Sessel bei einer Tasse Tee und einer Zigarette begann, ging mir durch den Kopf, wie glücklich ich doch war, allein zu leben. Meine Wohnung gehörte mir. Die Musik wählte ich. Die kleine Rauchwolke war meine Entscheidung. Ich war sicher, dass es zahllose Frauen gab, die ihr Elend nur deshalb ertrugen, weil sie sich selbst hin und wieder etwas Gutes gönnten. Aber die verheirateten Frauen ... Kam der Mann nach Hause, mussten sie sich wie auf Kommando, müden Kellnerinnen gleich, wieder aufrichten und ihren Pflichten nachgehen. Wie wenn Richard Talbot von seinen Hunden gefolgt durch die Halle von Mount Talbot marschierte und die Peitsche auf den Tisch warf. Oder wenn mein Vater Freitagabends um sieben in der Shore Road vorfuhr und seine Sachen mit übertriebener Vorsicht aus dem Kofferraum lud, bevor er einen von uns begrüßte. Und später dann das gemeinsame Bett ...

Einmal sagte Nora zu mir: »Weißt du was, Kathleen?«

»Was?«

»Sie muss ihn gern haben.«

»*Wie bitte?*«

»Das ist die einzige Erklärung.«

Es war an einem Sonntagnachmittag gewesen, als die beiden im Schlafzimmer waren und wir die Küche putzten.

Als er gegen fünf aus dem Zimmer trat, betrachtete ich ihn genau. Er hatte eine glänzende Stirn und war in Strümpfen.

»Daddy«, begann Nora. Sie saß am Tisch und machte Hausaufgaben.

»Von wegen Daddy«, sagte er milde. »Keine Zeit.« Dann drehte er das Radio an, stellte seine vier schwarzen Schuhe auf eine Zeitung und begann, sie für die nächste Woche zu putzen.

Der Kontakt zu Caroline riss ab, nachdem wir die Wohnung in Hampstead aufgegeben hatten. Ich wusste, dass das Baby Nat hieß und dass die drei irgendwo südlich der Themse lebten. Irgendwann kam sie zu mir zurück, aber bis dahin mussten vier Jahre vergehen.

Sie wirkte weniger gealtert als blass und ausgelaugt.

»Er hat mich verlassen«, sagte sie noch auf der Türschwelle. Sie hatte tiefe Ränder unter den Augen vom Weinen.

Kein Wort über mich, oder wie es mir ging. Gleich wieder dieser verdammte Ian.

»Er hat gesagt, wir gehen essen. Das war gestern vor drei Monaten. Nein, vorgestern vor drei Monaten. Ich war begeistert, weil wir nie ausgingen. Er wollte nie, dass ich Nat abends allein lasse. Und dann ist er mitten beim Essen einfach aufgestanden und hat gesagt ›Ich verlasse dich‹.

Aber das ist es nicht mal, Kathleen. Das würde ich noch aushalten. Aber dass er sonst nichts gesagt hat. Er hat mich einfach am Tisch sitzen lassen, und als er sich noch einmal umgedreht hat, hat er gesagt: ›Ich hab dich sowieso nie geliebt.‹«

Ich hörte ihr zu, so gut ich konnte. Viele Monate lang. Ich

bemühte mich sogar, keine Aufträge im Ausland anzunehmen. Ich saß in meiner Wohnung am Tisch und Caroline im Sessel. So nah, dass sich unsere Knie fast berührten.

Es machte mich krank mit anzusehen, welche Qualen sie ausstand.

»Es ist, als hätte man mein Herz in Säure gelegt«, sagte Caroline. »Und die Säure frisst es langsam auf.«

So schien es. Sie litt mit der gleichen Inbrunst und Leidenschaft, wie sie Ian zuvor geliebt hatte.

Ich sagte ihr immer wieder, dass der Schmerz vorübergehen würde.

»Wann nur? Wann?«

»Ich weiß es nicht. Es dauert so lange, wie es dauern muss, Caroline. Ich wollte, ich könnte etwas tun!«

Nat drückte sich zwischen die Beine seiner Mutter, wenn sie sich in den Sessel zurücksinken ließ, verzog den Mund zu einer Grimasse und funkelte mich mit seinen großen bewimperten Augen böse an. Er beschäftigte sich so gut er konnte auf dem bisschen Platz, das ihm zur Verfügung stand, klammerte sich mal am einen dann am anderen Bein seiner Mutter fest, um darauf zu schaukeln.

»Zum Spielplatz, Mammy!«, wiederholte er regelmäßig. »Jetzt gehen wir zum Spielplatz!«

Bis sie sich schließlich zu einer Antwort aufraffte.

»Mach dich fertig, dann gehen wir auf den Spielplatz. – Was meinst *du*, Kathleen? Meinst du, er hat mich nicht doch geliebt, und wenn ...«

»Mein Gott, Caroline, ich weiß es nicht. Aber die Tatsache, dass dieser Widerling ›Ich hab dich nie geliebt‹ gesagt hat, zeigt immerhin, dass er zu irgendwelchen Gefühlen fähig sein muss.«

Caroline klammerte sich noch immer an einen Rest eheweiblicher Loyalität und warf mir den gleichen vorwurfsvollen Blick zu, mit dem mich Nat immer ansah. Ian zu beschimpfen war nicht erlaubt.

»Na, komm schon, Nat«, sagte sie dann, als hätte das Kind sie warten lassen. »Wie viel Uhr ist es, Kathleen? Ich habe eine Verabredung ...«

Im Herbst fuhr ich nach Australien. An dem Tag, als ich zurückkam, rief sie an.

»Kathleen, stell dir vor. Als ich von Sainsbury's nach Hause komme, sitzt er da und wartet auf mich. Das erste, was er sagt, ist, wieso ich mir, ohne ihn zu fragen, von Daddy einen anderen Wagen habe besorgen lassen. Ich wusste, dass er zurückkommen würde! Er ist in die Wohnung reinmarschiert, hat zu Nat gesagt, er soll sich einen Zeichentrickfilm ansehen, und dann hat er mich praktisch die Treppe raufgejagt und aufs Bett geworfen – oh, Kathleen, ich kann dir gar nicht sagen, wie wunderschön es war!«

»Die Ehe ist wirklich ein Phänomen!«, stöhnte ich. »Er muss irgendwie gerochen haben, dass es dir ein bisschen besser geht. Und prompt ist er aufgetaucht, um dich wieder fix und fertig zu machen.«

»Ach, Kathleen – und hinterher ist er aus dem Bett gesprungen und hat verkündet, dass er weg muss. Ich bin hinter ihm die Treppe runter, um ihn festzuhalten, und hatte schreckliche Angst, dass Nat rauskommt und uns sieht. Ich hab ihn gefragt: ›Wie kannst du jetzt gehen, nach dem, was gerade zwischen uns war?‹

Und er sagt: ›Wieso? Was war denn?‹ Und ich darauf verlegen, aber ich hab's trotzdem gesagt: ›Wir haben uns geliebt, oder? Wir haben gerade ganz tollen Sex gehabt.‹

›In meinen Augen war das kein Sex‹, sagt er da. ›Das ist höchstens mit 'nem halbwegs befreienden Niesen zu vergleichen.‹«

Nach diesem Ereignis verstummte sie völlig. Ihre Mutter musste es mit der Angst zu tun bekommen haben, denn sie machte Caroline das Angebot, Nat zu sich in ihr Landhaus zu nehmen, damit Caro sich ein bisschen erholen konnte.

»Ist das nicht wundervoll, Kathleen?«, sagte Caroline zu mir. »Mammy sagt, ihre Freundinnen wüssten, wie man Kinder unterhält, auch wenn sie keine Ahnung davon hat. Sie hat sogar angeboten, ihn hier in der Stadt abzuholen, falls mir die lange Fahrt zu viel ist.«

Dabei lächelte sie zum ersten Mal wieder seit Monaten.

»Oh, Kathleen! Nat wird eine richtige Großmutter haben! Das wird ihm so gut tun! Nat, mein Schatz, du hast jetzt eine Oma!«

Ich nahm Nat hoch und wirbelte ihn herum und sang: »Freut eu-heuch des Lebens, jetzt i-hist die O-ho-ma da …«

Das war eine der Fragen, die ich meinem Psychiater stellen wollte, als ich mich entschlossen hatte, einen Termin zu vereinbaren. Nicht beim ersten Mal, natürlich, sondern irgendwann später, wenn wir einander verstanden. Was bringt eine Frau dazu, sich zum Fußabtreter zu machen? Was lässt sie einen völlig durchschnittlichen Mann als überragenden Goliath betrachten? Und woher rührt der schreckliche Schmerz beim Verlust des Unterdrückers? Ist diese Art von Beziehung nicht so zerstörerisch, dass sie unmöglich ein Leben lang dauern kann? Was Gefühle betraf, war meine Mutter ein erloschener Vulkan. Sie hatte meinen Vater selbstverständlich nicht verlassen können, die Schwangerschaften, die Armut und Irland hinderten sie daran. Sie hätte nicht gewusst, wohin. Ich frage mich, ob sie sich irgendwann wie Caroline erholt hätte, wenn sie ihn oder er sie verlassen hätte.

Aber Caroline brauchte Jahre, bis es ihr besser ging. Man könnte sogar sagen, dass sie sich nie wirklich erholte. Sie wurde einfach zur perfekten Imitation einer wohlerzogenen, oberflächlichen Frau der gehobenen Mittelschicht. Kürzlich ist sie mit einem Rechtsanwalt aus ihrem Dinner-Party-Kreis zur Arena von Verona und sonst wohin geflogen. Aber soviel ich weiß, hat sie nie mit ihm geschlafen. Ich kann mir nicht vorstellen, dass sie je wieder mit jemandem geschlafen hat. Und dabei war sie so ein liebenswertes junges Mädchen gewesen! Mit ihrem strahlend goldenen Haar … Ich hätte den Psychiater gerne gefragt, ob ein Mensch durch einen unermesslichen Verlust in der frühen Kindheit für einen solchen Schmerz empfänglich wird. Oder ob man die Feindseligkeit eines anderen als eine Art biologische Herausforderung interpretiert? Ob dieses Übermaß an Gefühl vielleicht eine Form von Narzissmus ist.

Ich erwarte nicht, dass ein Psychiater diese Fragen beantworten kann. Nicht nur wegen der Episode mit dem Praktikanten hinter der Stellwand. Als ich jetzt hier in Berties altem grünen, von Sonnenlicht durchfluteten Hotelzimmer darüber nachdachte und mir dabei die Haare bürstete, erschien es mir als eine Art Verblendung, einem Menschen die Macht zur Deutung des Lebens anderer zuzuschreiben. Heute würde ich die Ansichten eines Psychiaters einfach nicht mehr so hoch bewerten. Irgendwie war ich nach dieser kurzen Zeit mit Shay dagegen gewappnet. Mein gesunder Menschenverstand war auf einmal geerdet. Ich sah einiges klarer. Beispielsweise, dass Zeit ein wichtiger Faktor in jeder Beziehung ist. Wenn Marianne und Mullan wirklich drei Jahre zusammen waren, dann legt allein die Dauer nahe, dass ihre Beziehung stärker von Liebe geprägt war als von Leidenschaft. Mir ging auf, dass Mammy und Daddy nie miteinander geplaudert und gelacht haben wie Shay und ich. Die Vorstellung, was es mit einem machte, neben jemandem zu liegen, der nicht mit einem redete, tat mir in der Seele weh, wenngleich Schweigen Augenblicke großer Nähe natürlich durchaus auch inniger machen konnte. Ich denke, dass wir lieben lernen, wenn wir als Babys von unseren Müttern geliebt werden. Aber wir brauchen auch später Liebe. Denn von dem Zeitpunkt an, als ihre Mutter sich ihr wieder zuwandte, ging es Caro besser.

Ihr selbst ist dieser Zusammenhang nie aufgefallen, und ich habe sie nie darauf hingewiesen. Damals dachte ich, dass einen das bisschen Mutterliebe in der Kindheit teuer zu stehen komme, so dass es besser sei, ohne Liebe aufzuwachsen. Wenn einem als Erwachsener bewusst wird, dass man nie geliebt worden ist, ist das wie eine Bestätigung dafür, dass man diese Liebe ohnehin nicht verdient hat. Ich habe von niemandem je verlangt, was Caro von mir wie selbstverständlich erwartet hat. Ich habe nie in Gegenwart eines anderen Menschen vollkommen verzweifelt um Hugo geweint. Ich habe mich einfach fortan von der Liebe fern gehalten, wie von einer Schlangengrube, in die ich nie wieder fallen wollte, bis mir schließlich klar wurde, dass sich die Schlangengrube in meinem Innern befand.

Wenn ich ein Kind hätte, dachte ich immer, dann wüsste

ich, welche Fehler ich vermeiden müsste. Ich würde ihm so viel Liebe geben, dass es lächelnd und unbesorgt durchs Leben ginge. Aber etwas stimmte nicht mit mir. Das war mir beim Betrachten eines Ausstellungsstücks in einem der Smithsonian-Museen in Washington klar geworden. Ich hatte vor einer Vitrine gestanden, in der ein winziges Kleidungsstück lag, das aus einem einzigen Stück weichen Fells bestand. In solchen Anzügen haben die Inuit am Nordpol ihre Babys warm gehalten. Ärmel und Beinchen endeten in Fäustlingen und Fellsöckchen. Man steckte das Baby hinein und schloss die Öffnung mit Lederbändern. An die Stelle, wo der Babypopo saß, packte man etwas Moos, das man gegen frisches austauschte, sobald das Baby in die Hose machte. Der Anzug im Museum erinnerte an ein richtiges Baby. Man konnte es fast den Kopf rollen, glucksen und strampeln sehen und sich dabei seine kleinen runden seidenweichen Pobäckchen vorstellen. Während ich dort vor der Vitrine stand, fand ich mich damit ab, dass ich nie ein Baby bekommen würde. Kathleens Baby, das klang einfach nicht richtig, fand ich. Es machte mir damals nicht einmal viel aus. Ich hatte das Haus meiner Mutter mit einer Abneigung gegen Babys verlassen.

Erst als ich älter wurde, begann mich die Schönheit neugeborener Geschöpfe zunehmend zu rühren. Das Wunder ihrer Entstehung. Ihre Winzigkeit und Hilflosigkeit und ihre Sanftmut gegenüber der Welt. Einmal hat mich sogar der Anblick eines neugeborenen Belugawals, der wie ein einsamer Tänzer in einem großen trüben Wasserbecken im Shedd Oceanarium in Chicago herumtollte, zu Tränen hingerissen. Sein weißer Körper war noch voller Runzeln vom Mutterleib, in dem er wie ein Taschenschirm zusammengestaucht gewesen war. Er kam hinter der Glaswand auf mich zugeschwommen und sah mich mit seinen unschuldigen schwarzen Augen an …

Je älter ich wurde, desto mehr stellte ich mir die Frage nach dem Sinn meiner Existenz, wenn ich kinderlos blieb. Dabei fragte ich mich natürlich auch, warum keiner der Millionen Männer auf diesem Planet je von mir ein Kind hatte haben wollen. Vielleicht bin ich unfruchtbar, dachte ich, unfruchtbar, weil mich niemand befruchten wollte.

Als ich ein paar Tage ins Krankenhaus ging, um einen Fruchtbarkeitstest machen zu lassen, erzählte ich nicht einmal Jimmy davon. Ich hatte nie wirklich versucht, schwanger zu werden, aber die Sache beunruhigte mich zunehmend. Am Tag meiner Entlassung rief mich ein älterer Facharzt in sein Sprechzimmer.

»Wir nehmen an, dass Sie hier alte Vernarbungen haben.« Er deutete auf die Röntgenaufnahme von meinen Eierstöcken. »Kann es sein, dass bei Ihnen in der Kindheit eine Tuberkulose nicht behandelt wurde?«

»Bei uns zu Hause hätte man Lepra haben können, ohne dass es bemerkt worden wäre«, antwortete ich.

Es entstand ein Schweigen.

»Werde ich jemals Kinder haben können?«

»Wir sagen nicht gern nie«, antwortete er.

Ich ging aus dem Krankenhaus und steckte die Reisetasche mit meinen Sachen in die erste Mülltonne, die ich sah, nahm ein Taxi und fuhr direkt ins Büro. Hätte ich nirgendwo anders hingehen können als in meine Kellerwohnung, ich wäre zusammengebrochen. Das Gehen fiel mir nicht leicht. Ich war von dem Eingriff noch ganz wund. Als ich ins Büro trat, sah ich, dass Roxy schmollte. Alex saß verlegen vor ihr und versuchte, ihr eine Standpauke über die Bedeutung von korrekter Schreibung und Interpunktion zu halten. Er erklärte ihr geduldig, dass sie die Artikel, die Jimmy und Kathy mit viel Sorgfalt geschrieben und die er, Alex, ebenso sorgfältig redigiert hatte, sonst total verkorkste. Im Vorbeigehen reichte mir Alex lächelnd ein Bündel unterschriebene Spesenquittungen. »Du musst das, was du abgetippt hast, einfach noch einmal durchlesen«, fuhr er an sie gewandt fort, »du bist ein sehr intelligentes Mädchen, Roxanne, nur ein bisschen zu nachlässig ...« Im Büro war es warm, die Wolken segelten an unserem Halbmondfenster vorbei und es roch irgendwie nach Gewürznelken. Roxy ergriff die Gelegenheit, dem Tadel zu entkommen, indem sie fragte: »Soll ich Wasser aufsetzen?« Die Geranien auf der Fensterbank leuchteten im reinsten Korallenrot. Jimmy hob seinen wohlgeformten Kopf und sah mich an. Mein Gesicht muss sehr blass gewesen sein, denn sein Lächeln nahm augenblicklich einen wachsamen, wissenden Ausdruck an. Er glaubte, dass ich mir wegen eines Mannes ein paar Tage freigenommen hatte.

Bald darauf war ich zu einer Party auf einer Yacht eingeladen. Ich ging mit einem netten Mann nach Hause, mit dem ich mich unterhalten hatte. Es war offensichtlich, dass die Sache für ihn nicht wichtiger war als ein Besuch im Fitness-Studio, aber ich fühlte mich so einsam. Im stickigen Schlafzimmer seines Appartements mit verschlossenen, vergitterten Fenstern schliefen wir auf einem Wasserbett miteinander. Es fühlte sich wie ein Krankenhausbett an, wo einem die Haut an der Kunststoffunterlage festklebte. Er war sehr sportlich und beugte sich auf seine kräftigen Arme gestützt nach hinten, während er eindrang und ein ums andere Mal kraftvoll zustieß.

Wie lächerlich, schoss es mir dabei durch den Kopf. Das macht man doch, um Kinder zu zeugen.

Und das war vielleicht das Schlimmste von allem, dass ich von da an Gefahr lief, den Geschlechtsakt nur noch als leeres Spiel zu empfinden.

Ich habe nie über diese Dinge geweint, wenn ich mit Kindern zusammen war. Aber einmal in Berlin, als ich einen Artikel über die neuen Museen schrieb, blieb ich wie angewurzelt vor den Porno-Magazinen an einem Kiosk am Ku'damm stehen. Die Titelseiten waren voll mit riesigen Brüsten. Auf einer davon hielt ein blondes Model ihre schweren Brüste in den Händen, so dass die Nippel direkt nach vorne zeigten. »Riesige Titten!« stand darunter. »Sehen, Staunen, Lecken!« Davor stand wie angewurzelt ein frierender türkischer Arbeiter.

Ich sah von dem Mädchen zu ihm. Und dann merkte ich, wie ich dastand und glotzte.

Ein heftiges, seltsames körperliches Verlangen stieg in mir auf. Ich sehnte mich danach, genährt zu werden und selbst zu nähren. Und beides war unmöglich.

Da weinte ich. Es war im Februar oder März, ich erinnere mich an den stahlgrauen Himmel hinter den kahlen Bäumen. Ich ließ meinen Tränen freien Lauf, es war so kalt, dass alle feuchte Augen hatten.

Ich bin in jeder Beziehung mutterlos, klagte ich.

Ich hätte auf der Stelle mit jemandem schlafen können. Die riesigen Brüste hatten mich erregt. Aber dann sah ich mich an den Brüsten meiner Mutter trinken – sie hat mich tatsächlich gestillt – und fühlte mich abgestoßen. Wie konnten Männer Brüste erotisch finden und dabei nicht an die Brüste ihrer Mütter denken? Die stets wiederkehrende Frage holte mich auch in Berlin ein: Wie konnte meine Mutter uns als winzige Wesen an ihre Brust drücken, um unseren Hunger zu stillen, und drei, vier Jahre später gleichgültig zusehen, wie wir bei den Hausaufgaben am Tisch saßen und still darauf warteten, dass sie uns etwas kochte, weil wir nicht den Mut hatten, sie darum zu bitten? Zu bitter schmeckte die Ironie, dass die Mutterschaft sie zerstört hatte. Und doch, wie sehr beeinflusste der Mutterleib unser Leben! Marianne Talbot wäre nie verstoßen und in den Wahnsinn getrieben worden, wenn sie mit einem fruchtbaren Leib gesegnet gewesen wäre. Sie hätte Richard einen gesunden Jungen gebären und ihm das Erbe von Mount Talbot sichern können. Und Caroline hätte sich Ian vielleicht nicht so bedingungslos ergeben, als er meinte, dass es ihm gleich sei, wie sie sich entschied, hätte um ihre Augen nicht der bläuliche Schimmer und die Anspannung der Schwangerschaft gelegen.

Und ich. Mit sanfter Gewalt zog ich den Reißverschluss meiner Jeans über meinen weichen Bauch. Irgendwo da drinnen, tief vergraben unter zartem Fleisch, stellte ich mir ein verschrumpeltes Organ vor.

In Form einer Träne. Gebärmütter haben die Form von Tränen.

Im Mai 1852 musste Marianne Talbot von Stunde zu Stunde deutlicher bewusst geworden sein, dass man ihr die kleine Tochter für immer weggenommen hatte. Das nenne ich Kummer. Es muss ihr Leben zur Hölle gemacht haben. Und wenn sie in der Hölle war – was ihr verwirrter Kopf ihr vorgegaukelt haben musste –, dann, um dort für Sünden zu büßen. Denn wenn sie bestraft wurde, musste sie auch schuldig sein. Das würde erklären, warum sie nie etwas leugnete. Genau so, als ob der Gefolterte in einem Schauprozess zu dem Folterknecht sagte: Sie haben Recht, Sir. Ja, Sir. Wie Sie meinen, Sir.

Ich hatte mir auf der letzten Seite meines Notizbuches eine Passage aus John Pagets Druckschrift notiert. Es ging darin um Schuld und Wahnsinn. Als Paget Marianne von seinen Ärzten untersuchen ließ, kamen alle zu dem Ergebnis, dass sie verrückt war. Und keinen überraschte das. Denn sie kannten eine Menge verrückter Frauen. Die Passage, an die ich denke, stammte von dem bedeutendsten der Ärzte, die ein Gutachten über Marianne verfasst hatten.

Ich habe in meiner Praxis eine Dame mit einwandfreiem Leumund kennen gelernt, die eines Tages in einem Anfall von Wahnsinn Suizid beging, nachdem sie bekannt hatte, sich mehrfach strafbarer Beziehungen zu einem Arzt schuldig gemacht zu haben, dem sie in Wahrheit nur ein- oder zweimal begegnet war. In einem anderen Fall verfiel eine junge Frau kurz vor der Eheschließung dem Wahn, sie sei von ihrem zukünftigen Ehemann verführt und geschwängert worden. Sie erholte sich wieder und man stellte fest, dass die Aussagen allein Frucht ihrer krankhaften Einbildung waren. In einem dritten Fall erklärte eine junge Dame, die von Onkel und Tante aufgezogen wurde und häufig unter Wahnvorstellungen litt, der Hausdiener habe sie verführt und ihr wiederholt beigewohnt. Auch sie genas wieder und es wurde bezeugt, dass alles, was sie behauptet hatte, reine Wahnvorstellungen waren. Ich bin als beratender Arzt in der Irrenanstalt von Hanwell tätig, wo 500 geisteskranke Frauen eingesperrt sind, und mir sind viele verheiratete Anstaltsinsassinnen begegnet, die erklärt haben, dass in der Nacht, bevor sie ihre Aussage machten, Männer, die sie manchmal mit Namen nannten, zu ihnen gekommen seien und ihnen beigewohnt hätten ...

Arme Schwestern!!

Diese Frauen in der Irrenanstalt, die lediglich in ihrer Einbildung Geschlechtsverkehr hatten, und Marianne, die sich schuldig glaubte, verdienten meiner Ansicht nach eine besondere Art von Mitleid. In ihnen versuchte etwas, an die Oberfläche zu dringen, eine fast verkümmerte Lebenskraft, die danach drängte, sich Ausdruck zu verschaffen. Es war die Parodie des unmöglichen Ideals, das man ihnen, als sie noch Mädchen waren, von den Frauen gezeichnet hatte – des Nachts lasziv zu sein und am Tag ihre Sexualität durch Scham und Abscheu vor sich selbst im Zaum zu halten.

Dass man die Frauen in der Anstalt von Hanwell ebenso wie Marianne, die durch John Pagets Villa in England schlich, für verrückt erklärte, machte uns andere nicht gesund. Ihre Handlungen wie meine eigenen und die vieler anderer Frauen, die ich in meinem Leben kennen gelernt hatte, waren allesamt Variationen über ein und dasselbe Thema. Die Liebesschwärmereien, die Bettgeschichten mit Zufallsbekanntschaften, das freizügige Entblößen unserer Körper, die gegen alle Vernunft ausgesprochenen Hochzeitsschwüre grausamen Männern gegenüber, die Beruhigungsmittel, um den Tag erträglich zu machen, ausgetauschte Küsse mit fest geschlossenen Augen. Es ist kein großer Schritt von der armen Irren in Hanwell, die davon faselt, vom Gärtner verführt worden zu sein, zu der alten Dame im gepflegten Altenheimbett, die mit feuchten Augen einer ekstatischen, von der Sehnsucht zum fernen Pinkerton verzehrten Madame Butterfly im Radio lauscht. Selbst wenn wir uns im sicheren Hafen der Ehe wähnen, kann es geschehen, dass wir, vom Wunsch nach Erfüllung und Vervollkommnung getrieben wie ein Schaf auf der Flucht vor dem wilden Hund, über die Klippe springen und ins Bodenlose stürzen.

Ich ging hinunter in die Küche, um zu frühstücken. Ollie robbte gerade quer über den Teppich hinter Spot her. Spot war also wieder da!

Der Terrier tänzelte um mich herum, rieb seine Schnauze an meiner Wade, und sein weißer Schwanz, der aus lauter schwarzen Locken herausstach, wedelte mit überschwänglicher Begeisterung.

»Felix ist wieder weg«, informierte mich Bertie. »Er hat

gesagt, dass Sie in seinem Haus willkommen sind. Ich bringe Sie und Spot später hin, wenn's recht ist. Die Lehrer kommen erst zum Tee. Der erste Workshop ist erst heute Abend. Was die so arbeiten nennen … meine Herrn! Kindergartenspielchen wäre 'ne bessere Bezeichnung dafür.«

Unter den Bäumen am Ende des Hotelgartens wohnten zwei Enten in einem unkrautbewachsenen Verschlag, der aus einem alten Tor und Brettern zusammengezimmert war. Ich nahm Ollie auf den Arm und ging mit ihm und Joe die Enten besuchen. Die Sonne schien warm und beständig an diesem Tag und man spürte förmlich, wie sich das aufgeweichte, holprige Frühlingsgras und die trockenen, spröden Sträucher in ihrem Licht erholten. Wir blieben unter einer Weide stehen, deren junge Blätter blassgrün schimmerten. Die Enten vor uns schnatterten aufgeregt. Alles war weich: das Licht, die Weidenblätter, die pummeligen Arme der Kinder, das sanfte Nachgeben der schwarzen Erde unter meinen Füßen. Die hellen Lichtflecken spielten auf unseren Gesichtern und Ollie summte den Enten etwas vor.

Mir wurde bewusst, was für ein hübsches Bild wir abgeben mussten. Und mit einem Mal konnte ich es nicht mehr ertragen. Ich wollte nichts damit zu tun haben. Ablehnung stieg in mir auf. Abrupt setzte ich das Kind auf dem Weg ab. Was hatte ich an diesem Ort zu suchen, bei diesen Leuten, die so gemächlich durchs Leben gingen? Was sollte diese rührselige Schwärmerei für Kinder und Hunde und wer weiß noch was. Ein bisschen Stil gefällig! Jetzt hätte ich ein paar von Jimmys frechen Kommentaren gebrauchen können. Ein bisschen Raffinesse. Die Fliesen an der Küchentür hatten mich vor ein paar Minuten an den Boden des Palmengartens vom Ritz in Madrid erinnert. Parfümiert, geschminkt und mit einem Hauch von Kleid war ich auf einen Mann zugegangen, der sich von einem mit Glas und Kerzen geschmückten Restauranttisch erhob, um mich zu begrüßen. Das Kleid war von Jasper Conran. Bestimmte Details vernachlässigte ich – dass der Mann ein ziemlicher Autokrat war und dass er immer wieder ins Katalanische verfiel, obwohl er wusste, dass ich es nicht verstand. Was zählte, war sein perfekter Abendanzug, der Duft in dieser wunderbaren Umgebung und der Augenblick, in dem ich auf ihn zuging mit meinen Slingpumps à la Rita Hayworth. Alles an mir war kunstvoll – ich wirkte frisch sonnengebräunt, großstädtisch, leicht. Oh, wie ich das alles vermisste!

Ich nahm Ollie wieder hoch und ging zum Haus zurück. Wenn ich die Nacht im Ritz zurückhaben könnte, würde ich das wollen? Nein, es lag mir nicht viel daran. Zig Länder, Hunderte von Restaurants, Tausende von Mahlzeiten – und an wie viele davon dachte ich mit Freude zurück? Mir fielen gedeckte Frühstückstische auf Balkonen ein, Picknicks in Wäldern, fingerhutgroße Tässchen Kaffee in hell erleuchteten Bars, feierliche Diners ...

Doch dann wurde mir warm ums Herz, noch ehe ich wusste, woran ich dachte. Ein paar Tische am Kai vor einem Restaurant, in einer lauen Nacht, hinter einer kleinen Buchshecke, die schaukelnden Lichter der vertäuten Yachten, das Tischtuch von ein paar Klammern gehalten wegen der warmen Brise, die von der Adria hereinwehte. Wir drei. Meine liebsten Freunde. Mein guter Jimmy und mein guter Alex. Ein Abendessen in ausgelassener, fröhlicher Stimmung vor zwei Jahren in Triest. Auch wenn ich am Morgen darauf weggelaufen war.

Jimmy hatte mich anscheinend in meinem Hotelzimmer zum Frühstück abholen wollen und festgestellt, dass ich abgereist war. Auf alle Fälle hatte er mich am Bahnhof gefunden, dem einzigen Ort, wohin ich gegangen sein konnte. Er hatte sein Gesicht zum Scherz an die Scheibe des Abteils gedrückt, gegen die ich völlig blind und in mich zusammengesunken die Stirn gelehnt hatte. Hatte mir eine Zeitschrift durch den oberen Teil des Fensters gereicht. Eine Flasche Wasser und eine Schachtel mit kandierten Früchten.

»Fährst du nach Venedig?«, las ich an seinen Lippen ab.

Ich nickte. Alle Züge, die Triest verließen, schienen nach Venedig zu fahren.

Ich versuchte, eine Flut dankbarer Tränen zurückzuhalten. Er war durch die Straßen gelaufen und in einen Bahnhofsladen nach dem anderen gerannt! Der Zug setzte sich quietschend in Bewegung. Seine Lippen sagten noch etwas. Pass auf dich auf, glaubte ich zu verstehen.

Als Vertreter von *TravelWrite* waren wir zu einem internationalen Gedankenaustausch der *NewsWrite*-Branche nach Triest ins Hotel Colomba D'Oro eingeladen worden, obwohl man uns gewöhnlich ein Jahr ums andere in unserem Dachstudio im Zentrum von London ungestört unsere Arbeit machen ließ. Warum sollten sie sich auch einmischen. Alex pflegte zu sagen: Der Erfolg gibt uns recht. Und Jimmy behauptete, dass er noch immer bei *TravelWrite* sei, sei der Tatsache zu verdanken, dass man dort nie einen der Bosse zu Gesicht bekäme.

Nun hatten uns die vom Personalmanagement als »Vorbereitung auf das Millennium« zu diesem Seminar geschickt. Der Tagungsort war merkwürdig gewählt. Es gab nicht einmal ein Fitness-Center in dem Hotel voller Plüsch und Gold. Aber der New Yorker Boss hatte die »Öffnung zum Osten« im Kopf, und Triest war als Geste für seine ungarischen und slowenischen Kontaktleute gedacht. Einige der deutschen Teilnehmer kamen im Geländewagen über die Autobahn angereist und fuhren auf den Karst zur Jagd. Es waren kräftige Männer mit sonoren Stimmen, die mit knirschenden Schritten in braunen Schuhen und aufwändiger Freizeitkleidung aus Wildleder und Kord durch das Foyer schritten. Ihr Lachen klang tief und gedehnt, wenn sie untereinander Witze austauschten. Dabei wirkten sie so selbstzufrieden wie hünenhafte Zweijährige.

»Es ist nicht fair, unseren armen, menschenscheuen Alex vor solchen Leuten sprechen zu lassen«, sagte ich zu Jimmy.

»Das stimmt. Hoffentlich bricht er nicht am Rednerpult vor Nervosität zusammen.«

Jimmy und ich waren im Ballsaal, um mit Alex seinen Auftritt einzustudieren. Die Reihe hoher Fenster war mit Goldleisten und Samtvorhängen in verschwenderischem Purpur dekoriert. Durch die Milchglasscheiben sah man die Umrisse von Passanten auf der Straße, und alle paar Minuten verdunkelte eine vorbeifahrende Straßenbahn den Raum. Wir ließen Alex hinter einem der Vorhänge hervortreten, sechs Schritte zählen und mit einer Drehung lächelnd ans Publikum gewandt seine Begrüßung aussprechen: Guten Abend, liebe Freunde und Kollegen, vor allem, liebe Architektenkollegen vom Projekt: *Writing This Wonderful World*. Er brachte es völlig falsch heraus. Wir hätten uns vor Lachen gebogen, wenn er nicht so kreidebleich gewesen wäre.

»Am Anfang«, sagte ich zu Jimmy, als wir Alex einen Kaffee trinken geschickt hatten, »dachte ich, er brächte die Worte nicht über die Lippen, weil sie einfach nur Plattitüden waren. Bis mir klar wurde, dass er es nicht schaffte, sie richtig auszusprechen, weil ihm die Worte zu viel bedeuten.«

In der letzten Stunde sollte er eine fünfminütige Ansprache halten. Wir hatten eine Zusammenfassung der wichtigsten Punkte auf einem großen Blatt ausgedruckt: Jeder Reisende – der Neuling wie der erfahrene Globetrotter – bringt von seinen Reisen Reichtümer mit. Respekt vor dem kulturellen Erbe. Brücke zwischen Altem und Neuem ... Alex machte einen Versuch nach dem anderen. Wieder und wieder schritt er über den blanken Parkettboden, in dem sich seine Gestalt spiegelte. Die Straßenbahnen stöhnten. Und wir hielten ihn unermüdlich dazu an weiterzumachen.

»Na gut, Alex, versuch's noch mal.«

Er sah uns verzweifelt an. Aber am Ende kriegte er es hin: »Und nun, liebe Freunde, betreten wir ein Jahrtausend, in dem die Weltgeschäfte mehr und mehr dem abstrakten Reich der Elektronik anvertraut werden. Das Projekt *Writing the Reality of the World* schaut nach vorn, nicht zurück. Wir feiern das Bestehende und wir empfangen mit offenen Armen das was kommen wird. Vielen Dank.«

»Gütiger Gott!«, flüsterte ich Jimmy zu. »Wo um Himmels willen hat er diesen Schwachsinn her?«

»Schsch!«, unterbrach mich Jimmy. »Er ist ganz stolz drauf.«

»Kommt ihr mit auf mein Zimmer?«, bat uns Alex, etwa eine halbe Stunde vor seinem Auftritt. Jimmy begleitete ihn ins

Badezimmer, um seine Rede noch einmal mit ihm durchzugehen, während er sich rasierte. An Alex hatte mir immer der schwarze Schatten gefallen, der sich am späten Nachmittag auf seine stumpfe Haut legte, wie als Beweis dafür, dass mehr Leben in ihm war, als man vermuten würde, wenn man seine schmale Statur und das schüttere dunkle Haar sah.

Ich fühlte mich unwohl in dem Zimmer. Ich wollte in keines seiner Geheimnisse eingeweiht werden, wenngleich ich seit langem versuchte, ihn etwas näher kennen zu lernen. Ich hatte ihn immer wieder eingeladen, mich zu Previews oder zu Vorstellungen von neuen Zeitschriften in Nobelrestaurants zu begleiten, oder zu Cocktail-Partys von Unternehmen, oder einfach nur, mit Jimmy und mir einen trinken zu gehen – ein kühles Bier an heißen Sommerabenden oder einen wärmenden Whiskey, wenn wir aus dem Büro auf die dunklen, nassen Straßen hinaustraten. Er nahm nie an. Wir wussten nichts von ihm, außer dass er mit seiner Mutter zusammenlebte. Er erwähnte nie eine Frau oder einen Freund oder auch nur ein Haustier. Und obwohl das ganze Gebäude Roxys Talent beim Buchen von Reisen kannte und in Anspruch nahm, wussten wir nie, wohin Alex in Urlaub fuhr. Er kehrte stets im gleichen, etwas zu großen Anzug zurück, und schien nicht die Spur verändert.

Im Hotelzimmer saß ich auf einem Sofa, das gegenüber dem Bett stand. Zu meiner Rechten in der Fensternische stand ein verzierter Tisch, auf dem ein kleines ledernes Reiseetui mit Fotos aufgestellt war. Zwei oder drei dünne Bücher lagen daneben. Ich konnte auf die Entfernung keine Einzelheiten erkennen. Alex sprach im Badezimmer die Sätze nach, die Jimmy ihm vorlas. Ich hätte einfach zum Fenster gehen und mir alles ansehen können. Ich tat es aber nicht. Aus Aberglauben. Ich wollte, dass an diesem Tag alles klappte bei Alex, wollte nur seine Freundin sein, die es gut mit ihm meinte. Also blieb ich, wo ich war, und folgte den beiden in den Tagungsraum.

»Na ja, er hat sich zumindest nicht blamiert«, sagte Jimmy zu mir, als Alex sich in seinem besten Anzug, mit dem er, laut Jimmy, noch mehr danebenlag als mit seinen üblichen

Anzügen, wieder setzte und einen halbwegs anständigen Applaus bekam. Für einen schüchternen Mann hatte er seine Sache gut gemacht.

»Ja. Man sah ihm an, dass er es ehrlich meinte«, antwortete ich.

Kaum hatte Alex Platz genommen, stand der oberste Boss auf und kam quer durch den Raum auf ihn zu, um sich zu ihm hinabzubeugen und ihn zu beglückwünschen. Er hätte ihm ebenso gut etwas Dynamit in die Jackentasche stecken können. Als wir ihn vor dem Abendessen an der Rezeption wieder einholten, hatte er ein feuerrotes Gesicht und funkelnde Augen und plauderte, lebhaft mit dem Sherryglas gestikulierend, mit einem riesigen Deutschen.

»Meine Lieben!«, begrüßte er uns. Er stellte sein Glas ab, um zuerst Jimmy, dann mich zu umarmen und uns einen schmatzenden Kuss auf die Wange zu geben. Der Deutsche sah ihn an, als wäre er verrückt geworden. Wir hatten uns schließlich erst vor einer knappen Stunde gesehen.

Obwohl dieser Abend in einem Desaster endete, war es ein wunderbarer Abend!

Alex, der pflichtbewusste Alex, hatte gesagt, »Lasst uns von hier verschwinden und irgendwo essen gehen!«

Es war Juni und der Abend war warm. Wir rannten eine Treppenflucht hinunter und unter einem barocken Bogen hindurch und standen auf einem Platz am Hafen. Fährschiffe, Yachten und Frachter schaukelten in dem grünen Wasser, von Tauen gehalten, die auf den ausgetretenen Platten des Kais lagen. Wir hüpften darüber.

»Wie Jules und Jim«, rief ich lachend. Und ich als Jeanne Moreau.

Ich kann mich nicht erinnern, je so glücklich gewesen zu sein. Ich glaube, es war das einzige Mal, dass ich die richtige Balance fand. Ich fühlte mich intelligent und gewandt und gleichzeitig warmherzig und gelassen. Und ich empfand nicht nur Liebe für die beiden anderen, sondern auch für mich selbst, für mein Haar, das in der Meeresbrise wogte, meinen langen Oberkörper, meine roten Sandalen passend zum Nagellack. Jimmy und Alex hatten mich an der Hand genommen. Es muss ein schöner Anblick gewesen sein, wie ich an dem Sommerabend lachend über die Hafentaue sprang. Ein Mann blieb stehen, um mir nachzusehen, und murmelte etwas, das wie *carina* klang, als genösse er die Freude mit mir.

Dann überquerten wir die befahrene Hauptstraße und setzten uns hinter einer Buchsbaumhecke an den Tisch eines Restaurants.

»Wein!«, bestellte Alex entschlossen. »*Vino!*«

Wir aßen nicht viel von dem Fisch, der voller Gräten war, aber wir tranken jede Menge Wein und ließen uns vom Kellner immer wieder neue Grissini bringen. Dann bestellte jeder noch eine Crème caramel, damit wir wenigstens ein Ei im Magen hatten. Und schließlich ein kleines Glas Sambuca.

»*Con la mosca?*«, fragte der Kellner. »*Zzz, zzz*«, summte er zur Erklärung und machte eine fließende, schaukelnde Geste mit der Hand.

Jimmy sah ihm aufmerksam zu.

»Er redet von einer Fliege. Ich glaube jedenfalls, dass er eine Fliege meint und keine Stechmücke.«

»Yez«, nickte der Keller und lächelte. »Fly!«

Und er legte eine schwimmende Kaffeebohne auf den Sambuca.

»Fly«, sagte er mit einer Handbewegung.

»Sieht wirklich aus wie eine Fliege«, sagte Alex strahlend.

»Heißt der Schurke in *Volpone* nicht Mosca?«, sagte ich begeistert. »Was für ein wunderbarer Name für einen Schurken!«

Die beiden Männer sahen mich an. *Meine* Männer, dachte ich damals liebevoll.

Dann zündete der Kellner den Schnaps an und die Kaffeebohne röstete in der Flamme. Wir bliesen sie aus und tranken unsere Sambucas mit leichtem Kaffeegeschmack.

Alex' Rede wurde von jeder möglichen Seite beleuchtet. Wir stießen immer wieder mit Sambucas auf seinen Triumph an, ohne abzuwarten, dass sie angezündet wurden.

Nach dem Punkt weiß ich nicht, wie es weiterging. Ich hätte Jimmy später fragen können, zumindest danach, was auf dem Weg vom Restaurant zum Hotel passierte. Aber es war zu schmerzlich, darüber zu sprechen. Ich meine damit nicht das Aufwachen im dunklen Hotelzimmer neben Alex im Bett, mit schlechtem Geschmack und trockenem Mund, Druck auf der Blase, den Rock um die Taille gewickelt. Obwohl das allein schon schlimm genug war. Dass Alex bewegungslos, den Kopf auf dem Kissen, hellwach dalag und an die Decke starrte, war schlimmer.

Ich sagte leichthin »Ach, du lieber Himmel«, in der Hoffnung, wir könnten die Sache mit einem Scherz abtun. Aber er gab keine Antwort und rührte sich nicht. Ich stand auf, als hätte ich Schläge bekommen.

Meine Bluse, BH und Slip lagen zusammengeknüllt auf dem Stuhl. Ich versuchte sie, mir mit zitternden Händen hastig überzustreifen und verheddere mich dabei. Es schien ewig zu dauern. Und die ganze Zeit kam nichts als Schweigen von dem Bett. Ich suchte meine Handtasche und ging. Der Mann vom Empfang brachte mich zu meinem Zimmer. Ich konnte meinen Schlüssel nicht finden. Er war wunderbar höflich zu mir.

Als das Hotel erwachte, stellte ich mich eine lange Zeit unter die Dusche. Danach legte ich mit noch immer zittrigen Händen eine dicke Schicht Make-up auf. Ich hatte alle Aspirin genommen, die ich fand, aber noch immer spürte ich den pochenden Schmerz im Nacken. Ich hatte aller Wahrscheinlichkeit nach eine ganze Flasche Wein getrunken. Ganz zu schweigen von den Schnäpsen ...

Die Vorstellung, Alex gegenüberzutreten, versetzte meinen Magen in Aufruhr. Ich tat es, weil ich es musste. Als ich den Frühstücksraum betrat, sah ich Alex einsam in der Schlange am Büfett stehen. Also tat ich, was einen Tag zuvor das Natürlichste von der Welt gewesen wäre. Ich ging auf ihn zu. Die Hände behielt ich unten, weil sie zitterten.

Er wich vor mir zurück. Er machte richtiggehend einen Satz, als sei ihm der leibhaftige Teufel erschienen, und sah mich entsetzt an. Sein Gesicht schien eher Hass als Verlegenheit auszudrücken.

Ich hatte den Mund zum Morgengruß geöffnet, aber er

blieb mir im Hals stecken. Stattdessen machte ich auf dem Absatz kehrt und eilte aus dem Raum. Bevor ich wieder normal atmen konnte, saß ich bereits im Zug nach Venedig.

Nachdem Jimmy mir zum Bahnhof hinterhergerannt war, konnte ich wenigstens weinen. Ich fuhr so weit weg wie möglich. Nach Venedig, an Venedig vorbei zum Lido und hinüber auf die andere Seite des Lido. Danach war ich zumindest in der Lage, die Fensterflügel in dem hohen farblosen Hotelzimmer zu öffnen und mein Gesicht in die Sonne zu halten. Er kennt mich seit Jahr und Tag! schluchzte ich. Hätte er da nicht ein bisschen netter sein können? Was ist so schlimm an einem kleinen Bettabenteuer zwischen zwei erwachsenen Menschen?

Er machte mich dafür verantwortlich. Das war seiner starren Haltung auf dem Bett ganz deutlich abzulesen. Nicht sich selbst. Nicht uns. Mich. Aber selbst wenn ich allein die treibende Kraft gewesen wäre …!

Und so war es natürlich. Er hatte mit mir nicht einmal einen trinken gehen wollen, also kann er wohl kaum aus heiterem Himmel mit mir ins Bett gewollt haben.

Ach, zum Teufel! Was ist daran so schlimm? Ich hatte mich schließlich nicht vorsätzlich betrunken. Ich hatte keinerlei Absichten gehegt. Was hatte ich ihm denn getan, dass er nicht einmal ein paar Worte mit mir wechseln konnte? Hätte er mir nicht kurz die Hand drücken können und damit basta?

Aber dann sagte ich mir: Hätte ich es dann dabei bewenden lassen? Nein, es hätte mich ermutigt. Es ist wirklich einiges dabei, wenn man sich zusammen im Bett wiederfindet, halb ausgezogen, auch wenn sonst nichts passiert ist … Schließlich arbeiten wir schon seit achtzehn Jahren zusammen.

Ich stand wie unter Schock, körperlich und seelisch. Ich hätte unmöglich sagen können, ob wir Verkehr gehabt hatten oder nicht. Ich fühlte mich so schlecht und so steif und überall wund.

Ich wette, *ich* war allein die treibende Kraft.

Und wenn schon …

Und so weiter und so fort. Und immer wieder von vorn.

Venedig Anfang Juni ist nahezu vollkommen. Ich war schon einmal auf eigene Faust dort gewesen, als ich gerade mit der Reiseschriftstellerei begonnen hatte und Caroline die Weihnachtstage in Hongkong verbrachte. An einen lauwarmen Heizkörper in einem billigen Hinterzimmer gekauert, hatte ich damals auf dem Steinboden gesessen und voll Selbstmitleid an Mary McCarthy gedacht. Als sie über Italien geschrieben hatte, war sie genau so arm gewesen wie ich. Ach, wäre ich doch nur so ein Genie wie sie. Wie immer sah ich auf das, was ich nicht hatte, anstatt mich des Vorhandenen zu freuen. Flach drang das silbrige Licht durch den eiskalten Nebel, der über der Lagune hing. Ich war die einzige, die auf der Insel Torcello von der Fähre stieg, durch die unter tiefem Frost schlummernden Gemüsegärten über den kleinen Kanal ging, dessen Wasser dunkel unter der Eisdecke dahinfloss, und in die Basilika trat, wo ich durch meinen gefrierenden Atem kaum das wunderbare Mosaik vom Jüngsten Gericht erkennen konnte.

Und nun war ich in einem der alten Grandhotels am Lido abgestiegen, in einem Zimmer mit matten Spiegeln, alten Teppichen und langen Musselinvorhängen. Die fedrigen Spitzen der Tamarisken auf der Terrasse berührten meinen Balkon. Vor der Terrasse plätscherte das Meer sanft ans Ufer. Heute Abend, wenn ich mit der Hotelbarkasse aus der Stadt zurückkam und auf der Terrasse mein Essen einnahm, würde die Lagune nur noch eine ferne Ahnung hinter dem sauberen, wellengekämmten Strand sein. Die Kerzen auf meinem Tisch würden in ihren niedrigen Haltern aus Glas golden flackern. Ich würde Zeit haben, mir etwas anzusehen. Die Carpaccios vielleicht, die so viel Lebensfreude ausstrahlten. Oder ich könnte durch die Gassen schlendern, jede Kirche besichtigen, an der ich vorüber kam, und zum Ghetto gehen, wo die hohen Mietshäuser noch immer so trostlos aussahen wie damals, als die Juden von Venedig dort nachts eingeschlossen wurden. Ich könnte auf der großen Piazza bei Florian sitzen, Kaffee und Kuchen auf die Kreditkarte von *TravelWrite* setzen lassen und den Leuten zusehen, den Tauben und dem Licht, das auf der Fassade des Markusdoms spielte. Ich könnte mir in einem Buchladen Henry James' Roman *Die Flügel der Taube* kaufen, mich auf die ausgetretenen Stufen einer stillen Piazza setzen und die Venedig-Kapitel lesen, um mich herum spielende Kinder, im Hintergrund das Plätschern eines Brunnens und irgendwo in unsichtbarer Ferne die warnenden Rufe der Bootsleute auf dem Kanal. Aber nichts davon brauchte ich zu tun. Ich könnte hier und jetzt schwimmen gehen. Ich könnte durch die stillen Villen hinter dem Hotel zur Einkaufsstraße laufen und mir einen Badeanzug kaufen. Und wenn ich aus dem Wasser kam, könnte ich mich auf einem Liegestuhl ausstrecken und spüren, wie die angenehm warmen Frühsommersonnenstrahlen die Tropfen auf meinem Körper trockneten.

Und doch waren all diese Herrlichkeiten nichts, nur weil ein Mann mich verletzt hatte. Weil ich mich selbst über einen Mann verletzt hatte. Weil ich mich auf etwas Unpassendes mit einem Mann eingelassen hatte. Dabei hatte ich keine Ahnung, was ich der Sache für einen Namen geben sollte! Ich wusste ja nicht einmal, was eigentlich passiert war.

Ich versuchte, Jimmy in unserem Hotel in Triest zu erreichen.

»Alle Gäste von *NewsWrite* sind bei einem Empfang im Rathaus und werden danach in Schloss Miramar essen. Ja, ich notiere gerne eine Nachricht ...«

Miramar! Rilke hatte im Schloss Miramar gelebt! Niedergeschlagen setzte ich mich auf das luxuriöse Bett. Ach, ein Dichter wie er zu sein! So erhaben. So in großen Bögen denken zu können. Leben, Liebe und Tod in wunderbar tiefsinnigen Kunstwerken beschreiben zu können. Statt dessen bin ich eine kleine spießige Null mit einer schmutzigen Phantasie, die gerade so weit reicht, sich eine Liaison mit dem Boss vorzustellen und über die erlittene Erniedrigung zu flennen, aber nicht weit genug, das Geheimnis des menschlichen Daseins zu erkennen wie Rilke. Ich erinnerte mich an etwas, das ich einmal in einem Artikel über ihn gelesen hatte. Rilke wisse um seine Schwächen, hieß es dort, und schöpfe daraus seine Stärke. Warum konnte ich nicht versuchen, es ihm nachzutun?

Dann musste ich lachen, während mir noch immer Tränen über die Wangen kullerten. Daran, dass du bei der erstbesten Gelegenheit zu heulen anfängst, sagte ich zu mir, ist ja nichts Neues. Aber dass du darüber heulst, dass du kein Genie bist, schlägt dem Fass den Boden aus!

Genau das werde ich tun, dachte ich und richtete mich auf dem Bett auf. Ich werde Rilke lesen. Das habe ich seit Jahren nicht mehr getan. Ich gehe in einen Buchladen und sehe nach, ob sie etwas von Rilke auf Englisch haben.

Ich sprang vom Bett auf und ging ins Bad, um die Tränen abzuspülen. Die Entscheidung machte mich froh. Rilke würde wahrscheinlich ein besseres Heilmittel für mich sein als Männer, wenn ich eine alte Frau war. Ich würde mich von dem hüpfenden Schnellboot des Hotels über die grüne Lagune ins strahlende Venedig tragen lassen.

Ich brachte mich wieder auf Trab und verschob den Gedanken ans Büro auf einen späteren Termin.

Dann erfand ich eine Ausrede, um dem Büro für längere Zeit fernbleiben zu können. Eine kleine Erkrankung. Ein paar Wochen, um mich von der Erkrankung zu erholen. Einen anstrengenden Aufenthalt bei Nora in New York. Einen Ausflug nach Kalifornien, um ein, zwei Artikel über das Getty-Museum zu schreiben. Und schließlich sagte Jimmy, als ich ihn zum zweiten Mal an ein und demselben Tag aus einem schummrigen *Sum Restaurant* in Los Angeles anrief: »Komm zurück, Kathleen. Du fehlst uns ebenso sehr, wie wir dir fehlen.«

»Wir?«, wiederholte ich. »Uns?«

»Ein und für alle Mal, Kathleen, hör mir jetzt mal gut zu. Dein Verhalten ist ebenso selbstsüchtig wie lächerlich. Die Dinge stoßen nicht nur dir zu, verstehst du? Du unterschätzt deinen Einfluss. Du scheinst zu glauben, dass du keinerlei Einfluss auf die Leute hast, aber das stimmt nicht.«

»Schwörst du mir bei deiner Seele, dass du unten in der Halle auf mich wartest, wenn ich ins Büro komme? Am ersten Tag?«

»Sei nicht kindisch.«

»Ich werde mich bessern!«, versprach ich. »Ich werde Maßnahmen ergreifen ...«

»Ich auch«, erwiderte er. »Und zwar zu deiner Erziehung.«

Alex war perfekt. Er benahm sich, als wäre überhaupt nichts geschehen. Er war derart überzeugend, dass ich anfing, mich zu fragen, ob ich die Sache nicht überbewertet hatte. Von Zeit zu Zeit fiel mir sein Gesichtsausdruck ein, als er in dem dunklen Hotelzimmer neben mir gelegen und an die Decke gestarrt hatte, aber sein Verhalten jetzt war so sehr wie immer, dass mir die Erinnerung unwirklich erschien. Er war vollkommen der Alte – hilfsbereit, zerstreut, schlecht gelaunt, aber verlässlich. Wäre Jimmy nicht gestorben und hätten wir uns am Abend nach seiner Beerdigung nicht so nahe gefühlt, ich hätte nie Alex' Sicht der Dinge kennen gelernt. Ich wäre, wie viele andere Frauen, weiterhin verwirrt, ja erschrocken darüber gewesen, welche Welten zwischen der instinktiven Freizügigkeit des Körpers liegen können und der Möglichkeit, dass daraus etwas Gutes entsteht.

17

Ich folgte Berties Wagen, die Weißdornbüsche streifend, über einen gewundenen, mit Hecken gesäumten Weg durch eine scheinbar eintönige Moorlandschaft. Schließlich bog er um eine Kurve, und ich erblickte einen ovalen, mit Schilf umstandenen See, der sich perfekt in eine grüne Mulde fügte. Dann verschwand Berties Wagen. Weder Tor noch Auffahrt waren zu sehen, nur eine Lücke in der Hecke und dahinter eine ebene Wiese mit kurzem weichen Gras: Felix' Grundstück.

Weiter unten in einer Erdfalte, nur ein paar Meter vom Wasser entfernt, lag das Haus. Es sah aus wie eine verfallene Farm. Die kleinen Wiesen um den See waren von leuchtend senfgelben Ginstersträuchern übersät. Zwei wilde Kirschbäume neigten sich über das Haus und verstreuten ihre zartweißen Blütenblätter über den dunklen Schiefer und das kräftige Gras, sogar auf das stille Wasser. Spot stürzte mit Freudengebell den grünen Hang hinunter. Wir traten durch eine Tür in der Steinmauer auf eine hölzerne Fläche und sahen durch große Scheiben über einen Balkon auf den See, Binsen und Wiesen. Dann stiegen wir breite Holzstufen hinunter, um uns die Schlaf- und Badezimmer im unteren Stock anzusehen, und gelangten über eine Außentreppe wieder in den Wohnraum und hinaus auf den Balkon.

»Nun?«, sagte Bertie mit sichtlicher Befriedigung. »Hab ich's Ihnen nicht gesagt! Ist das nicht eine Wucht?«

»Mein Gott, Bertie! Was für eine Umstellung! In Mellary habe ich mich gefühlt, als hätte ich dort schon immer gelebt.

In dem Cottage mit den dicken Wänden konnte man alles überstehen. Stürme. Grundbesitzer. Die Tommies mit ihren *Black and Tans*-Spezialeinheiten. Auch wenn das Leben dort hart war. Jedes Mal, wenn ich rausging einen Eimer Torf holen, hatte ich Mitleid mit dem Mann, der ihn gestochen hatte, und mit seiner Frau, die damit kochen musste. Aber hier fühlt man sich wie auf einem anderen Stern.«

»Er hat es mit ein paar Leuten aus der Gegend gebaut«, sagte Bertie. »Wir haben ausgezeichnete Handwerker hier, man muss sie nur dazu bringen, ihren Hintern hochzuheben.«

Ich begleitete ihn über einen Pfad mit ausgetretenen Steinplatten zum Wagen.

»Felix hat sie unten am See gefunden«, erklärte mir Bertie. »Vor der Hungersnot war da ein richtiges Dorf gewesen. Da haben schon Leute gewohnt, als es noch Dinosaurier gab, oder so ähnlich. Er hat eine Holzschüssel gefunden, die tausend Jahre alt ist.«

»Meinen Sie, dass jemand in hundert Jahren unsere Zitronenpressen von Alessi ausgräbt?«, fragte ich. »Wer weiß, ob sich einer dafür interessiert, wie wir gelebt haben.«

»Kopf hoch, Kathleen«, sagte Bertie munter. »Wenn Ihnen die Decke auf den Kopf fällt, brauchen Sie nur zum Telefonhörer zu greifen. Dann komme ich Sie retten. Die Lehrer sind in ein paar Tagen wieder weg. Ich verwünsche sie schon jetzt.«

»Vielen Dank für alles, Bertie. Vor allem, dass Sie mich auf den Hund aufpassen lassen.«

Das Tal war in gleißendes Licht getaucht. Ich stellte mir die Leute, die hier gelebt hatten, wie auf Negativen vor: Graue Gestalten mit weißen Umrissen, die sich mit ihren Bündeln am Ufer des Sees entlang bewegten, den Hang herunterkamen, mit frisch gebackenen, in Tücher gewickelten Brotlaiben aus ihren verlassenen Hütten traten und ihren angestammten Ort der sonnendurchfluteten Stille überließen. Als sie das Tal verließen, war die Hungersnot vorüber. Es ging ihnen nicht wie den Kindern in den Konzentrationslagern, die so hungrig waren, dass sie die Identifikationskarten aus Pappe aufaßen. Aber auch die irische Bevölkerung verlor ihre

Identität, weil sie ihre Sprache hinter sich ließ, als die Menschen damals im langen Treck aufbrachen, wohin ihre Füße sie tragen würden.

Auch das Haus war lichtdurchflutet. Die dem See zugewandte Seite war aus Glas, das Dach mit Glasrippen durchzogen, was ich anfangs nicht bemerkt hatte. Ich hätte mir nie träumen lassen, dass ich mich jemals in ein einsames irisches Tal verirren und nichts zu tun haben würde. Mein Leben lang habe ich immer an irgendeinem Projekt gearbeitet. Und jetzt mussten plötzlich keine Reisen mehr vorbereitet werden: Kein Buchen bei Roxy, kein Vergleichen der Flugpreise, kein Ausdrucken von Karten und Plänen aus dem Internet, keine Kontaktanrufe, keine Notizen über das, was bereits zum Thema erschienen ist, kein Blick auf meine Thomas-Cook-Reiseunterlagen, kein Devisenkauf, kein Kofferpacken. Nie mehr. Und kein Jimmy, mit dem man zwischendurch Kontakt aufnehmen konnte. »Hallo, Süße! Ich streiche meinen Abstecher nach Ambon. Die Christen hauen den Muslimen die Schädel ein und umgekehrt. Hast du das Kleid von Valentino getragen? Der Harley-Davidson-Trip war ein Desaster. Jeden Tag zwanzig Zentimeter Regen und die ganzen Trucks, die einem das Lederzeug bis auf die Knochen durchweichen. Was machen deine Nebenhöhlen? Man hat uns kurz nach Sonnenaufgang in Monets Garten gelassen. Wir sehen uns Montag …«

Zuerst befiel mich Panik. Wie würde ich die Zeit hier überstehen? Ich konnte ein paar Pfund hinterlegen und Leute anrufen. Nora kam allerdings nicht in Frage. In Manhattan war es jetzt Mittag, und sonntags nach dem Kirchgang versuchten die Frauen aus Noras amerikanisch-irischem Bekanntenkreis, sich gegenseitig mit raffinierten Brunches zu übertrumpfen. Die Atmosphäre war so angespannt, dass ich das letzte Mal, als ich dabei war, fast wieder zu rauchen angefangen hätte. Das war nach dem Debakel mit Alex in Triest gewesen. Nora hatte Bagels von einem speziellen Laden auf der Lower East Side serviert, den nur sie kannte, und Saft von Bio-Orangen und riesige Steaks mit Spiegeleiern für die Männer, die im Übrigen alles daransetzten, sich möglichst schnell volllaufen zu lassen. Aus Angst vor Flecken hatte Nora Plastikbezüge über ihre Sitzmöbel gestülpt und überall auf den Oberflächen der Tische und Schränke schützende Untersetzer, Deckchen und Tischläufer mit aufgesticktem NB verteilt.

Ihr Wohnzimmer war das exakte Gegenteil von Felix' einfachen Räumen. Ein Aufgebot an hellbraunem Plüsch und riesigen Keramik-Lampen.

»Die Wohnung ist eine dreiviertel Million wert«, sagte sie. Ich schnappte folgsam nach Luft.

»Tja«, meinte sie. »Wenn nicht noch mehr. Das ist Amerika. Hier kann jeder sein Geld verdienen.«

»Ich glaube, ich nicht«, gab ich zurück.

»Natürlich könntest du, wenn du nicht so ein Snob wärst.«

Sie warf mir einen kühlen Blick zu. Ich hatte ganz vergessen, wie furchteinflößend sie wirken konnte.

»Das weißt du genau«, fuhr sie fort. »Du bist viel intelligenter als ich. Aber die meisten Leute sind dir nicht gut genug, oder? Und das kannst du dir als Geschäftsfrau nicht erlauben.«

»Ich bin keine Geschäftsfrau«, erwiderte ich verschnupft.

»Ich weiß. Das ist es ja.«

Als sie mir ein Weilchen darauf die Gästesuite zeigte, fand ich meine Fassung wieder. Das Zimmer war ein Urwald aus Blumen und Rüschen.

»Ich habe es selbst eingerichtet«, sagte sie zufrieden. »Altmodisch. Europäischer, als man es sonst hier hat. Eine Art Reminiszenz an die alte Heimat.«

»An welche alte Heimat?«, fragte ich.

»An Irland.«

»In Irland gibt's keinen Chintz«, erwiderte ich.

»Na, es ist ja auch kein getreues Abbild. Eher eine Interpretation.«

Diese Bemerkung fand ich köstlich. Das musste ich dringend Jimmy erzählen. Aber im gleichen Augenblick bewunderte ich sie. Beim Betrachten hatte sie unbewusst die Lippen vorgeschoben und die Augen zusammengekniffen. Pfiffig sah sie aus und zufrieden mit sich selbst. Aber schließlich stammten wir von einer langen Linie kleiner Farmer ab. Und diese Wohnung war ihre Scholle. Warum sollte sie also nicht ebenso zufrieden dreinschauen wie ein Bauer, der auf dem Markt ein gutes Geschäft gemacht hat?

Mit wem konnte ich sonst telefonieren? Alex war nicht zu erreichen, es sei denn, er rief bei Bertie im Hotel an und ließ sich meine neue Nummer geben. Möglicherweise hatte auch Betty in der Verwaltung Neuigkeiten von ihm, morgen früh, wenn sie ins Büro kam. Mit dem Anruf bei Caro würde ich bis zum nächsten Morgen warten, um ihr meine guten Wünsche fürs Examen mit auf den Weg zu geben. Wenn nur Miss Leech schon zurück wäre, dann könnte ich mich mit ihr über das Paget-Buch unterhalten. Wenn sie nur gesund nach Hause kam!

Ich schaltete mein Notebook ein und sah mir die letzte Eintragung an. Es war Mariannes Ausruf in Rathgar: Sie wünschte, sie hätte etwas, das sie lieben könnte. Kurz darauf brachte Reverend McClelland sie über die See nach England und übergab sie der Anstalt in Windsor. Wenn ich mir diese lange, stille Reise vorstellte, dachte ich immer: Lauf weg, Marianne! Lauf weg! Aber sie war eine arme verrückte Lady mit riesiger Krinoline, und wenn sie noch nicht verrückt war, dann war sie kurz davor. Vielleicht hat sie ihren Verstand aber auch erst in der geschlossenen Anstalt verloren, in der sie, wie sie annehmen musste, den Rest ihres Lebens verbringen würde. Nein, ich würde Marianne beiseite lassen, bis ich mit Miss Leech gesprochen hatte. Also begann ich, Felix' Bücherregale durchzustöbern. Vielleicht fand sich darin eine interessante Lektüre.

Am Ende las ich doch nichts. Ich sagte mir: Du bist an einem besonderen Ort zu einem besonderen Zeitpunkt, und machte einen halben Tag und einen weiteren Tag und dann noch einen Tag lang das, was ich bis dahin kaum je gemacht hatte, nämlich nichts. Durch die Glaswand der Dusche in dem wunderbaren Bad, dessen Fliesen das exakte Blaugrün des Hügels hinter dem See spiegelten, beobachtete ich am ersten Abend ein Moorhuhn, das eine Flottille winziger Küken durch das Schilf lotste. In der Dusche gab es einen Marmorsitz und von allen Seiten sprühende Wasserfontänen. Ich wusch mir die Haare mit Felix' Algenshampoo, das von einem teuren Mailänder Friseur stammte. Frisch geduscht, ging ich in die Küche und öffnete eine Dose Thunfisch. Ich verteilte die eine Hälfte auf meinem Butterbrot und stellte die andere Hälfte auf einem Blechteller vor die Balkontüren auf die Steinfliesen. Die drei ausgemergelten, schmutzig grauen wilden Katzen näherten sich anfangs noch zitternd vor Angst, aber nachdem sie den Fisch verspeist hatten, spielten sie bereits unbesorgt in dem hohen Gras unter der Außentreppe. Sie jagten und balgten, streckten und rollten sich in der Abendsonne und den länger werdenden, seidigen Schatten. Ich ließ mein Haar im milden Dämmerlicht trocknen und bürstete jeden einzelnen Knoten heraus, bis es sich ganz leicht und fließend anfühlte. Einmal in der Nacht wachte ich auf und vergewisserte mich, ob Spot neben meinem Bett lag. Ich lag auf meinem Haar, das einen wunderbaren Duft verströmte und mich an die herrlich frische Luft im Tal erinnerte.

Am nächsten Tag wechselte ständig das Wetter. Das Haus war mal in Sonne getaucht, mal von Wolken verdunkelt. Dann fegte der Wind die Wolken wieder weg und die Sonnenstrahlen kamen erneut zum Vorschein. Am Nachmittag beruhigte sich das Wetter. Der Wind flaute zur sanften Brise ab und das Haus war wieder durchsichtig und hielt mich still umfangen. Ich saß draußen auf dem hölzernen Balkon, Spot schlief zu meinen Füßen. Als ich mich zu ihm hinunterbeugte, um ihn in den Arm zu nehmen, war sein Fell heiß von der Sonne. Der Himmel erstrahlte in makellosem Blau. Manche Kacheln auf den Dächern alter Moscheen im Iran waren von jenem Blau. Es verrät keine Spur von einer anderen Farbe und steht wie ein leuchtender Horizont zwischen dem hitzeweißen Himmel und den graubraunen Betonhäusern im Wüstenstaub. Hier umspannte der Himmel das grüne Tal wie eine nach außen gestülpte Kuppel, und sein Azurblau ließ es in einer Reinheit erstrahlen, als wolle er das Urbild des beginnenden Sommers festhalten. Ich spürte jede Bewegung, meine Schritte auf dem federnden Gras, die warme Brise, die durch mein Haar strich und meinen Nacken streichelte. Ich atmete beglückt die Luft ein, die so frisch war, als wäre sie gerade erst erschaffen worden. Ein Gemisch von Tönen drang an mein Ohr, die lang gezogenen Rufe der Lerchen am Himmel, das Rauschen des Schilfs am See und das schwache Plätschern des Wassers am braunen Sichelufer.

Dann versank die Sonne in einer Explosion aus Rot- und Rosatönen am Horizont. Ich legte mir draußen auf den Stufen ein Lager aus Kissen zurecht und sah den Katzen zu, die an der Hecke hin und her jagten. Als es dunkler wurde, machte ich es mir mit Spot auf dem Sofa bequem und zappte durch die Fernsehprogramme. Eine Frau in Texas hatte ihren Golflehrer umgebracht. Eine taiwanesische Oper. Eine langatmige Diskussion über die ökonomischen Auswirkungen des schwachen Yen.

Ich verfrachtete meine Matratze nach draußen auf den Balkon und schlüpfte unter die Decke. Der nachtdunkle See nur ein paar Schritte von mir schien fast unmerklich zu schwingen. Überall sonst hätte ich Angst gehabt, mich so schutzlos den Nachttieren auszuliefern. Aber nach all den Stunden der stillen Gegenwart von See und Wiesen fühlte ich mich eins mit dem Tal. Ein Schwan glitt auf der schwarzen Wasserfläche vorbei. Ich lag unter meinen Decken und wartete auf das Ende von Schuberts Klaviersonate, die ich aufgelegt hatte. Die letzte, die er schrieb, als er bereits wusste, dass er sterben musste. Seit Jimmys Tod hatte ich diese CD immer bei mir gehabt wie einen Fetisch. Ich wurde ihrer nie müde. Ich versuchte den Tod aus der Musik herauszuhören. Oder Schuberts Hinnahme des Todes im Namen aller sterblichen Wesen. Ich habe mehrere Male versucht, mit Jimmy über Musik zu reden. Aber das Thema interessierte ihn nicht besonders. Als ich ihm dieses Stück vorspielte, hatte ich nicht im Traum daran gedacht, dass ich ihn je verlieren würde. »Diese Musik«, hatte ich damals zu ihm gesagt, »beschreibt das Sterben wie etwas, das bereits hinter uns liegt und unserer Erfahrungswelt angehört, und gleichzeitig erleben wir darin das Sterben. Das macht, glaube ich, das Tröstliche von Musik aus, sie vermittelt uns Erfahrungen, die weit jenseits unseres

Verstehens sind, und hält sie gleichzeitig im Bann. Findest du nicht, Jim?«

Und Jimmy hatte geantwortet: »Als mein Vater starb, spielte man auf dem Harmonium *You'll Never Walk Alone*, und als meine Mutter starb, hinterließ sie die Bitte, eine Auswahl aus *Die drei Tenöre in Rom* zu spielen. Also erwarte gefälligst nicht von einem Sohn aus Scottsbluff in Nevada, dass er zum Thema Musik etwas zu sagen hat.«

Ich sagte: »Auch Shore Road in Kilcrennan war nicht Wien, weißt du?«

Völlig unerwartet begann ich zu weinen. Ich weinte und weinte. Kissen und Betttuch wurden nass an meinem Hals. Die Tränen strömten aus mir wie Blut aus einer geöffneten Arterie. Die kleinen Moorhühner und die knochigen Katzen sind Tag für Tag damit beschäftigt, in der Gegenwart zu leben, dachte ich. Aber wir Menschen müssen mit Vergangenheit und Zukunft fertig werden. Ich fühlte den Luxus meines weiches Nestes aus Kissen und Decken und bedauerte meine arme Mutter, die unseren alten Ofen mit Treibholz vom Strand anzuzünden versuchte, das so salzig war, dass es kaum Feuer fing. Selbst meinen Vater bedauerte ich. Das Haus hier war so wundervoll, so Vertrauen einflößend! Und Daddy mit seinem altmodischen irischen Getue, der die Nachbarn in seinem abgetragenen blauen Anzug wie ein Potentat grüßte und zu Hause »Schert euch hier raus, zum Teufel« brüllte, wenn wir zur Messe gehen sollten. Er hat nie in einem so freundlichen, komfortablen Haus wie diesem hier gewohnt. Geschniegelt und gestriegelt kam er aus unserem kalten Bad mit der fleckigen Wanne und dem durchgescheuerten Linoleum. Wie hätte er in Felix' phantastischer Dusche gepfiffen! Irland hatte die Generation meiner Eltern verschlissen, als sei sie vollkommen wertlos. Ganz zu schweigen von der Generation der Großeltern, den Leuten, die hier am See lebten … Auch sie hatten ihre Jimmys und verloren sie. Ihre Jimíns. Ihre innig Geliebten.

Als ich aus Ballygall hinausfuhr, sang ein Mann im Radio ein Liebeslied, das von den Leuten stammte, deren Geister im Schilf unter mir raschelten. *Ich heiratete dich auch, gelieb-*

tes Herz, hättest du keine Kuh, kein Pfund, keine Mitgift.
Aber es macht mich so traurig, geliebtes Herz, dass du und
ich nicht in Cashel sind, und als Bett nur haben eine rohe
Planke aus dem Moor... Auch Marianne bedauerte ich,
deren Leib unter all den Schichten aus Pferdehaar und Wal-
fischknochen und gestärktem Musselin gefangen war, die nie
ein weiches Baumwollhemd und Shorts auf der Haut oder
das weiche Holz unter den bloßen, braunen Füßen gespürt
hatte. Wie viele Jahre hätte auch ich in einem Haus wie diesem wohnen können, jammerte ich. Und stattdessen habe ich
mein Leben mit fünfundzwanzig, dreißig, vierzig, fünf-
undvierzig in einem Kellerloch in London verbracht. Je älter
ich wurde, desto schwerer wog die Last, nie glücklich gewesen zu sein.

Das wird eine schreckliche Nacht werden, dachte ich. Aber
es kam anders. Meine Wimpern waren von den Tränen ver-
klebt, aber nur vereinzelt lief noch eine an meinem Hals
hinunter. Plötzlich bekam ich einen Bärenhunger. Ich weckte
Spot, der neben mir lag, zog meinen Pullover über und machte mir in der Küche einen Käsetoast und für Spot einen mit
Sardinen. Ich legte eine Chansonette aus den Vierzigern auf,
die *Begin the Beguine* sang und trank ein Glas köstlichen
Wein aus einem Schrank voller gekühlter Flaschen. Allmählich wurde mir außerordentlich wohl. Schließlich räumte ich
alles auf, und dann machten wir es uns wieder auf unserem
Freiluft-Bettlager bequem. »Hier sind wir so sicher wie in
Abrahams Schoß«, sagte ich zu Spot.

Mir würde ein Potpourri von Cole Porter an meiner Beerdigung gefallen, oder auch Schubert. Sofern ich noch in der
Lage wäre, etwas zu hören. Ich wunderte mich, dass ich mich
nicht an die Musik bei Jimmys Beerdigung erinnern konnte,
in der neogotischen Kapelle im Krematorium. Aber Alex hatte sich um alles gekümmert. Ich habe es ihm überlassen. Nach
dem Morgen, an dem wir erfahren hatten, dass Jim tot war,
hatte ich mit Roxy und Betty eine Menge Gin in einem Pub
in der Nähe des Büros getrunken, war nach Hause gegangen
und hatte gelesen. Alex rief ständig an, um mir zu erzählen,
was er machte und was er herausgefunden hatte. Herzinfarkt.

Einäscherung. Jimmy hatte, wie sich herausstellte, einen Liebhaber, der seit einem Jahr in einer Aids-Klinik in Miami lag.
Der Klinikdirektor teilte Alex mit, der Zustand des Freundes
erlaube es nicht, dass man ihm Jimmys Tod mitteilte, aber er
und das Klinikpersonal würden Señor Jimmy schrecklich vermissen. Ich quittierte alles mit einem »Ja, ja« und igelte mich
tagelang in meiner Gruft ein.

Ich erinnerte mich natürlich auch deshalb nicht an die Einzelheiten von Jimmys Beerdigung, weil ich unter Schock
stand.

Als Alex mich abholte, fiel mir auf, dass wir ganz in
Schwarz gekleidet waren, und ich sagte: »Wir sind nicht nur
Kollegen für ihn gewesen. Seit dem Tod von Mr. und Mrs.
Beck waren wir seine Familie.«

»Du warst seine Familie«, korrigierte Alex. »Du bist mit
ihm an Weihnachten nach Amerika gefahren und so weiter
und so fort. Ich war nie ein *Freund* für ihn, aber ich glaube,
er wusste, wie sehr ich ihn geschätzt habe. Das hat er doch
gewusst, oder?« Alex drehte sich um und sah mich an.

»Er hat's gewusst. Natürlich hat er's gewusst.«

In strömendem Regen kämpfte sich der Wagen durch den
lebhaften Verkehr der Holloway Road Richtung Highgate.
Alex meinte, es regne immer bei Beerdigungen. Ich erwiderte, davon hätte ich keine Ahnung, weil ich noch nie bei einer
Beerdigung gewesen sei.

»Du warst noch nie bei einer Beerdigung!«

»Nein. Jedenfalls nicht von jemandem, den ich kannte. Ich
habe natürlich schon Beerdigungen gesehen. In Ägypten, dort
bewegen sich die Männer, die den Leichnam tragen, im Lauf-
schritt und rufen ...«

»Du bist Katholikin und warst noch nie bei einer Beerdigung?«

»Was hat das denn damit zu tun? Ich bin einfach nicht nach
Irland gefahren, als meine Mutter beerdigt wurde. Und mein
Vater ist auch dort gestorben vor ein paar Jahren, aber den
Mann kannte ich ja kaum.«

»Dann werde ich dir das besser mal erklären«, sagte er.
»Der heutige Gottesdienst wird ziemlich feierlich, mit Weih-

rauch, Kommunion und Abendmahl, also mit Brot und Wein. Ich glaube, das hätte Jimmy gefallen.«

»O ja! Ein bisschen Brimborium hat er immer zu schätzen gewusst.«

»Ich werde nicht bei dir sitzen können, Kathleen«, fuhr Alex fort. »Weil …«, er schien nicht mehr weiter zu wissen.

»Weil … ich Father Gervase assistieren werde.«

Ich war sprachlos. Nach einer Weile fragte ich: »Haben die Protestanten denn auch Messdiener?«

»Nein, eigentlich nicht.«

»Woher weißt du dann, was du tun musst?«

»Na ja, das habe ich im Grunde immer gewusst«, antwortete er. »Als ich ein Junge war, befand sich neben unserem Haus ein kleiner anglikanischer Konvent. Ich wäre Mönch geworden, wenn mein Vater nicht gestorben wäre. Aber ich bin seit meinem achtzehnten Lebensjahr ein Laienbruder. Es ist eine Art abtrünniger Konvent. Wir nennen uns Brüder der Verkündigung. Mit einundzwanzig habe ich mein Gelübde abgelegt. Dort verbringe ich auch meine Ferien. In dem Kloster.«

»Welches Gelübde?«

»Armut. Keuschheit. Gehorsam. Die üblichen …«

Wenn Jimmy nur bei mir gewesen wäre! Ich unterhielt mich in Gedanken mit ihm, als Alex im Chorhemd neben dem Priester stand, um ihm die Kupferschale mit Weihwasser zu halten, damit er den Sarg segnete.

Was sagst du dazu! Jimmy, mein Schatz. Wer wäre in hundert Jahren auf so etwas gekommen? Ein *Priester*, Jimbo. Unser Boss war ein *Priester*!«

Nach der Trauerfeier gab es ein Buffet in einem Hotel in Muswell Hill. Jimmys Freunde, die so herzlos aussahen, wenn sie nachts die Bar des Salisbury umflatterten, blinzelten jetzt traurig und beklommen. Hin und wieder flackerte ein Gespräch zwischen ihnen auf, dann verfielen sie wieder in Schweigen. Der Big Boss, Alex' Vorgesetzter bei *NewsWrite* ließ unaufhörlich die Gläser voll schenken und versuchte damit Caroline zu imponieren. Roxys Mutter saß mit einem rosa Kugelhut neben Roxy und veranschaulichte lebhaft, wie Roxy einmal aussehen würde.

Alex beugte sich zu mir herunter und flüsterte mir zu, »Wenn du gehen willst, fahre ich dich nach Hause.«

Er kam mit in meine Kellerwohnung. Ich drehte den Heizlüfter voll auf und öffnete eine Flasche Champagner, das Einzige, was ich im Kühlschrank hatte. Wir setzten uns an den Küchentisch. An diesem Abend legten wir zu unterschiedlichen Zeiten den Kopf auf den Tisch und weinten. Damals kam alles zur Sprache. Die Weihnachtsabende bei den Becks in Scottsbluff, wo wir uns Quiz-Shows ansahen und zu viert die Antworten herausbrüllten. Und dass Jimmy regelmäßig eine unerfindliche Wut auf seinen Vater bekam und doch untröstlich war, als der alte Mann starb. Über Alex' Mutter, die ihm mit achtzig noch immer morgens das Frühstück machte. Über den Tod meiner Mutter und dass ich seitdem nie mehr nach Hause gefahren war. Über Jimmys Beerdigung. Darüber, dass der Regen aufgehört hatte, als wir in der Kapelle waren, und der Nachmittag richtig frühlingshaft wurde, als wir ins Freie traten. Dass keine jungen Leute und keine Kinder bei der Beerdigung gewesen waren, und nicht einmal gesprächsweise erwähnt wurden.

»Bei meiner Beerdigung werden auch keine sein«, sagte Alex.

Er sagte es einfach so. Aber es hörte sich wahnsinnig traurig an.

Erst viel, viel später kamen wir auf die Nacht in Triest zu sprechen. Ich glaube, Alex war derjenige, der das Thema anschnitt.

»Diese Nacht in Triest, Kathleen, war das einzige Mal in meinem Leben. Ich konnte es dir nicht erklären. Es kam so überraschend. Und mir war so übel von dem ganzen Wein, den wir getrunken hatten. Und dann bist du fast zwei Monate lang nicht ins Büro gekommen und ich brachte nicht den Mut auf, mit dir darüber zu sprechen. ... Dabei wollte ich dir sagen, dass das, was wir gemacht haben, so schön, so wunderbar war! Als der Kater vorbei war, habe ich zu Gott gesagt: ›Ich hatte keine Ahnung, was für ein Opfer ich dir bringe, bis heute.‹«

Es war mir vollkommen neu, dass wir etwas Wunderbares miteinander gemacht hatten, aber das sagte ich ihm nicht. Ich lächelte nur geheimnisvoll.

Und dann, um mal wieder voll ins Fettnäpfchen zu treten, sagte ich: »Na ja, wenn du's je wieder probieren willst, Alex ...«

Aber Alex küsste mich bloß auf beide Wangen und hielt mein Kinn, so wie es Jimmy immer getan hatte.

»Gott existiert wirklich«, sagte er. »Hast du nicht gespürt, wie uns seine Gnade heute umfangen hat? Ich bin nicht so fix wie du, Kathy. Ich brauche meine ganze Zeit dazu, um ihn zu lieben.«

Ich hörte den Regen, bevor ich ihn spürte. Die Sterne verschwanden und das ganze Tal schien tief Luft zu holen in der Dunkelheit. Dann hörte ich die Phalanx von Regentropfen über den See zu mir herüberfegen. Ich schaffte es gerade noch rechtzeitig mit meiner Matratze über die Schwelle. Spot knurrte ärgerlich über die plötzliche Störung seiner Nachtruhe, aber bald lagen wir gemütlich hinter der Schiebetür, und hörten den Regen nur ein paar Zentimeter entfernt auf den Balkon prasseln. Es war ein wunderbares, hypnotisches Geräusch, und ich spürte schon, wie mich die Wirbel des Unterbewusstseins erfassten. Aber bevor ich wieder einschlief, erinnerte ich mich noch an eine letzte Begebenheit bei Jimmys Beerdigung.

Ich hatte nach dem Gottesdienst in einiger Entfernung von der Kapelle gewartet. Während Alex sich darum kümmerte, dass alle Platz in den Wagen fanden, beobachtete ich zwei muntere Vögel, die in einem Strauch am Wegrand herumflatterten. Die Zweige waren voller Regentropfen, die in der Sonne glänzten. Father Gervase kam auf dem Weg zum Tor auf mich zu. Er blieb stehen und folgte meinem Blick.

»Buchfinken!«, rief er erfreut. »Das Bunte ist das Männchen. Das Weibchen ist ganz schlicht.«

»Witzig, nicht?«, antwortete ich. »Genau umgekehrt wie bei den Menschen. Wenn man von den Bischöfen und Kardinälen und auch Priestern wie Ihnen, Father, im Ornat einmal absieht. Sie zeigen Farbe. Aber Sie sind nicht auf Brautschau.«

»Oh, das wären wir vielleicht gerne«, sagte der alte Mann, »aber es gibt etwas, das wir noch lieber wollen.«

Man hörte Rufe, und aus dem Autoradio eines Kombis, dessen Tür jemand auf der Beifahrerseite offen gelassen hatte, erscholl ein fröhlicher Popsong.

»Nun ja«, sagte er freundlich, im Begriff weiterzugehen. »Gott segne Sie!«

»Ich danke Ihnen«, sagte ich. »Das meine ich ernst. Ich glaube nämlich nicht an Gott.«

»Kennen Sie das alte Sprichwort?« Er blieb stehen. »Es kommt nicht darauf an, ob du an ihn glaubst, Hauptsache, er glaubt an dich.«

»Ich weiß nicht, was ich machen soll.« Ich war über meine eigenen Worte überrascht. »Ich habe meinen Beruf satt und meinen besten Freund verloren. Ich frage mich, was ich tun soll. Weiter das machen, was ich kann, oder etwas Neues probieren, so spät.«

»Ich würde mir nie anmaßen, Ihnen einen Rat zu geben«, antwortete er. »Einer feinen Dame wie Ihnen. Und noch dazu einer, die nicht an Gott glaubt.«

»Ach, Father!«, sagte ich lachend. »Machen Sie sich nicht über mich lustig.«

»Das war nur ein kleiner Scherz! Ein ganz kleiner! Also, gut. Eines vielleicht«, sagte er sanft. »Was ich einmal für mich selbst herausgefunden habe: Tu das am wenigsten Passive. Sei aktiv. Das ist dem Menschen angemessener.«

»Bezahlt Sie die Church of England auch dafür, dass Sie den Leuten vor der Kirche Ratschläge erteilen?«, fragte ich scherzhaft.

»Das tut sie!«, antwortete er. »Und es ist eine wunderbare Sache, auf die Weise seinen Lebensunterhalt zu verdienen.«

»Ich komme mir vor wie auf Barbados«, sagte ich zu Caro, als ich sie am nächsten Morgen anrief. »Dies sind die besten Ferien meines Lebens. Und das in Irland! Spot keucht schon von der Hitze und es ist gerade mal Zeit zum Frühstücken.«

»Sei bloß still«, sagte sie. »Ich muss hier fast noch eine Woche die Schulbank drücken.«

»Wenn ich zurückkomme, machen wir einen drauf. Dann gehen wir ins Savoy Cocktails trinken und reißen ein paar Männer auf.«

»Also, *Kathleen*!«, sagte sie mit gespielter Entrüstung.

Ich war nach dem Telefonat richtig zufrieden mit mir. Endlich hatte ich einmal das Wort Männer in den Mund genommen. Seitdem Caroline und ich uns wieder näher gekommen waren, hatte ich jede Äußerung gemieden, aus der hervorging, dass es zwei Geschlechter gab.

Schweren Herzens beendete ich am späten Nachmittag mein mit Fred-Astaire-CDs untermaltes Sonnenbad und fuhr nach Ballygall, um mir ein paar Sachen für die Hitzewelle zu beschaffen. Im Stoffgeschäft an der Kreuzung erstand ich bei einer nuschelnden Verkäuferin zwei Baumwollröcke, die sie einem Karton entnahm, auf dem mit schwarzem Marker »Röcke – Damen – Verschiedenes« geschrieben stand. Dann ging sie hinter der Holztheke ein paar Schritte weiter, zu dem Teil, wo, der Beschriftung nach zu urteilen, die Kleidung für männliche Teenager untergebracht war. Aus einer Schachtel, auf der »Jungen – X-Large« stand, verkaufte sie mir zwei T-Shirts. Ich deponierte die Tüte im Wagen und ging die Straße hinunter zum Hotel, das ich durch die Hintertür betrat, um alle zu begrüßen und zu hören, ob es Neuigkeiten von Miss Leech gab.

»Achtung, Kathleen, halten Sie den Kleinen fest!«

Oliver bewegte sich rasend schnell auf seinem Hinterteil Richtung Tür und war schon auf dem Hof. Dabei benutzte er Arme und Beine als Ruder. Seine Mutter setzte den Kessel ab, in den sie gerade Wasser einfüllen wollte, rannte hinter ihm her und nahm ihn auf den Arm. Er wand sich zappelnd und glucksend und fing an zu weinen.

»Armer Kleiner!«, sagte Bertie tröstend und sah auf sein verärgertes Gesicht herab. »Ist die Mammy böse, hm? Bringst sie dich zum Weinen, hm?«

»Er wird mir langsam zu schwer, Da«, sagte Ella.

»Dauert nicht mehr lange, dann hält er sich selber auf den

Beinen«, tröstete Bertie. »Stimmt's, mein Sohn? Komm, ich nehm ihn dir ab. Greifen Sie zu, Kathleen, in der Dose sind Kekse. Nehmen Sie einen schönen mit Zuckerguss. Wir bringen dir das Laufen bei.« Bertie sah lächelnd seine Tochter an. »Dir hat deine Mutter das Laufen beigebracht. Hier in der Küche. Und in null Komma nix warst du aus der Tür und im Garten. Wie Tarzan. Das Bild vergess ich nie.«

Wir gingen hinaus auf den Rasen und ich setzte mich auf die Bank, Spot zu meinen Füßen. Ich kniff die Augen zusammen. Die drei erschienen mir vor der grünen Hecke wie ein klassischer Fries: zwei hohe blassrosa Balken mit einem kleinen, ebenfalls rosafarbenem Balken dazwischen. Oder wie ein Ausschnitt aus einem Poussin oder Cézanne ... Als ich die Augen schloss, um die Sonne zu genießen, klangen ihre Stimmen einen Augenblick ganz weit entfernt. Mir fiel eine Szene ein ... Ja, ich saß an einem Swimmingpool in einem heißen Land. Unter meinem Sonnenschirm. Ich schrieb auf einer Schreibmaschine. Es musste schon lange her sein. Ein Mann spielte mit zwei haselnussbraunen Kindern im Becken. Die Mutter lag schlank und rank auf ihrer Sonnenbank und las in einer Illustrierten. Unaufhörlich riefen die Kinder nach ihr: »Mama, guck mal! Guck mal, was ich kann.« Mein Magen begann sich zusammenzuziehen, aus Angst, der Vater könnte sich ärgern, dass den Kindern die Aufmerksamkeit der Mutter wichtiger ist und sie schlecht behandeln. Ich hielt es nicht aus. Ich musste aufstehen und weggehen.

Ella hatte Ollie an den runden Ärmchen unter den Achseln gepackt und vor sich hingestellt. Er hob sich deutlich gegen ihren Rock ab. Mit lenkenden Bewegungen brachte sie ihn dazu, erst einen schwankenden nackten Fuß nach vorn zu setzen und dann den anderen. Breitbeinig unterstützte sie die Bewegung mit den Oberschenkeln. Das Kind musste sich völlig sicher fühlen, von ihren Händen gehalten und ihren Beinen gestützt, dennoch hatte es sein rundes Gesicht in Falten gelegt und die Lippen vor Anstrengung zusammengepresst. Es sah zu seinem Großvater hin, der ein paar Schritte entfernt in der Hocke dasaß und ihm die Arme entgegenstreckte, zwei gelbe Kekse in den Händen.

»So ein braver Ollie!«, sagten die beiden. »So ein braver Junge!«

Ich legte meine Hand auf Spots seidigen Kopf, damit er ruhig sitzen blieb. Unbewegt hingen unsere Blicke an Ella und Bertie, deren Bewegungen sich unbewusst ganz und gar auf die des Jungen einstellten. Ollie drängte nach vorn. Seine Mutter ließ ihn los und ein paar Sekunden lang stand er wackelig da, von der Sonne beschienen, zum ersten Mal auf eigenen Beinen. In diesem Augenblick schien alles auf ihn zu warten. Selbst die Enten in ihrer Blechwanne unter dem Apfelbaum hörten auf zu quaken. Dann plumpste er ins Gras auf seinen weich verpackten Po. Noch bevor er zu weinen beginnen konnte, hatte ihn Ella wieder aufgehoben.

»So ein braver Junge!«, rief Bertie liebevoll. »Du bist doch der Allerbeste!«

Die kurzen Hosen mit den Windeln waren heruntergerutscht und hingen ihm an den Knöcheln. Er blickte erschrocken an sich hinunter, dann hob er den Kopf und sah erwartungsvoll seine Mutter an. Mit einer schnellen Bewegung befreite sie ihn von dem Windelpaket.

Wieder steuerte sie ihn vor sich her, ihre Hände rot und groß auf der weißen Haut seiner Schultern. Sein dünner Rumpf, die nackten rosa Pobacken und sein winziger Penis unter dem Hemdchen sahen aus wie neu. Er stand nun ein wenig sicherer da. Sie ließ ihn wieder los, er schwankte, und sie fing ihn wieder auf. Er war nicht hingefallen. Sie ließ ihn gleich wieder los. Die pummeligen Beinchen hielten ihn.

Seine Mutter stand über ihn gebeugt, gab ihm Halt und ließ ihn wieder los, und diesmal schaffte er es. Er taumelte über das Gras auf die ausgestreckten Arme seines Großvaters zu. Fünf oder sechs überstürzte Schritte und er war von einem Armpaar im anderen angekommen, ohne zu fallen.

»Ja, du bist vielleicht ein großer kleiner Mann!«

Und das Lobpreisen begann.

Ich ließ mich an die Lehne zurücksinken. Eine Anspannung, die ich nicht bemerkt hatte, fiel von mir ab. Vor meinen Augen spielte sich ein entscheidender Schritt ab. Ollie verließ das Säuglingsalter, und ein langes Leben auf eigenen Beinen begann. Mir war, als hätte auch ich gerade eine Schwelle überschritten. Ich hatte meine ganze Aufmerksamkeit darauf konzentriert, einem Kind beim Laufenlernen zuzusehen! Ich! Hatte mich irgendwo dazugesellt, wo man einem Kind das Laufen beibrachte!

»Attly!«, rief Ollie in einem Durcheinander aus Hinfallen und Aufstehen und Aufmichzurennen.

»Lass Kathleen in Ruhe, mein Sohn«, sagte Bertie. »Kathleen muss jetzt zur Feier mit uns Tee trinken.«

Wir machten bei Sonnenuntergang einen Spaziergang den Weg am Haus entlang, der Hund und ich. Die Szene im Garten hatte mich tief berührt. Zwischen den Weißdornhecken, die mit cremeweißen Blüten geschmückt waren, dachte ich darüber nach. Bachstelzen hüpften auf dem grasbewachsenen Pfad vor uns her.

Das ist es, was die Menschen, von denen ich wusste, dass es ihnen sehr gut ging, erlebt haben mussten: Ihre Mütter hatten sie ins Leben begleitet. Sie hatten hinter ihnen gestanden, als sie auf wackeligen krummen Beinen ihre ersten Schritte machten. Diese Menschen hatten erfahren, dass sie ein dickes Polster aus Liebe schützte, das sie sicher auffing, selbst wenn sie fielen. Und wenn sie fielen, dann war diese Liebe umso stärker. Das musste es sein, was gesunden Menschen die Gabe der Unbefangenheit schenkte. Die Fähigkeit loszulassen, ohne in Panik zu geraten, rückhaltlos Dinge zu betrachten, völlig gebannt zu lauschen, mit leicht geöffneten Mündern und glänzenden Augen, aufmerksam vom einen zum anderen blickend. Denen, die sie lieben, sehen diese Menschen mit völliger Offenheit selbstvergessen in die Augen. Sie haben keine Angst, sich zu verlieren. Sie müssen sich nicht anstrengen, die Wahrheit zu sagen. Sie sind durch und durch sie selbst. Im Schutz der Liebe haben sie diese Ehrlichkeit entwickelt.

»Ich kann gehen«, sagte ich mir. »Das ist alles, was ich beim Gehen gelernt habe. Aber was soll ich tun, wenn ich nicht so sein kann, wie ich gerne wäre? Es gibt keine liebenden Arme, in die ich zurückkehren kann.«

Ich hielt einen Augenblick inne, bevor ich vom Weg ab

zweigte. Mir war ein Gedanke durch den Kopf geschossen. Gesetzt den Fall, meine Mutter wäre in einem Heim aufgewachsen. In einem dieser unmenschlichen Waisenhäuser, wo man geschlagen wurde, wenn man ins Bett machte? Das würde erklären, warum sie nicht wusste, dass Mütter ihre Kinder lieben müssen.

»Ach, denk nicht mehr dran!«, versuchte ich mich zu beschwichtigen, als wir in der einsetzenden Dämmerung über die Wiese zum Haus zurückgingen. »Lass gut sein! Gib einfach dein Bestes. Gib das, was du kannst.«

18

 Ich war gerade aufgewacht, als ich am nächsten Morgen einen Wagen durch die Lücke in der Hecke hinter dem Haus kommen hörte.

Spot flitzte die Außentreppe hinunter.

Ich wartete unbesorgt.

Dann hörte ich jemand von unten leise meinen Namen rufen.

»Kathleen? Wach auf, Kathleen! Kathleen, wo bist du?«

Es war Shays Stimme.

Die Bettdecke war ganz leicht mit Tau überzogen. Auch auf meinem Haar und auf meinen Unterarmen waren Tautropfen. Ich kroch halb kniend aus meinem kuscheligen Nest und schüttelte mir erst einmal die Nässe vom Haar. Ein Sprühregen wie aus Pailletten.

Er stand auf der Treppe und lächelte mich an.

»Nicht aufstehen«, sagte er. »Es wird mir zur lieben Gewohnheit, dir deinen Morgentee zu brauen. Wo ist der Kessel? Ich bin total ausgedörrt. Der alte Herr im Hotel hat mir ein Korinthenbrot frisch aus dem Ofen mitgegeben, als ich dich dort gesucht habe. Ich hoffe, du hast Butter da. Hat dir schon mal jemand gesagt, dass du im Liegen wie ein kleines Mädchen aussiehst?«

»Er ist gar nicht so alt«, sagte ich. »Bertie ist erst dreiundsechzig. Du bist auch kein Küken mehr.«

»Bloß keine von deinen Unverschämtheiten«, sagte er. »Du solltest lieber sagen, ›Liebling, wie schön, dass du da bist!‹«

»Liebling, wie schön, dass du da bist!«, wiederholte ich.
»Was machst du eigentlich hier? Ich dachte, du kämst nur einmal im Monat nach Irland?«
»Was meinst du, was ich hier mache?«
Ich war tatsächlich wieder eingedöst, als er mit dem Tee zurückkam. So unkompliziert war das Ganze.

Eine Möwe landete aus heiterem Himmel auf dem Balkon und stolzierte mit ihren glänzenden schwarzen Augen auf uns zu.
»Möwen, so weit im Landesinnern«, sagte Shay und warf dem Vogel eine Brotkruste hin.
»Sie denkt, das Haus ist ein Schiff«, antwortete ich.
»Es sieht ja auch so aus.«
Als ich aus den Decken krabbelte und aufstand, um ins Bad zu gehen, schlang er die Arme um meine Hüften, drückte seinen Kopf an meinen Bauch und hielt mich fest.
»Ich wollte duschen gehen«, sagte ich.
»Bleib da«, sagte er leise. »Ich mag es, wie du am Morgen riechst. Hörst du? Bleib da.«
Wie Tristan und Isolde, dachte ich, als ich mir die Zähne bürstete. Sie wurden auf dem Schiff nach Cornwall vor Liebe verrückt. Und hatte in *Wiedersehen mit Brideshead* der – wie hieß er noch gleich? – Soundso seine Julia nicht auf einem Ozeanriesen zum ersten Mal geliebt?
Als ich zurückkam, hob Shay die Bettdecke, damit ich zu ihm schlüpfen konnte. Wir sahen uns an, er bereit, mich in die Arme zu nehmen und ich willens, mich in die Arme schließen zu lassen. Meine Füße fühlten sich nur einen Augenblick lang kalt an gegen seine.
Oh, und *wir*!, dachte ich entzückt. Auch wir haben uns auf einem Schiff kennen gelernt! Auf der Fähre nach Mellary Harbour!
»Meine Schönste. Meine Kleine. Meine kleine Füchsin.«
Er sagte diese Koseworte immer wieder. Dann führte er mein Ohr an seinen Mund und flüsterte: »Soll ich dich verwöhnen, Kathleen? Soll ich dich verwöhnen, bis es weh tut? Sag ja! Komm, sag ja!«

Ich hörte dunkel, wie Spots Atmen immer unruhiger wurde, je schneller und lauter wir stöhnten. Und als ich schließlich die Augen öffnete, sah ich durch den Schleier der Erregung, die meinen Körper in Wellen durchflutete, den armen Hund neben mir stehen und mein Gesicht mit seinen schwarzen Augen mustern, offenbar bemüht herauszufinden, ob ich seine Hilfe brauchte oder nicht.

»Alles in Ordnung!«, murmelte ich. »Das ist mein Freund, Mr. Shay.«

»Trotzdem«, sagte ich danach zu Shay. »Auch wenn das, was wir gemacht haben, eigentlich etwas Animalisches ist, fühle ich mich nicht wohl dabei, wenn mir ein unschuldiges Tier zuschaut.«

»Also, ich habe mich dabei wohl gefühlt«, sagte er. »Ich habe mich in meinem ganzen Leben noch nie so wohl gefühlt.«

»Wollen wir schwimmen gehen?«, fragte er um die Mittagszeit, als wir genug vom Liebesspiel hatten.

»*Schwimmen*? In *Irland*? Im *April*?«

»Diese Seen sind höchstens einen Meter tief«, sagte er. »Es dauert nur ein, zwei Tage, bis die Sonne sie erwärmt hat. Schließlich bin ich neben einem Zwilling von dem da unten aufgewachsen.«

Also gingen wir zum See hinunter. Ich fragte mich, ob er mir – unbewusst – beweisen wollte, wie fit und männlich er war. Schließlich hatte ich am Morgen eine Bemerkung über sein Alter gemacht. Aber ich mochte ihn in diesem Augenblick sehr und hätte noch viel mehr für ihn getan, als mit offenen Turnschuhen übers Gras zum Seeufer zu laufen. Das Wasser war tatsächlich schon fast warm, also hatte er wohl doch einfach Recht. Nachdem er seine Boxer-Shorts auf einen Felsen neben meinen Slip gelegt hatte, reichten wir uns die Hände, um uns vorsichtig über feinen Kies auf die bemoosten Steine zu tasten und durch den quatschenden, zwischen den Zehen blubbernden Schlamm zu waten. Die Sonne hatte nur die oberste Schicht des Wassers erwärmt, darunter war es kühl, aber nicht unangenehm. Wir waren das genaue Gegenteil der schönen jungen Paare aus der Werbung, die sich Händchen haltend in Meeresbrandungen stürzten. Er vielleicht nicht ganz so weiß wie ich, weil die Arbeit draußen sein Gesicht und die Arme gebräunt hatte, aber im Ganzen waren wir ziemlich blass. Und wir eierten laut jammernd auf empfindlichen Sohlen ins Wasser. Kaum dass uns das Wasser an die Knie reichte, mussten wir die Hände lösen und mit zusammengebissenen Zähnen in die Fluten tauchen, nur um endlich die Füße zu entlasten. Nach dem ersten Schock dann die wunderbare Belohnung. Das braune Moorwasser war von einer mir unbekannten samtigen Weichheit. Shay lächelte mir triumphierend zu und schwamm davon. Über sein Gesicht liefen Wasserperlen und seine Augen blitzten jungenhaft blau. Ich paddelte in die Mitte des Sees, drehte mich auf den Rücken und ließ mich auf der warmen Oberfläche treiben. Die Sonne glitzerte auf mich herab und das Wasser streichelte mich sanft. Winzige Torfpartikel machten es ein wenig dickflüssig, und mein Haar bewegte sich schwer und langsam wie Algenfäden.

»Kathleen!«, rief mich seine Stimme übers Wasser. Eine Amsel erhob sich aufgeregt zwitschernd von der Wiese in die Luft. »Kathleen, ich geh rein Golf gucken.«

Wie in einer Satin-Hängematte trieb ich dahin. Ich hob träge die Hand übers Gesicht. Wassertropfen perlten daran und überzogen sie wie Öl. Meine Finger hatten einen Elfenbeinton angenommen. Dann wurde mir langsam kalt. Ich schwamm mit langen kräftigen Armbewegungen einfach drauf los, durchpflügte voll übermütiger Freude die warme Wasseroberfläche und befreite die Kälte unter mir. Dann suchten sich meine bleichen Füße wieder einen Weg nach draußen. Die letzten, die hier geschwommen sind, falls die Leute hier jemals schwimmen gegangen sind, müssen Kinder gewesen sein. *A Phádraig, fan orm! Tar isteach, a Mháire!* Sie könnten noch am Leben sein. Irgendwo in einem Altenheim in Florida oder Michigan sitzen sie vielleicht auf einer Veranda und halten ein Nickerchen, und niemand um sie herum käme auf die Idee, dass sie einmal gespielt und getobt hatten.

Später, als ich zusammengekuschelt auf Shays Schoß saß und mir mit ihm die letzten Löcher beim Golf ansah, streichelte seine Hand ganz sanft über meinen Körper. Als sie sich in meinen Slip schob und auf mein Schamhaar zu bewegte, zuckte ich leicht. Es fühlte sich immer so störrisch und hart an und ich mochte es nicht. Aber heute hatte das Wasser des Sees alles an mir weich gespült. Geistesabwesend strich Shay wieder und wieder über den samtigen Pelz und klärte mich dabei über die Feinheiten im Spiel von Tiger Woods auf.

Dann hob sich seine Hand zu meinem Kopf und bürstete mir das Haar aus der Stirn. *I'll take you home again, Kathleen, across the waters wild and wide, to where your heart has ever been ...*, sang er.

»Stell dir vor, das Lied ist von einem Amerikaner«, sagte ich. »Aus Illinois, glaube ich. Ein Songschreiber, der überhaupt nichts mit Irland zu tun hat. Das weiß nur kaum jemand.«

Er setzte sich auf. »Nein! *I'll take you home again, Kathleen* von einem Amerikaner?«

»Tja, so isses«, antwortete ich. »Er heißt Westender oder so ähnlich ... Westendorf? – Ja, genau: Westendorf.«

»Warum hast du mir das gesagt? Damit hast du eine Illusion zerstört.«

»So bin ich halt«, gab ich zurück. Er ließ sich nach hinten fallen und lachte.

»Was wäre dir lieber?«, fragte ich ihn, als die Übertragung zu Ende war und wir uns sogar noch die Spielanalyse eines Golfexperten angehört hatten. »Dein ganzes Leben mit mir im Bett zu verbringen oder so Golf spielen zu können wie Tiger Woods?«

Er sah mich an, senkte den Blick auf seine Hände und lachte verlegen. Doch dann blickte er spitzbübisch auf.

»Wenn ich spielen könnte wie er«, sagte er, »könnte ich auch alles andere haben.«

Es war noch früh am Nachmittag, aber er sagte: »Um vier Uhr muss ich gehen, Kathleen.«

Und als ich mich entsetzt abwandte, fügte er hinzu: »Ich

konnte nur für einen Tag weg. Niemand weiß, dass ich in Irland bin. Und ich habe vor dem Hotel gestanden und gewartet, dass jemand aufwacht.«

»Was glaubst du eigentlich?«, sagte ich. »Dass ich unentwegt auf der Eingangstreppe sitze, in der Hoffnung, du kommst vorbei?«

»Halt. Du weißt, dass es nicht so ist.«

»So. Wie ist es dann?«, es sollte kühl klingen, war aber fast ein Flüstern. »Wie ist die Lage?«

»Nun, Kathleen«, er zog mich an sich und küsste mich zärtlich. »Du bist eine erwachsene Frau. Du kennst die Situation. Meine Frau ... Man kann sich keine bessere Mutter vorstellen ... Sie lebt für die Mädchen ...«

»Ich wette, deine Frau weiß längst Bescheid«, sagte ich kühl.

»Das kann nicht sein.«

»Wetten?«

Er sah mich an, als wollte er sagen, meine Frau geht dich nichts an.

»Ja«, gab er zu. »Ich glaube, sie wittert, dass etwas in der Luft liegt.«

Ich führte ihn an die Stelle am See, wo ein hoher Dornbusch mit einem dicken Wurzelknoten aus der Grasbank ragte. Darunter im Graben lagen mit Flechten bewachsene Steine von einem alten Haus verstreut. Ich hatte die Gartenschaufel in den Schlüsselblumen, die dort wuchsen, liegen lassen.

»Ich habe nach *Chaneys* gesucht«, sagte ich. »Felix hat eine kleine Sammlung und ich würde ihm gerne ein paar schöne dalassen. Hier muss einmal ein Haus gestanden haben, deshalb habe ich hier angefangen.«

Shay wusste natürlich, was *Chaneys* waren.

»Bei uns zu Hause war alles voll davon«, sagte er freudig und begann zu graben. »Kein Mensch hat sich dafür interessiert, bis eine Schwedin einen Laden aufgemacht und die Dinger auf silberne Kettchen aufgefädelt hat. Das sah sehr hübsch aus. Ich habe drei von ihren ersten Ketten gekauft.«

Mit seinen dicken Fingern legte er kleine Stückchen blauweißes Porzellan aufs Gras.

»*Dudeen* suche ich auch«, fuhr ich fort. »Die kleinen Ton-
pfeifen, in denen die Frauen ihren Tabak geraucht haben.«

»Oh, von denen liegen ein paar im Haus meines Vaters
rum!«, sagte er. »Davon könnte ich dir eine mitbringen ...«

»Wohin denn?«, fragte ich. »Wohin willst du mir eine mitbringen? Und wann dachtest du?«

Ich hörte das Weinerliche in meiner Stimme.

»Ich sag es dir, wenn ich so weit bin.«

Er hatte aufgehört, die Erde umzugraben und richtete sich
in der Hocke auf, um mich anzusehen. Auch ich sah ihn an.
Er wirkte müde und übergewichtig und nicht gerade attraktiv. Aber er war stark und er hatte ein offenes Gesicht, über
dessen wechselnden Ausdruck er nichts zu wissen schien. Ich
hatte mein Haar mit einem Band zusammengerafft. Er lächelte, als er es bemerkte.

»*Take the Ribbon from Your Hair*. Das Lied mag ich
unheimlich. Irgendwie fällt einem alles andere dazu von selbst
ein. Hast du auch so was, das du ganz besonders ... du weißt
schon ...«

»Das ich sexy finde?«, fragte ich.

»Mhm.«

»Erinnerst du dich an die älteste von den Spice Girls – Geri
Soundso?«

»Geri Halliwell«, sagte er. »Klar erinnere ich mich an die.«

»Sie hat einmal zu einer Gruppe Fotografen gesagt: ›Wie
hättet ihr mich denn gern, Jungs? Ich kann alles sein, was ihr
wollt. Ich kann aussehen wie eine Zehnjährige mit dicken Titten ... ‹ Das finde ich sehr erotisch.«

Er sah mich sprachlos an, dann stand er auf und klopfte
sich die Hose sauber.

»Willst du wissen, wie ich wirklich bin oder nicht?«, fragte ich ihn. »Oder soll ich lieber das weiche, kuschelige Schmusekätzchen spielen?«

Es entstand eine Pause. Er hockte sich wieder zu mir und
räusperte sich. Seine Stimme klang jetzt viel härter als bevor
ich ihn schockiert hatte.

»Ich denke Tag und Nacht an dich. Und das ist keine Über-
treibung. Manchmal kann ich kaum glauben, dass es dich

wirklich gibt. Das ist das Einzige, was mich zur Besinnung bringt. Was will eine Frau wie du mit einem wie mir? Sag mir die Wahrheit. Was willst du mit einem Mann wie mir?«

Ich machte es mir leicht.

»Weiß nicht.«

»Nein, im Ernst, Kathleen. Warum ich?«

»Ich bin nicht so großartig, wie …«, begann ich.

»Nein, Kathleen. Du weißt, was ich meine. Was willst du mit mir?«

»Warum fragst du mich das? Was willst *du* denn mit *mir*?«

»Gott im Himmel«, sagte er. »Wer wäre nicht gern mit dir zusammen? Das ist doch keine Frage. Aber ich … Ich bin nicht mal ein großer Gärtner.«

»Ich meine es ernst«, sagte ich. »Ich war schon lange nicht mehr mit jemandem so eng zusammen … Ich rede nicht gerne darüber. Ich wünschte, ich hätte mehr Erfolg gehabt. Mehr Glück, verstehst du? Ach, egal. Was ich für dich empfinde, habe ich jedenfalls schon lange nicht mehr gefühlt. Seit ich jung war nicht mehr. Das ist die Wahrheit.«

Er warf mir einen prüfenden Blick zu und gab dann ein ungeduldiges »Tsss« von sich.

Er glaubte mir nicht.

Ich grub scheinbar ruhig mit meiner Schaufel in den Erdschollen. Es war ungemein tröstlich, dass er mich für so großartig hielt und annahm, ich müsste ein erfülltes Liebesleben gehabt haben.

Aber ich hatte die Wahrheit gesagt. Nur das Gefühl von Bitterkeit, Reue und Scham, das mich befiel, wenn ich an all die verschwendeten Jahre dachte, hatte ich verschwiegen.

Ich war bereit für Shay. Irgendetwas hatte das bewirkt. Was, wusste ich nicht. Es hatte mit meiner Rückkehr nach Irland zu tun und meiner Beschäftigung mit der Vergangenheit. Mit der Erinnerung an die Jungen, mit denen Sharon und ich eng umschlungen langsame Walzer getanzt hatten. Mit Shay, dem glücklichen Ehemann und liebevollen Vater. Mit meiner neuen Freiheit ohne Heimat und ohne Job. Mit Jimmy, der tot war und nie mehr lieben würde. Mit der Leidenschaft, die man mit Menschen wie Marianne und Mullan begrub. Womit genau von alledem, würde ich wohl nie erfahren.

»Nur eins weiß ich sicher«, sagte ich mit gesenktem Blick. »Dass ich mit dir schlafen will. Das ist alles. Aber es ist etwas ganz Wichtiges.«

»Ich denke jeden Morgen an dich, wenn ich mich rasiere«, sagte er. »Und von da an kreisen meine Gedanken um dich. Ich möchte sie …«, er streckte die Hände aus und legte sie sanft unter meine Brüste, »in den Mund nehmen. Ich könnte sie unaufhörlich küssen.«

»Oh, tu das«, lachte ich und sah ihn an. Ich legte meine Hände auf seine.

»Kann ich etwas Ernsthaftes sagen!«, fragte er.

»Ja.«

»Du bist eine wunderschöne Frau.«

Das war das vierte Mal in meinem Leben, dass ich es glaubte. Auf dem Rückweg zum Haus schritt ich mit dem Gang einer Königin vor ihm her.

Als wir zusammen am Tisch saßen, um eine letzte Tasse Tee zu trinken, wunderte ich mich über seinen unpersönlichen Ton und die bemüht englische Aussprache. Vermutlich war das sein Ton fürs Geschäftliche.

»Bist du dabei, die Geschichte zu schreiben, über die du gesprochen hast. Über den Scheidungsfall?«

»Ich muss mir darüber noch ein paar Gedanken machen. Ich hatte vor, mir das ganze Material heute noch einmal anzusehen.«

»Aber du wirst auf alle Fälle etwas darüber schreiben?«

»Ach, ich bin nicht sicher.«

»Du bist aber Schriftstellerin, oder? Das heißt, du verdienst dein Geld mit Schreiben?«

»Ja.«

»Und das kannst du überall machen – schreiben, meine ich?«

Ich lachte über seine Ernsthaftigkeit. »Überall, wo es eine Steckdose gibt.«

Er begann langsam zu sprechen, mit ernstem, fast sorgenvollem Gesichtsausdruck. »Ich wollte dir eine Frage stellen«, sagte er. »Ich wollte dich fragen, ob es möglich wäre, dass du dich irgendwo zwischen dem Flughafen in Shannon und Sligo niederlässt? Ich könnte meine Frau sicher davon überzeugen, dass es besser wäre, wenn ich das Geschäft meines Vaters mit übernehme. Es wird uns irgendwann sowieso gehören. Ich könnte dann jeden Monat nach Irland kommen und, wenn ich es geschickt einrichte, ein oder zwei Nächte bei dir sein, vielleicht sogar drei. Wann genau, könnte ich erst in der letzten Minute sagen, ich bin ja allein in meinem Gartenbaubetrieb und kann nicht vorhersehen, wann ein Auftrag eingeht. Aber ich könnte es immer einrichten, ein paar Nächte bei dir zu sein. Und den größten Teil des Tages auch ...«

Meine Haut hatte sich vor Schreck gerötet. Ich blickte ihn an, als sähe ich ihn zum ersten Mal.

Er schaute mir direkt in mein überraschtes Gesicht. »Ich könnte dir finanziell helfen, wenn es dir recht ist«, sagte er. »Das ist überhaupt kein Problem.«

Er sah mich unverwandt an. »Ich weiß nicht, wie lange das alles dauern wird, aber ein paar schöne Jahre könnten wir rausschlagen. Das heißt, wenn es dir recht wäre. Ich könnte dir auch bei den Arbeiten rund ums Haus helfen, egal wo du wohnst. Mit dem Wasserabfluss und was so ist. Mit Rasenmähen.«

Nun brannte sein Gesicht vor Verlegenheit.

»Ich weiß nicht, was ich noch sagen soll«, platzte er heraus. »Ich hab mir das so viele Mal vorgesagt. Ich will mich nicht weiter auf gut Glück mit dir treffen. Und ich möchte, dass wir uns gegenseitig etwas versprechen. Wenn du das für mich tust«, er nahm mich bei den Händen und schloss die Augen, aber seine Stimme war glasklar, »dann werde ich dich nie im Stich lassen, das schwöre ich dir.«

Dabei führte er meine Hände zu seinem Herzen. »Dieses Angebot ist nicht gut genug für jemanden wie dich, Kathleen. Du musst nicht denken, dass ich das nicht weiß. Aber es ist alles, was ich dir bieten kann, wenn ich das Leben der anderen nicht zerstören will. Wenn du es aber für mich tust, werde ich dich nie, nie im Stich lassen. Du wärst die Einzige für mich.«

Zuerst konnte ich gar nicht sprechen. Mir fielen die Männer ein, die mir, nachdem ich mit ihnen zusammen gewesen war, Fotos von ihren Kindern und Hunden gezeigt hatten, oder Verehrer, die mir am Telefon mitgeteilt hatten, sie hätten eine Frau kennen gelernt, die sie liebten. So als könnte ich niemals dieser geliebte Mensch sein, dessen Bild man herumzeigte. Und jetzt warb jemand plötzlich um mich, fast flehend ...

»Aber Shay«, sagte ich traurig. »In welcher Hinsicht wäre ich denn die Einzige für dich?«

»Bitte«, sagte er fast tonlos. »Bitte, Liebste.«

Wir saßen am Tisch und hielten uns schweigend bei den Händen. In seiner wirkte meine breite Hand fast feingliedrig. Hände verraten mehr über das Alter als alles andere.

»Ich *muss* jetzt gehen«, sagte er.

Unfähig mich zu bewegen, fragte ich ihn: »Was für ein Tag ist heute?«

»Dienstag.«

»Freitag«, sagte ich. »Bis Freitag kann ich mich entscheiden. Ruf mich hier an.«

Er sah sich nach dem Telefon um, nahm ein kleines Notizbuch und einen Bleistiftstummel aus seiner Jacke am Stuhl, setzte die Brille auf und schrieb die Nummer in das Buch. Als er hinter meinem Stuhl vorbeiging, hob er meinen Pferdeschwanz und drückte mir sanft einen langen Kuss auf den Nacken. Dann ließ er das Haar los und küsste mich auf den Kopf.

Noch immer wie erstarrt hörte ich seine festen Schritte auf der Außentreppe und, nach ein paar Sekunden, das Starten des Wagens. Dann verlor sich das Motorengeräusch in der Ferne. Der Hund hatte die ganze Zeit unter dem Tisch geschlafen. Jetzt seufzte er kurz, als hätte er etwas gehört, wachte aber nicht auf.

Ich wollte über Shays Vorschlag vorerst nicht nachdenken. Heute war erst Dienstag. Dann kam Mittwoch, Donnerstag, Freitag. Genug Zeit, sich darüber Gedanken zu machen. Bleib ruhig und sammle dich, sagte ich mir. Tu so, als wärst du in

Gefahr. Stell dir vor, du befindest dich in einem Hotelzimmer in einer Stadt am Rand des Dschungels und weißt, dass der Manager unten am Empfang betrunken ist. Da hörst du ein verdächtiges Geräusch bei dir auf dem Balkon ... Sei auf der Hut ... Nein! Iss lieber was. Räum auf. Mach ein paar Anrufe.

Ich nahm das Telefon mit hinaus auf den Balkon, aber es wurde kühler. Am Horizont hinter dem Hügel ballten sich lautlos und in rasender Geschwindigkeit Wolken zusammen. Ich wollte zusehen, wie aus einer dahineilenden Dunstflocke ein riesiger Wattebausch entstand, der mit dem Wolkengebirge verschmolz, das sich am Himmel auftürmte. Aber die Bewegungen der Wolken waren zu geheimnisvoll und schnell für mich. Ich ging wieder hinein. Die Vorstellung, dass sich in der Natur unsere menschlichen Dramen widerspiegeln, ist alt. Um die Stunde der Kreuzigung, heißt es, hat sich der Himmel verdunkelt. Hatte Shays Weggang dem Tag das Licht genommen?

Meine Haut fühlte sich unglaublich zart an. Ganz vorsichtig ließ ich meine Gedanken durch den Kopf wandern. Shays Vorschlag lag irgendwo im Vorbewussten, gerade außerhalb meiner Vorstellung, hinter einem Vorhang, wie das Licht und die Musik und die Aufregung bei einer Oper. Ich warf nur einen kurzen verstohlenen Blick dahinter ...

Oh, ich konnte alles haben! Ich sah es vor mir! Einen neuen Computer auf einem Tisch in einem sonnigen Zimmer und vor dem Fenster Gras, Wiesen und alte Bäume – Buchen vielleicht. Ich liebe Buchen. Ich würde jede Menge Katzen haben und zwei Hunde, damit sie einander Gesellschaft leisteten. Und Vögel! Nicht in Käfigen, sondern Vögel, die in die Küche geflogen kämen, um gefüttert zu werden. Rotkehlchen beispielsweise. Es würde mir nichts ausmachen, wenn die Leute mich für eine alte spleenige Tiernärrin hielten. Unter meinem faltigen Hals wäre mein Körper rosa und weich vor Liebe, dort wo ihn niemand außer Shay sah. Ich würde für ihn dahinschmelzen. Um soundso viel Uhr jeden Monat würde mein Körper seiner Ankunft entgegenfiebern wie eine Sonnenblume dem Licht. Und ein Tor hätte ich auch, nur um der Vorfreude willen und um zu hören, wie sein Auto davor hielt, wie er ausstieg, es öffnete und dabei den Motor laufen ließ. Das wäre der Augenblick, in dem meine Hände zu zittern anfingen.

Die Uhr mit Ketten und Gewicht
schwingt ihre Pendel hin und her;
ein Schrank steht irdner Krüge voll,
gar blau und bunt und andre mehr.

Von Früh bis Abend, jeden Tag,
trüg hin und her von seinem Platz
– den Boden fegend, Schrank und Herd –
ich meinen blanken, bunten Schatz.

Ich würde alle meine Neuigkeiten für ihn aufsparen. Sieh mal, Shay! Hier in der Kiste habe ich ein Dutzend Küken. Schau, die Magnolie hinter dem Schuppen hat geblüht. Ist das Blaue hier an meinem Bein eine Krampfader? Komm her, mein Schatz, würde er sagen. Ich geb dir einen Kuss drauf, dann tut's nicht mehr weh.

Findest du deine Phantasien nicht etwas zu platt und kitschig? Schließlich bist du eine intelligente Frau, unterbrach ich ärgerlich meine Gedanken.

Ach, was interessierte mich Kitsch. Und seit wann gibt es intelligente Phantasien?

Mit wem konnte ich reden?

Mir war völlig klar, wo ich mich befand. Ich saß in einem breiten Sessel in einem stillen Haus und konnte durch die Fenster im Dach die Wolken beobachten, die sich am frühen Abend zusammenballten. Ich fühlte mich lebendiger denn je, so als hätte Shay durch seine Berührungen auch die tieferen Schichten meines Körpers zu neuem Leben erweckt. Meine Glieder fühlten sich schwer an von der ungewohnten Anstrengung. Ich spürte jede einzelne Stelle meines Körpers, selbst den Spann meiner Füße, den er geküsst hatte, selbst Nacken und Hinterkopf, wo sie tief ins Kissen gedrückt worden waren, als er sich aufbäumte und meine Beine fest um sich schlang.

Jimmy. Ich erinnerte mich an den klaren Klang, den seine Stimme annahm, wenn er ernst wurde. Sein Kommentar, hätte ich ihm von Shays Vorschlag erzählt, wäre zweifellos hart gewesen: *Fast sechzig? Ein glücklich verheirateter Großvater? Du willst dich irgendwo in Irland auf die grüne Wiese setzen, um auf den Mann zu warten?*

Für dieses Zwiegespräch war ich noch nicht bereit.

Es war besser, über andere Dinge nachzudenken, mit meiner Arbeit weiterzumachen und darauf zu vertrauen, dass sich die Antwort von ganz allein einstellte. Die Talbot-Geschichte wartete auf mich. Wenn es keine anderen Dokumente gab, würde ich mir auf der Grundlage der Urteilsbegründung und der Paget-Druckschrift eine Meinung darüber bilden müssen, was passiert war. Und zwar bald. Darüber konnte ich zum Glück mit Miss Leech sprechen. Aber ich hatte niemanden außer Jimmys Geist, mit dem ich über Shay hätte reden können.

Dieser Gedanke ließ mich innehalten. Warum? Warum konnte ich mit niemandem darüber reden?

Was ist mit Alex? Ich würde ihm mein Leben anvertrauen, aber über Shay würde ich wohl kaum mit ihm sprechen. Er würde denken ... Es gab jede Menge Gründe, die dagegen sprachen, dass ich mich ihm anvertraute. Zuerst einmal brauchte er nicht zu erfahren, dass ich mit völlig Fremden ins Bett ging. Das würde ihm wehtun. Es hatte mir selbst oft genug wehgetan, das habe ich jedes Mal gewusst, doch auch das würde ihn nur verwirren. Wenn dieser Mann, würde Alex sagen, so gern mit dir zusammen sein will, warum bittet er seine Frau dann nicht um die Scheidung? Wenn ich ihm antworten würde: Wir wollen keinen Schaden anrichten, außerdem werden wir höchstens ein Wochenende im Monat beisammen sein und seine Frau wird nie davon erfahren, dann würde mich Alex zweifelnd ansehen. Vielleicht wüsste er nicht, wie er es ausdrücken sollte, aber er hätte das sichere Gefühl, dass irgendetwas an einer Sache faul ist, die nur dann nicht unrecht ist, wenn niemand davon erfährt. Ich hatte ihm jahrelang gegenübergesessen und versucht, ihn von diesem und jenem zu überzeugen, und ich kannte seinen zweifelnden Blick. Eigentlich hatte ich es immer gemocht, wenn er die Stirn in Falten legte und mich mit seinen traurigen braunen Augen anschaute, ohne mich zu sehen. So wie damals, als ich ihm erzählte, ich hätte einem indischen Taxifahrer versprochen, *TravelWrite* übernähme alle Unkosten, wenn er den Leichnam seines Vaters mit mir zusammen vom Beerdigungsinstitut in London zu einem Totenverbrennungsplatz in Varanasi brächte. Oder als ich einen Fotografen bestellt hatte, der von Jimmy und mir Hochzeitsbilder machen sollte, damit wir die All-inclusive-Flitterwochenangebote in der Karibik testen konnten. Ich konnte mir nicht vorstellen, dass ein Mann wie Alex einer Frau je ein Angebot machen würde wie Shay. Obwohl ich davon überzeugt war, dass Shay ehrlich versuchte, alle Beteiligten so glücklich wie möglich zu machen. Sich selbst natürlich eingeschlossen.

Ich musste mich auch in Acht nehmen, wenn ich mit Caroline telefonierte. denn sie kannte mich sehr gut. Sie würde am Ton meiner Stimme hören, wie glücklich mich die Vorstellung machte, wie alles sein könnte: Die Nächte im Cottage unter den Buchen am Kamin, neben mir, an mein Knie gekuschelt, mein schlafender Labrador, das Zimmer vom Duft der eingetopften Hyazinthen und Narzissen erfüllt und das Geräusch von Shays Wagen, das näher und näher kam, bis er in die Einfahrt bog und am Tor stehen blieb. Sobald ich mir erlaubte, nur einen Moment an diese wunderbaren Zukunftsaussichten zu denken, würde das meine Stimme verändern, und Caro würde es merken. Dafür hatte sie eine spezielle Begabung. Dass ich mit ihr über Shays Angebot sprach, kam überhaupt nicht in Frage. Oder vielleicht doch? Aber sie würde kühl, sehr kühl reagieren. Weil sie sich automatisch vorstellen würde, wie es wäre, wenn sie Shays Frau und Shay Ian wäre, der einen sorgfältigen Plan austüftelte, um sie zu betrügen. Sie würde das natürlich nicht sagen, es nicht einmal vor sich selbst zugeben. Aber sie würde mir jedes auch nur denkbare Argument entgegenhalten. Warum solltest du wegen ihm in Irland leben?, würde sie sagen. Was ist mit deinem eigenen Leben? Doch, du hast ein eigenes Leben! Du lebst in London. Wir wollten zusammen Bridge lernen. Und was ist mit Alex? Was ist mit deinen Reisen? – Mit anderen Worten, sagte ich mir, sie wäre verletzt. Das lenkte meine Gedanken in eine andere Richtung. Ich hatte mir nie eingestanden, dass ich Caroline verletzen könnte, weil ich so viele Jahre davon überzeugt gewesen war, die Bittstellerin in unserer Beziehung zu sein. Ich würde sie verletzen, dachte ich überrascht, wenn ich wegliefe und Shays Vorschlag annähme.

Und Annie bräuchte ich gar nicht erst in Erwägung zu ziehen. Sie glaubte an das Ehegelübde. Ganz einfach. Sie würde Shays Vorschlag missbilligen und Shay ablehnen. Und mich auch, weil ich mich mit ihm einließ. Ach, sie brauchte ja nie etwas davon zu erfahren! Ich würde einfach sagen, ich hätte mich nach Irland zurückgezogen. Aber dann stünde es ihr frei, jederzeit nach Sligo rüberzufahren und mich zu besuchen. Ich würde sie bitten müssen, sich vorher anzumelden. Nein, das konnte man mit Verwandten nicht machen. Also musste ich meine Wohnung in Irland geheim halten. Aber in Irland konnte man nichts geheim halten ... Ganz zu schweigen von der Vorstellung, so etwas wie Sex könne die Lebensplanung bestimmen. Das würde ihr die Sprache verschlagen. Es gehe hier nicht um *Sex*, würde ich ihr entgegenhalten, es gehe um *Leidenschaft*. Und alles, was sie darauf sagen würde, wäre: »Pah!«

Für Bertie wäre es eine Sünde. Er würde eine Kritik äußern, die nicht ganz ernst gemeint klang. Warum machen Sie nicht etwas Sinnvolles mit Ihrer Zeit, Kathleen? Geschicklichkeitsprüfungen für Hirtenhunde, das wär doch was. Oder Sie bringen Ella und den Kindern etwas bei. Von all dem, was Sie wissen. Und abends würde er mich in seine Gebete einschließen, die er, bevor er zu Bett ging, neben dem Küchenherd murmelte. Davon überzeugt, dass man für seine Sünden büßen musste, würde er sich um meine Seele sorgen und inbrünstig für mich beten.

Aber ja, was wäre denn mit meiner Seele, fragte ich mich, da das Wort nun einmal aufgetaucht war. Was würde mein Gewissen zu einem solchen Leben sagen?

Ich dachte, du wolltest jetzt noch nicht über sein Angebot nachdenken!, schalt ich mich. Es ist viel zu früh dafür. Du hast noch nicht einmal darüber geschlafen.

Aber der Gedanke ging mir nicht aus dem Kopf.

Nora würde ihren großen Auftritt haben. Junge, Junge!, würde sie spotten. Was für ein Glückspilz! Hut ab vor jedem, der es schafft, sich so sein Leben einzurichten! Die brave Ehefrau zu Hause bei den geliebten Töchterchen und nebenbei noch eine Geliebte, die so viel Angst hat, dass sie keiner mehr flachlegt, dass sie sich in ein einsames Cottage stecken lässt. Kostet ihn zudem keinen Penny! *Spart* ihm vielleicht sogar noch Geld, weil er bei der Gelegenheit gleich noch seinen alten Vater besuchen kann!

Ich würde es vor Nora geheim halten müssen.

Denk an was anderes!, befahl ich mir.

Aber woran denn?

Ich hab sonst nichts im Kopf.

Du hast alles Mögliche im Kopf. Du willst bloß nicht wahrhaben, was dir gerade klar geworden ist. Dies hier ist keine Entscheidung, die du von allem anderen trennen kannst. Du hast dich immer für eine Einzelgängerin gehalten, wenn man von Jimmy absah. Aber, wie du siehst, ist niemand eine Insel.

Ich machte eine Flasche Wein auf und trank das erste Glas fast in einem Zug aus. Dann sah ich Felix' CDs durch. Er hatte kein einziges Musikstück, das ich jetzt hätte hören wollen. Die Ouvertüre zu *Tristan*, um das Boot zu feiern, auf dem wir uns geliebt hatten. Oder Mahler. Den gigantischen Mahler. Ich hätte mir sogar eins von den alten tosenden Klavierkonzerten angehört, bei denen Mammy still stehen blieb, um zu lauschen, wenn sie auf Radio Eireann kamen. Rachmaninow. Tschaikowsky. Wenn das Klaviersolo gegen das Orchester anstürmte und sich zu heldenhaften Höhen aufschwang, um danach zu den Bässen hinunterzutaumeln, dass es einem durch alle Glieder fuhr und ihre blassen Wangen sich rosa färbten. Sie war eine Romantikerin. Meine Mutter, was würde sie sagen? Liebst du diesen Mann? Und liebt er dich? *Dann tu's.*

Warum solltest du deine arme Mutter um Rat fragen? Seit

wann kommt sie als Vorbild in Betracht? Sie ist gestorben, bevor sie so alt war wie du jetzt. Möchtest du vielleicht auch darüber nachdenken, was Mutter Teresa tun würde? Oder Germaine Greer? Oder Jane Eyre? Oder Colette? Colette hat mit neunundsiebzig Jahren ihre drei Wünsche niedergeschrieben: Wieder von vorne anfangen können. Wieder von vorne anfangen können. Wieder von vorne anfangen können.

Siehst du?, sagte ich mir. Tu das, was du am wenigsten bereuen wirst. Du hast die Freiheit, so zu handeln, wie du willst.

Shay nicht. Er ist nicht frei.

Stimmt. Aber seine Ehe ist seine Sache. Er muss entscheiden, was er mit seiner Familie macht.

Heißt das, jeder, den ich nicht kenne, geht mich nichts an? Heißt das, ich hätte, wäre ich damals in Polen gewesen, ruhig zugesehen, wenn sie meine jüdischen Nachbarn auf den Karren für Treblinka luden, und gesagt, das geht mich nichts an?

Oh, werd nicht melodramatisch! Vielleicht *will* sie ja, dass er eine Affäre hat.

Wann bist du das letzte Mal einer Frau begegnet, die *wollte*, dass ihr Mann eine Affäre mit einer anderen Frau hat?

Ich erhob mich erschöpft vom Sessel und ließ mir ein Bad ein. Ich genoss die Bewegung, weil sich dabei mein Körper an ihn erinnerte. Wie lange würde es mir gelingen, seine Liebkosungen in mir aufleben zu lassen? Zwei Tage lang? Drei?

Wie ich mich auch entscheide, beschloss ich, ich werde nicht traurig sein. Mich der Tragik hingeben, vielleicht. Aber mit der Traurigkeit ist jetzt Schluss.

Ich lächelte mir im Spiegel zu wie eine begeisterte Doris Day, um diesen Vorsatz zu bekräftigen. Der Gedanke war neu für mich. Mein Leben war bisher stets einem bestimmten Muster gefolgt. Ich war so sehr auf Kummer gepolt, dass ich mir gar nicht vorstellen konnte, es könnte mir irgendetwas Wichtiges zustoßen, das mich nicht unglücklich machen würde. Also wurde ich unglücklich. Und dann zerfloss ich vor Selbstmitleid, weil ich unglücklich war. Und schließlich verachtete ich mich für mein Selbstmitleid. Warum sollte ich plötzlich fähig sein, diesen Teufelskreis zu durchbrechen? Wieso sollte ich ausgerechnet in diesem folgenschweren, von tiefen Gefühlen und traurigen Vorahnungen erfüllten Augenblick fähig sein, Schwung hinter meine Entscheidung zu setzen? Vielleicht war es der Liebesakt selbst, der mich so positiv gestimmt hatte. In diesem Fall wäre, was mir eben noch als neue Perspektive erschien, nur hormonell bedingt und würde sich mit der Zeit verlieren ...

Diese Gedanken gingen mir vordergründig im Kopf herum. Aber irgendwo dahinter sammelte sich die Angst.

Jimmy, begann ich, als ich in der Wanne lag. Du weißt, weder du noch ich hätten uns auch nur einen Augenblick lang um Familie oder Freunde oder um die Arbeit geschert, nicht einmal um einander, wenn wir den vollkommenen Liebhaber getroffen hätten.

Ich konnte fast hören, wie seine ruhige klare Stimme sagte: Das ist wahr.

Jimmy, ich wünsche mir, jeden Tag, alle Tage, den Rest meines Lebens in den Armen dieses Mannes zu verbringen. Und er empfindet das Gleiche für mich.

Darauf schwieg Jimmy.

Jimmy, ich bin fünfzig. Zwei von meinen unteren Schneidezähnen wackeln. Vom Kaffee bekomme ich Sodbrennen. Ich muss mir die Haare färben. Selbst wenn mich in den nächsten Jahrzehnten noch der eine oder andere Mann begehren sollte, werde ich ihn nicht wollen. Ich werde nach wie vor mit jedem ins Bett gehen, der mich dazu einlädt, aber du weißt, wie es war, Jimmy. Es war demütigend und einsam wie die Hölle. Dies ist meine einzige Chance, warm und sicher in den Armen eines treuen Geliebten zu liegen, und ihn in Ruhe so gut kennen zu lernen, dass wir beim Aufwachen ganz leicht ineinander gleiten wie die Auster in den Mund, um dann, eins geworden, wieder einzuschlafen. Wir würden gemeinsam alt werden und dennoch vertrauensvoll nach dem Sonntagsessen miteinander ins Bett schlüpfen, uns kitzeln und kichern und über schwache Blasen, Impotenz und hängende Bäuche lachen können, weil wir uns bewusst wären, aus welchem Reichtum der Glückseligkeit wir schöpfen durften. Dreiundzwanzig war ich, als ich Hugo verlor, und neunundvierzig, als ich mich wieder öffnete. Dazwischen liegt ein Vierteljahrhundert! Wie bei den Pflanzen in der Wüste, die nur zweimal in einem Menschenalter erblühen. All die Jahre, die mir keiner zurückgibt, Jimmy! Und vielleicht nichts mehr, nichts bis ich sterbe, wenn nicht dies!

Jimmy?, rief ich. Hast du jemals die Zeichnungen von Hockneys Dackeln gesehen? Diese Wursthunde? Die sich beim Schlafen umeinander schlingen? Wie liebevoll er ihre unschuldige, komische Umarmung festgehalten hat! So würden wir sein, Shay und ich ... Jimmy?

Ich hätte laut nach ihm rufen mögen.

Aber ich bekam keine Antwort. Zu hören war nur das Tropfen und Ticken im Badezimmer.

Nach einer Weile hatte ich mich wieder gefasst. Aber als ich nach den Handtüchern griff, fiel mein Blick in der verspiegelten Wand auf meinen Hintern. Ein schwacher gelber Fleck begann sich auf einer Po-Backe zu bilden. Und meine Brüste? Ich wirbelte herum. Ja. Die Spuren seines Munds, und auf der weißen Haut verblassende rosa Streifen, wo seine Hände mich gepackt hatten. Ganz tief in mir, in einem Teil, den niemand kennt, den ich kaum kenne, war ich so befriedigt wie ein Tier, das sich über sein totes Opfer beugt. Ich hätte leise stöhnen mögen: Ich gehöre ihm. Diese Blessuren hat er mir zugefügt. Ich gehöre ihm. Ich bin seine Frau. ... Dann kehrte mein kritisches Bewusstsein zurück. Was lässt mich bei diesen Wundmalen *Stolz* empfinden?, fragte ich mich. Warum finde ich sie schön, als wären sie Orden, die ich mir verdient habe? An ihnen ist nichts Ehrenvolles. Alles, was ich sagen kann, ist: Unser Liebesakt war so ehrlich wie möglich. Wir waren so ehrlich wie die Tiere. Aber ehrliche Menschen sind wir nicht. Er lügt. Seine Frau wird betrogen. Ich habe Geheimnisse.

Vor vielen, vielen Jahren, als ich ein junges Mädchen war und den Aufsatzwettbewerb zum Thema »Die Schönheit dieser Welt hat mich betrübt« gewonnen hatte und Mammy mit mir nach Dublin gefahren war, gaben wir das Preisgeld bei Clergy's in der O'Connell Street aus. Im Erdgeschoss kaufte ich ein Paar glitzernde Strumpfhosen für Nora und Fußballsocken für Danny. Dann gingen wir die Treppen hinauf in die Damenabteilung, wo Ma ein paar billige Kleider anprobierte. Ich erinnerte mich noch ganz genau an die Kabine mit dem schlaffen Vorhang und dem abgewetzten Stuhl davor, auf dem ich saß und zusah, wie die alte Verkäuferin meine Mutter hineinkomplimentierte, die ausgewählten Kleider an den Haken hängte und den Vorhang hinter ihr zuzog. Kurze Zeit später trat Mammy auf den abgescheuerten Teppichboden heraus, um mir ein Kleid aus dunkelblauer Baumwolle zu zeigen, das mit Brombeeren und lila Blüten bedruckt war. Es hatte einen viereckigen Ausschnitt und dreiviertellange Ärmel, und es gefiel ihr. Aber die Verkäuferin überredete sie, noch ein paar andere anzuprobieren. Mam ließ weder die Verkäuferin noch mich mit zu sich in die Kabine. Ich dachte, sie schämte sie sich für ihre Unterwäsche. Danach probierte sie ein Kleid, das ihr ebenfalls sehr gut zu gefallen schien, denn sie trat fast stolz hinter dem Vorhang hervor und breitete den Rock vor mir und der Verkäuferin aus wie ein alterndes Model. Das Kleid hatte kurze Ärmel, was ihr anscheinend nicht aufgefallen war.

Ich sah die Male an Mammys Oberarmen. Dunkelblaue und gelbe Flecken. Sie folgte meinem Blick und kehrte auf dem Absatz in die Kabine zurück.

Sie kaufte das Kleid mit den langen Ärmeln, obwohl sie dafür fast ihr ganzes Geld ausgeben musste.

Ich sah auf meine eigenen Flecken hinunter, die schnell verblassen würden. Ich stand verzückt da und meinte seinen Griff zu spüren. Mein Kopf neigte sich ganz von selbst, gleichsam unterwürfig.

Ich warf die Handtücher auf den Boden und eilte in die Küche. »Spot! Spot! Essen! Schnell!«

Ich wollte das groteske Bild loswerden, das ich plötzlich vor Augen gehabt hatte. Meine Mutter streckte stumm ihre dunkel gefleckten Arme nach mir aus, und meine herabhängenden Arme mit den Malen glichen den ihren aufs Haar.

19

 Ich war noch ganz im Glücksgefühl eines langsam verblassenden Traums, als mich am nächsten Morgen das Telefon weckte. In meiner Eile, den Anruf entgegenzunehmen, trat ich Spot auf den Schwanz.

Es war Betty von *TravelWrite*. »Hab ich dich also aufgespürt! Alex wartet irgendwo in einer Telefonzelle darauf, dass ich ihn zurückrufe und ihm deine Nummer gebe. Der arme Kerl hört sich an, als sei er in einer schrecklichen Verfassung. Bleib in der Nähe, Kathleen.«

Als Alex mich wenige Minuten später erreichte, fiel mir zuerst das laute Dröhnen des Verkehrs im Hintergrund auf. Ich hatte ganz vergessen, was Lärm war.

»Ich hab nur noch wenige Einheiten auf der Karte«, sagte er. Er sprach langsam und schleppend. »Wir haben sie verloren, Kathleen! Gestern. Es sei der schönste Tod gewesen, den sie je erlebt haben, sagten die Brüder.«

»Oh, das tut mir schrecklich Leid, Alex. Du klingst völlig fertig. Wo bist du, mein armer Schatz?«

»Ich bin vorm Kloster ...«

Piep, piep, piep. Es blieben nur noch Sekunden. Ich schrie in den Hörer. »Darf ich zur Beerdigung kommen, Alex? Wo bist du? Willst du, dass ich rüberkomme?«

»Die Brüder haben nicht gerne Außenstehende hier ...«

»Du meinst Frauen! Aber deine Mutter war doch auch...«

Da brach die Verbindung ab. Ich wartete neben dem Telefon, aber er rief nicht wieder an.

Ich war froh, dass die alte Dame endlich entschlafen war. Sie hatte Alex vom Leben abgehalten, die selbstsüchtige alte Schnepfe. Er probierte nicht einmal die köstlichen Sachen, die Roxy und Jimmy mittags ins Büro brachten, und würgte stattdessen ergeben ihre scheußlichen Sandwiches aus der Brotfabrik hinunter. Andererseits zeigte das, wie abhängig er von ihr war und wie verloren er sich fühlen musste. Wie ein Waisenkind. Jetzt würden ihn die Brüder drankriegen. Diese idiotischen Muttersöhnchen. Wahrscheinlich hießen die Vogelscheuchen bei Jimmys Beerdigung im wirklichen Leben Sid und Les statt Father Dingsbums und Father Dingsda. Edward der Bekenner hatte sich einer der bleichgesichtigen kleinen Blutsauger genannt. Und sie raschelten in Phantasie-Roben herum, die aus einem Historienschinken von Cecil B. DeMille stammen könnten. Wenn ich mir vorstellte, dass ein anständiger Mann wie Alex auf dieses halbseidene Getue auf unterstem Iris-Murdoch-Niveau hereinfiel! Frauenhasser, allesamt! Zumindest Frauenfürchter. Nie hatte der arme Alex die Chance gehabt, ein Mädchen kennen zu lernen – niemals, wie ich seit jener Nacht bei mir am Küchentisch weiß, wo er es mir gestanden hatte. Nie war er in Paris gewesen, nie hatte er an einem heißen Tag mit nackten, sandigen Füßen ein Glas kalten Wein getrunken. Er traue sich nicht, im Meer zu schwimmen, hatte er mir damals gesagt. Und warum? Weil es seine Mutter nervös gemacht hatte, wenn er als Junge in den Ferien an der See ins Wasser ging.

Wenn es wenigstens richtige Mönche wären, sagte ich empört und musste über mich selbst lachen. Ach, die typisch katholische Voreingenommenheit! Erschreckend, wie einem der Kniefall vor der eigenen Religion noch in den Knochen sitzt, lange nachdem man die angestammten Glaubensvorstellungen abgeworfen glaubt! Natürlich gab es anglikanische Orden, die ich ohne weiteres ernst nehmen würde. Nur gehörten diese selbst ernannten Brüder der Verkündigung nicht dazu. Father Gervase, den obersten Hexenmeister bei Jimmys Beerdigung, hatte ich damals für einen liebenswerten alten Mann gehalten, der die Buchfinken mit mir beobachtete und mir Ratschläge gab. Aber an diesem Morgen war ich so aufgewühlt, dass auch er sein Fett abkriegte. Er war die Parodie des funkelnden alten Weisen. Ich wette, er hieß in Wirklichkeit Cecil. Sie würden den lieben, anständigen Alex an sich raffen und ihn ganz und gar verkorksen …

Ich ging auf und ab. Spots Kopf folgte meinen Bewegungen wie der eines Zuschauers beim Tennis. Ich hielt es drinnen nicht mehr aus. Das Haus hatte ich sowieso langsam satt. Bei trübem Wetter wie heute hatte all das Glas etwas Deprimierendes.

Aber ich sagte ein Gebet für Alex auf. Ich drückte meinen Kopf auf das Kalbsledersofa und betete, dass welche Macht auch immer über ihn wachen und ihn nicht zu arg unter dem Tod seiner Mutter leiden lassen und ihn vor dem Bösen bewahren möge … Mir fiel ein, dass mein letztes Gebet für Mrs. Leech auf ihrem Rückweg von den Krebstests in Dublin gedacht gewesen war. Ich sprach das gleiche Gebet noch einmal für Alex und für sie. Heute war Mittwoch. Dann sollte sie also wieder in Ballygall sein.

»Gedenke unser, o gütigste Jungfrau Maria, es ist noch nie gehört worden, dass jemand, der zu Dir seine Zuflucht nahm, deine Hilfe anrief und um deine Fürbitte flehte, jemals sei verlassen worden …« Ich schloss auch Shay in das Gebet mit ein. »Wende, gütige Mutter …« fuhr ich fort und schloss mich selbst ein. Auch ich brauchte Hilfe. Es war, als ob sich jahrzehntelang nichts in mir bewegt hätte, als wäre der Dauerfrost aufgetaut, als müsste ich etwas für die Leichen tun, die das Eis freigab. »Wende, gütige Mutter, deine barmherzigen Augen zu uns …«

Ich trat auf den Balkon hinaus. Die Wildkatzen spielten am Rande der Wiese auf der anderen Seite des Sees. Das Gras war feucht vom Regen, der fast lautlos und plötzlich in der Dämmerung gefallen war, als habe der Tag kurze Zeit geweint, bevor er anbrach. Ich hatte die Katzen nach den Elfen aus dem *Sommernachtstraum* benannt, obwohl es abgemagerte, nicht gerade hübsche, aber umso entschlossenere Kreaturen waren. Nur die kleinste konnte ich klar unterscheiden, Moth. Während ich meinen Kaffee trank, krabbelte sie die Stufen zu mir herauf und blieb in meiner Nähe. Ihr weiches Fell war schildpattfarben mit schwarzen Streifen von der Nässe. Nach einer Weile rollte sie sich zusammen und schlief ein.

Ich erinnere mich an einen Morgen in Tel Aviv. Ich war sehr unglücklich aufgewacht, stand in der Dämmerung am Fenster eines fremden Hotelzimmers und wartete darauf, dass der Mann fest schlief, damit ich mich hinausschleichen konnte. Ich war wie ausgetrocknet vor Durst und versuchte, nicht an die Nacht, das Gefummel und meine stillen Vorwürfe zu denken. Unter mir waren die wuchtigen weißen Gebäude entlang der Bucht bereits in Licht getaucht. Abseits von der Straße befand sich ein großer Swimmingpool, und obwohl er im Schatten des Hotels lag, zogen schon einige Schwimmer gleichmäßig ihre Bahnen. An der steifen Kopfhaltung und den Gummibadekappen erkannte ich, dass es ältere Leute waren. Entschlossene ältere Leute.

Dann erreichten die Sonnenstrahlen den dürren Boden hinter der Rückwand des Swimmingpools. Eine kleine Katze bahnte sich vorsichtig ihren Weg durch das vertrocknete Unkraut zu einer freien Fläche. Und dort erlag sie plötzlich dem prächtigen Morgen. Kaum hatte sie die staubige Lichtung betreten, wälzte und räkelte sie sich behaglich auf dem Rücken. Dann streckte sie genießerisch die Glieder, legte sich in die goldene Sonne und schlief ein.

So möchte ich sein, rief es in meinem Innersten. Lass mich auch so sein!

Meine Gedanken an Alex hatten diese Erinnerung ausgelöst. Alex war immer er selbst, so wie es Katzen sind. Er war durch und durch Alex.

Ich habe stets das Gute in anderen geschätzt, sagte ich mir, als wollte ich mich einem unsichtbaren Richter empfehlen.

Ich wusste nicht, wie ich die Zeit herumbringen sollte, bis ich in der Bibliothek anrufen konnte. Und was wäre, wenn sie Miss Leech im Krankenhaus in Dublin behalten hätten? Bertie hatte gesagt, es gehe ihr nicht gut, und sein Gesicht hatte sehr besorgt ausgesehen. Ich würde ins Hotel fahren und mir sein Gesicht noch einmal ansehen.

Ich war so besorgt, dass ich den Wagen nach dem Tanken

hinter dem Supermarkt stehen ließ und die Straße entlang der hohen Mauer, die einmal eine Mauer des Arbeitshauses gewesen war, zu Fuß ging. Wie gewöhnlich schob sich eine Autoschlange durch die Straße. Als der Verkehr einen Augenblick nachließ, presste ich die Hände gegen den harten Stein bis sie schmerzten. Es gab, weiß Gott, größere Tragödien, als ich mir vorstellen konnte. Riesiges, kollektives Leid ebenso wie Millionen und Abermillionen persönliche Leidensgeschichten. Aber auch Tragödien haben ein Ende. Diese Wände hatten die knochigen Hände unzähliger Hungernder und Sterbender berührt. Und selbst die furchtbaren Jahre der Hungersnot hatten irgendwann ein Ende.

Auch schlechte Dinge gehen vorüber, sagte ich mir.

Und tatsächlich ging es bei Bertie fröhlich zu. Ich sah Ollie durch die offene Hintertür draußen auf dem Gras herumtorkeln, Gesicht und Hände mit Erde verschmiert. Spot, der begeistert aus dem Wagen gesprungen war, lief sofort zu ihm. Die beiden Enten flüchteten beleidigt unter die Hecke. Ella saß am Küchentisch und schrieb einen Brief. Und Bertie kam in ziemlich guter Stimmung aus seinem Arbeitszimmer hinter der Rezeption.

»Wer war der Mann, der hier in aller Frühe nach Ihnen gesucht hat?«, begrüßte er mich.

»Daddy!«, sagte Ella. »Das geht dich nichts an.«

»Ein alter Freund«, sagte ich mit fester Stimme. »Wenn ich in diesem so genannten Hotel hätte bleiben können, statt ständig irgendwo aufs Land ausquartiert zu werden, würde es weniger Mühe machen, wenn jemand nach mir sucht.«

»Die Lehrerplage ist morgen weg, nur noch ein klein wenig Geduld, Kathleen. Nehmen Sie ein Stück von meinem Apfelkuchen«, sagte er. »Nur zu, er wird Sie milde stimmen. Die Hälfte habe ich gestern Abend Nan Leech gebracht, aber es ist noch genug da.«

»Wie geht es ihr?«

»Na ja, sie war ein bisschen wackelig auf den Beinen, als ich sie am Zug abgeholt habe. Ich habe aber nicht viel von ihr gesehen, weil ich nicht mit ihr ins Haus gegangen bin. Sie hat nicht viel gesagt, nur dass man ihr geraten hat, die

Arbeit aufzugeben, um sich zu schonen, und dass sie froh war, wieder zu Hause zu sein, weil sie nicht schlafen konnte, wenn ihre Katze nicht am Fußende des Bettes lag. Aber sie war begeistert von dem Geschenk, das ich für sie hatte.«

»Was für ein Geschenk?«, fragten Ella und ich gleichzeitig.

»Ein Handy!«, sagte er. »Ich hab mir auch eins besorgt. Der Mann im Laden hat mir die ganze Handhabung erklärt. Jetzt kann sie mich jederzeit erreichen, wenn sie will.«

Er schenkte uns ein strahlendes, selbstzufriedenes Lächeln.

Ich war daher überhaupt nicht auf Miss Leechs brüchige Stimme vorbereitet, als ich sie um Punkt zwei Uhr vom Hotelbüro anrief. Ich sagte das Erste, was mir in den Sinn kam – ein Überbleibsel meiner Gedanken über die englischen Mönche und Alex.

»Haben Sie jemals etwas von Iris Murdoch gelesen, Miss Leech?«

»Ich habe das Buch ihres Mannes über ihre letzten Jahre gelesen, in denen er sie gepflegt hat. Und ich muss sagen, ich habe sie beneidet. Sowohl um ihren Alzheimer als auch um ihren fürsorglichen Mann, bis mir klar wurde, dass sie, wenn sie das eine hatte, sich des anderen nicht bewusst gewesen sein konnte.«

»Ich kenne niemanden außer Ihnen, der jemanden mit Alzheimer beneidet«, sagte ich.

»O nein, Miss de Burca«, sagte sie ernsthaft. »Ich denke, jeder vernünftige Mensch wird diejenigen beneiden, die ihr Gedächtnis verlieren, wenn es dem Ende zugeht.«

»Miss Leech«, sagte ich, »ich habe keine Ahnung, wie Sie sich im Moment fühlen, und ich weiß, dass Sie sehr beschäftigt sein müssen. Aber würden Sie mir erlauben, Sie heute auszuführen? Es ist ein bisschen spät fürs Mittagessen, aber hätten Sie Lust, heute Abend mit mir essen zu gehen? Oder irgendwo einen Tee zu trinken? Wir müssen natürlich nicht über die Talbot-Affäre reden, obwohl das für uns jetzt eher ein Thema für den persönlichen Austausch sein dürfte als für berufliche Besprechungen. Jetzt, da John Paget alles über den Haufen geworfen hat.«

»Gewiss!«, sagte sie. »Ausgezeichnete Idee. Ich erwarte Sie um Punkt halb drei am Eingang der Bibliothek. Ich hatte ohnehin die Absicht, Sie zu bitten, mich, sofern es Ihnen möglich ist, nach Mount Talbot zu fahren. Bertie sagt mir, dass nur noch ein paar Nebengebäude stehen. Aber ich war noch nie dort. Es hat mich früher nie dorthin gezogen, nicht einmal, als es eine Art Mutprobe für die Kinder war, zum Landsitz hinaufzugehen und das Haus zu durchstöbern. Damals hatte es der letzte Talbot noch nicht lange verlassen.«

»Sie sind nie dort gewesen?!«

»Meine Familie war republikanisch«, sagte sie streng. »Wir vergeudeten unsere Zeit nicht damit, die unrechtmäßig erworbenen Besitzungen der Unterdrücker zu begaffen. Außerdem waren die Leeches sehr angesehen. Ich trug stets blitzsaubere Stiefel und eine Spange im Haar.«

»Dann werde ich mein Bestes tun. Ich könnte Sie zur hinteren Allee hinauffahren. Da ist etwas, das ich Ihnen gerne zeigen würde ...«

»Um halb drei«, sagte sie. »Denken Sie dran: Pünktlichkeit ist die Tugend der Könige.«

Sie kam unsicher die Stufen herunter und hielt sich dabei am Geländer fest. Zu ihrer winzigen roten Jacke trug sie wie immer eine Mütze, unter der ein paar Haarsträhnen hervorschauten. Ihr Gesicht wirkte angespannt, sehr blass und dünn, aber sie lächelte ihre Umgebung an, den Platz, den wolkigen warmen Tag und mich.

»Ich habe Cecil Coby in seinem Sommerhaus angerufen und gefragt, wann im Coby Castle Hotel der Tee serviert wird«, sagte sie, als sie unten war. »Der war vielleicht wütend! Seine Familie hat nichts mit dem Hotel zu tun. Und er weiß natürlich, dass ich das weiß.«

»Ich dachte, die Not würde uns zu netteren Leuten machen«, sagte ich.

»Mich nicht«, sagte sie. »Und Sie auch nicht, darauf möchte ich wetten.«

443

»Haben Sie mit Mr. Coby je über die Talbots gesprochen?«
»Er ist kein Mister. Er ist ein ›Sir‹. Aber ich kann mich selbst nicht dazu überwinden, diese verrückten Titel zu benutzen. Er hat gesagt, die Talbots seien eine einzige Katastrophe gewesen. Wörtlich. Sie hätten sich immer wie Katholiken benommen, hat er gesagt. Und nie wirklich dazugehört.«

»Zum Teufel mit ihm«, sagte ich, als wir die letzte Ampel hinter uns ließen und nach Westen abbogen. »Zum Teufel mit ihm und der ganzen anglo-irischen Herrenklasse – und überhaupt, mit jeder Herrenklasse, egal wo!«

»Seien Sie nicht so plakativ«, sagte sie. »Das Einfältige bekommt Ihnen schlecht. Aber die Feministinnen haben ja alle wenig Ahnung vom Klassenkampf. Die Kluft zwischen Mann und Frau wird zwar bis in alle Einzelheiten analysiert, aber damit hat sich's dann auch. So scharfsinnig die Einschätzung der Machtverhältnisse im Privatleben auch sein mag, die kritische Reflexion der öffentlichen Macht hinkt meilenweit hinterher.«

»Oh, Miss Leech«, rief ich. »Das müssen Sie mir erklären.«
»Wie käme ich denn dazu?«, sagte sie.

Wir fuhren an der hübschen Steinmauer des Landsitzes entlang. Nach einem kurzem Schweigen sprach ich das Problem an, zu dem ich mir von ihr die Lösung erhoffte.

»Sie haben die Paget-Druckschrift doch auch genauer gelesen«, sagte ich. »Außerordentlich überzeugend, finden Sie nicht?«

Eine Pause trat ein, bevor sie antwortete. »Außerordentlich.«

»Obwohl ich ja mit der Überzeugung herkam, dass Marianne und Mullan eine große Leidenschaft verband«, sagte ich.

»Ganz recht«, sagte Miss Leech kurz.

Ich versuchte, ihren Gesichtsausdruck zu lesen, aber ihr bleiches Gesicht über der flotten kleinen Jacke blickte starr geradeaus.

»Ich habe diese Mauer hier immer gehasst«, sagte sie mit einer Handbewegung. »Unsere Leute haben sie während ihrer Gefangenschaft gebaut.«

»Wechseln Sie das Thema?«, fragte ich misstrauisch.

»Später«, sagte sie. »Wir werden später ein Wort über das Talbot-Imbroglio verlieren.«

»Ach, Miss Leech!«, jammerte ich. »Spannen Sie mich nicht so auf die Folter!«

»Ich habe Ihnen noch ein – zweifellos letztes – Talbot-Dokument zu zeigen«, sagte sie, »und das gedenke ich beim Tee zu tun. Declan hat es gefunden. Es ist die Titelseite einer kurzlebigen Londoner Tageszeitung aus den frühen fünfziger Jahren des neunzehnten Jahrhunderts. Ein Boulevardblatt, wie man heute sagen würde.«

»Und?«, sagte ich. »Und? Schuldig oder unschuldig?«

»Später«, sagte sie.

Wir fuhren durch das große Westportal nach Mount Talbot hinein. Jemand hatte die rostigen Eisentore geöffnet. Als ich die Geschwindigkeit drosselte, um in die Allee einzubiegen, trat ein Polizist hinter ihnen hervor und bedeutete uns anzuhalten. Er ging langsam um das Auto herum und nahm sein Notizbuch heraus, um sich die Nummer aufzuschreiben. Miss Leech kurbelte aufgebracht ihre Fensterscheibe herunter: »Brendan Buckley!«, fuhr sie den Polizisten an. »Was soll der Unfug?«

»Oh, Miss Leech! Wie geht es Ihnen?« Er machte eine fahrige Bewegung, wie um sein Notizbuch wegzustecken, damit sie ihn nicht damit erwischte. »Tut mir Leid, Miss Leech. Der Sergeant hat mich angewiesen, das Kennzeichen jedes Fahrzeugs festzuhalten, das ich nicht persönlich kenne, und das hier ist ein Mietwagen. Aber wenn ich *Sie* gleich gesehen hätte …«

»Was geht hier vor?«

»Vor ein paar Tagen haben wir einen Hinweis bekommen. Es geht um den ehemaligen Weinkeller im alten Haus – durch einen Tunnel kann man noch hinuntersteigen. Ein paar Männer von der IRA sollen ihn für Schießübungen benutzt haben. Anscheinend haben sie dort trainiert. An den Wänden hingen Zielscheiben und der ganze Boden war voll mit Patronenhülsen und so weiter …«

»Und was ist jetzt?«, fragte sie.

»Nun, die vier Jungs sitzen jetzt in Dublin in Untersuchungshaft. Und ich und ein anderer Beamter bewachen sozusagen den Tatort.«

»Wir wollen nur zum Stallhof«, sagte ich. »Geht das?«

»Oh, Miss Leech. Sehen Sie sich alles an, was Sie wollen. Chris ist oben am Haus, der kennt Sie ja. Chris Byrne, wissen Sie?«

»Und wie geht es Mrs. Byrne? Und deiner Tante, Brendan?«

Sie plauderten noch ein paar Minuten, dann rollten wir die dunkle Allee hinauf. Über unseren Köpfen stießen wild wuchernde Lorbeerbäume zusammen.

Ich fuhr auf die grasbedeckten Pflastersteine, hielt mit dem Wagen so dicht ich konnte an dem Bogen, der zum Stallhof führte, und öffnete die Wagentür.

»Hinter diesem Bogen liegen die Ställe«, sagte ich.

»Sind die Ställe das, was Sie mir zeigen wollten?« Miss Leech sah mich vom Beifahrersitz aus an, den Kopf an die Nackenstütze gelehnt. Da ging mir mit einem Schreck auf, dass sie nicht die Kraft hatte auszusteigen.

»Sehen Sie mal!«, sagte ich. Ich wandte mich ab und trat unter den Bogen, um meine Besorgnis zu verbergen. »Hier!« Ich zog einen Vorhang aus Efeu beiseite.

Sie betrachtete die anmutige kleine Statue des Knaben mit dem Pfeil vom Auto aus.

»Amor«, sagte sie und lächelte müde.

Die Füße auf dem Pflaster, quer auf dem Fahrersitz sitzend, blickte ich auf die verblichene Ziegelmauer der Ställe und das von Moos besiedelte Schieferdach. Ich sprach sie halb über die Schulter an.

»Miss Leech«, sagte ich, »wenn es Ihnen nichts ausmacht, möchte ich Sie etwas fragen, auch wenn es nichts mit dem zu tun hat, worüber wir gewöhnlich reden. Aber natürlich können wir das Gespräch jederzeit abbrechen, wenn Ihnen danach ist.«

Sie sagte nichts.

»Es sind gewissermaßen nur theoretische Erwägungen«, sagte ich.

Immer noch Schweigen.

»Wenn es Ihnen recht ist, wollte ich Sie fragen – oder eigentlich nicht fragen, sondern vielleicht eher mit Ihnen darüber sprechen … Nun, ich könnte es vielleicht so ausdrücken, Miss Leech – wenn eine unabhängige, kompetente, allein stehende Frau von fünfzig einen siebenundfünfzigjährigen Mann träfe – einen glücklich verheirateten Mann –, und beide würden entdecken, dass sie als Liebende wie füreinander geschaffen sind, und wenn der Mann die Frau bäte, in die Nähe eines Ortes zu ziehen, den er aufgrund seiner Tätigkeit häufiger besucht, damit sie zwei oder drei Nächte im Monat diskret beisammen sein könnten – was ihrerseits sehr leicht zu arrangieren wäre –, würden Sie ihr dann raten, das Angebot anzunehmen?«

Sie schwieg eine Zeit lang. Als sie antwortete, war keine Veränderung bei ihr wahrzunehmen, aber sie sprach mich mit der Koseform meines Namens an.

»Das ist eine ganz entscheidende Frage, Cait«, sagte sie. Dann fuhr sie fort: »Und an diese Frage sind eine Reihe anderer wichtiger Fragen geknüpft.«

Sie sprach mir aus dem Herzen und es klang ungeheuer tröstlich.

»Ich frage mich, wie es ist, im Zustand des Wartens zu leben«, sagte ich. »Denn selbst wenn ich mich mit Schreiben, Gartenarbeit und Reisen beschäftigte, würde ich genau das tun – warten.«

Mir war vollkommen bewusst, dass ich »Ich« gesagt hatte.

»Würde Sie dieser Mann heiraten, wenn er frei wäre?«, fragte sie.

»Nein, ich glaube nicht«, sagte ich. »Er hat Töchter und Enkel und ein Geschäft in England. Ich glaube nicht, dass er die Absicht hat, eine Frau heimzubringen … Es bräche ihm das Herz, wenn seine Frau stürbe. Und ich will gar nicht verheiratet sein. Wozu sollte ich heiraten? Mit seinen Enkelkindern herumtollen? Ich kenne diesen Mann kaum, und ich glaube nicht, dass wir uns viel zu sagen hätten, wenn wir Tag für Tag zusammen wären.«

»Was wäre, wenn, sagen wir, einer von Ihnen krank würde?«

»Ich weiß«, sagte ich. »Dann wäre die Sache gestorben, nicht wahr? Im Grunde ist es ein sehr undurchdachter, eigentlich ehrloser Deal. Aber ich sitze mit den Werten der Welt da, mit denen ich aufgewachsen bin! Ich habe sie verinnerlicht. Ich will einen Liebhaber! Ich will nicht edelmütig sein! Ich bin davon überzeugt, dass die westliche Zivilisation sich von der Idee der romantischen Liebe verabschieden muss. Überall begegne ich verletzten Kindern, die der Liebe wegen einen Elternteil verloren haben. Und einsamen Frauen. Auch Männern, wahrscheinlich. Aber vor allem Frauen. – Wie viele Frauen würden begeistert auf das Angebot eingehen, das Shay mir gemacht hat, weil sie sich überflüssig fühlen, verkümmern. Aber es muss doch etwas Besseres geben ...«

»Bertie hat sich jahrelang mit einer unglaublichen Hingabe um mich gekümmert«, sagte Miss Leech. »All die kleinen Alltagsdinge konnte ich mit ihm teilen. Ich fand mich mit seinen Depressionen ab und er sich mit meiner schlechten Laune. Eine solche Form der stumpfsinnigen Zweisamkeit hat eine Menge für sich.«

»Aber hätten Sie sich für eine solche Art Zuneigung entschieden?«, fragte ich. »Oder hätten Sie Bertie verlassen, wenn Sie einen Liebhaber gefunden hätten, der Ihnen das Gefühl gibt – ich weiß nicht, wie ich es beschreiben soll –, bis in die letzte Faser ... eine Frau zu sein, wenn ich denn ganz offen mit Ihnen sein soll ...«

»Ja«, sagte Miss Leech. »Letzteres.«

Einen Moment lang schwiegen wir beide.

»Bei solchen Absprachen, über die Sie und dieser Mann nachdenken, glaubt nie jemand ernsthaft daran, dass die vereinbarten Regeln auch tatsächlich eingehalten werden müssen. Man glaubt immer, dass man allmählich mehr bekommt.«

»Ich will wirklich nicht mehr«, sagte ich. »Jedenfalls nicht mehr als vielleicht noch ein oder zwei weitere Tage. Solche extreme Gefühle sind nicht möglich, wenn man mit jemandem länger zusammen ist.«

»Das scheint mir der springende Punkt zu sein«, sagte sie.
»Das bedeutet, dass Ihre ganze Beziehung künstlich ist.«

»Oder magisch«, sagte ich.

»Sie haben selbst gesagt, Ihr Leben würde aus Warten bestehen.«

»Ich weiß«, sagte ich. »Aber das tut es auch jetzt schon. Ich warte und hoffe, dass er zu mir kommt. Als ich vor ein paar Jahren mit dem Rauchen aufgehört habe, musste ich mich dazu erziehen, nicht dauernd an die unendlichen Zeiten zu denken, in denen ich nie wieder eine Zigarette rauchen würde. Ich könnte versuchen, das auf seine Besuche zu übertragen ...«

»Ihr Leben wäre dennoch stärker als seins vom Warten geprägt«, sagte sie. »Weil er weniger freie Zeit hat als Sie, produktiver ist, wenn ich so sagen darf. Dafür ist er wahrscheinlich weniger phantasiebegabt.«

»Trotzdem«, sagte ich, »ist da die Ehefrau. Und selbst wenn sie nie davon erführe, würden wir ihr unermessliches Leid zufügen, weil ihr Mann ihrem täglichen Leben entfremdet würde. Nicht, dass ich der Meinung bin, es sei von großer Bedeutung, wenn er ein paar Mal im Monat mit einer anderen schläft. Aber unsere Beziehung würde ihr Leben aushöhlen, ihre Gemeinsamkeit stören. Wenn mein Vater Freitagabends nach Hause kam, hatte er gewöhnlich den Kopf voll mit eigenen Gedanken, und obwohl wir ihn nicht mochten, tat es dennoch weh. Man merkt einfach, wenn der andere nicht wirklich bei einem ist. Und seine Frau wäre nie in der Lage, den Finger auf die Wunde zu legen.«

»Wenn Sie seine Frau wären, fänden Sie es vielleicht doch wichtig, mit wem er schläft«, sagte sie. »Cait, eins sollten Sie sich klar machen, diese ganzen Vertrauensbrüche würden Sie um Ihrer Lust willen begehen.«

»Selbst wenn er keine Frau hätte«, sagte ich, »würde ich zögern, diesen Schritt zu tun. Die Sache ist die, Miss Leech. Als ich Sie kennen lernte, habe ich gesagt, dass ich mein Leben verändern möchte. Und das will ich wirklich. Ich sehne mich danach. Ich möchte besser mit dem Leben zurechtkommen als in der Vergangenheit. Und ich frage mich, ob ich mein tägliches Leben verbessere, wenn ich für die Leidenschaft lebe. Oder ob ich dann bloß ständig auf die Zukunft gerichtet bin, mein Leben für die Augenblicke mit ihm aufspare und nie im Hier und Jetzt ankomme.«

»Ja«, sagte sie, »diese Gefahr sehe ich auch. Das bisschen Zeit mit ihm wäre zwar intensiver, aber dafür wäre alles andere umso leerer.«

»Wissen Sie was, Miss Leech? Ich fange an zu verstehen, warum es die Ehe gibt. Sie ist die einzige Vereinbarung, die darauf abzielt, die ganze Person und das ganze Leben einzuschließen.«

»Da hätten Sie gleich von Anfang an eine gute Katholikin sein können. Die Lösungen, die die großen Religionen für das Dilemma des menschlichen Daseins anbieten, sind im Grunde sehr vernünftig.«

»Aber Sie haben doch gesagt, Sie würden es tun! Sie würden den Deal akzeptieren!«

»Ja, wenn sich mir in Ihrem Alter die Gelegenheit bieten würde, würde ich sie ohne Zögern ergreifen. Ich würde mir die Wartezeit mit Lesen und Schreiben vertreiben. Und soll ich Ihnen was sagen, ich glaube, ich wäre sehr glücklich dabei.«

»Kommen Sie«, sagte ich. »Wir gehen unseren Tee trinken! Mir schwirrt der Kopf von all den Für und Wider. Und ich will endlich erfahren, was Marianne Talbot getan oder nicht getan hat. Ich brenne darauf zu hören, was in der Zeitung steht, die Declan gefunden hat.«

Wir verließen Mount Talbot und fuhren über das Hochmoor Richtung Coby Castle Hotel. Erst als ich ein leises Schnarchen hörte, merkte ich, dass Miss Leech eingeschlafen war. Selbst im Schlaf saß sie so aufrecht wie immer. Nach einer Weile bogen wir hinter einer Nadelbaumschonung in ein aufgeforstetes Waldstück ein, dessen frisch belaubte junge Buchen und Kastanien für lichte Durchblicke zwischen den düsteren Stämmen sorgten, und fuhren auf das Coby Castle zu. Da begann sie plötzlich wieder zu reden.

»Sie befinden sich in guter Gesellschaft, Cait, wenn Ihnen das ein Trost ist. Der große Dichter John Keats hat es, als er sterbend auf dem kleinen Schiff lag, das ihn am Ende nach Italien brachte, bitter bereut, dass er Fanny Browne nicht zu seiner Geliebten gemacht hat. ›Ich hätte sie nehmen sollen, als ich gesund war‹, hat er zu seinem Freund gesagt, und nicht: Ich hätte bessere Gedichte schreiben, ein besserer Mensch werden oder mehr Geld verdienen sollen. *Ich hätte sie nehmen sollen, als ich gesund war*, hat er gesagt. Und Yeats – man würde annehmen, dass der große Yeats über allem stand. Aber er hat sich Affendrüsenserum einspritzen lassen und im hohen Alter zu einer seiner Geliebten gesagt, er werde ›bis zuletzt ein Sünder‹ sein. Von ihm ist der Satz überliefert: ›Auf meinem Todeslager werde ich an all die Nächte denken, die ich in meiner Jugend vergeudet habe.‹ Nicht zu vergessen, Marvell: ›Das Grab, fürwahr ein feiner und privater Ort, doch niemand, denke ich, umarmt sich dort.‹«

Wir hielten draußen auf dem Kiesweg vor dem Hotel, ehe sie ihren Streifzug durch die – wohlgemerkt – *englische* Dichtung beenden konnte.

Es war ein Gebäudekomplex aus roten Ziegelsteinen mit Türmchen und Zinnen.

»Zinnen, du liebe Zeit«, sagte ich, als ich ihr durch die riesige Halle half. »Gegen wen glaubten sich die Cobys denn verteidigen zu müssen?«

Ich spürte, wie ihr kleiner Körper in sich zusammensackte. »Stellen Sie sich vor«, fuhr ich fort, ohne mir etwas anmerken zu lassen, »Richard und Marianne sind über ebendiese Fliesen gegangen, wenn sie zu einem Ball oder Abendessen hierher kamen.«

Sie hatte nicht den Atem, mir zu antworten. Nachdem wir einen Augenblick stehen geblieben waren, setzten wir im Schneckentempo unseren Weg fort.

»Fünfzehn Meilen waren die nächsten Nachbarn entfernt!«, plauderte ich entschlossen weiter. »Was für Zerstreuungen gab es hier für Marianne? Worin bestand das gesellschaftliche Leben einer englischen Grundherrin selbst in guten Zeiten? Eine Fuchsjagd, zum Beispiel, war auf einem moorigen Gelände wie diesem nicht möglich.«

Wir gingen durch einen dunklen Speiseraum. Auf mit weißem Leinen gedeckten Tischen standen Gläser neben Flaschen mit Tomatenketchup und Zuckerdosen. Die dahinter liegende Lounge hatte eine halbkreisförmige hohe Fensterfront, durch die der Blick auf eine Rasenfläche fiel, die sachte zu einem See hin abfiel, in dessen Mitte ein schmuddelig weißer Tempel auf einer Insel thronte. Mitten in der Lounge baute ein kleiner Junge mit umgedrehten Stühlen eine Barrikade um eine Gruppe Familienangehöriger, die in schweigender Konzentration ihre Drinks in sich hineinschütteten. Neben ihnen in einem Kindersportwagen schlief ein Baby mit großem rosigen Gesicht. Sonst war der Raum leer.

Eine junge Kellnerin deutete vage in die Runde. »Wo immer Sie wollen«, sagte sie.

Da kam schon der Manager im Stresemann auf uns zugelaufen.

»Miss Leech!«, rief er. »Nan Leech! Was für eine Überraschung! Warum haben Sie nicht gesagt, dass Sie kommen! Sie wissen gar nicht, wie mich das freut, Sie zu sehen. Was für eine Ehre!«

»Cait«, sagte sie mit einem Lächeln, »das ist Paddy. Er hat früher im Pub neben der Bibliothek gearbeitet, bevor er hier Karriere gemacht hat.«

»Hier«, sagte er. »Oder hier? Hier vielleicht? Wo möchten Sie sitzen? Bring uns die Weinkarte, Noeleen. Oder möchten Sie eine Kanne Tee, Miss Leech? Einen Sherry dazu? Und für Ihre Freundin einen kleinen Gin Tonic? Darf ich Ihnen die Jacke abnehmen? Sie sind aber sehr schmal geworden! Wir bieten seit kurzem einen guten Filterkaffee an. Noeleen, hol doch bitte eins von den Fußbänkchen aus dem Salon für Miss Leech und ein Kissen für ihren Rücken. Vielleicht kann ich die Damen mit einem Sandwich erfreuen? Wir haben sehr schönes Hähnchenfleisch in der Küche. Und Lachs. Gestern frisch aus dem Fluss gefangen, aber sagen Sie's nicht weiter. Oder möchten Sie lieber ein Stück Kuchen…?«

Am Ende hatten wir einen ganzen Raum für uns allein, und Miss Leech saß so bequem wie nur möglich. Sie bestellte geräucherte Forelle, machte aber keine Anstalten, sie zu essen. Ab und zu trank sie einen Schluck Wein. Doch sie schien zufrieden. Zwischendurch nahm sie ihr Handy aus der Tasche ihrer roten Jacke, kam aber nicht damit zurecht. Noeleen, die Bedienung, musste Bertie anrufen und ihm sagen, wo Miss Leech war und dass sie es sich noch eine weitere halbe Stunde gut gehen lassen würde.

»Er macht sich sonst Sorgen«, sagte sie, »und ich möchte nicht, das er sich Sorgen macht.«

Dann sagte sie: »Ich möchte auch nicht, dass Sie sich Sorgen machen, Cait. Sie könnten meine Tochter sein, vom Alter her. Daher sage ich Ihnen offen, was ich meine. Ich stufe die körperliche Liebe sehr hoch ein – vielleicht zu hoch, denn ich habe sie nie erfahren. Aber für eine Tochter würde ich mir mehr wünschen. Was ich sagen will, ist: Ich würde Ihnen einen Gefährten wünschen, und keinen Besucher. Jemanden, auf den Sie sich verlassen können, jemand, der da ist, wenn Sie Hilfe brauchen. Jemanden, der Ihre besten Seiten herausholt. Denn Sie sind ein liebes Mädchen. Eine einfühlsame Frau.«

Ich beugte mich über meinen Teller, um nicht zu zeigen, wie bewegt ich war.

»Shay ist das beste Angebot, das ich habe«, sagte ich. »Es ist das Einzige. Und ich habe schreckliche Angst, dass ich nie wieder eins bekomme.«

»Solche Gefühle müssen mit der Kindheit zu tun haben«, sagte sie. »Sie sind so unüberschaubar. So grenzenlos. Darüber habe ich vor, mit Gott noch ein Hühnchen zu rupfen. Ich hatte eine so glückliche Kindheit, aber sie hat mich anscheinend langweilig und undramatisch gemacht. Aber, wissen Sie, eins sehe ich, jetzt, da ich alt bin, ganz klar.«

Ich sah sie an: ihre Albert-Einstein-Frisur, die glänzenden schwarzen Augen, die spitze Nase im blassen Gesicht.

Sie legte ihre kleine Hand auf meine.

»Die Welt ist wundervoll«, sagte sie. »All die kleinen Dinge. Sie ist wundervoll.«

»Entschuldigen Sie«, sagte ich. »Ich bin gleich wieder da.«

Ich ging zur Damentoilette, setzte mich an einen Frisiertisch und weinte.

Als ich zurückkam, postierte Paddy, der Manager, gerade ein tragbares Heizgerät neben den Beinen von Miss Leech.

»Einen Kaffee, die Damen? Für Miss Leech mit frischer Milch? – Daran erinnere ich mich natürlich. Einen kleinen Likör? Für den Blutzuckerspiegel. Na, einen Fingerhut Cognac vielleicht?«

Mir blieb nur noch wenig Zeit mit ihr, dessen war ich mir schmerzlich bewusst. Einerseits drängte es mich, auf den Zeitungsartikel zu sprechen zu kommen, den der junge Bibliothekar Declan gefunden hatte, andererseits wollte ich alles hören, was sie über mich und Shay – vor allem über mich – zu sagen hatte.

Was sie dann ansprach, hätte ich nie für möglich gehalten.

»Sie kennen nicht zufällig jemanden, der eine Katze möchte, oder?«, sagte sie. »Ich muss ein neues Heim für meine Katze finden. Bertie will sie nicht haben, wegen seines altersschwachen Köters. Schläfer den Hund ein, hab ich zu ihm gesagt, aber das will er nicht hören.«

»Ich dachte, Sie hängen so sehr an der Katze, Miss Leech. Und können nur einschlafen, wenn sie auf Ihrem Bett liegt?«

»Ich wollte nicht darüber sprechen«, sagte sie, »aber ich ziehe morgen in das Pflegeheim nach Galway. Deshalb habe ich heute diese Spritztour mit Ihnen gemacht. In Galway haben sie ziemlich viel Erfahrung mit Schmerzkontrolle.«

Ich war erschüttert, versuchte aber, ihren Gesprächston beizubehalten. »Aber das Pflegeheim wird Ihnen sicherlich gestatten, die Katze zu behalten!«, sagte ich. »Haustiere sind allgemein beliebt in solchen ...«

»Nein«, sagte sie.

»Warum nicht?« Aber ich ahnte die Antwort bereits. Sie ließ mir das Herz gefrieren.

»Es wird nicht lange dauern«, sagte sie. »Es wäre nicht fair der Katze gegenüber.«

Nach einer Weile flüsterte ich: »Ich kann der Katze ein ausgezeichnetes Zuhause verschaffen.«

Sie schenkte mir ein wunderschönes Lächeln. »Miss de Burca«, sagte sie. »Ich danke der Vorsehung, dass sie Sie in die Bibliothek von Ballygall geführt hat!«

Ich sah Bertie durch die Eingangshalle hereinkommen und sich umsehen.

»Apropos, mein Besuch in Ihrer Bibliothek«, sagte ich mühselig bestrebt, meiner Stimme einen normalen Ton zu verleihen, »wann werden Sie den Zeitungsartikel über Mrs. Talbot enthüllen?«

»Der Journalist, wer immer er war«, sagte sie, »ist tatsächlich in diese Gegend gereist, nachdem Mrs. Talbot schuldig gesprochen und ihr Ehemann von ihr geschieden worden war. Hallo Bertie! Kathleen und ich lassen es uns gut gehen. Trink einen Brandy! Noeleen, würden Sie uns drei Brandys bringen? Obwohl wir auf seinen Besuch hätten verzichten können. Glauben Sie, die Iren werden in der nächsten Welt der englischen Überheblichkeit entkommen? Hören Sie sich das an!« Sie zog ein zusammengefaltetes Blatt aus ihrer Tasche. »Lies es uns vor, Bertie. Lies es laut in deinem besten Londoner Akzent vor.«

Genüsslich trug Bertie den Artikel im Ton empörter Verachtung vor:

Mount Talbot liegt an der Straße von nirgendwo nach nirgendwo. Die breiten Wasser des Lough Aree zwingen den Reisenden, in südliche oder nördliche Richtung auszuweichen, und es ist schwer begreiflich, wie irgendjemand außer einem Viehtreiber, der Schafe oder Rinder von den Weiden im Norden zum großen Markt bei Ballynasloe bringt, je auf die Brücke bei Mount Talbot gelangen sollte, unter der die Wasser des Flusses Aree, durch das unerwartete Hindernis aus ihrer gewohnheitsmäßigen Trägheit aufgerüttelt, einige Minuten mit merklicher Strömung dahinfließen. Scheinbar endlose Moore, in denen sich menschliche Wesen eingraben und wie Präriehunde oder Kaninchen leben, niedrige Hügel, von Steinmauern durchzogen, zu allen Seiten meilenweite Täler, die im Winter zu Seen, im Sommer zu Sümpfen werden, und das Gefühl dumpfer Trostlosigkeit, die nur durch den Anblick der blitzblanken Unterkünfte der Gendarmerie und die Anwesenheit adretter Polizisten, hoch zu Ross in militärischer Haltung, unterbrochen wird, welche den Reisenden daran erin-

nern, dass auch in einem Land der Verbrechen und Gräuel-
taten irgendwo Gesetz und Zivilisation herrschen.

Fährt man durch Ballygall (die vielleicht trostloseste, trüb-
sinnigste und ärmste aller irischen Städte), gerät die Pfarr-
kirche von Mount Talbot ins Blickfeld, die der Obhut von
Reverend Wm. McClelland untersteht. Nach einer irischen
Meile erreicht man links einen Whiskeyladen [Kelly's unvergessliches Lokal, wo Finnerty und Halloran Mullan betrunken machten] *und rechts die lange, hohe Mauer, die Mount*
Talbot umgibt, mit dem massiven Eisentor, das sich zum
Landsitz öffnet, einem düsteren neugotischen Prunkbau, von
dessen dunklen grauen Mauern in der Nacht des 19. Mai qual-
vollere Schreie widerhallten, als jene, »die durch Berkeleys
Mauern drangen« – Schreie einer Mutter, die man von ihrem
Kind fortriss, einer Ehefrau, die außer sich war über das
niederträchtige Verhalten ihres Mannes ...

»Der Kerl hielt offenbar nicht viel von der Gegend«, unterbrach Bertie die Lektüre.

»Ich frage mich, was er mit ›Berkeleys Mauern‹ meint«,
sagte Miss Leech.

Ich war wütend. »Was schreibt er da? Die Leute lebten wie
Präriehunde in Erdlöchern im Moor? Das war *nach* der Hun-
gersnot! Stellen Sie sich vor, *fünf* Jahre nach der schlimmsten
Zeit lebten die Menschen noch wie Kaninchen in Erdlöchern!
Das müssen die Leute gewesen sein, die man mit den Zwangs-
räumungen aus ihren Häusern vertrieben hat. Hören Sie den
Spott? Von wegen Mitgefühl! Kein Wunder, dass man uns
damals verhungern ließ.«

»Sachte, sachte, Cait«, sagte Miss Leech. »Beruhigen Sie
sich. Sie werden gleich noch einen größeren Schock bekommen. Lesen Sie weiter.« Sie gab mir die Fotokopie.

»Diese Passage muss damals unterdrückt worden sein, sie
stammt aus der Urteilsbegründung des House of Lords, aber
sie ist nirgends abgedruckt worden, bloß von diesem sensa-
tionslüsternen Journalisten...«

Ich las weiter und imitierte Berties pseudo-englischen
Akzent:

Hohes Haus, der Pfarrer Mr. Sargent, der damals bei Pfarrer McClelland assistierte, sah, wie Mr. Talbot Mount Talbot verließ und nutzte die Gelegenheit zu einem kurzen Besuch. Seine Aussage lautet wie folgt: Er betrat die Eingangshalle und öffnete sodann die Tür zu seiner Rechten, die zum Salon führte. Seiner Auskunft nach war er entsetzt, was sich dort seinem Anblick bot und was ich hier im Detail nicht zu schildern brauche. Nur so viel, dass er, wie er zu Protokoll gibt, Mrs. Talbot rücklings auf dem Fußboden liegen sah, die Füße ihm zugewandt und das Gesicht zur Seite gedreht; dass sie teilweise entblößt war und ein Mann mit heruntergelassener Kleidung offenkundig zwischen ihren Beinen kniete und dass diese Person anscheinend eine Jagdjacke trug, und ihre Hose zumindest gelockert war.

Ich sah Miss Leech an. »Das ist ziemlich drastisch, aber im Grunde das Gleiche, was die beiden Sägeleute durch das Stallfenster gesehen haben wollten, nur dass es da hieß, Marianne und Mullan hätten im Stroh gelegen. Ich bin überrascht, dass man diese Passage unterdrückt hat.«

»Dann lesen Sie mal weiter«, forderte mich Miss Leech auf.

Lordkanzler: Dass es Mrs. Talbot war, die der Pfarrer Mr. Sargent in der beschriebenen Weise auf dem Boden liegen sah, davon bin ich völlig überzeugt. Nachdem man den stärksten Druck auf ihn ausgeübt und ihn gefragt hatte, ob er wirklich sicher sei, dass es sich bei der Person um Mrs. Talbot handelte, hatte er mit den Worten geantwortet: »Es tut mir aufrichtig Leid, sagen zu müssen, dass die weibliche Person auf dem Fußboden zweifelsfrei Mrs. Talbot war.« Weiter gab er zu Protokoll: »Ich habe nicht den geringsten Zweifel in dieser Sache und bedaure, das Folgende sagen zu müssen. Es war meiner Ansicht nach nicht Mullan, der sich auf dem Boden befand.«

Ich las die Stelle ein zweites Mal.

»Es war meiner Ansicht nach nicht Mullan, der sich auf dem Boden befand ...«

Ich sah Miss Leech entgeistert an. Aber sie wollte mir nicht auf die Sprünge helfen. Vielmehr blickte sie mit grimmiger Befriedigung drein und bedeutete mir, weiterzulesen.

Mit stockender Stimme fuhr ich fort:

»Es war meiner Ansicht nach nicht Mullan, der sich auf dem Boden befand.« Was aber Mrs. Talbot anbetrifft, so hat der Pfarrer sie klar und deutlich gesehen, und es ist ausgeschlossen, dass er sich irrt. Dieser Gentleman, der Mrs. Talbot gesehen hat, kannte sie gut. Und er glaubt auch zu wissen, wer die andere Person war, aber er wollte nicht enthüllen, um wen es sich handelte.

Ich warf Miss Leech einen Hilfe suchenden Blick zu. »Ein anderer Mann?«, ich brachte die Worte kaum heraus. »Es gab noch einen Mann?«

Bertie sagte: »Was meinen Sie, es gab noch einen Mann? Ich dachte, es gäbe überhaupt keinen Mann. Sie haben doch gesagt, sie sei unschuldig, oder nicht?«

»Der Pfarrer Mr. Sargent«, wiederholte ich langsam, »glaubt zu wissen, wer die andere Person war, aber er wollte nicht enthüllen, um wen es sich handelte.«

»Großer Gott!«, sagte Bertie.

Es scheint, dass der Pfarrer auf dem Weg zum Haus von einem Hund bedroht wurde, darauf im Haus Schutz suchte und in der Eile, ohne Vorankündigung, die Tür zu diesem Raum öffnete, wo sich ihm ein Anblick bot, der jeden Mann hätte erbleichen lassen. Nur einen Augenblick lang, aber in einem solchen Augenblick vergeht ein Jahrhundert, obgleich er nur einen einzigen Lidschlag dauert, und dieser eine Augenblick genügt, sich dessen zu vergewissern, was vor sich geht. Es ist unmöglich, dass jemand sieht, was er gesehen hat, ohne zu einer sicheren Erkenntnis zu gelangen, was die Identität der Person betrifft. Er bekundet, nicht sagen zu können, dass es sich bei dem Mann um Mullan handelte. Ja, Reverend Sargent gibt sogar zu Protokoll, dass er eindeutig weiß, dass es sich nicht um Mullan handelte.

Ich las den Satz mehrmals leise für mich.

Nachdem Reverend Sargent Zeuge dieses Vorfalls geworden war, ging er zu Mr. McClelland, dem Gemeindepfarrer, und erstattete ihm Bericht. Mr. McClelland führte darauf ein Gespräch mit Mrs. Talbot und äußerte in einem anschließenden Gespräch mit Mr. Sargent die Meinung, dass es besser sei, die Dinge in dieser Angelegenheit auf sich beruhen zu lassen.

»Der Pfarrer hat es also die ganze Zeit gewusst«, sagte ich. »Er hat es gewusst, als Richard sich wegen Mullan an ihn wandte? Kein Wunder, dass er sie für schuldig hielt und sie zu Coffey's Hotel gebracht hat! Kein Wunder, dass er mitgeholfen hat, sie in Windsor einzuweisen!«

Der Abschnitt endete wie folgt:

Ich sehe mich daher zu der Schlussfolgerung veranlasst, dass Mr. McClelland bereits eine Vorstellung davon besaß, wer in diesem Fall der Ehebrecher war und dass dieser nicht Mullan hieß. Nachdem er diese Ansicht Mr. Sargent mitteilte, erhielt er von diesem nachträgliche Informationen, die ihn in dem Glauben bestärkten, die Person zu kennen. Ich für meinen Teil bin jedenfalls völlig davon überzeugt, dass William Mullan bei dieser Gelegenheit nicht der Täter war.

»Mr. McClelland kannte also den Mann!«, sagte ich zu Miss Leech. »Aber wer war er? Ein durchreisender Offizier? Ein Grundherr, der aus der benachbarten Grafschaft gekommen war? Lord Coby? Ein Richter, der wegen der Einberufung des Geschworenengerichts zu Besuch war?«

»Jedenfalls muss er ein Angehöriger ihres eigenen Standes gewesen sein«, sagte Miss Leech. »Und diesen Liebhaber hat man ihr durchgehen lassen. Natürlich wurde alles vor Richard geheim gehalten. Er musste ihrer Klasse entstammen, sonst wäre sie genauso bestraft worden wie für ihr Verhältnis mit einem irischen Diener.«

Ich las den abschließenden Satz des Artikels:

Hier liegt ein klarer Fall von Ehebruch vor, der auf Mount Talbot stattgefunden hat und für den es Augenzeugen gibt. Er belegt den unglückseligen Zustand der Sündhaftigkeit, in den diese Lady zu einer Zeit gefallen war, als sie bereits Zuneigung für und Achtung vor Mullan empfand.

»O nein!«, rief ich. »Es war zur gleichen Zeit! Sie war mit diesem Mann zusammen, als sie bereits mit Mullan ein Verhältnis hatte!«

»Behalten Sie die Fotokopie, Cait«, sagte Miss Leech. »Ich bin müde. Das eröffnet eine Menge Perspektiven, nicht wahr? Aus irgendeinem Grunde wirkt diese Geschichte auf mich vollkommen glaubhaft.«

»Auf mich auch«, sagte ich. »Was mich nur interessieren würde: Wusste Mullan von diesem Mann? Und wenn ja, hat es ihn verletzt?«

»Er wird es gewusst haben«, sagte Bertie. »Diener wissen immer alles.«

»Aber vielleicht war sie doch nie Mullans Geliebte«, fing ich wieder an. »Andererseits, warum ist er ihr dann nach Dublin gefolgt ...«

»Ich finde es amüsant«, sagte Miss Leech mit einer Stimme, die müde klang, »dass die Geschichte sich als so modern herausstellt. Mit dieser Geschichte geht es einem genauso wie mit den Büchern moderner Autoren, die heutzutage unsere Bibliotheken füllen – sie verändern sich ständig beim Betrachten. Man weiß nicht, was man glauben soll. Unsere Leserinnen und Leser hassen das natürlich und beschweren sich darüber, als ob der Bibliotheksdienst für literarische Moden verantwortlich wäre. Trotzdem ist etwas merkwürdig an der Geschichte. Warum geht Reverend Sargent nach Mount Talbot, wo er doch weiß, dass Richard außer Haus sein wird? Und seit wann jagen aggressive Hunde – das dürftest du von deinem eigenen Köter wissen, Bertie – einen Mann ins Haus, statt ihn davon fern zu halten?«

Bertie und ich öffneten gleichzeitig den Mund, um etwas zu sagen, aber da rief Miss Leech ihrerseits: »Nicht, dass es mich interessieren würde! Es interessiert mich nicht! Ich bin müde. Bring mich nach Hause, Bertie, bitte – ich bin so müde.«

Wir erhoben uns vom Tisch.

Sie mussten uns von der Küche aus beobachtet haben, denn kaum hatte Bertie Miss Leech vorsichtig die Kappe aufgesetzt, flog die Tür zur Küche auf und herein stürmten Paddy, der Manager, die Kellnerin und ein Junge in weißer Kochschürze, der hoch erhobenen Hauptes eine kleine Biskuittorte mit einigen angezündeten, schiefen Kerzen trug. Sie kamen an unseren Tisch marschiert und Paddy ließ den Korken der Champagnerflasche knallen. *Miss Leech* stand in zittrigem Rosa auf dem mit Kerzenwachs betropften Zuckerguss.

»Was hat das zu bedeuten?«, fragte Miss Leech.

»Ach nichts!«, sagte Paddy. »Zur Feier Ihres Besuchs im Coby Castle.«

Zu fünft erhoben wir unser Glas auf sie – »Ein dreifaches Hoch auf Miss Leech!«, sagten Paddy, der furchtbar aufgeregt aussah, der Junge, die Kellnerin, Bertie und ich. Uns war vollkommen bewusst, was wir taten, bis auf die junge Kellnerin, die glaubte, dies sei eine Art Party.

»Eine Feier!«, sagte Miss Leech mit dem Versuch eines Lächelns. »Nur das Wichtigste fehlt.«

Dann reckte sie sich auf Zehenspitzen, um Bertie mit der Serviette die Tränen von den Wangen zu tupfen.

Ich sagte, ich würde sie am nächsten Tag wegen der Abholung der Katze anrufen.

Sie richtete keinen Abschiedsgruß an mich. Als wir durch die Halle zurückgingen, sagte sie wie beiläufig: »Ach, übrigens, Cait. Ich glaube, Sie sollten Ihre Kenntnisse in Architekturgeschichte etwas auffrischen. Dieses Haus wurde ganz offenkundig in den achtziger oder neunziger Jahren des 19. Jahrhunderts erbaut. Mr. und Mrs. Talbot können daher nicht, wie Sie meinten, über diese Fliesen gegangen sein.«

Ich war ihr für ihre weise Voraussicht dankbar. Sie hatte sich diesen kleinen Tadel aufgespart, damit wir mit nüchternen Worten auseinander gehen konnten.

20

Als ich die Rückfahrt antrat, ging mir noch immer die Stelle im Kopf herum, wo es hieß, er habe Mrs. Talbot rücklings auf dem Fußboden liegen sehen. Die Stelle schien mir regelrecht aufgelauert zu haben, um mir ein Bild in Erinnerung zu rufen, das ich viele Jahre lang erfolgreich verdrängt hatte. Das Bild, wie ich selbst rücklings auf den Fliesen meiner Küche in Bloomsbury gelegen hatte, Pullover und Büstenhalter zum Hals hinaufgeschoben, das Gesicht rot, die Gesichtszüge entgleist, über mir ein Mann, der mich angewidert und voller Verachtung anblickte ...

Ich hatte keine Gelegenheit, mein damaliges Verhalten zu erklären, denn Caroline und ich haben bis heute nie darüber gesprochen. Mir selbst gegenüber entschuldigte ich es damit, dass ich an jenem Tag kurz zuvor einen schlimmen Schock erlitten hatte.

Nachdem ich die Reiseunterlagen für einen Trip nach Lappland abgeholt hatte, war ich zu Fuß auf dem Weg ins Büro. Es war ein trüber Dezembertag und ein kalter Wind pfiff. Ich nahm eine Abkürzung am Old Bailey vorbei, wo gerade ein großer IRA-Prozess stattfand. Plötzlich war mir, als sähe ich meinen Vater.

Da stand er – entweder er selbst oder jemand, der ihm täuschend ähnlich sah –, und neben ihm an der Wand lehnte ein Transparent. Aus irgendeinem Grund war er in diesem Moment der einzige Demonstrant vor dem Gericht. Die Straße war fast menschenleer. Kaum zwanzig Schritte trennten mich von ihm. Schockiert und mit steifen Bewegungen setzte ich meinen Weg fort.

Da kam der Mann auf mich zu, das Transparent wie eine riesige Maske vor dem Gesicht. Der alte Gabardine-Regenmantel, den er trug, sah aus wie Dads Trenchcoat. Die ausgetretenen schwarzen Schuhe waren wie seine.

Er präsentierte seine Parolen.

SCHLUSS MIT DEN ENGLISCHEN LÜGEN ÜBER IRLAND! ENTLASST DIESE UNSCHULDIGEN MÄNNER!

Einen Augenblick schien völlige Stille auf der Straße zu herrschen, dann eilte ich weiter.

Ich weiß nicht, ob das mein Vater war. Vielleicht hatte ich es nur geglaubt, weil ich an diesem Nachmittag an Mammy gedacht hatte. Ich war einen ganz bestimmten Weg gegangen, an Straßen und Gassen vorbei, von denen ich einmal in einem Roman gelesen hatte. Er handelte von jungen Leuten, die sich kurz nach dem Krieg in der zerbombten Londoner Innenstadt versteckt hielten. Der Titel des Buches war *The World My Wilderness* von Rose Macaulay. Ein überaus romantischer Roman von nobler Gesinnung. Mammy hatte ihn gelesen und dann gesagt, sie wäre während der Luftangriffe gern in London gewesen. Oder zu jeder anderen Zeit. Von der im Roman beschriebenen Zerstörung war fast nichts mehr zu sehen. Ich blieb stehen und drückte mein Gesicht in den rechteckigen Ausschnitt eines Bretterzauns – ein Guckloch über einer tiefen Baustelle. Bei Abbrucharbeiten hatte man den Keller eines viktorianischen Gebäudes freigelegt. Mein Blick fiel auf einen zweigeteilten Kamin, eine Wand mit Tapetenresten und einen mitten in der Luft hängenden halben Treppenschacht. Es hätte eine Szene aus dem Buch sein können.

Ich bin der einzige Mensch auf der Welt, der weiß, was dies für meine Mutter bedeutet hätte, dachte ich. Sie hätte in Noras altem Mantel hier neben mir stehen können.

Und kaum zwanzig Minuten später hatte ich geglaubt, meinen Vater zu sehen.

Sobald ich zu Hause war, rief ich Danny an. Aber Danny

sagte, dass es nicht Da gewesen sein könne – da sei er sich sicher. Die Stiefmutter hätte ihm nie das Reisegeld gegeben. Nun, er sei sich jedenfalls ziemlich sicher.

Ich hatte gerade den Hörer aufgelegt, als das Telefon klingelte.

»*Wer*?«, fragte ich und traute meinen Ohren nicht.

»Ian Arbuthnot.« Wenigstens hatte er nicht ›Carolines Mann‹ gesagt.

»Ich bin in der Stadt«, sagte er. Ich hatte keine Ahnung, dass er verreist oder wo er gewesen war. »Ich würde dich gerne sehen. Ich höre, Caroline ist oft mit dir zusammen. Ich mache mir Sorgen um ihren Geisteszustand.«

Mir verschlug es fast die Sprache. Wenn Caroline je in einem Besorgnis erregenden Zustand gewesen war, dann allein deshalb, weil er sie in einen solchen versetzt hatte. In welche üble Sache versuchte er mich hineinzuziehen? Ich hatte in meinem Leben nie mehr als ein paar Worte mit ihm gewechselt.

»Woher hast du meine Nummer?«, fragte ich ihn.

»Aus ihrem Adressbuch abgeschrieben, wenn du's genau wissen willst.«

»Wie kommst du denn dazu?«

»Ich hab mir eben ein paar Nummern notiert, als wir uns getrennt haben. Wie gesagt, ich mache mir Sorgen um sie, und ich habe das Recht zu erfahren, ob mein Sohn in den Händen einer kranken Person ist oder nicht.«

»Du willst Caroline als krank bezeichnen? Das ist die …«

»Ach, um Gottes willen, Kathleen! Alles was ich will, ist ein ruhiges Gespräch über eine Person, die wir beide mögen und die, wie du und ich wissen, nicht gerade einen starken Charakter hat. Mit einem Alten wie David hatte sie nie eine Chance.«

So fuhr er eine Weile fort. Es schien ihm zu gefallen, Carolines Vater »David« statt »Sir David« zu nennen. Ich hätte ihm am liebsten gesagt, er könne sich seine geheuchelte Besorgnis sonst wohin stecken, wusste aber, dass Caroline es mir nie verzeihen würde, wenn ich nicht auf ihn einging.

»Ich kann mich mit dir um neun Uhr für eine Stunde

zusammensetzen«, sagte ich, »in einem Pub in der Nähe des British Museum. Ich habe nur wenig Zeit.«

Das stimmte. Ich flog am nächsten Morgen nach Lappland, um mir eine Kompanie Weihnachtsmänner anzusehen.

»Mit dem Schlamassel, den du in deiner Ehe angerichtet hast, musst du allerdings selber fertig werden«, fügte ich für den Fall hinzu, dass er nicht wusste, auf wessen Seite ich stand.

»Ich werde mir anhören, was du zu sagen hast«, sagte ich, »aber nur, weil ich Carolines Freundin bin.«

Als ich Caroline anrief, um ihr die Neuigkeit mitzuteilen, hörte ich an ihrem keuchenden Atem, wie viel Energie sich in dieser Ehe angestaut hatte. Zuerst wollte sie nicht, dass ich mich mit ihm traf. Dann änderte sie ihre Meinung und nahm mir das Versprechen ab, mir jedes Wort, das er sagte, jede Geste und jede Einzelheit seiner Kleidung zu merken. Außerdem wollte sie, dass ich ihm, ohne es direkt zu sagen, zu verstehen gab, wie rundum glücklich sie sei und wie gut sie aussehe. Noch immer weckte er das Kind in ihr, obwohl sie sonst mit jedem Tag mehr innere Ruhe gewann.

Plötzlich bin ich wichtig für sie, dachte ich. Nur weil ich ihn treffe.

Ian war ein gerissener Kerl, das war mir klar. Caroline hatte mir erzählt, sie hätte ihn einmal um Geld gebeten – eine unbedeutende Summe, zehn oder zwanzig Pfund vielleicht. Da hätte er ihr mit den Scheinen vor der Nase herumgewedelt und sie ihr erst gegeben, als sie vor ihm auf die Knie gegangen war. Aber mir gegenüber zeigte er sich von seiner charmantesten Seite, und nach einer Weile entspannte ich mich. Mir gefiel es im Pub. Die Wände erleuchtete ein Gasfeuer, die warme Luft schimmerte auf meiner Hand, wenn ich nach dem Weinglas auf dem glänzenden Tisch griff. Hübsch ist es hier, dachte ich.

»Ich hole uns noch einen Drink«, sagte Ian, »bevor es zu lebhaft wird.«

Auch das gefiel mir.

Die Abfolge der Ereignisse war zufällig. Aber stimmte das

wirklich? Ich trank ziemlich schnell zwei große Gläser Wein, aber das hatte nicht unbedingt etwas zu sagen. Ian verbreitete sich darüber, dass Caro ihn nie aus den Augen lassen wollte und wie schwierig es sei, mit der Tochter eines Millionärs verheiratet zu sein, die ihren Vater vergötterte. Der Barmann räumte die Gläser vor uns ab, da wurden wir plötzlich von einer Gruppe lärmender Mädchen aneinander gequetscht, die sich mit der Aufforderung »Aufrücken! Aufrücken!« auf unsere Sitzbank zwängten.

»Lass uns von hier verschwinden«, sagte Ian. »Gibt es keinen ruhigen Ort in der Nähe, wo wir hingehen können? Das ist doch hier deine Gegend, oder?«

Also sagte ich, wir könnten noch für eine halbe Stunde zu mir gehen, dann müsste ich ihn rauswerfen, weil mich früh am nächsten Morgen ein Wagen zum Flughafen abholen würde. Ich dachte, dass ich ihm dieses Angebot Caroline zuliebe machte, damit ich seinen Reden über sie weiter zuhören könnte. Doch dann ging draußen ein eiskalter Wind.

»Ach, du Schreck!« Zitternd bog ich in die Gasse neben dem Pub ein, die zu meiner Straße führte, und lief halb rückwärts, damit mir der Wind nicht ins Gesicht blies.

»Wie weit ist es denn noch?«, keuchte er neben mir. »Ich friere mich zu Tode.«

Wir liefen die hundert Meter bis zu meiner Haustür und lachten dabei ausgelassen über die Kälte.

Als ich den Schlüssel ins Schlüsselloch steckte, legte er von hinten seine Arme um meine Taille und schmiegte sich einen Moment mit den weiten Ärmeln seines Tweedmantels an mich. Wie ein guter Freund.

Alles war kein Problem gewesen, bis er mich berührte. Doch bei der Berührung durchrieselte es mich heiß. Ich konnte es nicht verhindern, ich erbebte. Nicht als Kathleen, die von Carolines Ian umarmt wurde, sondern als Frau, die lange nicht von einem Mann berührt worden war. Ich erbebte vor Sehnsucht. Und er spürte das.

Das Licht brannte. Ich öffnete den Kühlschrank und holte eine Flasche Wein heraus. Als ich mich umdrehte, um etwas zu sagen, stand er dicht hinter mir. Er nahm mir die Flasche ab und stellte sie auf den Tisch, ohne sie anzusehen. Er blickte nur mich an. Er knöpfte meinen Mantel auf. Er küsste mich nicht. Er legte seine Hände unter meinen Pullover, eine an jede Seite meiner Taille. Er wartete ein oder zwei Sekunden, bis sie warm waren. Dann bewegte er die Hände nach oben und schob meinen BH von meinen Brüsten. Er ließ sich, mich sanft mitziehend, in den hinter ihm stehenden Sessel nieder und setzte mich quer auf seinen Schoß. Wir hatten beide noch unsere Mäntel an. Er zog meinen Mantel um uns beide, wie um uns vor der Außenwelt abzuschirmen. Dann schob er meinen Pullover mit der einen Hand nach oben und mit der anderen brachte er meine Brust wenige Zentimeter vor seinem Mund in Position. Die Brustwarze schwoll ihm entgegen. Seine warmen Lippen umschlossen sie. Das Zimmer war vollkommen still.

Dann ließ er mich zu Boden fallen. Mein Kopf schlug auf die Fliesen auf, und ich spürte, wie lächerlich meine erigierte Brustwarze an meinem verdrehten Körper stand. Ich fühlte den kalten Speichel auf ihr und zog rasch meinen Pullover darüber.

»Schöne Freundin!«, sagte er, als er sich vorbeugte und mir sein Gesicht übertrieben dicht vor die Nase streckte. Dann ging er und knallte die Tür hinter sich zu.

In all den Jahren hatte ich mir nie gestattet, diese Episode in allen Einzelheiten Revue passieren zu lassen. Jetzt ließ ich es geschehen, den ganzen Weg zurück durch das Moor, an Mount Talbot und Ballygall vorbei bis zu Felix' Haus. Ich ahnte, was mein nimmermüder Überlebensinstinkt da anstellte: Er hatte sich genau in dem Moment eingeschaltet, als ich mir Marianne Talbot ausgestreckt auf dem Boden vorstellte, um mir eine Pause zu gönnen, bevor ich über Miss Leech nachdenken musste.

Aber auch in der Absicht, diese Erinnerung aus dem Käfig zu befreien, in den ich sie eingesperrt hatte. Denn sie übte noch immer ihre Macht aus, eine Macht, die Ereignisse gewinnen, wenn man sie vorschnell begräbt, ehe man sie unter die Lupe genommen hat. Mein Leben – in dem sich zwischen

Büro und Arbeit ohnehin nicht viel abgespielt hatte – lief nach diesem Abend in meiner Küche mit Ian ins Leere. Ich spürte, dass ich dabei war, mich selbst als unangenehmen Menschen zu empfinden. Das hatte ich immer befürchtet, egal wie lebhaft und zuversichtlich ich mich gab. Nur wenn ich mit jemandem im Bett war, fand ich eine gewisse Erlösung von einer Gesellschaft, die mir zuwider war – meiner eigenen. Aber das Gefühl der Erleichterung hielt höchstens einen Tag an, während das Unbehagen auch noch lange, nachdem ich es geschafft hatte, Ian zu vergessen, blieb. Fast könnte ich sagen, es hielt so lange an, bis ich den Entschluss fasste, der Geschichte von Marianne Talbot und William Mullan nachzugehen, und mich damit der Veränderung öffnete.

Und jetzt kam mir eine Idee.

Vielleicht war es nicht die erotische Verheißung, die Mariannes Geschichte für mich so interessant gemacht hatte, ebenso wenig wie das, was ich mir an jenem Abend von Ian erhofft hatte, eine erotische Erfahrung war. Sex war nur der Schlüssel zu dem Zustand, den ich in Wirklichkeit herbeisehnte, den ich so genau kannte wie meinen eigenen Atem und ohne den ich nicht leben konnte: den Zustand der Bestrafung – Bestrafung für Vergehen, die ich mir tatsächlich zuschulden kommen ließ, aber eher aus Hoffnungslosigkeit, so als wäre ich schon mit einem Makel auf die Welt gekommen. Mir war von Anfang an klar, dass Marianne Talbot ihre Leidenschaft mit lebenslänglichem Eingesperrtsein in Windsor würde bezahlen müssen. Ähnlich muss ich unter der Oberfläche meines beruhigenden inneren Monologs gewusst haben, dass es nicht gut ausgehen würde, wenn ich Ian sagte, wir könnten zu mir gehen. Aber es hatte mich mit Macht in mein eigenes Windsor getrieben, denn in meinem tiefsten Innern glaubte ich, dass ich genau dort hingehörte. Wie damals, als ich das Haus, in dem ich mit Hugo glücklich war, über mir zum Einstürzen brachte. Ich sollte in Ruinen leben. Dafür war ich bestimmt.

In dieser Nacht hielt ich mich an Spot fest. Er lag neben dem Bett, und ich streckte den Arm aus und kraulte ihn unaufhörlich. Ich konnte weder essen noch trinken. Miss Leech würde bald sterben. Und ich hatte keine Ahnung, wie ich mit Mariannes Untreue umgehen sollte. Ich hatte mir selbst so viel zu vergeben, wenn ich denn vergeben konnte. Shay wusste nichts von der Kathleen, die es nicht ertragen konnte, glücklich zu sein, und Miss Leech hatte mich auf so widersprüchliche Weise beraten, dass ich ohne fremde Hilfe zu der Entscheidung kommen musste, ob ich seine Geliebte werden wollte oder nicht.

Draußen auf dem dunklen See war ein Wasservogel, dessen Ruf genauso klang wie der erste hilflose Aufschrei einer Frau beim Orgasmus. Was sind schon für Welten untergegangen, nur um dieses kleinen Lautes willen! Von meinem zerwühlten Bett aus sah ich einen Stern. Miss Leech hatte Keats zitiert, und das tat ich jetzt auch: »Heller Stern! Mach mich so standhaft wie du bist!«

Ich sprang aus dem Bett. Ich hatte etwas vergessen.

»Bitte, Annie«, bettelte ich am Telefon. »Bitte. Dein Furriskey ist alt. Die hier könnte Lilians Katze sein. Und wenn die beiden Tiere nicht miteinander auskommen oder wenn du die Katze nicht magst, verspreche ich, dass ich sie hole und eine andere Bleibe für sie suche. Bitte, Annie. Vielleicht nehme ich die Katze auch selbst – es könnte sein, dass ich mich in Irland niederlasse. Nein, ich weiß es noch nicht. Irgendwo in der Nähe von Sligo vielleicht. Aber ich möchte, dass du erst mal die Katze nimmst, jetzt gleich. Ich möchte ihr morgen Bescheid sagen. Sie hat nicht mehr lange …«

Am Ende sagte Annie, am übernächsten Tag sei Gründonnerstag, der erste Tag der Osterferien und Lil müsse nicht zur Schule. Annie wollte versuchen, ihre Chefin zu überreden, selbst nach dem Laden zu sehen, und mich mit Lil in Ballygall besuchen, damit sie die Katze mitnehmen konnten.

»Dann werde ich euch auch das Haus zeigen, Annie. Ich habe noch nie in einem so herrlichen Haus gewohnt!«

»Schön«, sagte sie, »aber es ist doch nur gemietet.«

»Oh«, sagte ich überrascht. »Was spielt das für eine Rolle?«

»Ich hätte nichts davon«, sagte sie, »wenn es nicht *mein* Haus wäre.«

Ich legte mich wieder hin. Mein heller Stern war von einer Wolke verdeckt. Innerhalb weniger Minuten hörte ich die ersten Regentropfen, die wie heimliche Schritte klangen, und bald war die ganze Luft mit dem Geräusch prallen, dichten Regens angefüllt. Heute Nacht schien er einen besonders feinen Nachklang zu haben. Ich lauschte und stellte mir vor, wie diese Tropfen auf die Oberfläche des Sees trafen, ein wenig hochsprangen und dann ein zweites Mal aufs Wasser fielen.

Am nächsten Morgen klingelte als Erstes das Telefon. Am anderen Ende war eine barsche Männerstimme mit Londoner Akzent.

»Sind Sie das Mädchen, das mit dem alten Alex arbeitet?«

»Geht es ihm gut? Ist alles in Ordnung mit ihm?«

»Nun«, sagte die Stimme, »ja und nein. Ich bin Ron, sein Nachbar. Er hat mich gebeten, Sie anzurufen. Seine Mutter ist vor ein paar Tagen gestorben, nicht gerade vor der Zeit, wenn ich so sagen darf. Er war schrecklich gut zu der alten Dame, aber sie war eine ziemliche Belastung für ihn. Ehrlich gesagt, sie war ziemlich verkalkt, um es auf den Punkt zu bringen.«

»Ich weiß«, sagte ich. »Er hat mich angerufen, um mir zu sagen, dass sie gestorben ist. Warum ruft er mich jetzt nicht auch selber an?«

»Ich hab ihn eben getroffen, als ich nach Hause kam«, sagte Ron. »Er war gerade am Weggehen. Die Harry-Krishna-Typen, mit denen er sich abgibt, sind vor ihm hergelaufen und haben ihn in ihrem Minibus mitgenommen. Er hat mir einen Zettel mit Ihrer Nummer zugesteckt und gemeint, ich soll Sie anrufen und sagen, dass die Beerdigung wunderschön war.«

»Das ist aber seltsam«, sagte ich.

»Nun, das werden Sie besser wissen als ich. Aber ich hatte den Eindruck, dass er nicht wollte, dass die Harry-Krishna-Leute das mitkriegen.«

»Das sind keine Hare Krishnas«, sagte ich. »Das sind englische Mönche.«

»Die haben so komische Sachen an«, sagte er. »Ich bin mir nicht sicher, ob das Engländer sind.«

470

»Nun, vielleicht sind sie ihm ein Trost«, erwiderte ich.

»Sie sind das Einzige, was er im Leben gehabt hat!«, fuhr Ron fort. »Ich wohne seit dreißig Jahren hier, mit meiner Familie und meinen Kindern. Und ich bezweifle, dass Alex öfter als zehn oder zwölf Mal im Jahr abends ausgegangen ist. Selbst an Weihnachten haben er und seine Mutter allein vor einem kleinen Brathähnchen gesessen. Aber diese Weicheier wollen das Haus zu einer Filiale von ihrem Konvent machen, oder wie man das Ding nennt – die alte Lady hat es mir vor einem Jahr selber gesagt. Vielleicht steht er deshalb so unter Druck.«

»Was soll ich denn tun?«, rief ich. »Ich habe keine Ahnung, wie ich ihm helfen könnte. Ich weiß nicht einmal, wo das Kloster ist. Und ich kann gerade den Haufen ohnehin nicht ausstehen. Widerwärtige Typen sind das.«

»Recht so!«, sagte Ron. »Eine kämpferische Irin, das lob ich mir! Ein Mädchen mit ein bisschen Elan ist genau das, was der alte Alex braucht. Werden Sie noch unter der gleichen Nummer zu erreichen sein, wenn ich ihn das nächste Mal sehe? Oder – warten Sie – ich gebe Ihnen meine Nummer, für alle Fälle.«

»Ich gebe Ihnen die Nummer meiner Freundin Caroline«, sagte ich. »Mit ihr bin ich in Verbindung. Sie könnten Kontakt mit ihr aufnehmen oder Alex sagen, er soll sie anrufen, wenn er wieder auftaucht. Und – danke, Ron. Vielen Dank.«

Danach rief ich Caro an, um ihr von dem Anruf zu erzählen, und natürlich auch um herauszufinden, ob sie noch da war. Ich zerrte das Telefon auf den Balkon und plauderte im wechselnden Sonnenlicht mit ihr. Während wir miteinander redeten, sah ich einen wohlgenährten Hasen über das Feld neben der Hecke hoppeln. Ich nahm ihn als gutes Omen.

Alles war bestens. Es war eine normale Unterhaltung mit Caro, im Stil der mehr oder weniger allwöchentlichen Telefonate, die wir seit unserer Versöhnung führten. Sie hatte ihre Examen überstanden. Ob sie uns für den nächsten Anfängerkurs in Bridge anmelden solle? Wie es mit dem Talbot-Buch vorangehe? Ach, vielleicht doch kein Buch? Egal – an Ideen wird es dir nicht mangeln, Kathleen! Nat war auf Radtour in Spanien, und Caro wartete darauf, dass die neue Sorte Tulpen in den Töpfen vor ihrer Haustür aufging. Dem Namen nach sollten sie schwarz sein, doch in Wirklichkeit waren sie dunkelviolett. Sie wollte an Ostern nach Cornwall, um ihrer Mutter bei einem Dorffest zu helfen.

Völlig unmöglich zu erwähnen, dass die Episode mit Ian mich wieder verfolgt hatte. Sie würde mir ohnehin nicht anvertrauen, welchen Stellenwert die Sache heute noch für sie hatte. Sie hatte es ja nicht einmal damals getan.

Bevor ich zu den Weihnachtsmännern weiterfuhr, hatte ich sie vom Flughafen in Oslo angerufen. Kann sein, dass ich versucht gewesen wäre, ihr das Ganze zu verschweigen, aber ich wusste, dass Ian es ihr auf jeden Fall erzählen würde. Oder bestand doch eine Chance, dass er es ihr nicht erzählte? Nein. Null. Mir war allmählich aufgegangen, dass er mich überhaupt nicht begehrt hatte. Er hatte mich so lange umgarnt, bis er mich soweit hatte, dass ich mich ihm öffnete, um mich zu verhöhnen und es Caroline zu erzählen und ihr klar zu machen, dass sie keine Freundinnen hatte.

Schöne Freundin!

Ausgerechnet der Gedanke an meinen Vater hielt mich aufrecht, beziehungsweise an den Mann, der vielleicht mein Vater gewesen war. In meiner Seelenqual entdeckte ich, dass die Erinnerung an ihn und sein Transparent und seine Verbohrtheit, was England betraf, gleichwohl etwas Heroisches an sich hatte und mir neue Kraft gab.

Es ist kein Weltuntergang, versuchte ich mir einzureden.

»Wenn es überhaupt etwas bewirkt hat«, hatte ich zu Caroline gesagt, das Gesicht zur Innenseite der Plastikkabine in der Flughafen-Lounge gewandt, damit niemand meinen flehentlichen Ton hören konnte, »dann höchstens, dass ich dir eine bessere Freundin sein werde.«

»Ich verstehe dich jetzt besser«, rief ich, verzweifelt über ihr Schweigen, in den Hörer. »Ich verstehe jetzt seine Macht. Ich verstehe, dass er zu allem fähig ist. Ich weiß nicht, wie du es mit ihm ausgehalten hast, Caroline!«

Aber ich spürte, wie Caroline instinktiv die Schwächen meiner Argumentation erkannte. Warum hatte ich ihn mit in meine Kellerwohnung genommen, wenn ich mir nichts von ihm erhoffte?

Wie dem auch sei, ich hatte ihr lediglich gesagt, dass Ian einen Annäherungsversuch gemacht hatte.

Als sie noch immer schwieg, sagte ich: »Wir haben uns nicht geküsst und auch nicht ausgezogen oder was weiß ich. Es war nur wegen der Drinks! Außerdem war ich durcheinander, weil ich dachte, ich hätte meinen Vater auf der Straße gesehen.«

Ich versuchte es noch einmal.

»Ich hätte dich ja gar nicht anzurufen brauchen, um dir zu sagen, dass ich mich mit ihm treffen würde. Wenn ich böse Absichten gehabt hätte, hätte ich ihn treffen können, ohne dass du je etwas davon erfahren hättest.«

Ich hörte wie sich Carolines Atemrhythmus veränderte. Ein Punkt für mich.

Aber dann legte sie auf.

Ihr könnt mich alle mal, dachte ich. Verdammte Scheißengländer!

Sie hat mir nie gesagt, dass sie mit mir nichts mehr zu tun haben wollte. Es war meine Vermutung. Ich schnitt sie einfach aus meinem Leben heraus – wodurch mir nicht mehr viele Freunde blieben, abgesehen von Jimmy. Anfangs hat sie mir schmerzlich gefehlt. Doch mit der Zeit vergaß ich sie fast völlig. Ich hatte nicht so sehr das Gefühl, dass es mit mir bergab ging, eher dass ich austrocknete. Ich war so leer und ausgehöhlt, dass es mich mal hierhin, mal dorthin wehte. Glück gibt einem Sicherheit und man tut mühelos das Richtige, doch wenn es im Leben hapert, geht alles Mögliche daneben.

Vor ungefähr zwei Jahren gab ich dem spontanen Verlangen, Caroline zu kontaktieren, nach. Es überraschte mich selbst, dass ich ihre Nummer wählte. Es war am Tag nach meiner Rückkehr von einem mehrmonatigen Aufenthalt in Amerika, wohin ich nach dem Debakel mit Alex vor mir selbst geflohen war. Ich fühlte mich extrem einsam nach so langer

Zeit ohne die Umgebung des Büros, aber das war nicht der Grund, weshalb ich Caroline anrief. Vielmehr war ich durch den längeren Aufenthalt in Kalifornien wunderbar braun gebrannt und voller Selbstvertrauen. Am Abend meiner Rückkehr hatte ich einen schlimmen Jetlag, und gegen sechs Uhr war ich so desorientiert, dass ich nicht mehr klar denken konnte. Das war der Auslöser. Die Kombination von geistiger Leere im Kopf und braun gebranntem Körper. Ich rief sie einfach an. Meine Hände zitterten nicht einmal. Ich hatte mich darauf eingestellt, völlig unbeteiligt zu sein, damit selbst die schlimmste Abfuhr an mir abgleiten würde.

»Kathleen!«, sagte sie, und ihre Stimme klang entzückt. So wie sie eigentlich immer klang, wenn jemand bei ihr anrief. »Ich bin gerade dabei, einen köstlichen Wildlachs für ein paar Leute zuzubereiten. Magst du Sauerampfersauce? Dann setz dich in ein Taxi.«

Gesagt, getan. Es war ideal, dass sie Leute zum Essen da hatte. Ich saß in ihrer formidablen Küche, trank sehr guten Wein, den die anderen mitgebracht hatten, und lauschte, nicht ohne zwischendurch hin und wieder einzunicken, einer Unterhaltung, in der es um unzuverlässige Au-pair-Mädchen, linke Stadträte und hohe Immobilienpreise ging. Selbst als eine ziemlich betrunkene Frau gegen ihre irische Putzhilfe vom Leder zog, nötigte mir das nur ein wortloses Lächeln ab.

»Tut mir Leid, sie ist eine schrecklichen Person«, entschuldigte sich Caroline, als sie mich am nächsten Tag anrief.

»Und solche Leute wählen *Labour*«, erwiderte ich trocken. »Komm nicht auf die Idee, mich zum Essen einzuladen, wenn Tories da sind.«

Und das war alles. Sie hatte mich zurückgerufen. Also konnte keine Rede davon sein, dass ich ihr nachrannte. Als sei nichts geschehen, unterhielten wir uns über ihre Lehrerausbildung, mit der sie begonnen hatte, seit Nat aufs College ging, und weder damals noch seither verloren wir je ein Wort über meine Begegnung mit Ian. Ian selbst hatte sich seit Jahren nicht mehr bei ihr blicken lassen. Aber Caroline zeigte sich so unberührt von allem, dass mir völlig schleierhaft war, ob sie die ganze Geschichte vergessen hatte oder schlicht und einfach beschlossen hatte, mir zu verzeihen. Falls sie mir verziehen hatte, hätte ich gern erfahren, *warum*. Ich hätte gern gewusst, ob sie sich je gemeldet hätte, wenn ich sie am Abend meiner Rückkehr aus Kalifornien nicht angerufen hätte. Meine Strafe bestand darin, dass ich nicht zu fragen wagte und sie nie etwas sagte. Ich kannte sie mein halbes Leben lang und länger, aber ich verstand sie immer noch nicht. Vielmehr verstand ich sie oft und konnte mir dennoch nicht erklären, warum sie mich zur Freundin hatte. Soviel zu meinen Gedanken über sie ... Als ich kürzlich begonnen habe, mein Leben Revue passieren zu lassen, habe ich den entscheidenden Moment meiner Distanzierung vom Reisejournalismus an jenem Augenblick festgemacht, als mich die Zustände in Manila so erschüttert hatten. Aber was hatte diese Reaktion in mir ausgelöst? Zig Male war ich mit schlimmerer Armut und Ausbeutung konfrontiert gewesen und hatte dennoch munter einen Reisebericht nach dem anderen verfasst. Musste in mir nicht etwas vorgegangen sein, das meine Wahrnehmung derart verändert hatte? Konnte es sein, dass dieser Prozess genau da eingesetzt hatte, als Caroline mich wieder bei sich aufgenommen hatte, als wäre es die natürlichste Sache auf der Welt? Vielleicht sah sie doch nicht nur wie ein Engel aus.

Spot und ich schauten uns eine Sendung über die Kunst des Origami im Frühstücksfernsehen an. Ich hatte den Ton abgestellt und eine Fred-Astaire-CD aufgelegt. Bild und Ton passten überhaupt nicht zusammen. »Du musst jeden Spalt, jeden Strang mit Erz anreichern«, sagte ich zu dem Hund, wie Keats einst Shelley geraten hat. »Pack so viel wie möglich hinein. Weißt du was, Spot? Felix hat die beste Sammlung Vierziger-Jahre-Songs, die wir je zu Gesicht bekommen werden.«

Bertie rief an.

»Ich habe die Katze hier«, sagte er. »Leider konnte Nan nicht bleiben, um Sie zu treffen. Gestern auf der Rückfahrt hat sie mir erst erzählt, dass sie in das Pflegeheim zieht. Ich hatte gedacht, das ist noch Monate hin! Und dann hat sie mich heute Morgen angerufen und gesagt, dass sie einen fürchterlichen Kater hat von der Trinkerei gestern mit Ihnen. Was mich nicht überrascht. Ich habe sie in ihrem ganzen Leben höchstens mal an einem Sherry nippen sehen. Und dann hat sie noch gesagt, dass sie die Leute vom Heim gebeten hat, sie auf der Stelle abzuholen und mit einem Beruhigungsmittel von ihrem Elend zu erlösen. Vor etwa einer halben Stunde ist sie also mit dem Krankenwagen weggefahren. Ich komme gar nicht drüber hinweg. Ich durfte sie nicht einmal selbst fahren.«

»Sie ist eine wunderbare Frau«, sagte ich. »Sie hat das absichtlich so arrangiert, um sich von niemandem verabschieden zu müssen.«

»Glauben Sie wirklich, Kathleen? Sie ist aus dem Haus gegangen, als würde sie morgen wiederkommen. Sie hat nicht mal die Milch vom Tisch genommen.«

»Das Letzte, was ich von meiner Mutter gesehen habe«, sagte ich, »war ihr Bett. Es war so wie immer, wenn sie aufstand. Es sah aus, als würde sie sich jede Minute wieder hinlegen. Ihr Mantel hing am Haken im Flur. Die Taschen ausgebeult. Man konnte förmlich die Konturen ihrer Fäuste sehen …«

»Die Katze«, sagte er, als er merkte, dass nichts mehr kommen würde. »Das verdammte Vieh ist in einem Karton im Kofferraum und gibt so furchtbare Geräusche von sich, dass der Karton wackelt.«

»Heute Mittag treffe ich meine Schwägerin und meine Nichte auf dem Marktplatz, dann komme ich die Katze abholen.«

»Schwägerin!«, sagte er. »Nichte! Ich wäre nie auf die Idee gekommen, dass Sie Familie haben, Kathleen. Sie sind die geborene Einzelgängerin.«

»Bringen Sie die Katze solange in den Schuppen an der Hintertür. Und geben Sie ihr was Ordentliches zu fressen, Bertie. Tun Sie so, als hätte die Katze ein kleines Stückchen von Miss Leech in sich. Nach all den Jahren mit ihr ist das sicher so.«

Er brachte es fertig, darüber zu lachen.

»Bertie.« Die Worte drangen erst in mein Bewusstsein, als

ich sie aussprach. »Jetzt, wo Miss Leech fort ist, werde ich auch abreisen. Vielleicht schon morgen. Vielleicht sehe ich mich in der Gegend von Sligo noch ein bisschen um. Vielleicht fahre ich aber auch gleich nach England zurück. Offen gestanden habe ich genug vom Urlaubmachen. Ich bin zu sehr ans Arbeiten gewöhnt. Mein Chef ist leider nicht da, daher kann ich ihn nicht um Rat fragen. Ich komme mit der Talbot-Geschichte einfach nicht weiter. Das ist also wohl heute mein letzter Tag in Ballygall – fürs Erste jedenfalls. Hätten Sie etwas dagegen, wenn ich meinem Besuch Mount Talbot zeige?«

»Absolut nicht«, sagte er. »Ich würde Sie gerne begleiten, wenn es Ihnen recht ist. Mir wäre wohler, wenn Sie jemanden dabei hätten. In den alten Ruinen kann man furchtbar stürzen.«

»Es fällt mir schwer abzureisen. Ich wünschte, ich hätte mir darüber klar werden können, ob Marianne ihrem Mann untreu war oder nicht. Aber ich komme einfach zu keinem Ergebnis.«

»Hinter dem Landsitz lebt ein alter Herr. Curly Flannery. Der hat noch Leute gekannt, die den Talbot-Skandal miterlebt haben. Curly ist inzwischen über neunzig, aber vielleicht lohnt es sich, ihn aufzusuchen. Ich kann seine Nichte anrufen, bei der er wohnt.«

»Oh, Bertie, das wäre wunderbar! Danke.«

»Sind Sie sicher, dass Sie abreisen wollen, Kathleen? Wollen Sie nicht warten, bis Nan wieder zurück ist?«

»Glauben Sie denn, dass sie wieder zurückkommt?«, fragte ich nach einem Zögern.

Er gab keine Antwort.

Ich lief durch Felix' Haus und Garten und sammelte meine Sachen ein. Sonnenschein und leichter Nieselregen folgten rasch aufeinander und das eben noch vor Nässe dunkle Holz des Balkons war, eh ich michs versah, wieder getrocknet. Spot folgte mir auf Schritt und Tritt. Kaum hatte er sich bedächtig auf seinen Pfoten niedergelassen und mit halb geschlossenen Augen ruhig zu atmen begonnen, da musste er sich schon erheben, um hinter mir her zu tapsen und sich woanders wieder niederzulassen. Also bat ich ihn mehrfach um Verzeihung. Ich hörte mir noch ein letztes Mal die Schubert-Sonate auf Felix' Stereoanlage an. Die Töne schienen kristallklar in der Luft zu hängen, bevor sie sich wie ein Schleier über den See, das Schilf und die Wiese mit den friedlich schlafenden Katzen breiteten. An diesem Morgen hörte ich eine Todesbereitschaft aus dem Stück heraus, die so deutlich und allumfassend war, dass es mir den Atem verschlug.

Spots Blick erinnerte mich wieder an Jimmys Tod. An jenem furchtbaren Vormittag, als wir davon erfuhren, waren Roxy, Betty und ich in einen Pub gegangen und hatten Gin bestellt. Warum gerade Gin, weiß ich nicht. Der Pub hatte eben erst geöffnet. Ein Hund lag ruhig unter einem Tisch und sah mich mit einem Blick an wie Spot in diesem Augenblick. Es war ein kleiner Jack Russell. Sein Besitzer saß mit seinem Bierglas nahe am Eingang im Schein der Wintersonne. Plötzlich begann Roxy sich furchtbar aufzuregen. Sie war davon überzeugt, dass der Mann den Hund misshandelte. Man sähe es ihm an den Augen an, behauptete sie. Am Ende riefen wir ihre Mutter an, um ihr mitzuteilen, dass es Roxy nicht gut gehe und sie gleich nach Hause käme. Dann bugsierten wir sie an dem Mann und dem Hund vorbei in ein Taxi.

Jimmy?, sagte ich. Was soll ich tun? Was soll ich sagen, wenn Shay mich morgen anruft? Anscheinend hatte ich die letzten Tage doch nicht nur damit verbracht, darüber nachzudenken, was ich tun sollte. Es waren mir noch so viele andere Dinge im Kopf herumgegangen. Ein Nie ist so endgültig. Und wenn ich Shay zurückweise, nimmt mich vielleicht nie mehr jemand in den Arm. Nie! Und dann der Abschied von Miss Leech, von dem ich weiß, dass er endgültig ist.

Ich ging über das Gras und holte die Schaufel unter dem Dornenstrauch hervor. Eine der Katzen bewegte sich kaum, während ihre Artgenossen einen erschrockenen Satz machten. Da bemerkte ich, dass sie trächtig war. Unter ihren dünnen Rippen sah ich den schweren Bauch, der sie nach unten zog. Sie schleppte sich den Abhang hinauf und versteckte sich scheu unter der Weißdornhecke, deren Blattknospen so winzig waren, dass es aussah, als stünden die kahlen Büsche in grün getönter Luft.

Ich würde mich immer an dieses Tal erinnern, obwohl es dazu beigetragen hatte, meine Abreise zu beschleunigen. In Felix' hellem, geräumigem Haus war mir klar geworden, wie wenig ich zu tun hatte. Ich hatte hier nur herumgehangen und darauf gewartet, dass Miss Leech mir Zeit widmete ...

Herumhängen. Warten. Waren dies die Worte, die ich benutzen würde, wenn ich an die Tage mit Shay zurückdachte? Schäbige Worte, Worte der Unzufriedenheit, obwohl die Zeit mit ihm nach Großzügigkeit und Glück schmeckt ...

Nur, wenn ich eine konkrete Aufgabe hätte, würde ich nicht herumhängen. Ich würde schreiben müssen. Das war der einzige Beruf, den ich ausüben konnte, egal wo ich lebte.

Aber was sollte ich schreiben? Wie ließ sich die Geschichte von Marianne Talbot zu Ende führen? Ich konnte mir nicht vorstellen, wie John Paget mit Sargents Behauptung umgegangen wäre. Paget hatte seine Argumentation auf die Zeugenaussagen vor dem geistlichen Gericht in Irland gestützt. Die Geschichte des Reverend Sargent konnte ihm erst zwei oder drei Jahre später, nach der erfolgten Anhörung im House of Lords, zu Ohren gekommen sein. Was wäre, wenn sie ihn überzeugt hätte? Das hätte gut sein können, da er sie nicht einfach als Teil von Richards Verschwörung gegen seine Frau hätte vom Tisch wischen können, denn Richard hatte offensichtlich nie davon erfahren. Auch konnte Paget schwerlich das Argument vorbringen, dass eine Verwechslung der Person vorlag und der Mann auf dem Boden des Salons in Wirklichkeit Mullan war – denn Paget glaubte fest daran, dass es keine Liebschaft zwischen Marianne und Mullan gegeben hatte. Wenn Paget, ihr einziger Beschützer, sich von Marianne abwandte, war ihre Lage hoffnungslos – selbst wenn er sich nur mit dem Herzen von ihr abwandte und nur noch so tat, als stünde er ihr bei. Mit etwas Glück war sie wirklich nicht mehr zurechnungsfähig. Und selbst dann: Hätte sie es nicht schmerzen müssen, wenn sich sein Glaube an sie in Skepsis wandelte?

Mich peinigten Fragen, auf die es keine endgültigen Antworten geben konnte. Wenn beispielsweise Pagets Schilderung von Mariannes Eheleben der Wahrheit entsprach, war es möglich, dass die Jahre der Demütigung und unzureichenden Ernährung sie zerbrochen und zum Opfer gemacht hatten, sodass sie, wie es bei Kindern asozialer Familien vorkommt, von jedem missbraucht wurde. In diesem Fall käme das, was Sargent sah, eher einer Vergewaltigung gleich. Aber vielleicht irrte ich auch. Vielleicht hatte sie tatsächlich eine leidenschaftliche Affäre mit Mullan. Vielleicht war sie – wie ich in meiner Zeit mit Hugo – durch das Gefühl ihrer sexuellen Macht außer Rand und Band geraten. Vielleicht war der Mann auf dem Fußboden, das, was Sascha für mich gewesen war. Vielleicht hatte das Leben eines Teils der Großgrundbesitzer in Irland nach der Hungersnot bizarre Formen angenommen. So wie in den Filmen von Almodovar. Alles Mögliche konnte passiert sein – dieser Mann mit jener Frau, in diesem Stall oder auf jenem Boden –, als die Klasse der Grundbesitzer auf den gewaltsamen Untergang der Welt reagierte, die sie selbst geschaffen hatte. Hätte Marianne eine Affäre mit jemandem ihres Standes haben und ein völlig unschuldiger Mullan zum Sündenbock gemacht werden können?

Außerdem war da das merkwürdige Detail, dass McClelland, als Sargent ihm von seiner Beobachtung berichtet hatte, zu Marianne ging und mit ihr sprach, soviel steht fest.

McClelland konnte nicht der Mann auf dem Boden gewesen sein, oder etwa doch? Falls McClelland ein Verhältnis mit ihr hatte und *danach* von Mullan erfuhr, würde dies seine Rachsucht und die Tatsache erklären, dass er wie selbstverständlich von ihrer Schuld ausging, sie auf der Stelle nach Dublin brachte, den von Mullan an sie gerichteten Brief statt ihrer las und vernichtete. Es würde erklären, dass er ruhig zusah, wie die arme Frau verrückt wurde, die in ihrem Zimmer in Coffey's Hotel hinter Vorhängen, unter dem Bett und in der Garderobe nach ihrem Kind suchte. Es würde erklären, dass er sie in der Rathgar Road versteckt hielt, um sie schließlich nach Windsor zu einer Pflegerin zu bringen, und dass er Mariannes Vater zu verstehen gab, sie habe ihre Schuld bereits gestanden und das Verfahren vor dem geistlichen Gericht könne ohne Verteidigung vonstatten gehen. Selbst wenn McClelland keine sexuelle Beziehung mit ihr hatte, legt sein auf Bestrafung versessenes Verhalten nahe, dass er sie begehrte. Ein weiterer Feind für die arme Marianne, den sie nur der Tatsache verdankte, dass sie eine Frau war.

Was auch immer geschehen war, eines war sicher: Marianne stand am Ende mit nichts da.

Ich machte einen kurzen Spaziergang am See entlang. Das Wetter hatte sich stabilisiert. Es war ein sonniger Frühsommertag – nicht so außergewöhnlich und makellos wie bei meiner Ankunft in Felix' Haus, aber angenehm. Die Steinmauern um die alten Felder waren von Gras überwuchert und wirkten wie niedrige Dämme. Auf jeder Seite von cremefarbenen Primeln gesäumt wie von einer Schaumwelle.

Ich stellte mir das schäbige Haus in Windsor vor. Wie die Frau, die dort die Geisteskranken beaufsichtigte, gierig nach Mariannes Hand gegriffen hatte. Marianne, die sich weder an ihren Namen noch an sonst etwas erinnerte, nur an das Gesicht eines lachenden Kindes, musste die seltsame Frau, die so grob zu ihr war, verwundert angesehen haben.

»Wo sind Ihre Ringe?«, mochte sie gefragt haben.

Und darauf überrascht Marianne: »Ringe?«

Vielleicht hatte Richard Reverend McClelland angewiesen, Marianne die Hochzeitsringe abzunehmen, als sie noch in dem Hotel in Dublin war. Vielleicht hatte der Pfarrer sogar anfangs Einspruch erheben wollen. Aber angesichts der Sünde, deren Mrs. Talbot sich schuldig gemacht hatte – er stellte sie sich vor, wie sie stöhnend in den Armen eines Tieres lag, eines Mannes jedenfalls, der zweifellos nach Tieren stank –, hatte er es getan.

Eines Morgens hatte ihr der Pfarrer im Salon von Coffey's Hotel ins verquollene Gesicht gesehen und gesagt: »Ihr Gatte verlangt, dass Sie die Ringe zurückgeben, die er Ihnen am Tag Ihrer Hochzeit schenkte. Ringe, die in heiliger Symbolhaftigkeit all das repräsentierten, was er vom Band der Ehe erwartete und mit Fug und Recht erwarten durfte, dessen Sie sich jedoch als unwürdig erwiesen haben.«

Als sie nicht geantwortet hatte, war er auf sie zugegangen, hatte hastig einen kleinen Beistelltisch vor sie gestellt und ihre fleischigen weißen Hände auf den Tisch gelegt, um ihr zunächst den schweren Goldring und dann den Brillantreif von der linken Hand, schließlich einen aufwändig gearbeiteten Kameenring mit dem darin eingeschnittenen Talbot-Wappen vom Mittelfinger der rechten Hand zu ziehen. Als er damit fertig war, stand er auf. Marianne machte keine Anstalten sich zu bewegen.

»Sie können die Hände jetzt vom Tisch nehmen«, sagte er.

Als sie nicht reagierte, beugte er sich vor, drückte ihr die Hände auf den Schoß zurück, und stellte den Tisch wieder an seinen ursprünglichen Platz ...

Ich machte kehrt und folgte dem Ufer zum Haus zurück. Ich sah keine Möglichkeit über Marianne Talbot zu schreiben. Es würde unweigerlich ein schlechtes Melodram dabei herauskommen, wenngleich die Wirklichkeit oft das Melodram übertraf. Was wäre, wenn Marianne Talbot nicht verrückt geworden wäre, sondern die Geistesgestörte nur gespielt hatte, da man sie sonst aus der Gesellschaft ausgestoßen hätte? Im Grunde war die Flucht in den Wahnsinn die einzige Möglichkeit ihrer Selbstverteidigung. Nachdem sie den Ehebruch mit Mullan nicht geleugnet hatte, konnte sie nur als unschuldig gelten, wenn sie verrückt war. Und wenn sie nicht verrückt wäre, wer würde sie dann ernähren und kleiden? John Paget hätte sich ihrer nie angenommen, wäre er nicht aufrichtig von Mariannes Geisteskrankheit überzeugt gewesen. Wohin hätte sie gehen können, wenn sie als »normal« gegolten hätte? Als entehrte gefallene Ehefrau und Mutter? Als Frau, die sich mit einem irischen Dienstboten eingelassen hatte – einem Wesen, das aus der Sicht ihrer Standesangehörigen eher einem Präriehund glich als einem Menschen?

Und wenn sie einmal angefangen hatte, sich als verrückt auszugeben, musste sie ihr Leben lang damit fortfahren.

Aber wahrscheinlich ist es ganz einfach, dachte ich. Wahrscheinlich ist es wie Sex. Eine bestimmte Art von Sex. Man gibt sich einfach locker und naiv, lässt das disziplinierte Erwachsenenverhalten fahren. Ob wohl nachts in ihrem Zimmer in Pagets Villa in Leicester ihr gesunder Menschenverstand wieder erwachte?

Ich wusste es nicht. Wie hätte ich es auch wissen können?

Ich rief Spot. Wir gingen zum Auto und machten uns auf den Weg nach Ballygall. Ich fuhr sehr langsam, versuchte zur Ruhe zu kommen. In meinem Leben in der Euston Road war in all den mageren Jahren nie viel passiert. Ließ ich ein Taschentuch auf den Boden fallen, lag es, wenn ich von einer Reise zurückkam, noch immer genau da, wo ich es hingeworfen hatte. Möglicherweise hatte ich drei oder vier Nachrichten auf dem Anrufbeantworter, aber nie Briefe. Gewöhnlich warf ich die Post unbesehen in den Mülleimer. In meiner Wohnung herrschte die Ruhe einer Grabkammer, dachte ich, aber immerhin war Ruhe. Und nun ... Shay würde morgen anrufen. Miss Leech hatte den Tod vor Augen. Alex war gramgebeugt und außer Reichweite. Und ich war unterwegs, um Annie zu treffen. Gleich zweimal Familie in ein und demselben Monat, um Himmels willen!

Eine unglaubliche Häufung, dachte ich spöttisch. Vielleicht könnte ich so tun, als wolle ich nach Sligo ziehen und einen jener Bestseller schreiben, die von Kauf und Instandsetzung eines alten Anwesens handelten und von den lustigen Erlebnissen mit den liebenswerten örtlichen Klempnern? Nein. Niemand zieht es in das melancholische Irland wie in die Toskana oder die Provence. Es gibt keine lokale Küche, und die Einheimischen sind alles andere als liebenswert. Wie auch immer, Leute, die Bücher zum Thema »Ich lasse mich in einer liebenswerten Gegend im Ausland nieder« schreiben, führen mit ihren Partnern ein sonniges, untadeliges Leben, voller kleiner humorvoller Begebenheiten. Solche Leute würde man kaum dabei ertappen, dass sie insgeheim ein Doppelleben haben und regelmäßig ein paar Tage im Monat mit dem Mann einer anderen Frau im Bett verbringen.

Ich war froh, die Kirchtürme von Ballygall zu sehen. In der Stadt fällt es leichter, Entscheidungen zu treffen.

Annie und die kleine Lilian fühlten sich augenblicklich wohl bei Bertie – viel wohler, als Miss Leechs Katze, eine riesige, misstrauisch dreinblickende Tigerkatze namens Rita, die uns mit bohrenden Blicken bedachte, weil sie vierundzwanzig Stunden nichts mehr gefressen hatte. Wir tranken eine Tasse Tee in der Küche. Spot saß unter dem Tisch und blickte unverwandt nach oben auf den Wellensittich, der aus dem Käfig gelassen worden war und die Vorhangschiene auf und ab stolzierte. Bertie rollte Teig aus und Annie schälte Äpfel. Bertie nickte mir mehrfach freundlich zu, offenbar als Anerkennung, dass ich mit ganz normalen Leuten aufgekreuzt war. Ich selbst empfand jene Mischung aus Besorgnis und Beruhigung, die ich mit Familie verband. Es war mir nicht entgangen, dass Annie keine Antwort gab, als ich Lil umarmte und nach Danny fragte. Ich wusste, dass etwas nicht stimmte. Aber ich ging der Sache nicht nach, weil ich nicht gleich zu Beginn ihres Besuches schlechte Nachrichten hören wollte.

Ollie ließ sich auf dem Hosenboden die Treppe hinunterplumpsen und kam in die Küche gerannt. Als er mich sah, rief er begeistert »Attly!«, aber als ich ihm meine Arme entgegenstreckte, stolperte er an mir vorbei zum Sofa unter dem hohen Fenster und sprach in ein Spielzeugtelefon zu jemandem, der ebenfalls Attly hieß. Der Raum war so gemütlich schlicht und warm, und er duftete nach Berties Gebäck.

»Lilikins!«, sagte ich. »Komm her – ich muss dich was fragen!«

Ich nahm sie einen Augenblick auf den Arm und fragte sie, wer größer sei – Furriskey oder Rita. Nur, um sie zu spüren. Nur um zu sehen, wie sie auf mich zulief und »Was?« sagte.

Bist du nicht eher der anspruchsvolle Palmengarten-Typ?, höhnte sofort eine Stimme in meinem Kopf.

Wir zwängten uns in Berties verbeulten Toyota – Annie und ich, Lilian, little Joe und Spot. Besser schlecht gefahren als zu Fuß, dachte ich, als wir in den Hauptweg nach Mount Talbot einbogen. Wo Bertie und ich über Gatter gestiegen und durch hohes Gras gewatet waren, hatte ein Bulldozer eine morastige Spur hinterlassen.

Das war die Nationalpolizei, sagte Bertie. Aus Dublin. Als die sich die IRA-Kerle geschnappt haben, die sich da oben im Keller zu Schießübungen getroffen haben. Unsere Jungs hier aus der Gegend wären so wie alle anderen in Gummistiefeln zu Fuß raufgegangen. Aber die hohen Tiere von der Spezialabteilung in Dublin haben erst mal einen Bulldozer angefordet und dann sind sie bis vor die Treppenstufen gefahren.

»Ich dachte, die IRA hätte einen Waffenstillstand beschlossen!«, sagte Annie. »Allmächtiger!«

»Das war nicht die gewöhnliche IRA – das war irgend 'ne andere Gruppe. Hab den Namen vergessen. Die billigen den Waffenstillstand nicht.«

»Und das in Ballygall!«, sagte Annie. »Du lieber Himmel.«

»Die kamen aus dem Norden. Nur einer von ihnen stammt von hier – sein Vater ist auf dem Landsitz aufgewachsen. Und der Großvater war Hirte auf den Weiden hier. Er und seine Frau haben ein paar Zimmer im oberen Stock vom Stallhof bewohnt, da, wo das Dach nicht allzu undicht war. Als sie den Burschen mit Waffen erwischt haben, hat er Mount Talbot als Wohnsitz angegeben. ›Wird da oben überhaupt Post zugestellt?‹, hatte der Richter gefragt, und der Polizeibeamte hatte es mit Nachdruck verneint. Darauf soll der Richter die Adresse nicht akzeptiert haben.«

»Wann ist denn hier zuletzt Post zugestellt worden?«, fragte ich.

»Es gab noch eine Talbot nach Richard«, sagte Bertie. »Eine Frau. Ich weiß nicht, ob Richard noch ein zweites Mal geheiratet hat, oder wer sie war. Aber am Ende hat sie da oben wie eine Ratte in ihrem Loch gelebt, zumindest hab ich das so gehört. Nur sie und ein alter Butler, ein sonderbares Paar. Der Butler hat hinter dem Stuhl der alten Lady stehen müssen, wenn sie ihr Essen eingenommen hat – auch wenn's nichts anderes gab als Kartoffeln. Sie ist 1922 mit einer Reisetasche hier ausgezogen, am 31. März, als der anglo-irische Vertrag in Kraft trat. ›Das war's‹, soll sie gesagt haben. ›Ich gehe zurück nach England.‹ Aber sie ist noch in derselben

Nacht im Shelbourne Hotel in Dublin gestorben. Und den alten Butler hat man ins Heim der Grafschaft gebracht.«

»Tante Kathleen?«, Lilian klopfte auf meine Schulter. »Tante Kathleen? Joe will wissen, ob wir uns die Waffen ansehen dürfen.«

»Ich höre dich, mein Fräulein«, sagte Annie. »Und die Antwort ist nein.«

Wir kamen zu dem Mauerdurchbruch, wo einst prächtig verzierte Tore zum inneren Teil des Landsitzes und zu den das Haus umgehenden Rasenbeeten geführt hatten. Die Öffnung war von der Polizei mit leuchtend gelbem Absperrband drapiert. Bertie hielt an, und als wir ausstiegen, sahen wir, dass das Band über Holzpfähle in einem riesigen Kreis um die Stelle gezogen worden war, wo das Haus gestanden hatte. Überall standen Schilder mit der Warnung BETRETEN VERBOTEN! Die Anlage wirkte derart einschüchternd, dass Annie und Bertie wie aus einem Munde »Komm her, Spot! Komm zurück!« riefen, als er hinter die Absperrung sprang.

»Die alte Lady war noch keine Minute zum Tor hinaus, da kamen die Leute von Ballygall auch schon angelaufen«, fuhr Bertie mit seiner Erzählung fort. »Als Erstes nahmen sie die Glasscheiben aus den Treibhäusern in den Obstgärten mit. Damals waren Pflaumen und Weintrauben und Orchideen darin. Dann haben sie die großen Kleiderschränke zerlegt und die Treppe hinuntergetragen. Als sie oben alles leer geräumt hatten, haben sie die Treppe zertrümmert. Mein Onkel hat den Schweinehirt und seine Brüder den Billardtisch forttragen sehen. Was sie wohl mit einem Billardtisch vorhatten? Das Haus hat aber noch ziemlich lange gestanden. Die Leute kamen her, um ihre Wasserkessel an den Hähnen zu füllen, wenn sie in der Nähe Heu machten.«

Wir wanderten den Abhang am Fluss entlang zum Glockenturm und zur Rückseite der Ställe. Lil, Joe und der Hund liefen voraus. Von ihren Schuhen spritzten glitzernde Wassertropfen. Unter der Mauer wuchsen Büschel von Primeln und am Rande des Gehölzes schimmerte es blau von Glockenblumen. Der erste Kuckuck rief gebieterisch aus dem Wäldchen. Die Kinder antworteten ihm: Kuckuck! Kuckuck!

Einen Augenblick lang konnte man sich durchaus glückliche Tage auf Mount Talbot vorstellen, die junge Hausherrin, wie sie ausgelassen unter den Augen ihrer Kindermädchen herumlief, und glückliche Hausangestellte, die singend an ihr Tagewerk gingen.

Nein. Niemals.

»Ich zeige ihnen die Statue im Efeu«, sagte Bertie.

»Und ich gehe zur Kirche, um einen Blick reinzuwerfen.« Ich ging allein weiter zur verfallenen protestantischen Kirche. Ein glänzendes Schild an dem zerbrochenen Gatter wies darauf hin, dass die Instandhaltung des Friedhofs ein Projekt des Arbeitsamts für Langzeitarbeitslose sei. Die Arbeiter hatten eine Schneise durch ein Gestrüpp aus verflochtenen Dornen, Lorbeerzweigen und überwucherten Eiben geschlagen, und man konnte noch die Stelle sehen, wo sie die obere Platte des Familiengrabs der Talbots, ein Mausoleum mit einer Tür im ägyptischen Stil, erneuert hatten. Der eiserne Eingang sah aus, als sei er für immer zugerostet.

Gleich daneben stand ein frisch gesäubertes Kreuz der einfachsten Art mit der Aufschrift:

WM. MCCLELLAND
PFARRER DIESER GEMEINDE
GESTORBEN 1857
ICH ABER WERDE IN GERECHTIGKEIT SCHAUEN
DEIN ANGESICHT

Sie bat mich inständig, besagtem W. Mullan zu gestatten, nach oben zu kommen und sie zu sehen, was ich jedoch ablehnte, worauf sie davon abgehalten wurde, mit W. Mullan zusammenzutreffen …

Das hatte dieser Mann vor Gericht ausgesagt.

Warum war Mullan Marianne gefolgt, wenn sie ihm nichts bedeutete? John Paget hatte das Problem beim Schopf gepackt.

»Die eindringliche, ihr so unbarmherzig verwehrte Bitte«,

schrieb er, »dem Zeugen ihrer Unschuld IN GEGENWART DES GEMEINDEPFARRERS die Möglichkeit zu einem Gespräch einzuräumen, war die letzte Anstrengung, die sie kraft ihrer Vernunft unternahm, bevor sie endgültig zerbrochen und zerstreut wurde!«

Das konnte stimmen. Mullan wollte, brauchte sie vielleicht, damit sie gemeinsam mit ihm gegen die Verschwörer vorging, die sie des Ehebruchs beschuldigten. Es ist daher durchaus möglich, dass Mariannes Geisteszustand schweren Schaden erlitt, als McClelland nicht einmal ein Treffen genehmigte. John Pagets Hervorhebungen in Großbuchstaben waren zweifellos beeindruckend.

McClelland war sehr bald nach dem Talbot-Skandal gestorben. Ich erging mich in Vorstellungen über die näheren Umstände seines Todes.

Vielleicht hatte der Pfarrer während der durch Mrs. Talbots Schmach verursachten Unannehmlichkeiten bereits unter Fieber gelitten. Vielleicht war ihm diese Zeit wie ein wirrer Albtraum erschienen. Er hatte eine Aussage für Richard Talbots Anwalt unterzeichnet, der zufolge Mrs. Talbot ihm ihre Schuld gestanden hatte, aber womöglich hätte er hinzufügen müssen, dass er sich nicht daran erinnern konnte, wo sie dies genau getan hatte. Er war der Meinung gewesen, es sei in einer geschlossenen Droschke gewesen. Aber was für eine geschlossene Droschke? Vielleicht erlangte er nie wieder völlige geistige Klarheit, nachdem er Richard geholfen hatte, Marianne zu zerstören. Vielleicht hatte er sich auf der Fahrt nach Windsor einen Bazillus eingefangen, auf den Straßen am Hafen, durch die er sich hatte zwängen müssen, gefolgt von ihrer verschleierten Gestalt, die sich an seinem Ärmel festklammerte. Diese Hafengegend war schließlich voller Menschen, die unter unterschiedlichster Entbehrung litten. Obwohl er die Befriedigung hatte, Marianne sicher eingesperrt zu wissen, hatte sich seine Gesundheit nach der Reise möglicherweise nie mehr gebessert. Offensichtlich war es ihm noch gelungen, gegen sie auszusagen, aber was geschah danach?

Wo würde ich ihn sterben lassen? Ich beschloss, dass die

Church of Ireland ein Hospiz in Dublin unterhalten haben musste, wo das Pflegepersonal an mysteriöse Fieber gewöhnt war. Viele missionierende Pfarrer, Frauen samt ihren Kindern waren in diesen niedrigen weißen Räumen Krankheiten erlegen, die sie sich durch ihre Arbeit im Namen des Herrn in fremden Ländern zugezogen hatten. In diesem Hospiz wäre man an die Delirien der Sterbenden gewöhnt. Kein Bekannter sollte McClelland dort besuchen, denn er läge in strikter Isolation, und niemand, der ihn pflegte, verstünde, was er schrie. Er schrie jemandes Namen ...

»Kathleen! Wir haben dich gerufen!«

Sie sahen so unschuldig aus. Bertie mit seiner wollenen Pudelmütze, Annie in Ellas viel zu großen Gummistiefeln und die Kinder in hellen winzigen Pullovern.

»Tut mir Leid, Bertie«, sagte ich. »Ich bin ein bisschen herumgestreift. Wissen Sie, in Pagets Schrift heißt es, McClelland habe zu einem örtlichen Grundherrn gesagt, er hoffe, es handele sich *nicht um eine gegen Mrs. Talbot angestrengte Verschwörung*. Jemandem, den Paget befragt hatte, soll er gesagt haben, die Diener auf Mount Talbot seien ein undurchsichtiges Gesindel, das sich seiner Ansicht nach gegen Mrs. Talbot zusammengeschlossen hätte. Er musste also starke Zweifel gehegt haben. Aber warum sollten sich die Diener gegen Marianne verschwören, Bertie?«

»Warum nicht?«, sagte Bertie. »Was war sie schon für sie? Kommen Sie, wir gehen durchs Hintertor zu Curly Flannerys Haus. Man erwartet uns.«

Die anderen gingen weiter. Ich blieb noch ein paar Minuten. Auf dem Friedhof breitete sich erneut Stille aus. Ich sah in das wachsame Auge einer schwarzglänzenden Amsel, die ihr Nest hinter den Flügel einer mit Flechten überzogenen Engelsstatue gebaut hatte. Eigentlich war es gar nicht still. Man hörte das ständige Rauschen der umstehenden Bäume und das Gurren der Ringeltauben. Und wieder rief es tief unten aus dem Tal: Kuckuck! Kuckuck!

Wir verließen den Landsitz durch den gewaltigen neogotischen Torbogen.

»Das würden hübsche kleine Häuser abgeben«, sagte Annie

und zeigte auf die halb mit Nesseln und Efeu zugewachsenen Pförtnerhäuschen am Tor. »Warum setzt sie niemand instand?«

»Ach was!«, sagte Bertie. »Das ist kein glücklicher Ort. Nach all dem, was hier vorgefallen ist, würde niemand hier wohnen wollen.«

Stattdessen hatte man gegenüber den Pförtnerhäuschen einen Platz zwischen Straße und Moor freigeräumt. Ein blitzsauberer Bungalow leuchtete weiß auf einem Rechteck aus smaragdgrünem Rasen.

Eifrig wurde von einer Frau geöffnet, noch bevor wir geklopft hatten.

»Herzlich willkommen!«, begrüßte sie uns. »Treten Sie ein. Ich habe gerade eine Tasse Tee gekocht! Und für die Kinder habe ich Limonade und Kekse und Saft. Er wird sich freuen über Ihren Besuch. Unser guter Onkel. Ein wunderbarer Mensch, Gott segne ihn. Er ist zweiundneunzig und nimmt nicht mal Aspirin. Nur einen Tropfen Whiskey vorm Zubettgehen. Stimmt's, Onkel Curly?«, brüllte sie ihm ins Ohr.

Curly Flannery war so kahl wie ein Ei. Er war blind und auch sein Gehör war anscheinend nicht mehr allzu gut. Aber er saß aufrecht in dem aufgeräumten Wohnzimmer, so adrett und sauber wie nur möglich, einen elektrischen Ofen mit zwei Heizröhren vor sich und sein Laufgestell.

»Wer ist da, Maisie?«, fragte er sie. »Wie heißt der Besuch?«

»Es ist Bertie vom Hotel!«, rief sie. »Und zwei Damen aus Amerika! Und zwei liebe Kinder, Gott segne sie. Sie wollen deine Geschichten von den alten Zeiten hören.«

»Wir sind nicht aus …«, begann ich.

»Peng! Peng!«, rief Mr. Flannery unerwartet. »Peng! Peng!« Er machte unmissverständliche Schießbewegungen mit seinem rechten Arm.

»Wir konnten nicht mal in unseren Betten schlafen!«, sagte er. »Wir waren auf der Flucht! Michael Collins, auf ewig unvergessen!«

»Curly war ein großartiger Kämpfer im Unabhängigkeitskrieg«, erklärte Bertie. »Er und sein Bruder haben Sprengstoff aus den Lagerräumen vom County Council geraubt und jede Menge Brücken in die Luft gesprengt.«

»Was ist mit der Zeit davor, Mr. Flannery? Die Probleme mit den Talbots?«, sagte Bertie.

»Die Talbots? Reden Sie von denen?«, schrie Mr. Flannery. »Der hat sich die Probleme doch selber eingebrockt. Der war der größte Galgenstrick, der je auf Schuhsohlen rumlief.«

»Fragen Sie ihn, ob sich noch jemand aus der Gegend hier an die Scheidung erinnerte«, sagte ich zu Bertie. Miss Flannery hatte ein Tablett mit Tee hereingebracht und versuchte, ihren Onkel mit einer Tasse Tee in den Sessel zu bugsieren. Aber der alte Mann hatte mich gehört.

»Natürlich erinnern sie sich!«, sagte Mr. Flannery, und seine Untertasse fiel zu Boden. »Drüben beim Landsitz hat ein Mann namens Quirke gewohnt. Dieser Quirke ist nach London gefahren, um zugunsten der Ehefrau auszusagen, dafür hat er von Mr. Bennett, dem Anwalt, als Belohnung eine Kuh gekriegt. Und seitdem hat die Kuh ihren Namen weggehabt: Benetteen. Und wissen Sie, Bertie, dass ein Mann aus der Gegend, Molloy mit Namen, für Talbot ausgesagt hat? Und dass Johnny Molloy, ein Enkel von ihm, sich nach dem Zweiten Krieg für die Wahl ins irische Parlament hat aufstellen lassen? Und als der dann die Leute zum Wählen aufgefordert hat, ham sie alle geschrieen: »Halt's Maul! Bist doch nur ein Schoßhund vom Talbot!«

Er lachte zufrieden bei der Erinnerung.

»Was ist mit Mullan«, fragte ich, »dem Kutscher?«

Mr. Flannery wollte entweder nicht über ihn sprechen oder er wusste nichts zu sagen. Er hatte ein Stück Obstkuchen zum Tee genommen, und die Nichte bürstete die Krümel von der feschen Weste, die er unter dem Jackett trug.

»Sie hatten einen Einspänner und einen Zweispänner«, fuhr er unbeeindruckt fort, »außer dem Phaeton mit Verdeck. Einen Beiwagen, ein Pferdefuhrwerk und einen Marktkarren, der ein oder zwei Mal die Woche in die Stadt fuhr. Mein eigener Großvater hat als Junge auf dem Kutschbock gesessen.«

»Mr. Flannery«, sagte ich, »es tut mir Leid, wenn wir Sie ermüden …«

»Nicht die Spur!«, sagte die Nichte. »Er wird überhaupt nie müde!«

»Aber könnten Sie mir sagen, ob damals viel Irisch geredet wurde, als Sie ein Junge waren? Haben die Diener Irisch gesprochen?«

»Ich hab's selber nicht gekonnt«, antwortete er. »Erst beim Freiheitskampf hab ich ein paar Brocken gelernt. Als die Briten da waren, haben wir Hiebe gekriegt, wenn wir Irisch sprachen. Aber die Älteren konnten es alle noch. Allein in Cloonacurrig hat man, als ich ein junger Bursche war, noch in vielleicht dreißig Häusern Irisch gesprochen. Die sind jetzt alle weg. Dort haben viele alte Leute gewohnt. Und bis zum nächsten Gottesdienst waren es vier Meilen. Also haben sie sich im Haus meines Großvaters versammelt und dort gebetet. Den Rosenkranz, vor allem. Auf Irisch. Maisie! Hast du Bertie einen Tropfen angeboten?«

»Haben Sie je über die Hungersnot gesprochen?«

Eine Pause trat ein. Dann sagte Mr. Flannery: »In dieser Gegend hat es keine Hungersnot gegeben.«

Wieder entstand eine Pause.

Mr. Flannery schien eingeschlafen zu sein.

Wir wollten uns gerade erheben und diskret das Haus verlassen, als er plötzlich rief: »Maisie! Hol die Medaille und zeig sie den amerikanischen Damen!«

Wir bewunderten die Silbermedaille, die er von der Regierung für seine Verdienste im Unabhängigkeitskrieg erhalten hatte, und verließen, die nachdrücklich wiederholte Einladung zu einem guten Tropfen ausschlagend, rückwärts das Haus.

Annie ging mit den Kindern durch das verfallene, einst kunstvoll verzierte Tor voran.

»Die Alten bestreiten oft die Hungersnot«, sagte Bertie leise. »Sie wollen nicht, dass man darüber redet. Sie meinen, es ist besser, über das Unglück zu schweigen. Ich habe meine Mutter einmal einer Nachbarin zuflüstern hören, dass man damals ein Hausmädchen gezwungen hat, nach London zu fahren, um gegen Mrs. Talbot auszusagen. Sie musste ihr Baby bei Nachbarn lassen und war ein, zwei Monate weg. Das

Baby hätte die ganze Zeit geschrieen. Tag und Nacht. Aber kaum, dass die Mutter zurückkam, hat es aufgehört und ist noch in der Nacht gestorben.«

Wir gingen über den gepflasterten Boden eines der Höfe. Ein kühler Wind bewegte die Nesseln, die um einen Haufen verrosteter Werkzeuge und verrottender Holzkarren wucherten.

»Alle hier in der Gegend haben gewusst, was die alte Kinderfrau von den Talbots gesagt hat in der Nacht, als sie Mrs Talbot wegbrachten: ›Durch das Haus hier werden noch die Krähen fliegen!‹ – Sie galt als eine Art Hexe. Und – da haben Sie's ...«

Er zeigte den Hang hinauf. Der einsame Glockenturm des Stallhofs von Mount Talbot zeichnete sich kahl gegen den Himmel ab.

»Die Krähen fliegen tatsächlich durch das Haus.«

21

 Wir aßen Berties Apfelkuchen zum Tee. Joe und Lilian saßen auf dem Sofa und sahen sich *König der Löwen* auf Video an. Die Katze Rita zwischen ihnen.

»Wohin fährst du als Nächstes, Kathleen?« fragte Annie. »Bleibst du jemals lange genug an einem Ort, um Luft zu holen? Aber nachdem wir in den letzten dreißig Jahren nie gewusst haben, wo du dich aufhältst, hat es wohl nicht viel Sinn, deinen Spuren folgen zu wollen. Obwohl wir alle nicht jünger werden. So. Das war das Stichwort zum Aufbruch! Danny ist den ganzen Tag über allein gewesen. Lilian! Komm, wir müssen gehen. Nimm die Kiste für die Katze und das Futter.«

»Halt, Annie!«, sagte ich. »Und was ist mit dem Haus von Felix? Ich wollte es dir doch zeigen.«

»Kathleen, wir müssen wirklich los.«

»Mammy, gerade jetzt, wo es spannend wird ...«

»Tut mir Leid, mein Schatz, aber ich möchte nicht den ganzen Weg im Dunkeln nach Hause fahren. Vielleicht kann Joe dich morgen anrufen und dir sagen, wie die Geschichte mit dem Löwen ausgeht. Geh und bring die Katzensachen ins Auto.«

»Mammy, Joe wird weinen, wenn ich gehe.«

»Nein, nein«, beruhigte ich ihn, »Spot bleibt bei ihm, wenn ich wegfahre. Er sorgt dafür, dass Joe nicht weint.«

Bertie und die Kinder gingen hinaus. Ich lächelte Annie zu, nachdem sie die Tür hinter ihnen geschlossen hatte.

»Noch mal ganz herzlichen Dank Liebes, dass du die Katze genommen hast«, sagte ich. »Sag meinem Bruder, dass ich nach ihm gefragt habe.«

»Er ist gerade erst aus dem Krankenhaus entlassen worden«, sagte sie ernst und sah mich an.

Ich wurde nervös. Ihr Blick hatte sich verändert. Er war streng geworden.

»Ein Jahr lang hat er keinen Alkohol angerührt, aber mit dem Geld von dir...«

»Was?«

»Es hat ihn innerhalb von drei Tagen ins Krankenhaus gebracht, Kathleen. Er trinkt heimlich, hinter dem Haus, im Schuppen. Er redet mit mir nicht darüber. Es passiert nur ein oder zwei Mal im Jahr, aber es ist furchtbar. Er wird krank davon und dann kommen sie vom Krankenhaus, um ihn abzuholen. Sie kennen ihn schon. Das einzig Gute ist, dass die Besäufnisse jetzt nicht mehr lange dauern. Er wird allmählich alt. Du hättest mich um Rat fragen sollen, verstehst du. Ich hätte es dir gesagt.«

»Was hättest du mir gesagt?«, fragte ich.

»Danny hat eine Menge Probleme, Kathleen. Deine tausend Pfund waren das Letzte, was er gebrauchen konnte. Er und Viehzucht! Ich weiß nicht einmal, wie viele Darlehen er auf das Haus aufgenommen hat. Ich weiß nur, wie schwer es ist, über die Runden zu kommen. Und er wollte nicht, dass du davon erfährst! Er hat seinen Stolz. Er ist der beste Mensch auf Erden, wenn es ihm gut geht. Wir lieben ihn von Herzen. Alle haben ihn gern. Das weißt du selbst, Kathleen. Keiner ist so nett wie er ...«

»Es ist nicht seine Schuld, Annie! Er hatte keine Kindheit ...«

»Das brauchst du *mir* nicht zu sagen. Deine Mutter – eine egoistischere, faulere Person habe ich nie gekannt. Man hätte euch Kinder von ihr wegnehmen sollen. Weißt du, dass es Danny bis heute an Selbstvertrauen fehlt, einen Scheck mit seinem eigenen Namen zu unterschreiben? Die Mädchen sind diejenigen, die überlebt haben in eurer Familie. Deshalb bin ich froh, dass Lilian ein Mädchen ist. Du hast deinen Weg gemacht und bist erfolgreich, Kathleen, aber du kannst nicht nach Gott weiß wie vielen Jahren einfach hier aufkreuzen und mit Geld um dich werfen, ohne eine Ahnung von dem zu haben, was hier vor sich geht.«

»Du hast Recht«, sagte ich leise.

»Natürlich weiß ich, dass du es gut gemeint hast«, fuhr sie ruhiger fort, obwohl sich ihr Gesicht nicht entspannt hatte. »Du hast ein gutes Herz und hast nur helfen wollen. Aber wenn er einmal zu trinken anfängt, hört er nicht wieder auf, egal ob er Geld hat oder nicht. Es war *gedankenlos* von dir. Du hast einfach nicht nachgedacht.«

»Ich …« – Ich fand keine Worte. Mein Mund war vor Betroffenheit wie ausgetrocknet. Es stimmte, was sie sagte. Ich hatte nicht zugehört, als ich zu Hause war. Aber ich war einfach nicht an Leute gewöhnt, sagte ich mir selbst. Nach dem Leben, das ich all die Jahre geführt hatte, war ich nicht daran gewöhnt, mir über andere Leute Gedanken zu machen. Ich war im Begriff, ihr das zu sagen, aber als ich ihr sorgenvolles Gesicht sah, schwieg ich. Sie setzte sich neben mich auf den Küchenstuhl und beugte sich zu mir. Als sich unsere Gesichter fast berührten, stieß sie einen langen, erschöpften Seufzer aus. Sie hätte nicht die Absicht gehabt, mich dafür zu tadeln, sagte sie, und wir steckten beide zusammen da drin. Dann saßen wir ruhig da, und das rasende Pochen meines Herzens begann zu verebben. Ich war froh, dass ich nicht versucht hatte, Entschuldigungen vorzubringen. Sie hätten lächerlich geklungen, angesichts dieser Tragödie.

Ich stammelte fast, als ich wieder Worte fand: »Ich kann dir nicht sagen, wie Leid es mir tut, wenn ich ihn damit verletzt habe.«

»Kathleen«, sagte sie, »er ist schon so früh verletzt worden, bevor er überhaupt laufen konnte. Und er war erst sechzehn, als deine Mutter starb. Dann musste er sich um Sean kümmern – Erinnerst du dich an Sean? – Sean war ständig krank. Ich war damals selbst noch nicht einmal sechzehn und hatte überhaupt keine Geduld mit dem armen Kind. Gott möge mir vergeben. Dan hat nie aufgehört, nach seiner Mutter zu suchen, verstehst du. Noch heute plagen ihn Albträume …«

»Mammy!«

»Ich komme, mein Küken ...«

»Mammy, können wir nicht hier bleiben? Onkel Bertie hat gesagt ...«

»Nein.«

»Aber Onkel Bertie hat gesagt, ...«

»Er ist nicht dein Onkel ...«

»Aber ...«

»Nein. Und sag Ollie und Joe ›Auf Wiedersehen‹.«

Annie hob den Kopf und sah mich mit ihrem offenen Gesichtchen an.

»Ich habe es ehrlich gemeint, als ich dir gesagt habe, dass ich ein glückliches Leben führe, Gott sei Dank«, fuhr sie fort. »Ich würde nicht tauschen wollen. Ich würde Dan gegen keinen anderen Mann auf der Welt eintauschen. Sei mir nicht böse, dass ich so offen zu dir war, Liebes. Es musste alles heraus, weil ich möchte, dass du bald nach Hause kommst. Es würde Danny helfen, eine Schwester wie dich um sich zu haben, Kathleen. Eine Frau, die voll im Leben steht. Und ich würde mir dich als Tante für Lil wünschen. Wir beide wünschen uns das, Danny und ich. Nach deinem Besuch haben wir das beide gesagt. Jemanden wie dich gibt es in Kilcrennan nicht.

»Bald«, sagte ich. »Wenn du mir versprichst, dass du mir immer sagst, wenn ich etwas falsch mache.«

»Das verspreche ich dir.«

Ich ging mit ihr nach draußen. Dann lief ich zurück und holte meine Kamera. Ich ließ Lil noch einmal aus dem Auto steigen, um für Miss Leech ein Foto von ihr mit Rita auf dem Arm zu machen. Das Kind lächelte in die Kamera, und die Katze krallte sich an Lilians Brust, zeigte einen enormen Bauch und lange schwarze Beine, die wie Truthahnschenkel im Pelz aussahen.

Zurück in Felix' Haus überraschten mich die harten Oberflächen und die Strenge des Raums, jetzt, wo Spots geschäftiges Treiben in Kniehöhe fehlte. Ich legte eine Platte auf. Ich wollte keinen von Felix' Songs aus den vierziger Jahren hören, und für Schubert war ich viel zu aufgewühlt. Fast schien es mir, als verhöhne er mit seiner vollendeten Schönheit und Intelligenz den Tod meiner Mutter. Eine gewöhnliche Sterbliche wie sie, die im Tode ebenso unbedeutend und unbeholfen war wie im Leben, ließ es minderwertig erscheinen.

Mir war klar geworden, dass Danny am meisten unter ihrem Dahinsiechen zu leiden gehabt hatte, zunächst unter ihrem Schlaganfall, dann unter dem Bemühen, den Haushalt in Gang zu halten. Dabei war er selbst nur ein Junge gewesen, noch dazu einer, der furchtbar vernachlässigt worden war.

Er hatte nie versucht, von zu Hause wegzugehen, obwohl er es von Nora und mir erlebt hatte. Es war, als könne er nicht, solange unser Vater keine Notiz von ihm nahm. Er war mit fünfzehn von der Schule abgegangen und hatte in einer Kfz-Werkstatt am Rande von Kilcrennan zu arbeiten begonnen. Aber er war angesehen, weil er in der Fußballmannschaft der Stadt spielte. Das war sein Lebensinhalt. Die Väter der anderen Jungen sangen Songs von Tony Bennett, wenn sie im Bus zu den Auswärtsspielen fuhren, brüllten sich heiser, rannten aufs Spielfeld und weinten vor Stolz im lokalen Radiosender. Die Mütter trafen sich in den Pubs und tanzten bei Geldwerbeveranstaltungen ausgelassen in einer Reihe zum Vereinslied. Aber bei uns zu Hause wurde Dannys Talent ignoriert. Daddy war ein entschiedener Fußballfeind. Für ihn war der *Gaelic Football* die eigentliche einheimische Sportart und *Soccer* eine rein englische Erfindung. Als der Fußballverein einmal ein Wohltätigkeitsspiel auf dem *Gaelic Football*-Feld austragen wollte, übte er sogar Druck auf die irischsprechenden Kreise in Dublin aus, um zu verhindern, dass das Spielfeld für diesen Zweck zur Verfügung gestellt wurde.

Danny blieb dennoch zu Hause, obwohl er hätte ausziehen und bei Annie und ihren Eltern wohnen können. Annie war seine feste Freundin. Auch die Frau seines Werkstatt-Chefs, die eine Waschmaschine hatte und seine Fußballtrikots wusch, hätte ihn bei sich aufgenommen. Aber er blieb trotzig zu Hause wohnen, versorgte sich selbst und machte oft auch Essen für Sean. Mammy hatte sich damals sehr zurückgezogen. Ich weiß noch, dass ich mehrmals sonntags um ein Uhr im Shore Road Pub angerufen habe und von Mrs. Bates hören musste, sie sei nicht gekommen – mein Vater war da, aber Mammy nicht. Ich dachte, wenn sie nicht zum Pub geht, ist sie wirklich depressiv.

Wäre sie je ans Telefon gegangen und hätte mich gebeten, nach Hause zu kommen, ich hätte es getan. Aber mir gefiel das Studentenleben. Ich wollte mich nicht vom alten Elend runterziehen lassen, und ich musste meinen Lebensunterhalt verdienen. An den Weihnachtsfeiertagen bekam ich in jedem Londoner Hotel das Vierfache der üblichen Bezahlung. Noch jetzt, als ich ruhelos durch das Haus wanderte und den blauschwarzen Abend mit dem silbernen See kaum wahrnahm, fand ich, dass ich richtig gehandelt hatte. Ich hatte das Recht, mit meinem Leben etwas anzufangen. Aber Danny war mit zu vielen Problemen zurückgeblieben, mit denen er allein fertig werden musste, weil ich ihm den Rücken gekehrt hatte.

Er hatte unsere Mutter auf dem Küchenboden gefunden. Das erzählte er mir an meinem zweiten Abend in Kilcrennan. Ich war gekommen, weil sie im Krankenhaus lag. Er ging früher aus der Werkstatt weg und traf mich in der Lounge Bar gegenüber dem Krankenhaus. Es war Freitag, erst vier oder fünf Uhr. Ich weiß das, weil mir damals bewusst war, dass mein Vater von seiner Arbeitswoche nach Hause kommen und später in die Stadt fahren würde, um meine Mutter zu besuchen.

Im Pub war niemand außer uns und dem Barmann, der Kästen mit Flaschen herumwuchtete. Es war so kalt, dass wir unsere Mäntel anbehielten.

»Sie lag auf dem Boden«, sagte Danny. »Sean muss im anderen Zimmer geschlafen haben. Ich bin in die Küche gekommen und hab sie liegen sehen ...«

»Was hatte sie an?«

Er hob den Kopf und sah mich an.

Es fiel ihm schwer, mir davon zu erzählen. Er sprach auch sonst kaum ein Wort. Er hatte lange Koteletten und versuchte sein Haar zu einem Beatles-Pony nach vorne zu kämmen, aber das feine braune Haar sprang aus der Stirn zurück und beschrieb genau wie bei Mammy einen Bogen parallel zu den Augenbrauen, wie ein Muster auf einem Schmetterlingsflügel.

»Sie war wohl gerade aufgestanden«, sagte er. »Und trug den alten Morgenmantel mit den Blumen drauf. Sie lag auf dem Bauch. Ihr ganzer Rücken, das ganze Nachthemd, war voller Blut. Und ihr Gesicht hatte eine sonderbare Farbe.«

»Waren ihre Augen offen?«

»Ja, aber ihr Blick war leer.«

Er war die Straße zum Laden hinaufgelaufen, und Tommy Bates hatte telefoniert, während Mrs. Bates mit Danny zurück ins Haus gelaufen war. Sie hatte die Decke von Dannys Bett genommen und sie darin eingehüllt, ihre Sachen in eine Tragetasche gepackt, und wollte Mammy im Krankenwagen begleiten. Auch Mammys große Handtasche nahm sie mit und eine Zahnbürste von der Ablage über dem Waschbecken.

»Wo bewahrt deine Mutter ihre Kleider auf?«, hatte sie gefragt und Danny hatte geantwortet, ihre Sachen lägen überall herum.

»Erwartet deine Mutter ein Baby?«

»Wie soll ich das wissen?«, sagte er.

Der Kleiderschrank in ihrem Zimmer hing voll mit Daddys Anzügen. Mrs. Bates zog ein paar Frauensachen aus dem Kleiderberg im Wäscheschrank neben dem Herd hervor. Danny legte den Krimi dazu, den er auf dem Nachttisch fand. Auch die abgelaufenen Pumps nahmen sie mit.

Über ihre Schuhe hatte ich mich immer aufgeregt. Wenn sie in den Pub ging, hatte sie Lippenstift aufgetragen, die Haare frisch gekämmt und den guten schwarzen Pullover mit dem runden Ausschnitt übergestreift, in dem sie, wie wir ihr immer sagten, großartig aussah. Aber die Schuhe …

»Sie war nicht bewusstlos, als man sie wegtrug«, sagte Danny. »Sie hat geweint. Ich glaube, sie hätte sprechen können, aber sie hat nichts gesagt. Ich bin zur Arbeit gegangen und Mrs. Bates hat Sean zu sich genommen.«

Es war Nora, die mir von Mam erzählt hatte. Aus New York hatte sie angerufen und mich wie durch ein Wunder über das öffentliche Telefon im Studentenwohnheim des Trinity College erreicht.

»Mam ist im Regina-Coeli-Krankenhaus in Kilcrennan. Onkel Ned hat mich angerufen. Ich habe mit der Oberschwester gesprochen. Sie hat gesagt, ich solle mich nicht auf sie berufen, aber es wäre besser, wenn wir nach Hause kämen.«

»Wie soll ich denn nach Hause kommen?«, hatte ich geantwortet. »Ich habe kein Geld.«

Unter Schock hatte ich das gesagt. Im Grunde dachte ich schon darüber nach, bei welchem meiner Jobs ich einen Vorschuss erhalten könnte, und Kilcrennan war nur anderthalb Zug-Stunden entfernt.

»Ich werde nicht nach Hause fahren«, sagte Nora zögernd. »Was sollte sich ändern zwischen uns, nur weil sie im Sterben liegt? Das macht sie auch nicht besser. Die Frau hat mir im Leben noch nie etwas Gutes getan oder gesagt. Und hat sich mit diesem alten Schwein abgefunden. Außerdem wäre ich dann auch mit ihm konfrontiert. Warum sollte ich tausend Dollar ausgeben und den ganzen Weg nach Irland auf mich nehmen, um bei seinem Anblick das Kotzen zu kriegen?«

»Was ist, wenn sie nach dir fragt?«, sagte ich.

»Naja, wenn sie nach mir fragen würde, würde ich fahren.«

Ich ließ mir einen ganzen Monatslohn im Voraus auszahlen, so dass ich eine Menge Bargeld dabei hatte. Der Bahnhof liegt auf einem Hügel. Auf meinem Weg in die Stadt deponierte ich meine Tasche bei einer Bed & Breakfast-Unterkunft.

»Waren Sie früher nicht mal mit Sharon Malone befreundet?«, fragte mich die Zimmerwirtin.

Ich antwortete ihr, dass ich Sharon schon eine Weile nicht mehr gesehen hatte.

»Sie hat den Bruder der Moran-Zwillinge geheiratet.«

Das wusste ich.

»Sie war eine Schönheit damals.«

»Ja, das war sie«.

»Machen Sie sich einen Tee, wann immer Sie wollen«, sagte die Frau. »Und geben Sie sich nicht mit dem Münztelefon ab. Benutzen Sie unseres. Machen Sie sich keine Sorgen. Ihrer Mutter geht's bestimmt bald wieder besser. Ich fahre in die Stadt, und zünde eine Kerze für sie an.«

Es dauerte eine Zeit, bis ich alles auf die Reihe kriegte. Aber als ich Danny am Tag nach meiner Ankunft im Pub gegenüber dem Krankenhaus traf, wusste ich genug, um ihm alles erklären zu können. Er hatte keinen blassen Schimmer, was los war, und hätte nie jemanden gefragt.

Unsere Mutter, die, als ich ihr Gesicht berührte, meine Hand in ihre graue Hand nahm, die Lippen darauf drückte und meine Finger küsste – diese Frau war im fünften Monat schwanger und hatte Gebärmutterkrebs. Ich erlebte unmittelbar mit, wie der Krebs sie quälte. Kaum dass ich die ersten Worte mit ihr gesprochen und ihr zugeflüstert hatte, ich würde eine Bürste holen, um ihr ein wenig die Haare zu richten, krümmte sie sich im Bett vor Schmerz zusammen und stieß einen fürchterlichen Schrei aus. Ihr Gesicht war aschfahl, ihre Augen starr vor Angst, und Schweißperlen standen ihr am Haaransatz auf der Stirn. Als die Schwester herbeieilte und wieder wegging, ohne ihr etwas gegen die Schmerzen zu geben, wurde mir klar, dass etwas nicht stimmte. »Warte, Liebes – ich muss nur einen Augenblick schnell was regeln«, sagte ich zu meiner Mutter und lief den Korridor entlang der Schwester nach.

Aber es gab nichts zu regeln. Ich habe es versucht. Den ganzen ersten Abend konnte mich nichts und niemand aufhalten. Ich sprach mit der Oberin, dem Kaplan, dem Apotheker am Ende der Straße, der zugleich Vorsitzender des Ethik-Komitees des Krankenhauses war. Ich rannte durch die ganze Stadt und landete am Ende im Pub gegenüber von Malone, wo ich einen Drink nach dem anderen in mich hineinschüttete, bis jemand Sharons Vater holte, der mich zum Bed & Breakfast zurückbrachte und der Wirtin sagte, sie solle mich nicht ans Telefon lassen, worauf ich bei ihr am Küchentisch saß und mich austobte.

Am nächsten Tag erklärte ich Danny alles. Das Krankenhaus war katholisch und würde nichts unternehmen, was dem Baby schaden könnte. Es würde die Schwangerschaft nicht abbrechen und keine Strahlentherapie verordnen und Morphium höchstens in einer Dosis verabreichen, die nicht von nachteiliger Wirkung für den Fötus wäre. Denn das Baby musste gedeihen, und somit der Krebs mit ihm.

»Warum?«, fragte Danny unschuldig.

»Weil der Papst es so will«, sagte ich.

»Aber – warum?«, sagte er.

»Weil alte Männer wie er der Meinung sind, dass es das Gleiche ist, wie wenn man ein Gewehr in die Hand nimmt und jemanden erschießt. Es käme einer Abtreibung gleich, wenn das Baby, das in Mammy wächst, durch die Behandlung getötet würde.«

Danny lief ziegelrot an. In Irland sprach 1970 niemand das Wort »Abtreibung« aus.

»Aber«, sagte Danny, »das Baby ist doch noch gar kein Baby. Und so könnte es sein, dass alle beide sterben.«

»Aber wenigstens kommen dann beide in den Himmel«, gab ich zurück.

Und selbst Danny merkte, dass ich sarkastisch war.

Der Facharzt hatte sich geweigert, mich in seinem Sprechzimmer zu empfangen.

»Ihr Vater ist die entscheidende Person in diesem Fall«, hatte er am Telefon gesagt. »Wenn Sie diskutieren wollen, dann tun Sie das mit Ihrem Vater.«

Aber ich stand vor seiner Tür, mein Gesicht an das Holz gelehnt und schlug dagegen, ohne Rücksicht auf die Leute im Wartezimmer und die aufgebrachte Sekretärin an ihrem Schreibtisch.

»Wie lange dauert es, bis sie stirbt?«, schrie ich durch die Tür. »Antworten Sie, Mr. Daly! Ich habe nicht viel Zeit. Wie lange wird es dauern? Mr. Daly? Wie lange?«

Jetzt bewunderte ich das Mädchen von damals. Nun, Mädchen ist vielleicht nicht das zutreffende Wort. Ich war zwanzig. Dennoch fand ich es bewundernswert, wie unerschrocken ich war, das Kind zweier Menschen, die jeder auf seine Weise Angst vor der Autorität hatten. Der einzige Mensch, den ich fürchtete, war mein Vater. Ich hatte einmal gesehen, wie er den neunjährigen Danny mit einem Ledergürtel ausgepeitscht hat. Ich war auf mein Fahrrad gesprungen und hatte mich bei Onkel Ned beklagt. Aber ich musste erfahren, dass sich Onkel Ned, den ich immer sehr gemocht hatte, nicht gegen seinen Bruder stellen würde. »Die Familie eines Mannes ist seine Sache«, beschied er. »Niemand hat das Recht, sich in die Angelegenheiten eines Mannes zu mischen, wenn es seine Frau und seine Kinder betrifft.«

Von wem hätte ich Hilfe bekommen können? Von anderen Frauen? Mam hatte keine Freundinnen. Die Nonnen aus der Schule würden mir nicht helfen. Mrs. Bates konnte nicht. Und worum sollte ich bitten? Woher wusste ich, was meine Mutter wollte? Wenn ich mir vorstellte, wie sie bis zu diesem Zeitpunkt gelebt hatte – immer war sie passiv gewesen, solange ich sie kenne, während mein Vater sie schikanierte –, würde sie auch dies ertragen. Aber dann musste ich wieder an ihren Schrei denken.

Mrs. O'Connor im B & B hatte diese erste Nacht mit mir am Küchentisch verbracht und eine Kanne Tee nach der anderen gekocht. Sie ließ mich schreien, die Fäuste auf den Tisch schlagen. Ich erinnere mich gut an ihr Gesicht: sie war fast ebenso verzweifelt wie ich, aus reinem Mitgefühl. Sie hatte Familie, die oben versuchte, Schlaf zu finden und musste am nächsten Morgen arbeiten und verlor trotzdem nicht die Geduld mit mir. Ich versuchte ihr zu erklären, dass Mammy nie eine Chance gehabt hatte, dass sie immer herumgestoßen worden war, dass sie grundlos und viel zu jung im Sterben lag und ihre Kinder zurücklassen würde, bevor sie etwas von ihnen zurückbekam, nur weil sie eine Frau war in einem von bösen alten Männern beherrschten Land.

»Die und ihre ungeborenen Babys«, sagte ich mit erstickter Stimme. »Die und ihre Regeln für den Mutterleib! Ich könnte akzeptieren, dass sie stirbt, wenn sie nicht vor Schmerzen schreien müsste ...«

Und so weiter die ganze Nacht.

Die Frau sank vor Müdigkeit in sich zusammen, als ich mich schließlich auf mein Zimmer schleppte. Zuletzt hatte sie gesagt, dass es vielleicht ein Teil von Gottes Plan sei, und darauf hatte ich nichts mehr zu erwidern.

Ich fühlte mich sehr zittrig am nächsten Tag, als ich es endlich geschafft hatte, mich in Bewegung zu setzen. Ich nahm ein Taxi zu unserem Haus in der Shore Road und ließ den Fahrer warten, bis ich die Gewissheit hatte, dass Daddy nicht zu Hause war. Aber er änderte nie seine Gewohnheiten. Seine Zeiten waren immer die gleichen gewesen, auch wenn Ma mit Fehlgeburten oder was auch immer im Krankenhaus lag. Danny war mit Sean in der Küche. In den letzten Tagen hatte er in Bates' Laden alles, was er wollte, angeschrieben bekommen.

»Herrgott!«, sagte er. »Höchste Zeit, Kathleen. Ich dachte schon, keiner würde hier auftauchen. Ich muss in die Werkstatt. Wir haben viel zu tun.«

»Ich heiße Sean«, sagte Sean. Er war fast fünf und hatte die Sandalen falsch herum an. Seit fast zwei Jahren hatten wir uns nicht gesehen.

»Ist Mammy jetzt im Himmel?«, fragte er.

Ich sagte nichts.

»Ist sie auch deine Mammy?«

»Sie ist nicht im Himmel«, sagte ich. »Ich habe gestern mit ihr gesprochen.«

Das war gelogen, obwohl ich mir dessen erst später bewusst wurde. Sie hatte keinen Ton zu mir gesagt. Die letzten Worte hatte sie an mich gerichtet, als sie mir am Tag meiner Abreise ins College die Kette aus Bergkristall um den Hals legte – ich solle auf mich aufpassen und keine Dummheiten machen. Lange Zeit habe ich geglaubt, dass sie damals im Krankenhaus mit mir gesprochen hatte. Jetzt erst wird mir klar, dass allein ihr Gesicht, ihr Körper »Hilf mir!« gerufen hatten. Und dieser stumme Aufschrei hatte sich in meinem Kopf zu Worten verdichtet.

Ich wusste nicht, wo ich anfangen sollte. Ich hatte einen furchtbaren Kater. Ich nahm Sean die Sandalen ab und steckte sie ihm an die richtigen Füße. Was machte er überhaupt im Winter mit Sandalen an den Füßen? Er war ein netter kleiner Junge und sehr gutmütig, aber was zum Teufel sollte ich mit ihm anfangen? Ich ging mit ihm die Häuserzeile hinunter zu Bates' Laden. Es musste gerade Flut sein. Ich hörte wie die Wellen gegen den Kies und die Felsen an der Küste schlugen. Beim Hinausgehen war ich wieder an der offenen Tür von Mammys Schlafzimmer vorbeigekommen und mein Blick war auf das leere Bett gefallen. Sie war immer da gewesen. Auch wenn sie keine besonders gute Mutter war, war sie, seit ich das Licht der Welt erblickt hatte, doch immer da gewesen. Wie ein Soldat, der stumm auf seinem Posten ausharrt.

Sean klammerte sich an Mrs. Bates' Bein. Offenbar hatte er vorher nur so getan, als vertraue er mir. Sie machte ihm in der Küche ein gezuckertes Butterbrot und gab ihm Milch zu trinken, während ich mich von der Tür aus mit ihr unterhielt.

Sie sagte: »Selbst wenn dein Vater sie bitten würde, deine Mutter aus dem Krankenhaus zu entlassen, wo sollte er sie hinbringen? Sie hängt doch am Tropf.«

»Er könnte sie ins Pflegeheim bringen.«

»Das Pflegeheim kann sie nicht gegen Krebs behandeln.«

»Dann muss er sie eben nach Dublin in ein protestantisches Krankenhaus bringen.«

»Aber auch in protestantischen Krankenhäusern treiben sie keine Kinder ab. Wer weiß, eine Abtreibung würde sie womöglich noch schneller töten.«

»Aber Mrs. Bates, dort würden sie ihr wenigstens Morphium geben«, sagte ich. »Sie hätten sie schreien hören sollen!«

Mrs. Bates wollte mich in den Arm nehmen. Aber mir war übel. Ich schaffte es gerade noch bis in ihr Bad. Dann wusch ich mir das Gesicht.

»Hat er sie besucht?«, fragte ich Mrs. Bates, als ich wieder nach unten kam. »Ich meine, früher, als sie Fehlgeburten und alles hatte?«

»O ja«, sagte sie.

»Und worüber reden sie?«, fragte ich.

»Ach, ich glaube nicht, dass sie viel reden«, sagte sie verlegen. »Mein eigener Mann hat auch nie ein Wort gesagt.«

Durch das Fenster hinter ihr sah ich den Bus von Kilcrennan zum asphaltierten Wendeplatz oberhalb der Küste fahren. Er wartete nur ein oder zwei Minuten an der Endstation, bevor er sich wieder in Bewegung setzte. Gewöhnlich nutzte der Fahrer diesen der Zivilisation entlegensten Punkt, um sich eine Zigarette anzustecken.

Sie sah, dass ich vorhatte, den Bus zu nehmen, und wollte etwas sagen.

»Aber Kathleen«, begann sie und hielt dann inne. Wir sahen uns an. Unsere Gesichter drückten offenbar bereits alles aus, was zu sagen war. Ich hoffe jedenfalls, dass sie in meinem die Botschaft las, dass ich nicht bleiben konnte. Es war unmöglich. Auf der Rückfahrt im Bus wurde mir bewusst, dass ihr Gesicht hauptsächlich Mitleid ausgedrückt hatte. Mrs. Bates hatte uns immer bemitleidet.

Als ich Danny in der Lounge Bar alles erklärte, sagte ich ihm nicht, was ich vorhatte, obwohl ich am ganzen Leib zitterte. Nicht aus Großmut, sondern weil ich dachte, ich hätte eine bessere Chance, Daddy zu einem Gespräch zu überreden, wenn ich alleine zu ihm ging. Ich bat Dan, im Pub auf mich zu warten, und ging hinüber ins Krankenhaus. Es war kurz nach sieben. Ich musste nur wenige Minuten warten, bis mein Vater durch die Pendeltür hereinkam, das große rote Gesicht so glänzend wie immer und die Brille fast auf der Nasenspitze. Er trug einen beigefarbenen Regenmantel und den dunklen Anzug und hatte eine Aktentasche und eine kleine Papiertüte in der Hand.

»Ein paar Pflaumen für deine Mutter«, sagte er, auf die Tüte deutend, als ich vor ihn trat.

»Ich möchte mit dir reden«, sagte ich.

»Das glaube ich. Man hat mir so was schon angedeutet, obwohl ich erst seit einer halben Stunde in der Stadt bin. Wenn ich recht verstanden habe, bist du mit der Krankenhausbehandlung nicht zufrieden.« Er war bereits weitergegangen.

»Mit *dir* bin ich nicht zufrieden«, sagte ich. Es war nicht leicht, zu ihm zu reden, während wir an den Leuten vorbei den Flur hinauf hasteten. Ich glaube, er antwortete mit einem trockenen: »Was du nicht sagst.«

»Sie leidet furchtbar«, begann ich, aber er schnitt mir das Wort ab.

»Das sehe ich selbst.«

»Könntest du sie nicht wo hinbringen, wo es nicht so katholisch zugeht«, begann ich wieder.

Er blieb abrupt stehen und beugte sein schweres Haupt zu mir herab.

»Warum sollte ich das tun?«

»Weil die katholische Kirche um jeden Preis das Leben des Kindes schützt …«

»Hör gut zu«, fiel er mir ins Wort. »Ich sage das nur einmal. Das ist mein Kind, genau wie du. Und dieses Kind hat genau so viele Rechte, wie du sie hast. Deine Mutter ist meine Frau. Sie und ich wurden in einer katholischen Kirche getraut und, so es Gott gefällt, werden wir auf einem katholischen Friedhof begraben …«

»Ich werde dich vor Gericht bringen«, sagte ich.

»Nur zu«, sagte er. »Mach dich ruhig lächerlich.«

Dann nickte er dem Wächter zu, den sie vor der Tür von Mammys Zimmer postiert hatten.

»Das ist sie«, sagte er, mit einer Kopfbewegung. »Lassen Sie sie unter keinen Umständen hinein.«

Als ich zu Danny zurückkehrte, erzählte ich ihm nur das Ende der Geschichte. Ich hatte vor dem Krankenhaus gewartet und war meinem Vater auf den Parkplatz gefolgt. Neben dem Auto stürzte ich mich auf ihn und rammte ihm mein Knie in den dicken Bauch. Dann trat ich ihm mehrmals gegen das Schienbein. Als er nach Atem rang, stieß ich meine Hand in seinen Mund, riss ihm seine obere Zahnprotese heraus und warf sie auf den Boden. Er war völlig außer sich. Dass ich ihn so intim berührt hatte, erfüllte mich mit Ekel. Ich trat beiseite und spuckte ihn an, dann lief ich in der Dunkelheit davon.

»Du bist so weiß wie ein Bettlaken«, sagte Danny.

»Fährst du nach Hause?«, fragte ich.

»Klar, muss ich wohl«, antwortete er kläglich. »Ich kann Sean nicht einfach bei Mrs. Bates lassen.«

»Wann besuchst du Mammy?«, fragte ich ihn.

»Ich gehe Montag hin, sobald er weg ist.«

Ich ließ mir vom Barmann einen braunen Umschlag geben und schrieb in Großbuchstaben darauf: MAM, WENN DU WILLST, DASS ICH DICH DA HERAUSHOLE, TU ICH ES. SAG EINFACH DANNY BESCHEID. NORA HAT GELD. ICH WAR ZU HAUSE. ALLES IST IN ORDNUNG. IN DUBLIN KOMME ICH GROSSARTIG ZURECHT. BITTE WERD BALD WIEDER GESUND.

Ich wollte nicht »in Liebe« unterschreiben. Was ich für sie empfand, war etwas anderes. Ich unterschrieb: DEINE KATH-LEEN.

Er sah mich mit Mammys großen grauen Augen an.

»Besteht denn überhaupt keine Möglichkeit, dass du hier bleibst?«, fragte er mich, wie mir jetzt vorkommt, mit herz-zerreißender Demut.

Und ich sagte nein.

Am nächsten Morgen brachte mir Mrs. O'Connor mein Früh-stück sogar aufs Zimmer. Es war das erste Mal, dass ich im Bett frühstückte. Ich ging den Flur hinunter zum Bad und wusch mir das Gesicht, um das Frühstück auch richtig zu genießen. Das Tablett mit dem kleinen Salz- und Pfefferstreuer gefiel mir ausnehmend. Beim Essen las ich *Mansfield Park*. Es war das einzige Buch, das ich dabei hatte. Fanny Price hat-te auch Schlimmes durchgemacht, aber Edmund hat sie immer geliebt. Ich hatte keinen Freund. Ich wünschte mir jemanden, der mich in den Arm nahm. Jemanden, der mich gegen das System unterstützte, das meine stille schweigsame Mutter zum Schreien brachte. Und ich wollte abgelenkt werden von mei-nen Schuldgefühlen – dass ich in einem hübschen rosafarbe-nen Zimmer mein Frühstück auf einem Tablett serviert bekam, während Danny mit Sean am Hals zu Hause bei Dad-dy bleiben musste. Lange bevor ich und Sharon anfingen, uns nach Jungen umzusehen, war ich immer davon überzeugt gewesen, dass irgendwo ein Liebster auf mich wartete, der mir bei allem beistehen würde.

Stattdessen muss ich wie ein Mann handeln, dachte ich ärgerlich. Wenn ich mir die Welt ansah, hatte ich den Eindruck, ganz auf mich selbst gestellt zu sein, wie ein Mann. Nicht wie eine Frau. Denn Frauen hatten gewöhnlich jemanden, der sich um sie kümmerte.

Als ich meine Tasche gepackt und mein Geld gezählt hatte, brachte ich das Tablett nach unten in die Küche.

»Ich brauche das ganze Geld, das ich bei mir habe«, sagte ich zu Mrs. O'Connor. »Könnte ich das, was ich Ihnen schuldig bin, ein anderes Mal bezahlen? Ich fahre heute Abend nach England.«

»Ich dachte, du studierst am College in Dublin?«

»Ich gehe nicht ans College zurück«, sagte ich.

»Hast du kein Stipendium?«, sagte sie. »Du hast doch sicher eins. Und du bist doch fast fertig!«

»Ich will nicht in Irland leben«, sagte ich. »Ich werde nie wieder meinen Fuß auf irischen Boden setzen.«

»Unsinn!«, sagte sie. »Wenn der Rest von uns damit fertig wird, warum dann nicht du?«

Aber als sie mein Gesicht sah, entschuldigte sie sich.

»Mach dir keine Gedanken wegen dem Geld. Du kannst es mir ein anderes Mal geben.«

Sie gab mir Schinkensandwiches für die Überfahrt mit. Dazu schnitt sie das selbst gebackene Brot so dünn sie konnte, bestrich es mit hellem Senf und wickelte es sorgfältig in Pergamentpapier ein. Als ich mich auf den Weg zum Zug machte, war sie fast so aufgewühlt wie ich. »Sie wird wieder gesund«, wiederholte sie mehrmals. »Sie wird wieder gesund. Gott ist gütig ...«

Ich lief davon, weil ich nicht wusste, was ich sonst tun sollte. Auf meinem Daumen war noch immer der tiefe Abdruck vom Gebiss meines Vaters zu sehen. Wer hätte gedacht, dass er ihr Pflaumen mitbringen würde? Vor Kilcrennan verläuft die Eisenbahnlinie eine Weile am Meer entlang. Es war an diesem Nachmittag vom Regen aufgepeitscht. Dann nahm der Zug

Geschwindigkeit auf und die dicken Regentropfen an der Fensterscheibe wurden platt gedrückt und versperrten mir die Sicht aus dem Abteil.

Als der Zug quietschend und ächzend in die Höhle des Dubliner Bahnhofs einlief, ließ ich alle anderen Passagiere vor mir aussteigen und ging dann die lange Rampe vom Bahnhof hinunter zum Bus, der mich zur Fähranlegestelle nach England bringen sollte. Mir war nicht wirklich klar, was ich tat, denn ich konnte nicht glauben, dass sie sterben würde. Zur Hölle mit ihnen, dachte ich. Zur Hölle mit diesem ganzen beschissenen Land!

Ich hatte die Schinkensandwiches auf dem Sitzplatz liegen lassen. Warum ich das tat, weiß ich bis heute nicht. Vielleicht wollte ich jede Art von Fürsorge abstreifen und von jetzt auf gleich so unabhängig wie möglich sein.

Eine Zeit lang ging es gut. Ich ließ Kilcrennan und die Shore Road tatsächlich hinter mir. Einen Monat später, ich wohnte wieder bei Joanie, rief mein Vater an, um zu fragen, ob ich zum Begräbnis meiner Mutter nach Hause käme. Ich ging nicht ans Telefon. Am nächsten Tag zog ich bei Joanie aus und in ein Personalzimmer des Hotels, in dem ich arbeitete, damit ich mit niemand darüber reden musste.

Ich meldete mich nie und Danny rief von sich aus auch nicht an.

Ein Jahr später meldete er sich allerdings, um mir zu sagen, dass Daddy wieder heiratete. Eine Frau, die als Krankenschwester in dem Hospital gearbeitet hatte, in dem Mammy gestorben war. Ich war sprachlos.

»Ich mache ihm keinen Vorwurf«, sagte Danny. »Sean ist ständig krank. Jemand muss sich um ihn kümmern. Und ich werde bei Annie wohnen, bis wir genug Geld gespart haben, um zu heiraten.«

Auch Nora stellte sich auf Daddys Seite.

»Wenn diese – wie immer sie heißt – bereit ist, ihn zu heiraten, ist das ihre Sache, Kathleen. Mit unserer Mutter war es sowieso, als würde man mit einem Leichnam zusammenleben.«

Ich wurde fuchsteufelswild, wenn sie so über Mammy

sprach. Aber ich ließ es mir nicht anmerken. Es hätte sie nur noch mehr gefreut.

Die Rechnung ging jedenfalls nicht auf, wenn Sean der Grund gewesen sein sollte, weshalb Daddy heiratete. Er starb mit sechseinhalb. Als ich es erfuhr, dachte ich mit einem Stich im Herzen daran, wie er seine geschwollenen Füße mühsam in die verkehrten Sandalen geschoben hatte. Irgendwann fiel mir wieder Mrs. O'Connor im B & B ein. Ich schickte ihr zwanzig Pfund und bat um Entschuldigung. Danach ärgerte ich mich über mich selbst, denn wenn ich das erledigte, musste ich schon ganze Arbeit leisten und auch den Vorschuss zurückzahlen, den ich bei meinem Job als Bedienung erhalten hatte. Und so war ich am Ende pleite.

Ich fuhr fort, putzen und kellnern zu gehen, und da ich nicht auf den Mund gefallen war, schaffte ich den Sprung ins London City Polytechnic, wo ich Journalismus studierte und Freundschaften schloss. Ich lebte überall und nirgends, aber ich war jung und machte mir deswegen keine Sorgen. Meine Devise war: Nie an zu Hause und an Irland denken. Und nie über Politik und Religion reden oder nachdenken. Nicht einmal die Zeitung las ich, denn wenn Staat und Kirche zweitausend Jahre nach Christus es fertig brachten, arme kranke Frauen wie Mammy eiskalt sterben zu lassen, wollte ich nichts von dieser Welt wissen. Nichts sollte mich von diesem Entschluss abbringen. Ich suchte mir das Ressort Reiseberichterstattung aus, weil ich es für die einzige Form von Journalismus hielt, die keinen Glauben an etwas erforderte. Mein Engagement in der Frauenbewegung war die einzige Anstrengung, die ich in Sachen soziale Gerechtigkeit unternahm, aber ich war die verworrenste und eigenwilligste Feministin, die man sich vorstellen kann. Natürlich nahm ich die Ungerechtigkeiten um mich herum wahr, aber ich weigerte mich, daraus persönliche Konsequenzen zu ziehen. Statt dessen verkroch ich mich in meine Kellerwohnung, entkorkte eine Flasche Wein und ordnete meine Aufzeichnungen. Bis Manila. Vielleicht, weil die beiden Kinder und das Baby unter der staubigen Hecke in der Mitte der Schnellstraße mich irgendwo tief im Innern an mich selbst und Danny und Sean erinnerten.

Nachdem Danny und Annie geheiratet hatten, kamen sie zu einem Flitterwochenende nach London. Ich besuchte sie in ihrem Hotel. Annie blieb erst eine Weile auf dem Zimmer, um meinem Bruder und mir Gelegenheit zugeben, allein miteinander zu sprechen.

»Hast du Ma meine Nachricht gebracht?«, fragte ich, drei Jahre, nachdem sie gestorben war.

»Nein, ich habe sie auch nie wieder gesehen«, antwortete er. »Sie wurde auf eine Art Isolierstation verlegt.«

Nach einer Weile fragte ich: »Ist Da zu deiner Hochzeit gekommen?«

»Natürlich. Er hat eine Rede gehalten.«

Dann sah er mich plötzlich an und grinste.

»Er hat keinen leichten Stand, weißt du das? Seine Frau ist der reinste Horror. Und was hat es dem armen Sean schon genützt?«

»Hier«, sagte ich und legte das Geschenk, das ich für Danny und Annie gekauft hatte, vor ihm auf den Tresen. »Sag Annie, dass ich nicht warten konnte. Sag ihr, es war mir alles etwas zu viel ...«

Er rutschte von seinem Barhocker und legte seine Arme um mich.

»Pass auf dich auf«, sagte er.

Ich ging in die Wohnung zurück, wo ich damals mit Hugo lebte, südlich vom Fluss, aber ich erwähnte ihm gegenüber nicht, wo ich gewesen war. Der Gedanke, dass sie womöglich geglaubt hat, ich hätte sie in den letzten drei Wochen, die sie noch zu leben hatte, im Stich gelassen, löste in mir einen ungekannten Schmerz aus.

Mein Leben lang habe ich mit niemandem in völliger Offenheit über die Umstände von Mammys Tod gesprochen. Beispielsweise habe ich Jimmy nichts von Sean erzählt. Es war mir unmöglich zu glauben, dass ich ihn auch nur eine Sekunde hätte davon abhalten können, in Seans Tod Parallelen zu den Romanen von Dickens zu sehen. Ich reduzierte meinen Vater auf die Karikatur eines Iren und verschloss meine Mutter im Verlies meines Herzens. Und wenn ich doch einmal über sie sprach, fühlte ich mich nicht wohl dabei. Die Erinnerung an sie löste ein schier überwältigendes Gefühl des Mitleids in mir aus, an das ich mich klammerte, so wie ich mich, hätte sie mich geliebt, an ihre Liebe geklammert hätte. Von ihrem Tod an hielt ich immer einen Teil von mir geheim.

»Das ist nicht wahr!«, widersprach ich mir sogleich. »Du hast sie vollkommen vergessen. Und jetzt lass es endlich gut sein damit.«

Das Zimmer in Felix' Haus, wo ich saß, war wie eine erleuchtete leere Bühne. Die schwarze Nacht hinter dem Oberlicht und der Glasscheibe riegelte die Außenwelt von mir ab. Der Raum war die Kulisse, in deren Zentrum ich stand, und ich wiederum war die Kulisse für das Zentrum meiner selbst: mein Herz.

Belassen wir es dabei.

Du hast dich wohl für die Einzige gehalten, die weiß, was leiden bedeutet, sagte ich zu mir. So wie die Dinge liegen, ist dir inzwischen klar geworden, dass es nicht stimmt. Spät genug.

Nachdem ich die Schinkensandwiches von Mrs. O'Connor im Zug von Kilcrennan liegen gelassen hatte, nahm ich den Bus nach Dun Laoghaire. Ich war noch zu früh für den Postdampfer nach Holyhead. Das Boot lag schon da, aber man durfte erst in einer Stunde an Bord gehen. Also machte ich mich auf den Weg zum nächstgelegenen Pub. Sobald ich durch die Tür trat und mich das lärmende Stimmengewirr umfing, wurde mir leichter ums Herz. In dem weitläufigen Raum herrschte eine glückliche, fast ausgelassene Stimmung. Das Lokal war so groß wie eine Scheune, und es war voll gestopft mit Menschen. Etliche waren in Gruppen, andere allein wie ich. In jeder Nische des stickigen, verrauchten Raums saßen Männer, Frauen und Kinder mit Gepäck. Die Tische waren beladen mit Biergläsern und Colaflaschen, Chipstüten und

Päckchen mit Süßigkeiten. Alles schwamm in Getränkelachen. Die Männer an der Theke riefen ihre Bestellung durcheinander, und die Barkeeper rannten förmlich, um jeden vor der Abfahrt des Bootes noch zu bedienen. Ich setzte mich ans Ende einer dicht gedrängten Männergruppe gleich neben der Tür.

»Was darf's sein, Darling?«, fragte mich ein Mann über die Schulter.

»Ein Wodka.«

Männer reichten mir den Drink und eine große Flasche mit Limonenlikör zum Mischen. Einige Minuten später gab ein anderer eine Runde aus und ich bekam einen weiteren Drink. Die Männer machten nicht den Versuch, ein Gespräch mit mir anzufangen. Sie unterhielten sich nur untereinander und tranken viel und schnell. Das ganze Lokal war schlicht durch ein Gefühl der Kameradschaft verbunden. Man spürte die Unbekümmertheit.

Ich sah die Männer nicht wieder. Wir gingen alle in letzter Minute die Straße zum Schiff hinunter. Es war dunkel, Kinder weinten, irgendjemand schmetterte ein Lied.

Es folgte ein langer Marsch auf schmalen Fußwegen hinaus auf den Landungssteg. Ein kalter Wind blies vom Hafen her durch die hölzernen Trennzäune. Überall auf dem Schiff erneut Familien, auf dem Boden, in Ecken und Nischen gekauert. Kinder rannten von der einen Seite des Mitteldecks zur anderen, spielten auf den Eisentreppen, liefen wieder zu ihren Müttern zurück, die gegen Berge von Gepäck gelehnt dasaßen, die Kleineren in ihren Buggys dösend neben sich. Einige Passagiere schliefen bereits auf dem Teppichboden, die Gesichter ungeschützt den Fremden zugekehrt, während sich die Spätankömmlinge einen Weg quer über ihre Körper bahnten. In der Bar warteten die Männer geduldig am Tresen. Das Metallgitter war noch heruntergelassen, aber die Barmänner arbeiteten bereits im Halbdunkel dahinter, um sich für die Nachtschicht vorzubereiten. Als das Schiff erzitterte, stieß die Sirene einen langen Heulton aus, und die Lichter am Kai zogen langsam an den Fenstern der Bar vorüber. Die Menschenmenge blieb ruhig und zeigte beim letzten Blick auf

Irland keine Reaktion. Das Schiff hatte kaum den Hafen verlassen und Kurs auf die offene See genommen, als das Metallgitter hochgezogen wurde und die Bar ihren Betrieb öffnete. Da brach der Jubel los.

22

 An meinem letzten Morgen im Glashaus am See hatte sich der Himmel dicht mit Perlmuttwolken bezogen. Spatzen zwitscherten in der Dornenhecke, und hinter mir, am höchsten Punkt des Daches, stießen Stare ihre Lockrufe aus, die wie Frühlingsklänge anmuteten. Die Luft war erfüllt von Trillern und jähen Melodien. Dieser Ort gehörte den Vögeln, nicht Felix. In der Vogelwelt hätte ich mich gern ausgekannt. Dass die beiden Vögel, der farbige und der schlichte, vor der Kapelle bei Jimmys Beerdigung Buchfinken waren, hatte ich erst von dem alten Priester erfahren. Wahrscheinlich gab es jede Menge Vögel in seinem Kloster. Aber vielleicht lag es gar nicht auf dem Land – ich meinte mich zu erinnern, dass es sich ganz in der Nähe von Alex' Haus befand.

Ich wollte das Telefon nicht ausstöpseln, denn dies war der Tag, an dem Shay anrufen würde. Aber ich beschloss schon einmal, Alex' Nachbarn Ron Bescheid zu sagen, dass ich diese Nummer aufgab.

Ich erhob mich von der oberen Stufe der Außentreppe, wo ich meinen Kaffee getrunken hatte. In diesem Augenblick hüpfte der wohlgenährte Hase, den ich vor ein paar Tagen gesehen hatte, unter der Treppe hervor und hoppelte gemächlich über die Wiese. Ich war entzückt. Hasen waren Glücksbringer wie Seehunde. Einen Hasen am Morgen dieses bedeutsamen Tages zu sehen, kam fast einem Segen gleich.

»Gott, bin ich froh, von Ihnen zu hören!«, begrüßte mich Ron. »Die gesuchte Person ist hier! Ja – Alex! Meine Frau macht dem armen alten Kerl gerade Frühstück. Ich hab ihn heute Morgen angetroffen. Wir wussten, dass er wieder zu Hause war. Ich hatte ihn am Mittwochabend zur Tür hineingehen sehen, und wir wussten, dass keine Milch gebracht worden war und er nicht eingekauft hatte. Als er auf mein Klingeln nicht reagierte, bin ich durch die Hecke hinterm Haus und hab ihn am Küchentisch sitzen sehen.«

Seine Stimme fiel zu einem Flüstern ab.

»Er ist völlig fertig, der alte Alex. Am Boden zerstört.«

Als ich Alex am Telefon hatte, gab er keinen Ton von sich. Ich musste mehrmals sagen – Hier ist Kathleen, Alex! Kathleen! – bevor er Worte fand.

Dann hörte er nicht mehr auf.

»Hab ich dir jemals von der Zeit erzählt, als wir noch in Broadstairs wohnten? Nein? Ist das nicht merkwürdig, dass ich dir nie davon erzählt habe! Mutter hatte damals ein kleines Portemonnaie aus Kunstleder. Nein, nicht Kunstleder, Kath, wie nennt man das Zeug, das wie Plastik ist, aber an den abgenutzten Stellen abbröckelt, und darunter kommt dann ein grobes Gewebe zum Vorschein? – Es waren drei Zehn-Shilling-Scheine darin. Wenn wir die Vermieterin bezahlt haben, sagte sie damals zu mir, dann bleibt uns noch genug für den täglichen Tee und ein Abendessen jeden zweiten Tag. Und wenn es gebackenen Fisch gab, legte sie mir das ausgelöste Fleisch auf den Teller und aß selbst nur den Teigmantel. Eines Tages bekam ich von der Vermieterin einen Shilling, weil ich ihr die Kohlensäcke hereintrug, die der Kohlenmann an der Hintertür hatte stehen lassen. Ich kaufte davon zwei Fischportionen. Sie verschlang den Fisch richtiggehend. Da erst wurde mir bewusst, was sie auf sich genommen hatte …«

»Alex!«, sagte ich. »Hast du geschlafen?«

»Als ich mit der Schule fertig war und meine ersten Bewerbungsgespräche für Bürostellen hatte, sagte sie zu mir: Alexander, dein Vater war durch und durch ein Gentleman, aber er hatte eine Schwäche, die viel Leid verursacht hat. Versprich mir, dass du nie durch diese Tür trittst und nach Alkohol riechst. – Ach, sie verstand mich so gut! Ihr blieb nichts verborgen! Als ich von Triest zurückkam, fragte sie nicht, wie meine Rede angekommen war, statt dessen sagte sie, Alex, ich fürchte, du hast getrunken! All mein beruflicher Erfolg bedeute ihr nichts, wenn ich in die Fußstapfen meines Vaters träte. Natürlich habe ich ihr nicht gesagt, dass ich nicht einmal Erfolg hatte. Als in Triest in der Arbeitsgruppe jemand vorschlug, E-Mail-Adressbücher zusammenzustellen, machte Bobby Pick vom Personalmanagement eine ironische Bemerkung und sagte, der alte Alex wird doch nie und nimmer Feder und Pergament aufgeben!‹, worauf mich alle ansahen. Aber solche Dinge habe ich ihr nie erzählt. Sie lebte wirklich nur für mich – außer für Gott, natürlich. Als ich ein kleiner Junge war, erzählte sie mir oft die Geschichte von einem Herzen, das allein eine Straße entlangging. Es sah wie eine kleine rote Wärmeflasche aus, aber es blutete. Dieses Herz, sagte sie, findet niemand, bei dem es wohnen kann. Es ist das Herz einer Mutter, und das ist zu groß für eine Frau allein!«

Dann begann er zu weinen.

»Alex! Hör auf!«

»Und ein anderes Mal hat sie gesagt ...«

»Hör auf damit!«, rief ich. »Ich möchte, dass du eine Weile bei Ron bleibst.«

»Bei Ron?«, sagte er. »Aber ich bin bei Ron.«

»Ich weiß«, sagte ich. »Bleib da, bis ich komme.«

»Ich kann nicht.« Alex' Stimme klang fast wieder normal. »Welchen Tag haben wir heute? Ich muss zu Ostern wieder im Kloster sein.«

»Bitte, Alex«, sagte ich. »Bitte, mein Schatz. Geh nicht, bevor ich dich gesehen habe. Warte bei Ron auf mich. Ich kann heute Abend da sein! Bitte! Ich möchte dir einen kleinen gemeinsamen Urlaub vorschlagen ...«

»Aber Kathleen ...«

»Später. Gib mir jetzt noch einmal Ron. Und warte auf mich, sonst verzeihe ich dir das nie!«

Ich bat Ron, ihn mit allen Mitteln festzuhalten.

»Geben Sie ihm eine Schlaftablette, wenn Sie können, Ron. Ich werde ihn im Laufe des Abends abholen. Und dann fahre ich mit ihm irgendwohin, und sorge dafür, dass er ordentlich isst und spazieren geht, bis es ihm so gut geht, dass er wieder Entscheidungen treffen kann.«

»Verstanden!«, sagte Ron.

»Und verraten Sie den schleimigen Mönchen nichts, falls sie aufkreuzen. Verstecken Sie Alex vor ihnen.«

»Verstanden!«, sagte Ron, »Ende der Durchsage.«

Der Mann am Schalter der Autovermietung in Shannon las mir den Flugplan nach London vor. Ich buchte schließlich einen Platz für die Fünf-Uhr-Maschine nach Heathrow und legte auf. Dann wählte ich Carolines Nummer, um sie zu bitten, für mich und Alex Betten zu beziehen. Danach machte ich mir Vorwürfe, dass ich Caroline nicht zuerst angerufen hatte.

»Alex ist fix und fertig«, hatte ich zu ihr gesagt. »Wahrscheinlich ist er völlig mit den Nerven runter. Wenn er Mönch werden will, kann ich ihn nicht davon abhalten, Caro. Aber ich kann wenigstens dafür sorgen, dass es ihm erst einmal besser geht.«

»Du bist mehr als willkommen. Bring ihn ruhig hierher«, sagte sie. »Ich bin sicher, du bist genau die richtige Therapie für ihn. Es geht doch nichts über einen Urlaub, oder? Eigentlich wollte ich auch nach dem Examen ein paar Tage wegfahren, aber Nat war nicht abkömmlich, wie immer.«

»Ach, Caroline ...«

Aber was konnte ich sagen? Es war mir nicht in den Sinn gekommen, ihr einen gemeinsamen Urlaub vorzuschlagen. Ich lachte, als ich den Hörer auflegte, über die Vertrautheit der Situation, aber es war kein glückliches Lachen. Ich hatte Caro schon wieder Unrecht getan.

Dann machte ich keinen Gebrauch mehr vom Telefon. Aber ich nahm seine Anwesenheit wahr. Ich war mir dessen bewusst, dass es da stand, auch wenn ich aus dem Zimmer ging, um meine Tasche zu packen oder um Brot in kleine Stücke zu brechen und auf dem Gras zu verteilen für irgendein vorüberkommendes Tier. Ich füllte den Blechnapf mit Milch und öffnete eine Dose Thunfisch. Aber die Katzen waren nirgends zu sehen. Es war mitten am Vormittag, um diese Zeit verschwanden sie immer.

Ich telefoniere doch noch einmal schnell, dachte ich und rief Bertie an, um ihm zu sagen, dass ich nach London zurückfuhr.

»Ich war draußen im Pflegeheim.« Er atmete schwer. »Es sieht nicht gut aus für Nan.«

»Ich werde für sie beten«, sagte ich, weil mir nichts anderes einfiel. »Vor allem, dass sie keine Schmerzen hat.«

»Noch könnte ja eine Besserung eintreten.« Seine Stimme klang fragend. »Kann noch eine Weile dauern, oder? Noch müssen wir die Hoffnung nicht aufgeben, nicht wahr, Kathleen?«

»Ja, das kann sein«, sagte ich leichthin. Am falschen Ton würde er erkennen, was ich wirklich dachte. »Bertie, hätten Sie Zeit, mir die Rechnung fertig zu machen? Ich muss heute noch nach England zurück. Einem Freund von mir geht es nicht gut ...«

»Der Mann, der neulich Morgen hier war?«

»Welcher Mann?«

»Der Mann, der Sie gesucht hat. Dem ich das Rosinenbrot mitgegeben habe ...«

»Ach so, nein! Nicht der.«

»Da bin ich aber froh. Der sah so verheiratet aus.«

»Um Himmels willen, Bertie! Und wenn er es gewesen wäre, geht Sie das nichts an.«

»Es geht mich sehr wohl etwas an«, sagte er ungerührt. »Ich bin fast so alt, dass ich Ihr Vater sein könnte. Und ich weiß Bescheid. Ich kenne den Lauf der Welt.«

»Der, zu dem ich fahre, ist ein Mönch! Ein anglikanischer Mönch! Reicht Ihnen das?«

»Das sind keine richtigen Mönche«, sagte er.

»Sie sind bigott, Bertie«, sagte ich. »Schämen Sie sich! Sie sind ein schlechtes Beispiel für Ollie.«

Ich wartete noch eine halbe Stunde, aber Shay rief nicht an. So würde es immer sein. Ich würde ihn nicht anrufen, nicht selbst handeln können, sondern stets darauf warten müssen, dass er es tat. Und ich würde nie etwas über seinen Verbleib erfahren. Eine Erzählung von Alice Munro handelt von einem Mann und einer Frau, die sich kennen lernen und eine wunderbare Zeit miteinander verbringen. Als sie auseinander gehen, sagt er ihr, dass er zurückkommmt. Sie kauft hübsche neue Laken und bereitet ein köstliches Essen zu. Aber der Mann kehrt nicht zu ihr zurück. Sie verlässt ihr Haus und fährt quer durch Kanada, um dem Schmerz zu entkommen. Dann fängt sie ein neues Leben an. Schließlich erfährt sie, dass er lange Zeit sehr krank war, bevor er starb. Shay könnte im Sterben liegen oder schon tot sein, und ich hätte keine Möglichkeit, es zu erfahren.

Wenn ich den Flieger noch bekommen wollte, musste ich jetzt gehen. Meine Zeit lief ab.

Zeit.

Wenn ich sterbe, werde ich für immer tot sein. Und ich bin fünfzig Jahre alt. Mehr als die Hälfte ist um.

Ich hatte mir den Finger gequetscht, als ich am ersten Tag auf Mount Talbot eine verrottete Stalltür aufstieß. Seither beobachtete ich, wie der schwarze Fleck langsam mit dem Nagel herauswuchs. Bald würde ich ihn abschneiden können. An diesem Fleck sah ich, wie die Zeit an meinem Körper arbeitete. Am Tage der Gedenkveranstaltung für das Jahr 1798 hatte ich zwei junge Mädchen am Rande des Platzes in Mellary stehen sehen. Dünne, lachende Mädchen, die sich nach den Jungs umsahen. Ihre spindeldürren Beine mündeten in absurde Schuhe mit hohen Plateausohlen, die von einem schmalen Bändchen gehalten wurden. Ich werde nie wieder solche Schuhe tragen. Ich könnte damit nicht einmal ein Zimmer durchqueren.

Was wird aus mir werden? Ich werde mich hassen. Auf einer Bank verdorren, hatte Henry James gesagt, wie eine alte Jungfer mit Hut. Aber Shay würde mich wollen, auch wenn ich alterte. Seine Hände würden meine runzlige Haut streicheln. Ich bräuchte mich nicht in die Dunkelheit zu flüchten. Ich würde ihm meinen Fuß hinstrecken, wenn er über mir auf dem Bett kauernd eine Bestandsaufnahme von mir machte, und er würde ihn zärtlich küssen. Shay würde mir beim Älterwerden helfen. Meine Falten und Speckrollen hätscheln und meine müden Füße massieren.

Doch mein Entschluss stand fest. Er hatte sich von selbst in mir gebildet. Es war nichts Bestimmtes gewesen, das mich dazu bewog, in mir hatten sich einfach die Gewichte verlagert. Als ich den Entschluss traf zu gehen, war in meinem Kopf bereits alles klar. Ich hatte es längst intuitiv gewusst. Und als Annie sagte, ich sei voller Leben und Danny brauche eine Schwester wie mich, war ich froh, dass ich mein Leben nicht weggeworfen hatte. Und dann hatte ich gestern auf dem Friedhof von Mount Talbot eine Amsel beobachtet. Die anderen waren bereits weitergegangen. Sie saß ruhig auf ihrem Nest, das an dem grün gefleckten Flügel eines steinernen Engels klebte. Der Kopf des Vogels war auf die weiche Brust geneigt. Er erwiderte meinen Blick mit einem seiner schwarzen Augen, das wie ein Edelstein funkelte. In diesem Moment hielt eine Erinnerung Einzug in meinen Kopf, majestätisch wie ein Schiff, und mir stand wieder die Szene nach Jimmys Einäscherung vor Augen, als ich draußen vor der Kapelle stand und die herumflatternden Vögel beobachtete. Das Buchfinkenpaar. Ich musste an den Rat des unglaublich runzligen alten Priesters denken, der neben mir stehen geblieben war. Tu das am wenigsten Passive. Sei aktiv. Das ist dem Menschen angemessener.

Genau das war es.

Ich musste etwas tun. Ich konnte nicht mein Leben lang warten. Das Leben war zu kostbar, um es mit Warten zu verbringen.

Denn ich hätte stets gewartet. Egal, wo ich gewesen wäre, egal, was ich getan hätte. Wie Marianne. So wie sie ihren Mann um Tee und Zucker bat, hätte ich meinen Liebhaber bitten müssen, die Zeit für mich auszulöschen. Weil ich nur für ihn, nur von den Treffen mit ihm leben würde und nicht, wenn auch recht und schlecht, für mich. Mein bedürftiges Fleisch hätte mich nur in die nächste Falle gelockt. Ich hätte mein Leben zurückgestutzt, bis es dem meiner Mutter geähnelt hätte, so wie Dannys Haaransatz dem ihren ähnelte. Shay und ich würden nie zusammen draußen in der Welt stehen, ebenso wenig, wie es meine Mutter und mein Vater getan hatten. Und wir würden kaum zu sprechen brauchen. Wir hätten uns ein eigenes Windsor, unsere eigene Shore Road errichtet. Wir würden die Zeit vergessen, wenn wir einander in den Armen lagen. Aber die Zeit würde durch das Schlüsselloch dringen und wir würden trotzdem altern. Wir waren nicht Tristan und Isolde. Wir würden nicht an unserer Leidenschaft zugrundegehen. Stattdessen würde die gezähmte Leidenschaft in uns erlöschen, und übrig bliebe ein falsch gelebtes Leben.

Nein. Die Antwort war nein.

Ich wusste nicht, wie ich es ihm mitteilen sollte. Halb eins, und ich musste noch zu Bertie. Vielleicht konnte ich einen späteren Flieger nehmen?

Nein. Entweder – oder! Wenn ich nicht zur verabredeten Zeit bei Caro zum Abendessen erschien, brauchte ich sie überhaupt nicht in Anspruch zu nehmen. Und wenn ich Alex nicht wie versprochen abholte, konnte ich gleich damit aufhören, mich einzumischen. Entweder ich nahm von nun an Rücksicht auf andere Leute oder mein Leben ging weiter wie bisher.

Felix' Telefon hatte einen Anrufbeantworter. Aber wie sollte ich darauf eine Nachricht für Shay hinterlassen? Jeder, der anrief, würde sie hören. Worum er mich gebeten und was er mir angeboten hatte, verdiente keine nüchterne Antwort in unverbindlichem Ton. Er hatte vor Aufrichtigkeit gezittert, draußen auf dem Feld unter dem Dornenbusch, als er mich bat, mein Leben an seins anzupassen. Und wenn Shay nicht begriff, was ich damit sagen wollte? – Nein, er würde begreifen. Ganz gewiss.

In Felix' Sammlung fand ich die richtige CD. *Hit Songs of 1946.* Ich hörte sie im Schnelldurchlauf ab, bis ich die Zeilen fand, die ich suchte. Ich spielte sie ab – sie dauerten etwa fünfzehn Sekunden –, kehrte zum Anfang zurück und drückte die »Pause«-Taste. Dann hielt ich das Aufnahmemikrofon des Anrufbeantworters an den Lautsprecher des CD-Spielers. Ich drückte gleichzeitig auf »Wiedergabe« des CD-Spielers und »Aufnahme« des Anrufbeantworters. Danach hörte ich

den Anrufbeantworter ab. Er hatte die Liedzeilen perfekt aufgenommen.

Ich ließ den Blick durch das Haus schweifen, um Abschied
zu nehmen. Berührte leicht den Griff des Kessels, weil ein
Mensch namens Shay ihn ebenfalls berührt hatte. Schloss die
Augen und strich mit den Händen über meinen Körper. Ich
schluckte das Gefühl von Panik und Elend hinunter, das in
mir aufsteigen wollte. Ging durch jedes Zimmer und ver-
weilte darin, um die Atmosphäre zu spüren. Dann schloss
ich, mit einem letzten liebevollen Blick auf das Tal und den
See, ab. Rief noch einmal wehmütig nach den Wildkatzen
und ging zum Wagen. Leuchtende Margeriten blühten auf
der Wiese und unter der grünenden Hecke, wo die Felsstei-
ne mit Moos bedeckt waren, öffneten sich die ersten Glockenblumen. Wenn er doch angerufen hätte! Dann hätte ich
zum Trost den Klang seiner Stimme mitnehmen können, die
sich bei dem Wort Kathleen erwärmte! Und vielleicht hätte
es, wenn er darauf bestanden hätte, ein weiteres Mal geben
können. Aber jetzt würde ich nicht einmal erfahren, ob er
wirklich angerufen hatte oder nicht. Schließlich hatte auch
er in diesen Tagen nachgedacht.

Es war nur wenig mehr als eine Meile bis Ballygall. Den ganzen Weg über nur einsame Landschaft. Nach der Hälfte der
Strecke weitete sich der Fahrweg zu einer Landstraße, so breit
und gerade wie eine Autobahn. Aus den Taschenbüchern, die
ich über die große Hungersnot gelesen hatte, wusste ich,
warum sie entstanden war, als Ergebnis einer Maßnahme im
Rahmen der Armenfürsorge: der Bau dieses sinnlosen Teil-
stücks einer Landstraße, mit der die Hungernden ihren Wel-
fare-Shilling abarbeiten mussten. Die Straße war völlig frei
und ich konnte tun, wozu ich plötzlich Lust verspürte. Ich
fuhr mit 15 Stundenkilometern diesen traurigen Straßenab-
schnitt entlang, ganz dicht an der Bankette. Mit der Geschwindigkeit eines Leichenwagens an der Spitze eines Trau-
erzuges. Dabei stellte ich mir vor, ich zöge unter mir eine
Linie, durch das Bodenblech des Wagens und die Asphalt-
decke der Straße bis hinunter zu der Schicht aus Steinen und

Erde, die ausgemergelte Arme und Hände auf diesem Höhenkamm aufgeschüttet hatten. Diese Arbeit reichte nur für einige der Hungernden, die anderen brachten in ihrer Verzweiflung den ganzen Tag damit zu, neben den Auserwählten Steine zu klopfen, in der Hoffnung, dass sie jemand dafür bezahlen würde. Doch so oft das auch geschah, sie wurden nie bezahlt. Dieses Detail über die große Hungersnot hatte mich zutiefst erschüttert.

Merk es dir, dachte ich. Das geschieht auch jetzt, überall, wo Menschen durch Hunger erniedrigt werden.

Ich lenkte den Wagen auf die Fahrspur zurück und brachten ihn auf normale Geschwindigkeit. Ich hatte noch eine lange Fahrt vor mir.

Die Auswanderer, die dieses Land mit ihren Bündeln verließen, waren an den Männern vorbeigegangen, die im Zuge der Armenfürsorge die Straße bauten. Alle kannten sich natürlich. Die wegzogen, waren sicher stehen geblieben, um ein paar Worte mit ihnen zu wechseln, eine Aufmunterung und ihren Segen zu empfangen. Das war die allerletzte Gelegenheit, bevor die Gruppe sich aufspaltete in diejenigen, die gingen und die anderen, die blieben. William Mullan jedoch zahlte für seine Bekanntschaft mit Marianne. Er musste fluchtartig nach Amerika aufbrechen, ohne Abschied und Segen.

In der Urteilsbegründung der Lordrichter hieß es:

Mr. Talbot wurde eine Schadenersatzleistung zugesprochen, Mullan war jedoch nach Amerika ausgewandert, und mit seiner Lebensstellung hätte er nicht einmal 2000 Pence zahlen können ...

Das war eine Tatsache. Diese Stelle belegte, dass Richard einen Prozess auf Schadenersatz gegen William Mullan gewonnen hatte und dass Mullan ohne einen Penny nach Amerika gegangen war. In welcher Geistesverfassung er sich befand und was er dort tat, blieb Gegenstand der Spekulation.

Ich wusste nicht, was auf Mount Talbot wirklich vorgefallen war, ich würde die Wahrheit nie erfahren. Zu viele Zusammenhänge fehlten mir. Wenn ich daran zurückdachte, wie ich den Schlüssel in meiner Tür in Islington umgedreht hatte, um Caros Ian hereinzulassen und wie sich seine kalten Hände auf meiner warmen Haut angefühlt hatten, konnte ich diese Einzelheiten in einen größeren Rahmen einordnen, der mit meinem Weinkonsum, unserem Lauf nach Hause durch die eisige Nacht und meiner Übelkeit an jenem Tag zusammenhing. Dem Tag, an dem ich den Mann zu sehen glaubte, der mein Vater war. Aber ohne solche Einzelheiten blieben die überlieferten Fakten von Marianne und Richard und William Mullan ein nacktes Gerippe, surreal, losgelöst von der Realität.

Ich konnte mir aussuchen, was ich vom Talbot-Skandal glauben sollte. Also würde ich mir das aussuchen, was ich glauben *wollte*.

Und was hätte ich anderes glauben können, an diesem Tag, als dass Mullan sie geliebt hatte und sie ihn? Dem Tag, als ich mich von meinem zärtlichsten Liebhaber losriss und fühlte, wie sich in mir die schreckliche Angst breit machte, dass ich möglicherweise nie wieder körperliche Glückseligkeit erfahren würde. Mullan war Marianne in Coffey's Hotel gefolgt und hatte ihr eine Nachricht geschickt. Was, außer der Bitte, ihm nach Amerika zu folgen, sollte sie beinhaltet haben? Die Gemütsverfassung, in der er nach Amerika gegangen war, musste meiner jetzigen sehr ähnlich gewesen sein: Sehnsucht, Unsicherheit, bitteres Bedauern und ein lebhaftes Verlangen, so stark, dass sich mein Körper beim Klang der geliebten Stimme geöffnet hätte, um sein Innerstes preiszugeben.

Von Berties Büro aus wählte ich die Nummer von Felix' Haus. Ja, der Anrufbeantworter sprang perfekt an. Und ich hörte meine Nachricht an Shay – die raue Stimme von Walter Huston, der die ausgewählten Zeilen aus dem *September Song* sang:

Die Tage werden kürzer,
wenn der September naht,

wenn das Herbstwetter
die Blätter entflammt.
Und mir bleibt keine Zeit
für das Wartespiel ...

Dann setzte der Signalton ein.

Der Sänger klang müde. Heiser vor Anstrengung. Seine Stimme schleppte sich bis zu dem Wort *Zeit*. Der ironische Ton in Moll sagte Shay, dass er und ich keine andere Wahl hätten als zu akzeptieren, dass wir erwachsen waren.

In der Küche gab ich den Kindern und Ella zum Abschied einen Kuss und versprach, bald wiederzukommen, vielleicht zu Joes erster heiliger Kommunion. Bertie eilte schwerfällig hinter mir den Pfad entlang, als ich blindlings zum Wagen ging.

»Sie sind es nicht wert, mein liebes Mädchen«, sagte er, während er mich in seinen großen wollenen Armen hielt und mir auf die Schultern klopfte, als wäre ich ein Kind. »Ich bin einer von ihnen, daher weiß ich es.«

»Dieser Mann war liebevoll«, sagte ich. »Ich war so glücklich, als ich mit ihm zusammen war ...«

»Sicher. Wie, glauben Sie, werde ich ohne Nan zurechtkommen?«, sagte er. »Und Ellas Mann wird bald zurück sein. Dann werden sie hier durchs Haus laufen und sich anhimmeln. Und ich habe noch nie Nan Leechs Hand gehalten. Nicht einmal das.«

»Sie haben die kleinen Jungs ...«, begann ich.

Er sagte lange nichts und dann »Ja«.

Ich fuhr wie in Trance durch den Nachmittag. Wenn meine Hände sich auf dem Lenkrad bewegten, meine Schenkel nur ein winziges Stückchen ihre Lage veränderten oder mein Fuß sich hob und senkte, trieb mein Bewusstsein langsam und schwer an die Oberfläche, und bevor ich es ablenken konnte, stieg der Jammer wieder in mir auf. Ich nahm eine Hand vom Lenkrad und berührte meine Wange, spürte die Haut unter meinen Fingerspitzen. Dann führte ich sie unter den Baumwollrock auf die seidige Innenseite meines Schenkels.

Ich strich über die weiche Rundung meines Bauches und meine rauen Knie, spürte die Wärme meiner Haut. Leben pulsierte unter ihr. Dort wo meine Finger innehielten, wo sie einen kleinen Druck ausübten, nahm die Schwingung zu. Oh, und um wie vieles mehr würde dies geschehen, wenn es nicht meine eigenen Finger, sondern die eines anderen wären, wenn sich breite, harte Fingerkuppen in meine Haut grüben, sich über sie bewegten. Aufmerksame Hände, die mich abtasteten wie ein Minensucher, der sich auf unbekanntem Terrain bewegte. Wie nähme diese Schwingung zu, wenn mich jemand berührte, um zu erfahren, wer ich in meinem tiefsten Inneren war?

An William Mullans Stelle hätte ich die Nähe von Pferden gesucht. Nicht nur, weil er etwas von Pferden verstand und es eine Menge Arbeit in diesem Bereich gab. Iren versorgten im Bürgerkrieg beide Seiten mit Pferden, rüsteten sie aus, beschlugen sie und pflegten sie, wenn sie verwundet waren. Sondern weil man den Kopf an die Flanke eines Pferdes lehnen, seine Mähne flechten kann. Man kann ein Pferd mit den Händen besänftigen, Schenkel und Knie und Fersen dazu einsetzen, ein Pferd anzutreiben. Der Gedanke, dass er auf einer Pferderennbahn arbeitete, gefiel mir. Die Saratoga-Rennbahn wurde wenige Jahre, nachdem er in die Staaten kam, eröffnet und lag nicht zu weit entfernt von den Einwandererhäfen. Rennpferde waren vielleicht die schönsten aller Pferde, wenn sie in vollem Lauf die Ohren anlegen und perfekt wie ein Uhrwerk das tun, was sie können. Er hätte leicht nach Saratoga gelangen und ein Bett in einem der mit Schindeln gedeckten Schlafsäle bekommen können, hinter den Trainierplätzen und den Ställen.

Als er Irland verließ, besaß er nur das, was er am Leib trug. So wie ich, als ich kurz entschlossen nach London ging und Danny und Sean in der Shore Road und meine Mutter im Krankenhaus in Kilcrennan zurückließ. Beide verließen wir Irland allein, wie die meisten irischen Männer und Frauen. Vielleicht war es, statistisch gesehen, in der Neuen Welt leichter, jemanden zu finden, dem man sich eng umschlungen hingeben konnte, als in der Alten Welt. Aber wer die Gangway der Auswandererschiffe hinaufschritt, wusste das nicht. Ihnen ging es ebenso wie mir heute. Sie waren unfähig, sich die Zukunft vorzustellen, sie ahnten nur, dass sie schwierig sein würde. Im Kopf hatten sie nur das, was sie verloren hatten.

Als Marianne aus Coffey's Hotel verschwand, musste sich Mullan völlig verloren gefühlt haben. Wie hätte er wissen sollen, dass man sie in einer Irrenanstalt in Windsor einsperrte. Es muss schrecklich für ihn gewesen sein, dass sie Engländerin war. Er wird zwar nicht geglaubt haben, dass sie sich nur mit ihm amüsiert hatte, doch wusste er nichts über die Zeit, bevor sie nach Mount Talbot gekommen war. Nun musste er annehmen, dass sie irgendwo in England in einem großen Haus untergebracht war, bei Menschen ihres Standes, zu denen sie gehörte. Er konnte nicht einmal wissen, ob sie unter diesen Menschen ernsthaft in Ungnade gefallen war. Er selbst war unter seinesgleichen jedenfalls nicht gänzlich in Ungnade gefallen. Dennoch würde er nie vergessen, in welchen Zeiten sich der Skandal ereignete. Noch immer beerdigte man Menschen in Gruben, denn zu jener Zeit, als er und Marianne zum ersten Mal gesehen wurden, im Korridor hinter dem Holzschuppen auf dem Weg zur Speisekammer, er mit einer halb abgeschirmten Kerze in der Hand, gab es in diesem Teil des Landes bereits keine Särge mehr.

Er konnte keine Ahnung gehabt haben, was mit der Nachricht geschah, die er ihr ins Hotel schickte. Während er umsonst auf ihre Antwort wartete, musste er angenommen haben, dass sie seinen Brief gelesen hatte, ihn aber nicht beantworten wollte.

Ich bereitete mich nun auf den Abschied von den historischen Bewohnern Mount Talbots vor. Ich wollte sie dort verlassen, wo sie nach der Überlieferung zuletzt gewesen waren. Reverend McClelland lag tot auf dem Friedhof von Mount Talbot. Marianne lebte geisteskrank und von der Barmherzigkeit der Pagets abhängig in deren Villa in Leicester. Und William Mullan war in Amerika. Um mich während der Fahrt abzulenken, erlaubte ich mir, die eine oder andere Einzelheit zur Ausschmückung des Überlieferten hinzuzuerfinden. Dabei riskierte ich oft, in Gedanken zu mir selbst zurückzukehren. Dann setzte ich mich wieder auf dem Fahrersitz zurecht, lehnte mich nach vorne und konzentrierte mich auf die Straße. Die Landschaft, durch die ich fuhr, war nur noch eine grüne Kulisse. Ich machte mir nichts mehr daraus, wie es draußen aussah. Was würde aus mir werden? Angst überkam mich. Ich brauchte mich nur einen Augenblick lang gegen den Autositz zu drücken, schon schlug mein Körpergefühl wie eine sich brechende Welle in Schmerz um.

Mein Bedauern drückte sich vor allem körperlich aus. Ich hatte Shay so erfahren wie Marianne Mullan. Fleisch auf Fleisch. Alle vier mussten wir die Erinnerung und Verheißung von Leidenschaft in Irland zurücklassen.

In jenen Tagen musterte ein jeder Ire in Amerika seinen Landsmann, um herauszufinden, ob er ihn nicht schon vor der großen Auswanderung gekannt hatte. Einige Jahre, nachdem Mullan an der Pferderennbahn zu arbeiten begonnen hatte, kam eine Frau aus Ballygall als Bedienung in eines der großen Wirtshäuser in der Nähe der Saratoga-Quellen. Im Sommer war es dort voller Ausflügler, und im Herbst gingen die Arbeiter von der Rennbahn auf einen Drink dorthin. Eines Abends kam Mullan herein und ging an die Theke, um ein Bier zu trinken. Da sagte ihm die Kellnerin beim Vorbeigehen halblaut über die Schulter, »*Bhfuil fhois agat – tá aithne agam ortsa!*« Es klang kühl und keinesfalls kokett.

»Woher kennst du mich?«, fragte er sie, als sie wieder vorbeikam.

»Ich war eine Zeit lang Magd auf dem Landsitz, als du ein Verhältnis mit der Herrin hattest.« Sie neigte sich zu ihm hin, beide sprachen leise auf Irisch. »Als meine Mutter davon erfuhr, hat sie mich nach Hause geholt.«

Er senkte den Blick. Noch immer war er ein Mann, der einer Frau durchaus gefallen konnte. Und der Skandal verlieh ihm zusätzlich Attraktivität.

»Man hat viel erzählt, was nicht wahr ist«, sagte er.

»Ach, mir tut es nicht Leid, dass ich von da weggegangen bin«, sagte sie. »Hier habe ich ein eigenes Haus und meine

Mädchen erhalten die beste Erziehung. Wären wir zu Hause geblieben, was hätte sie dort erwartet?«

»Welche Neuigkeiten schickt dir deine Mutter?«, fragte Mullan.

»Das große Haus verfällt. Und die Nationalschule haben sie gleich nach ihrer Eröffnung wieder geschlossen, weil es nicht genügend Kinder gibt.«

»Warum nicht?«, fragte Mullan verwirrt.

»Die Frauen haben in den ersten Jahren keine Kinder bekommen«, sagte sie. »Sie hatten nicht genug zu essen! Mir ging es genauso – noch zwei Jahre nach der Hungersnot hatte ich keine Blutungen.«

»Davon wusste ich nichts«, sagte er.

»Es war eine Strafe für uns alle«, sagte sie. »Wann ist einem anderen Volk je so etwas widerfahren wie die Kartoffelfäule und das anschließende Fieber und die Seuchen?«

»Aber wofür soll es eine Bestrafung gewesen sein?«

»Ach, einfach für alles!«, sagte sie. »Was weiss ich!«

»Ist Mrs. Talbot tot?«, fragte er beiläufig mit gedämpfter Stimme und trank sein Glas aus.

»Warum sollte sie tot sein?«, gab die Frau schnippisch zurück. »Woran sollte jemand, der im Leben nie einen Finger krumm gemacht hat, sterben?«

Eine Zeit lang ging es ihm gut. Er hatte eine feste Stellung beim Whitney-Gestüt und war für das Training der Vollblüter zuständig. Die Arbeit brachte ihm ein kleines Haus ein, das erste Haus, das er je sein Eigen nannte. Es lag mitten in einem Wäldchen mit Birken und Pinien. Jetzt, da er gutes Geld verdiente und ein schönes Heim besaß, dachte er öfter als je zuvor an sie. Seine Gedanken schweiften zu ihr, wenn das dampfende Essen in der Kantine ausgeteilt wurde, wenn er nachts in sein Bett schlüpfte, wann immer ihm Rauch in die Nase stieg und bei vielen anderen Gelegenheiten. So wie die Dinge liegen, sagte er sich einmal, als eine Frau sich im Wirtshaus ihm näherte und ihn mit den Händen berührte, denke ich die ganze Zeit an sie, aber manchmal denke ich auch an anderes.

Er lebte ordentlich, legte neben seinem Haus einen kleinen

Gemüsegarten an und pflanzte in geraden Furchen Kartoffeln sowie eine Reihe Kohl und zwei Reihen Karotten. Im Haus hatte er einen Schaukelstuhl neben dem Herd und eine Paraffinlampe mit roten Rosen auf dem matten Glas, die er bei einem Volksfest gewonnen hatte. Er besaß auch die Konzertina seiner Mutter, konnte aber nur wenige ihrer Lieder darauf spielen. Trotzdem musizierte er an Winterabenden stundenlang, die großen Finger über den winzigen Knöpfen gespreizt. Mrs. Talbot hatte immer gesagt, in seinen Fingern läge Magie, aber das stimmte nur, wenn er mit ihr zusammen war. Was ihm fehlte, war ein Hund. Darüber redeten die Leute. Er war der einzige Mann, der in den Wäldern lebte und keinen Hund besaß.

Im Gürtel der Pinienwälder lebte irgendein Vogel, dessen weiblich klingender Schrei ihn quälte. Dieser Vogel gab den Anstoß, dass er ihr schließlich schrieb.

Verehrte Madam. Ich bitte Sie inständig, mir einen Brief zu schreiben. Ich denke in jeder Stunde an Sie. Ich habe keine andere Frau berührt, und wenn Sie sich mit dem Gedanken tragen sollten, die Reise hierhin anzutreten, würde ich in jeder Hinsicht für Sie sorgen. Wir würden auch ein Kind haben. Wenn Sie zu mir hier nach Saratoga Springs, im Staat New York, kommen, werde ich Ihnen jeden Beweis meiner Liebe und Zuneigung erbringen.

Er legte den Brief in einen zweiten, den er Tadhg Colley mit der Bitte schickte, sein Äußerstes zu tun, um die Adresse von Marianne Talbot herauszufinden und ihr den Brief zukommen zu lassen.

Nach fünf Monaten kam sein Brief mit einer um ihn gefalteten Nachricht zurück.

Tadhg schrieb:

Uns geht es allen gut hier. Das Haus deiner Mutter ist verschwunden, aber Hurley hält ein paar Tiere auf der Wiese dahinter, und man sagt, dass er den ganzen Rest für die Tier-

zucht trockenlegt. Das Herrenhaus zerfällt. Mrs. Benn und die Finnertys leben dort im Untergeschoss. Halloran ist nie zurückgekehrt. Es hat geheißen, dass der Bischof das große Haus kaufen wollte, um es den Nonnen zu überlassen, die im alten Gerichtsgebäude untergebracht sind, aber es ist nicht geklärt, wer der gesetzliche Eigentümer ist, nun da der Herr vermutlich tot ist.

Ich wusste nicht, wohin ich den beigefügten Brief schicken sollte, zudem glaube ich kaum, dass etwas Gutes dabei herauskäme. Dein Freund.

Danach trank William Mullan gelegentlich mit den anderen Männern von der Rennbahn. Wenn er betrunken war, sang er gewöhnlich ein Lied. Er stieg auf die Bank und rief der rauen Gesellschaft zu, still zu sein und ihm zuzuhören. Das Lied heiße »*The Emigrant's Farewell*«, ließ er sie wissen. Er habe es von einem Schotten gelernt.

»Dieser Schotte war ein Lump!«, schrie er dann. »Er kam in unser Land und verlangte von den Pächtern, sich mit der Bezahlung eines Tagelöhners zufrieden zu geben, nach seiner Pfeife zu tanzen und sich von einem schottischen Verwalter herumstoßen und verfluchen zu lassen – Männer, die es gewohnt waren, auf einem guten Pferd zum Markt zu reiten.«

Die anderen Iren johlten und schlugen ihre Bierhumpen auf den Tisch. Sie wussten, dass Willie Mullan das immer sagte und auch dass er weinen würde, wenn er ans Ende des Liedes kam.

…Unser Schiff, Kameraden, kam über die stürmische See, und steht zum Aufbruch bereit.
Bald wird es mit uns über die Wasser ziehn in seinem schneeweißen Kleid.
Vergiss nicht, Liebste, sei unverzagt, mein Herz ist rein, hat die Wahrheit gesagt.
Meine Hand und mein Herz sind nur für dich
Leb wohl meine Liebste, und denk an mich.

Die Kellnerin aus Ballygall heiratete wieder, eröffnete eine Pension in Philadelphia und vergaß ihn.

Aber viele Jahre später, als sie auf dem Tisch in ihrem Esszimmer Betttücher zusammenfaltete, hörte sie einige Männer draußen auf der Veranda beim Kartenspielen seinen Namen erwähnen.

»Ja – William Mullan«, hörte sie. »Das war der Kerl, der es der Engländerin so richtig besorgt hat.«

»Was ist mit dem?«

»Er ist gestorben, der Herr sei ihm gnädig. Ich habe seinen Namen in einer Liste in der Zeitung gelesen.«

Und die Gruppe von Männern murmelte ein »der Herr sei ihm gnädig« und setzte ihr Spiel fort.

Er war dort gestorben, wo der Pfad durch den Birkenwald eine Lichtung überquerte. Als die Männer von den Ställen kamen, um nach ihm zu suchen, lag er quer auf dem Pfad, das Gesicht zum stürmischen Herbsthimmel gekehrt, die Arme ausgebreitet und die Handflächen auf der Erde. Seine zärtlichen Finger hinterließen leichte Eindrücke auf dem weichen Humusboden. Herbstblätter wehten über die Lichtung. Wie er so dalag, sah er genauso einsam aus, wie er tatsächlich gewesen war, seit er seine Heimat verlassen hatte.

Und so ging William Mullan von mir, nachdem er mir durch halb Irland Gesellschaft geleistet hatte. Jetzt war ich mit ihnen allen fertig. Ich brachte den Mietwagen zum Abstellplatz und gab dem Mann die Schlüssel. Die Saat, die in jungen Jahren in mich eingepflanzt worden war, als Hugo die Kopie der Talbot-Akte auf unser Bett warf, und die irgendwo im Dunkel meines Lebens gekeimt hatte, war schließlich aufgegangen und verblüht. Es machte nichts, dass kein Buch daraus entstehen würde.

Erleichtert ging ich zur Abflughalle. Ich hatte keine Pläne, war gewissermaßen nackt und bloß, aber auch vollkommen frei. Wie neugeboren. Ich betrachtete die Leute im Flughafengebäude, als wäre ich wie Rip van Winkle der Menschheit fern gewesen und müsste diese Spezies erst wieder kennen lernen. Ich mochte sie. Ich fühlte, wie sich mein Gesicht aus

Sympathie für diese Menschen entspannte, die lächelten oder lachten, stirnrunzelnd auf ihre Armbanduhren oder gespannt auf die Schiebetüren blickten, und deren Gesichter einen wunderbaren Ausdruck annahmen, wenn diese Türen sich öffneten und die Person, auf die sie gewartet hatten, auf sie zukam. Die Halle war voller Gefühle, auch wenn sie nicht unbedingt voller Liebender war. Wohin würde ich mit Alex fahren, falls er sich von mir mitnehmen ließ?

Am Schalter des Autoverleihs griff ich nach einem Bogen Papier, um der Frau, die ich am Abend meiner Ankunft getroffen hatte, eine Nachricht zu hinterlassen. Im Hintergrund spielte leise das Radio. Ein Tenor sang die Blumenarie. *Ce fleur que tu m'avais jeté ... Carmen je t'adore.* Himmel! Die Sehnsucht zerriss mir fast das Herz. Ich würde mich durchboxen müssen, auf mich aufpassen, oft etwas vortäuschen müssen. Ich würde den Umgang mit der Sehnsucht und dem Bedauern lernen. Ob Shay schon angerufen hatte? Was hatte er wohl gedacht, als er die Nachricht hörte? Ach, wenn er nur auf mich zukäme, den Arm um mich legte und mich ins Hotel brächte! Aber nein – ich habe gesagt, dass ich heute Nacht in London bin.

Ich schrieb:

Hallo. Tut mir Leid, dass wir uns verpassen. Bin aber fast sicher, dass ich bald zurückkomme. Wird zwar leider zum Begräbnis einer großartigen alten Dame sein, aber ich habe es mir auch sonst vorgenommen. Rückwärtsgang vom Audi hakt. War bei dieser Reise manches Mal im Himmel, dank Ihnen, die Sie, wie es im Lied heißt, ein Engel waren, als ich geglaubt hatte, dass der Himmel für mich nicht existiert. Kathleen

Dann ging ich in einen Laden und kaufte eine Europakarte, die ich in der Abflughalle entfaltete.

Die Flüge in die USA wurden aufgerufen. Immer wieder hörte ich: New York. Boston. Chicago. New York ...

Nora hatte ihren Platz in der Gesellschaft. Ich hatte jetzt

nur noch eine einzige kurzfristige Verpflichtung – Alex zu helfen, damit es ihm besser ging. Sonst war mein Leben so kahl wie ein leerer Raum. Nora hingegen hätte einen Preis für ihre Vernetzungskünste verdient. Sie und ihre Freunde organisierten dauernd irisch-amerikanische Empfänge an Orten wie dem Waldorf, sponserten Rennen und Golfturniere mit Komikern und Bischöfen, Festessen in Hotels in Manhattan oder in riesigen Steak-Häusern in Brooklyn für Politiker, die Pat, Aloysius, Declan und Mike hießen. Nora Burke war die ehrenamtliche Schriftführerin von X oder die ehrenamtliche Schatzmeisterin von Y im Dunstkreis der größten irisch-amerikanischen Bosse. Sie bewegte sich in einem Netzwerk von Bauunternehmer-Millionären, Anwälten, Geschäftsführern von Brauereien, Futtermittellieferanten, Verwaltern reicher Diözesen. Sie erzählte mir komplizierte Geschichten darüber, wie Chuck in letzter Minute angerufen habe, um ihr zu sagen, dass er nicht gerade begeistert sei, Dan nach dem ganzen Debakel mit dem Einkaufszentrum in Rockaway treffen zu müssen und wie sie daraufhin mit Al, dem größten Aktionär von Dans Bank, in seinem Club telefoniert und ihm gesagt habe, Al, du weißt, du bist mir etwas schuldig, und wie dann Monsignor Horgan von ihrer Intervention gehört und beim Herz-Jesu-Bankett für die Bangalore-Mission zu Adele gesagt habe, ich höre Nora hat sich wieder in meine Gemeinde eingemischt ...

Boston. Flugsteig 4 nach Chicago. Passagiere nach JFK werden gebeten ...

Ich konnte weder wie sie noch mit ihr leben. Aber ich würde von jetzt an die Energie, besser gesagt die *Arbeit*, die in diesem Leben steckte, zur Kenntnis nehmen. Denn wie hatte Henry James gesagt: Wir brauchen nie zu fürchten, nicht gut genug zu sein, solange wir nur sozial genug sind. Wenn ich mir Mühe gab, würde ich nicht wieder in einer Kellerwohnung landen. Womit ich nicht sagen will, dass Noras Schwindel erregendes soziales Leben viel für ihr moralisches Empfinden täte, falls James dies so gemeint hatte – es verhüllt kaum ihr wildes Ich, das sie in das Erwachsenendasein hinübergetragen hat. Du liebe Zeit! Jimmy hatte recht. Egal wie sehr ich mich anstrengte, etwas Nettes über Nora zu sagen, spätestens nach drei Sätzen fing ich an, über sie zu lästern.

Wieder vertiefte ich mich in die Europakarte. Wohin würde ich mit Alex fahren? Es müsste ein ruhiger Ort sein, wo es zudem gutes Essen gab. Vielleicht wäre das Wetter in Italien am besten. Wir könnten beispielsweise nach Bologna fliegen, uns ein Auto mieten und nach Süden fahren … Ganz langsam, uns alles in Ruhe ansehen, so wie ich es vor langer Zeit auf meiner Fahrt nach Griechenland getan hatte. Wir könnten in dem wunderschönen Agriturismo-Bauernhaus am Hang der Apenninen wohnen. Vor dem Abendessen könnten wir einen Spaziergang ins Dorf machen, auf der kleinen Piazza einen Campari als Apéritif nehmen und die Leute bei ihrer *Passeggiata* beobachten, während die Berge mit ihren schneegefleckten Gipfeln am Ende des Tales im tiefen Blau der Nacht verschwammen. Ach, könnte ich das mit Shay erleben! Im späten Frühling, kurz bevor es sommerlich heiß wurde. Alles stünde voller Saft und Kraft, an den Weinstöcken sprießten die jungen Blätter, die Pflaumenblüten purzelten wie wild durch die Bäume, die Gräser, die Böschungen mit Veilchen und smaragdgrünem Moos, die roten Mohnblumen, die Artischocken, die Zwiebeln, der junge Spinat in der schwarzen Erde – alles würde vor Leben strotzen. Taubengeflatter auf den Dächern und nachts der Schrei der Eulen in den Apfelgärten.

Alex hatte nie wirklich eine Chance gehabt, das Leben kennen zu lernen. Ich werde die Dinge für ihn benennen, mit meinem bisschen Wissen: Spatz, Schwalbe, Klee, Froschlaich. Dass niemand ihm die Augen für die Natur geöffnet hatte, ist einer der Gründe, weshalb er sich so sehr an die Mönche klammerte. Und ich werde ihn in die Welt des Essens einführen. Kühler Wein, Spargel, Crostini, Lammbraten, Mandeltorte und cremige Käse. Und wenn wir dann die schimmernde Straße entlang nach Hause gehen, werden fast unsichtbar Fledermäuse unter den gefiederten Bäumen hervorschießen. Wir werden über die Arbeit reden und nicht über den Tod oder über Religion. Und ich werde mit dem größtmöglichen Respekt den Erinnerungen an seine Mutter lauschen, was nicht leicht sein wird. Erst heute Morgen, als er am Telefon endlos von ihr sprach, war es mir schwer gefallen, mir die Bemerkung zu verkneifen, die mir auf der Zunge lag: ›Sie war nur deine Mutter, Alex‹, hatte ich sagen wollen, ›… nicht Marie Curie oder Teresa von Avila …‹, es aber Gott sei Dank nicht gesagt.

Ich sprang auf. Das war Irland, was sich in mir zu Wort meldete! Ich rannte förmlich zum Telefon. »Ja«, meldete sich Nora in ihrem Appartement.

»Nora, wir haben Mammy nie geehrt!«, überfiel ich sie. »Das wird mir erst jetzt bewusst. Wie konnten wir nicht zu ihrer Beerdigung gehen! Ihr nicht die letzte Ehre erweisen. Wir sind einfach nicht hingegangen, weil wir Daddy gehasst haben, aber das bedeutet doch nur, dass Daddy wichtiger war, so wichtig, dass wir es vorgezogen haben, ihr unseren Respekt zu verweigern.«

»Ich hatte sowieso nie Respekt vor ihr«, sagte Nora. »Ich verachte sie bis auf den heutigen Tag.«

»Nein, das tust du nicht!«, sagte ich. »Du weißt, dass es nicht ihre Schuld war. Sie saß in der Falle. Keine Verhütungsmittel, kein Geld und keine Ausbildung, dazu eine schlechte Gesundheit und nichts als Liebesromane im Kopf …«

»Sie hätte sich gegen ihn auflehnen können!«, sagte Nora. »Sie hätte ihren Arsch aus dem Bett heben und Frühstück machen können! Sie war zu nichts nütze …«

»Selbst wenn sie zu nichts nütze war, hätten wir die Pflicht gehabt, sie korrekt zu behandeln! Und zu ihrer Beerdigung fahren müssen! Wir hätten uns mit den Leuten unterhalten können, die sie kannten. Das wäre richtig gewesen, Nora. Wir sind jetzt in einem Alter, in dem wir den Frieden mit unserer Vergangenheit machen müssen, Nora – um unser selbst willen. Und das ist nur möglich, wenn wir unsere Eltern – und uns selbst – als etwas *Kostbares* ansehen. Allein deshalb, weil sie existiert haben!«

Ich hörte ihre prustenden Geräusche. Es war mir egal, ich bohrte trotzdem weiter.

»Alex' Mutter war eine furchtbare alte Frau, Nora. Aber

er tut das Richtige, er trauert um sie. Das muss man tun, wenn der Mensch, der uns das Leben geschenkt hat, ein für alle Mal von uns geht ...«

»Flug Nummer EI 67 nach London Heathrow. Die Passagiere werden gebeten, sich zum Flugsteig 10 zu begeben...«

»Kathleen? Gönn mir eine Verschnaufpause! Hör auf. Ich hab die Nase voll von ihr und von deinen Problemen mit ihr.«

»Es geht nicht nur um sie, Nora. Es geht auch um Daddy! Schließlich verdanken wir auch ihm unsere Existenz. Wir hätten auch zu *seiner* Beerdigung gehen sollen. Wir sind nur Glieder in einer Kette ...«

»Letzter Aufruf für Flugsteig 10.«

»Ich muss gehen«, schloss ich. »Ich melde mich wieder.«

»Kathy...«, hörte ich sie noch sagen, aber ich hängte ein. Wer weiß, was diese Menschen alle denken? Ich starrte auf die ausdruckslosen Rücken vor mir. Alles drängte zum Ausgang, wo die Bordkarten eingesammelt wurden. Niemand wäre auf die Idee gekommen, dass ich betete. Gib, dass so etwas wie ein Himmel existiert. Und dass Mammy jetzt dort ist. Lass sie nicht leer ausgehen. Sie hat ein so schweres Leben gehabt. Nie ist sie von zu Hause rausgekommen, und sie wäre so gerne verreist. Hotels hätten ihr gefallen. Bitte tu ihr etwas Gutes als Ausgleich dafür, dass sie ihr Leben lang in diesem Haus eingesperrt war. Nur kaltes Wasser, der knirschende Zucker auf dem Fußboden, das niedrige Fenster, der Regen. Mammy, bitte, wenn du noch da bist, bitte sei irgendwo, wo man dich liebt. Damit der kalte Reif der Vernachlässigung, der dich in deinem Leben umgab, in der Hitze dahinschmilzt.

Ich vergebe dir. Unsere Wege trennen sich jetzt. Ich muss älter werden. Das musstest du nie. Ich muss zusehen, wie die Marianne in mir von nun an stirbt. Das ist das Schlimmste. Und niemand hat mich davor gewarnt.

Start. Ich drückte mich an mein Fenster und sah nach unten, als wollte ich diesmal keine Sekunde meiner Abreise verpassen. Unterwegs nach England. Wie Marianne. Kein Zuhause. Wie Marianne. Kein Kind. Wie Marianne. Keinen Liebhaber. Keine Beschäftigung. Ich saß neben einem Mann mit einem sehr netten Lächeln. Ich lächelte unbefangen zurück. Ich musste verrückt gewesen sein, früher. O Gnadenreiche Mutter! Gib, dass ich, so lange wie möglich Shay in Erinnerung behalte und dass der Auftrieb, den er meinem Leben gegeben hat, die Zeit ohne ihn überdauert.

Ein liebliches kleines Land, trotz allem! Hatte nicht einer der ersten Astronauten gesagt, vom Weltraum aus gesehen sei Irland der grünste Fleck auf dem ganzen Planeten? Das Flugzeug stieg über Hügel mit Feldern im Schachbrettmuster. Kleine, verborgene Seen lagen eingebettet auf ihren Höhen. Von Horizont zu Horizont grün wie Jade war das Land. Wir schraubten uns in einer Steilkurve nach oben und flogen davon. Dann durchbrachen wir die Wolkendecke und waren einige Augenblicke im lichten Grau verloren, bevor wir in das vollkommene Blau des hohen Himmels gehoben wurden. Zwischen den Welten.

Droben in den Birkenwäldern, die die Pferderennbahnen bei Saratoga umgeben, gibt es Herden von Weißwedelhirschen. Mullan stand gewöhnlich bei Tagesanbruch auf und ging zu den Ställen. Wenn er den Pfad durch die Lichtung nahm, sah er aus den Augenwinkeln, wie die Hirsche aufschraken, umkehrten und durch das grün-silbrig flimmernde Unterholz davonpreschten. Die Tiere drehten ihm die Flanken zu, wenn sie davonhüpften – weiße und graubraune Flanken. Dann sah Mullan jedes Mal wieder Mariannes nackte Hüften vor sich, wenn sie sich träge unter ihm räkelte, auf einem Bett aus Kleid und Unterröcken.

Als die alte Frau, die als Letzte der Talbots übrig geblieben war, und der Butler von Mount Talbot weggebracht wurden, kamen Leute aus Ballygall und plünderten selbst die Sachen, für die sie in ihren Häusern keine Verwendung hatten. Die Fenster begannen nach Jahren und Jahren von Wind und Sonne rissig zu werden. Sie zersplitterten und zerbarsten ungehört in Winterstürmen. Auf den oberen Stockwerken verrotteten die Vorhänge, der Verfall schritt unaufhaltsam fort. Glasscherben und Blätter lagen verstreut auf den Fensterbänken. Allmählich zog der Geruch von Torfasche und Lampenöl aus dem Haus. Als die Luft im Haus wieder frisch und rein war, war auch das Haus gestorben.

William Mullan war nicht allein, als er starb. An einem Herbstmorgen in aller Frühe stürzte er rücklings auf dem Pfad, der durch die Lichtung führte. Und als sich die Morgennebel langsam in der tief stehenden Sonne verzogen, kamen die Tiere zum Äsen dorthin. Alle standen sie um ihn herum, als das Leben aus ihm strömte, und er wusste es. Später, als die Männer vom Gestüt seinen Körper fanden, schien er einsam dazuliegen. Aber am Ende hatte Mullan noch einmal ihren Delphinkörper über sich gesehen, ihre weißen, sich auf wunderschöne Weise windenden, tanzenden Hüften. Und die Hirsche bewegten sich nicht von der Stelle, bis er tot war.

Quellennachweis

Bei der Übersetzung der im Text zitierten englischen Gedichte wurde in folgenden Fällen auf bereits vorliegende deutsche Fassungen zurückgegriffen:

S. 80: Emily Dickinson, »Nach Qual«, übersetzt von Werner von Koppenfels in: Eva Hesse, Heinz Ickstadt (Hg.), Amerikanische Dichtung. Von den Anfängen bis zur Gegenwart, München, C. H. Beck, 2000, S. 87.

S. 169: Percy Bysshe Shelley, »Ode an den Westwind«, übersetzt von Christa Schuenke in: Werner von Koppenfels, Manfred Pfister (Hg.), Englische Dichtung. Von Dryden bis Tennyson, München, C.H. Beck, 2000, S. 281.

S. 178: George Gordon Byron, »So lasst uns nicht mehr schwärmen«, übersetzt von Manfred Pfister, in: Werner von Koppenfels, Manfred Pfister (Hg.), Englische Dichtung. Von Dryden bis Tennyson, München, C.H. Beck, 2000. S. 329.

S. 186: Percy Bysshe Shelley, »Die Wolke«, übersetzt von Ursula Clemen in: Norbert Kohl (Hg.), Ganz mein Herz dir hingegeben. Gedichte der englischen Romantik, Frankfurt am Main/Leipzig, Insel, 1998.

S. 218: Philip Larkin, »Aubade«, übersetzt von Ulrich Horstmann (unveröffentlicht).